谷长春／主编

满族口头遗产传统说部丛书

寿山将军家传

寿山为清末黑龙江将军。该说部从明末袁崇焕被捕下狱、祖大寿救出其爱子入八旗讲起，到袁崇焕六世孙富明阿、七世孙寿山、永山，讲述了一个神奇的军事世家，祖孙效力疆场，戎马一生，面对外敌入侵，大义凛然，毫不畏惧，为国为民，流尽血汗的英雄事迹。

祁学俊／讲述　于　敏／整理

吉林人民出版社

滿族口頭遺產
傳統說部叢書

愛新覺羅啓驤題籤

满族说部是我國
非物质文化遺產的瑰寶

周巍峙题

丙戌年

满族说部是北方
民族的百科全书

九十三翁贾芝

丙戌之春

满族说部

寿山将军（祁学俊供图）

袁崇焕墓

瑷珲古城街景

焚毁后瑷珲仅存的魁星楼

海兰泡中国人居住的小北屯

俄国的轮船和中国的帆船

海兰泡惨案

海兰泡太子门街的中国市场

中国商人在渡口

郑向东翻拍于爱辉陈列馆

寿山墓照片

海兰泡惨案发生地

寿公祠

满族口头遗产传统说部丛书编委会

总序

《满族口头遗产传统说部丛书》在文化部和中共吉林省委、省人民政府的领导与支持下，经过有关科研和文化工作者多年的辛勤努力和编委会的精选、编辑、审定，现在陆续和读者见面了。

中华民族大家庭中的满族，同其他民族一样有着自己独特的文化源流，作为非物质文化遗产的满族传统说部，是满族民族精神和文化传统的重要载体之一。“说部”，是满族及其先民传承久远的民间长篇说唱形式，是满语“乌勒本”（ulabun）的汉译，为传或传记之意。20世纪初以来，在多数满族群众中已将“乌勒本”改为“说部”或“满族书”、“英雄传”的称谓。说部最初用满语讲述，清末满语渐废，改用汉语并夹杂一些满语讲述。在漫长的历史进程中，满族各氏族都凝结和积累有精彩的“乌勒本”传本，如数家珍，口耳相传，代代承袭，保有民族的、地域的、传统的、原生的形态，从未形成完整的文本，是民间的口碑文学。清末以来，我国社会发生了翻天覆地的变化，由于历史的、社会的、政治的、文化的诸多原因，满族古老的习俗和原始文化日渐淡化、失忆甚至被遗弃，及至“文革”，满族传统说部已濒临消亡。抢救与保护这份珍贵的民族文化遗产已迫在眉睫。现在奉献给读者的《满族口头遗产传统说部丛书》，是抢救与保护满族传统说部的可喜成果。

吉林省的长白山是满族的重要发祥地。满族及其先民世世代代在白山黑水间繁衍生息，建功立业，这里积淀着深厚的满族文化底蕴，也承载着满族传统说部流传的历史。吉林省抢救满族传统说部的工作始于20世纪80年代初。在党的十一届三中全会解放思想、拨乱反正精神的指引下，民族民间文化遗产重新受到重视，原吉林省社会科学院有关科研人员，冲破“左”的思想束缚，率先提出抢救满族传统说部的问题，得到了时任吉林省社会科学院院长、历史学家佟冬先生的支持，并具体组织实施抢救工作。自1981年起，我省几位科研工作者背起行囊，深入到吉林、黑龙江、辽宁、北京以及河北、四川等满族聚居地区调查访问。他们历经四五年的艰辛，了解了满族说部在各地的流传情况，掌握了第一手资料，并对一些传承人讲述的说部进行了录音。后来由于各种原因使有组织的抢救工作中断了，但从事这项工作的科研人员始终怀有抢救满族说部的“情结”，工作仍在断断续续地进行。1998年，吉林省文化厅在从事国家艺术科学规划重点项目《十大艺术集成志书》的编纂工作中，了解到上述情况，感到此事重大而紧迫，于是多次向文化部领导和专家、学者汇报、请教。全国艺术科学规划领导小组组长、中国文联主席周巍峙同志，文化部社文图司原司长陈琪林同志，著名专家学者钟敬文、贾芝、刘魁立、乌丙安、刘锡诚等同志都充分肯定了抢救满族传统说部的重要意义，并提出许多指导性的意见。几经周折，在认真准备、具体筹划的基础上，于2001年8月，吉林省文化厅重新启动了这项工程。2002年6月，经吉林省人民政府批准，省文化厅成立了吉林省中国满族传统说部艺术集成编委会，团结省内外一批专家、学者和有识之士，积极参与满族说部的抢救、保护工作。

这项工作，得到中国民间文艺家协会以及黑龙江、辽宁、北京、河北、吉林等省市民间文艺家协会和有关人士的认同与无私帮助，特别是得到了文化部和有关部门的鼎力支持。2003年8月，满族传统说部艺术集成被批准为全国艺术科学“十五”规划国家课题；2004年4月，被文化部列为中国民族民间文化保护工程试点项目；2006年5月被国务院批准为第一批国家级非物质文化遗产名录。这使我们增强了责任感、使命感和克服困难的信心。根据文化部和中国民族民间文化保护工程国家中心有关指示精神，我们对满族说部采取全面的保护措施，不但要忠实记录，保护好文本，还要保护传承人及其知识产权；不但要保护与说部的讲述内容和表现形式相关的资料，还要保护与说部传承相关的文物，从而对满族说部这一口头遗产进行整体保护。我们坚持保护为主、抢救第一的原则，以只争朝夕的精神，组织科研人员到满族聚居地区深入普查，扩大线索，寻源探流，查访传承人，利用现代化手段，通过录音、录像、文字记录等方式采录传承人讲述的说部。在记录整理过程中，不准许增删、编改，只是在文法、句式、史实方面作适当的梳理和调整，严格保持满族传统说部的原创性、科学性、真实性，保持讲述人的讲述风格、特点，保持口述史的原汁原味。

几年来的工作，使我们深感“抢救”二字的重要。目前健在的传承人多已年逾古稀，体弱多病，渐渐失去记忆。就在二三年前，我们刚刚采录完傅英仁、马亚川讲述的说部，还没来得及进一步发掘其记忆宝库，他们就溘然长逝了。一些熟悉往昔满族古老生活的长者和说部传承人，如二十多年前我们曾经访问过的黑龙江省的富希陆、杨青山、关墨卿、孟晓光，吉林省的何玉霖、许明达、关士英、赵文金、胡达千、张淑贞，辽宁省的张立忠，北京市的陈氏兄弟、富察·庄净，河北省的王恩祥，四川省的刘显之等先生都已相继谢世，使其名传遐迩、珍藏在记忆中的说部无以名世，成为永远的遗憾。今天出版这套丛书，也是对他们最好的纪念。

《满族口头遗产传统说部丛书》所选的作品，都是满族各氏族传承人讲述的优秀传统说部的忠实记录，反映了满族及其先民自强不息、勤劳创业、爱国爱族、粗犷豪放、骁勇坚韧的民族精神，具有很强的思想震撼力和艺术感染力，可以说是我国民间文学中的宝贵珍品，具有较高的科学价值。它的出版，不仅是对弘扬我国优秀民族文化遗产，建设社会主义先进文化的贡献，而且也为世界非物质文化遗产保护工程增添了一分光彩。

一、满族传统说部产生的历史渊源

满族及其先民是一个有着悠久历史的古老民族。满族的先民肃慎人自古就在白山黑水一带繁衍。据《山海经》载：“东北海之外……大荒山中有山，名曰不咸，有肃慎氏之国。”据《孔子家语》卷四载：肃慎就以“楛矢石砮”为信物贡服于周天子。而后，汉、魏、晋、南北朝之挹娄、勿吉，隋唐之靺鞨，辽宋之女真，明清之满洲，这些同属于肃慎族系，只是不同朝代称谓不同罢了。唐朝初年，靺鞨人曾建立“渤海国”，是北方少数民族的地方政权，史称“海东盛国”。辽代以降，满族先世黑水女真部迅速崛起，其首领阿骨打，承继祖业，敏黾韬晦，扫平有二百余年历史的桀骜恃强的庞然大国——辽王朝，建立了雄踞北方的大金王朝。到金世宗乌禄时代，在文化和经济等诸方面均达到了鼎盛时期，史称“小尧舜”。明末，建州女真首领努尔哈赤统一女真诸部，建立中国历史上又一个东北少数民族地方政权“后金”。其后人又从建立大清国，到打败明王朝，定鼎中原。满族及其先民绵长的一脉相承的历史，是满族传统说部赖以产生的客观基础。

满族是一个创造源远流长、光辉灿烂文化的民族。满族及其先民女真人作为北方边远的游牧、渔猎少数民族，能够两度逐鹿中原，建立政权时间长达420年，对统一中国版图，形成多元一体的历史格局产生了深远影响，做出了重要贡献，这是与其以自己的文化养育顽强、坚毅的民族精神分不开的。一方水土养一方人。满族及其先民历经三千余年的风雨沧桑，世代生活在广袤数千里的山林原野，征伐变乱的砥砺，苦寒环境的锤炼，培育了自己的民族精神与品格，使他们成为粗犷剽悍、质朴豪爽、善歌尚勇、多情重义，“精骑射，善捕捉，重诚实，尚诗书，性直朴，习礼让，务农敦本”（引自《盛京通志》）的民族。渤海的武人颇喜角斗，以骁勇为荣，有“三人渤海当一虎”（引自宋·洪皓《松漠纪闻》）之谚。靺鞨人盛行歌舞之风，其渤海乐不仅传入中原王朝和日本，而且在民间不断延续流传。金太祖完颜阿骨打在对辽作战相当激烈的时候，便命开国元勋完颜希尹创制女真文字，在金朝建国不久的太祖天辅三年（1119年）正式颁行，当时被称为国书。女真有了文字，促进了文化的发展，以歌伴舞在民间广为盛行。有些贵族子弟为求佳偶，常“携尊驰马，戏饮其地，妇女闻其至，多聚观之，闻令侍坐，与之酒则饮，亦有起舞歌讴以侑觞者”（见《三朝北盟会编》卷三）。这说明，女真民间一直保持先祖古朴的风俗习惯。随着北宋灭亡，金人大量入关，女真民间歌舞很快传遍中原大地，甚至在金、元杂剧中广为传唱。满洲统治者从建立后金到入主中原，注意保持满族及其先民尚武骑射和语言风俗方面的独立性，努尔哈赤时期创制满文，皇太极时期改革老满文，推动了民族文化的发展。康、雍、乾等几代皇帝，在强调“国语骑射”为治国之本的同时，也注意各民族之间的文化交流与融合，特别是积极吸收汉文化。这是满族传统说部得以滥觞的文化根源。

几度争战几度崛起，几度鼎盛几度衰落，漫长的历史充满着可歌可泣的英雄人物和壮烈悲怆的故事，构筑了深厚的文化根基，从而孕育和产生了古朴而悠久的满族民间口头文学——传统说部。满族说部的形成与传播，历史相当久远。满族先民，在从肃慎、挹娄到靺鞨以及创建大金国的历史过程中，各氏族、部落迁徙、动荡、分合频繁，到明中叶以后，随着女真社会内部矛盾日益尖锐，强凌弱，众暴寡，各部落之间互相争雄，连年战乱，及至进入清代，内部争斗不断，外患与内祸迭起，这使各个氏族都无法选择地交织在历史的漩涡里，涌现众多的英雄人物和感人的业绩。满族及其先民凭借自己对善恶美丑的感受和对社会现象的审视，把一桩桩、一件件值得传诵、讴歌的人和事，详细地记载在各个氏族世代传袭的口碑之中，以此谈古论今。为此，不遗余力地随时积累、记录、采集、传扬本氏族的英雄故事，以光耀门楣，激励族人。满族诸姓氏间，都以据有“乌勒本”而赢得全族的拥戴和尊重，“乌勒本”令族众铭记和崇慕。

满族传统说部的广泛流传得益于“讲古”的习俗。满族及其先世女真人，是一个讲究慎终追远，重视求本寻根的民族。他们通过“讲古”、“说史”、“唱颂根子”的活动，将“民间记忆”升华为世代传承的说部艺术。讲古，就是一族族长、萨满或德高望重的老人讲述族源传说、家族历史、民族神话以及萨满故事等。元人宇文懋昭所撰的《大金國志》中说，女真金代习俗，“贫者以女年及笄，行歌于途。其歌也，乃自叙家世”。这说明在女真时期就有“行歌于途”，“自叙家世”的讲古习俗。据《金史》卷六六载：“女真既未有文字，亦未尝有记录，故祖宗事皆不载。宗翰好访问女真老人，多得祖宗遗事。”从中可知，金代初期民间讲古的习俗就很盛行，已引起上层统治者的重视。据《金史·乐志》载：世宗不令女真后裔忘本，重视女真纯实之风，大定二十五年四月，幸上京，宴宗室于皇武殿，共饮乐。在群臣故老起舞后，自己吟歌，“上歌曲道祖宗创业艰难……歌至慨想祖宗音容如睹之语，悲感不复能成声”。世宗及群臣参与“唱颂根子”的活动，势必张扬民间讲古的习俗。满族先人的故事在“讲古”中传播，在传播中又不断被加工、修改或产生新的故事。讲古不单单是本氏族内部的事，各氏族间互相比赛，场面十分热烈。据《爱辉十里长江俗记》中记载：“满洲众姓唱诵祖德至诚，有竞歌于野者，有设棚聚友者。此风据传康熙年间来自宁古塔，戍居爱辉沿成一景焉。”由此可见，满族早年讲唱“乌勒本”，是相当活跃的，甚而搭棚竞歌，聚众观之。此景与我国南方一些民族的歌圩相类似。

满族及其先民将“讲古”、“说史”、“唱颂根子”的“乌勒本”，推崇到神秘、肃穆和崇高的地位，考其源，同满族先民所虔诚信仰的原始宗教萨满教的多元神崇拜观念，有着十分密切的关系。原始先民在漫长的社会劳动和生活中，由于生产力的极端低下，无力与强大的自然力抗衡，于是幻想在人的周围有一种超自然的力量主宰一切，并认为自然的东西都有灵魂，是他们控制着人类，给人类带来幸福，也带来灾难。正如恩格斯所说的，“由于自然力被人格化了，最初的神产生了”。这就是万物有灵论和原始神话。原始先民有了原始信仰和原始神话，便利用各种方法举行祭祀，向神灵祈祷、膜拜，于是产生了原始宗教，即萨满教。在萨满教诸神中，除自然神祇、动物神祇（包括图腾神祇）外，最重要而数目繁多者便是人神，即祖先英雄神祇。宗教与民俗从来就是形影相随的，“讲古”的习俗与萨满教的祭祀仪式结合了起来。满族及其先民以讲唱氏族英雄史传为中心主题的说部艺术，正是依照传统的宗教习俗，对本族英雄业绩和不平凡经历的讴歌和礼赞。人们对祖先英雄神，供奉它，赞美它，毕恭毕敬，祈祷祖灵保佑族众，荫庇子孙。萨满教极力崇奉祖灵，亦包括对本族历世祖先和英雄神祇的讴歌与缅怀。所以，在萨满祭祀中，有众多歌颂和祈祷祖先神祇的神谕、赞文、诗文和祷语，亦有叙事体的长篇祖先英雄颂词。满族及其先民的“颂祖”、“讲祖”礼俗，世代承继不衰，是因为把勉励子孙铭记祖先创业艰难，承继祖德宗功，继往开来，奋志蹈进，作为祖先崇拜的根本目的和信条。特别是乾隆十七年颁布的《钦命满洲跳神祭天典礼》，统一了萨满祭规，使萨满祭祀变成家族祭祖活动，把祖先崇拜推向高峰。经年累世，各氏族在集体智慧的滋育下，赞文日益丰富扩展，情节愈加凝炼集中，使之逐渐升华为长篇祖先颂歌。这也成为满族传统说部的一种源流。

二、满族传统说部的本体特征

满族传统说部经过千百年来的创作、传承和演变，形成了独特的表现空间和表现形式。满族先民自古“无文墨，以语言为约”（《太平御览》卷七八四），所以，说部是以口头形式产生和传承的，讲唱内容全凭记忆。最初记述手段，用一缕缕棕绳的纽结、一块块骨石的凹凸、一片片兽革的裂隙，刻述祖先的坎坷历程。这便是说部的最古老的形态，也叫“古本”、“原本”、“妈妈本”。满族人将这种“妈妈本”尊称“乌勒本”特曷。古人就是通过望图生意，看物想事，唱事讲古的。随着社会的发展，氏族中文化人的增多，满族说部的“妈妈本”逐渐用满文、汉文或汉文标音满文来简写提纲和萨满祭祀时赞颂祖先业绩的"神本子"。讲述人凭着提纲和记忆，发挥讲唱天赋，形成洋洋巨篇。

满族传统说部内容丰富，气势恢宏，它包罗天地生成、氏族聚散、古代征战、部族发轫兴亡、英雄颂歌、蛮荒古祭、生产生活知识等，每一部说部都是长篇巨著。满族说部之所以如此厚重，主要有以下三个方面的因素：

（一）关于记录和评说本氏族所发生的重大历史事件的说部，具有极严格的历史史实约束性，不允许隐饰，以翔实的根据来讲述；

（二）说部由氏族中德高望重、出类拔萃的专门成员承担整理和讲述义务，整理和讲述时吸收了众人谈资，所讲内容全凭记忆，口耳相传，无固定文本拘束，因而愈传愈丰愈精，是群体创作的累积；

（三）具有民间口头文学的生动性。说部多由一个主要故事为经线，辅以多个枝节故事为纬线，环环相扣，错综复杂，又杂糅地域的、民俗的奇特情景，加之口语化的北方语言，因而有深厚的文化积淀和感人的艺术魅力。

据我们掌握的三十余部满族说部来分析，从内容上可分为四种类型：

（一）窝车库乌勒本：俗称"神龛上的故事"，是由氏族的萨满讲述，并世代传承下来的萨满教神话和萨满祖师们的非凡神迹。窝车库乌勒本主要珍藏在萨满的记忆与一些重要的神谕及萨满遗稿中，如黑水女真人创世神话《天宫大战》、东海萨满创世史诗《乌布西奔妈妈》、爱辉地区流传的《音姜萨满》、《西林大萨满》等。

（二）包衣乌勒本：即家传、家史。如富察氏家族富希陆、傅英仁从爱辉、宁安传承的姊妹篇《萨大人传》和《萨布素将军传》（又名《老将军八十一件事》），黑龙江省双城县马亚川先生承袭的《女真谱评》，河北石家庄王氏家族传承的《忠烈罕王遗事》，乌拉部首领布占泰后裔赵东升先生承袭祖传的《扈伦传奇》，富氏家族传承的《顺康秘录》、《东海沉冤录》，傅英仁先生传承的《东海窝集传》等。

（三）巴图鲁乌勒本：即英雄传。满族说部有关这方面的内容很丰富，可分为两大类：一是真人真事的传述，如金代的《金兀术传》，明末清初的《两世罕王传》（又名《漠北精英传》）、《雪妃娘娘和包鲁嘎汗》，清中期的《飞啸三巧传奇》等；一是历史传说人物的演义，如《乌拉国佚史》、《佟春秀传奇》等。

（四）给孙乌春乌勒本：即说唱故事。这部分主要歌颂各氏族流传已久的历史传说中的英雄人物，如渤海时期的《红罗女》、《比剑联姻》，明代的《白花公主传》以及民间说唱故事《姻缘传》、《依尔哈木克》等。

满族传统说部在长期流传中形成了自己独特的风格，凝聚了有别于其他口头文学的鲜明特征。主要表现在：

（一）讲述环境的严肃性。各氏族讲唱“乌勒本”是非常隆重而神圣的事情。一般在逢年遇节、男女新婚嫁娶、老人寿诞、喜庆丰收、氏族隆重祭祀或葬礼时讲唱“乌勒本”。讲唱“乌勒本”之前，要虔诚肃穆地从西墙祖先神龛上，请下用石、骨、木、革绘成的符号或神谕、谱牒，族众焚香、祭拜。讲述者事前要梳头、洗手、漱口，听者按辈分依序而坐。讲毕，仍肃穆地将神谕、谱牒等送回西墙上的祖宗匣子里。这一系列程序表明有严格的内向性和宗教气氛。不像平时讲“朱奔”（意为故事、瞎话）那样随便地姑妄言之，姑妄听之。

（二）讲述目的的教化性。满族传统说部与萨满祖先崇拜的敬祖、颂祖、祭祖观念密切相关。讲述祖先过去的事情，都是真实地记述，是对祖先英雄业绩的虔诚赞颂，不允许隐瞒粉饰和随意编造，否则则认为是对祖先的不敬。讲唱说部的目的，不只是消遣和余兴，而是非常崇敬地视为培育儿孙的氏族课本和族规祖训，是对族人进行爱国、爱族、爱家的教育，起到增强氏族凝聚力的作用。因此，讲述内容、目的以及题材艺术化程度，均与话本、评书有较大区别。

（三）讲述形式的多样性。满族传统说部多为叙事体，以说为主，或说唱结合，夹叙夹议，活泼生动，并偶尔伴有讲叙者模拟动作表演，尤增加讲唱的浓烈气氛。从《萨大人传》和《飞啸三巧传奇》中我们可以看出，有说有唱，甚至还记录了讲唱的曲谱。讲唱说部关键在于说，说讲究真、细、险、趣四个字。真，即真实，故事情节合情入理，真实可信；细，即细腻，绘声绘色，细致入微；险，即惊险，突出关键的地方，有悬念，有艺术魅力；趣，即语言要风趣幽默，使人发笑。说唱时多喜用满族传统的以蛇、鸟、鱼、狍等皮革蒙制的小花抓鼓和小扎板伴奏，情绪高扬时听众也跟着呼应，击双膝伴唱，构成跌宕氛围，引人入胜。

（四）传承的单一性。满族传统说部的承继源流，主要以氏族中的一支或家庭中直系传承为主，虽有师传，但多半是血缘承袭，祖传父，父传子，子子孙孙，承继不渝，从而保持了说部传承的单一性与承继性。《萨大人传》是富察氏家族的祖传珍藏本，其传承顺序是：富察氏家族第十一世祖、清道光朝武将发福凌阿传给长子、爱辉副都统衙门委哨官伊郎阿将军；伊郎阿又传给长子富察德连；富察德连又传给其子富希陆和其侄富安禄、富荣禄；富希陆又传给长子富育光。一般来说，讲唱人大都与说部所宣扬的事件及其主人公有直系血缘关系，他们既对本氏族历史文化有一定的素养，又谙熟说部内容，并有组成说部题材结构的卓越能力和创作才华。《扈伦传奇》的传承就是很好的证明，其最早的传承人乌隆阿，纳喇氏第十一代，他把家史传给曾孙德明（五品官，通今博古），德明经过梳理后传给其侄十六辈霍隆阿（笔帖式），再传给十七辈双庆（五品官，精通满汉文），下传伊子崇禄（八品委官），二十辈的赵东升继承祖父崇禄先生，对家史进行整理。这些传承人都有高深的文化和创作才能。他们把记忆和传讲自己的族史视为己任，当做崇高而神圣的事情，世代不渝。他们在氏族中自行遴选弟子或由自己的后裔承继传诵。传承的方法是口耳相传，心领神会。所以，传承人在满族说部的纵向传承与横向传播的过程中，为保存民族文化遗产做出了应有的贡献。可以说，没有传承人，就没有满族说部。

（五）流传的地域性。满族说部在一些地域流传过程中，深受广大群众喜爱。因此，有的说部逐渐脱离原氏族的范围，被众多氏族传承诵颂，如《尼山萨满传》、《红罗女》、《飞啸三巧传奇》、《双钩记》（又名《窦氏家传》）、《松水凤楼传》、《姻缘传》等，在长期传诵中，已成为该地域更多姓氏甚至外族群众讲述的书目，并代代传承。

满族传统说部和其他口头文学一样，在流传过程中也有变异性。在传播中，传承人根据自己对讲述内容的认识和理解，不断加工、升华，从而产生新的故事纲目。特别是，随着氏族的繁荣，分出各个支系，每个支系都有自己的传承人，在讲述内容和形式上也有了变化。所以在不同的支系、不同的地域出现了不同的传本，如《红罗女》在黑龙江省牡丹江一带流传《比剑联姻》、《红罗女三打契丹》，而吉林省的东部就有《银鬃白马》、《红罗绿罗》等不同传本，这是正常的现象。说部在传播中演变，获得新的发展，并吸收汉族的评书和明清小说章回体的特点，这正是满族传统说部具有顽强生命力的表现。

三、满族传统说部的价值和意义

满族传统说部，是满族及其先民在一定历史时期、一定社会中的一种意识形态的反映，其中蕴藏着丰富、凝重的社会、历史内容。

满族传统说部具有历史学价值。满族传统说部大都是以古代英雄人物为中心、以历史事件为背景编织而成的，是述说满族及其先民各个部落、氏族的兴亡发轫、迁徙征战、拓疆守土、抵御外患等“先人昨天的故事”。如《萨大人传》、《东海窝集传》、《扈伦传奇》等所讲述苦难的经历，不朽的宗功，都从不同的侧面反映了各个氏族充满血泪、卓绝斗争的雄浑壮阔的历史。从各个氏族的说部中，能使人更好地了解到满族及其先民是怎样从遥远的过去走过来的，经历了哪些曲折坎坷和历史沧桑，而且比起正史有更多底层人民群众的历史活动和当时社会各层面的具体细节。高尔基说：“如果不知道人民的口头创作，那就不可能知道劳动人民的真正历史。”说部的历史价值在于它是原生态的历史记忆，是“那时”民间留存下来的口述史。满族的先世在没有文字时，许多史实都靠各个氏族的说部代代相传，据《金史》卷六六载：“天会六年（1128年）诏书求访祖宗遗事，以备国史。命勖与耶律迪越掌之，勖等采摭遗言旧事，自始祖以下十帝，综为三卷。”金代统治者重视采集民间遗闻旧事，并根据民间传说给始祖以下十帝立传，编入金史，这是满族说部为民间口述史的很好证明。满族说部是满族及其先民用自己的声音记述自己的历史，对各个部落、氏族重大事件的生动描写，细致记录，很多实事是鲜为人知的，有的补充了史料之不足，有的供专家研究或可匡正史误。说部以浩瀚的内容、恢宏的气势展示北方民族生动、具体的历史画卷，提供了各个历史时期活生生的人文景观。在《两世罕王传》、《扈伦传奇》、《雪妃娘娘和包鲁嘎汗》中记述了明朝与女真的交往、马市的内幕、东海窝集部与乌拉部的关系、扈伦四部争锋角逐，努尔哈赤创建八旗对女真的分化等等，都是各部族祖先的亲身经历。这对满族史、民族关系史、东北涉外疆域史的研究，都有见证历史的特殊价值。

满族传统说部具有文学审美价值。满族传统说部之所以能够世代传承诵颂，因为它具有独立情节，自成完整结构体系，人物描写栩栩如生、有血有肉，是歌颂克难履险、不畏强暴、能征善战、疾恶如仇的英雄的壮丽诗篇，充满了对英雄的崇敬，对美好生活的向往。说部中讲述的故事曲折生动，扣人心弦，语言朴实无华，简洁明快，具有感人至深的艺术魅力。许多说部都展现了浓郁的民族风韵，朴素、剽悍的独特风格，贯穿了反抗强权、除暴安良、保家卫国、急公好义、扶危济贫、知恩必报的积极主题，突出体现了满族及其先世的人文精神。它对启迪人们的智慧，端正人们的品格，鼓舞爱国主义思想，增强民族自豪感，有着潜移默化的作用。满族传统说部中反映的内容，与人民息息相通，因而受到北方各族群众的欢迎和享用。像《尼山萨满传》、《萨大人传》、《雪妃娘娘和包鲁嘎汗》、《松水凤楼传》等故事早已在达斡尔、鄂温克、赫哲、鄂伦春、锡伯以及汉族中广泛流传，只是过去没有被发掘而已。说部的创作不排除有被流放到北疆的高官和文化人的参与，如《飞啸三巧传奇》把北方民族抗俄守边的斗争与宫廷斗争相联系做了具体生动的描写，就可见流民文学的影子。满族传统说部创世神话《天宫大战》，反映了原始先民与自然力的抗争，歌颂了掌管日月运行、人类繁衍的三百女神与恶神进行惊心动魄地鏖战，是我国史前文化的重要遗迹，可以同世界诸民族的古神话相媲美，丰富了世界神话宝库。满族传统说部中的史诗《尼山萨满传》和有着六千余行的萨满史诗《乌布西奔妈妈》，以北方民族的独特语言，瑰丽神奇的情节，宏伟磅礴的气势，歌颂了萨满的丰功伟绩，具有很强的震撼力。可以说，满族说部是满族及其先世的史诗，是民族文化的精华和古卉，是我国和世界学术界研究满族及其先民历史和文化的不可或缺的宝贵资料，填补了我国民间文学史的空白。

满族传统说部具有民俗学价值。满族及其先世，在长期社会生活中，主要靠口碑传承生产、生存经验。在《飞啸三巧传奇》、《雪妃娘娘和包鲁嘎汗》中介绍了用桦树皮造纸、皮张的熟制、不同兽肉的制作和保鲜、鱼油灯的制作过程等古老工艺，还介绍了北方各种草药的药性和采集，北方少数民族的海葬、水葬、树葬等民俗。在《天宫大战》中介绍了祭火神，“跑火池”，在《两世罕王传》中记述了明末清初一种娱柳活动——“跑柳池”等等。因此满族传统说部，为我们展现了满族及其先民等北方诸民族沿袭弥久的生产生活景观、五光十色的民俗现象、生动的萨满祭祀仪式和古时的天文地理、航海行舟、地动卜测、医药祛病以及动植物繁衍知识等，特别是有关生产知识，操作技艺，往往通过故事中的口诀和韵语得以传承。这为研究北方诸民族的人文学、社会学、民俗学、宗教学等学科提供了具体、真实、形象的资料，使这些学科得到印证、阐明和补充。所以，有些专家称满族传统说部是北方诸民族的“百科全书”，其言不为过誉。

满族及其先民，数千年来，在亚洲阿尔泰语系乃至通古斯文化领域里，做出了不可泯灭的贡献。特别是有清二百六十余年来，为世界文化保留了浩瀚的满学典籍及各种文化遗产，满语的翻译历来为世界各国学者所青睐，满学已成为民族学、语言学的重要学科。满语因久已废弃，现存满语仅是清代书面语的沿用。近年来，我们采录了黑龙江省孙吴县78岁的何世环老人用流利的满语讲述的《音姜萨满》、《白云格格》等满族说部，它向世人重新展示了久已不闻的仍活在民间的活态满语形态，这对世界满学以及人文学的研究是弥足珍贵的。除此，在满族传统说部中还保留着大量的环太平洋区域古老民族与部落的古歌、古谣、古谚，故而具有丰富世界文化宝库的意义。

满族传统说部作为民间口述史，其中对历史的记忆也会有不真实、不准确的地方，但它毕竟是民间口头文学而不是史书，作为信史虽不排斥传说但不可要求口头传说与史书一样真实可信。满族及其先民由于受历史的局限和各种思想的影响，在说部中难免有不健康的东西和封建糟粕的成分，但这不是主流，它和所有非物质文化遗产一样，自有其存在的价值。我们把满族传统说部原原本本地奉献给广大读者，相信在批判地继承民族文化遗产的原则指引下，一些不健康的东西会得到剔除。我们在采录、整理、校勘、编辑过程中难免有所疏漏，敬请读者批评指正。

我们抢救、保护和编辑、出版《满族口头遗产传统说部丛书》，是为了贯彻落实党的十六大精神和“三个代表”重要思想，传承中华文明，发展社会主义先进文化，为建设社会主义精神文明和构建和谐社会尽绵薄之力，希望这套丛书的出版能发挥它应有的作用。

谷长春

2006年6月

目录

《寿山将军家传》传承情况

祁学俊

一、一个精忠报国的传奇军事世家

《寿山将军家传》是一部流传于黑龙江瑷珲地区的满族说部，讲的是自明末袁崇焕起，至清末寿山、永山止，袁氏一家七代的家族史。

袁崇焕，字元素，号自如，生于明万历十二年四月二十八日，祖籍广东东莞。万历四十七年中进士，转年被任命为福建邵武知县。天启二年，朝觐至京，单骑巡视关内外。此时，正值辽东吃紧，天命大汗努尔哈赤乘明朝皇权更替之机、萨尔浒大捷之势，克开原，占铁岭，继而发倾国之师攻取了沈阳、辽阳、广宁。广宁失守，全辽尽失，关外局势愈加恶化。一些文武大臣已被后金的攻势吓破了胆，朝廷正苦于无人可用时，袁崇焕自告奋勇前往辽东，遂任其为兵部职方司主事，紧接着提升为佥事，监管关外军事。时过不久，又先后任为辽东巡抚、蓟辽督师，并取得了宁远大捷，打败了不可一世的努尔哈赤。由于兵败，努尔哈赤郁郁寡欢，身患毒疽，天命十一年含恨而终。

皇太极即汗位后，率领后金军避开山海关、绕道蒙古攻打北京，袁崇焕回援京城，取得了京师大捷。后来明朝却自毁长城，中了皇太极的反间计，袁崇焕被下诏入狱，含冤磔死。在袁崇焕下狱定罪时，其妾生一子，名文弼。初始藏匿在都城民间，之后流落于河南，被袁崇焕的爱将祖大寿所救，辗转来到东北宁古塔，入了旗籍，从此成为满族大家庭的一员。

十七世纪中叶，一直觊觎中国领土的沙俄派出军队，武装入侵黑龙江。为了保证边境的安全，康熙帝在平定了“三藩之乱”、收复台湾之后，决定进兵黑龙江。康熙二十二年，康熙帝下令调乌喇、宁古塔官兵一千五百名，制造船舰，发红衣炮、鸟枪及演习之人，于黑龙江的瑷珲、呼玛建木城，与之对垒，相机而动。袁文弼之子尔汉、之孙袁贵同本村的后生们随宁古塔副都统萨布素远戍瑷珲，当年，康熙帝任命萨布素为黑龙江将军，之后尔汉父子又随其于额苏里屯田，修建了新旧瑷珲城，参加了两次雅克萨自卫反击战。战后，清军回防瑷珲，以新旧瑷珲城为中心建了不少旗屯。尔汉、袁贵被编入瑷珲驻防八旗中的正白旗汉军第三佐，从此落户于江东白旗屯，尔汉这支在此繁衍了四代：尔汉之子袁贵生子有三，即怀孝、怀荣、常在；常在生子赶年；赶年生子有三，老大世有，老二世宽，老三世福，即富明阿；富明阿生子有二，即长子寿山、次子永山，为袁崇焕的七世孙。

富明阿，生于嘉庆十年，字治安，袁崇焕之六世孙。少孤，事母孝，性沉勇，青壮年大多在沙场上度过。道光六年，新疆发生了张格尔叛乱，清廷调集了三万六千兵力，花费了一千万两帑银，用一年半的时间平定了以出卖民族利益、实现个人野心为目的的叛乱。富明阿 22 岁，以马甲从领队大臣阿勒罕保出征喀什噶尔，转战于洋阿尔巴特、和阗、铁盖山，打仗十分勇敢，杀敌十六人，活捉五人。其后一路官运亨通，由马甲补授委官，继而转为无品级笔帖式，再授七品屯官衔，期满后改任军职骁骑校，擢升佐领、参领，直至总领黑龙江马队。

咸丰三年，琦善以钦差大臣的身份督师扬州，建起了江北大营，富明阿随之。其时，太平军结筏抢渡三叉河，琦善令富明阿带领三千骑兵堵截，要求每人只准带三支箭。富明阿认为太少，不利阻击，请求增加两支。琦善不准，富明阿与其争辩，琦善欲杖责八十军棍，富明阿仍不从命。琦善大怒，令军法从事，富明阿不得已，抱着必死之心带队前往。到了三叉河，他令手下官兵待敌靠近再开弓，结果每人仅用了两支箭即获全胜，富明阿对琦善打心眼儿里服气。咸丰八年，富明阿率队与太平军在六合搏杀时，第一个跃马冲入敌阵，左右挥刀，敌不能当，纷纷倒地。然而他也身受九矛，遍体鳞伤，鲜血染红了战袍。由于富明阿在疆场上身先士卒，屡立战功，故而受到了重用，得到了奖赏，先后遥授宁古塔协领加副都统衔、赏奇车伯巴图鲁、徙黑龙江火器营参领、以副都统记名、总理营务翼长、赏头品顶带、赏霍钦巴图鲁、授宁古塔副都统、署名正红旗汉军都统、总理神机营、擢荆州将军、赏骑都尉世职、授江宁将军、署漕运总督等。同治五年，在家养伤的富明阿又接诏书，由江宁将军改授吉林将军。在任期间，采取剿抚相结合的方法，肃清了吉林地界的土匪，维护了社会治安。制定了一系列措施，招抚流人开荒种地，为东北地区的开发建设做出了贡献。还特别重视文化教育，创建吉林考棚，使吉林、黑龙江两省八旗子弟能够有机会参加科举考试，并委任满汉教习教授满文、汉文、经史、骑射，致力于提高文武等方面的技能。

袁寿山，生于咸丰十年，字眉峰，世居瑷珲，隶汉军正白旗。光绪九年，凭父功进京袭骑都尉世职，以三品衔补用郎中候选员外郎，继而被管理神机营事务大臣调入该营任理事官。光绪十一年三月，经统领马、步兵正红旗汉军都统善庆奏请，调任通州防营任理事官。七月，自防营撤回京城，仍派为神机营理事官。九月，由总理海军事务大臣奏调代理船务章京。光绪十二年四月，随醇亲王巡查北洋。光绪十三年，因于神机营当差五年，在防守通州、巡查北洋事务上出力多，经管理神机营事务大臣保奏，由员外郎升为郎中。光绪十四年，经颐和园工程大臣举荐，代理颐和园档子房监修之差。光绪二十年五月，适逢慈禧太后六十大寿，恩准在颐和园代理差官加赏三品顶带。

当年八月，中日甲午战争爆发，陈请赴前敌效力，得朝廷允准，在黑龙江将军依克唐阿部下任镇边军步兵统领。光绪二十一年三月初，辽南告急，亲率70骑前往侦察，与日军交战于汤岗子。酣战间，忽中飞弹，自右腹入，左臀出，仍屹立不为动，战愈猛，敌即退，跨马30里回营，衣袴淋漓，血厚盈指。光绪二十三年，任黑龙江镇边军统领，驻瑷珲。时过不久，奉旨调为河南知府，未及上任，黑龙江将军恩泽以“边事、军事非寿山无可依任”上奏朝廷，光绪二十五年改为瑷珲副都统，帮办黑龙江边防军务。在任黑龙江镇边军统领和瑷珲副都统期间，视察边卡，整顿驿站，修建城垣，构筑江堤，招募新军，购置军械，设立保甲，编练乡团，招垦放荒，为整顿边防倾尽全力，受到光绪帝的赏识和召见。光绪二十六年初，恩泽去世，寿山署理黑龙江将军。同年，爆发了义和团运动，八国联军入侵京津一带，沙俄以保护中东铁路为名出兵我国东北。面临强敌，寿山调动部队，分北西东三路顽拒，最后师败兵溃。寿山积极组织抗战非但没有受到清廷嘉奖，反而责其妄开边衅，部议夺职，听候查办。寿山走投无路，感到战亦难，守亦难，退亦难。深责自己身为将军，事前既不善弥缝，事起又不能固守。结果丧师失地，使江省糜烂如是，坐视“江东六十四屯”遭受奇难，无颜面对江东父老，遂抱定“军覆则死”之念头，以身殉节，终年41岁。

袁永山，生于同治七年，寿山之弟。光绪九年随兄赴京袭职，任三等侍卫，后至神机营文案当差，加赏四品衔。光绪十六年投笔从戎，附黑龙江将军依克唐阿，任马队五起营官，在呼兰、绥化一带剿匪。光绪二十年，中日甲午战争爆发，永山踊跃请行，誓灭狂寇，任镇边军马队统领。辽南大小十余战阵阵军锋，无不怒马当先，披坚执锐。清军进剿凤凰城，永山慷慨流涕，自请独当一路，坚称不取凤凰城誓不复还。草河口一役，清军夜宿顾家堡子，俄军从三面偷袭，永山掩护部队突围，左臂、右额各受伤一处，仍坚持战斗，手执枪械毙敌数名。在督队撤向赛马集时，胸部又中一枪，当即晕厥倒地，继而大呼而起，亲兵扶之，坚不肯退出战场，口中喃喃嘱咐兵勇好好儿扶持寿山杀敌，终因伤势沉重壮烈殉国，年仅27岁。

从袁崇焕到富明阿、寿山、永山，祖孙几位都是戎马一生，驰骋疆场，立下了赫赫战功，可谓一个军事世家。"精忠报国"是他们的共同信仰，面对外敌入侵，个个大义凛然，毫不畏惧，用鲜血和生命铸就了这金光闪闪的四个大字，不愧为响当当的民族英雄，值得人们永远敬仰与怀念。"文臣不爱钱，武臣不惜死"，此乃统治阶级追求的理想社会，祖孙几位做到了既不惜死，又不爱钱。然忠臣却没有好报，袁崇焕被捕下狱，含冤磔死，寿山遭革职查办。这不仅是个人的悲剧，也是历史的悲剧，中华民族的悲剧。主昏政暗，基础已毁，纵有栋梁之材，照样难免大厦将倾。明清两朝由于政治腐败，军事无能，故而未能逃脱颠覆的结局。

二、袁氏一家在瑷珲地区乃至全国有着广泛而深远的影响

明代蓟、辽督师袁崇焕立下了丰功伟绩，名垂千古，光照人间。乾隆四十七年，乾隆帝为其公开平反，曰："昨披阅明史，袁崇焕督师蓟、辽，虽与我朝为难，但尚能忠于所事。彼时主昏政暗，不能馨其忱悃，以致身罹重辟，深可悯恻。"从此，人们逐渐了解了袁崇焕冤案的真相，并开始公开纪念之。据讲袁督师蒙难后，其仆人佘义士夜窃其头颅，埋葬在宅院内，终生守墓，世代相传。墓地位于北京市东花市斜街52号，后于墓前建祠，祠额题书"袁督师墓堂"，祠内有康有为书："自坏长城慨千古，永留毅魄壮山河。"除此还建有袁督师庙，坐落于北京龙潭湖旁，建于民国六年。庙额为康有为题书"袁督师庙"，庙门两侧为康有

为手书楹联，上联为：“其身世系中夏存亡，千秋享庙，死重泰山，当时乃蒙大难”；下联为：“闻鼙鼓思东辽将帅，一夫当关，隐若敌国，何处更得先生”。广东东莞故里曾建有袁督师祠、袁大司马祠，现建有袁崇焕纪念园，广西藤县建有袁公故里纪念碑和重建明督师袁公崇焕故里纪念碑。

宁远，即今辽宁兴城，是明蓟、辽督师袁崇焕建立历史功绩的地方，在这里曾打败了天命汗努尔哈赤，取得宁远大捷，后来又在这里打败了天聪汗皇太极，取得宁锦大捷，并设置关宁锦防线，守护辽西疆土。2000 年，在袁崇焕蒙难 370 周年纪念会上，兴城举办了袁崇焕纪念馆开幕式。

袁崇焕的后裔中，以富明阿、寿山、永山父子三人最为显赫，影响最大。瑷珲向有“十里长江”的传说，讲的是瑷珲山环水绕，易守难攻，乃兵家要地。特别是东边的黑龙江穿山越岭流到这里，江面陡然开阔，航道笔直，南北长达十里，号称“十里长江”。有一年，从南方来了一位看风水的先生，面对十里长江感慨道：“瑷珲是块宝地，十里长江要出十位将军，不过若想保住这块宝地，必须修座塔镇之。”人们依其所言，开始在城中动工建塔，可是在挖地基中，竟从里面飞出一只蝴蝶，风水先生遗憾地说：“风水破了，十里长江不能出十位将军了，只能出九个。”此话果然灵验，后来瑷珲真的出了九位将军，袁氏占三，富明阿、寿山父子是其中之二。

富明阿与袁崇焕不同的是前者受到清廷的重用，后者含冤磔死，相同的是二人身后都受到乡里官绅、百姓的追念。光绪八年，富明阿病逝，应吉林官绅的请求，在吉林省城为其建立了专祠。光绪十八年，瑷珲官绅联名请求在城中为其建立专祠，协领色凌阿等呈文称：“已故原吉林将军富明阿，于道光初年出征喀什噶尔等处，曾著战功。咸丰二年出师江南、河南、山东、直隶、安徽，克复蒙城，歼灭苗逆，攻取江宁，剿除巨魁。屡蒙朝廷恩施酌庸之典，简放江宁将军兼署漕运总督，而南邦是式，嗣任吉林将军办理军务，而东土肃清。迨该将军归期病故，其丰功盛列之所在，复蒙盛慈优加恤典，予谥威勤。后经吉林官绅等禀，由将军希元据请奏恳，恩准在吉林省城建立专祠，照清朝定例，在官员原籍建立专祠则要单独奏请。富明阿自道光年间出征以来，已历 40 余载，久经沙场，伟绩早留五省。虽属殁世多年，而其学心之所注，美德之所流，直与当年战绩同昭美备，诚有令人不忍湮没之处。是以呈请先于本省自行捐款，建立专祠，春秋由地方官致祭。”时过不久得准，此祠堂与富明阿墓相邻而建，光绪二十五年落成。转年发生了庚子俄难，祠堂被毁，墓也有被盗的痕迹。宣统二年，黑龙江旗务处提出修复富明阿专祠和墓地。直至民国十七年，富明阿之孙、寿山之长子、时任黑龙江陆军第一师第二旅上校旅长庆恩负责修复了富明阿墓，墓碑正面刻有“皇清诰封建威将军袁公，讳富明阿之墓，予谥威勤公”，背面刻有“民国十七年吉日，孙男庆恩敬立，壬辰端午节”。

寿山殉节后，其妻都尔塔氏将其灵柩送至杜尔伯特贝子府其内兄处，暂时寄存。时慈禧太后与光绪帝逃往西安，交通、通讯阻隔，清廷以其“妄开边衅”论罪。至光绪三十二年，署黑龙江将军程德全向朝廷吁请免办，开复原官，照将军例议恤，予谥，建祠，宣付史馆立传，然未获允准。两年后，再次陈请，才获准免其查办，开复原官，照将军例议恤，予骑都尉兼云骑尉，附入其父富明阿专祠，将生平战功事绩宣付史馆立传。光绪三十四年，寿山之妻病故，其子庆恩扶柩至杜尔伯特，将母与父合葬。民国十七年，黑龙江省公署于齐齐哈尔关帝庙侧择地建寿公祠，初始在龙沙公园内，后迁至明月岛。2006 年，寿山的家乡瑷珲修建了卫国英雄园，主要展示寿山、萨布素两位将军的事迹。

永山牺牲后，回葬瑷珲，墓地在其父富明阿墓旁。黑龙江将军依克唐阿给以永山很高的评价，并为其请功，奏称：“永山现年 27 岁，系前吉林将军富明阿次子，幼而学文，心识忠义，长而伟武，胸有甲兵。黑水钟灵，生前只授虎贲之职，青年赍恨，宜邀凤诏之褒。核其捐躯情节，实与以死勤事者祀典例相符。甲午之战，各路统兵将领除左宝贵外，未闻有人殉难。永山之死，较之左宝贵尤为惨烈，其战功不相上下。仰恳天恩，俯赐敕部从优议恤，可否加恩追赠予谥，并将其列入昭忠祠祀典，附其父黑龙江专祠，由地方官春秋致祭，以彰忠烈，以慰英魂。至其战功事迹，相应请旨宣付史馆，续于富明阿列传之后，出自逾格鸿施。是否有当，伏乞皇上圣鉴，训示施行。”过了月余，依克唐阿的奏折获准：“永山照一二品大员战死例，给葬银 900 两，赏骑都尉世职。”清廷还拟在奉天西关三贤祠畔建修专祠，以表左宝贵、永山双忠事迹。袁崇焕后裔中，除了富明阿、寿山、永山外，还有三姓副都统、通肯副都统庆祺、署黑龙江城副都统金山保等，在瑷珲乃至全国也有一定的影响。

三、《寿山将军家传》在瑷珲地区的产生与传承

我第一次听到讲唱《寿山将军家传》是在上世纪五十年代初，家乡距瑷珲不到50里，乃黑龙江边的一个满族村，有的老人便是庚子俄难时从江东六十四屯跑过来的。那咱不像现在又有电视又有电脑的，基本没什么文化生活，上秋打完场，便进入了冬闲季节，惟一的乐趣就是左邻右舍凑在一起讲古说书。我七八岁时经常住在姥姥家，清楚地记得每当天黑之后，三三两两的村民手拿长烟袋来到家中的南屋，有的坐在炕上，有的站在地上，有的蹲在墙角儿，屋子里充满了浓烈的旱烟味儿。其中说书讲古的有三个人，一个是姓王的老头儿，一个是我的三妈，一个是姓李的中年人，前者讲的是《鬼狐传》，后者讲的是《三国演义》，三妈讲的就是《寿山将军家传》，每天三人分别讲一段儿。三妈讲唱时，手中还拿个小本子，上面写满了密密麻麻的字，说是讲述提纲，怕讲着讲着接不上茬儿了，时不时地得瞅上一眼。

在黑河人民对历史的记忆中，有两件事忘不了，一是光绪二十六年的“跑反”，即庚子俄难，二是寿山将军带领瑷珲军民抗击沙俄的入侵。庚子俄难是留在包括三妈在内的黑河百姓心中永久的伤痛，至今当地还流传着三首民间小调。

第一首是《失瑷珲》，只搜集到一部分：

庚子年上中，
俄兵来攻城，
日落黑了天，
城里赛火龙。
道上搬家哟，
车马跑得真是凶，
无车无马跑不动，
才把孩子扔。

第二首是《推黑河》：

一更里，小寡妇，眼泪汪汪；
想丈夫，在黑河，已把命丧。
第一声，外国鬼，丧尽天良；
大不该，将奴夫，推进大江。

二更里，小寡妇，两泪淋淋；
我丈夫，再不能，重返家门。
寒屋中，撇下了，年迈娘亲；
可怜她，只哭得，水米难进。

三更里，小寡妇，闷坐窗前；
怀抱着，苦命儿，眼泪不干。
最可叹，父子俩，未曾见面；
纵然是，长成人，也难报冤。

四更里，小寡妇，想起当年；
你在外，捎钱来，孝敬堂前。
家中事，过日子，不受困难；
三两载，转回家，夫妻团圆。

五更里，小寡妇，一夜未眠；
只恨哪，外国鬼，无理野蛮。
屠戮我，中国人，足有几万……

第三首是《庚子俄难十二声》，只搜集到一声半：

弹罢第一声，
眼巴巴来到庚子年上中。
庚子年上里，
天下动大兵，
沙俄发兵要上哈尔滨。
京城来电报，
不让毛子往下行。
再表表那一日，
十八只船它就往下行。
第二天，
驶来三只船，
恒统领一见两眼气通红。
装火药，

填石子，
咕咚就一声。
大炮连声响
毛子吃了惊。
喊口号，
发排枪，
拦住毛子兵。
大船放哨子站在江当中，
威虎[1]下来两个毛子兵，
拢到江这边，
见了恒统领，
询问为何事又把路来横？
统领开言道，
昨一日，
十八只船为何往下行？

弹罢第二声，
崇统领带人马去到那城北，
吹号角，
擂战鼓，
扎下营。
挖战壕，
下卡子，
等着毛子兵。
海兰泡下来人马足有五千名，
装石子，
填火药，
咕咚就一声……

这三首小调我是听三妈唱的，还有一位人称“张大胡子”的老者也吟唱过。三妈何以能讲寿山将军及其家世呢？这与她的身世和经历有关。三妈生于光绪十八年，满洲人，托阔罗氏，名玉芝。清末时，其父

---

① 威虎：满语，小船。

陶光为寿山将军属下的营官，由于治军严，为人厉害，大伙儿称其为“陶阎王爷”。陶光与寿山及其子庆恩有很好的交情，三妈同寿山的女儿、乳名“闺女”岁数相仿，是儿时的玩伴，整日与她一起弹琴、画画儿、下棋、练字，还时不时地留宿于将军府，成了那儿的常客。因其父岁数比闺女的父亲稍大，所以称寿山为叔，袁家上下人等都很喜欢她。光绪三十四年，三妈进入省城齐齐哈尔两级师范学堂读书，后来改为省立第一师范学校，经过一番苦读，具有了较好的文化素养。伪满洲国时，陶光曾任黑龙江陆军上校营长，后退役，带领家人回到原籍瑷珲县小乌斯力村。

那么，陶光的女儿是怎么到的祁家、并成为我的三妈呢？本人为满洲镶黄旗人，奇塔拉氏，祖籍吉林。康熙二十二年，先祖第四代随首任黑龙江将军萨布素前往瑷珲，参加了两次雅克萨战争，后定居于江东碾间房屯。该屯位于书中讲到的霍振芳所住之霍尼呼尔哈屯南十里，最初有间碾子房，附近村屯的男女老少都到这儿推碾子拉磨，因此而得名。奇塔拉氏在碾间房屯一住再未走，传宗五代，到我爷爷这辈儿为第十代。爷爷哥儿仨，其为老三，称为三爷。光绪二十六年“庚子俄难”，大爷及其长子死于江东，爷爷和二爷领着大爷的二儿子祁连升搬到了江西，住在碾间房屯隔江对岸的小乌斯力村。爷爷在村西的高岗上开了一大片荒地，接连几年庄稼长势都不错，建起了自己的庄园。二爷和祁连升在村北开了一大片地，也建起了庄园，两家的家境都比较殷实。陶光带着家人回到小乌斯力，见我二爷家日子过得挺好，遂将女儿许给了我叔伯大爷祁连升，陶玉芝便成了我大妈。又因祁连升在叔伯哥儿们中排行老三，故而称其夫人为三妈。

进入民国时期，爷爷、二爷相继去世，由于过重的苛捐杂税和“集团部落”，家道渐趋中落。不久，叔伯大爷祁连升也因病离世，尚有一儿一女需要抚养，三妈只好靠给雇主家洗衣、做饭维持生活。两年后，三妈的女儿寄居我家，我称其为惠芳姐。

三妈对中国历史知道得蛮多，所讲的《寿山将军家传》里面的内容大多是听寿山本人及其夫人、儿子、女儿说的，有些则是亲眼所见、亲身经历的。大家之所以听得津津有味，且乐此不疲，因为她讲的是身边的事、身边的人，其中不乏有演义的成分和自己的见解。那时，“庚子俄难”仅仅过去五十多年，小乌斯力是个满族村，像我奶奶、姥姥那把年纪的老人，几乎都是当年的亲身经历者。奶奶一家于光绪二十五年初冬从江东布尔多屯迁过来时，由于大江刚刚封冻，并不结实，她的母亲不小心掉进冰窟窿里了，几个儿子急忙上前营救，薄薄的冰层裂开了，全都跟着掉进去淹死了，一家好几口儿只剩下奶奶一个人。姥姥一家在“跑反”时，她的妹妹太小，太姥实在跑不动了，便将小女儿扔进了道边的草棵子里。小女儿哇哇大哭起来，十指连心哪，母亲转身返回抱起孩子强撑着继续跑，我的小姨姥算是拣了一条命。

碾间房屯距寿山的家白旗屯不过 30 里，小乌斯力屯的住户大多也是从江东逃过来的，他们与寿山可谓同饮一江水、同顶一片蓝天、同在一块土地里刨食的乡亲，自然都知道寿山将军，有的还见过。光绪二十六年前的瑷珲人口四万，商贾三千，是黑龙江沿岸最大的城镇。村民们上街就是去瑷珲城，犹如现在到黑河市一样，在那里出售自家地里产的粮食，还有各种各样的皮张，买回布帛、皮袍及油盐酱醋茶等生活必需品。寿山是位爱民如子的父母官，乡亲们哪能见不到他呢？大家皆称其为袁大人或寿山将军。

瑷珲满族各家的先世与袁氏家族的先世经历大同小异，如果查阅一下瑷珲满族各家的家谱，将会发现有惊人的相似之处，即家中无论是老哥儿俩，还是老哥儿仨，其中一人或两人必于康熙年间随萨布素将军远戍瑷珲，征讨罗刹。雅克萨战争后，便居住于江东或瑷珲附近的旗屯，自此子孙繁衍，传宗接代。瑷珲本是满族的聚居地，后来家族的这一支如同太祖努尔哈赤的先世一样南迁了，现在居于此地的满洲人大多是康熙年间从宁古塔、吉林、盛京随萨布素将军来到瑷珲永戍的官兵之后人。寿山将军的先祖自尔汉到寿山这一代，他们的经历就是瑷珲满族家家户户先世的经历，皆在这块土地上流过血，流过汗，是瑷珲地区的开发者，也是历史的创造者。所以大家听了三妈的讲唱，有一种亲切感和认同感，一点儿不奇怪。

那时我还小，鉴别事物的标准只有好坏之分，有许多事不能理解，记得曾向三妈发问道：“寿山将军的先祖袁崇焕那么能打仗，忠于大明，怎么最后到被皇上下令给杀了？”答曰：“哪个朝代都有忠臣和奸臣，袁崇焕是被奸臣害死的，崇祯皇帝中了清太宗皇太极的反间计了。”接着问道：“如此说，皇太极是坏人喽？”答曰：“这个问题可复杂了，不能说皇太极是坏人，那是两个朝代在打仗。”又问：“罗刹鬼杀了无数中国人，甚至赶进江里淹死，难道也是两个朝代在打仗吗？”答曰：“不是，那是沙俄入侵我国，要占领咱东北。俄国人同样有好人和坏人之分，坏人只是一少部分，包括当权者、沙皇和在别国土地上恣意妄为的侵略军。”再问：“我一直想不明白，皇帝并未下令处治寿山，他没有错，干吗要自杀呀?”答曰：“寿山率领军民积极抗俄，是全国百姓的共同心声，目标是一致的。至于师败兵溃，责任不在他，而是朝廷政治腐败，江省积弊没有得到及时清除，兵员既不能战，又不能守，乃削弱的国力所趋。胜败不能论英雄，生死足见忠烈。寿山将军以死明志，表明他忠君爱国的思想和对‘擅开边衅’责难的不满。”听了这番话，我仍如坠五里雾中，似懂非懂。

长大成人后，因为打小就听三妈讲《寿山将军家传》，故而印象颇深。平日无事时，便给周围的人及左邻右舍讲，结婚生子后，又给孩子们讲。然只靠记忆总是不全面的，往往讲了这段儿忘那段儿，觉得有必要把它记述下来，形成一个讲述本，再一代一代传给后人，满洲讲古的习俗得坚持下去。于是专程去了三妈处，见老人家已年近古稀，身子骨儿还挺硬朗，精神头儿也不错。在那儿住了几天，我把《寿山将军家传》复述了一遍，三妈说是有的事来龙去脉讲得不太清楚，有的故事不够完整，并给以了补充和订正，还将早年的讲述提纲给了我，让据此予以充实。

1965年，根据黑龙江省外事办公室转达贺龙的指示，中共黑河地委从外办、公安、边防、报社等部门抽调五名工作人员对沙俄侵占江东六十四屯情况进行调查，在瑷珲县访问了82位老人，多是“江东六十四屯惨案”的幸存者。我得知这一消息，趁机也采访了时年83岁的江东旧瑷珲人蒋永寿等几位老者，收获不小。从他们口中了解到了有关清军于额苏里屯田、修建新旧瑷珲城时所发生的一些有趣的故事，还有尔汉、袁贵专程去达斡尔屯寨借种子、购买农具以及活捉俄兵的传说。

1969年，中苏发生了“珍宝岛事件”，瑷珲县同全国一样，开展了反修防修教育。在这个过程中，县革委会曾组织江东的年长者对沙俄当年的侵略行径进行控诉，内容以“庚子俄难”、“海兰泡惨案”、“江东六十四屯惨案”为主。我每场必到，边听边记，然后再把这些补充到《寿山将军家传》中。

80年代初，我被抽调编写《瑷珲县志》，任主编。一起工作的陈凌山老先生的家族同寿山将军一样皆为瑷珲汉军，其父陈连悦民国时期曾任黑龙江省议员，是上个世纪二十年代请求索还“江东六十四屯”的发起人，老先生提供了其父早年给儿女们讲过的寿山将军小时候组织儿童团的故事。

上述传说、故事、资料的收集充实，使得《寿山将军家传》的内容越来越丰富，但尚不够系统，我曾讲给族人与同事听，他们都很感兴趣。2000年退休在家，闲暇有余，正赶上吉林省社科院的富育光先生回乡省亲，他不仅是我的老师，也是同乡，还是同族。当我们聊到了《寿山将军家传》时，他对我说："你了解黑河的历史，又有三妈的口耳相传，何不下点儿功夫归拢一下讲述文本留给后人？"在其鼓励之下，我便开始动手系统地归纳和充实。之后，又见到了吴雪娟女士发表于《黑河学刊》的"瑷珲八旗汉军牛录下的袁崇焕后裔"一文，该文提供了以前所不知的一些档案资料，据此对一些不当之处进行了修改。改罢送交满族说部编委会，由吉林省艺术研究院的于敏女士予以精心整理、润色，而今得以面世，了却了三十来年的夙愿。

第一章　先祖英豪　名人后裔

水有源，树有根，讲唱寿山将军得从源头和根说起。寿山的先祖是袁崇焕，提起此人，大家都知道那是明代军事家，抗御后金的民族英雄。他打败了不可一世的天命汗努尔哈赤，取得了宁远大捷，致努尔哈赤怀恨而终，由此看来，前者可谓后者的克星。特别巧的是这两个历史上赫赫有名的人物皆与瑷珲有关，努尔哈赤的先祖发祥于黑龙江的瑷珲一带；袁崇焕的后人也辗转来到瑷珲，并在此扎下了根，寿山为袁崇焕的七世孙。

黑龙江自源头起曲曲东流，与结雅河汇合后进入了中游。黑龙江，满洲人称“萨哈连乌拉”，蒙古人称“卡拉穆连”，鄂温克人称“卡拉穆尔”，俄国人根据鄂温克之称谓叫成“阿穆尔”。结雅河史称精奇里江，鄂温克语即黄河的意思。明末清初时，黑龙江中上游交汇处的南北两岸有两座瑷珲城，一座是新城，一座是旧城。以两座瑷珲城为中心的瑷珲区域山环水绕，沃野千里，满族及其先民世世代代在这里繁衍生息，与达斡尔、鄂温克、鄂伦春等族为邻，和睦相处，生死与共，自古此地就流传着《三仙女沐浴布尔和里池》的传说。讲的是在瑷珲新城南边有三座相连的山峰，既叫三架山，又叫布库里山。这三座山隔江的东岸有片清澈的湖泊，微风吹过，水面泛起层层涟漪，其名为布尔和里湖。有一天，住在天宫的三位仙女来这里沐浴，老大叫恩古伦，老二叫正古伦，老三叫佛古伦，乃同胞姐妹。三仙女沐浴毕上了岸，正要穿衣，突然飞来一只神奇的喜鹊，嘴里叼着个红果，放在了老三的衣服上。佛古伦从未见过这么好看的果子，红红的，闪闪发光，又鲜又嫩，非常喜欢，于是拿起来把玩着。继而又将果子含在口中，一不留神竟咕噜一声咽了下去，立马感到肚子有点沉。两位姐姐知道小妹可能因误食红果怀孕了，不能与自己一同飞回天上了，这可怎么办？佛古伦很是着急。二姐正古伦劝慰道：“妹妹，我们都是仙女，服过仙丹，不会有事的，这或许是上天的意思。不妨安心在这儿住一阵子，待身轻后，我和大姐再来接你。”说罢，两位姐姐告别了妹妹，飞回天宫。

佛古伦怀胎 12 个月，产下一个男婴，来到世上便会说话，很快就长大成人。母亲先是将其身世详细告知，然后做了一只桦皮船，让儿子坐进去。他乖乖听命，顺江而下，来到一个叫俄漠浑的地方，舍舟上岸，攀柳折枝铺在地上，端坐中间。本地有三位酋长互争为王，攻杀不断，闹得人心惶惶，地方大乱。正巧有个人去河边取水，发现了这个仙女所生之人，回来对大家说："哎，跟我走，刚刚看到一个奇人。"

族众随其来到河边，果然见一年轻男子坐在柳枝上，遂问是从哪里来？他把母亲教给的话说了一遍。在场的人无不感到惊奇，异口同声道："太好了，此乃天生的圣人！"随即将其抬回村去。

三位酋长聚到一起，商议道："天意如此，我们不要再争了，干脆推举他为王吧！"

从这一天起，小伙子便在此地定居下来，被大家奉为贝勒，姓爱新觉罗，名叫布库里雍顺，就是历史上所说的清始祖。

这个美丽的神话故事被大清王朝写进了正史，其意即爱新觉罗氏为仙女所生，天生的龙种。传说归传说，它从另一个侧面告诉我们，爱新觉罗氏是从黑龙江边走出去的，瑷珲区域乃清始祖的发祥地，也就是说努尔哈赤的根在瑷珲。

明嘉靖三十八年，一个凤眼大耳、面如冠玉的婴儿在建州左卫的一个奴隶主家诞生了，他便是爱新觉罗努尔哈赤，祖父叫觉昌安，父亲叫塔克世。努尔哈赤在家中排行老大，下面有四个弟弟。10岁那年，母亲不幸去世，继母待他不好。19岁时，父亲听从后妻的话，与儿分居。为了生计，努尔哈赤只好到山林里采蘑菇、摘木耳、捡松塔、挖人参，然后运到抚顺马市去卖，换回一些生产生活用品。早年家庭的不幸、生活的艰辛、阅历的曲折不但没有难倒努尔哈赤，反而从中磨练了意志，增长了见识，提高了能力，积累了经验，为日后成就一番轰轰烈烈的事业做了必要的准备。

努尔哈赤的先人皆非等闲之辈，从六世祖猛哥帖木儿开始受到明朝册封，祖父觉昌安为建州左卫都督，父亲塔克世为建州左卫指挥使。万历十一年二月，明辽东总兵李成梁在苏克素护河部图伦城主尼堪外兰的引导下，出兵镇压建州右卫首领王杲之子阿台。阿台之妻是觉昌安的孙女、努尔哈赤的堂姐，觉昌安为救孙女，还想劝说阿台投降，便来到其驻地古勒寨。由于停留的时间较长，后来塔克世也进寨探望，父子双双被围困寨中。李成梁指挥官兵连攻数日，最终尼堪外兰以计骗开寨门，阿台被部下砍了头，合寨投降。李成梁将寨子的男女老少全部处死，混乱之中，连忠于明朝的觉昌安和塔克世也被明军误杀。努尔哈赤惊悉父、祖蒙难的噩耗后，悲痛欲绝，愤怒地前去责问明朝边吏为什么杀死我父祖？为了补偿努尔哈赤父祖的冤死，明朝授他为建州左卫都指挥使。努尔哈赤因无力兴兵攻明，便将一腔仇恨倾泻到尼堪外兰身上，当年五月，以父祖十三副遗甲起兵，攻打尼堪外兰，从此开始统一女真各部。

努尔哈赤历经十年，先后征服了建州女真全部及海西东海女真大部，并于万历四十四年在赫图阿拉称汗，建立大金政权，改元天命，是年为天命元年。万历四十六年，他以明朝廷偏袒女真叶赫部为由，愤然发布“七大恨”，告天公开兴师反明。在写给官军人等的谕文中，说到的七大恨是：“我祖宗[①]与南[②]看边进贡，忠顺已久，忽于万历年间，将吾二祖无罪加诛，此乃第一大恨；癸巳年间，南关、北关、辉发、乌拉、蒙古等九部会兵攻打我们，南朝休戚不管，袖手坐观，仗庇皇天，大败诸部。后我国复仇，攻破南关，迁入内地，南朝责吾擅伐，我们遵依上命，退回到故地。后来北关攻南关，大肆掳掠，南朝毫不加罪。吾与北关同为外番，事是一样的，处理则不同，何以怀服？此乃第二大恨；先汗[③]忠于大明，心若金石，恐因二祖破戮，南朝见疑，故同辽阳副将吴希汉宰马牛，祭天地，立碑界约铭誓曰：‘汉人私出境外者杀，夷人私入境内者杀。’后来沿边汉人私出境外，挖参采取，念山泽之利，系我过活，屡屡申禀上司，竟若罔闻。不得已遵循碑约，始敢动手伤毁，实在为的是信盟誓，杜将来。正在这个时候，新巡抚来了，我们例应叩贺。派人前去行礼，当时巡抚不究出边招衅之非，反抓了送礼行贺之人，非要杀十个夷人偿命。欺压如此，情何以堪，此乃第三大恨；北关与建州同为属夷，我两家结怨，南朝本应公正对待，可为什么南朝要对北关助兵马、发火器？卫彼拒我，让我们伤心，此乃第四大恨；北关老女系先汗礼聘之婚，后却违盟，不让迎亲。更不该的是南朝竟帮助维护，让其改嫁蒙古，似此耻辱，谁能甘心？此乃第五大恨；我们是看边之人，二百年来，俱在柴河、三岔、抚安等近边住种。后南朝信了北关诬言，发来兵马，逼令我部远退 30 里，立碑占地，将房屋烧毁，田禾

---

① 祖宗：指努尔哈赤的祖父和父亲。

② 南：指明朝廷。

③ 先汗：指努尔哈赤之父。

丢弃，地里的庄稼不准收割，使我部无居无食，人人待毙，此乃第六大恨；我部素来都很忠顺，并不曾稍逆不轨，南朝忽然派遣备御萧伯芝，蟒衣玉带，大作威福，秽言恶语，百般欺辱，此乃第七大恨”。其后，努尔哈赤亲自率领两万人马进兵抚顺，从此，后金与大明在辽东展开了生与死的决战。这场征杀的结果是抚顺明将李守芳不战而降，后金军俘获了大量人口、牲畜并毁了抚顺城，带着大批战利品返回了根据地，也就是后金的汗城赫图阿拉。

消息传到北京，明神宗大怒，派杨镐为辽东经略，讨伐后金。杨镐经过一番紧张的调兵遣将，集中了十万人马，号称40万，分兵四路，由四位总兵官率领，进攻努尔哈赤老家赫图阿拉。努尔哈赤不管他几路来，我就是一路去，集中优势兵力，各个击破。萨尔浒一战，杨镐统率的四路大军中，三路覆没，一路败退。明军死亡将吏三千多，士卒四万八，失牛、骡、马、驼近三万头、匹，而后金兵民死伤不过三千人。

萨尔浒战役后，明朝元气大伤，后金步步进逼。前方吃紧，后方乱得一塌糊涂，明王朝大厦将倾。

努尔哈赤借明朝皇权更替、军备废弛之机，乘萨尔浒大捷之势，攻破开原，占领铁岭。尔后发倾国之师进攻沈阳、辽阳，明军九天之内先失沈阳，后失辽阳，努尔哈赤随之将都城由赫图阿拉迁到辽阳。

辽沈失陷的消息传到了明朝京城，举朝震动，京师随即戒严，一些胆小的官员竟擅离职守，打点行李准备逃回老家。自此之后，明朝对辽东的用兵策略出现了分歧，辽东经略与巡抚意见不合。努尔哈赤紧接着又乘机攻占了辽西重镇广宁，广宁失守，全辽尽失，关外局势更加恶化。在广宁失陷的第四天，御史侯恂向朝廷上了一份奏折：“来京接受考核的邵武知县袁崇焕，英风伟略，不妨破格留用。”天启帝正苦于无人可用，遂采纳了侯恂的建议，授袁崇焕为兵部职方司主事。职方司主事是兵部下的一个官称。明朝官制为兵部下设武选、职方、车驾、武库四个司，职方司有员外郎一人，主事二人。

袁崇焕，字元素，生于明万历十二年四月二十八日。其祖父世祥，父亲子鹏，世居广东东莞水南袁屋坪。祖父从东莞乘船顺溯东江、西江，到广西梧州府藤县从事木材、药材生意，后来开设店铺，盖房定居。父亲子承父业，落籍藤县。袁崇焕兄弟三人，他排行老二，出身于农民兼商人的家庭。平时既不想种地，也不愿奔走经商，而是有志于读书上进，求得功名，为士做官，报效社稷。他很有天赋，聪明伶俐，刻苦读书，14 岁中秀才，23 岁中举人，35 岁中进士。

袁崇焕从求学时起就关心国家大事，虽身居岭南，但心念辽东失地。在往来上学的路上，有一座土地庙，庙内供着土地神。每当放学回家途经此地时，总要在庙前驻足，面对土地神念念有词："土地公，土地公，为何不去守辽东?"考中进士的第二年，朝廷任命其为位于福建西北部、号称"八闽屏障"的邵武县知县，上任后，每天都招呼一位熟悉辽东边事的老兵讨论辽东战事。

天启二年，袁崇焕遵照朝廷的规定，前往北京朝觐，接受朝廷的政绩考核。可任兵部职方司主事不久，却突然失踪了，问其家人，皆不知去向。原来他单骑去了关外，不几天就返回了北京，遂上奏朝廷，分析了关外敌我双方的形势，并声称："只要给我军马钱粮，一定能守住辽东!"

一些朝中大臣已被后金的攻势吓破了胆，听袁崇焕自告奋勇愿往辽东，正中下怀，一致赞成他去试一试。于是朝廷任其为佥事，发给钱币 20 万两，督率关外的明军。

此时的关外经过几年战事，一片荒凉，遍地都是兵将的尸骨，加之冰天雪地，野兽出没，环境十分艰苦。袁崇焕带着几个亲随出关后，连夜在荒野上策马飞奔，天未亮便赶到了宁远的前屯，在那里收容难民，修筑工事，将士们对他的勇气和毅力没有不佩服的。袁崇焕经过一番实地考察，决心派兵进驻宁远，修筑防御工事，然此意却与兵部尚书、辽东经略王在晋相左。王在晋则采取消极防御政策，主张于山海关外筑重城，捍关门，卫京师。袁崇焕人微言轻，不敢争辩，便将自己的想法奏告首辅叶向高。叶向高因不明情况，不可凭空妄言，所以一时难以决断。天启皇帝思虑再三，遂派他的老师、大学士孙承宗巡视关外，以决策方略。经实地考察，孙承宗认为王在晋尽弃关外城池、土地、军民、退守山海关的主张不可取，并给以严肃的批评和推心置腹的规劝。然王在晋听不进，更不接受批评，仍固执己见。无奈之下，孙承宗只好奏请朝廷免去王在晋的辽东经略，当即获准，并任命其为辽东督师。孙承宗采纳了袁崇焕的意见，奏报关外防守方略，修筑宁远卫城，建立宁远、锦州、山海关防线。

袁崇焕指挥官兵在宁远筑起三丈多高的城墙，装备了各种火器、大炮，孙承宗还派了几支人马分驻在宁远附近的锦州、松山等地，以声援宁远。孙承宗、袁崇焕为建宁远、山海关防线，采取了构筑城堡、驻扎军队、召回辽人、垦荒屯田、交易货物、抚绥蒙古等诸多措施，使辽东的危急局面很快得以扭转。

正当孙承宗、袁崇焕守卫辽东有了进展的时候，却遭到大奸臣、阉党头子魏忠贤的猜忌，唆使阉党说了孙承宗不少坏话，孙承宗被迫离职。

魏忠贤排挤走孙承宗后，暗自窃喜，于是派同党高弟指挥辽东军事。高弟本是个庸碌无能之辈，一到山海关，立马召集众将领议事，大讲后金军如何厉害，认为关外无法防守，要求各路军全部撤进关内。袁崇焕据理力争，声言兵不可撤，城不可弃，民不可移，田不可芜，并坚定地表示道："我的职责是防守宁远，要死也要死在这里，决不后退。"

高弟见很难说服袁崇焕，只好答应他可带领一部分官兵留在宁远，与此同时又下令，要求关外各地的明军限期退至关内。这道命令来得太突然了，各地守军毫无准备，匆匆忙忙地退兵，竟把存在关外的十几万担军粮丢得一干二净。

努尔哈赤在占领广宁后的四年时间里，对明王朝并未进行大举进攻，这是因为已夺取的辽沈地区需要巩固，再就是等待适当的时机。天启五年，即天命十年，努尔哈赤将都城由辽阳迁到沈阳，继而整顿内部，移民运粮，训练军队，发展生产，实行社会改革，镇压汉人反抗，对辽沈地区进行了有效的治理。由于孙承宗、袁崇焕着眼于防务，做得井然有序，无懈可击，努尔哈赤未敢轻举妄动。明军的大举后退，使宁远几乎成为一座孤城，努尔哈赤见时机已到，决定进攻宁远。

宁远的守军虽不足两万，但袁崇焕并不气馁，为激励官兵的斗志，他咬破手指写下了血书表决心："死中求生，必生无死，誓与孤城共存亡。"制定了"敌诱不出城，敌激不出战"的孤守、死守、固守之作战方略，部署官兵分区防守，各负其责。分派总兵满桂守东，副将左辅守西，参将祖大寿守南，副总兵朱梅守北，满桂提督全城，本佥事坐镇城中鼓楼统帅全局。还在城内布设了 11 门从澳门购进的西洋红衣大炮，强调必须"以台护铳，以铳护城，以城护民。"为保护百姓的安全，采用了坚壁清野之策略，下令尽焚城外民舍，转移城厢商民入城，把粮食藏于觉华岛。要求所有城民参与运送食品、弹药，实行军民联防，共同对敌。提出严肃军纪，赏罚分明，官兵有不避艰险打死敌人的，当即赏银一锭，擅自行动和逃跑者立斩无赦。

天启六年，即天命十一年正月初，努尔哈赤与诸王大臣统领六万大军，对外号称20万进攻宁远。后金的八旗兵渡过辽河，布满了辽西平原，马蹄踏踏，旌旗如潮，剑戟如林。当月下旬，八旗兵穿过宁远城东五里处的首山与窟窿山之间的隘口，逼近宁远城。努尔哈赤下了命令，在离城五里通往山海关大路处安营扎寨，并在城北设统帅大营。攻城之前，努尔哈赤放回被虏汉人，传口信儿曰："本王亲率20万大军攻城，必破无疑，袁崇焕若愿率领官兵投降，我一定给你高官厚禄。"

袁崇焕严词拒绝，回道："宁远、锦州本是你们放弃的地方，我既然将其恢复起来，就一定要守住，哪有投降之理？你所说的20万大军只是虚张声势，其实不过十万，堂堂大明将军岂能怕你！"随即下令，命罗立等人启动西洋红衣大炮。话音刚落，五六发呼啸的炮弹准确无误地连续轰向对方阵地，顿时炸得血肉横飞，数百后金兵倒在血泊之中，迫使努尔哈赤不得不将大营迁往城西。

努尔哈赤恼羞成怒，翌日清晨，后金集中兵力攻打城西南角。步兵推着盾车、扛着钩梯蜂拥而上，骑兵矢搭弓弦，万箭齐发，犹如漫天的飞蝗带着嗖嗖的声响射向城内，明军手中的盾牌中箭似一张张刺猬皮。他们凭坚城护卫，既不惧怕后金兵攻城，又能够躲避箭矢射击。副将左辅领兵防守，参将祖大寿率兵用铁铳、红衣大炮回击，致后金兵死伤无数。努尔哈赤又令改攻城南，在城门两处峰火台间凿城墙，争取破城而入。明军以城护炮，以炮卫城，都司佥书彭簪古指挥东、北两面大炮，罗立指挥西、南两面大炮，连续发射。与此同时，发矢镞，滚礌石，飞火球，投药罐，以各种方法迎击。后金兵前赴后继，冒死不退。顶着炮火猛推盾车撞墙，冒着严寒抡起大锤凿城，前锋已将城墙凿开高两丈多的大洞三四处，宁远城受到严重威胁。

在这紧要关头，袁崇焕不慌不忙，指挥若定。当探头向城外观望时，忽被一只飞来的箭矢射中，不幸负伤。他撕下战袍一角，裹住伤口仍站在城楼上督战，没有后退半步。指挥官身先士卒不怕死，使将士们深受感动，个个奋勇当先，手牵手组成人墙，以身体保护城池。袁崇焕命兵勇用棉被裹上火药，把捆柴浇上火油，组建了一支50人的敢死队。他们带着棉被、捆柴垂下城去，投入到正在挖城墙的后金军中，顿时城下一片火海。战斗从清晨持续到深夜，八旗兵无一人爬上城墙，城下却是尸横遍野。

隔了两日，后金军整饬阵容，再次倾力攻城。城上继续发射炮弹，后金兵感到了红衣大炮的巨大威力，畏葸不前。虽有当官的在后面持刀督战，但也无济于事，久攻不下，死伤官兵五六百，攻城工具也损失殆尽。努尔哈赤无可奈何，不得不下令停止攻城，退至西南离城五里的龙宫寺扎营。

休息几天后，努尔哈赤派少部分兵力继续攻打宁远城，大部分骑兵突袭宁远后勤粮食、草料囤储之地觉华岛。觉华岛距宁远三十余里，有一主岛和三个小岛，明军在这里修建了城池并驻有水师。后金军的蒙古、满洲骑兵约数万人，分成12个队，在骁将武纳格的率领下，于海上冰面驰攻，扑向觉华岛之龙头——囤粮城。明军见状，凿开冰面15里为壕，企图阻挡后金军的进攻。由于岛上多是水手，既无盔甲，又无器械，战斗力不强，加之天气严寒，大雪纷飞，凿开的冰面又重新冻合。这种情况下，使得后金骑兵履冰顺利攻入囤粮城北门，经一阵激烈的厮杀冲进城中，挥舞刀剑左劈右砍，明军阵脚大乱。后金骑兵放火焚烧囤粮城中的粮食、草料，火光冲天，浓烟滚滚。接着万骑并发，转攻东山，巳时再攻西山，一路猛冲猛杀。明军不甘示弱，顽强抵抗，终因寡不敌众，最后全军覆没，岛上五六千将士、七八千商民无一幸存，粮食、草料、船只俱焚，后勤基地被彻底摧毁。

宁远一战，明军先是大胜，后是小挫，总体上是获胜，称之为宁远大捷，袁崇焕因此晋升为辽东巡抚。

努尔哈赤宁远兵败，回师沈阳后，心情十分沮丧。自万历十一年起兵，40多年来，旌旗所指无不所向披靡，这是他受到的头一次重挫。

正当努尔哈赤反省宁远兵败、思虑治国得失之时，忽然得到一个消息，即蒙古喀尔喀巴林部背弃与后金的盟约，跟大明和好。为了解决对明用兵的后顾之忧，舒缓广大官兵对宁远兵败的不满情绪，他亲率大军对蒙古用兵。当年五月，接受了蒙古科尔沁部首领奥巴的朝拜，亲自出城迎接。这时的努尔哈赤已是67岁的老者了，由于连日鞍马劳顿，积劳成疾，加之自宁远兵败，一直郁郁寡欢，七月中旬身患毒疮，月末前往清河汤泉疗养。八月初，病势加重，十一日乘船回返，顺太子河而下转入浑河的当口儿，与前来迎接的大妃阿巴亥相见。行至离沈阳40里的爱鸡堡时，痈疽突然发作，跟随郎中无力回天。这位天命大汗自25岁起兵，战无不胜，攻无不克，惟宁远一城久攻不下，只因遇到了强手袁崇焕，怀恨而终。

后金经过一番权力之争，最终努尔哈赤第八子皇太极即位，改国号为天聪。袁崇焕得知了努尔哈赤的死讯，立即奏报朝廷，获准后，派遣使者前往沈阳吊丧，兼贺新汗王皇太极即位，同时打探后金内部的虚实。皇太极原本对袁崇焕心怀一肚子怨恨，不过由于后金刚打了场败仗，需要休整，再说也想试探一下明廷的态度，故而不但接待了袁崇焕的使者，而且遣人到宁远表示答谢。表面看，双方有所缓和，然背地里却在加紧准备下一次的战略部署。

为防备后金对辽东的再次侵犯，辽东巡抚袁崇焕集中力量，抓紧修建关、宁、锦防线。关、宁、锦防线是一个复杂的防御系统，南端为山宁防线，即山海关到宁远，约二百里；北端为宁锦防线，即南起宁远，北至锦州，约二百里。宁远大捷后，袁崇焕抢时间修筑的是北端防线，与此同时，在整军、屯田等方面也做了充分准备。

天启七年，即天聪元年五月初，没等袁崇焕将城修完，皇太极便以“明人于锦州、大凌河筑城、屯田，没有议和诚意”为藉口，率领数万大军出沈阳，向西进攻宁远、锦州。后金军行进分前、中、后三队，作战则为左、中、右三路，皇太极亲率两黄、两白旗为中路。后金军在轻取大凌河、右屯卫之后，三路大军会师于锦州城下。

锦州城北依红螺山，南临辽东湾，地处险要，为明军关、宁、锦防线前锋要塞，由皇上派来的监军太监纪用和总兵赵率教驻守，总兵左辅、副总兵朱梅为左右翼，统兵三万，凭城御敌。十二日中午，锦州攻守战打响，后金军兵分两路，抬、拉、扛各种攻城工具，马、步军轮番进攻城西北。纪用、左辅、朱梅冒着如雨般的箭矢亲自督战，用大炮猛力还击，礌石随之。战斗自辰时打至戌时，后金军伤亡惨重，于是改攻城西。城西危在旦夕，明军三面守城，官兵急奔驰援，炮火连天，矢石俱下，后金兵退五里扎营。当日下晌，议和与战斗交替进行，城里城外信使你来我往。

转天凌晨，后金以骑兵围城，然只能绕城而行，却不能靠前。皇太极有些着急，三次派人到城下说降，都被赵率教拒之。

后金军围困了半个月，其间，以军事手段攻城，不克；以政治手段议和，不议；引诱出城野战，不出；布奇兵打援，不获。时值盛夏，后金官兵露宿荒野，给养不足，人马疲惫，士气低落。

二十七日，后金军兵分两部分，一部分留驻锦州，继续围城；另一部分由皇太极率领进攻宁远。这在袁崇焕的意料之中，此次固守宁远，除了凭藉坚城和大炮的优势，还布兵列阵城外，与后金骑兵争锋，且既要固守宁远，又要援助锦州。在这之前，他曾派山海关总兵满桂率领一万人马前往锦州增援，不料在笊篱山与后金大贝勒莽古尔泰率领的前往塔山运粮之护军相遇，明军被围，满桂指挥官兵奋力突围。两军交锋，各有死伤，互存戒心，不敢恋战，很快鸣锣收兵，明军回到宁远，后金军回到塔山。

二十八日，后金兵出现在宁远城外，先是分九个营形成包围态势，继之后退躲在小山坡下，企图引诱明军发起进攻，离开阵地，给后金骑兵以驰骋纵横的环境，但明军不为所动。皇太极气极败坏，欲挥师攻城，大贝勒代善、二贝勒阿敏、三贝勒莽古尔泰皆劝阻不可贸然从事。皇太极大怒道：“太祖攻宁远不胜，吾攻锦州又不胜，今天若再不能胜，我们算什么战无不胜的军队?”说罢率领皇弟阿济格及众将、侍卫、护军向明军疾驰进击，诸贝勒来不及披甲，仓促跟从。明军总兵满桂、副将尤世威率军迎击，与后金的两支骑兵在宁远城外展开激战，箭矢纷飞，马颈交合，总兵满桂身中数箭，尤世威的坐骑被射倒，后金贝勒济尔哈朗、萨哈连皆受伤。

明军骑兵战于城下，炮兵战于城上，袁崇焕亲临城堞指挥，凭堞大呼，鼓舞士气，并命红衣大炮、灭虏火炮、木龙虎炮齐发。效果不错，参将彭簪古以红衣大炮击碎八旗军营大帐一座，灭虏火炮、木龙虎炮则将东山坡儿的后金军大营炸开。激战之中，后金兵死于炮火之下，明兵倒于刀箭之下，横尸城外，填塞壕堑。从晨到午，明军死战不退，后金军伤亡重大，皇太极终因三员骁将负伤而退兵至双树堡扎营。

宁远攻而不克，皇太极转而再攻锦州，然明军守得严严实实，后金却丢了数千官兵的性命，损失极大，只好退兵。

宁远、锦州之战，后金力攻，明军坚守，历经 25 天，明军以保住二城告终，称之为宁锦大捷。

袁崇焕又打了一个大胜仗，可魏忠贤阉党竟把功劳记在自己名下，反而责怪袁崇焕没有亲自救援锦州，此乃渎职。袁崇焕知道魏忠贤是陷人于罪，故意为难，很是无奈，不得不辞去辽东巡抚之职。

天启七年，昏庸的明熹宗朱由校故去，由其弟朱由检即位，也就是思宗崇祯帝。他早就了解魏忠贤的为人，知其作恶多端，民愤极大。故而刚刚即位，就宣布了魏忠贤的诸条罪状，随后将其充军到凤阳。魏忠贤心里明镜似的，知道自己活不成，走到半路自杀了。

崇祯帝惩办了阉党，给一些人平反了冤狱，很想振作一下。不少大臣请求把袁崇焕召回，他接受了这个建议，任命袁崇焕为兵部尚书兼右副都御使，督师蓟、辽、登、莱、天津军务。

这日，崇祯帝在北京紫禁城平台召见袁崇焕，与其作了一次亲切的交谈，问他未来有什么打算？袁崇焕提出了五年之内打退后金军的进攻、收复辽东失地之方略。崇祯帝又问："有什么困难没？"

袁崇焕回道："以微臣的力量，收复辽东有余，调众口不足。一出京师，便成万里，哪里没有嫉贤妒能的人呢？"

崇祯帝抬抬手道："哎，爱卿大可不必疑虑，朕给你做主，还有啥要求么？"

袁崇焕回道："微臣只有一个要求，就是希望在工部器械、吏部用人、兵部指挥、户部粮饷、言官舆论等方面能给以支持，尤其是兵械与粮饷须有保证。"

崇祯帝一一应允，还设宴招待了袁崇焕，并赐其一口尚方宝剑，准许可全权行事。袁宗焕重新回到宁远，选拔将才，整顿队伍，严明军纪，决定立即巡视东江，惩治总兵毛文龙。

毛文龙本是个无赖，穷困潦倒，衣食无着。其舅父沈光祚托故友、山东巡抚王贞将外甥提拔为都司职，后又任其为练兵游击。天启元年七月，毛文龙聚众二百夜袭后金的镇江城，占领了城池并攻破汤站、险山二堡，从此名声大噪。明廷先封其为副总兵，后升为东江总兵，加左都督，挂将军印，赐尚方宝剑，驻军于皮岛。皮岛也叫东江，故而称毛文龙为东江总兵。

皮岛面积虽然不大，东西 15 里，南北十里，但地处要冲，位于鸭绿江口，在辽东、朝鲜、后金之间。大明失陷沈阳、辽阳之后，河东辽民多逃岛中，毛文龙在那儿集流民，建房舍，采人参，行贸易，备器械，编营伍，朝廷为其调拨粮饷，皮岛成为他的一块基地。毛文龙在政治上投靠阉党，经济上利用从户部领得的纹银贿赂朝中太监、权贵，因而受到阉党的庇护。他以东江为基地，发小股部队多次袭击后金边塞，然胜少败多，数年寸土未复，粮饷却年年增加。袁崇焕早就听说毛文龙招商贩禁，牟取暴利，饕餮粮饷，遇有战事消极应对，特别是宁锦两战拥兵不救，所以对其很不信任。自任辽东督师后，便奏请朝廷派文臣监理皮岛，毛文龙抗疏拒绝；接着奏请将皮岛的粮饷经宁远转发，毛文龙表示不满；又派官去皮岛对其加以控制，毛文龙极力反对；再请旨获准改朝鲜贡道不经登州而经宁远，毛文龙暗含隐恨。袁崇焕为实现五年复辽的计划，就要全权指挥，因此必须整顿东江军务。

崇祯二年五月，袁崇焕自宁远海上扬帆起行，抵达皮岛，与毛文龙进行了三次长谈。针对东江的问题，袁崇焕提出："今后在军事上，旅顺以东用毛印，以西用袁印；为避免冒领军饷，应订立营制，明确官兵人数。"除此，还命其收复旅顺。可是这些要求，毛文龙一条也未答应，袁崇焕感到不下决心彻底解决东江的问题不行了。

六月初四，袁崇焕向东江官兵发放了饷银十万两。转天又以观将士射箭为名，将毛文龙请到山上军帐内，其贴身侍卫被留在帐外。二人刚一坐定，袁崇焕便开门见山地诘问毛文龙所干的一些违法乱纪之事，这位总兵不服，百般诡辩。袁崇焕大怒，命令军士将其捆绑，随即宣布其12条死罪。第一条：霸据一方，拒绝检查军饷；第二条：欺瞒朝廷，以杀害难民冒充军功；第三条：奏报中，有"牧马登州，取南京易如反掌"的叛逆言论；第四条：每年军饷几十万两，其中大半用来私自贸易；第五条：于皮岛擅自开通马市，私通外敌；第六条：树立个人势力，把部将数千人改姓毛，滥发将官的委任状；第七条：劫掠商船，自为盗贼；第八条：抢夺民间子女，部下亦效尤为非，害得百姓活不下去；第九条：强迫难民去远处采参，不听从者被禁在岛上饿死，白骨随处可见；第十条：铁山战败，伤亡重大，反而谎报获胜；第十一条：将大量金银财宝送到京师，拜魏忠贤为父；第十二条：当了八年总兵，不能收复一寸土地，观望养敌。

毛文龙听后，神丧气夺，口不能言，只有叩头求生的份儿了。袁崇焕厉声喝道："毛文龙，你藐视朝廷，无法无天，本官若不杀你，脚下的这块土地就不是皇上的了！"说罢，叩头请旨，取下尚方宝剑，令旗牌官斩毛文龙于帐前。同时向其部下宣布："只斩毛文龙一人，其他将领无罪。"接着又将皮岛的两万余人马分成四个协，消除了毛文龙的虐政弊端，安抚了岛上的官兵，待一切就绪，原路返回宁远。

崇祯得报后，初始对袁崇焕先斩后奏的做法十分不满，甚至很是气愤。转而仔细一琢磨，毛文龙不仅两次带着兵勇到山东抢掠钱粮，以欺诈的手段中饱私囊，动用公帑贿赂高官，还有通敌嫌疑，在给皇太极的信中说什么"汗凡有旨来，吾皆能受，无不遵行。""你取山海关，我取山东，若从两面夹攻，则大事可定矣。"一个劣迹斑斑的总兵留在东江不是定时炸弹吗？早晚得招惹祸殃，斩了也罢，省得朕费事了。这么一想，反倒觉得求之不得，也就不了了之了。

宁锦苦战，不胜而返，皇太极遇到了新的难题，即若不能攻占辽西，便不能进山海关，要想夺取北京，只有另找出路。他思虑再三，决定向蒙古进军，一方面征服尚未统一的蒙古余部，另方面寻找从蒙古向大明进攻的道路。天聪二年二月，皇太极带领十四弟多尔衮、十五弟多铎统领大军征讨察哈尔蒙古，十月中旬胜利而归。这次出征，后金削弱了大敌的力量，进一步巩固了对已经归附的蒙古诸部的统治。皇太极从此改变了进攻大明的策略和路线，准备利用蒙古，绕过山海关，从长城各口入边。

崇祯二年十月，即天聪三年十月，皇太极率数万八旗军避开山海关总兵赵率教的防区，绕道蒙古，突破大安口，连陷遵化、三屯营，明巡抚王远雅、总兵朱彦国自尽。京师震动，满城戒严，崇祯诏令各路兵马勤王。袁崇焕对此早有预料，前后两次上书，声称宁锦防线坚固，皇太极难以攻破。想必会以蒙古为向导，突破长城，威胁北京。蓟门比较薄弱，应防患于未然，增兵把守。他不仅奏疏了，也着手做了，曾选将派兵增援蓟门。遗憾的是这些并没有引起崇祯帝的足够重视，派出的援军被其打发回来了，最后的结果真被袁崇焕言中了。

袁崇焕虽然不负责关内防务，但是作为蓟辽督师却有不可推卸的责任，况且后金铁骑正是从山海关外而来，只好命平辽总兵赵率教统领四千兵马驰援遵化。赵率教得令，领兵飞马急奔三个昼夜，来到遵化城外，未承想竟中了埋伏，与皇太极之十二弟、贝勒阿济格所部满洲左翼四旗及蒙古兵相遇，陷入重围，赵率教中箭坠马身亡。众官兵尽管奋力抵抗，也未能突围脱险，最终全军覆没。赵率教的战死，让袁崇焕非常上火，不单单失去了得力的助手，更失去了对京师救援的最佳时机。

遵化拦截落空，袁崇焕亲率大军急驰距京师只有 40 里的通州，试图把皇太极的人马控制在那儿。十一月初一，明军到达北京与天津之间的河西务，后金军已接近通州。皇太极揣测到了袁崇焕的意图，不打算与其在通州决战，而是取道顺义、三河，绕过通州直达北京。这样一来，袁崇焕在通州拦截的计划再次落空了。

袁崇焕情急之下，就地召开了紧急军事会议，与众将领共同商讨护卫京师的办法。会后，他率领宁锦九千铁骑，抄近道日夜兼程，急行 120 里，于十九日抢在皇太极之前赶到了北京外城广渠门外。第二天，八旗军也到了北京城，两军决战首先在德胜门外打响。城外明军主要是大同总兵满桂和宣府总兵侯士禄的勤王部队，另外还有城上的卫戍部队。皇太极则亲率大贝勒代善、贝勒济尔哈郎、岳托、多铎、萨哈连等统领满洲右翼四旗和右翼蒙古兵，向满桂、侯士禄的部队发起猛攻，先用炮轰，之后正红旗护军和蒙古兵从西面进攻，正黄旗护军从旁侧攻。两护军边杀边冲，顽强拼搏，追明军至城下。不大工夫，侯士禄兵溃，满桂孤军作战。城上明军极力配合，箭矢、炮弹齐下，轰击后金军，结果误伤了满桂部下，死伤惨重。满桂身中五箭，三支穿入左臂和右胸，两支嵌于铠甲之上。回城后，郎中为其拔出身上的箭矢，发现上面刻有袁崇焕属下的标识，却不知这是后金施用之奸计。满桂与袁崇焕原本有点儿过节儿，还是第一次宁远之战时，二人共同守城。满桂在大军压境之下，主张弃城，被袁崇焕喝斥。如今在联手对敌时，对方又背地里暗算自己，当即勃然大怒，遂以箭矢和身上伤口为证，进宫告了袁崇焕的御状。

德胜门之战的同一天，广渠门也发生了激战，皇太极的五哥莽古尔泰率满洲左翼四旗和两千蒙古兵往击明军。此时，蓟辽督师袁崇焕、锦州总兵祖大寿率部下屯守沙窝门外，以九千锦宁铁骑力战数万八旗劲旅，从头晌一直打到傍晚，激战八小时，转战十余里。进击中，一八旗兵举刀欲砍袁崇焕，被手疾眼快的材官袁升高用刀架开，两刀相碰，火星迸出，均折。后金军箭如雨下，袁崇焕身中数箭，幸好铠甲厚重，穿而不透，两肋处尽管如刺猬，也毫发无损。由于袁崇焕身先士卒，官兵们受到了极大的鼓舞，个个奋勇当先，拼力厮杀。后金军节节败退，退至运河时，见明军仍紧追不舍，被迫拥渡，冰陷，淹没者无数。袁崇焕还以500名火炮手潜往海子，距皇太极军营一里许，四面夹击，至后金军营大乱，遂移营出海子。这一仗，宁锦铁骑死伤数百，杀敌上千。

隆冬时节，千里冰封，万里雪飘。袁崇焕率领的军队无粮无草，处境维艰，眼看着九门皇城，却不得进城休整。他治军以严明著称，在给养奇缺、人疲马乏的情况下，仍强调不许抢百姓的粮食充饥，不许用百姓家的柴火取暖。有个兵丁实在饿极了，悄悄跑进屯子里，偷了一块面饼。袁崇焕知道后，为了严肃军纪，含泪将其当众斩首。

为什么袁崇焕不能入城休整、又得不到朝廷的后勤供给呢？根源在于崇祯帝，他对袁崇焕不信任。崇祯二年初春时，蒙古部族闹饥荒，请求开放边境贸易。袁崇焕上奏朝廷，提出开放市场，通过税收来资助军队，以减轻朝廷的军饷负担。崇祯帝阅罢很生气，斥责道："你与蒙古贸易，这不是明摆着拿物资援助贼寇吗？怎么能允许！"

袁崇焕对此不以为然，说道："皇上，关外市场只准米、布、柴草交易，违禁物品依法严禁，让他们保证不与后金相通便可。蒙古人说了，家中空空如也，如果再不开展边境贸易，拿什么养家糊口？我们愿意用妻子作为人质，断不能引导后金攻打蓟、辽。”

事实上，后来为后金攻打北京带路的，恰恰是这支袁崇焕在奏章中提到的“断不敢诱奴入犯蓟、辽”的蒙古部族。苍蝇不叮无缝儿的鸡蛋，袁崇焕统兵入蓟时，明朝官员中就有传言，说他有引导后金兵进京之嫌。这不，半年后，袁崇焕率部抵京，崇祯帝令其不得越蓟州半步。这无疑是雪上加霜，从那一刻起，便陷入了腹背受敌的境地，只是本人毫无察觉而已。

皇太极与袁崇焕之间的关系如何呢？他们不但是对手，而且有着不解的仇恨，不共戴天。想当年，皇太极的父亲努尔哈赤即受挫于袁崇焕固守的宁远城下，百战百胜的神话就此破灭，不久患病，郁郁而终。决心雪耻的皇太极又在宁锦一战中受挫，两次兵败的奇耻大辱，父亲丧命的深仇大恨，岂能善罢甘休？

德胜门、广渠门两战后，皇太极攻不下北京城，急得如热锅上的蚂蚁，然并未率八旗军撤退，而是求助于已投降后金、时任书房馆文臣谋士范文程，对方给他讲了个故事。说是秦朝末年，楚汉相争，刘邦敌不过项羽，项羽全仰仗着身边有位被称之为亚父的谋士范增出点子。刘邦欲同项羽求和，项羽派使者到刘邦的营中，刘邦美味珍馐招待之。使者称我们是项羽派来的，刘邦立刻变了脸色，说道：“原来如此，我还以为你们是范增派来的呢！”之后，饭菜换了样儿，猪狗食一般，难以下咽。使者受了委屈，回来向顶羽据实禀报，项羽怀疑范增与汉私通。范增受不了这个窝囊气，一怒之下走人了，结果病死在回家的路上。项羽失去了范增，最后败给了刘邦，于乌江别姬，拔剑自刎。

皇太极听罢，心领神会，思摸出一个阴损的招儿。此前，后金军在广渠门战败、屯驻南海子时，俘虏了两名为皇帝养马的太监，一个叫杨春，一个叫王成德，关在一座帐篷里。这一天，杨春半夜醒来，听到两个看守在帐外小声儿聊着，一个说：“老弟，咱们退兵完全是皇上的旨意，你可知道？”他所说的皇上是指皇太极。另一个反问道：“大哥，你怎么知道的？”那人回道；“昨晚我看见皇上骑着马向明营那边走，明营也有两个人骑着马往咱这边来，双方相遇后，唠好半天才各回各营。听说那两个人是袁崇焕派来的，他跟皇上有密约，眼看大事就要成功了，等着瞧吧！”

杨春听了这番对话，吓得一激灵，趁看守不注意偷偷逃了出来，深一脚浅一脚地跑回皇宫，向崇祯帝作了禀报。

崇祯与过去的亡国之君比较起来显得不那么昏庸，即位之初，无论是朝中大臣，还是平民百姓，都对其抱有很大期望。实际上，他是位多疑、刻薄的皇帝，对那些抱有期望的大臣先是授以权柄重用之。而后倘若认为或发现哪位大臣对自己不忠，便切齿痛恨，必杀之而后快。在后金军入关之初，他曾听到一些朝臣私下里议论袁崇焕行为不轨，遂对其产生了怀疑，加之听了满桂告御状和杨姓太监的禀报，更加确信无疑。再联想到宁远大捷之后，努尔哈赤病故，袁崇焕立即派人前去吊唁，皇太极趁机遣使回复，试图谋求议和。袁崇焕的议和策略虽然完全正确，崇祯也同意，但觉得这种与对手关于国事的私下书信往来实在难以掌控，与其坐等祸起萧墙，不如早些除掉心中大患，于是下了必杀袁崇焕的决心。

十二月一日，崇祯皇帝身穿龙袍，以“议饷”的名义召见袁崇焕、满桂等人。高高的城墙上垂下一根绳子，末端系着一个筐，堂堂的蓟辽督师竟坐进筐中被提了上去，进入自己为之日夜守护的紫禁城。紫禁城平台依旧，可此次召见与以往相比待遇大不一样，袁崇焕感到了一丝不妙。刚刚匍匐在地欲叩拜，崇祯就劈头盖脸地问起了毛文龙被杀、清军入关围北京、满桂中箭三件事，并令身边的满桂把当天受伤时穿的那件血衣扔到了跪在台阶下的袁崇焕面前。

袁崇焕对大明可谓赤胆忠心，此刻却百口莫辩，无以自明。未待回话呢，就被站在两侧的锦衣卫褫夺顶戴，退去朝服，五花大绑，械送西长安门外锦衣卫大堂，发往南镇抚司监候。

袁崇焕的下狱，使其部将十分惊恐，大将祖大寿和何可刚于月黑夜带领属下官兵急速逃离北京，出了山海关。袁崇焕的兵马是抵抗后金攻击的主力，惟有这支部队屡次打败过后金军，袁崇焕享有极高的威信。崇祯对此一清二楚，没有办法，只好让在狱中的袁崇焕给祖大寿写了一封亲笔信，劝其要以忠义为重，遵从圣命，不可轻举妄动。由于怕引发兵变，崇祯在后金军直接威胁京城、大敌当前的情况下，暂时没有对袁崇焕做出裁决。

当祖大寿接到袁崇焕的亲笔信时，属下将士无不痛哭失声，其80岁的老母当时正好跟儿子在一起，问明缘由后，对大家说道：“先别哭，袁督师现在还活着，何不杀敌立功，然后再向皇上请求保其性命？”

祖大寿和将士们一听，认为言之有理，当即回师入关，奋勇杀敌，先后收复了被后金军占领的一些城池，局势有了好转。尽管如此，魏忠贤的余党，也就是受过毛文龙贿赂的一批官僚和太监仍不想放过袁崇焕，一直耿耿于怀，非要置其于死地不可。这些人以礼部尚书温体仁、吏部尚书王永光为首，在皇上跟前捏造道："袁崇焕为人诡诈，当面一套，背后一套，且胆大妄为，与后金沆瀣一气，不可信任。之所以杀掉毛文龙，是出于皇太极的要求，拔去这个眼中钉，以达到私自议和的目的，还曾在关外用小米接济后金军呢！"

内阁大学士钱龙锡此前与袁崇焕合计过适当的时候剪除奸宄毛文龙，事发后，被诬告为袁崇焕的同党。实际上，温体仁早就有野心，想取代钱龙锡，升任内阁大学士，此机会怎能错过？不仅上窜下跳，摇唇鼓舌，煽风点火，而且连上五次奏章，要求将袁崇焕处死。

袁崇焕在狱中感到临终的日子就要到了，仔细想来，自己一生光明磊落，忠心保国，没什么可遗憾的。惟一念念不忘的就是北地的安危，于是拿起狼毫，挥笔写下了一首千古绝唱：

一生事业总成空，
半世功名在梦中。
死后不愁无勇将，
忠魂依旧守辽东。

崇祯三年八月，袁崇焕被囚禁、审讯半年后，明思宗以"咐托不效，专恃欺隐；以市米资盗，以谋款则斩帅；纵敌长驱，顿兵不战；及至城下，援兵四集，尽行遣散，又潜携喇嘛，坚请入城"等罪名，将其处以磔刑。

行刑那天，袁崇焕被五花大绑押赴西市刑场，面对凶神恶煞、手持利刃的刽子手，他显得异常平静，毫无惧色。何谓磔刑？即极刑中的极刑，就是千刀万剐，把犯人身上的肉一刀刀割下，直至死去。令人可悲的是京城的百姓由于听信了官方的宣传，皆以为袁崇焕是个大内奸，于是行刑时，出现了历史上最为野蛮、最为惨不忍睹的一幕：刽子手一刀一刀地从袁崇焕身上往下割肉，男女老少蜂拥而上，争抢着一块块儿吃掉。肉很快割完、吃完了，刽子手继而开膛破肚，取出五脏，百姓又群起哄抢之。得其一节肠子者，就着烧酒生吞，血水顺着嘴丫子往下淌，吐到地上还骂不绝口。捡到骨头者，用刀斧剁碎，最后只剩头颅了，悬挂在高杆上示众。

袁崇焕此前对这样的结局不是没有料到，他曾对崇祯帝说：“以臣之力，收复辽东有余，调众口不足。一出京师，便成万里，嫉贤妒能岂会无人？不能以权力掣臣肘，亦能以意见乱臣谋。”崇祯当即表态道；“卿不必疑虑，朕给你做主，诸事自决之。”可惜呀，崇祯是个昏君，听信谗言，重用奸佞，最终还是把一个忠于大明的要臣活活给剐了。

袁崇焕被杀，引起了一系列连锁反应，不仅给后金除掉了一个劲敌，与此同时，明军中的一些能征善战的辽兵辽将因不被信任也纷纷投降了后金。从而引起军心涣散，民心不稳，既无守志，更无斗志，这就为后金入主中原铺平了道路。崇祯皇帝无力回天，自缢煤山，大明王朝寿终正寝。

袁崇焕受磔刑，依照大清律，家属16岁以上者斩，15岁以下者赏给功臣家为奴。崇祯还算是“宽宏大量”，旨曰：“今只流徙其妻亲、子女、同产兄弟于两千里外，余俱释不问。”袁崇焕无子，想斩也斩不着，只是可怜了妻子黄氏、幼女和七旬老母，还有同胞弟弟崇煜。

袁崇焕出生于农民兼商人家庭，兄弟三人，他排行老二，哥哥叫袁崇灿，弟弟叫袁崇煜。哥儿仨情同手足，袁崇焕尤对弟弟好，离家出去读书时，曾写信教诲崇煜：“要少年立志，要专心学习，要修养品德，要珍惜时光……”后来他只身在外做官，家中上有老母，中有孤嫂，下有咿呀学语的侄女，一切皆由弟弟支撑、料理，成了顶梁柱。

袁崇焕蒙难之后，妻子、小女、老母、弟弟被流放，来到边关福建。黄氏难以承受丈夫遭此奇耻大辱，膝下又无子嗣，万念俱灰，投水而死。老母悲痛的心情稍平复时，考虑到二儿的家业总得有人继承啊，便说服其堂弟文恬，将自己的儿子袁炳过继给了袁崇焕，以续香火。

朱伯西[①]需说明的是本书的主人公袁寿山即袁崇焕的后裔，那么有的阿哥会问，你不是刚讲完袁崇焕无子么，哪儿来的后裔呢？即或有，又是怎么到了黑龙江瑷珲的？诸位不要着急，听我慢慢道来。

袁崇焕无子乃《明史》所记载，史是后人写的，故而个别地方出现谬误或与事实不符不奇怪，袁崇焕无子之错想必是缘于史料提供者。袁崇焕为明末抗击后金之名将，因遭奸佞小人所诬，蒙冤而遭磔刑。在当时那种情况下，知其有子者，但凡有良心、讲正义，谁又愿意讲出实情？说出来其子可要同其父一样，必被处死。

① 朱伯西：满语，说书人。

袁崇焕在辽东宁远时，确有一子，名叫文弼，但不是其妻黄氏所生，而是妾所生。大家知道，那个年代当官的三妻四妾很正常，何况袁崇焕只身率兵守辽东，身边有一妾是可以理解的。袁崇焕被抓入狱，文弼母子仓皇离家，藏于都城民间。清入关后，全靠祖大寿营救，才辗转来到北疆宁古塔。

祖大寿何许人也？乃袁崇焕手下最得力的大将。明末清初时，其大名可谓如雷贯耳，威震辽东，于宁远保卫战、宁锦大捷、北京保卫战中立下了汗马功劳。皇太极兵临北京城下，崇祯皇帝却在这个节骨眼儿上认为袁崇焕通敌谋反，遂下令将其逮捕入狱。祖大寿异常愤怒，于是置险境中的北京城和皇帝于不顾，乘夜带着属下部队返回辽东。袁崇焕以国家安危为重，在狱中修书给祖大寿，劝其带兵回来保卫京城。祖大寿看了袁督师的信，号啕恸哭，全军将士亦泪流不止。我们难以想象祖大寿当时的心情，肯定是悲伤、痛心、气愤交织在一起，无法释怀。尽管如此，他还是依督师之意率部回到北京，却不知崇祯皇帝已下了必杀袁崇焕的决心。祖大寿的母亲，还有刚刚复职的兵部尚书、辽东经略孙承宗皆劝其奋勇杀敌，以战功赎出袁督师。在辽东的众将领中，祖大寿是营救袁崇焕最为尽力的人，曾请求削职为民，以自己的官阶换取袁督师的性命。然努力归努力，袁崇焕最终没有获赦免，还是被自己出生入死保卫的皇上下令千刀万剐了。之后，祖大寿率领袁崇焕的旧部、一支大明最精锐的铁骑驻守宁远、锦州、大凌河等要塞，抵御后金兵的入侵。

崇祯四年，皇太极以倾国之师把大凌河团团围住，祖大寿突围不得，援军也被击退，只能闭城坚守。这个期间，皇太极多次修书劝其投降，他都不予理睬。一直守了三个月，城里的粮食吃光了，开始杀马，马杀完了，就以人肉为食。无论如何，城是没法儿守下去了，除了副将何可纲外，所有的将领都认为只剩下投降一条路了。祖大寿长叹一声道：“咳，人生岂有不死之理？但为国、为家、为身，三者并重，今既尽忠报国，惟惜此身命。”于是斩了誓死不从的何可纲，与皇太极在城外设坛盟誓，对方在保证不杀将吏、兵民之后，开城缴械投降。随后又向皇太极献策，愿意带一支兵马去锦州，在城里当内应，皇太极满心欢喜地答应了。

未承想祖大寿进了锦州城，转而抵抗后金军的攻取，致使皇太极恼羞成怒，两次御驾亲征锦州、宁远，结果无功而返。祖大寿继续为大明守城十年，直至崇祯十四年四月，清军第二次包围了锦州城。这回围了整整一年，明总督洪承畴的14万援军在松山被击溃，洪承畴无奈而投降。祖大寿弹尽粮绝，城中又开始人吃人了，只好再次受降。在这种情况下，皇太极仍未杀祖大寿，只是没给他军队，不再重用而已。

明崇祯十七年二月，李自成农民起义军攻入北京，推翻明朝，崇祯帝自缢，驻守山海关的吴三桂降清并引清兵入关。四月，李自成率军至山海关，与吴三桂和清联军对阵于一片石、石河等地，农民军战败。从此，形势急转直下，李自成匆忙撤出北京，退往陕西。撤离前夕，登基称帝，国号大顺。清军在贝勒多尔衮的率领下，长驱直入北京城，取代了明王朝。崇德八年八月初九日，皇太极突然离世，由其第九子、时年6岁的福临在叔父多尔衮的辅佐下登极，改元顺治。

祖大寿随清军入关后，定居北京，享受一品待遇。虽为清朝官吏，但时刻不忘督师袁崇焕，千方百计地寻索其子袁文弼，然始终没有找到。后来打听出袁文弼流落河南汝宁，又千里迢迢赶了去，总算没白跑，把他找着了。通过交谈得知，袁文弼母子流落到河南汝宁后，用袁崇焕留下的一点儿积蓄在汝宁府城边买了一所旧屋，从此在那儿隐居下来，以卖酱菜为生。每天天不亮母亲就起床了，烟熏火燎地腌制五香大头菜，儿子则提罐携篓去街里摆地摊儿。祖大寿找到文弼时，其母已经过世，小伙子二十好几了，尚未娶妻。祖大寿见状，心里很不好受，觉得不能让袁督师惟一的儿子继续流浪下去了，啥时候是个头儿哇，遂将其带回京城。此时的祖大寿年事已高，离职在家闲居，总不能让袁督师的儿子跟自己一样天天无所事事吧？正赶上宁古塔[①]章京刚刚设立，正是用人之际，便将袁文弼送往宁古塔，在满洲八旗的正白旗中当了一名马甲。

大家知道，宁古塔无塔，“宁古塔”为满语，是古肃慎之地，乃满洲先世女真人世代生存的沃土。相传在榛莽未开的时候，有兄弟六人来到此地，成了这里的先民。满语称“六”为“宁古”，“个”为“塔”，故而便叫宁古塔，素有“北疆锁钥”之称。清顺治年间，沙俄武装入侵我国东北，宁古塔成了军事重镇。顺治九年，清政府把从属于盛京将军的宁古塔章京分出来，增设了宁古塔昂邦章京，次年又改设宁古塔副都统。

① 宁古塔：今黑龙江省宁安市。

顺治六年，以哈巴罗夫为首的沙俄侵略者在继波雅科夫第一次武装入侵之后，再次进犯我国黑龙江流域。首先，他们打算攻取位于上游的雅克萨作为立足点，然后再继续深入。“雅克萨”满语的意思是“水流冲刷的河湾”，当时是达斡尔头人阿尔巴西的驻地，俄人称之为阿尔巴津。哈巴罗夫向雅克萨发动进攻，阿尔巴西带领族众予以反击，进行了英勇抵抗。他们手无寸铁，主要武器是用兽骨、鹿角等自制的弓箭，在拥有良好装备的沙俄匪徒攻击下坚持战斗，从中午打到傍晚，最终失败了。哈巴罗夫在盘踞雅克萨期间，不断四处袭扰达斡尔住地，捕捉人质，掳掠妇女。将男俘推到江里活活淹死，强迫人质做苦役，稍不服从，随意砍杀。

第二年六月，沙俄匪徒来到了精奇里江口，在黑龙江右岸，即而今的黑河市长发屯一带找到24所被村民放弃的空房住了下来，并抓到一个“舌头”。当天晚上，他们窜到了托尔加城边，此城乃达斡尔头人托尔加、奥穆捷、图龙恰的驻地。托尔加城是整个达斡尔地区建造得最坚固的一座，哈巴罗夫为能尽早攻占，采取了快速袭击的方法。他们把部队分成两批，一批携带火枪、轻装乘平底船顺流疾驶，另一批拉着大炮、辎重随后跟进。一日，天刚擦黑儿，这伙强盗偷偷登岸，摸到了城寨并冲进城内，占领了塔楼。此时，三位头人正和一部分居民在一个小屯子里聚餐，奥穆捷第一个发现了围上来的匪徒，立即上马高声报警，迅速逃出。托尔加、图龙恰和村民们逃避不及，徒手搏斗，直至力竭被俘。俄匪一共俘获三百多村民，哈巴罗夫逼迫他们交出60张貂皮后，仍不满足，还要强行索取。托尔加冷笑道：“我们是大清的臣民，刚刚向朝廷缴纳了贡税，新貂皮还未来得及猎获呢，拿啥给你们?”

为了防止达斡尔人逃走，强盗们把图龙恰、托尔加监禁起来作为人质，将当地居民圈在一处严加看守。达斡尔人不甘欺侮，转天凌晨，哈巴罗夫一伙还在睡梦之中，村民已逃得无影无踪。哈巴罗夫暴跳如雷，指着头人的鼻子破口大骂道：“混账，肯定是你们指使达斡尔人逃跑的，活腻歪了吧?”

托尔加平静地说：“可以告诉你，我们几个宁愿为护卫自己的土地而死，也不会让族众做无谓的牺牲。”

哈巴罗夫令手下对他施以酷刑，用火烧，用鞭子抽，托尔加毫不畏惧，愤怒地吼道：“小子们，有啥招儿全使出来吧，即便砍掉本爷爷的头颅，照样眼都不眨!”

达斡尔人的视死如归让匪徒们心惊胆寒，本打算在这里过冬，然缺少粮食，又无计可施，遂气急败坏地放火焚烧房屋。顿时火光冲天，红了半边天，所有的一切瞬间化为灰烬，从此这座达斡尔村寨就不复存在了。之后，哈巴罗夫匪帮挟持托尔加等头人沿黑龙江下驶，托尔加不堪凌辱，第二天于途中拔刀自刎了。

哈巴罗夫一伙在血洗、焚毁托尔加城后，继续下犯，初秋来到了乌扎拉村一带。这里居住着赫哲、费雅喀、奇勒尔等少数民族，以渔猎为生，各个屯寨都有姓长，即部落长，划归宁古塔驻防管辖。乌扎拉村位于宁古塔以东七百里外，哈巴罗夫一伙便在此村附近建起一座冬营，取名阿枪斯克堡，并以城堡为据点，四处骚扰、抢劫，强行收取实物税。一天拂晓，当地八百多居民在部落长的率领下，手持家巴什儿、带着干柴等引火物包围了阿枪斯克堡，试图焚毁敌人的据点。不料从堡中冲出七十多名持枪携炮的匪徒，双方立马交战了，打了约一个时辰，居民死伤百余人，被迫撤离，然后向宁古塔驻防报称："罗刹①鬼来了，践踏了我们的庄稼，抓走了我们的妻儿，抢夺了不少皮张。大家忍无可忍，汇聚一起前去围剿阿枪斯克堡，尽管用尽全力，还是被他们打败了，请天朝兵马快来保护我们吧！"

宁古塔章京海色听罢，义愤填膺，心想："宁古塔章京的设立，不就是为了防御沙俄的入侵吗？阿巴罗夫一伙也太嚣张了，竟在我大清的土地上筑堡长驻，必须给他们点儿颜色看看，绝不能畏葸不前！"随即派人前往京师向朝廷通禀。

顺治九年二月初，清廷下令："驻防宁古塔章京海色、捕牲翼长希福率兵前往黑龙江，与罗刹交战。"二人遵命，率领宁古塔官兵六百人，携带六门大炮及火枪、陶土罐地雷等向乌扎拉村进发了，一千多达斡尔、赫哲、费雅喀、奇勒尔等族居民前来助战。袁文弼当时正在宁古塔八旗军中充当炮手，自打祖大寿把他送到宁古塔入了军旅，天天不是训练，就是巡防，从未正经八百地打过仗。这回机会来了，他踊跃报名参战，决心在此场交锋中比试比试。

阿枪斯克堡建得颇为坚固，四周砌有城墙，筑有塔楼，里面是罗刹的兵营。二月十五日黎明，清军逼近阿枪斯克堡，海色一声令下，随即开炮猛轰。罗刹鬼从睡梦中惊醒，惶恐万状，身穿衬衣爬上城楼匆忙应

① 罗刹：原意指恶鬼，此为对俄罗斯侵略者的蔑称。

战。大清军民迅速包围了城堡，然城墙太坚固，大炮未能炸开缺口，无法进入堡内。情急之下，袁文弼抱起一捆土炸雷匍匐着爬向了城墙根儿，拉出引信，只听轰隆一声巨响，敌堡现出一个大缺口，袁文弼也被巨大的气浪掀到一边。官兵们一跃而起，冲了进去，喊杀声震天，将战旗插在了城墙上。二百多罗刹鬼吓得堆缩成一团，于胸前划着十字，祈祷上帝保佑自己的小命。就在这个节骨眼儿上，海色下了一道错误的命令："不要开枪，不准放火烧，要抓活的!"

大家听后，十分不解，表示强烈反对，胜利在望，为什么不许开枪？海色根本不听，声言谁若胆敢不执行命令，军法处治！清军只好停止攻击。这下给了匪徒们以喘息和反扑之机，头目哈巴罗夫迅速组织兵力，以火枪、火炮向冲入城内的八旗兵射击，不少人倒在了血泊中，遭到重大伤亡，被迫撤离。

清军在乌扎拉村失利后，朝廷为了有效地抵抗沙俄的侵略，赏罚分明，对战败的原因、指挥的失误进行了严肃追究和处理。宁古塔章京海色大罪难恕，处以重刑；捕牲翼长希福革职，鞭一百；袁文弼受到了表扬，沙场立功，由马甲升为骁骑校。

这以后，由于沙俄侵略者胃口越来越大，得寸进尺，又相继引发了呼玛尔之战、尚坚乌黑之战、古法坛之战，清军皆没有取得决定性的胜利。

时间如白驹过隙，转眼到了康熙年间。康熙四年夏，沙俄政府利用一个加入俄国籍的波兰人、劣迹昭彰的切尔尼戈夫斯基，纠集 40 名罪犯组成侵略军窜入我国黑龙江上游，在哈巴罗夫一伙原先所筑的阿尔巴津城堡的废墟上筑室盘踞，对住在雅克萨附近的达斡尔人进行残酷的迫害和掠夺。罗刹的甚嚣尘上，严重践踏了中国领土主权，威胁着东北边境的安全。

康熙十二年，平西王吴三桂于云南起兵反清，自称"天下都招讨兵马大元帅"，自任"兴明讨虏大将军"。转年，靖南王耿精忠与平凉总督王辅臣相继反清，之后尚之信亦反清附吴三桂。康熙十七年，吴三桂于衡阳称帝，死后由其孙吴世璠嗣立。康熙二十年，康熙帝命定远平寇大将军章泰率湖南大军、征南大将军赖塔率广西之师、云贵总督赵良栋率属下分三路由湘、粤、川进攻云南，一举平息了"三藩之乱"。康熙二十一年，派福建水师提督施琅率水师两万人、战船三百艘攻取澎湖、收复台湾。之后，开始筹划和部署处痈，即把沙俄侵略者从大清国的土地上赶出去。首先要了解敌情，有调查才会有的放矢，于是选派两位副都统郎谈、彭春北上觇视。

彭春，董鄂氏，满洲正红旗人，为清朝开国元勋何和礼大将的四世孙。其祖父和硕图，乃太祖、太宗两朝重臣，进爵三等公。其父哲尔本递袭三等公，后以恩诏进一等公。顺治九年，彭春被袭封一等公，故而称彭春公。

郎谈，瓜尔佳氏，满洲正白旗人，为内大臣吴拜之子。14岁即授三等侍卫，随军讨伐过李自成，对北方很熟悉。顺治年间，成为宁古塔章京海色手下的将领，数年来一直在松花江、黑龙江一带驻守，曾多次参加抗击沙俄入侵的战斗。康熙东巡时，宁古塔副都统萨布素、瓦礼祜将其推荐给皇上，后调京城任职。二人皆为皇上身边最得力、最信任的将领。临行前，康熙面谕道："罗刹犯我黑龙江一带，侵扰赫哲、费雅喀、达斡尔人住地，戕害居民，使之饱受其苦。昔日发兵讨伐，效果不佳，不仅没有收敛，还有蔓延趋势。爱卿到了雅克萨，需勘察那里的形势、罗刹的动向，详观自额苏里至黑龙江及宁古塔水陆舟行的状况，然后将舆地之情奏疏之，朕自有打算。"

郎谈、彭春诺诺称是，起身告退，随即率属下出发了。先取道嫩江，再从墨尔根越兴安岭，16天后抵达雅克萨附近，观察地形，了解敌情。接着又沿黑龙江下行，到达瑷珲，查看瑷珲至宁古塔的水路和陆路。四个月后，回到京师复命，共议一份奏疏呈上。文中称："罗刹在雅克萨建了城堡，驻军有时，四出骚扰。兴安岭一带林木丛生，冬季雪厚数尺，难以跋涉。夏季雨后路泞，举步维艰，惟轻装可行。从雅克萨到瑷珲，若顺风，半个月可至；逆风，则需三个月，倍于路行，宜选小船50只备用。俟开春冰解时，发兵三千，带红衣大炮20门，水路齐发，即可攻取。"

康熙帝阅罢，得知二位副都统认为攻取雅克萨的条件已经成熟，并提议采用顺治朝以来抵御罗刹入侵的一贯打法，那就是集中兵力，带上粮草，长途跋涉前往黑龙江。到了那儿打一仗把敌人赶跑了，粮草也用完了，赶紧退兵回返，速战速决。经仔细斟酌，觉得从眼下的形势看，此议不可取，不仅没有接受，反而提出了一项与历朝不同的战略决策，即"永戍"之策，谕旨曰："郎谈等奏，取和攻取罗刹甚易。第兵非善事，宜暂停攻取。调乌拉、宁古塔官兵1500人，制造船舰，发红衣炮、鸟枪及演习之人，于瑷珲、呼玛尔两处建立木城，与之对垒，相机而动。”所言什么意思呢？即是说现在不是攻取雅克萨的时候，用兵并不那么容易，驱除罗刹也不那么简单，不可操之过急，应暂停攻取。马上要做的是从乌拉、宁古塔调 1500 人到黑龙江的瑷珲、呼玛尔，不是讨伐，而是建城永驻。在那儿开垦屯田，操练兵马，制造船舰，练习使用红衣大炮、鸟枪，待时机成熟，再与罗刹针锋相对。

玄烨不愧为具有雄才大略的皇帝，“永戍”之策不失为英明之举，乃根据罗刹之大计，一改往日被动抗击沙俄入侵的局面。你想啊，那个年代打仗，最难办的就是人吃马嚼，每个兵丁都得背着粮食去。这下行了，清军到了黑龙江前线，伐木建城，自行耕种，到秋便可收割了。吃得饱 ，穿得暖，丰衣足食，以逸待劳。而罗刹鬼没吃的，全靠抢夺当地住户的粮食填饱肚皮，不过也解决不了根本问题呀，得长期打发日子不是？加之运输十分困难，远水解不了近渴，饥一顿饱一顿，时间久了哪受得了哇，还是保命要紧，只能是不战而溃了。

命令下达后，整个宁古塔被搅动了，远征瑷珲成了人们街谈巷议、茶余饭后的话题。1500 名可是个不小的数目，尽管吉林、宁古塔两城分担，每城至少得七八百人。宁古塔一共才有多少人哪，平均下来，每户总得抽一人。再说又不是去享福，而是建城永戍，阻止罗刹的进一步入侵，有可能今生今世都回不来了。当兵保国乃八旗兵的天职，圣旨不可违抗，大道理全明白，然而一涉及到具体人、具体事儿，还真有点儿不好办。年轻人倒无所谓，最难办的是老人和妇女，有的白发老翁找到将军衙门，痛哭流涕地哀求道：“我们老两口儿浑身是病，齁喽气喘的，全指着儿子在身边照顾勉强活着。他一走，这老命也就没了，还是让别人去吧！”

有的妇女抹着眼泪急巴巴地说：“大人哪，我家孩子一溜水六七个，只有丈夫一个壮劳力。男人一走，要啥没啥的，往后日子可怎么过呀？”

负责组织人力永戍的副都统萨布素面对此情，感觉到执行起来难度很大，一些人对“永戍”之策不太理解，谁愿去冰天雪地的北疆遭罪呢？所以必须做耐心细致的动员工作，一家一家地走，一个人一个人地谈。过了几天，鉴于宁古塔、吉林兵员情况，萨布素不得不疏文向朝廷请求减缓。朝廷回旨曰：“两城可先调 1000 名官兵前往。”

此时，袁文弼已到古稀之年，在宁古塔娶了媳妇，住在一处内有三间正房、两间厢房的院套儿内。儿子尔汉五十来岁了，养育了三个儿子，老大袁刚，老二袁成，老三袁贵，祖孙三代同居一院，日子过得倒也乐和。俗话讲，天有不测风云，人有旦夕祸福。尔汉老伴前年得了场急病，不到两个月便故去了，尔汉难过至极，再未续弦。袁文弼一家得知征戍瑷珲的消息时，到底是将门之后，仨孙子没一个往后缩的，都争抢着要报名，最后爷爷一锤定了音："袁刚、袁成已娶妻生子，拖家带口的，别去了。袁贵不到二十，年龄相当，尚未成亲，无牵无挂，就他了。"

尔汉一听老爹定了三儿，说实在的，真有点儿舍不得。因为三个孩子中，自己最疼、最喜欢的就是老三，长得胖胖的，虎虎实实的，从小便跟在身边帮着干这干那的。还很孝敬老人，每天早晨一起来，不用支使，先把爷爷、奶奶的尿盆端出去倒掉。头年给他定了一门亲，是本城老张家的闺女，名叫彩花，打算年底过门儿呢！思摸来思摸去，忽然眼前一亮："哎，自己光棍儿一条，老爹老妈有袁刚、袁成照顾着，我何不同老三一起从征呢，也好对其有个照应不是？将此想法与二老一说，老两口儿合计了三天三夜，最后总算点头了，还不是担心尔汉年纪大了，怕吃不了那苦嘛！

尔汉父子从征的消息一阵风般传开了，一时间成了宁古塔的佳话，也成了萨布素用来做动员工作极具说服力的典型。一些曾去将军衙门求情不愿意儿子、丈夫从征的老人和妇女感到很没面子，二番脚又去了，诚心诚意地表态道："我们想通了，国家的事再小也是大事，个人的事再大也是小事。国家有难，匹夫有责，大敌当前，咱也不能当孬种，让他去吧！"

这些家的孩子见长辈的态度转变了，既高兴，又快活，感到脸上有光，万分荣耀，骑着一根木棍满街跑，边跑边喊："我阿玛[①]要出征了！我阿玛要出征了！"

时间不长，吉林、宁古塔两城1000名北戍的官兵定了下来，起行的日子很快也要到了。宁古塔的家家户户像过大年一样，有的杀了猪，有的宰了羊，没猪没羊的杀鸡鸭。老人、妇女可忙活开了，听说瑷珲那地方冷得出奇，吐口唾沫都能冻成坨，尿没等撒完就冻住了，得用棍儿拨拉。被褥一定要絮得厚厚的，棉袄棉裤得带上，皮衣皮裤也落不下。满洲人不戴狗皮帽子，大耳朵的羊皮帽子需多做几顶，整个冬天离不开

① 阿玛：满语，父亲。

它。鄂伦春人常穿的狍皮大哈[1]，还有栖克密[2]，又暖和又轻快，能够淘换到最好。

袁文弼老人这两天总觉得心不落体，因为有件事没办，便对老伴儿说："儿孙这次出征，不知什么时候能回来，也不知能不能回来，咱这把年纪或许再也见不着了。眼下别的事儿都无关紧要，重要的是出征前得把孙子的婚事给办了，否则没有机会了。"

老伴儿当即表示赞同，忙将想法告知了尔汉，让他与亲家商量商量。哪知亲家早有此意，只是不好明说，尔汉主动提了，自然是满口答应。于是袁家里里外外张罗开了，女人忙着给新人做两套全新的被褥、衣裳，男人忙着杀猪宰羊、扫房糊墙、收拾庭院。时间有限，婚前的那套繁缛的程序从简，给女方送去些银两和布帛算是过礼了。结婚当日，家里备了酒席，请来娘家人和亲戚朋友吃喝一通儿，在大家的祝福声中了事。

出征前的一天头晌，按老规矩应是新人三天回门的日子，这些都顾不得了。袁家把儿子的老丈人和丈母娘请来，包了只有过年才能吃上一回的饺子，两家在一起吃了顿团圆饭。席间，两位新人给双方父母、爷爷、奶奶各磕了三个响头，又给长辈们斟满了酒。袁文弼拿出早已准备好的两样东西，一样是把腰刀，另一样是份儿家谱，略显激动地冲三个儿子说道："这把腰刀是你们爷爷、太爷留下的，我带着它参加过乌扎拉之战，砍杀了俄匪小头目。这份儿家谱是我抄写的，它记载了袁家的历史，袁家人的作为。我把这两样东西送给儿子尔汉、孙子袁贵，一是祖传，二是礼物。到了黑龙江就是瑷珲人了，但是要记住，不能忘了祖宗，不能忘了根，不能忘了曾经养育过你们的宁古塔。当兵打仗，流血牺牲，在所难免。希望你们健健康康地活着，最好能有所建树，在袁家世世代代传下去。要教育子孙，无论什么时候、什么情况下，都不能做玷污祖宗、辱没门户、对不起大清的事。"说完，将杯中酒一饮而尽，两行老泪顺脸滚下。

在场的人听了这番话，个个泪流满面，袁贵颤声儿表示道："爷爷请放心，孙儿记住了，您老人家和各位长辈也要多保重！"言罢也干了杯中酒，大伙儿随之。

---

① 皮大哈：满语，即里外带毛的大衣。

② 栖克密：满语，即矮腰靴子。

出征那天，各族各姓首领、穆昆达[1]及族众齐集呼尔哈河岸边，人山人海，锣鼓喧天。新婚的彩花牵着爱根[2]的手站在人群中，千叮咛，万嘱咐，有说不完的话。由此，让人想到了杜甫所作《新婚别》中的诗句，大意是我和你做了结发夫妻，连床席都没有睡暖，昨天晚上草草成亲，今天早上便匆匆告别，这婚期是不是太短太短……

宁古塔副都统瓦礼祜带着八旗官兵前来送行，亲随担着满满两桶酒，他亲自为数百名出征兵丁端着的大海碗里斟满了酒。然后共同跪叩祭天地，在其“为北上的将士壮行了”的呼喊声中，大家咕嘟咕嘟地将碗中酒喝干。送行礼毕，号炮三声，几十个布勒[3]齐鸣，鼓乐雷动，官兵们分别登上早已扬帆待航的几十艘大船。船起锚了，船上、岸边的祝福声连成一片，千言万语汇成一句话：“亲人哪，保重啊，无论走到哪里，咱们的心永远在一起！”人们望着渐行渐远的大船，泪眼模糊，直到消失在天边仍不肯离去。

驶往瑷珲的征船顺牡丹江而下，走了将近十天抵达三姓，与顺松花江而下的吉林征船会合。两城官兵共计 1500 人，30 艘帆船形成了一支浩浩荡荡的船队，继续行驶了 12 天，来到松花江口，进入黑龙江。黑龙江可不同于松花江，水面宽阔，水流湍急，又是逆水行舟，没风时要靠拉纤才能前行。时值盛夏，烈日当空，晒得官兵汗流浃背，口干舌燥。每条船 50 来号人，日夜三班，轮流拉纤。个个肩上磨出了血泡，最后变成厚厚的老茧，十分辛苦，二十多天后总算到了瑷珲。

大家欣喜地上岸一看，顿时失望了，原以为这里该是一座很大的城，至少不会比宁古塔小多少。未承想竟是一片大地，蒿草比人还高，空空荡荡，惟江边有几排清兵营房。瑷珲也确实兴旺过，它最迟修建于明朝。明王朝建立后，为了征服元朝的残余势力，对黑龙江地区采取了征讨与招抚相结合的羁縻之策，设置了努尔干都司，下辖 384 卫、24 所、7 站、7 个地面，还有一寨，名叫忽里平寨，即瑷珲的前身。天命元年，罕王努尔哈赤派兵征服黑龙江萨哈连部，连取 11 个寨，其中包括忽里平寨。从此以后，这里的达斡尔人年年向后金朝贡，奉献紫貂。忽里平寨清初时就有“艾呼”之称了，是一座很大的城寨，归达斡尔部

---

① 穆昆达：满语，穆昆即女真人的一种父系血缘组织，多以祖先名字及住地命名。组织成员公推一人为头儿，管理内部事务，这个头儿即穆昆达。

② 爱根：满语，丈夫。

③ 布勒：满语，螺号。

落首领巴尔达奇之女婿图隆恰管辖。后来沙俄波雅科夫、哈巴罗夫等匪帮武装入侵黑龙江流域，瑷珲屡遭袭扰，达斡尔人不甘凌辱，南迁嫩江之滨。顺治九年，瑷珲被一场大火焚毁，成了一片废墟。康熙十三年，清政府为了抵御沙俄的入侵，移吉林水师于瑷珲，那一排排军营就是他们盖的。

水师营的官兵见副都统萨布素来了，所带的征人又是老乡，尽其所能热情招待。水师营打鱼不是外行，黑龙江也不缺鱼，几网下去就捕了十几大筐，有鲤鱼、鲫鱼、狗鱼、草根鱼、鳌花等，连着炖了几大锅。还真不错，他们在北地种了白菜、土豆、黄瓜等，又做了几锅白菜炖粉条，拌了黄瓜，加之来时带了几十桶烧酒，大家美美地吃了一顿，可谓四十多天来最好的饭菜了。到了晚上，由于营房有限，除了副都统和几位亲随在此住宿外，其他人仍回到船上。

北戍之师在这里歇息两日，第三天一早，萨布素集合队伍，大声鼓动道："官兵们，我们到黑龙江的终极目的地不是瑷珲，而是前边的额苏里。任务是筑建木城，分兵屯田，为攻打雅克萨备足军粮。一路上，大家十分辛苦，然更多的苦还在后面，八旗劲旅流血牺牲都不怕，吃点儿苦算什么？本官知道，能来的没一个孬种，到了北疆，必将大展身手，大干一场，任何困难皆被踩在脚下，咱们拭目以待，上船！"

一番话说得群情激奋，士气高涨，个个摩拳擦掌，信心百倍。1500人依次登船后，几十条大船又扬帆向额苏里进发了，仍然溯流而上，还好，正赶上顺风，没用两天就到了。

额苏里距瑷珲将近百里，处在从精奇里江口以西上溯黑龙江至呼玛尔、雅克萨的中间地带，有条小河从西北流入黑龙江，满洲人称为法别拉，达斡尔人称为何斯尔河，原为何斯尔部所在地。河的两岸生长着参天的古榆，密集的柳丛，犹如屏障，军营可隐于其中。距岸不到百步有个较大的岛子，岛子与江岸间恰好形成一处港湾，能够藏船，且不易被发现。从自然环境和地域条件看，额苏里是理想的驿站、天然的屯兵之所，又临近呼玛尔，便于进攻雅克萨，可谓西征罗刹据点的战略要地。

北戍大军到后，待大家全部上了岸，萨布素便令舵手将30条大船全部停泊在那处港湾里。此前，对于额苏里的情况，官兵们大概知道一些。由于沙俄屡屡挑起事端，不是掳掠人畜，就是抢夺皮张，使住在这里的达斡尔居民不得安宁。为免受其害，朝廷已派人将他们陆续迁走，只剩下了残垣断壁。而今站在岸边举目四望，果如所闻，南边几十丈远的旷野上，只有稀稀拉拉为数不多的土坯房，东倒西歪的，门窗皆已破碎。北边是一片大地，长满了蒿草，依稀可辨田垅阡陌旧迹。不管怎样，总算到地方了，今后将常驻于此，还是挺让人兴奋的，小伙子们不约而同地把双手放在嘴边成喇叭状大声喊道："额苏里，我们来了，到家了！"

既然到家了，首先就得有住处，萨布素令各佐分别建地窨子。这样的房子北方特别多，一少半儿在地上，一多半儿在地下，冬天不冷，夏天不热，又防风又防雨雪。建法也不复杂，一般选择向阳干燥的土坡儿，挖一丈多深、几丈宽的坑，顶部搭上横梁，扣层木板敷以房草，再抹层泥，拍平拍实。南边开门，以泥墁外墙，屋内盘铺火炕，有烟道通向屋顶，即算大功告成。建地窨子尽管简单，也不是谁都会，有些人就一窍不通。尔汉可是内行，当过木匠，在家里干过这种活，自然便成师傅了，指教各佐筑室忙得不亦乐乎。地窨子建完后，各佐还分别盖了仓库，用以装粮食及枪械弹药等。安置得差不多了，除留下几条船供平时使用外，大部分需驶回宁古塔。返航那天，全体官兵齐集岸边，三声炮响算是为船队送行了，祝愿兄弟们一路顺风，到家给妻儿老小捎句话，让他们不要挂念，身在北疆的亲人一切都好。

开荒的战斗打响了，各佐分了地块儿，锹挖、镐刨全用人力，进度很慢。照这样下去，上冻前开不出多少地，必将影响来年的耕种。萨布素遂把各佐的佐领召集来，经一番商量，认为别无他法，惟有弄到牲畜、农具才行。黑龙江沿岸的达斡尔人早已迁居到嫩江流域，所需牲畜、农具只能到那儿购置，萨布素决定由经验丰富的尔汉领着儿子袁贵去办这件事。

父子俩带上干粮上路了，马不停蹄地走了两天两夜，来到嫩江流域纳漠尔河畔的14座火山附近，远远看到了达斡尔屯寨。达斡尔人已迁居这里多年，家家户户盖起了"介"字型的草房，四周围以土墙，院落内砌有牛棚、羊圈。空旷的原野上散落着畜群，牛羊正在低头啃吃着地上的青草，自在而悠闲。他们进了一个叫德都勒的屯寨，经打听得知，因屯子的住户大多都姓德都勒，故而得名，原先住在黑龙江上游博屯河流域。在屯民的引领下，来到了屯长家，说明了来意。屯长得知二人是到额苏里驻防并屯田的清兵，显得十分热情，赶忙拿出自制的白酒和肉干儿，拌了盘春天采摘的柳蒿芽，又做了一锅难得吃上的土豆炖茄子招待之。还打发家人找来了一位达斡尔人，姓额赤尔，名叫巴图，原先也是额苏里屯的，四年前迁到这里。巴图见到尔汉爷儿俩后，高兴得不得了，这可是从家乡来的人哪！边吃边聊，他们满口答应，若本屯牲畜、农具不够，可再去临屯张罗。

第二天，屯长和巴图一大早就出了门，屯里屯外地宣传开了。各家各户听说是从故土额苏里来的屯田旗兵，准备攻打盘踞于雅克萨俄匪的，主动牵来了耕牛，拿出了农具，有的说啥不要钱。没几天，顺利购置了 40 头耕牛，另有几车农具。临走时，巴图与几位同姓家族的后生提出为爷儿俩赶牛、赶车，一是为屯田清军出力，二是想回家乡看看。

这日，出外将近十天的袁氏父子领着几位达斡尔人赶着牛、拉着农具回到了额苏里。官兵们一看，嚯！好大一群牛哇，还有装得满满的几大车农具，高兴极了，抱着他们直蹦高儿。副都统萨布素的两道愁眉也舒展了，嘿嘿直乐，连连称赞爷儿俩立了头功。同来的几位达斡尔后生既是主人，又是客人，咱得好好儿招待。青菜没有，江里的鱼有的是，各佐派出三个人去打鱼。当兵打仗离不开酒，来时从家里带来好几十桶，管够。

两天后，达斡尔的客人要回去了，帮了这么大的忙，真是感激不尽哪，没什么可回赠的，送了十几杆土枪和上好的弓箭表示感谢。

有了耕牛、农具，开荒的进度加快了，至上冻前一个多月时，已垦荒一百余垧。有了地，还得有种子，仍需去达斡尔人那里购买。尔汉、袁贵父子轻车熟路，与德都勒等屯寨建立了联系，大家一致意见还得他们爷儿俩跑一趟。萨布素思忖片刻，说道："尔汉年纪大了，天也凉了，不便出行。还是让袁贵带几个人去吧，再者又不是第一次办差，有经验了，年轻人也需要锻炼锻炼。额苏里这地方天气寒冷，只能种'四麦'，就是燕麦、荞麦、小麦、铃铛麦。燕麦、荞麦、小麦作食粮，铃铛麦作饲料。买种子不像购置牲畜、农具那么费劲儿，多带些银子，顺便再买几头牛、几辆勒勒车，可拉着种子回来。"

袁贵听命，带着几个兵勇二番脚去了德都勒寨，找到了屯长和那几位达斡尔朋友。在他们的帮助下，只用三天时间，便将所需的种子、几头牛、几辆勒勒车买妥并拉了回来，往返不到八天，圆满完成了副都统交办的差务。

严冬到了，天空总是灰蒙蒙的，下起了鹅毛大雪，江河封了冻。尽管身穿厚厚的棉袄、棉裤，脚蹬絮着靰鞡草的牛皮靰鞡，头戴大耳朵的羊皮帽子，然北风吹在脸上像猫抓似的，在外面呆不到半个时辰就冻得浑身发抖。官兵们的伙食也不好，吃的是苞米面饼子就咸菜，连小米粥都要断顿了。大家蜷缩在地窨子里，终朝每日无事可做，难免思亲想家，而且这种情绪像瘟疫一样迅速蔓延开来，不可扼制。萨布素见状，心急如焚，一面将北戍大军的实际情况向朝廷通禀，一面召集各佐佐领共同商讨稳定军心之办法。尔汉作为年纪最大的汉兵也应邀参加了，他说："从征的官兵年岁较轻，家中大多都有妻儿老小，又是头一回出远门。冬季到了，天冷出不去，又没啥可干的，呆得五脊六兽。人的脑子不可能闲着，不是想这个，就是想那个，俗话讲得好，闲饥难忍哪！这种情况下，大伙儿能不想家吗？必须找事儿做才行。"

话匣子一经打开，现场的气氛立即活跃起来，七嘴八舌话不落地。有的赞同道；"要我看哪，尔汉大哥所言极是，人是不能闲着。我们到这儿是永戍的，又不是一年半载，总不能长期住这种不见天日的地窨子吧？不如趁着冬闲季节上山伐些木料，待来年一开春便动手盖新房子，再修上城池，到那时，额苏里一准蛮像样儿了。"

有的说："天天苞米面饼子、咸菜条儿，没有蔬菜，还不见荤腥，长此下去谁也受不了。这江中有鱼，山里有獐、狍、野鹿，天上有各种飞禽，当兵的有枪和弓箭，完全可以捕捉来改善伙食嘛！"

还有的说："我们的确不应坐等，要知道，人越呆越懒，浑身的力气没处使哪儿成？只要充分发挥天时地利的作用，自己动手，丰衣足食，什么都会有的……"

萨布素听了大家的议论，基本趋向一致，心里很高兴，随即布置各佐把兵力分成两部分，一部分上山砍伐木料，准备来年盖房子；一部分行围打猎，于江面捕鱼，冬天捕鱼不同于夏天，需打冰眼、下冻网方可。

于是官兵们在数九寒天的冬日里热火朝天地干了起来，尔汉以娴熟的木匠手艺再次成为各佐的师傅，砍伐树木时，是顺山倒，还是逆山倒？松木、杨木、柞木、柳木用在什么地方？爬犁怎么做，木头怎么运回家等，他都耐心教给大家，一遍一遍地讲，从不因做错了而急赤白脸。袁贵从小便跟在爷爷屁股后面上山打猎，如何在雪地里辨认各类野兽的踪迹，如何用铁丝套兔子、下夹子打野鸡，怎么挖地仓捕野猪等，他全知道，在上山打猎的队伍里可谓行家里手，当然收获也最大。官兵们伙食改善了，劲头儿更足了，整个一个冬天，营区里堆起了高高的好几大垛木料。

日子过得真快，一晃冰消了，雪化了，杨柳冒出了新芽儿。萨布素仍把各佐官兵分成两组，一组种地，一组盖房子。大家有条不紊地干了起来，负责种地的，把小麦、燕麦、荞麦、铃铛麦麦种一一播撒下去，还种了土豆、辣椒、茄子、大葱、窝瓜等。盖房子的，打地基，埋桩子，上房梁，脱土坯，砌山墙，要不咋说人多好干活儿呢，眼瞅着几所房子就成形了。

正在将士们忙着备战之时，京师的公公飞马到了额苏里，向萨布素宣读了两道圣旨。咋回事呢？近几个月来，康熙帝一直在思摸，额苏里临近呼玛尔，便于进攻雅克萨，地理位置优越。不过也有弊端，即这里屯兵建木城面积太小，从长远考虑，未来的指挥重镇应设于明城故地瑷珲。那里不仅面积大，附近还是一片平原，远处是兴安岭，可利用的条件多，可开垦的土地多。将来可建官庄，又可在一架山、二架山、三架山处沿江设置船舰停泊之所，可谓驻军的理想之地。想法定下后，随即饱墨挥毫书谕旨："宜在瑷珲建城永戍，预备炮具、船舰，设斥堠于呼玛尔。自瑷珲至乌拉设置驿站，由水路陆续运粮，积储瑷珲。"

撂笔之后，康熙帝在屋内来回踱步，接着又琢磨开了："往昔北疆无官衙，一朝有军情，京师远在内地，宁古塔亦千里之遥，得不到及时传报，必将贻误战机，有百害而无一利。若是把原属宁古塔将军管辖的恒滚河上源支流哈达乌达河、黑龙江北岸毕占河以西和东流松花江之地分出，增设一新的指挥部门，设置黑龙江将军，便可首尾相顾，统领北域的军政大事，保卫万里海疆。那么，官衙有了，就需有将军坐镇，起码得是称职的、可信赖的领兵大将。此人一要能吃苦，二要有谋略，三要有威望，四要谙熟此地，对风土人情了如指掌。萨布素入伍后，初当马甲，后任骁骑校，继之晋升佐领，再至副都统，是一步一个脚印干上来的。平时少有一般将领的骄娇二气，能与手下官兵同甘共苦，关系亦十分融洽。不但年力强壮，文武兼通，而且熟悉北地诸情，长期御敌于罗刹，积累了丰富的作战经验，堪承将军之重任。"想至此，又下了一道御旨，即于瑷珲增设黑龙江将军衙门，萨布素为首任黑龙江将军，然后命公公即刻前往黑龙江传旨。

此刻，萨布素跪伏在地双手接过圣旨，高兴是肯定的，入了军旅，哪个兵将不想当将军呢？不过也感到了压力不小。黑龙江南北几千里，地广人稀，沙俄多次入侵，步步进逼，眼下盘踞于雅克萨。驱逐罗刹，守土保边，乃当务之急，肩上的这副担子不轻啊！当公公宣读完两道圣旨后，官兵们受到了极大的鼓舞，激动得热泪盈眶，太好了，这可是一件大喜事呀，也是一项重大举措。黑龙江开天辟地以来，第一次有了自己的统管衙门，自己的最高军事长官，表明了皇上永戍北疆的决心，吹响了彻底驱除沙俄匪帮的进军号角，大家不禁欢呼雀跃："萨大人，萨将军，开赴瑷珲，把罗刹鬼赶出去！"

萨布素大声说道："众位官兵们，半年多来，大家忍饥受冻，吃了不少苦，遭了不少罪。现在房子盖起来了，种子也播下去了，这是来到北疆的第一批成果，一定要珍惜。我们又接到了皇命，马上开赴瑷珲，筑城屯田。这里也要留些人，庄稼需要侍弄，待秋后粮食进了仓再归队，谁愿留下请报名。"

大家争先恐后地报了自己的字号，尔汉也未落下，并表示道："我岁数大了，不过干农活儿很懂行，就在这儿看家吧！"

萨布素连忙说："尔汉，你可不能留下，瑷珲筑城全依仗着不可多得的好木匠呢！"最后还是各佐指定 5 个人守摊儿才算了事。

北戍大军就要出发了，运输的问题好解决，额苏里有两艘大帆船，瑷珲水师营有战船二十多艘，调过来就够用了。牲畜、农具除额苏里留下一小部分，其余全部带走。一冬砍伐的木料不能浪费，额苏里盖房只用了两垛，还有三大垛，也都运过去。一切就绪，终于扬帆起锚了，额苏里到瑷珲是下水，满载官兵、牲畜、农具、木料的二十多艘大船顺流而下，只一天多就到了。

瑷珲是个什么样子，大家此前已经知道了，也不觉得好奇了。将军衙门暂时设在水师营，其余官兵仍采用老办法，即先盖地窨子住。因为筑室方法简便，且轻车熟路，两三天就建起来了，很快便可安家了。

康熙帝考虑到额苏里官兵移至瑷珲后，筑城、屯田的担子很重，人手尚显不足。遂命盛京副都统穆秦率领 600 兵丁前往，另有两位谙熟筑城技术的官员随行，一位是礼部的温岱，一位是工部的雅奇纳。他俩的差务是协助、指导筑城，待工程告竣，即返盛京。为了扩大屯田，康熙帝又增派吉林、宁古塔官兵千人来到瑷珲，两批官兵共 3000 人在这里永驻，既是屯田守边的主力，也是攻打雅克萨俄匪的主力。

萨布素将军依照老办法，把 3000 名官兵分成两部分，一部分伐木筑城，一部分开荒屯田。要求筑城官兵从五月二十三日始，至八月六日止，历时将近两个半月将城基本修完。屯田官兵当年需开垦荒地 200 垧，并种上晚熟作物荞麦和燕麦。

各位听者，在这里，朱伯西给大家介绍一下军事要地瑷珲。“瑷珲”之称源于达斡尔语“埃阔”，系达斡尔图龙恰所居城寨乔耶埃阔村，乃达斡尔人之故地。黑龙江在瑷珲是东西向，我们现在所说的瑷珲是旧瑷珲，位于江东岸，或称左岸，具体是在黑龙江中游、精奇里江江口下游的地方。要建的新瑷珲位于旧瑷珲的对岸，即江西岸，或称右岸，具体是在东北20里原达斡尔托尔加古城的基址上修筑，因是黑龙江将军驻地，故而又叫黑龙江城。为什么称之为瑷珲呢？与其历史有关。早在清代以前，瑷珲就有“艾浒”、“艾虎”、“艾呼”、“爱浑”之称，其中的“艾呼”满语为母貂之意。仔细想来，此称呼不无道理，这一带确实盛产黑貂。明末清初的太祖时代，达斡尔酋长巴尔达奇等人便向后金贡貂，后金因而称瑷珲附近贡黑貂的人为萨哈尔察部，也为贡貂部。

清军在瑷珲屯垦戍边，征讨罗刹，引起雅克萨俄匪的恐慌，曾多次前去侦察，探听虚实。北戍之师移驻瑷珲的当年冬天，为了解决官兵的肉食，佐领派袁贵和几位捕猎能手进山打猎。走出不远，发现前边笼了一堆火，定睛一看，两个罗刹鬼正在那里围着火堆烤食面包，地上放着一瓶酒，一面吃一面喝。袁贵兴奋极了，小声儿与同伴合计一番，决定用捕黑熊的方法逮住这俩家伙。他们立马行动起来，在罗刹鬼回返的必经之路上挖了个雪坑，底部放两个铁夹子，上头铺上木棍儿和草，再盖层雪，用树枝扫平，看起来同其他地方一样，没啥区别，然后躲到斜坡后面儿等着抓活的。

两个俄匪吃饱喝足了，真像两只黑熊似的摇摇晃晃向这边走来，不一会儿便听扑通一声，继而传来吱啦哇啦的叫声。袁贵他们几个从斜坡儿后一跃而起，快速跑过去，举起长矛，对准其鼻尖儿吼道：“不准动，缴枪不杀！”

两个罗刹鬼吓坏了，慌忙放下兵器，一个劲儿地讨饶，束手就擒，并听命一瘸一拐地走在几个人中间，被清兵带回了大营。经审讯，不仅知其来意，还了解到雅克萨俄匪的情况。

瑷珲城的建立，为雅克萨自卫反击战做了必要的准备，将成为清军的后方基地和前线指挥部。除此之外，康熙帝经过一番全面考虑，进行了细致而妥当的部署和安排，首要的是军队的调动。驻防瑷珲的前后两批官兵、共计3000人是攻取雅克萨的主力，为了协同作战，下令从京师派兵500人开往瑷珲；为了对付罗刹的火枪，调安插在山东、山西、河南、福建等地擅用藤牌的官兵400人开赴瑷珲；为了保证给养，从科尔沁十旗、锡伯、吉林的官屯征得粮食一万二千石，可供进剿的部队食用三年。又在科尔沁旗的漠尔泽设立仓库，贮粮一万石备用。光有粮食，没有肉食也不行，因为北方各少数民族，尤其是满洲人顿顿离不开肉，只有吃得饱穿得暖，才能顽强战斗，英勇杀敌。再在瑷珲与索伦部所在地之间设一驿站，从索伦驻地征用一些猪、羊，以供军需；为了保证水上运输，派户部尚书伊桑阿带领工匠到吉林大量修造船舰，松花江上原有破损的战船拆毁重修。除此，往返于黑龙江、松花江、易屯河、辽河的几百艘船负责运送粮食、军火，水手从士兵、奴仆、流放犯中选征；为了方便传递文牍，沟通联络，在吉林、瑷珲之间设置25个驿站，瑷珲至索伦部之间亦修驿路，以备索伦接济牛羊和粮食。

一切准备就绪，康熙二十四年四月初六，康熙帝正式下令，由都统彭春、副都统郎谈、班达尔善、黑龙江将军萨布素从水、陆两路攻取雅克萨。命令发布后，经议政王大臣审议决定，清军于四月二十八日水陆并进。大军出发前，萨布素将军派出了曾多次到雅克萨觇视敌情的达斡尔头人倍勒尔率领的小分队，前往雅克萨进行战前的最后一次侦察。倍勒尔带着属下刚要走，袁贵急匆匆地赶到萨大人帐前，请求参加侦察小分队。萨布素对袁贵已经十分了解，知其机智勇敢，胆大心细，小分队还真需要这样一个人，遂批准了他的请求，并任命为倍勒尔的副手，叮嘱道："到了雅克萨，务必见机行事，摸清城池内的军事部署情况，最好画张图标明，还要抓回两个舌头，听清了吗？"

袁贵答曰："回大人，听清了，画张军事部署图，抓回两个舌头！"

侦察小分队一共16人，分乘两只小船逆水而行，每船双桨，八个人轮流划，速度还是比较快的，不到半个月便接近了雅克萨城。他们把小船停泊于雅克萨城附近的一个小岛子上，歇息时，大家合计了一番。最后议定派两人趁天黑想方设法混进城内，摸清军事设置、兵员部署情况，其他人隐蔽在城外的树林、草丛里。第二天，城内的二人以计将一两个罗刹鬼骗出城外，引入埋伏圈，将其生擒活捉。然后迅速登船，顺流而下，逃之夭夭。

袁贵主动请缨，倍勒尔答应了，由自己带其进城。袁贵为掩人耳目，换上了达斡尔族的衣裳，同倍勒尔一起偷偷摸到了雅克萨城根儿。夕阳下，只见一群达斡尔人正在几名持枪俄匪的监督下，慢慢腾腾地修缮着木栅围墙。不一会儿，天擦黑儿了，达斡尔人收工了，袁贵、倍勒尔乘机混入了人群。倍勒尔见到了老乡，悄悄儿说明了来意，并请其帮忙。都是同族兄弟，同样遭受沙俄的蹂躏，对这伙吃人的罗刹鬼恨得牙根儿痒，可下到报仇的时候了，能不施以援手么？于是袁贵和倍勒尔在达斡尔人的掩护下，顺利进了城，住进了他们的工棚。

转天一早，袁贵、倍勒尔同其他达斡尔人一样，为匪徒们扫院子，到江边挑水。乘此时机，将城池内外仔仔细细看了一遍，并把设置、部署情况牢牢记在心里。侦察所见，雅克萨是在俄匪盘踞的阿尔巴津城堡的基础上，用木头修建的方型城堡，筑起了城垒和三个塔楼，靠山的一面有一个，靠黑龙江的一面有两个。靠山的塔楼下立扇大门，官署在门楼儿右侧，楼上设有岗哨。其余两个塔楼作为住房用，楼上筑有抗击突袭的防御工事。城堡内，除有一个粮仓外，别无建筑，营房设在城堡靠山的一面。城堡四周是重木而围的城墙，外面又加了木栏，中间夯土，严实又坚固。除此还挖了两丈多宽的护城壕，壕沟外侧修了尖柱防御工事，即立了几排木刺障，木刺障的外边围了几层铁蒺藜，上面敷一层松土。所谓木刺障，就是把一根根立起来的木条子的顶端削得尖尖的，等于是插在地上的暗障碍物。铁蒺藜是用弄断的箭头绑在铁丝上做成的，也可直接把箭头和粗铁丝插入地里，以此阻挡人马、车辆行进，作为防范夜袭用。

袁贵、倍勒尔昨晚已经把抓舌头的计谋告知了达斡尔人，所以今儿个一早扫完院子、挑满一缸水后，便夹在那些人中间仍然修补木栅围墙。干了一会儿，袁贵和倍勒尔乘看管他们的罗刹鬼不注意，突然撒丫子就跑。达斡尔人待他俩跑远了、又能看到人影儿时，好像刚刚发现似的大声喊了起来："有人逃跑了！有人逃跑了！"

几个俄匪当即一愣，其中两个慌忙中抓起枪追了过去，啪啪啪连放三枪。袁贵、倍勒尔听到后面枪响时，故意向前扑，接着爬起来继续跑。俄匪以为二人被击中受伤了，愈加紧追不舍，没多久就进了侦察小分队的埋伏圈儿。忽听一声吼，只见清兵从草丛中一跃而起，16 杆火枪对准了自己的胸口儿，无奈对方人多势众，乖乖缴了械。清兵用绳子七手八脚地将两个罗刹鬼绑缚，拽到船上，双桨齐划顺流而下，很快便消失在江水的尽头。

回过头来再说瑷珲的清军，按皇命，应于四月二十八日水陆两路攻取雅克萨。可惜天不作美，出发前几天，忽然雷雨大作，江水泛滥，风向转逆，船不能行，将士们各个火急火燎。老天有眼，到了二十七日，雨过天晴，江水回落，风向转顺，压在大家心里的石头总算落了地。二十八日这天，黑龙江上空阳光明媚，万里无云，山清水秀，草木葱茏。瑷珲城下，旌旗招展，甲胄闪亮，人欢马叫，号角齐鸣，3000 名官兵在统领彭春、监军统领郎谈、黑龙江将军萨布素等人的率领下，英姿勃勃地向罗刹窃踞有年的雅克萨进发了。

清军扬帆溯流而上，水师三日之程一朝而至，陆路之兵尽管疾驰也赶不上。大军行至呼玛尔河口时，遇到了顺流而下的倍勒尔带领的小分队，袁贵送上了根据侦察所绘制的雅克萨城区图和抓获的舌头。通过审讯，罗刹鬼供述驻扎在雅克萨的俄军共 350 人，头目叫托尔布津。在清军尚未进剿黑龙江的匪徒时，他们已知此动向，并做了抵御的准备。还向尼布楚督军发出了求救信，请求火速增援，前几日已运来了大炮、火药、铅弹等，600 援军正在途中。萨布素听罢，十分高兴，这真是雪中送炭呢，乃当前所急需。于是下令嘉奖倍勒尔、袁贵及侦察小分队的所有成员，并立即归队，随大军北上。

五月二十二日，浩浩荡荡的水陆大军兵临雅克萨城下，先礼而后兵，用箭向城内射去以满、蒙、俄三种文字书就的信函，要求他们无条件投降，立即撤出雅克萨。俄匪仰仗城防坚固，又有颇为先进的武器，不肯投降，甚至出言不逊。见劝降被拒，清军立即将雅克萨包围起来，水陆官兵分别列阵夹立。尔汉、袁贵爷儿俩属汉军炮兵，在汉军提督刘兆奇的指挥下，将战前从奉天府运来的红衣大炮架设在城北小山上，护军参领博里秋则带领属下把这种神威大将军炮设在城的两翼。已晋升为副都统的雅齐纳、达斡尔提督白克进战船于城东南，以备水战，严防敌人从水路逃走。40 余名骑兵巧妙迂回至城西，隐藏在山林一带，以警戒和堵截西面来援之敌。

第二天黎明，清军在彭春、郎谈、萨布泰的指挥下，从四面集中火力开始攻城。一时间，炮声隆隆，枪声阵阵，浓烟滚滚，万箭如飞蝗钻入城内，吓得俄匪惊恐万状，教徒们手捧十字架祈求上帝保佑。经过一昼夜的轰击，罗刹已无力抵抗，只是据守不出。次日，郎谈鉴于俄匪仍不肯降，遂令于城下三面积柴，施以火攻。就在该城即将化为灰烬时，一个达斡尔小伙子慌忙跑来禀报道："大人，一股沙俄匪徒从黑龙江上游乘木筏顺流而下，向雅克萨方向驶来，大约有五十多人！"

郎谈听罢，估计到来的这股匪徒定是援军的先遣队，当即命建义侯林兴珠率领藤牌兵前往迎敌。林兴珠听令，率兵迅速登舟，驶向江心，在离岸五里处与匪徒相遇，两军短兵相接，展开了白刃战。藤牌兵众裸入水，冒藤牌于顶，持片刀以进。罗刹见之，不由得惊呼道：“大帽鞑子，大帽鞑子！”清军身皆于水，俄军火器无所施，藤牌蔽其首，枪矢不能入。清军以长刀在藤牌的遮挡下嘁里喀喳一顿砍，四十多名匪徒跌落水中，死伤大半，其余全部活捉，而清军未伤一人。

战斗进入第三天，城内俄军死者枕藉，伤者倒地呻吟，幸存者魂不附体，陷于彻底绝望之中，头目托尔布津不得不派人出城乞降。第四天，托尔布津带队投降，依照中国人的规矩跪地磕头，哀求饶命。萨布素以大度的胸襟允之，并向其阐明了清廷的严正立场和宽大政策，提出今后两国相安，兵戈不兴，和平相处。托尔布津及其所部个个感激涕零，叩头致谢，发誓不再侵犯。接下来，萨布素按着康熙帝对降兵“慎无杀戮”的谕旨，将缴械投降的俄军官兵、妇女、儿童及其器物悉与遣归。不愿回俄并申请要求留在中国的，准其所请，予以妥善安置。与此同时，被沙俄掠为人质的索伦人、鄂伦春人、达斡尔人也全部交归，获得了人身自由，被沙俄侵占近40余年的雅克萨告以收复。

第一次雅克萨反击战结束后，清军凯旋班师，驻扎于瑷珲、墨尔根等地。托尔布津则带领战败的俄军离开雅克萨，狼狈而归，回到尼布楚。他们并不甘心自己的失败，经一番休整，托尔布津便按沙皇的旨意，伙同尼布楚督军和沙俄政府派来的别依顿兵团开始策划重新占领雅克萨。先是派出七十多人的小股部队前往雅克萨附近侦察，得知清军已回到瑷珲等地驻防，雅克萨城堡所有建筑物皆被焚毁，只剩地里的庄稼未来得及收割。托尔布津大喜，立即派遣200名俄军潜入雅克萨，很快收割了地里的庄稼。八月底，托尔布津率领600俄军并武器弹药开进阿尔巴津，再次占领了雅克萨。匪徒们在原来的废墟上筑城，用草根和粘土砌起高三俄丈、厚四俄丈的城墙，城墙上修有架设大炮的防御工事，留有炮眼儿。城内建有火药库、粮库和官署，城外盖起了十幢房屋，并在附近种上了庄稼，似有长期霸占之意。

清军回到瑷珲后，清政府鉴于旧瑷珲位处江东，与内地交通及文牍往来存在诸多不便，于是下令将黑龙江将军驻地迁至下游12里的江西，原修筑旧瑷珲城的盛京官兵留下继续修建瑷珲新城。获悉罗刹重新占领了雅克萨的消息后，再次做出攻取雅克萨的决策。康熙帝发出谕旨：“今罗刹复回雅克萨，筑城盘踞，若不速行进剿，势必积粮坚守，图之不易。令将军萨布素等速修船舰，统领乌拉、宁古塔八旗兵驰赴黑龙江城。至日，酌留盛京兵镇守，只率所部2000人攻取雅克萨城。并量选候补官员及现在八旗军内福建藤牌兵，由建义侯林兴珠率往。与此同时，郎谈、班达尔善、马喇等驰赴黑龙江城，会同萨布素进取雅克萨。”

十月初一，清军进抵雅克萨城下，要求沙俄匪帮投降，托尔布津置之不理，于是清军开始攻城。俄军多次冲出城外，企图突围，皆被逐回。清军于城外挖掘长壕，修建土垒，围困城内俄军，同时断其水源，并用大炮向敌堡猛烈轰击，使沙俄侵略军遭到重创。在清军到达雅克萨的第五天，尔汉、袁贵所属的炮队向城内发炮，一颗炮弹击中塔楼的炮眼儿。真是巧了，当时托尔布津正在那儿观察战况，结果右腿被齐膝炸断，四天后伤重毙命，由拜顿继任统领。

不久，严冬来临，俄军固守孤城，饥寒交迫，加之坏血病流行，死者很多。第二年年初，被围困的826名沙俄侵略军只剩下154人，到春天又减至67人，罗刹鬼完全绝望了，危城旦夕可下。正当此时，沙俄政府急派使臣文纽科夫和法沃罗夫来到北京，向清政府递交国书，一面扬言恫吓，增兵雅克萨，一面提出举行边界谈判，请求撤出雅克萨之围。康熙帝同意沙俄政府的请求，派出侍卫马武到达雅克萨前线，宣布解除雅克萨之围。清军停止围城，允许沙俄入侵者到黑龙江取水，尼布楚至雅克萨可以通行，城内缺少什么亦提供帮助，甚至还进城为俄军送去粮食、药品，派郎中给以疗治。康熙二十六年四月初六，雅克萨的清军奉命后退20里，于查克丹驻营。七月，又奉命全部撤回瑷珲、墨尔根，在两地继续筑城屯田。第二次雅克萨之战，以俄军的彻底失败告终，雅克萨又回到了祖国的怀抱。

官兵们回到家乡，见瑷珲新城经过盛京筑城官兵一年多的辛苦劳作和日夜奋战，已初具规模。瑷珲新城同江东旧瑷珲城一样，也是一座方形城。它内环崇岭，外襟大江，分内城与外城。内外设松木栅，中间实以土作为城墙，高一丈八尺，上面建有塔楼。内城方圆1030庹，东、西、南、北各开一门，为将军衙门并其官员之住宅。外城共设五个城门，南边一个，西、北各两个。周围十里，东临江，西、南、北三面排木为外廊。除此，外城由南到北拉了一道长长的街基，准备将来招引商户，辟为商业街。与商业街垂直又拉了几道横街，作为居民住宅的基址。还在城的东南角建了一座城隍庙，为道教庙，天子腊祭有八，城隍为七。“城”不难理解，“隍”为水，有了护城河，滨水之城才是一块宝地，瑷珲新城正是如此。出了外城北门，临江建了一排营房，为水师营的驻地。由水师营再向北走，有一片松树林，在林子里圈了个颇大的院落，四周盖了些房子，为清兵驻防的地方，称之为北营。外城西南辟出了一处操场，里面搭建起一座高台，为检阅操练的观礼台，台的正面设一靶场，乃清军习武校射的地方。

第二次雅克萨战后，清廷决定黑龙江将军的驻地迁往墨尔根，瑷珲旧城留驻城守卫，瑷珲新城留驻副都统，副都统衙门设户、兵、刑、工、堂五司。副都统统率下的瑷珲驻军以八旗建置，每旗下各分为满洲两佐，达斡尔一佐。在正白旗、镶红旗下，除满洲、达斡尔两佐外，还增设了汉军各一佐。

清廷将北戍大军在瑷珲开垦的 1800 垧土地分给官兵们作为份地，称之为旗地，旗人除俸饷外，种地不纳粮。隶属正白旗汉军佐的尔汉、袁贵分到了瑷珲新城对岸的一块地，紧靠黑龙江，南边还有一条河，称为莽嘎河，又叫瑷珲河，自东向西流入黑龙江。在一江一河多年冲击下形成的这片土地可是黑油沙，肥沃得很，捧一把能攥出油来。

清廷在将旗地分给官兵的同时，为了稳定军心，为了让他们在此安家立业、长期驻守，决定移其家眷于瑷珲。消息传来，大伙儿高兴得跳了起来，此乃几年来梦寐以求的事儿，能不乐嘛！家眷来了，无论如何也不能住露天地呀，得抓紧时间在自己的份地上盖房子，官兵们兴高采烈地忙活开了。造房筑屋对于尔汉、袁贵来说不是什么难事，伐木、和泥、脱坯、垒墙，没多久三间草房就盖好了。爷儿俩还在房前屋后种了土豆、黄瓜、茄子、辣椒等，只待一声令下，立马回家看望高堂，接老婆、孩子。

就在这时，萨布素接到了朝廷的一纸函告，让他于黑龙江待命。咋回事儿呢？雅克萨战争后，中俄两国就划界问题一直在交涉，最后皆同意各派使者举行边界谈判，然在谈判地点上有了分歧，所以迟迟没有举行。谈判搁浅了，清廷下令给使团成员之一的萨布素将军，要求其不得离开瑷珲，一旦两国的不同意见得到统一，即带领官兵赶赴谈判地点。为什么使团成员有萨布素呢？康熙帝主要出于这样两点考虑：一是由萨布素给使团及护从人员运送粮米，保证生活必需品之供应。当时，无论在哪儿谈判，使团的大部分成员得经古北口前往谈判地点。一路免不了跋山涉水，穿越沙碛、草地，加之时逢雨季，道路泥泞难行，只能轻装上阵。这样一来，所需粮米得由萨布素所部溯黑龙江而上，以船舰运载之。二是萨布素身为黑龙江将军，中俄划界的地区在其管辖范围之内，对这里的山山水水了如指掌，熟知当地的风土人情，并长期战斗在抗俄第一线，了解敌方情况，便于在谈判中发挥作用。何况两国划界后，不可能高枕无忧，还要时刻提高警惕，加强边界管理，防止沙俄再次入侵，皆由萨布素具体执行之。

萨布素手拿函件思来想去，觉得迁移家眷来瑷珲非同小可，是关乎稳定军心的大事，也是永戍北疆的需要。朝廷要求我于原地待命，等候谈判日期的到来，并没有说不让迁移家眷哪，大家可都期盼着呢！随即决定官兵不动，只派尔汉一人前往宁古塔，由宁古塔将军衙门协助迁移家眷。于是唤来尔汉，如此这般交代一番后，又叮嘱道："尔汉，你是老兵了，理所当然得挑重担子。我给宁古塔将军殷图写了一封信，你要亲手交给他，遇到棘手的事多向将军请示。我们是白手起家，居家过日子需要的东西多了，能带的尽量都带来，不要怕麻烦，船不够可请殷将军帮忙。咋样，这么重的差务让你一个人前往，有困难么？"

尔汉爽快地回道："没困难，请大人放心，一定办得妥妥帖帖的！"萨布素点了点头。

尔汉打点完行囊，只身登程，回到了故乡宁古塔。连家都未进，径直去了将军衙门，叩拜将军请过安后，将萨大人的信函奉上。殷图忙唤随从茶水伺候，阅罢信函，二人聊了起来。将军问得十分详细，什么开垦了多少荒地呀，木城建得如何呀，两次雅克萨之战的战果怎样啊，长期驻防准备好了么等等，总之啥都问到了，最后表态道："宁古塔与瑷珲血脉相连，你们的事就是我们的事，一定按萨大人之意全力去做，保证安安全全将家眷送到黑龙江驻地。"

尔汉一再表示感谢，随后起身告辞出了衙门，三步并作两步地回了家。推开门，见三个儿媳正屋里屋外忙活着，老娘紧闭双目躺在炕上，脸色蜡黄，似乎是病了。儿媳妇们初见父亲先是一怔，待缓过神儿来，忙躬身施礼请安。尔汉问道："爷爷呢？"

三人互相瞅了一眼，谁也没回答，彩花推门出去了。不一会儿，长子袁刚、次子袁成和孙子、孙女全跑回来了，一溜水地跪地叩头问安，呼爹喊爷爷地叫个不停。这时，躺在炕上的老娘从昏睡中醒来，微微侧过头，费力地睁开眼睛，轻轻唤了一声："尔汉……回来了。"

尔汉连忙走到炕沿边儿，附在老娘的耳旁说道："娘，儿回来了，怎么病成这样？"

老太太的双眼无神而有些混沌，好像是瞅着儿子了，又像是没看见，断断续续地问道："怎么……只你自己……小贵子呢？"

尔汉回道："娘，他正忙着，没回来。"

"贵子……好吗？"

"好，好着呢！"

老太太想必是听见了，脸上露出一丝不易察觉的笑容，头一歪便咽气了。尔汉抱着老娘哭喊道："娘啊，娘，儿子刚回家，您老就走了，咋不多看儿一眼哪，尔汉不孝哇……"

袁氏全家上下人等对老太太的过世是有思想准备的，因为老人家病倒在炕已有些日子了，且越来越重，服药也不管用。大伙儿一阵号啕之后，取出早已备好的装老衣服给穿上，又抬过来停尸板，将老人家停在屋地中间儿。大儿子袁刚走到尔汉身边，拉着父亲的手去了西屋，扶其上了炕，先是劝慰一番，然后说道："爹，您老有所不知，您和小弟走后，爷爷、奶奶没一天不惦念，四处打听消息。听说刚去时条件很艰苦，开荒种地累得很，肚子都填不饱，二位老人家整天愁眉苦脸的。当听说打了大胜仗，把罗刹鬼撵出了雅克萨，高兴得眉开眼笑的，之后再也没了音信。刚入冬，爷爷老病就犯了，连咳嗽带喘的，痰还多。一天晌午，正睡觉呢，突然间一阵猛烈的咳嗽，有出气儿没进气儿，一口痰没上来竟憋过去了。爷爷去世后，奶奶也病倒了，一开始躺在炕上还能吃能喝，渐渐的每天只喝一碗小米粥，后来就只咽一口半口了。前些天，听说从征的官兵要回来接家眷，这才勉强喝点儿糖水。爹回来了，奶奶见大儿的心愿了了，便放心地走了。之所以能撑到今天，不为别个，就是想见儿子最后一眼哪！"

尔汉听罢，泣不成声，未承想满心欢喜地回到家，二老双亲却离自己而去。可是再难过也得挺着，重任在肩哪，遂带着孩子们料理了老娘的后事，没等三天圆坟就出门张罗开了。听说尔汉是专程回来接北戍官兵家眷的，宁古塔全城再次被搅动起来，男女老少纷纷找到尔汉打听亲人的情况。此刻，那些打算随军的家属可谓悲喜交集，悲的是就要离开生养自己的故土了，然年纪已大的二老、尚未成家的兄弟姐妹仍居于此，能不让人牵肠挂肚么？何况路途遥远，回来一次哪儿那么容易呀，或许此生再没机会见面也未可知。喜的是就要见到日夜思念的夫君了，孩子也不再天天吵着想阿玛了，从此一家团聚了，在北疆开始新的生活，打造一片新天地，必将其乐融融。唉，喜也好，悲也罢，已经没工夫想那么多了，得赶紧做好出行的准备。可倒快当，各家各户皆动起来了，女人们打理行囊，一年四季的衣裳得带着，被褥自然少不了，锅碗瓢盆是必须的，酸菜缸、咸菜坛子也不能落下，居家过日子缺哪样儿都不成。男人们为鸡鸭鹅狗、猪马牛羊等禽畜打笼子，做架子，鞍韂不能忘了带上。小孩子们则忙着收拾自己的玩具，什么轱辘圈儿呀，打嘎玩的木板哪，毽子呀，陀螺呀，滑板哪，嘎拉哈等等，全装进一个袋子里，省得到时候找不着。

尔汉这家走走，那家看看，时不时地提醒别忘了带这样儿，那样儿也不能落下。心里估算着："宁古塔北戍官兵1000人，家眷平均每户去三个，也得3000人。每艘帆船装100人，起码得30艘，再加之牲畜、家具等，少说也得十多条大船，看来没有40艘肯定不行，宁古塔哪儿有那么多船呀？"想至此，觉得有点儿犯难了，于是拔腿去了将军衙门，把这个情况禀报给将军大人。殷图听后，手托下巴寻思了一会儿，然后说道："尔汉，咱宁古塔只有大帆船30艘，显然不够。不妨这样，分两批走，每批1500人，加上货物，30艘绰绰有余。为了保证安全，每只船除了舵手、水手外，再派五名官兵护送。从时间上看，完全来得及，到秋往返两趟怎么也迁完了。"

尔汉摸了摸后脑勺儿，笑道："对呀，我咋没想到呢，大人所言极是，即便两批起行时间前后差俩月，也蛮赶趟儿。"

这日，第一批随军家属要出发了，30艘帆船停在呼尔哈河畔，船上坐满了大人和孩子，其中也包括袁贵的妻子彩花。宁古塔又是全城出动，男女老少皆来送行，尽管仍然是号角齐鸣，鼓乐震天，却没有北戍官兵出征时那样威武雄壮，而是船上、岸上呼儿唤女、叫爹喊娘，一片唏嘘声，让人心里不好受。出行时辰已到，满载家眷的大船终于起锚了，缓缓驶离宁古塔，向北疆进发。

一路的辛苦自不必说，二十多天后，随军眷属到了瑷珲，气氛可与来时的宁古塔大不一样。北戍官兵早已齐集黑龙江江边，30艘大船刚一停靠，船上、岸上响起了一片欢呼声，个个眉开眼笑，喜气洋洋。家眷下了船，官兵们拥了上去，各自寻找自己的亲人。夫妻相见了，千言万语竟一句话也说不出来，当着众人的面又不好过分亲热。孩子见到阿玛了，小的藏在额莫①身后不敢认，大的则扑到阿玛怀里一个劲儿地撒娇。待把船上的东西全部卸下，大家扛的扛，抬的抬，挑的挑，一起朝新瑷珲城而去。五十多天后，第二批家眷也到了，萨布素将军仍未接到

① 额莫：满语，母亲。

赴谈判地点的函告。入冬了，家家户户住在新房子里，天气再冷，心里是温暖的，官兵们高高兴兴地过了头一个团圆年。

转年，即康熙二十八年，中俄两国决定在尼布楚举行划界谈判。四月二十四日，萨布素、郎谈率领黑龙江官兵 1500 人分乘百余艘船，满载粮米从瑷珲出发，溯黑龙江而上，前往谈判地点。六月初十，船队抵达尼布楚，停泊在尼布楚河与石勒喀河交汇处下方的河湾里。这支清军部队承担两项任务，一是护卫中国谈判使团，二是倘若沙俄采取军事行动，作为抵御罗刹鬼的主要力量。以索额图为首的清政府谈判使团及随行扈从 1400 人于同年四月二十六日从北京启程，经 51 天行程三千多里，于六月十五日到达尼布楚，与先期抵达的萨布素所率黑龙江官兵会合。

出席边界谈判的中国使团成员有：领侍卫内大臣索额图，都统、一等公佟国纲，黑龙江将军萨布素，护军统领马喇，都统郎谈，都统班达尔善，理藩院侍郎温达。除此而外，还有两名耶稣会士，即葡萄牙人徐日升、法国人张诚，充当译员。

俄罗斯使团成员有：御前大臣费奥多尔·阿列克谢耶维奇·戈洛文，御前大臣、尼布楚督军伊凡·弗拉索夫，御前大臣阿列克赛·西尼亚文，秘书官伊凡·尤金和谢苗·科尔尼茨基等人。

具体谈判地点是在离尼布楚旧城 200 俄丈远的田野上支起的一座帐篷内，分为两半儿，俄、中两方各占一半儿。俄罗斯所占的那半儿布置得颇为豪华，铺着土耳其地毯，中间摆放一张桌子，桌面覆盖着金缕与丝绢交织的名贵波斯毯，上陈一套十分讲究的文房四宝及一挂上等座钟。

谈判一开始，俄方提出以黑龙江为界，中方表示反对。戈洛文见第一方案不能实现，又提出第二方案，即以牛满江或精奇里江为界。索额图抱着早日缔约划分的愿望，一面表示不能同意俄方第二方案，一面主动做出让步，声言可以把尼布楚让给俄罗斯。戈洛文不以为然，对中方代表冷嘲热讽，蛮横地要求须再做让步。

由于谈判桌上斗争的尖锐化并出现了一些怪现象，接下来双方只好改由译员互为交涉，进行非正式会谈。中方通过两名译员向俄方提出应将额尔古纳河以东的房屋拆除，迁往对岸去，俄方却坚持雅克萨以西的土地留给俄罗斯。中国使团鉴于俄方不肯退让，当即决定我方军队渡河对尼布楚实行封锁，并令 100 名官兵乘木船赶往阿尔巴津，包围雅克萨。

尔汉此时已升为骁骑校，是萨布素将军熟悉并看重之人，故而特意安排他参加了这支百人小分队。官兵们乘两只大帆船顺流而下，不到两天就到了雅克萨，将船停在对岸的岛子上。此时，仍有五六十俄匪龟缩在城堡内，而且在城堡周边种植了一大片麦子。小分队和第二次雅克萨战后留守在附近的50名清兵会合，共150人，分成两组，一组包围城堡内的俄匪，一组抢收城堡外的小麦。

中方的部署及清军的行动，立马被俄罗斯使团知晓，就在小分队出发的当天晚上，戈洛文便派出译员到中国使团驻地要求重开谈判。第二天一早，俄方代表来到了中方驻地，提出放弃雅克萨，以额尔古纳河为界，但这条河以东俄人居住之地须继续占有。中方不肯，仍坚持原来的议定，以尼布楚为界。其后索额图派译员张诚会见戈洛文，就有关边界及和约的其他条款进一步洽商，终于全部谈妥。

七月二十四日，中俄两国使团在一些重大问题达成协议的基础上，举行最后一次正式会议。当天下午，使团成员进入俄方布置的现场，首先由双方译员宣读拉丁文本条约内容，继而两国全权使臣分别在对方文本上签字用印，接着举行庄严的宣誓仪式。会议结束时，在乐曲声中，中俄两国使臣互相拥抱，彼此祝贺，俄方还以各种酒水及甜品款待中国使团。

此次边界谈判，经过大清朝臣的艰苦交涉和据理力争，双方签订了历史上著名的中俄《尼布楚条约》。此条约确定了两国东部边界的走向，即西面沿额尔古纳河、石勒喀河和格尔必齐河为界，北面以外兴安岭为界，东面乌弟河以南、外兴安岭以北为待议地区，并定下两国严守章约，永敦睦谊。

尼布楚谈判后，清军毁掉了罗刹所建的雅克萨城堡，黑龙江将军的驻地迁到墨尔根，后又迁至齐齐哈尔。瑷珲官兵回到驻地，平时务农，战时出征。每年二、八月集中训练，所占有的土地为旗地，所建设的村庄为旗屯。尔汉、袁贵所在屯子里的人多是正白旗的官兵，故而称为白旗屯，与其相邻的屯子叫牤牛屯，说起这个屯名儿还有一段小插曲呢！农谚曰：“母牛下母牛，二年三个头。”白旗屯从宁古塔带来的牛头头是二年三个头，而牤牛屯的牛头头生牤牛蛋子，所以才得此名儿。后来人们觉得“牤牛屯”不太好听，因其紧邻瑷珲河，瑷珲河又称芒嘎河，便将该屯称为“芒嘎屯”了。

岁月如梭，转眼到了康熙五十八年，尔汉已是85岁高龄的耄耋老人，早就退役在家颐养天年了。袁贵也62岁了，身板儿还蛮硬朗，天天闲不着，扫扫院子呀，清理菜园子呀、劈劈柴火等。袁贵媳妇彩花随第一批家眷到了瑷珲后，连续生了三个儿子，老大袁怀孝，老二袁怀荣，老三没像两个哥哥那样按"怀"字往下排，爷爷给起了个名儿叫常在。老大、老二皆已娶妻生子，老三尚未成婚，全家二十多口人，四世同堂。长辈大都愿意像老母鸡似的把儿孙拢在一起，这哥兄弟还好说，妯娌们天天在一起，一锅搅马勺，哪有舌头不碰牙的？尔汉与袁贵两口子商量了一下，认为不如趁现在还和气，早点儿把家分了。秋后，一家分成三家，按着旗人的规矩，尔汉、袁贵跟了老三常在。分了家，尔汉总算了结了一桩心事，看到孙子们各家日子过得都挺好，心里很是高兴。

尔汉平时没什么爱好，惟喜欢与重孙们一起玩玩儿纸牌，称之为"看马掌"。玩纸牌输赢不动钱，老爷子输了，给重孙们买小人糖；重孙们输了，由太爷弹脑嘣。一日，祖孙几个又玩儿了起来，老爷子连续多把不和，已欠下重孙们不少小人糖。嘿，这把老爷子可是要啥来啥，重孙们打出头张牌，他就上"停"了。轮到老爷子抓牌了，拿起一看，竟是心中所想，乃一张红花，立马将牌往桌上一摔，笑道："小兔崽子们，乖乖给我过来，让太爷弹脑嘣！"话音未落，随即一个后仰倒在了炕上。

重孙们吓坏了，一时不知所措，赶忙围上去，不住声儿地哭喊道："太爷，太爷，怎么了，还没弹脑嘣呢！"

可是这个脑嘣再也没弹上，老爷子咽气时，脸上仍带着笑容。

瑷珲虽说是块风水宝地，但不总是风调雨顺，无灾无害。尔汉死后的第四年八月节前，臭李子树一改往常，秋季竟然又开花了。田里的耗子也跑了出来，东窜西钻，满街满道都是。没过几日，有天夜晚，天边突然出现一道白光，接着传来了犹如车跑的呼隆隆声，大地一个劲儿地抖动。人们从睡梦中惊醒，顾不得穿衣服，慌忙跑出屋外，只感到天摇地动站不稳。回头一看，自家的房子已是里倒外斜，七扭八歪，并不知道这是地震。

对于此次地震，当时遣戍到瑷珲的流人杨锡恒自然也赶上了，并留下了历史的记载。杨锡恒何许人也？其父杨宣是朝廷中的高官，由于在太子党争中站错了队，推戴皇八子允禩代立为太子，结果被罢官，发配到边关瑷珲。杨宣膝下有两个儿子，长子杨锡履，次子杨锡恒，兄弟俩同父亲一样都是文人，均随其来到瑷珲。杨锡恒长期居于塞外，对于东北的土地、山川、气候、物产和风俗习惯非常清楚，了如指掌，曾写下《纪异》一诗，记述了瑷珲地震的情况，全诗28行：

地乃天地配，其道宜安贞。
胡然此一方，震动无时停。
焱若飓风过，殷若雷声鸣。
耳目尽骇眩，魂魄为之惊。
初疑九轨道，毂击声喧轰。
又如万斛舟，掀簸巨浪迎。
一椽木如寄，欹仄劳支撑。
上栋与下宇，岌岌忧摧崩。
不已势将压，性命毫毛轻。
闻诸古史册，其变在五行。
迂儒守章句，白黑聚讼争。
方今圣明世，灾浸何由生。
此理不可晓，闲居细推评。
每当地震后，厥占应元冥。
阴气盘地轴，欲奋难遽腾。
小震则小澍，大震斯盆倾。
屡试不可爽，历久信有征。
艾河地庳下，溪谷流纵横。
积劳成巨浸，势欲排丘陵。
二麦既黄萎，稗稷类寸莛。
惟菽稍有实，又恐秋霜零。
谋生艰一饱，敢望仓箱盈。
典衣入市尘，无处易斗升。
来日信大难，寸心忧屏营。
皇天本仁爱，视听非懵懵。
万方悉在宥，岂独遗边氓。
愿夺箕毕好，长放曦娥晴。
庶使职载者，亦得安坤宁。

诗文的意思是说大地乃天地作合形成的，其运行应当是安静而有规律。忽一日，在我们这个地方却震动起来，且没个消停。其速度之快，如飓风刮过；其声音之大，如雷声轰鸣。双耳欲聋，头晕目眩，魂魄为之惊骇，像是九条轨道车轮隆隆滚过的喧嚣，又像是一艘大船在巨浪中颠簸。房屋已经歪歪扭扭，全靠一条椽木支撑。上栋与下宇岌岌可危，不久就要坍塌，生命犹如鸿毛一样轻。见诸史册典籍，五行运作有规律，迂腐的文人遵章守句，黑白必要弄个明白。当今圣明世道，为什么会造成灾害？其道理不得而知，还是闲着没事慢慢评说吧！每当地震来临，往往是天昏地暗，阴气盘踞地轴，想晴天很难。小震则小雨，大震则大雨。丰收在望，谷子稷子才出一寸长，豆子也就刚长粒儿，只恐怕早来秋霜。生活真是艰苦，难得一顿饱餐，哪敢奢望谷满粮仓。遇到大灾，典衣卖袄，都没地方换得斗升之米。担心有大灾大难，坐立不安，忧心如焚。皇天本是讲仁爱，是非亦不是懵懵懂懂，万方皆保佑，莫不是单把边塞的人遗忘？但愿有好的星象，总是风和日丽，即使一方父母官，也能得到安宁。

在这次地震中，袁氏一家老小很是幸运，二十几口无一伤亡，只是房子倒塌了。日子还得接着过，袁贵带领儿孙们打桩、上梁、脱坯、垒墙，三家又分别盖起了土坯房。不料三年后的夏季，黑龙江暴发了一场有史以来特大的洪水，使住在那一带，特别是两岸的居民再次遭受了一场灾难，袁氏一家也未能幸免。当年春天来得早，进了三月便冰消雪融，大地黑油油的。家家户户见墒情好，都铆足了劲儿早早做准备，把冬天沤好的粪肥一车车拉到了地里。清明忙种麦，谷雨种大田，过了五月节，不仅小麦绿茸茸的了，大田也封了垅。见苗三分喜，越发舍得下力气，小麦不用管，谷子、苞米、黄豆全是三铲三蹚。到了六月末，小麦已抽穗儿，泛起一片金黄；黄豆长得没膝高，皆已结了荚；苞米结了棒，谷子弯了腰，籽粒十分饱满。大家见庄稼长势不错，十分高兴，总算没白忙活，盼着有个好年成。丰收在望了，老天不开眼，一进七月天天下雨，下起还没个完，沟满壕平，大河、小河都涨水。黑龙江水也是一天一个样儿，今儿个能见到沙滩，明儿个就没影儿了，接着便上了岸，满目白亮亮一片，很快要淹庄稼了。村民们一看，这雨一时半会儿停不了，庄稼被淹，一家老小吃什么呀？个个心急如焚，万般无奈之下，只得冒雨抢收即将成熟的小麦。袁家见左邻右舍动了镰，也跟着干了起来，边割边往屯北高岗上运，整整忙活了一天一宿好歹收了一些。到了晌午，大水进屯子了，各家各户忙不迭地收拾东西，装进大囊袋，然后肩挑背扛、扶老携幼、牵牛拉马地逃往高岗儿处。袁家三孙子二小扛着一摞被褥跑到高岗儿往地上一放，四下一寻摸，却不见爷爷。这可急坏了，连忙跑下岗儿，拽过一条小船一口气划到屯子。此时，大水已进了院儿，二小蹚水进了屋，见爷爷仍坐在炕上，看样子压根儿没想动地儿，遂急切地说："爷爷，水漫山墙了，你老咋还坐着呀，快走哇!"

袁贵手一摆道："你回来干啥？赶紧走，我得守住这个家，快七十的人了，淹死不足惜!"

二小见老爷子上来犟劲儿了，死活不肯走，没辙了，只好一把拉过爷爷背在背上，几大步出了屋，涉水穿过院子，小跑着到了水边，将其放在船上，划到了屯北。众乡亲站在高岗儿上，眼见辛辛苦苦盖起的房子一座座倒塌了，一片片庄稼地成了汪洋，心疼得直掉泪，女人们竟大哭起来。

半个月过去了，天晴了，水退了，大家回到屯子，举目四望，到处是黑乎乎一片。倒塌的房屋中，未来得及带走的物品全被冲走了，已一无所有。好在尚有牲畜，有御寒的棉衣、被褥，林子里有的是木头，年轻人有用不完的力气，日子还得往下过。白旗屯的各家各户聚在一起商量了一下，为预防发大水，吸取以往的教训，决定将屯子移至北部高岗儿上。重建家园首要的是盖房子，但不能盖先前那样的土坯房了，禁不住大水的冲击。几位老把势合计了半晌，终于拿出了一个改进方案，即在房子的四周多立些柱子，柱子和柱子之间拉上横杆，横杆与横杆之间挂上草把泥，这叫挂拉哈。挂好拉哈，外面再抹层泥。上了梁，房盖儿得铺层木板，板子上也抹层草把泥，为的是保暖。除此，房盖儿还需搭人字形的架子，拉上横杆，横杆上铺层薄薄的木板，不光轻便，还能遮风挡雨。新式房子设计好了，家家户户开忙了，在北岗儿选定的基址动了工。经过一秋的辛劳，一座座房子落成了，结实而美观，白旗屯有模有样了。

住的地方有了，吃的成了问题，大水来袭前抢收的那点儿小麦哪够吃呀，只好到西边受害稍轻的旗屯买一些。大水退后，河塘、沟叉里存下了不少鱼，有鲤鱼、狗鱼、鲇鱼等，男女老少都去那儿网鱼。鱼可是好东西，既可当菜，又可当饭，还有营养。不管怎么着，一冬一春总得对付过去，来年土豆、窝瓜下来便能接济上了。转年秋季的一天，袁贵无疾而终，享年 70 岁整。

进入乾隆年间，袁氏家族已传了三代。尔汉的下一代有袁刚、袁成、袁贵三支，再下一代有袁海仁、袁怀兴、袁怀佐、袁怀安、袁怀孝、袁怀荣、常在七支，袁氏成了白旗屯的名门望族。常在这一支又传了袁赶胜、袁赶年、袁德国三支，赶年在哥儿仨中排行老二，是乾隆十八年腊月二十三过小年那天出生的。当时爷爷袁贵还在，因已进了年关，所以起了个名字叫赶年。

乾隆是位具有文韬武略的皇帝，雅克萨战争之后，为了巩固和增强北地的边防力量，防止沙俄的再次入侵，下旨在东北建立了必要的管理机构。驻军的粮食需要就地解决，且数额巨大，仅靠官兵的屯田是远远不够的，务必补充劳力。于是大批流人，即犯了罪被免死之人和战争中被抓获的俘虏等遣戍到东北，而瑷珲是遣戍、发配的主要之地。这些流人到了瑷珲后，有的做了旗人的奴隶，有的到官庄当壮丁，有的当了养育兵。所谓官庄，是指那些种地纳粮的村屯；所谓养育兵，是指专门种地为国家交粮的兵种。

好机遇让常在这一代赶上了，七支或多或少都得到了旗下为奴的流人，光常在一家就分了十来个。人多了，房子不够住，常在便于原有的基址上又盖起了五间大正房，一间老两口儿住，另三间分别由大儿赶胜、二儿赶年、三儿德国住，余下的那间留作备用。还在正房的东面盖了一溜长筒子房，专门给旗下为奴的流人住，西面则搭建了仓库、碾房、粮仓，房后是牛棚、马棚、猪圈、鸡鸭鹅舍。房子的四周夹上了高高的板障子，南面正中修了个大门楼儿，门楣之上挂块刻有“袁宅”两个大字的牌匾。

劳力多了，原有的几十垧地不够种，常在又让仨儿子在远处建了地营子，种地近百垧。何为地营子？就是在远离自家的某处盖上简易的住房，开垦大片土地，春天派人种上各种麦子，到秋再收回来。家大业大，常在为一家之主，每天东瞅瞅，西瞧瞧，小事不管，大事把把关。三个儿子中，赶年当了管家，吃喝拉撒，包括纹银往来账目皆由他掌管。隔三差五便离家外出，不是新瑷珲，就是旧瑷珲，买进卖出，请人吃吃喝喝，结交了不少朋友，忙得不亦乐乎。赶胜、德国也各有分工，前者负责家里的农活儿，后者经管地营子。

几年后，袁氏发家了，大片地产发展成庄园了，乃远近闻名的几个大户之一。有了钱，生活同以前大不一样了，袁家仅伙房的厨子就有五六个，分大、中、小三个灶。常在老两口儿吃小灶，顿顿鸡鸭鱼肉摆满桌；仨儿子家吃中灶，也是荤腥不断；旗下为奴的流人吃大灶，天天是苞米面大饼子、土豆、白菜、外加咸菜，能吃饱。生活好了，穿着打扮随之变了，常在、赶年脑袋上扣顶小帽头儿，身穿长袍儿、马褂儿；赶胜、德国也是冬有冬服，夏有夏装，样样儿不少；各房媳妇及女儿皆置办了梳妆台，买了胭脂，年节时穿上了绫罗绸缎。

日子过得挺富裕，学文习武之事也提上了日程，此时的旧瑷珲已成立了学堂。瑷珲有许多流人，其中不乏骚人墨客，将其请来做满汉教习。好在白旗屯离瑷珲旧城不远，也就十来里路，袁氏一家便把孩子送到了学堂。

嘉庆九年，常在已是 72 岁的老人了，过了年就是 73。常言道："七十三，八十四，阎王不请自己去"，他感觉留给自己的时间不多了。这一年年成又不错，秋收的时候，有一天常在对老伴儿说："自打爷爷带着咱爹到了瑷珲后，至现在袁家共传了四代。爹死前，将先祖袁督师留下的腰刀和爷爷亲手抄写的袁氏家谱传给了我，还说太爷在爷爷、爹爹从宁古塔来时留下话了：'到了瑷珲，你们就是瑷珲人了，要在那里扎下根，将袁家世世代代传下去。不能忘了先祖，不能忘了老根，先祖是袁崇焕，老根是宁古塔。'而今咱孙子都有了，有的已经长大成人，却不知袁氏家族的历史，甚至连辈分也分不清，等打完场续续家谱吧！"

秋后，麦子、苞米、谷子、黄豆皆已脱粒入了仓，土豆、白菜、萝卜也都下了窖，场了地光，进入了农闲季节。常在将三个儿子、已分家另过的两位兄长及叔伯兄弟们召集到一起，共同合计一下关于续谱的事儿，最后定下十月初四那天，袁氏合族在袁宅大院祭祖、续谱。

进入十月，黑龙江结了一层薄冰，连续下了几场大雪，已封冻的大地披上了厚厚的银装，到处一片洁白，甚是好看。初四这天，袁氏家族的男女老少齐集袁宅大院，好在房子有的是，各个屋子全是人。老头子们聚在上屋，围坐在八仙桌边，抽着烟，喝着茶，像讲古似的一桩桩、一件件回忆着往事。老太太们聚在东屋，盘腿坐在热炕上，右手端着长烟袋，一口口唾沫吐得满地都是，什么家长里短哪、儿孙们孝道尽得咋样啊，唠得津津有味。大姑娘、小媳妇们聚在西屋，忙了一春带八夏，难得一见，可下有机会凑一块儿了，唧唧喳喳话不落地，说的全是孩子是否有长进、女婿混得如何，再比比穿着打扮、针线活儿优劣。汉子们可没那么多闲情逸致，得忙着杀猪宰羊，煎炒烹炸，抬桌搬椅，张罗家宴。

常在趁这个空档儿，又将白旗屯各户的家主请到家，还请来了瑷珲学堂的满汉教习。续谱像开会一样，先进行哪项，后进行哪项，是有一定程序的。谱书有谱序、谱表。谱表好说，由各家将男丁填上就可以了，谱序则需请人提前草拟成文。来到袁宅的教习起草毕，大家得看行不行，哪项不妥商量着改，一遍又一遍后都同意了，才算通过。

一切准备就绪，祭祖开始了，袁氏属汉军，虽然早已成了八旗重要的一支，但有些习俗还是与满族不太一样。满洲人祭祖由家萨满主持，在影壁前、索罗杆子下杀猪，剔骨不去皮，用火燎，俗称燎毛肉。再将烤好的燎毛肉卸成 8 块，煮熟后，连同牛舌头饽饽一起供奉。汉军，即依撤满洲祭祖一般是由年长的最高长辈主持，在野甸子里杀羊掏心，将羊烤熟后，供奉在祖宗像前。

袁氏家族在常在的主持下，男丁齐集正房的上屋，按辈分大小排列跪地，上屋跪不下，依次排至东、西两屋。有的阿哥不禁要问，祭祖、续谱怎么只是男人，没有女人？各位有所不知，那个年代重男轻女，女子不能上家谱，也不参加祭祖仪式。正式开始时，常在从供奉于北炕西墙祖宗板上的箱子里取出了先祖袁崇焕的遗物——腰刀和袁文弼亲自抄写的家谱，放在了北炕供桌上，地桌上则供奉烤好的整只羊、白酒和吃食。他点上蜡烛，燃上线香，香烟缭绕，然后高声说道："向祖宗三叩首！"三间屋同时响起了一片叩头声，继而宣读谱序道："先祖袁崇焕督师，祖籍广东东莞。大明天启年间，率领关外明军与太祖努尔哈赤战于宁远、锦州，取得了宁锦大捷。崇祯年间，太宗皇太极取道蒙古，逼近北京，督师从关外入援京师。太宗设反间计，督师蒙冤，惨遭磔刑。其子文弼流落北京、河南汝阳等地，幸得督师爱将祖大寿相救，辗转来到边城宁古塔。康熙二十二年，副都统萨布素率师往驻黑龙江，文弼之三子尔汉、孙儿袁贵从征，先于额苏里、瑷珲屯田、筑城，后随萨布素将军战罗刹于阿尔巴津，获雅克萨大捷。官兵回防瑷珲，家属随军迁往，分得旗地于江东，建白旗屯。自尔汉之后，袁氏在瑷珲传四代，家口已达二百余人，成为名门望族。为使袁氏子孙不忘先祖，不忘故乡宁古塔，世世代代绵延不断，特此祭祖、续谱。大清嘉庆九年十月初四。"

话音刚落，又是一片叩头声，起身后，各户分别在谱表上填写了自家的男丁，续谱才告结束。紧接着便开席了，阖族男女老少欢聚一堂，大碗喝酒，大口吃肉，推杯换盏，划拳行令，一直闹腾到半夜方散去。祭祖、续谱办得既顺利，又完美，常在心满意足，圆了多年来的一个梦。

两个多月后，年关已近，这可是最热闹的节日。旗人一年只过三个节，一是五月节，吃粽子；二是八月节，吃月饼；三是过大年，吃美味佳肴。过大年非同一般，进了腊月，各家各户就开始忙活了。男人们杀了猪，宰了羊，还有那江里的鲤鱼、鲫鱼，山里的野鸡、飞龙以及鹿肉、狍子肉等都得预备齐全。老婆子、小媳妇们杀鸡、剁鹅、发干菜、蒸粘豆包、炖肉、炸丸子、炸土豆、炸花鱼、蒸闷子、熬冻子，忙得脚不沾地，虽然累得慌，但心里高兴。

进入年关，腊月二十三过小年，二十四扫房、擦拭桌椅，二十五到二十七包饺子。这包饺子也跟过节一样，剁了馅儿，和了面，各家相互请来亲戚或左邻右舍，大伙儿炕上炕下围坐在几张大桌子旁，一边讲古说书，一边开包。包好后，一个个摆在盖帘儿上，端到院子里冻。待冻得硬邦邦的了，饺子也基本包完了，亲戚及左邻右舍临走时，家主一般都给每人捧上几捧，也好带回去给家人尝尝鲜。第二天再见面时，不忘品评饺子的味道如何，哪样馅儿的好吃，哪样差点儿，此乃当地的一种习俗。

二十八走油，“走油”专指做各种油炸食品，炸丸子，炸土豆，炸豆腐泡，炸排骨等等。炸好后，总要先给老人、孩子尝尝，老人尝完也就罢了，孩子可引出馋虫了，舔嘴巴舌地还伸手要。

到了二十九，女人们忙着装“碗儿”，还要给一家老小找出过年穿的衣服。何为“碗儿”？乃当地特有的必吃年嚼裹儿，咋做的呢？就是将鸡、鸭、鱼、肉等做成半成品，装在大海碗中，用调好的老汤浇上，放在室外冻两个时辰。然后拿进屋，将碗放进温水中转几下，一个个冻坨儿便从碗中脱出，即为成品“碗儿”。再把碗儿放在室外冻着，待吃的时候，将一个个冻坨儿放入碗中，上笼屉蒸熟，香而不腻，很是可口，属清蒸食品。

三十这天，就算正式过大年了，吃完头晌饭，全家从长辈到晚辈一个不落地全换上新衣裳，孩子们还穿上新靴子、新靰鞡。他们比大人都高兴，在院子里跑啊，跳哇，你追我赶地嬉戏呀，折腾得顺脸淌汗。男人们则陪着老人坐在八仙桌前，一边品茶，一边听担任管家之子介绍家里一年来的进项以及还需添置些什么等。儿媳及尚未出嫁的闺女们拾掇完碗筷，再把屋里屋外扫扫，然后一头钻进厨房，早早预备年夜饭。先切好焖子、肉冻儿，拌上干黄瓜片儿、绿豆芽，炸盘花生米，凑几个凉碟压桌。又到院子的哈什[①]把各种味道的碗儿拿进屋，放入锅内的笼屉上蒸，转眼间就是七碟八碗。加之拌好作料的炋肉哇、烤鹅呀、清蒸鱼呀、炖白肉血肠啊、糖醋排骨等等，一桌丰盛可口的年夜饭算是备齐了。

天刚擦黑儿，全家老小便围坐一起，儿孙们分别给长辈磕头拜年。老爷子也好，老太太也罢，笑呵呵地从内怀掏出早已预备下的红包儿，一一发给大家。随后儿媳们将二十多盘佳肴端上桌，阿勒给[②]、奴勒[③]也落不下，共同品尝香喷喷的年夜饭，边吃边聊，好不惬意。到了子时，不管饿不饿，必须吃饺子，还不能煮冻饺子，得现包现煮。儿媳们此前已经把各种味道的馅儿调好了，有白菜馅儿的，酸菜馅儿的，芹菜馅儿的，韭菜馅儿的。擀皮的擀皮，包的包，工夫不大便得了。在她们忙着的时候，老人陪儿孙们去院子里放鞭炮，噼噼啪啪响过一阵后，待回屋时，热腾腾的饺子已摆上桌。老人、孩子尝几个便吃不下了，男人们就着饺子照样喝酒，照样划拳行令，直到后半夜方各自回房歇息。

大年初一多数起炕比较晚，用过膳后，儿媳妇沏上一壶香茗，再将装有黄烟的笸箩放到八仙桌上，老人坐在桌边抽着、喝着，等待屯中各家小辈或亲朋好友来拜年。从初一到初五天天如此，过了初五，大年就算过去了，家里的男人们要带着旗下为奴的流人、劳计去沤肥、刨粪，女人和孩子们则忙着挑选麦种、豆种。

单说怀胎近十个月的赶年媳妇这些天挺着个大肚子，虽然动作笨拙，但也闲不着，干点儿力所能及的活儿，谁劝歇歇都不肯。初八大清早，她刚从被窝儿爬起来，就喊肚子疼。老太太知道这是要生了，一面吩咐赶年去请接生婆，一面让另两个儿媳去厨房烧水，备毛头纸，铺好被褥，然后扶二媳妇重新躺下，告知其别紧张，一切都会顺利的。不一会儿，赶年领着接生婆来了，男人都退了出去。过了两袋烟的工夫，屋里传出了呻吟声，接着是间断的喊叫声，继而是新生命来到世间的第一声啼哭，那么响亮，那么清脆，全家上下皆长出了一口气。接生婆走出产房，来到上屋，笑着报喜道："老爷子、老太太，安巴乌勒滚[④]，你

① 哈什：满语，仓房。
② 阿勒给：满语，白酒。
③ 奴勒：满语，黄酒。
④ 安巴乌勒滚：满语，大喜。

们真有福气呀，又得一窝莫罗[1]，值得庆贺！”

常在老夫妇俩听罢，可高兴坏了，乐得嘴都合不拢了。常在首先想到的就是给小孙子起个啥名儿，坐在那儿边寻思边叨咕：“嗯，大孙子叫世有，二孙子叫世宽。小孙子生在好年月，是个有福之人，长大肯定有出息，就叫世福吧！”

世福满月那天，常在请来了亲朋好友，大家痛痛快快地吃了满月面，喝了满月酒。过了一个整年，又给办了“抓周”，此为满洲人的习俗。就是孩子周岁那天，把一些玩具和实物摆在炕上，让孩子随意去拿。拿到哪样东西，则预示着长大成人后，有可能向那方面发展。这天用罢早膳，赶年媳妇把十几样玩具摊在炕梢儿，什么小刀哇、毛笔呀、小弓箭哪、木头枪啊、算盘子呀、鞭子等，然后将孩子放在炕头儿。世福见眼前一堆好玩儿的东西便来了兴致，噌噌噌往炕梢儿爬，伸手往前一够，正好碰到了滴溜溜转的算盘珠子，遂一把将算盘子抓了起来，赶胜媳妇拍手道：“太好了，袁家要有商人了，肯定是日子越过越好，买卖越来越兴旺，要发大财了！”

常在听了，打心眼儿里不高兴，气哼哼地回了一句：“我孙子长大了才不经商呢，那有啥出息？得像他先祖一样，带兵打仗，当将军！”

嘉庆十年，又是一个丰收年，袁家收完秋，打完场，常在便吩咐管家赶年张罗张罗，杀猪宰羊犒劳一下老少爷们儿，还有那些家奴和劳计。这日太阳刚落山，袁家不分主奴围桌而坐，共庆好年成。老爷子高兴，多喝了几杯，未待大家吃完便回房歇息了，第二天早晨怎么招呼也没醒。常在像父亲袁贵一样，又是无疾而终，没有跨过73岁劫难这道坎儿。

老爷子走了，没有痛苦，没有遗憾，无疾而终算是喜丧。儿孙们念其一生辛苦操劳，为袁家留下了颇大的家业，一定要把丧事办得体体面面的，大大方方的，敞敞亮亮的。袁宅大门旁竖起了高高的黑幡，从城里雇来了吹鼓手，天天在门前吹吹打打，全家男女老少一律披麻带孝守灵。院内搭起了宽大的帐篷，灵柩停于其中，一般停灵三日，儿孙们决定停灵七日。杀了猪，宰了羊，每日早午晚三顿，每顿20多桌，天天不撤桌。出殡那天，白旗屯的乡民和新、旧瑷珲城及其他各屯相识的故友纷纷前来参加葬礼，门前整条街全是人，边走边抛撒着纸钱儿。袁家

① 窝莫罗：满语，孙。

不仅没有哭嚎声，还特意备了一挂长鞭，在锣鼓声、喇叭声、噼噼啪啪的鞭炮声中为老爷子送行。

墓地是在屯子西北方的一处高岗儿上，那里清冷而宁静，埋葬着袁氏来瑷珲后故去的两代先人尔汉、袁贵的遗骸。大家将常在葬于其父脚下，坟前立了一块不大的石碑，上刻“先考常在之墓，儿赶胜、赶年、德国敬立，嘉庆十年十月。”

转年，袁家儿孙们又将墓地进行了一番整修，四角移栽了四季长青的松树，周边种植了榆树，不几年就长成了榆树墙，此地即为袁氏家族在瑷珲的祖茔。

第二章　父任将军　老年得子

嘉庆十年，赶年继世有、世宽之后，得了第三子世福，满洲名为富明阿。父亲常在故去后，赶年成了袁氏的一家之主。

此时坐在龙廷之上的嘉庆帝可没其父乾隆爷那么有福气，正赶上多事之秋，大清王朝已由盛转衰。南方的白莲教、京畿的天理教起事，东南海上的骚动，采矿的封禁，钱粮的亏空，八旗的生齿日繁，鸦片的不断输入，河漕整治的艰难等等，使得仁宗颙琰食不甘味，夜不能寐，时常发出“内外诸臣尽紫袍，何人肯与朕分劳”的慨叹。

鸦片是用罂粟果实中的乳状汁液制成的一种毒品，也叫阿芙蓉，通称大烟，有强烈的麻醉作用和刺激性。经常吸食，可导致体力下降，意志消沉，萎靡不振，严重者甚至丧失生命。嘉庆朝之前，清政府已经采取措施禁止鸦片输入、贩卖和私开烟馆儿，但是药用鸦片还是可以进口的。偷吸大烟会有一种腾云驾雾、得道成仙的快感，渐渐成瘾，最后达到不抽就寻死觅活的地步。吸食鸦片像瘟疫一样在中国迅速漫延开来，巨大的市场，巨大的利润，使清政府的禁烟令成为一张废纸。边城瑷珲也不例外，无法逃脱这股黑色浪潮的冲击，暗地里有了烟馆儿，骨瘦如柴的瘾君子你出我入，日渐增多。袁氏家族的家主赶年变化很大，一年365天有200天不在家，大多是在城里泡着，同一些狐朋狗友吃喝玩乐，还傍上了翠仙楼的妓女夜来香，后来也染上了吸食鸦片的恶习。又嫖又抽，这是需要靠钱来支撑的，否则只能望洋兴叹。最初，赶年腰兜儿里正经有些银元，可架不住天天往外掏哇！钱花光了，开始卖家里的粮食，粮食卖没了，就卖地营子的地，“富贵之家不过三代”这句老话在赶年身上应验了。

前书讲过，赶年有三个儿子，长子世有，次子世宽，皆已成家。老小世福，即富明阿，刚刚15岁，眼下在旧瑷珲城念书。袁家雇用的仆从也都娶妻生子了，不再是可供随意使唤的奴隶了，更不是主要劳动力了。袁家将八十多垧地租给了这些原为家中的奴仆，使其成为佃户，自家成了地主。地主之家的家主也不是好当的，一大家子十几口人，上有老下有小，车驾牲口，鸡鸭鹅狗，柴米油盐酱醋茶哪样儿不得张罗？所有这些，由于富明阿尚小，只能靠二位兄长了。

粮食没了，地营子卖了，再富有的家也禁不起赶年这么折腾啊，生活早已大不如从前。八月节到了，按照往年该是换季的时候，可哪有银子呀，大人、孩子的冬装置办不了。这种情况下，两个儿媳妇急眼了："没有钱，日子怎么过？这个家早晚得散。晚散不如早散，还有个活路，否则都得活活饿死！"

老太太听了这番话，明知老头子不着调，在外面沾花惹草，又嫖又抽，将好端端的家给败坏了，能说啥？虽说是自己的男人，一年四季也回不了几趟家，回来后还没个好气儿，女人有啥法儿？真是管不了。

媳妇的枕头风吹得世有、世宽受不了了，哥儿俩商量了一下，决定分家。二人去了瑷珲城里，经打听，找到了翠仙楼。进了门说明来意，在侍者的引领下，走到尽头的一间屋前。推开门一看，当即气不打一处来，老爷子和那个妓女夜来香正面对面躺在炕上，各执一杆烟枪滋滋地抽得来劲儿呢！赶年初始没注意，见有人不打招呼就进来了，老大不高兴了。再仔细一瞅，原来是自己的儿子，立刻板着脸问道："干什么来了？"

哥儿俩气得一齐喊出两个字儿："分家！"

赶年仍未动地儿，撇了撇嘴道："分家的事，你们说了算么？"

世有回了一句："不分也得分，否则的话，这个家我们就不管了！"说完，拉上弟弟一摔门出去了。

半个月后，赶年回到家，世有、世宽找来了当时健在的三叔作为证人，老爷子、老太太、世有、世宽、富明阿，再加上袁德国一共 6 个人坐在一起合计分家的事儿。赶年首先问了一句："这个家非得分吗？"

老大世有也顾不得父亲的脸面了，将其这几年的所作所为一股脑儿全说了出来，半点儿未保留。赶年碍着三弟在场，不好发火儿，没好气地又问："那怎么分哪？"

老二世宽拿出了意见："这么多年来置办起的家，老爷子一直是掌柜的，我们哥儿俩也没少操心费力。我和大哥实在没辙了，打算搬出去另过，不想多要什么，房产、大院儿留给二位老人和小弟。八十多垧地，外加牛马猪羊以及农具三家平分，各占三分之一。穿的、用的原先是谁的还归谁，自己随身带着，其他小来小去的东西全留下。"

老太太听了，觉得两个儿子很懂事，心眼儿正，分得挺公平，便点了点头表示同意。三叔袁德国掂量掂量，也认为分得蛮合理的，遂道：

“嗯，两个侄子的要求不过分，这个分法儿我看中。”

老爷子似乎想说点儿什么，不过此时正赶上大烟瘾犯了，哈欠接连打，鼻涕、眼泪流了一脸，恨不得立马散了，随即拍了板：“行了，就这么着吧！”

分了家，赶年又回到城里，只因离不开那妓女，更离不开那大烟。他可是有了孙子的六旬老叟了，身子骨儿哪能禁得起女人和大烟的祸害呀，没过两年竟猝死在翠仙楼了。钱没了，人走了，那帮狐朋狗友也不见了，还是三个儿子将父亲拉回家，送到祖茔葬了。从此宽敞的袁宅只剩下一老一小了，老太太是富明阿的依靠，大事小情皆由母亲做主；富明阿是母亲的寄托与希望，饮食起居全由老儿子百般呵护，娘儿俩可谓相依为命。

老太太本来身板儿就不好，老头子再一死，无论怎样也是几十年的夫妻呀，能不伤心么？再者老儿子还小，正在念书，家里的一大摊子事儿等于扔给了孤零零的老妪，着急、上火、吃不下饭、睡不好觉，致使咳嗽、气喘的老毛病犯了。病在娘身上，疼在儿心上，此话不假。富明阿每天去学堂来回得走二十多里地，到了家需赶渡船去江西瑷珲城抓药，傍晚才能回到家，还要将药煎好端给母亲服下。听人讲有个偏方，即把春天开花的达子香花和蜂蜜放一块儿熬，喝其水能治气喘。刚进三月，富明阿便拎着麻袋进山了，见达子香花开得红艳艳的。他摘了满满一麻袋背回家，洗净后，放入蜂蜜水里熬了一大锅，再分别装进几个瓷罐儿里，让母亲每天早晚喝一小杯。还别说，这偏方真管用，没出半年，老太太的病势轻多了。

转眼间，富明阿 22 岁了，入了军旅。母亲托人四下打听，想为儿子讨个家境殷实、漂亮能干的老婆，自己也有了可心的儿媳妇不是？与白旗屯相邻的芒噶屯，即原先的牤牛屯有户姓孙的人家，其祖上也是康熙年间随萨布素将军征讨罗刹来到江东旗屯的汉军。孙家同袁家一样同为大户，丰衣足食，日子过得不错。家中有个女儿三姑娘，正是二八芳龄，待字闺阁。从小识文断字，在萨大人创办的满汉学堂读书，与富明阿是同窗。模样儿俊俏，眉清目秀，举止文雅、大方、有礼貌，人见人夸。提起这门亲事，富明阿十分愿意，老母也认为门当户对，百里挑一。

双方家长听了媒妁之言，都觉得挺好，没有提出任何异议。道光六年秋季的一天，富明阿和母亲坐上马车，带着瑷珲城最上讲的两盒果品、两盒点心来到芒噶屯孙家。銮铃的响声惊动了孙家，三姑娘的父母由侍女陪着双双迎出大门，见马车已到跟前，富明阿正扶着老娘下车，忙施礼问候道："亲家母好，亲家母辛苦了！"

这一声亲切的问候，听得老太太心里乐开了花，富明阿也觉得美滋滋的，娘儿俩躬身回礼。在侍女的引导下，他们进了大门，穿过院子，绕过影壁，来到正房的上屋。袁母递上礼品，孙母接过，放在桌子上，说道："谢谢亲家母，都是一家人了，还这么客气。"

三姑娘走了过来，向袁母行了个蹲礼，然后从地柜里取出茶具、烟具，斟上茶，装上烟，将两把长长的烟袋分别递给两位老太太，短烟袋递给老爷子。孙母看着袁母将玉石烟嘴儿含在嘴里，深深地吸了一口，便道："亲家母啊，品出来没？这是四季屯黄烟呢！"

袁母点头道："嗯，品出来了，没错，是四季屯黄烟，香着呢！"

提起四季屯黄烟，说书人得啰嗦几句。四季屯一带盛产黄烟，相传有位在黑龙江东岸生活的满族老人，于靠近江边的一块地里种了一畦烟。叶片长出来后，发现比其它地块儿里种出的同一品种的烟颜色浓绿，有光泽，叶质柔软肥嫩。待长成了，晒干了，装入烟袋锅儿吸上一口，满嘴烟香，闻者也感到香气扑鼻，沁人心脾。老人很高兴，不光自己抽这种旱烟，也送给同村人抽，还给来村子里收赋税的差官抽。后来差官将此烟带入京师大内，被皇帝品好了，从此成了专贡，称之为皇烟（黄烟）。黄烟是贡品，当然也是珍品，四季屯亦随之名声在外了。每当闺女出嫁时，娘家妈不忘把盘好的黄烟放在准备带走的红木箱内压箱底，既可防虫，又可散发香气。

三位老人一边抽着、喝着，一边东一句西一句地聊着，无非是今年的收成如何呀，身子骨儿有啥毛病没有哇，孩子们的书念得咋样啊等等。

吃过了饭，袁氏母子对孙家的盛情款待表示谢意后，便起身告辞回返。按旗人的规矩，双方父母见面，这叫"认亲"。

打完场，下了第一场雪，农闲的季节到了。袁家备足了彩礼，有岫岩产的玉手镯一副，牛满江一带产的玛瑙手镯一副，纯度很高的金手镯一副，金耳环、金耳坠各一副。在瑷珲城里的绸缎庄买了上好的布帛四匹，其中花布两匹，苏州锦缎两匹。又打开自家的猪圈，左观右瞧，挑出纯黑色的肥猪一头。选定了黄道吉日，袁氏母子由媒人陪同，拉了一车彩礼前往孙家。

孙家此前已接到媒人的口信儿了，并做了认真的准备，一直在忙乎。尽管已经入冬，不过尚未进腊月，吃满族的七碟八碗为时尚早，然瑷珲一带的珍奇食品却不可少。袁氏母子到后，抽了一袋烟，双方闲聊了一会儿，饭菜便摆上桌了，蛮丰盛的。其中有用黄鱼肉做的氽丸子，用秋天霜降后才能捕到的大马哈鱼做的熏鱼，用入冬方能套得的乌勒胡玛[1]和咸黄瓜做的野鸡瓜子，还有当地的传统名菜满洲扣肉、飞龙汤等。孙家老两口儿和袁母坐在了八仙桌的正中，旁边是媒人，富明阿及孙家亲属坐于下首。按照满族的规矩，家中来客了，姑娘、媳妇不能上桌，得站在旁边伺候着。

动筷前，富明阿站起后退几步，撩衣跪地，给三姑娘的父母连磕三个响头并唤道："爸，妈，孩儿给二老叩头了!"

孙家老两口儿笑着答应道："哎，好孩子，起来吧!"富明阿方起身。

此刻，站在旁边的三姑娘又害羞又高兴，满脸通红，一会儿给老人夹菜，一会儿给未婚夫斟酒，紧忙活。饭吃完了，程序也走完了，这门亲事算是定下了。

来年是闰年，结婚不吉利，只能赶在今年。经双方长辈商量，腊月初八是个双日子，富明阿与三姑娘的婚礼就定在腊八节那天了。此前，还有些事要做，男方又给女方送去了布匹、猪肉、酒之类的礼品，还送了一大笔钱，这叫"过礼"。同一天，孙家请来了瑷珲城小有名气的裁缝，给三姑娘量身裁剪了结婚时穿的红袍儿，这叫"动剪子"。

腊月初七头午，袁家亲朋好友不请自到，而且进屋就开忙。老少爷们儿收拾马棚、猪圈，打扫庭院，张灯结彩；大姑娘、小媳妇儿剪窗花，贴喜字，铺褥子，叠被子，布置新房；几位厨子切肉，摘菜，剁骨头，和面蒸饽饽，准备明天的婚宴。下晌，孙家的马车到了，送来了梳妆匣和大包小裹的陪嫁。

腊月初八一大早，袁家的迎亲队伍出发了，神采奕奕的富明阿身穿布贡齐德力[2]，头戴毡帽，脚登温得[3]，胸前披红带花，骑着高头大马走在前面。后边紧跟的是提灯笼的、放鞭炮的，接着是蒙着红毡的喜

① 乌勒胡玛：满语，野鸡。

② 布贡齐德力：满语，皮长袍儿。

③ 温得：满语，长筒靴。

车，上边坐着娶亲奶奶等婆家人。到了女方家，在鞭炮声中，孙家人迎出了屋门，尽管院外人声嘈杂，可是院门却紧闭着。娶亲奶奶自然明白，打内怀掏出红包儿，从门缝儿递过去，顿时院门大开。新郎倌儿在众人的簇拥下进了门，来到上屋的北炕前，撩衣跪地，冲供于西墙上的神龛连磕仨响头。婆家人礼节性地吃块儿桌子上摆放的糖果，喝口酒，娶亲奶奶则偷偷拿起娘家早已预备好的一把筷子，意为“早立子”。此时，三姑娘的阿浑[1]抱着阿济格嫩[2]出了屋，送上停在院外的喜车。

迎亲队伍掉头往回走，碰巧路上遇到了近邻布尔多屯的一家也娶亲，按着旗人的规矩，两位新郎倌儿下马摔跤比了高低。

喜车到了袁宅，婆家人早已候在院外，门前立即响起了噼噼啪啪的鞭炮声、震耳欲聋的锣鼓声、欢快的唢呐声。新郎用红绸带牵着蒙着盖头的新娘缓缓走过地上铺着红毡的庭院，来到正房门前，在司仪的主持下，一拜天地，二拜高堂，夫妻对拜，送入洞房。新郎扶着新娘跨过新房前的火盆，意为日子过得红红火火；跨过放在门坎儿上的马鞍子，意为“安子”；进入洞房，将新娘抱上炕，盘腿而坐，这叫“坐福”。

洞房外，有位老者手捧一海碗五谷杂粮，一面向着洞房窗户抛撒，一面高声唱道：

空吉，
不拉吉空吉。
喜鹊尾巴长，
亲家友谊深。
先撒银，
后撒金，
牛成棚，
马成群，
姑娘小子一大帮。

空吉，
不拉吉空吉。
新媳妇手巧会扎花，

---

① 阿浑：满语，兄。
② 阿济格嫩：满语，妹。

新郎力大能发家。

早生儿子给爹打洋草，

早见闺女给娘摘豆角。

敬父母，

爱姑嫂，

夫妻和睦，

白头偕老。

这种仪式，当地人叫唱喜歌儿，也称“拉空吉”。

洞房这边热热闹闹，正房那边更是欢天喜地，大堂、东西屋、两侧厢房已是高朋满座，婚宴开始啦！按旗人的古俗，席面上得是七碟八碗，荤素搭配。“碟”是压桌菜，多为凉菜，焖子、冻子、肘花、炝拌芹菜、炸花生米等。“碗”是热菜，在厨子“小心烫着，慢回身”的吆喝声中，一样儿一样儿端了上来。一鸡，即烧鸡；二烧，即烧肉；三豆，即炸土豆；四海，即海菜；五羹，即飞龙汤；六扣，即扣肉；七丸，即四喜丸子；八鱼，即红闷鲤鱼，全是家乡风味。大家吃着、喝着、唠着、笑着，气氛异常热烈，老少爷们儿还吆五喝六地划起了拳：“一点点哪，二红喜呀，三星高照，四喜发财，五谷丰登，六六大顺，七个巧哇，八匹马呀，九九归一，全来了哇！”谁输谁喝酒，一桌人的眼睛盯着呢，甭想要赖。

婚宴正在兴头上，突然一个半大小子跑进大堂，冲袁母喊道：“袁奶奶，衙门的拨什库①来了！”

老太太以为是参加婚礼的，忙道：“好哇，快请进来！”

话音刚落，一个身穿军装的小吏进了屋，当众大声宣道：“马甲②富明阿听令！”

正在给各桌敬酒的富明阿赶忙放下手中壶，快步走了过来，跪在地上。拨什库又道：“皇上下旨，新疆回部造反，命黑龙江马队速行进剿。都护有令，马队官兵连夜集合，明早出发！”

富明阿应了一声：“遵命！”拨什库转身离去。

一时间，在场的人全怔住了，鸦雀无声。待回过神儿来，知道新郎

---

① 拨什库：清代职名，汉译为督催者、催促人、领催、小吏。

② 马甲：清代兵种名，即马兵、骑兵，又称骁骑。也是像大坎肩儿似的衣服之名称，有硬板皮的，毛皮的，穿在身上可起防箭射作用。

倌儿即将出征新疆，

喜酒是不能继续喝了，于是草草收场，包括娘家人也都知趣地告辞了。袁母将各位一一送走后，唤上大儿世有、二儿世宽，吩咐抓紧时间打点行囊。

富明阿走进洞房，见新娘子的盖头已不在头上，脸上的浓妆被流淌的泪水弄得五花六道，估计是其家人方才已将要出征的事告诉她了，未待开口，三姑娘哽咽着问道："夫君，真的马上走吗？"

富明阿上前拉着萨里甘[1]的手，尽管万般不舍，也只能点点头道："嗯，军令如山，咱老娘就靠你了，等我回来！"说罢，将其紧紧搂在怀里，眼睛也湿润了。

富明阿走了，三姑娘倚着门框，泪眼模糊地望着爱根离去的背影，心里呼唤着："夫君啊，刀枪不长眼哪，你可要活着回来呀！"她十分清楚，以后的漫漫长夜将独守孤灯，其中的苦涩只有自己知道。

瑷珲城马队不过百人，都是各旗佐抽调的马甲，三天后抵达省城齐齐哈尔，与各城的马队会合，共1500人。接着又驰往吉林，与吉林马队会合，组成了吉林、黑龙江马队，计3000人。这支马队浩浩荡荡地出了吉林，奔盛京而去，过了奉天，于锦州城外作短暂歇息。富明阿下得马来，遥望锦州城，感慨万端，暗暗说道："此乃先祖袁崇焕战斗过的地方，曾率军取得宁锦大捷，战胜了不可一世的太祖努尔哈赤，立下了汗马功劳，为袁家争了光。请先祖放心，作为您老人家的后代，我世福决不辱没祖宗，为大清社稷愿肝脑涂地！"

马队出了山海关，经内蒙进入新疆地界，前面是一眼望不到边的戈壁，人马皆断了给养。面对此情，有人主张杀马充饥，富明阿坚决反对，说道："马是不可或缺的，没了它，还算什么骑兵？杀坐骑等于杀自己！"

话音刚落，一个中年骑兵冲着他大声回驳道："说得轻巧，不杀马吃什么？没了人，要坐骑有啥用？"

富明阿一时语塞，不知如何回答是好，又觉得实在不该杀马，应该想其他办法才是。也巧了，他心里这么寻思着，抬眼往东一瞅，发现戈壁滩上有不少矮棵小树，叶子像北方的榆树叶儿。走到跟前撸一把放进嘴里嚼了嚼，甜丝丝儿的，完全可以食用，遂建议把这种树叶儿和仅有

---

① 萨里甘：满语，妻子。

的小米搀和到一块儿熬粥喝。领兵的副都统采纳了他的意见，命骑兵全部下马，撸树叶儿。粥煮好了，每人喝两碗，暂时渡过了难关，又继续前行了。

此时，陕甘总督杨遇春以钦差大臣的身份，统率陕西、甘肃驻防清兵5000人马已同先期到达哈密的北方清兵会合，并在这里等候吉林、黑龙江马队。吉林、黑龙江马队一到哈密，首先补充了给养，然后与前两支部队一起开赴伊犁将军的驻地——伊犁。

令富明阿做梦没想到的是到了伊犁，竟遇见了瑷珲老乡德英阿。德英阿，赫业氏，满洲镶蓝旗人。嘉庆年间以马甲从征，在川陕镇压白莲教起事中立有战功，由马甲晋为骁骑校、佐领，又由佐领升任参领、副都统，继而擢升都统、将军。先后任吉林、宁古塔副都统，宁夏、四川、成都、乌里亚苏台等处将军，眼下在伊犁任参赞大臣。老乡见老乡，两眼泪汪汪，富明阿犹如看到久别的亲人一样，把一路上的辛苦一骨脑儿地倒了出来。德英阿考虑到富明阿毕竟是个年轻人，入伍的时间不长，缺乏锻炼。先是安慰了几句，继而鼓励他要在艰难的环境中磨练意志，增长才干，多杀敌人，多立战功。富明阿听罢，感到获益匪浅，诺诺称是，对这位一品官老乡打心眼里儿佩服。德英阿还看望了黑龙江、吉林的老乡，以酒肉招待之，并再次给补充了给养。

各路大军集结完毕，道光帝下令："以伊犁将军长龄为扬威将军，山东巡抚武隆阿和杨遇春为参赞，统率各路大军征剿叛匪张格尔。"

道光六年，曾于乾隆年间发动叛乱而被赶出新疆的和卓家族后人张格尔，以恢复和卓家族昔日在南疆地区的统治再次起事。他们在境外敖罕国王的支持下，攻陷了喀什噶尔、英吉沙尔、叶尔羌、和阗等四城，整个南疆局势处于危机之中。

道光七年二月，清军步、骑兵两万余人在长龄的率领下，从阿克苏出发，马不停蹄地急行十多天至大河拐地，尚未遇到叛匪。此时，清军已深入半个多月，粮草殆尽，开始宰杀驼马充饥。两天后，行抵洋河巴特，此为沙漠地带，叛匪早于距山岗儿五六里处设下了埋伏。长龄命令兵分三路出击，自己亲率中路，武隆阿率左路，杨芳率右路。官兵们个个如猛虎，奋勇争先，杀上山岗儿。叛匪惊恐万状，难以招架，四散而逃，又遭到对方数路追杀，伤亡大半，清军首战告捷。

将士们打扫完战场，继续前行，来至叛匪巢穴之一沙布都尔城。此城四周皆为苇荡、树林，叛匪将湖水引入城门外的沟渠之中，城前设有数万兵力阻击，城后丛林中设有伏兵。清步兵冒险越渠与叛匪短兵相接，经多个回合，城池仍没有攻下。长龄趁黑龙江马队绕到城左的浅渠与对方拼力厮杀之时，令富明阿带三位马甲扮作叛匪混入城内，来个里外夹攻。四人顺利进了城，见城内有座火药库，便悄悄摸了过去，挥刀结果了守库匪徒的性命，一把火将火药库点燃。随着巨大的爆炸声，城内燃起了熊熊大火，叛匪惊慌失措，哭爹喊娘，弃城而逃。城外的清军奋力阻截，左拦右砍，生擒万余。与此同时，又大败林中伏兵，致其死伤无数，取得了全胜。清军稍事休整后，在长龄的率领下，直逼喀什噶尔城，欲乘胜收复之。

二月底，八旗官兵抵达距喀什噶尔城十余里的浑河北岸，支上营帐，埋锅造饭。张格尔见清军来势凶猛，遂令十万匪徒在浑河南岸布兵列阵，长达二十余里，构筑了横墙作为屏蔽，墙头儿设了无数堡垒，大有背水一战之架势。在敌众我寡的情况之下，杨遇春令黑龙江骑兵绕到浑河下游牵制对方，命其前锋以火炮猛轰敌阵，自己则指挥清兵强渡浑河。结果此战术获得了巨大成功，清军渡过浑河，在震耳欲聋的喊杀声中冲入敌阵，大败叛匪。紧接着十里急行军，来到了喀什噶尔城下，一鼓作气拿下了此城。在清军未赶到喀什噶尔城之前，叛匪首领张格尔已先行逃遁，仅擒获其外甥、侄子等亲属。不久，杨遇春、杨芳率兵攻克了英吉沙尔、叶尔羌、和田三城，致使张格尔在新疆已无立足之地，不得不从木吉地方逃出边境。

到了境外的张格尔仍未死心，立即纠合残众，准备伺机再次进犯新疆，收复失地。清廷认为张格尔不除，对新疆的和平稳定构成了不小的威胁，必予除之以绝后患。但擒获张格尔绝非易事，因其到处流窜，又活动于境外，难以追踪。长龄等人据此商量出一个诱敌深入、围而歼之的办法，即派人出边放风，声称清军已全部撤离，喀什噶尔城内空虚，维吾尔等民众翘首企盼和卓。张格尔闻知，信以为真，遂率领500名叛匪入境，偷袭喀什噶尔城。清军张网以待，匪徒们果然进入了伏击圈，但其立马感到不妙，掉头折返而逃。清军分三路追至喀尔铁盖山，将窜入之敌斩杀殆尽，仅张格尔等30余残兵败将仓皇逃出。未承想黑龙江马队呼啸而至，张格尔弃骑登山，上千铁骑将此山团团围住，四处清军黑压压一片，迫使其束手就擒。

道光八年正月，捷报传到京城，道光帝甚为高兴，特下谕旨，对出征的众将士大加封赏，并举行受俘仪式，迎接凯旋之师。张格尔等人被押解北京之后，不久被处决，去了清廷心头大患。

在平定张格尔叛乱的过程中，富明阿表现得十分勇敢，冲锋在前，杀敌16人，活捉5人，受到了嘉奖。从此一路官运亨通，由马甲补授委官，继而转为无品级笔帖式[①]，又授七品屯官衔。期满后，改任军职骁骑校，接着晋升佐领、参领，直至总领黑龙江马队，此乃后话。

升官，作为一个入了军旅的马甲当然很高兴，但是对于富明阿而言却不是主要的。他所想的是仗打完了，打胜了可以回家与老母、妻子团聚了。富明阿如愿回到瑷珲后，连副都统衙门都没去，直接去了江边，乘渡船过江赶往白旗屯。到了地儿，离船上岸，小跑着来到了袁宅院门前，既未见人来人往，也未闻鸡鸣狗吠，显得格外冷清。推开院门一看，走时窗户纸上的喜字已不见踪影，连门上的春联儿也撕下了，只留下斑斑点点的浆糊印迹，一种不祥的预感顿时涌上心头。紧走几步进了房门，眼前显现的是老娘瘦骨嶙峋的背影，怦怦狂跳的心稍稍平定下来。此刻，正在锅台边刷碗的老太太听到了门响，并未回头，咳嗽了两声后问道："谁呀？"

富明阿扑通一声跪在地上，抱着母亲的大腿带着哭腔儿道："娘，是世福哇，世福回来了！"

老太太回过身，伸出一双湿湿的手抚摸着儿子的头颤声儿道："世福，我的好儿呀，你还活着，真的回来了！"

富明阿拉着母亲的手进了屋，扶其坐在椅子上，问道："娘，怎么就您老一个人，三姑娘呢？"

老太太未待开口泪先流，半天只说出一句话："三姑娘可怜哪，她走了。"

富明阿犹如五雷轰顶，愣怔了半晌，方自言自语道："这怎么可能呢，我离家时，她好好儿的呀！"

老太太抹了把眼泪，打了个唉声道："咳，这孩子心思重啊，自打你走了，她就郁郁寡欢的，一点精神头儿没有，饭吃不下，觉睡不好，身体一天天消瘦。后来开始不住声的咳嗽，而且越来越重，大口大口地吐血，服药也不管用，郎中说是得了痨病。挺了一年多，最后是油干灯尽，走时还望着屋外叨念你呢！"

第二天头晌，富明阿带着供品、烧纸出了家门，来到三姑娘的坟

---

① 笔帖式：清代职名，衙署中之低级官员，掌翻译及各种文移事。

前，见坟头儿蒿草一人高，荒郊野岭好不凄凉。他摆上供品，一边烧纸一边哭诉道："三姑娘，夫君来看你了，临走时不是说好等我回来么？可你食言了，我回来了，你却走了。我也盼着早点儿回来与你团聚，我们还想要儿子呢，可是当兵打仗身不由己呀！你的命好苦哇，嫁到袁家就夫妻两分，是我害了你呀……"

富明阿看罢爱妻，前往副都统衙门报到，在驻防八旗中当了一名佐领。

如果说嘉庆帝在位期间是清王朝由盛转衰的年代，那么道光帝则是清王朝全面走向衰败的阶段。鸦片的输入愈演愈烈，吸食的国人越来越多，不仅摧残了身心健康，败坏了社会风气，也造成了白银外流，财政枯竭，国库空虚，鸦片贸易成为中国三千年来未有之祸。道光十八年十一月，宣宗旻宁命湖广总督兼兵部尚书衔林则徐为钦差大臣，前往广东，查办海口事宜，节制该省所有水师。转年二月，传令行商，严令外商缴烟具结，以三日为限，英人被迫缴烟两万多箱。四月，林则徐将所有缴获之鸦片于虎门烧毁，史称"虎门销烟"。道光二十年，即 1840 年，英国以虎门销烟为借口，内阁会议正式做出向中国出兵的决定，鸦片战争爆发。英国派出远征军侵华，长驱直入，攻占了浙江定海。道光帝慑于兵威，罢免了林则徐，改派直隶总督琦善为钦差大臣前往广东查办一切，结果琦善与英军签订了丧权辱国的《穿鼻草约》。道光帝十分不满，遂将琦善革职锁拿，抄没家产，发往军台，又改派皇室奕山以靖逆将军的身份赴粤主持军事。广州一战，奕山打起了白旗，与英军订立了《广州和约》。英军不满足于《穿鼻草约》、《广州和约》的既得利益，继续北上，攻占了鼓浪屿、厦门、镇海，直逼南京。清政府被迫与英签订了不平等的《中英南京条约》，割让了香港，允许五口通商，赔款两千多万两白银。

沙俄见英国占了大便宜，又蠢蠢欲动，开始觊觎我国东北，为此黑龙江将军加紧了对中俄边界的巡查，以防其再次武装入侵。道光三十年五月初，黑龙江将军英隆挑选精干官员前往中俄边界进行巡查，黑龙江协领崇安、佐领富明阿、呼伦贝尔佐领敖昌星奉命分路前往。富明阿率领瑷珲兵勇 80 人，分乘五艘大船、两只小船，溯黑龙江而上。两只小船在前边鸣锣开道，通报他们的到来；五艘大船各分三班，每班五人轮流拉纤。行驶了大约四个时辰到了精奇里江口，两江交汇黑黄分明，因精奇里江江水泛黄，所以鄂温克人称其为黄河。从此上行，江道逐渐狭窄，险滩、怪石等各式奇特景观随处可见。第五天，来到了“堵里口大湾”，此处只见青山不见路，犹如钻进了一条死胡同。两日后，船行80里竟回到了原处，方知这是条口袋形的水道，俗称“八十里湾子”。出了八十里湾子上行三日，进入了崇山峻岭，站在船头向左岸望去，一座黄褐色的山峰高耸入云，山顶如人头，下方好像有只手举着一面圆鼓。江面雾霭蒙蒙，白云回环旋转，山峰若隐若现，鄂伦春人称其为“萨满峰”。船队继续前行，又见一座高山，不舍昼夜冒着白烟，当地土人称其为“冒烟山”。驶过崇山峻岭，江面陡然开阔，不料有块巨石拦在航道，水流湍急，旋涡飞转，常跑江道的老人称这里为“迎门砬子”。

船队上行40天，来到了额尔古纳河与石勒喀河交汇处，可见当年签订《尼布楚条约》时清军立的分界石碑，上刻满、汉、俄罗斯、蒙古、拉丁五种文字，北面有俄屯斯特列竖斯卡，我岸称其为“四大了克”。富明阿带领兵勇下了船，俄人听说瑷珲巡边人员已到，蜂拥而来，官兵们拿出事前准备好的烟丝、茶叶、布匹、绸缎与其交换皮张等物。傍晚，俄人备了面包、香肠、烤肉和白酒，招待中方的巡边人员。大家在这里稍事休息，抬出牺牲等供品，面冲三山五岳祭祀一番，然后留下两艘船停泊于河口，其余船只继续沿石勒喀河上行至格尔必齐河。在这里，他们与俄罗斯驻军长官交换了礼品，租赁了马匹，骑马到格尔必齐河口上方竖立界标之地，以满文在一棵大树上刻下了“大清咸丰元年六月十八，佐领富明阿率瑷珲巡边官兵80员到此巡逻”一行大字。

转天，瑷珲巡边人员回到了额尔古纳河口，敖昌兴率领的呼伦贝尔巡边人员方赶到。敖昌兴，字芝田，达斡尔族，呼伦贝尔人喜欢写诗、唱歌、跳舞。咸丰元年，为调派他巡边，提升为佐领，乃文人当官。五月二十六日，敖昌兴一行从海拉尔出发，经过库克多博卡伦、珠尔特依卡伦，六月初三抵额尔古纳河之要地墨里勒克卡伦，这些卡伦是雍正五年在额尔古纳河沿岸设置的12座卡伦之一部分。他们在墨里勒克停留五天，六月初八由卡官派人护送，乘桦皮船下行，经过乌罗护、乌留木椹河、牛尔河口以及鬼山、白石山等。牛尔河，蒙语为险河，河口以下地势陡落，水位骤涨，深超三丈，宽五至十丈，奔流浩荡，大有一泻千里之势。两岸之山，若迎若拒，迫近河干，水流曲折盘旋。牛尔河水清澈，与额尔古纳河会流十余里，清浊分明。敖昌兴面对祖国北疆的旖旎风光，兴奋不已，放开喉咙高唱赞歌道：

牛尔河哟，

比擦亮的镜子还要明亮。

那白石山啊，

比晶莹的白玉还要光洁……

敖昌兴一行走了16天，沿途见江左一些俄人村庄又脏又乱，觉得心里堵得慌，不痛快。六月二十四日到了额伦门，遇上了大清国的卡官，心情豁然开朗。“额伦”满语为“界”的意思，此处是康熙年间竖立中俄两国界碑的地方，从界门折向南行二里许便到了额尔古纳河与黑龙江交汇处。两城人员碰面后，共同折返瑷珲，大小船只17艘顺流而下，三天就到了雅克萨。上了岸，见俄军当年在这里建的城堡已成废墟，对面清军攻城的岛子还在。巡边官兵登上岛屿，发现挖掘的战壕犹存，里面尚有一门用来攻城的红衣大炮，不过已是油漆脱落，锈迹斑斑。官兵们将红衣大炮抬出来，仔细擦拭一番，把红绒外罩洗干净，再给大炮披上，之后虔敬跪拜，称其为胜利之神。

雅克萨对于敖昌兴来说，具有特殊的感情，为啥呢？清初时，居住在黑龙江上游的达斡尔部族有18个哈拉[①]，居住在额莫勒河一带的是敖雷哈拉。额莫勒河恰是从雅克萨处流入黑龙江的，雅克萨是达斡尔族敖雷氏的故乡。敖昌兴今天来到了本氏族的发源地，怎能不激动万分？情不自禁地唱了起来：

黑龙江水长又长，

达斡尔的故乡在黑龙江。

臭李子树长得又高又大，

它的根深扎在黑龙江这块沃土上。

敖雷氏代代相传，

额莫勒河是他的故乡。

富明阿找到了上一年巡边人员挂在树上的一张上刻某年某月某日到此的木牌，取下后，又将自己手中的木牌挂在树上，上面同样刻有某年、某月、某日、某人带领官兵到此巡逻之字样。

富明阿一行回到瑷珲，敖昌兴所率的呼伦贝尔巡边人员需经墨尔根回海拉尔，在墨尔根西南板桥地方，他和富明阿同时接到了将军衙门文书，令二人再去巡查乌弟河。敖昌兴又带手下急返瑷珲，与富明阿率领的96名官兵乘小船于七月初十自黑龙江水路起程，由精奇里江驶入西

① 哈拉：满语，姓。

林木迪河，雇鄂伦春人为向导，前行至上源英肯河。英肯河波涛汹涌，巨石尤多，小船颠簸欲翻，只得泊舟登陆。所经之地重峦叠嶂，林木稠密，泥泞陷落处马不能行，需砍伐树木填道前行。经过艰苦的长途跋涉，第三天终于登上了外兴安岭之巅，极目远眺，可见连绵起伏的五花山，低头俯瞰，可见乌弟河从山脚下流过，敖昌兴将双手放在嘴边呈喇叭状大喊道："哎——大好江山——我们来啦——"富明阿令手下在所到之处留下了标记，八月十五中秋节那天开始返程，九月底来到省城齐齐哈尔，通报了巡边情况，受到了奖赏，圆满地完成了此次差务。

咸丰元年，河南南阳捻党首领乔建德率领2000人以角子山为根据地举旗起义。曾在鸦片战争中遭革职锁拿的两广总督琦善几经宦海沉浮，被清廷重新起用，令其到河南剿捻，并任命为河南巡抚。与此同时，又调富明阿带兵随队前往，与他一块儿出征的还有前锋善庆。善庆是瑷珲人，扎拉里氏，字厚斋，隶满洲镶红旗。二人率兵随琦善一到河南便忙得脚不沾地，而且还得一时安徽、一时江苏、一时山东的，疲于奔命，顾得了东顾不了西，按下葫芦起了瓢。劲儿没少使，力没少出，连宿安稳觉都睡不成，可捻军却越剿越多，毫无收效。

咸丰三年二月，太平军先是攻占了江苏南京，并以此作为都城，改名天京，两个月后又攻克了扬州。太平天国革命震动了朝野，危及到大清王朝的统治，咸丰帝坐不住了，命琦善带着富明阿转而进剿太平军，善庆则随钦差大臣袁甲三在安徽、河南等地继续剿捻。

富明阿随琦善来到扬州城外，建起了江北大营，刚刚就绪，巴雅喇[①]来报，说是数千太平军已从南京浦口出发北伐，准备乘竹筏子抢渡三叉河。琦善听罢，令富明阿带领3000骑兵前往堵截，要求每骑只准带三支箭。富明阿十分不解，说道："三支箭太少了吧？这可是打仗啊，不行，务必增加几支。"

琦善不答应："我已经说过了，就三支，哪儿那么多废话！"

富明阿一再坚持，琦善大怒，欲杖责80军棍。富明阿还真上来犟劲儿了，争辩道："就是打死我也得说道说道，两军对阵得动真家伙，三支箭够干啥的？又不是小孩过家家儿，除非不想取胜。"

琦善脸都气白了："不服是吧？好，你不用去了，等着军法从事！"

富明阿心想："反正也是个死，死在你手，还不如死在太平军手

① 巴雅喇：满语，传报人。

呢！”随即转身出了大帐，集合队伍，令每人带三支箭，前往三岔河。3000 骑兵呼啸而去，眼看着就要到地儿了，却在离那儿最近的东清浦遭到了太平军的阻击，富明阿右大腿中弹，血流如注。面对此种阵势，他没有丝毫的惊慌，用手捂着伤口大声指挥道：“听我的命令，不许盲动，距敌不到 20 步不准射箭，越近越好。30 步——20 步——15 步——开弓！”

一声令下，万箭齐发，太平军纷纷中箭倒下。前阵受挫，后阵乱了阵脚，河岸的太平军弃竹筏于不顾，不管会水不会水全跳入水中，向对岸逃命，淹死的不计其数，尸体填满了三叉河。这一仗算是打赢了，富明阿率队归来，每个兵勇的箭囊里还剩一支箭。琦善见状大喜，捋着胡须十分得意地说：“怎么样啊，富明阿，还不服么？这就是决策正确、因势利导的结果。”

富明阿脸涨得通红，不好意思地笑道：“服了，服了，我纯属油梭子发白，短炼，要学的东西多着呢！”

富明阿受了琦善的训斥，还险些挨 80 军棍、遭军法处治，不仅不记恨，反觉终身受益，从此才懂点儿兵法以及什么叫兵置死地而后生。过了一段时间，此事不知怎么竟传到咸丰帝耳中，认为每人两支箭去对阵太平军，且大获全胜，很是了不起，遂赏富明阿玉碟一块。以他这样的四品官，能得到皇上的赐予，还真是屈指可数。

太平军突破扬州，占领了瓜州，琦善随之将江北大营由扬州移至瓜州附近。瓜洲的太平军并不打算北伐，只想在江北保留一个据点，以此阻挡江北大营与江南大营会合攻打镇江或者天京。守将谢锦章是位防御高手儿，开挖三道长壕，引入江水，以阻挡清军进攻；在江面拉起三道铁索，以拦劫清军水师；于长壕内建营筑垒，外面砌石，里面积沙，以躲避炮火袭击。让琦善感到郁闷的是瓜州虽小，但也是块难啃的骨头，不比扬州好取。他思来想去，决定采取消耗战，用对付镇江的办法牵制瓜州的守军。结果没把太平军耗死，自己却不行了，咸丰四年八月，琦善因病躺倒在江北大营，再也没有起来。咸丰帝得闻此信儿，马上下令前江宁将军托明阿继任其职，以钦差大臣的身份接管江北大营军务。之后，富明阿又率领马队与太平军战于虹桥、尹桥，均获胜，清廷因功赏其顶戴花翎，授宁古塔协领，加副都统衔。

咸丰六年，太平军将清军江北大营攻破，托明阿被革职，改换德兴阿为钦差大臣。富明阿跟随德兴阿攻克了扬州、仪征，立下了战功，清廷赐其车骑伯巴图鲁[①]勇号，赏银百两，擢升为黑龙江火器营参领。次年十一月，富明阿从德兴阿攻取了太平军据守四年之久的瓜州，因功以副都统记名，并委任江北大营总理营务翼长。咸丰八年二月，南京太平军增援江浦守军，富明阿乘机令舒通额、博奇等拒太平军于石碛桥，树起对方之旗帜，假扮太平军。江浦守军误以为援军已到，开城出迎，清军迅疾攻城，江浦遂下。紧接着又率军攻克了来安，清廷因其屡立战功，赏头品顶戴，遥授宁古塔副都统。

咸丰八年八月，太平军英王陈玉成为解清军对南京的包围，自安庆进攻其北大门六合。富明阿率骑兵与陈玉成所部在六合鏖战十余日，将士死伤不少，结果六合、浦口被太平军占领，只好收拾残局，退守万福桥。德兴阿因而被召还京，清廷令和春代其节制江北马步军，富明阿帮办军务。和春命提督张国梁、富明阿攻取六合的葛塘、盘城，太平军则在两城间修了工事、堡垒，成为连营。富明阿与博奇率领官兵同太平军搏杀，血战约半个时辰，将其堡垒损毁殆尽。继而渡河攻打城西，不料太平军援兵赶到，截断了清军退路。富明阿身先士卒，跃马冲入对方阵地，左右挥刀，敌不能当，纷纷倒地，自己也身中九矛，伤势颇重。

正当清军与太平军在南方对峙之时，富明阿的家乡瑷珲发生了举世震惊的大事，太平天国革命毕竟是内乱，黑龙江那边可是外患。

前书讲过，雅克萨战争之后，康熙二十八年，中俄两国签订了《尼布楚条约》，自此北地黑龙江 150 年来相安无事。咸丰四年，沙俄又开始武装入侵黑龙江，其头目为东西伯利亚总督穆拉维约夫。当年三月，穆拉维约夫派札博林斯基带着送交清政府理藩院的咨文前往北京，诡称为了防范英国占据中国东部岛屿与大陆领土，本人奉沙皇之命，率领军队取道黑龙江，赶赴太平洋。此乃正当防卫，希望清政府不要误会，给以方便。穆拉维约夫不等清政府答复，便来到航行的起点站——石勒喀河畔的石勒喀札沃德，水面上停泊着早已准备好的额尔古纳号轮船和 76 艘载货大划船。

五月，穆拉维约夫下达了出征的命令，率领由西伯利亚边防营组成的远征军近千人，携带火炮、枪枝、弹药和其它军需物资，分乘轮船和大划船顺石勒喀河下行。当船队驶进黑龙江时，哥萨克兵全体脱帽肃立，于胸前划十字，穆拉维约夫贪婪地舀了一罐儿黑龙江水，向士兵们

① 巴图鲁：满语，英雄。

祝贺成功侵入黑龙江。船队到了雅克萨城，穆拉维约夫第一个跳上岸，跑到早已被平毁的哥萨克城堡阿尔巴津的废墟上，凭吊早年死在这里的俄官兵亡魂。

沙俄武装船队入侵黑龙江之举，首先被黑龙江上游清军卡官、佐领桂庆发现，遂连夜飞马至瑷珲，向署理瑷珲副都统的胡逊布禀告之。胡逊布听罢，一面派人以八百里急递向京师通报，一面下令将神威无敌大将军炮布置于江岸。俄军船队快到瑷珲时，穆拉维约夫决定在精奇里江口停泊过夜，并派遣文官斯维尔别耶夫和瑟切夫斯基划小船前往瑷珲。二人很快进了城，来到副都统衙门，斯维尔别耶夫将发往北京的咨文抄件及理藩院的批文呈给胡逊布。胡逊布此时尚未接到京师关于俄人准备沿黑龙江航行的通知，送往北京的八百里急递亦没有回音，一时不知如何是好。次日一早，穆拉维约夫前往瑷珲，欲同胡逊布进一步交涉。临行前，指令卡尔萨科夫带领船队驶进瑷珲，如果中方不放行，得到我的命令后立即攻城。穆拉维约夫见到胡逊布，又拿出发往北京的咨文，声称中国政府已经同意沙皇俄国的船队通过黑龙江。胡逊布见到咨文，无可奈何，只能听令，放俄船通过。至于清廷究竟有没有下达关于俄军可以假道黑龙江的批文，说法不一，后文还要涉及。

实际上，沙俄侵略者假道黑龙江防范英夷是假，武装占领黑龙江是真。船队驶过瑷珲后，陆续抵达黑龙江下游的阔吞屯，穆拉维约夫将随船兵士部署在阔吞屯、庙街至客默尔湾一带，占据村屯，砍木垫道，烧砖盖房，打铁练兵，沿江摆列钢炮，实行野蛮的军事统治，随后他便返回了伊尔库斯克。

咸丰五年春，沙俄为了在黑龙江屯田占地，运输给养，仍派穆拉维约夫率领船队第二次非法武装航行于黑龙江。这次入侵共出动哥萨克官兵 3000 人，分乘 120 艘船，分三批出发。随行的有近 500 名哥萨克移民、以马克为首的俄罗斯地理学会西伯利亚分会黑龙江考察队以及一些西伯利亚商人，运送的主要物资是供尼古拉耶夫斯克要塞炮台用的重炮，除此还有大批弹药、粮食和牲畜。首批俄船闯入黑龙江后驶抵瑷珲，署理黑龙江副都统、协领富勒洪阿等登船拦阻，令其由外海走，不准在中国内江行驶。穆拉维约夫却置之不理，态度十分蛮横，强行启碇东行。

披着科学家外衣的马克此次黑龙江之行像个盗贼一样，双眼不停地四处搜寻，窃取了大量的中国黑龙江沿岸军事、政治、经济、文化等方面的情报。在返回的途中，他们曾于大黑河屯过夜，黑河人赠送其黑琴鸡、田鸡、黄瓜、烟叶作为礼物。考察队还在瑷珲停留了很长时间，瑷珲副都统热情款待之，这帮家伙却偷偷画下了瑷珲要塞图。经过头道沟、二道沟、三道沟、四道沟、五道沟等村时，又悄悄记下了停泊在港湾里的船舶数，把“永敦睦谊”之言彻底抛至脑后。回到俄罗斯，马克写了一本书，名叫《黑龙江旅行记》，里面记述了当时瑷珲的繁华景象：“我们走出要塞（内城）大门之后，首先看到的是一条又长又宽的大街，与河岸平行向前延伸，两旁有不少小巷和房屋，临街的房子几乎都是店铺。据讲此为这座城里的主要街市，然房屋建筑谈不上有什么特别之处，大部分为土坯房。店铺门朝街敞开着，放在货架上的商品看得清清楚楚，前面摆一张柜台，把售货者和顾客隔开。每座店铺门旁皆挂着写有汉文和满文的招牌，木杆子上拴着用花花绿绿的纸剪成的各种各样之图形、三角旗和龙，随风飘摆。整条街的房屋上方横向拉些绳子，挂着红灯笼，用以夜晚照明。所有这些，使得街市显得十分喜庆而奇妙，身在其中，颇有一种在商场里闲逛的感觉……。”

咸丰六年春，沙皇俄国为了全面占领黑龙江流域，在穆拉维约夫的精心策划下，组织了第三次武装入侵黑龙江。卡尔萨科夫率领哥萨克1600人，大小船舰120余艘，载着大批牲畜和军用物资，分三批从石勒喀河侵入黑龙江。卡尔萨科夫带着由十艘大船、一艘炮船和希望号轮船组成的船队驶抵瑷珲后，停泊于对岸，随即离船上岸径直来到副都统衙门，面对副都统魁福狂妄地宣称：“今年夏季，俄方除船只往返于阿穆尔河[①]外，部队也要从河口返回上游。为此，总督命令在阿穆尔河左岸的一些地方贮备粮食并派人保护，必要时，中方需对过往部队给以帮助。”

魁福毫不客气，二话没说，当即拒绝了这种无理要求。卡尔萨科夫又威胁道：“可以告诉你们，我方在阿穆尔河口约有军队万人，今年还要派5000人，而且准备在结雅河[②]口建立哨所，驻扎500人，望你方酌量着办！”

此后不久，沙俄侵略军果然在黑龙江沿岸设立了库马拉哨所、结雅哨所、兴安哨所。其中的结雅哨所就是海兰泡的前身，位于黑龙江与精

---

① 阿穆尔河：即黑龙江。
② 结雅河：即精奇里江。

奇里江交汇处，地势低洼，仅有一个不大的屯子，三五户居民在此耕种。因其地处精奇里江口附近，鄂温克人称精奇里江为黄河，故而取名黄河屯。瑷珲副都统魁福对罗刹鬼在我国领土上建立哨所非常气愤，曾派员前去阻止，哥萨克军官希尔科夫斯基狡辩道："各个哨所是临时搭盖的，为的是存储粮食，秋后就拆除。"

但是他们说话从来是不算数的，到了秋天，穆拉维约夫下了命令："黑龙江左岸各哨所的官兵一律留在原地过冬，待明年开春首次航行时，将家眷也迁来，在该地定居。"

咸丰七年春，在穆拉维约夫和卡尔萨科夫的指挥下，大批哥萨克官兵及其家眷，还有一些俄国商人分别从石勒喀札沃德出发，第四次入侵黑龙江。穆拉维约夫同随行官员维纽科夫、满语译员希什马廖夫乘汽艇在大部队之前来到了结雅哨所，一位哥萨克连长于一个用木板搭建的小码头上迎接这位总督大人。当穆拉维约夫得知整个冬天竟冻死、饿死29人后，不免有些惊诧，遂默默地前往立着十字架的小山沟，凭吊那些为沙俄殖民扩张而身丧异乡的亡魂。然后又踏查了结雅河口一带，经一番仔细观瞧、比较，选定了驻军营址。

时隔不久，沙俄大部队相继到来，还有六十多名流放至此的女性苦役犯，用以安抚因缺乏女人而日日烦躁不安的哥萨克兵。穆拉维约夫留下了炮兵、步兵两个营，集中人力建造营房，用柳条编成篱笆、中间实以土作为围墙，房顶覆盖一层绿色的草根苔块，黑河人称之为"塔头"。为此，结雅河口上方的黑龙江两岸，大约十俄里的柳条通全部被砍光。营房很快落成，篱笆也开始生根，房屋周围渐渐长成了长长的柳条屏障。到了秋天，这里已不再是个小小的哨所，而是一座由哥萨克人组成的小镇，一片曾经长满桦树的高地上形成了一条不是笔直的、却是惟一的街道，街道两旁修建了20栋房舍。不仅如此，穆拉维约夫还断然宣示："从明年航期开始，凡留在阿穆尔河左岸的居民均属沙皇俄国管辖，不愿受管辖者须及时迁至右岸。"继而命令部下："只要中方稍有不友好的表现或者集结兵力，分区司令将进兵阿穆尔河右岸，收缴他们的武器，在城内派驻军队和炮队。假如瑷珲城对面的村庄，即江东旗屯全部迁走，那就派遣一个整连驻扎于该村庄。"

作为护卫我国北大门的瑷珲副都统，对于沙俄的武装入侵理应以牙还牙，用武力将这伙明火执杖的强盗驱逐出去。但是这位畏敌如虎的大清官员却反其道而行之，在罗刹鬼到后，竟派属下前去祝贺俄军平安抵达。不久，瑷珲副都统又亲自率员到穆拉维约夫的住处，送上一头黑猪、一袋稻米和用罂粟籽、蓖麻油制成的糖果，并接受了穆拉维约夫的宴请和呢料、白银、金表等礼物。临别时，不是制止、而是请求穆拉维约夫不要每晚在营房外鸣放大炮，以免惊吓住于对岸的黑河屯居民。

沙俄在武装占领黑龙江既成事实的情况下，咸丰七年末，向京师理藩院发出了咨文："中国政府如欲办理阿穆尔河上航行之事及有关问题，可以与作为全权代表的东西伯利亚总督穆拉维约夫洽商。"

咸丰八年四月，穆拉维约夫乘英法联军攻陷大沽口之机，提出与黑龙江将军奕山在瑷珲举行边界谈判。奕山乃清皇室，隶满洲镶蓝旗，道光三十年任御前大臣。第一次鸦片战争中，被任命为靖逆将军，督师广东。中英广州之战投降于敌，签订了《广州和约》，被褫职治罪。后又充任伊犁参赞大臣、伊犁将军，咸丰五年调任黑龙江将军。奕山与穆拉维约夫经过六天的谈判，在对方的威逼下终于屈服了，签订了不平等的《中俄瑷珲条约》，使我国丧失了黑龙江以北六十多万平方公里的土地，乌苏里江以东为两国共管。

话分两头，说完了咸丰年间沙俄武装入侵北地黑龙江之事，我们回过头来再接着讲富明阿。他在六合与太平军短兵相接时，身中九矛，浑身上下 12 处伤口，没个好地方，尤其是左腿有两处已伤及骨髓。和春考虑到从目前情况看，他继续带兵打仗肯定是不行了，便决定让其返家好好儿将养一阵子。回故乡可是富明阿心中的梦想，家中有七旬老母需要照顾，自己亦不能一辈子没有妻室。再者北地的事儿听说一些，心里总有个疙瘩不解，即瑷珲位于黑龙江中上游，不仅是自上至下的交通要冲，也是兵家必争之地。自康熙年间，清军就在这里驻有八旗 26 佐，兵员近万，缘何一枪没放、一箭未发，黑龙江以北的大好河山便拱手让人了呢？看来负伤是坏事，也是好事，身板儿壮如牛，怎能回去与老母团聚？又怎么能将这些事情弄清？

富明阿因受伤要荣归故里的信儿一经传出，不光袁母乐得合不拢嘴，乡里乡亲也都奔走相告。瑷珲副都统高兴之余，暗地里琢磨道："我虽然与富明阿是一个品衔，但人家那可是在沙场上舍命拼出来的，屡立战功，要不皇上能赐其玉碟和顶戴花翎么，咱比不了。有功之臣回来了，总不能仍住白旗屯那栋老房子吧？若是把副都统官邸让出，估计他也不能住，咋办好呢？"思来想去，忽然眼前一亮："哎，有了，衙门后边有个富商的宽大宅院正打算出手，莫不如买下来，收拾收拾给袁大人住。”想到这儿，遂命人赶紧去办，副都统衙门的上下人等立马忙活开了。

富明阿在亲随的陪同下，乘马车日夜兼程地往家赶，总算回到了瑷珲白旗屯，一路的辛苦自不必说。母子一别十年再相聚，未待开口泪先流，激动之情溢于言表。从此，富明阿在家安心住了下来，白发苍苍的老娘伺候在侧。未过三天，虽伤病在身，但一个多年在外出生入死拼搏于沙场之人哪受得了这种烦闷与无聊啊，富明阿觉得快憋疯了。这日用罢早膳，袁母小心翼翼地为其伤口消了毒、敷过药后，他便拄着根棍子一瘸一拐地出了家门。往南走了不到一里地，发现江边立座木刻楞房子，四周用木条子夹上了低矮的栅栏儿，院子里种有土豆、柿子、大葱等。富明阿来到跟前，推门进了屋，见几个罗刹鬼正围着一张大圆桌蛮有兴致地玩着轮盘赌，没人注意他。

说起轮盘赌，此乃俄罗斯的专利。最初，轮盘赌的赌具有二，一是左轮手枪，二是人的性命。开赌时，在左轮手枪的六个弹槽儿中放入一颗或多颗子弹，任意旋转转轮之后，关上转轮。参赌者轮流拿起手枪对着自己的头扣动扳机，中枪了当然是自动退出，怯场也为输，坚持到最后方为胜，旁观者则对参赌者的性命下资。这种赌博太残酷，后来就改为现在这种轮盘赌，即桌子上置一个可转动的圆盘，盘面儿刻有多个沟槽儿，涂上红黑两种颜色。圆盘中间儿放一小球儿，转动圆盘，小球儿滚入下注者的沟槽儿便为胜。

富明阿一看，当即气不打一处来，大清的国土岂容你们这样寻欢作乐？上前照圆盘就是一棍子，打得小球儿、赌资满地都是。罗刹鬼们对于突如其来的举动根本没有防备，不由得一惊！待定睛细瞧，竟是位当地的老者，尽管年纪不小了，却显出一脸的威武之气，认为不可小觑。再一瞅左腿不利落，噢，原来是个瘸子，来这儿逞什么能啊，得给他点儿颜色看看，于是三个哥萨克兵围了过来，摆开了格斗的架势。这阵势富明阿见得多了，丝毫没在乎，抡起棍子啪啪啪几下子便将其打倒在地，捂着脑袋嗷嗷直叫。旁边一个俄官见状，刚欲去摘挂在墙上的枪，闻讯赶来的乡亲们哐当一声儿把门踢开了，有的手持铁锹、木耙，有的手握长刀、短剑。俄官见我方人多势众，不想吃眼前亏，也就没敢还手。当听说抡棍子的老头儿是八旗军中的大哈番[①]，而自己原本在江东旗屯建立哨所，即使按照不平等的中俄《瑷珲条约》而言，也是一件非法的事，生怕因此而引起两国争端，只好不了了之了。

转天，富明阿找来了闲居在家、咸丰四年曾代理瑷珲副都统的胡逊布，一块儿唠扯唠扯。

富明阿问起了当年罗刹入侵的情况，胡逊布一肚子的苦水和委屈正没地儿倒呢，可下有人想听了，便抹着眼泪诉说了始末。据他讲，咸丰四年，沙俄东西伯利亚总督穆拉维约夫率领由骑兵、炮兵千人组成的远征军，分乘七十多艘船只顺石勒喀河下驶。此时，瑷珲副都统、吉林满洲人清安刚刚调往江南围剿太平军，由胡逊布代理副都统。沙俄船队进入黑龙江后，很快被上游的西尔根奇卡卡官、佐领桂庆发现了，星夜飞马进了城。听了禀报，胡逊布委实吃了一惊，这还了得，那么多人马刀枪，咱们兵少，武器也不中用。再说八旗官兵多年无战事，平时在家务农，战时打仗，只能临时召集。不管咋样，总不能让罗刹鬼顺顺当当地从眼皮底下过去，随即一面下令将仅有的神威将军炮移至江岸布防，一面派人以八百里急递奏报朝廷。

当沙俄船队驶进头道沟子时，正白旗汉军管炮佐领欲要开炮轰击，胡逊布赶紧按住其手腕道："稳当点儿，别着急，看看再说。"

不一会儿，只见船队驶向瑷珲对岸，惟有一艘小火轮向瑷珲驶来，停靠于城北，一名沙俄翻译带着两人上了岸，告知特派专员到此递送咨文。胡逊布接了过来，打开一看，没想到竟是朝廷总理衙门的公文，允许俄军由黑龙江通过瑷珲到入海口。既然是朝廷的命令，就得当友军看，胡逊布暗暗庆幸亏得没开炮，否则可捅大娄子了，吃罪不起呀！于是以酒肉款待三人，傍晚方回到瑷珲对岸。第二天一早，穆拉维约夫乘轮船来到瑷珲，胡逊布亲自率属员到江岸迎接并备办酒席招待之，穆拉维约夫也在瑷珲对岸的俄轮上设宴回请了副都统等人。之后，载有俄匪、辎重、马匹、弹药之船队满江遍水连翩而下，三四天方绝迹。

没几日，胡逊布接到上谕，以"妄报俄人造叛，有惊驾之说"受降三级调用之处分，佐领桂庆革职查办。胡逊布离职前整理副都统衙门的文牍时，在匣中确实发现了总理衙门的公文，允准沙俄船队假道黑龙江，通过瑷珲。但不知前副都统清安是怕居民恐慌呢，还是走得太匆

---

① 哈番：满语，官。

忙，疏忽大意了，竟没有告知胡逊布，故而本人感到实在太冤枉，不该受到不公平的处罚。

接替胡逊布代理瑷珲副都统的魁福吸取了前任被免职罢官的教训，北地黑龙江发生的事情轻易不敢奏报朝廷，免得因惊驾而受处分，对于沙俄一而再、再而三的入侵也就听之任之。实在看不下眼了，三言五语说说而已，俄官听了只当耳旁风。

听了胡逊布的一番话，富明阿明白了："看来这一枪没放、一箭未发的责任不在驻防官兵，而在于朝廷，是受了俄人的欺骗使然，放纵了沙俄的入侵。那么《瑷珲条约》签订的具体情况又是怎样呢？胡逊布告辞后，富明阿去了副都统衙门，拜访瑷珲副都统吉拉明阿。

吉拉明阿，齐齐哈尔人，隶满洲正黄旗，咸丰八年四月随奕山参加了边界谈判，之后留任瑷珲副都统。富明阿进了屋，二人见面一阵寒暄，随即坐在靠背椅上聊了起来，富明阿自然是把话题往签订《瑷珲条约》上引，吉拉明阿便详细地介绍了当时谈判的情况。原来咸丰八年三月中旬，奕山接到了瑷珲副都统的奏报，说是俄东西伯利亚总督穆拉维约夫三月末到达瑷珲。没过几天，奕山率领吉拉明阿一行由齐齐哈尔起程，走走停停，用了一周的时间才到瑷珲。是月二十五日，穆拉维约夫乘特别驳船从达斯列羌斯克出发，在两艘武装快艇的护送下，沿黑龙江顺流而下，四月初五抵达海兰泡。第二天，吉拉明阿去了海兰泡，通知穆拉维约夫："黑龙江将军奕山已到瑷珲，可按此前商定，双方进行边界谈判。"

四月初九，穆拉维约夫参加了英诺森大主教在海兰泡为圣母报喜堂举行的奠基典礼，会上将海兰泡命名为布拉戈维申斯克，意为报喜城，预祝即将开始的边界谈判获得成功。

翌日，穆拉维约夫仍乘特别驳船，由两艘武装快艇护送到瑷珲。奕山是个很讲排场的人，从江边到副都统衙门也就几百步远，竟准备了一匹高头大马，穆拉维约夫上岸后，骑着这匹马耀武扬威地进了副都统衙门。奕山不仅讲排场，还讲究吃喝，来时特意从齐齐哈尔带位烹饪满汉全席的名厨。当天双方并没有坐在谈判桌边，而是坐在了于瑷珲副都统衙门设下的盛大酒宴桌边，穆拉维约夫及其随员大嚼厨师为其烧制的烤羊肉、烤小猪，一边吃一边连声叫好儿。酒宴完毕，奕山问及谈判的有关事宜，穆拉维约夫摇头晃脑地说："今日只是欢宴，大家尽兴就好，正事儿留待明天再议。"显然是故作姿态，不急于谈判，借以抬高自己的身价。

第三天，穆拉维约夫及其随员乘坐快艇渡江，上岸后，骑马来到副都统府衙，中俄双方在瑷珲开始举行正式谈判。参加谈判的中方代表有奕山将军、吉拉明阿副都统和爱绅泰佐领。俄方代表除了穆拉维约夫外，还有外交官彼罗夫斯基，满语通事希什马廖夫。谈判桌上，穆拉维约夫首先开了腔儿："四年来，大俄罗斯帝国为了助华防英、保卫自己的领土，先后分四批派出部队和移民，陆续在黑龙江入海口至中上游一带建立了一些居民点和哨所，总算大功告成了，英夷从海上进入黑龙江已经不可能了。眼下当务之急是要沿黑龙江、乌苏里江划定中俄两国边界，黑龙江左岸的中国村民应迁往江右，所需资费由我国供给。需要特别提出的是黑龙江、松花江、乌苏里江只准中俄两国船只行驶，其他国家船只不准往来，并准许俄罗斯商人在黑龙江、乌苏里江一带自由贸易。"说完，吩咐随员布多戈斯基拿出一张事先画好的黑龙江、乌苏里江、图门江至海的边界线草图，交给了奕山。

奕山看罢，说道："中俄两国分界，根据《尼布楚条约》所言，以格尔毕齐河、外兴安岭为限，议定遵行，从无更改。今若照伊等所议，难以迁就允准。至于通商一节，黑龙江地方寒苦，并无出产，即使米面、蔬菜，也只够本地食用，不能与外人交易。且民风强悍，约束不周，致生嫌隙，有伤和睦，当及早将人畜撤回为好。"

双方就此展开了激烈的辩论，穆拉维约夫指划着自带的地图争衡，故弄狡狯，理屈处常以防堵英夷为词，甚而推诿不知。第一次谈判，历时四个钟点，双方意见相持不下，没有结果。临散会时，穆拉维约夫又要求讨论俄方提出的边界条约草案，奕山因未见文本予以回绝。

十二日，彼罗夫斯基、希什马廖夫奉穆拉维约夫之命，送来了以俄文书就的边界条约草案。对于这个严重侵犯中国主权的草案，中方提出了反对意见，断然拒绝讨论，会谈仍无结果。当天傍晚，爱绅泰佐领退回了俄方边界条约草案，并带着中方拟就的边界条约草案与彼罗夫斯基、希什马廖夫在俄方驳船内舱进行了详谈，他强调道："奕山将军和吉拉明阿副都统无论如何不能同意改动这个草案，如果穆拉维约夫总督坚持自己的意见，那么我们只好就此作罢了。"

十三日，希什马廖夫来到副都统府衙，提出修改条约草案，删去俄方草约第五条。稍后，爱绅泰佐领又去了俄船，表示坚持前议，要求俄方放弃第一条。俄方耍了个花招儿，将第三条关于限期迁走黑龙江以北中国居民改为“今黑龙江左岸，北自结雅河，南至霍勒木锦屯，其中旧居屯户仍可照常永远居住，其余空旷地方均与俄罗斯为界。”这次会谈，由于俄方要弄花招儿，也没有达成协议。

穆拉维约夫见中方不肯屈服，决定亲自出马，对奕山施加更大的压力。转天，他带领希什马廖夫、布多戈斯基及随员、卫队，气势汹汹地来到副都统府衙，以最后通牒的方式提交了条约草案终结文本，企图逼迫中方签字。中方援引了大量的历史事实，说明对黑龙江地区和乌苏里江沿岸拥有主权，因为那里的居民一直向清政府纳税，始终设有哨卡，乌苏里江至海的广大地区是当今统治皇朝的故乡。如果把这些地方让出去，就等于背叛，国人都不会答应。

穆拉维约夫不顾历史事实，强辩道：“无论从兴安岭沿阿穆尔河至海，还是乌苏里江沿岸，也不论此地区的海滨地带，从来未曾设过中国哨卡；居住在阿穆尔河沿岸和乌苏里江沿岸的当地居民，也从未曾向中国政府纳贡。自从十七世纪末，俄罗斯人征服此地区之后，便对其享有充分的权力。我方的意见是兴安岭以东至海的大片地区应属于俄罗斯，整个乌苏里江流域和松花江口都包括在这个地区之内，建议沿乌苏里江划定边界，这已经是为尊重中国对大俄罗斯帝国的一贯友谊而做出的巨大让步了。”最后还大言不惭地胡说什么俄军之所以占据黑龙江，是为了护卫此地区居民的安全，以免遭外夷的公然侵犯。

奕山反诘道：“如果中国人为了同样的目的前往尼布楚地区，俄国政府是否允许他们渡过额尔古纳河去驱逐外夷？”

穆拉维约夫听了大为恼火，遂以“立即赶赴尼古拉耶夫斯克，停止谈判”相威胁，继而怒容满面地冲通事希什马廖夫命令道：“请转告奕山将军和吉拉明阿副都统，我与二位仍是朋友，且已向其表明了态度，一切取决于他们。现在将军和副都统该做的惟有一件事，就是讨论和同意本总督所提出之坚决的、不可更改的建议，为此给的限期只到明天为止。”不等通事把这些话翻译完，穆拉维约夫已气冲冲地离开了会场，直奔码头而去。当天夜晚，奕山凭栏眺望对岸的夷船，见灯火明亮，响起了隆隆的炮声，显然是以此向中方示威。

十五日，奕山怕夷酋因愤激而立起衅端，便派爱绅泰佐领登上俄船，表示愿意接受俄方提出的条件，但必须将“以乌苏里江为界”一句删去，因为自己无权决定关于乌苏里江划界问题的谈与否。穆拉维约夫担心一字不动有可能造成僵局，遂同意删去“以乌苏里江为界”字样，改为“乌苏里江以东为两国共管”。还向爱绅泰宣称：“请回去告知奕山将军，若可照字办理，即行对换划押，彼此为凭，以全和好。若是不能，我方即撵江左屯户，不准存居。”

十六日晚，身着礼服的穆拉维约夫同随员乘船来到河对岸，徒步走进瑷珲副都统府衙，看上去昨日的怒气早已烟消云散，显露出一脸的轻松。用过茶点之后，他笑吟吟地对奕山说：“将军，我非常高兴，虽然谈判的过程艰苦，但结果很好，双方终于就全部条款达成了协议，办结了这桩持续达150年之久的一直为两国政府所关注之大事，可喜可贺！如果没有什么异议，那就履行最后一道手续，签字画押。”

就这样，经过六天的谈判，奕山在《瑷珲条约》上签了字。

富明阿听罢，再也抑制不住心中的愤懑，啪地一拍桌子骂道：“奕山真他妈软骨头，几声炮响就吓尿裤子了，还当什么将军？在广州打了白旗已经够丢脸的了，又跑到黑龙江签订卖国条约，可恶至极！”

是呀，奕山签订卖国的《瑷珲条约》，不仅富明阿气愤，全国人民气愤，连软弱无能的清廷也不能容忍，最后以其“把边界五千余里借称闲地，不候谕旨，拱手授人”之罪被革职，召递回京。

这日，副都统衙门的几位拨什库赶着马车来到白旗屯富明阿的家中，说是新居已收拾好，我们受副都统之命，特来帮袁大人搬家的。富明阿点了点头表示同意，拨什库们随即七手八脚地把所有的东西一股脑儿装上了车，又将富明阿及其老母扶入轿车内，几辆车一同向西而去。到了地儿，再把东西卸下，小心翼翼地抬进屋，什么家什放哪儿，一样儿一样儿安置好，待一切就绪，几位拨什库方告辞。

这座新居的确不错，宽敞明亮，阳光充足，房间也多，不过只有七十多岁的老母和五十多岁的儿子住，未免显得孤单。再者富明阿有伤在身，每日皆需消毒、换药，虽有下人可以支使，但是粗手笨脚的，这些细活儿干不来。副都统衙门的管家开始四下打听，后来得知黄山屯有个三十多岁的大姑娘，为人挺好，心地善良，还懂点儿医道，正好可以侍候富明阿。于是亲自出马，好说歹说，总算把人给请来了。姑娘名叫王彩云，家族世居江东王家桥，乃东西旗屯来往的通道。其父叫王福海，是位祖传中医，医术高明，医德也不错，十里八村皆知。江东旗屯各家各户有个大病小灾的，都来王家诊治，或将王福海请到自家，有钱就给点儿，没钱分文不取，算是帮了乡亲。王福海哥儿八个，他是老大，生有一儿一女，女儿便是王彩云。因父母已逝，当时20岁的七弟尚未成家，八弟还小，故而跟自己过。另五个弟弟皆已娶妻生子，分出去另过，前几年老二、老五、老六也因病相继故去。老七年轻能干，考虑到王家桥地处江东旗屯中间，来往行人很多，便在家中开了个小店。活儿多忙不过来，又雇了个长工，王福海除行医外，时不时地抽工夫帮着七弟照应一下小店。平时，不论是中国人还是俄国人到店里来，一家人都是热情接待，渴了给沏茶，饿了给做饭，还把客人的马牵到棚子里喂点儿草料。

有一年冬天，四个罗刹鬼赶着爬犁路过王家桥，直奔王福海家而来。王家像平时一样，主动将他们让进屋，王福海还嘘寒问暖道："冷了吧？快上炕暖和暖和！"随后吩咐正在看店的长工烧水沏茶，自己则进了里屋。可是歹毒的罗刹鬼却趁长工蹲在地上往灶坑内添柴之时，突然照其脑袋就是一斧子，当即将他砍死。接着闯进里屋杀了王福海夫妇及其儿子，又冲手无寸铁的老七、老八各砍一斧子，乘机抢了不少东西后逃之夭夭。王福海一家连长工一共七口儿，除老七、老八被砍伤、王彩云去邻居家尚未归而幸免于难，其余全部被砍死。惨剧发生后，王彩云觉得再也不能呆在自己家了，睹物思亲，难以承受巨大的痛苦，便去了黄山屯，住在一位远房亲戚家。类似这样的事情在江东旗屯时有发生，让人防不胜防，百姓称其为"抢仓子"。

王彩云聪明、漂亮、勤快，干起活儿来手脚麻利，犹如一阵风。来到袁家后，每天除了给富明阿的伤口消毒、换药，就是生火做饭，鸡鸭鱼肉调换着做，以便给母子俩增加营养。还去药铺买来人参、枸杞、灵芝等补品，用酒泡上，每晚临睡前端给富明阿喝上一杯。时间长了，母子俩也不把王彩云当外人了，天天彩云、彩云地叫着，一时一刻也离不开。别看富明阿乃一介武夫，打起仗来毫不含糊，瞪着眼睛往前冲。待人却很和气，特别是对王彩云，从不大声说话，怕吓着她。王彩云也不像刚来时那样了，对富明阿毕恭毕敬的，多一句话不敢说。现在虽然还老爷、老爷地叫着，但腔调变了，有点儿撒娇儿的味道，时不时地还开句玩笑呢！

富明阿在王彩云的精心侍奉下，伤势见轻了，左腿走路能吃劲了，拐棍儿扔掉了，气色也红润了。作为母亲，见到儿子的身子骨儿一天比一天好应该高兴才是，然老太太仍愁眉不展。有一天，乘王彩云去药铺买补品之机，富明阿推开母亲的房门，问道："娘，我总看你老不咋乐呵，是不是哪儿不舒服？"

老太太回了一句："老胳膊老腿的，吃五谷杂粮，怎会一点儿毛病没有？那都能将就，可这心里有病啊！"

富明阿十分不解，忙问："娘，你老心里有什么病啊？"

老太太说："儿呀，你是真不明白呀，还是装糊涂哇？娘都七十多岁了，离死不远了，连个孙子都没看着，心能甘嘛！"

富明阿恍然大悟，又感到很是无奈，打了个唉声道："咳，娘啊，我已经五十多岁了，土埋半截的人了，又身受重伤，谁家的姑娘愿嫁呀？"

老太太急了："你可真死脑瓜骨，放在眼前的不要，还想上哪儿去找？"

富明阿沉默了，心想："古语云，不孝有三，无后为大，是该娶妻生子了，以了却老人的心愿。"

不久，副都统吉拉明阿前来探望富明阿，王彩云很有礼貌地先施礼，后斟茶，随即悄声退下。老太太见机会来了，赶忙凑到大人身旁，将自己的心病一股脑儿全倒了出来。吉拉明阿听罢，哈哈大笑道："老人家，别犯愁，此事包在我身上，保证让她给你老当儿媳！"袁母连忙谢了。

第二天，衙门的一位小校来到袁宅，见王彩云正在厨房煎药，便走上前说道："王姐，忙着呢，副都统大人有请。"

王彩云一愣，问道："你说什么？大人唤小女去衙门，为啥事儿呀？"

袁母当然知道缘由，怕她紧张，忙上前安慰道："彩云，没什么事儿，大人是想唠唠家常，药我来煎，你跟他去吧！"

王彩云只得听从吩咐，擦了擦手，同小校一块儿走了。也就两袋烟的工夫，她乐颠颠地回来了，进了屋立马改口了，对老太太说："娘啊，这事儿咱在家说就行，何必烦劳衙门的大人呢？"

袁母笑得眼睛眯成一条缝儿，问道："彩云，你答应了？"王彩云红着脸点了点头。

儿子的婚事定下了，袁母的心病也去了，紧锁的眉头舒展了。房子不用愁，宽宽敞敞的，又是新修缮过的。家具、摆设更不用操心，瑷珲城内一些想巴结高官的大户和衙门的官员平时想送还找不到由头儿呢，可下有机会了，岂能错过？铺的、盖的、用的以及首饰可一样儿不能少，该买的都得买，并请最好的裁缝做嫁衣。至于娶亲的一整套规矩，鉴于彩云的父母不在了，富明阿又是二婚，干脆免了吧！选个好日子，把亲朋好友全请来，高高兴兴地喝上一顿，热热闹闹地庆贺一下就行了。掐指算来，农历四月二十八是个良辰吉日，双日不说，还是赶庙会的日子，就定这天了。于是袁家上下人等开忙了，有去绸缎庄选衣料、布帛的，有去金店买首饰的。尽管新修缮的房子没住多久，那也得收拾收拾，扫扫房啊，擦拭门窗、桌椅、炕柜呀，再把院内堆放的杂物彻底归拢一番，包括犄角儿、旮旯儿扫得干干净净，连根草棍儿都没有。待收拾完了再一看，嚯！窗明几净，规规整整，屋内屋外亮亮堂堂，大红喜字显得十分耀眼，一切就绪，只等迎娶新嫁娘了。

摆喜酒的日子终于到了。这一天，袁宅可谓高朋满座，喜气洋洋，远亲近邻、老少爷们儿、婶子、阿沙[1]、大户家主以及衙门的大小官员悉数到场。屋内、院子摆了二十多桌，厨子和几个临时充任跑堂儿的年轻后生里里外外地张罗着，忙得满头大汗。菜品十分丰富，满洲传统的七碟八碗因不是季节就吃不到了，不过刚开江的哲罗鱼、鲤鱼、七里鲋子是必不可少的，还有冰窖里贮存的飞龙、野鸡、山兔、鹿肉、狍子肉等野味全上了桌，喝的一律是江东布丁屯酿造的布丁大曲。新郎和新娘到各桌敬酒，大家举杯同贺，干了一杯又一杯，边吃边喝，有说有笑，气氛特别热烈。待一大圈儿都敬完了，彩云被婆母拉到女眷们坐的这桌，富明阿则端着酒杯去了副都统衙门官员坐的那桌。

说起富明阿喝酒，那可是海量，一般人不是个儿。咸丰六年在江北大营时，清军一举攻克了太平军占领的扬州、仪征，钦差大臣德兴阿非常高兴，为参战的有功官兵设宴庆功。酒桌上，富明阿结识了一位广东新安的兵，名叫陈国泰，二人聊了起来，富明阿问道："老弟，新安离东莞多远？"

陈国泰回道："不远，是邻县。"

富明阿又问："你知道石碣水南村吗？"

陈国泰答曰："知道哇，我的家乡燕村在它东边。"

富明阿再问："袁崇焕督师还有后人吗？"

陈国泰说道："有没有后人不十分清楚，只知袁督师惨遭磔刑，村中的父老认为死得太冤。为了寄托哀思，大伙儿便把三界庙后堂作为他的祭祀地，每年三月三，纷纷捧着袁督师的画像、带着供品去那儿。道

---

① 阿沙：满语，嫂。

光年间，水南村人又建了袁大司马祠，石壁上刻有几句诗：‘司马遗忠尚有祠，由来客泪洒荒碑。长城借得先生在，肯致中原苦乱离。’我在家时，每年清明、重九都要到祠堂上香、叩拜。”

富明阿听罢，激动得站了起来，先为陈国泰斟满酒，然后端起自己的酒碗道：“好兄弟，我就是袁督师的后人，乃七世孙。老弟祭我祖，同老哥亲祭是一样的，在这儿谢了。如果咱兄弟能活着回去，你一定要代老哥好好儿照看司马祠，我也会去的。来，今天喝个痛快，老哥先敬你！”说完咕嘟咕嘟一口气将碗中酒喝光，陈国泰随之，酒碗也见了底。富明阿异地遇乡亲，格外高兴，二人又连干了五大碗。

今儿个是富明阿的新婚之喜，大家同来共贺，更得喝酒了。当他敬到前副都统胡逊布时，胡逊布端着酒杯站起身来道：“兄弟，作为一个落马之人，能被请参加有功之臣的喜宴，已经很看得起我了。酒就不要敬了，因为高兴，喝便是了。”说完一仰脖儿，满杯酒下了肚。

富明阿与胡逊布连喝三杯后，胡逊布的酒劲儿上来了，又想倒倒苦水，讲讲沙俄入侵的往事。富明阿见状，连忙笑嘻嘻地制止道：“老兄，那些事儿不用说了，我们都听好几遍了，知道你冤枉。这么的吧，我讲一段儿没听过的，是关于瑷珲十里长江的传说。瑷珲山清水秀，湾环林绕，景物宜人，美不胜收。特别是黑龙江到了城北，突然水面开阔，有十里之长，人们皆称这段江面为‘十里长江’。有一年，从南方来了位风水先生，面对十里长江感慨万端，左观右瞧后言道：‘瑷珲是块风水宝地，十里长江要出十位将军，若想保住这块宝地，必须修座塔镇之。’风水先生发话了，大家肯定信哪，于是决定在城中修座塔。可是在挖地基时，忽然从里面飞出一只蝴蝶，风水先生遗憾地打了个唉声儿道：‘咳，风水破了，十里长江不能出十位将军了，只能出九位，那个不能当将军的可能姓胡。’”话音刚落，满桌的人笑了起来，胡逊布也憋不住乐。富明阿忙又为其斟了一杯酒，打趣道：“老兄，你就委屈点儿吧，谁让咱命不好，压根儿也当不上将军呢！”

喜酒一直喝到半夜方散，仆人开始拾掇碗筷，袁母回屋歇了，王彩云则扶着富明阿去了新房。“洞房花烛夜，金榜题名时”，这人间的快事，说书人就不细讲了。

正当富明阿与老母、爱妻的小日子过得有滋有味的时候，朝廷派人送来了圣旨，上谕曰：“前任副都统富明阿，本年春间经特普钦查奏，在军营效力受伤致残。迄今又逾多时，经调养自必好转，可即饬令来京。京旗各营急需讲求训练，该员在沙场打仗出力，于军务利弊自成熟悉。即使现在伤病尚未痊愈，谅不敢以此自甘颓废也，将此谕令知之，钦此。”

皇上言之切切，富明阿对朝廷一向忠心耿耿，可谓召之即来，来之能战，战之能胜。见旨当然无二话，吩咐爱妻立即准备行囊。就在此时，一个半大小子风风火火地跑来了，进屋就给富明阿跪下了，一口一个三爷地叫着，非要跟着进京当兵不可。这孩子叫庆琪，是富明阿大哥袁世有的孙子，今年刚刚 16 岁。打小就聪明伶俐，喜欢骑马射箭，马上功夫、射箭本领都叫得响。成丁后，在旗营里见到火枪，觉得这东西挺新鲜，不到一年便练就了一手好枪法。富明阿对庆琪的情况听说一些，只是暗地里高兴，当面儿从不表扬。他弯下身将其拉起，劝道：“庆琪呀，你还小，急什么？将来上前方打仗有的是机会。再过两年吧，等长成大小伙子了，三爷一定带你去，好不好？”

庆琪死活不干，嚷嚷道：“我还小哇，已经是哈哈[1]了，早成丁了，该报效国家了。这回三爷答应也好，不答应也罢，反正是跟定了，想甩都甩不掉！”

富明阿刚欲继续劝阻，其大哥世有进屋了，说道：“世福哇，我在家劝他半天了，根本不听，可能觉得没辙了，才跑到这儿来求你的。庆琪脑瓜儿好使，反应快，不懂的一学就会，但有点儿犟，好咬死理儿。他早就吵着要当兵了，好像在家一刻也待不了了，无奈大伙儿压服着。这不，听说三爷接到返京的圣旨了，急得像跳马猴子似的，想留都留不住。实在不行，你就应了吧，带他一块儿走。”

富明阿一听大哥来求情了，庆琪又不白给，正经有点儿功夫，说不定在京师训练中用得上，也就点头了。庆琪见三爷同意了，乐得直蹦高儿，一溜风地跑回家收拾东西去了。

长话短说，富明阿离妻别母带着庆琪到了京城，朝廷任其为正红旗都统，在南苑神机营专司训练八旗新兵。此时，南方湘军正与太平军打得如火如荼，太平军连克浙东、浙西的大部分地区，已将浙江和苏南根据地连成一片了。清军失利，急需补充兵员，训练新兵便提上了日程。富明阿毕竟是五十多岁的人了，左腿又有残疾，训练时只能讲一讲各种阵势、马上攻击、射箭要领等一些基本功，实际操作起来有点儿力不从

---

① 哈哈：满语，男人。

心，故而效果不那么好，新兵也不太服气。

一天，又是演兵场校射，场内四周摆上一圈儿靶标，富明阿一声令下，庆琪出列。新兵们一看，此丁比自己还小，乳臭未干，恒牙没长全呢，竟也来盘马弯弓，个个嗤之以鼻。在锣鼓声中，庆琪两腿紧夹马肚子，上身挺直，一手握弓，一手持箭，战骑如飞。身随马转，目随靶移，嗖嗖嗖连续发箭，一圈儿下来，支支箭中靶心，看得新兵们目瞪口呆，继而啧啧称奇。自此，庆琪成了新兵的榜样，皆打心眼儿里服气，不管自己多大，皆称他“小师哥”。

富明阿在京城除了训练新兵外，还办了一件私事，即拜谒了先祖袁崇焕墓祠。

乾隆四十八年，乾隆帝翻阅明史，被袁崇焕的忠贞不贰所感动，遂问广东巡抚袁崇焕有无后人。如果有，若通晓字义，人尚明白，可以佐杂等官补用；若未经读书，以务农为业，即赏给八品顶戴，以荣其身。经过查询，巡抚奏称：“袁崇焕无后，以其堂弟之子文恬过继为嗣，现有五世孙袁炳。”过了月余，袁炳当了县官。

道光十一年，袁氏家族的同乡在北京袁崇焕墓前立了碑，上题“明袁大将军墓”。后又于墓前建祠，题书“袁督师墓堂”。富明阿来到墓堂，跪拜了先祖，又看望了佘义士的后人——当今的守墓人。两人一见面，便有一种似曾相识的感觉，攀谈起来很投缘。富明阿动情地说：“我是袁崇焕的七世孙，督师蒙难后，其仆人佘义士能乘夜冒死将先祖头颅盗回，葬于自家宅院内，终生为其守墓并世代相传，对此壮举感谢之至。我现为满洲正红旗都统，若有什么困难，请不要客气，召之即到。”

同治二年，江南清军与太平军的战事吃紧，朝廷下令：“富明阿驰驱前往扬州军营，帮办都兴阿军务。”富明阿遵命而行，一到扬州，就带人去视察瓜州、金山东至海的水师布防，对于防卫和御敌等方面进行了适当的调整和周密的安排，继而上书弹劾扬州知府关于里下河抽厘的积弊。两个月后，富明阿又奉上谕：“补授富明阿荆州将军，帮办钦差大臣科尔沁亲王僧格林沁军务。”

同年，捻军首领苗沛林先降后叛，围攻清军占领的蒙城达八个月之久，安徽巡抚唐训芳屡战不利。富明阿接到了命令，率总兵詹启伦、王万清等前去支援，与蒙城清军协同作战。午夜，捻军壁垒被清军攻破，王万清一刀将苗沛林砍死。富明阿由于骑马督战，用力过猛，尚未完全愈合的伤口迸裂。没过几天，圣旨下："富明阿亲自督兵勇驰援蒙城，激战中，力解重围。嗣又统带所部回驻扬州支援镇江，会同攻克丹阳，实属不分畛域，著赏黄马褂以示优奖。"不久，朝廷令其代理江宁将军，后转为江宁将军，加恩赏其骑都尉世职。

同治四年，富明阿因伤病缠身，久治不愈，感到十分难熬。加之思妻想母，得知家中添人进口了，妻子生了个胖儿子，然至今未能见上一面，遂请求回籍养伤。得到允准后，便乘车上路了，岂料刚走到河北，便奉上谕，令其与刘长佑等商堵北伐的太平军。此事办毕，紧接着又命其迅速回京，一面养伤，一面管理神机营，并赏其乘肩舆以示体恤。面对此令，富明阿感到十分为难，不过也真的没办法，确实伤病在身，不能再坚持任职了。思来想去，无奈之下，不得不再次奏请回籍养伤。朝廷考虑到他的实际情况，很快给了答复："允富明阿所请，开缺回乡调理，在旗支食将军全俸。俟病体痊愈，即行来京，听候简用。"

经过几番周折，富明阿终于回到了故土，进了家门，见儿子已经五岁了，长得白白胖胖的，非常可爱。他今年60岁整，老年得子可是喜欢得不得了，气还未喘匀呢，便急不可待地搂过儿子又亲又啃的，还用胡子去扎那嫩嫩的小脸蛋儿，弄得孩子左躲右闪、连喊带叫起来。奶奶心疼了，上前一把抱过孙子道："行了，行了，别没深没浅的了，非得等我孙子哭了你才罢休是吧？"

王彩云瞅着这娘儿俩憋不住乐，边笑边道："世福，别光顾高兴啊，孩子还没大号呢！平时我和娘总是宝子、宝子的叫，过两天给取个名儿。"

富明阿说："不用过两天了，我在路上已起好了，这孩子长大也得入伍从戎，像老爹一样带兵打仗当将军。阿布卡恩都力[①]会保佑袁家的，让我儿长命百岁，寿比南山，就叫寿山了。"

全家上下人等皆言此名儿起得好，老太太伸出二拇指点着孙子的鼻尖儿道："嗯，寿山，寿山，又顺嘴又吉利，不错！"

上车饺子下车面，袁母吩咐厨子做家乡的手擀面，王彩云也一头钻进了灶屋，做了丈夫平日爱吃的煎大马哈鱼、红焖肘子、炒土豆丝、酸菜炖粉条。听说富明阿回来了，大哥世有、二哥世宽也赶来了，一家三代围着桌子边吃边聊。富明阿知道大哥最想听的是什么，与二位兄长干

① 阿布卡恩都力：满语，天神。

了杯中酒后，放下杯子道："庆琪人小鬼大，有点儿本事，蛮机灵的。我在京城神机营训练新兵校射时，年龄大了倒是其次，关键是一条腿瘸，上不了马，无法做示范，便让庆琪代我行事。这小子飞马射箭，支支中靶心，把全场人都震住了。打那以后，别看庆琪年纪小，新兵都叫他'小师哥'。过了一段时间，又接上命，庆琪随我去了江北大营。你们恐怕听说了蒙城之战，那是我带兵攻打围困蒙城清军的太平军，城里是清军，外围是太平军，再外围是我的部队。要想打胜这一仗，必须派个人进城，互通情况，然后再据此里应外合，内外夹击。我当时挺着急，脑子反复思考着，谁能担起此项差务呢？侧过头一瞅，庆琪跑了过来，到跟前请战道：'将军大人，请让我去吧，保证办得妥妥的。'当时琢磨着此举非同小可，危如累卵，一旦有个三长两短，怎么向大哥交代呀？转念又一想，庆琪武艺高强，枪法不错，鬼点子不少。按其平时表现，若偶遇突发之事，完全可以应付过去。至于会出现什么情况，当兵打仗管不了那么多，只能随机应变了，再者这也是实战锻炼的难得机会，便点头同意了。庆琪先是化装成太平军混入敌营内，然后又扮作平民百姓进了城里，将城外清军的情况及战术告知了城内的清军，再以同样的方法返营，带回了城内清军的有关情况，且完成得很顺利。这一仗打下来，若没有庆琪，还真不一定取胜。我也不能因为他是自己的侄孙就埋没其功，该上表得上表，该提拔得提拔，现在庆琪已由马甲升为骁骑校了。我回来时，将他留在了军营，你们大可不必担心。"

全家人听罢，无一不竖大拇指，皆言这孩子从小看大，将来肯定有出息。此刻，世有可乐坏了，心里美滋滋的。说实在的，自打最喜欢的孙子入了军旅，他的心一直不落体，不知适应不，干得咋样，能否吃得了那苦。听了富明阿的一番介绍，看来庆琪还行，是块当兵的料，没给袁家丢脸，说不定还能为祖上争光呢！这一高兴便多喝了几杯，待吃饱喝得往家返时，走起路来腿打摽儿，富明阿忙吩咐仆人将大哥送回。

富明阿在家养伤期间，宝子成了身边须臾不可离的人，不是看着他满院子疯跑，就是与其捉迷藏，再不领着去河边转转，爷儿俩开心极了。有一天，宝子不知是因为衣服穿少了，还是出汗受了凉，突然发起了高热，额头滚烫，昏睡不醒。这可急坏了全家，富明阿赶忙请来郎中予以诊治，虽然服了药，但没太管用，效果不佳。转天，老太太不知从哪儿领来一位中年妇女，说她自称为阴阳萨满[①]。进屋后，老太太把那人带来的神箱摆在西炕上，燃上香，磕了头。阴阳萨满先净面，后吃饭，提出需备鸡和狗，老太太一一照办了。阴阳萨满带上神帽，穿上裙子，系上腰铃，拿出手鼓开始求神，边跳边唱：

东山红，
西山红，
野旬子开花满山红，
红哎红。
臭李子花，
糖李子花，
野旬子绽开各式各样的花，
花哎花。
七道河，
八道湾，
九个仙女坐船来，
来哎来。
得尼开，
得尼开，
得尼开，
孔得尼开。

阴阳萨满唱的时候，同来的二神也不闲着，随着鼓声、歌声，红哎、花哎、来哎地附和着。不一会儿，阴阳萨满昏迷跌倒了，二神走上前去，扶其躺好，再把鸡、狗等供品摆上。

阴阳萨满整整躺了一天一夜，不吃不喝，醒后睁开眼睛便声称刚才去了趟阴间，并将“过阴”的经过讲了一遍。说是阴阳萨满牵着鸡和狗，随同神灵到了阴间，去找阎王爷。走着走着，来到一条河边，水面有个瘸老头儿撑着一只小船，便开口问他；“见没见有人渡河？”

瘸老头儿回道：“看见了，阎王爷的亲戚领着一个小男孩儿过去了。”

阴阳萨满给了他几把纸钱儿，请求把自己摆过去，瘸老头儿答应了。上船后，过了一道河，又遇到一道河，河边有蛇及各种野兽把守

① 萨满：满语，即司祭、巫师。

着。阴阳萨满又给了一些纸钱儿，然后把手鼓往河里一抛，坐在上面忽忽悠悠地过了河。到了第三关，遇见领着小男孩儿的那个阎王爷的亲戚了，他是孩子的舅舅，阴阳萨满问道："人家日子过得好好儿的，为什么把活蹦乱跳、没到寿限的孩子带来呢？"

男孩儿舅舅回道："我是奉了阎王爷的谕旨，当然得把他带来了。"

阴阳萨满说："那行啊，你是奴才，讲也没用，我去找阎王爷。"说罢来到阎王爷的住处，见那个小男孩儿正在门外同一群孩子玩儿呢，随即念叨一套神歌，一只大鸟把男孩儿叼了过来，阴阳萨满领着他转身就走。

众神见状，连忙进屋禀报阎王爷，阎王爷将其亲戚唤来询问发生什么事了？男孩儿舅舅答曰："一定是阴阳萨满把孩子领走了，我马上去追！"随即便往西跑撵上了阴阳萨满，问道："你平白无故把孩子带走，不留点儿工钱，阎王爷生气了，让我怎么交代呀？"

阴阳萨满遂道："你要是好话好说，可以留下点儿工钱，若依仗阎王爷的势力，我还真不怕！"言罢留给他一些纸钱儿。

小孩儿舅舅摇摇头道："给得太少了，阎王爷白天打围没有狗，晚上睡觉没有鸡啼鸣，把你带来的鸡和狗留下吧！"

阴阳萨满答应道："看你的面子可以留下，不过有个要求，得给孩子增加寿限。"

小孩儿舅舅点点头道："行啊，增加十年吧！"

阴阳萨满说："太少了，十年好干啥呀？"

"那就增加 20 年吧！"

"咋这么小气呢，20 年哪儿到哪儿呀？"

他俩你一句我一句地争讲着，最后一直增至 90 年，小孩儿舅舅才得到鸡和狗，并问道："我怎能把它们领回去呢？"

阴阳萨满告诉他："唤鸡时喊'阿晒'，唤狗时喊'绰'，他们就会跟你走。"

小孩儿舅舅照阴阳萨满教给的一喊，鸡和狗却朝相反的方向跑，顿时不高兴了，质问道："萨满姐姐，你怎么要戏我呢？"

阴阳萨满笑道："别生气，别生气，开个玩笑嘛！重教你，唤鸡为'咕咕'，唤狗为'哦哩哦哩'。"

小孩儿舅舅照做了，鸡和狗果然不跑了，乖乖跟他走了。阴阳萨满领着孩子往回返，路上遇见了早年死去的丈夫，对方很是不解，问道：

"你可是我媳妇儿，能把别人救活，为什么不把我救活？"

阴阳萨满摇摇头道："不是不想救，只因你到阴间的年头儿多，尸骨已经腐烂了，不能还阳了。"

丈夫一气之下，架起了油锅，恶狠狠地说："既然不救，那就别怪我不讲夫妻情分，把你下油锅炸喽！"

阴阳萨满气冲头顶，当即施展法术，把丈夫压在了阴山背后。

袁母听了阴阳萨满这番信口开河之言，对其愈加信任，佩服得五体投地。阴阳萨满在袁宅折腾了两天一宿，最后老太太又赏礼物又赏纹银的将其送到门外，还连声表示感谢，阴阳萨满方抱着鸡、牵着狗心满意足地离去了。

王彩云原本懂点儿医道，乘萨满跳神之机，悄悄去了药铺，买了几钱俄产的羚羊角回来，煎好后给孩子服下。没过三天，宝子的高热退了，又开始屋里院外地疯淘了，老太太高兴地说："怎么样，这阴阳萨满的道行不浅吧？真灵啊！"

王彩云捂着嘴偷偷乐，富明阿也未说什么，不管咋的，心尖儿宝贝病好了比啥都强。

过了一段时间，富明阿在妻子无微不至的照顾下，迸裂的伤口渐渐愈合了。由于闲来无事，常常领着儿子、拄着拐棍儿出外溜达，遇路不平时，懂事的宝子总是搀扶着老父，这让富明阿乐不可支。他东瞧瞧，西望望，见瑷珲城同以前可大不一样了，外城除了木栅城墙，还挖了护城河。内城，也就是衙门，在两丈多高的城墙上修起了塔楼。东南角城隍庙处多了两座庙，一座是文庙，一座是真武庙。南边起根儿只有先农坛，后又盖起了大佛寺，北边靠江岸建了座龙王庙。正对着衙门北大门的是一条大街，道两旁店铺林立，有挂单幌儿的，也有双幌儿的，还有三幌儿的。

这日，富明阿的心情特别好，叫上萨里甘非要逛一逛贯穿外城的南北商业街不可。彩云乐不得陪着，二人出了家门，边走边四下观瞧。街道不算宽，地面铺了层沙石，颇为平坦。两旁的店铺虽不大，却鳞次栉比，家家门前悬挂着牌匾和红灯笼，店铺与店铺之间还拉了几道绳子，上面挂着各种颜色的彩旗。富明阿跟着媳妇这门进，那门出，一家家地瞅，一家家地看。绸缎庄的柜台、柜架上摆满了一匹匹质量不等的丝缎，有湖南的湘绣、苏州的锦缎，还有俄罗斯的呢子、毛料。在一家药铺里，富明阿见靠墙是一排木柜，拉匣上写着人参、天麻、枸杞、车前子等药名儿，柜台里则摆放着各种散、丸、膏等中成药，便请店主取出柜中的羚羊角，拿在手中边看边问媳妇："宝子生病时，你买的是不是这个？"彩云点了点头。

店主搭话道："大人，这可是从海兰泡换回来的上好羚羊角，咱们国内很少见。"

富明阿应了一声："噢，谢谢！"说着递回羚羊角，拉上媳妇出了门，又去了对过儿的一家店铺。

夫妻二人这回进的是酒铺，刚一推开门，酒香扑鼻而来。店主认得富明阿，忙满脸堆笑道："袁大人，看上去身子骨儿恢复得不错呀，光临小店想买点什么酒哇？"

富明阿说："只是随便转转，请问都有哪里的酒啊？"

掌柜的回道："有呼兰、通肯一带的，还有咱江东布丁屯的，不过布丁屯的只剩一桶了。"

富明阿笑道："卖家，卖家，货品越多越好卖，怎么不去进哪？"

掌柜的说："袁大人，您不知道么，布丁屯出事了！"

富明阿对布丁屯并不陌生，知其酒业小有名气，是左岸烧酒进入俄境的主要渠道。它地处江东旗屯的最北端，满语称之为"突勃屯"，意为"尖端"，乃瑷珲和江东旗屯通往海兰泡的必经之地。瑷珲、海兰泡间的定点互市贸易开展以来，我岸用来交换的农副产品以粮食、牲畜、蔬菜、白酒等为大宗，其中最有利可图的便是酒。为啥呢？一是因为中国烧酒度数高，俄人喜欢喝，用量大；二是价格便宜，好卖。每普特烧酒在瑷珲批发价为二到三卢布[①]，在黑河为三到四卢布，在海兰泡为四到六卢布，有差不多一倍的利润可赚。居住于布丁屯的七十余户人家有三十多户酒商，整齐的满洲四合院里单留出一间屋作为盛酒的仓房，高大的酒柜盛酒约万斤以上。日益发展的布丁屯酒业直接影响到俄人的利益，因此，阿穆尔当局曾多次照会瑷珲副都统，禁止布丁屯经营酒业，瑷珲副都统则以"酒商系在旗屯界内，他人不得干涉"驳回。这样一来，不仅俄人对布丁屯酒业久怀记恨，阿穆尔当局也会恼羞成怒的，肯定有所动作。想到这些，富明阿问道："掌柜的，如果我没猜错的话，是罗刹鬼前去故意挑事儿吧？"

店主回道："正是。有一天，俄官率领马队数十多人越过精奇里江

① 卢布：即俄罗斯等国的本位货币。

闯进布丁屯，挨家挨房搜查库存的酒，将放于屋中的酒箱、酒柜全部用刀和大斧砍碎。盛万斤以上的大酒柜难以移动，他们就用圆凿在柜子的下方凿个窟窿，致使酒浆从柜内流出，从仓房流到院子，从院子流到大街，积酒成渠。酒商遭此劫难，痛不欲生，双手捧起流淌于地的酒号啕大哭，而罗刹鬼竟鼓掌大笑。经事后查明，各酒商损失不小，拢共约300余万。”

富明阿听罢，气得牙关咬得咯咯响，低声儿骂了一句：“这帮狗娘养的，完全不讲道义，欺人太甚！”于是转身出了门，向城西的牲畜市场走去，彩云紧随其后。

夫妻二人到了地儿，四下一瞅，所谓的牲畜市场不过是处用木障子圈起来的大院儿，院内有牛、马、猪、羊等。买家站在院外挨个儿瞅，仔细挑，选中哪匹马、哪头牛、哪只羊了，便与卖家协商价钱，意见一致方成交。这里的马分两种：一种是当地马，个头儿大，拉车、耕地、骑用皆可；另一种是鄂伦春马，个头儿小，耐力强，跑得快，是鄂伦春人专门射猎用马。牛大多是菜牛，猪皆为育肥猪，羊也多为肉羊。院子很大，牲畜不少，卖的人多，买的人少。富明阿感到很是纳闷儿，遂走上前，向一位卖主打听缘何如此？卖主回道：“这些牲口大多是销往海兰泡的，因为最近海兰泡市场起了争端，所以倒卖牲口的老客就少了，显得有些冷清。”说完便招呼身边的几个人开始收摊儿。富明阿抬头看了看天，见天色已晚，也不好再细问，就与彩云回家了。

第二天，用过早膳，瑷珲副都统关保前来拜望。富明阿将其让进客厅，彩云进屋道了安，仆人斟上茶，退出后，二人聊了起来。富明阿说道：“老弟呀，来得真是时候，正有一事不明想打听打听呢！我昨儿个去了城西的牲畜市场，见卖主多，买主少。一个牲口贩子声称海兰泡市场起了争端，生意不好做了，到底怎么了？”

关保回道：“下官也是为此事而来，一是向袁大人讨教，二是请求帮忙。您是知道的，咸丰九年，即《瑷珲条约》签订的第二年，黑龙江将军奕山与沙俄东西伯利亚总督穆拉维约夫根据《瑷珲条约》有关边境贸易规定，拟定了通商细则14条，又称《黑龙江通商条规》。该条规出台后，虽然未经两国批准为正式条约，但是最初的两岸边境贸易基本是照此办理的。条规的主要内容一是免税贸易，规定通商后，两国卖货俱不征税，并被《北京条约》、《中俄陆路通商章程》等一系列条约所肯定，形成了边界区百里不纳税的原则；二是以货易货，不动货币；三是定点互市贸易；四是设官管理监督。定点互市贸易最初经交涉，约定每隔 8 天轮流在海兰泡与瑷珲开集，每次为期 7 天。您想啊，沙俄刚刚占领黑龙江，远离欧洲大本营，对当地的环境肯定不适应。没吃没用时，他必会与你进行贸易，可手中没东西，怎能到我岸易货？故而只能是我方前往海兰泡。瑷珲与海兰泡的贸易是在黑河进行的，当时那里仅仅是个屯子，种地旗户不过数十家。由于两岸开始了边境贸易，瑷珲的商家纷纷在黑河设分号，黑河才逐渐发展起来。右岸海兰泡俄人随之日益增多，粮食、蔬菜、肉类、日用品等依赖左岸供应，需求量很大。基于此，俄海兰泡当局准许左岸商户在海兰泡的太子门街搭建木板房 20 余处，诸货存于房内，粗重之物堆于板房旁边。头晌十时渡江开门利市，燃放鞭炮，俄人欢喜异常，下午四时闭门上锁返回。白天，板房街市车马喧阗，有当兵的维持秩序。到了晚上，俄官派兵执枪看守，无论何物置放板房旁，向无丢失之说。为了管理黑河的边境贸易，瑷珲副统兵所司之理民厅派副管一员在黑河驻守，每天头晌十时鸣锣集合，数艘大渡船泊于江岸，副管指挥商民带着货物登船渡江，到了对岸市场，他亦帮忙照顾着。下午四时鸣锣锁门，一同返回，天天如此。中俄边境贸易，按照《黑龙江通商条规》和后来的一些条约规定，是边界百里不纳税。而今俄人要在太子门街市场对中国商人征税，他们当然不干了，积极性没有以前高了，货品也少了，并以罢市予以抵制。至于眼下市场的情况究竟怎样？说实在的，我也不太清楚，而且面对此情，一时也没个好主意。琢磨来琢磨去，最后想到了袁大人，不知能否烦请大人代下官到海兰泡考察一下？”

富明阿爽快地答应道：“行，反正在家呆着也没事儿，正想了解一下边贸情况。你是地方父母官，俄方无人不知，无人不晓，不便现在出面，我去颇为合适。”

转天一大早，富明阿头戴礼帽，身着长袍儿，装扮成商贩的样子。仆人则推着车，车上装了几筐时鲜蔬菜，主仆二人前往黑河。不到两个时辰便到了黑河官渡口，见渡口停泊着八艘大帆船，雇的搬运工正往船上装货。工夫不大，货已装满，其中两船是猪、马、牛、羊等牲畜，两船是小麦、大麦、燕麦等粮食，一船蔬菜，一船白酒，剩下两船载人。这时，集合的锣声响了，富明阿在仆从的陪同下，夹杂在人群中上了船。扬帆起锚，半个时辰后，驶到了对岸太子门街渡口。卸完货，响起了阵阵鞭炮声，板房市场就算开业了。

富明阿表面上漫步于太子街，东瞧西望的，实则逐个板房连同牲畜市场看个遍。板房市场在理民厅副管的管理下，还真挺有规矩，有专门卖粮的，房内靠墙立一排木柜，柜子里装着大麦、小麦、燕麦，中间用木板隔开，墙角处则堆放着一摞摞的粮袋子。有专门卖酒的，屋内摆满了酒缸和酒坛子，纸签儿上所标产地各有不同。有专门卖蔬菜的，全是瑷珲城附近村屯产的，有茄子、辣椒、土豆、黄瓜、洋葱等。定点互市贸易开展七八年了，早已不是起先那样只是以物易物了，中国商人也收取卢布。参加交易的俄人不完全是一家一户的购买者，其中有些是经纪人，代他人进行买卖。市场确实有俄军在维持秩序，并看到一俄官在随从的护卫下，正同一位中国商人嘀里嘟噜地说着什么，对方气得脸红脖子粗。富明阿立刻走上前，问旁边的通事："他在说什么？"

通事回道："让缴税，如果三天不到位，将查封板房市场。"

富明阿来到牲畜市场，这里与板房市场不太相同，交易双方多半是经纪人，买也好，卖也罢，不是一头两头，而是成批的。

下午四点多钟，大帆船载着俄货和我岸商贩返回了黑河，富明阿一上岸，见瑷珲副都统关保已等在这里，接他一块儿到衙门共进晚餐。三杯酒一下肚，未等关保发问，富明阿就开讲了："老弟呀，真是百闻不如一见哪，这趟没白跑，长见识了。海兰泡是俄人聚集之地，其繁华程度不亚于瑷珲，吃穿用都得依赖我岸供应。商贩们在贸易中获得了利益，瑷珲与海兰泡两岸的百姓也得到了好处，皆有互利之要求，这可不是谁想关闭就能关闭得了的。眼下，俄方要在海兰泡市场收税，此做法显然是违背有关条约规定的，也说明他们的日子比以前好过了。沙俄就是这样，当遇到困难时，需要你了，他便显得主动些，反之就多事、找茬儿。你可以派人过去，与其边界官商谈，据理力争，维护中国商贾的合法权益。谈不成也不用怕，没什么了不得，两岸贸易的发展趋势是改变不了的。"

没过几天，俄方竟不顾瑷珲副都统的一再照会，对左岸在海兰泡太子门街板房市场交易的中国商贩强行征税。商贩一气之下，将板房拆除，同归我岸，定点免税互市贸易遂告停止。尽管如此，正像富明阿所料，这种贸易的发展趋势是不可改变的。过了一段时间后，果然不再是定点、定时，而是可以自由往来于两岸，发展成为自由贸易，这便是后话了。

富明阿在家养伤期间，与老母、妻儿过了一段舒心的日子，且从未如此轻松过。同治五年，富明阿又接皇帝的诏书，大概意思是说今年奉天一带土匪猖獗，还在向北蔓延，已攻陷了吉林阿勒楚喀城。诏令富明阿由江宁将军改授吉林将军，率部前去剿匪，并恳切地希望应体谅朝廷用意，勿以病辞。

东北三地的居民一般管土匪叫胡子，其起因各异，大多为官逼民反。吉林长白山一带盛产人参、貂皮、乌拉草，即所谓的“关东三宝”。一些穷苦百姓为了生计，只好呼朋唤友，背着衣食，三五成群地进山搭盖窝棚，采集山货。官府每年在山货下山时，都要派出官兵“查山”，收缴山货。往往是官兵拼命追杀，百姓东奔西逃，在忍无可忍、走投无路的情况下，才不得不落草为寇。清代，关东是流放“罪人”之地，官府指定他们在深山老林里安家落户。这些人远离官府，一旦时机成熟，也会抢械而起，聚众为匪。土匪中，有些是图财的，有些是图官的，有些是为了报仇的。不管怎么说，土匪打家劫舍，杀人越货，是社会治安的一大祸患。

富明阿看到同治帝的诏令，当然无二话，必须从命。于是带领家乡的八旗兵并鄂伦春丁勇 500 人，瑷珲副都统又捐助战马百匹，浩浩荡荡地向吉林进发。在剿匪时，他不是一味地追杀，而是剿、抚相结合。由于阿勒楚喀已被土匪攻陷，富明阿遂将主力分布于阿城四周，又令乌里布、富里苏等将率领官兵奔赴其他土匪猖獗之地。

阿勒楚喀是阿勒楚喀副都统的驻地，城不大，还算坚固，四周围着城墙，挖了护城河，各门设有吊桥。这伙儿从奉天来的土匪约千人，大当家的名叫刘果发，报号“双镖”。他们夜袭了阿城，守城的清军因马虎大意没有防备，仓皇之中退出城外。一路奔波的土匪进了城如进天堂，下馆子，逛窑子，推牌九，抽大烟，总之是吃喝嫖赌抽一样儿没落。为安全起见，又在城墙四周安插了“崽子”，专门站岗放哨。

富明阿攻城前，为了不伤及百姓，采取了引蛇出洞的办法。道光年间，长白山夹皮沟一带发现了沙金，从此很多人在苇沙河流域采金。到了同治初年，夹皮沟采金人激增，采金量也不小，有“日进斗金”之说。滚滚而来的财源使官府红了眼，于是派官兵查缴，结果大量的沙金被官府所获。富明阿据此编了个瞎话，说是吉林官府掌有大量沙金之事被朝廷得知，当即下令，命吉林将军派官兵将沙金解往盛京，再由盛京解往京城，现在押送的官兵正在距阿城不远的双城堡一带。然后找来一位当地的乡绅，让他进趟城，把此瞎话报给土匪头子刘果发。

乡绅进城后，径直去了一家门脸儿大的妓院找“双镖”，见其正由妓女陪着抽大烟呢，遂将瞎话告知，说得跟真事儿似的。听了这个消息，刘果发比抽了大烟还兴奋，立即唤来四梁八柱，让其赶紧集合队伍，前往双城堡，声称发大财的机会来了！其不知富明阿已在城外布置了兵力，鄂伦春丁勇个个都是神枪手，趴在城外的高岗儿处，支起了惯用的枪架，将枪口对准了城门出口。

过了两袋烟的工夫，只见刘果发骑在一匹高头大马上，手中挥舞着砍刀，带领上千人一窝蜂般出了城门。富明阿一声令下，官兵们万箭齐发，鄂伦春丁勇手中的枪同时鸣响，土匪有中枪的，有中箭的，纷纷倒地。“双镖”见势不妙，知道上当了，立即掉转马头欲要逃进城内。擒贼先擒王，富明阿便命一个鄂伦春兵瞄准那个骑马的，随着啪的一声枪响，“双镖”应声儿落马。真是树倒猢狲散哪，匪徒们见大当家的死了，慌忙四下逃命。富明阿指挥官兵分三路包抄，匪徒无路可逃，绝大部分被俘，这支由奉天逃窜到阿勒楚喀的土匪绺子至此寿终正寝了。

富明阿紧接着又把兵力投向了吉林境内的几股土匪，其中有个绺子正如前面所讲，原是于长白山一带采集人参等山货的穷苦农民，因官府派兵“查山”、不断追杀而落草为寇的。他们占据了长白山南面的两个山头，其中一个由大当家的、报号“老靠山”把持，另一个由二当家的、报号“草上飞”把持。土匪也有土匪的规矩，定下十不抢：一是喜车、丧车不抢，红白喜事是人生的两件大事，谁都得经历，包括自己；二是邮差不抢，穷教书，苦邮差，没有多少钱；三是摆渡的不抢，胡子也要过江渡河，有求于船老大；四是行医的不抢，绺子里有伤号，同样需请郎中诊治；五是耍钱的、赌博的不抢，胡子与其是一家；六是锔锅碗瓢盆的、卖梨糖瓜子的不抢，都是小本经营，抢一把不值得；七是大车店不抢，寒冬腊月，大雪纷飞，无处藏身，时不时地得扑到那儿猫冬；八是僧侣、道人、尼姑不抢；九是鳏寡不抢；十是单身的夜行者不抢。他们平日以砸窑为主，何谓“砸窑”？即指专抢有钱人家的府邸。“窑”分软窑、硬窑，软窑是指用柳条子、木板子夹起的院墙，四角没有炮台。硬窑是指用砖砌或以土坯围起的院墙，四角修了炮台，有护院家丁。

如何消灭这股土匪，富明阿思摸再三，决定将官兵编成两队，分别由乌里布、富里苏率领，各取一个山头。乌里布率领本队官兵奔赴二当家的“草上飞”所据山头，正值其出去砸窑，便跟踪追了过去。这处窑是硬窑，四周围着青砖院墙并设有炮台，两扇黑漆大铁门紧关着。土匪仗着人多势众，翻墙而入，虽有伤亡，但还是冲了进去，占据了炮台。清军往这儿赶时，他们已将那大户的粮食、衣物抢掠一空，因没有翻到金银珠宝，“草上飞”的手下便把家主吊在一棵大树上，抡起鞭子猛抽，其他土匪围着看热闹，炮台上有个“崽子”站岗放哨。清军一到，首先被“崽子”发现了，吓得不是好声儿地大喊道：“不好了，不好了，清军马队围上来了！”

“草上飞”反应快，一纵身噌地跃至墙外，扔下弟兄们只身逃向山寨。清军甩出一个土手雷将黑铁门轰开并冲了进去，匪徒们大惊失色，见头目已跑，没了主心骨儿，只好乖乖缴械投降了。在被俘的土匪中，有个十五六岁的半大小子，看面相挺憨厚的，乌里布走到跟前问道：“孩子，你叫什么名字？”

“我没大号，在家排行老五，大伙儿称小五子。”

“这就怪了，还未成人呢，怎么就当起胡子了？”

“我家穷，父亲早逝，母亲生下我们哥儿五个。前三个哥哥死了，只剩下四哥和我，家里没一分地，租种地主张大牙家的两垧地。去年松花江涨水，地被淹了，到秋颗粒无收，交不上租子，张大牙逼我给他家白放两年牛顶债。也是倒霉，草甸子挨着山，一大群牛都没事儿，偏偏有头小母牛让狼给掏了。张大牙气得二话没说，抡起鞭子就抽，把我打得死去活来。我觉得没有活路了，便于一个月黑夜偷着跑了出来，上山当了胡子。本打算哪天领着弟兄们到张家大院砸把窑，未承想仇还没报呢，却被你们抓了。”

乌里布听罢，觉得这股子土匪没什么战斗力，多是苦出身，应以劝降为好，遂问道：“小五子，你们那里有没有识文断字的？”

小五子回道：“有，我们叫‘字匠’，谁被绑了票，由他给其家人写信，让出钱赎人。”

乌里布听罢，立即拟了一纸书函，让小五子带回去，交给大当家的。

这工夫那“草上飞”逃回了山寨，面见“老靠山”，口若悬河地白话开了：“大当家的，我们下山砸窑时遇到了清军马队，大约五百多人，全都骑着马，有枪又有炮，一个个耀武扬威的。其中的鄂伦春兵太厉害了，枪法特别准，一枪一个，弹无虚发，咱们根本招架不了，弟兄们这回可惨了……”

二人正说着，小五子回来了，“老靠山”上下打量了一番，问道：“你怎么回来的？”

小五子回道：“我被清军抓了，没一会儿又放了，让我给大当家的带一封信。”说着，从内怀掏出一纸书函递上。

“老靠山”接过，又看了看小五子，见其不像说谎，毕竟是个孩子，也就没太计较。“草上飞”连忙喊过王姓字匠，“老靠山”把信交给他，少顷，问道：“信上怎么说的？”

王字匠回道：“这是一封劝降信，我给二位当家的念念：‘清军奉朝廷之命，于吉林一带剿匪，以维护社稷的安宁。现大兵压境，你们别无出路，只有缴械投降，方可保全性命，还可回家团圆……’”

未待念完呢，“老靠山”显得很是烦躁，一摆手道：“行了，行了，别念了，下去吧！”

王字匠应声儿退下，“老靠山”回过头对二当家的说：“看来清军准备下狠茬子了，咱跟人家对阵，肯定不是个儿，不打又没别的招儿，惟有投降一条路。这么的吧，你带着 300 弟兄下山，就说是绺子的全部。投降是有条件的，必须保留绺子的人马刀枪，编成清军一个佐，本人当佐领。等将来时机成熟了咱就反把，给他们来个内外开花，又能东山再起了。”

“草上飞”连连点头称是，一口一个大当家的英明，又扯开破锣嗓子喊来了王字匠，让他拟一封要求双方谈判的信，写好后，打发小五子送过去。

小五子来到清军大营，递上信函，富明阿看罢说道：“既然打算投降，要求谈判，可以呀，那就谈吧！”

第二天，“草上飞”带着 300 弟兄下山了，无精打采地前往清军大营。到了地儿，因为是来谈判的，哨兵不可能让这么多土匪进入大帐院内，便将他们领到了另一处院子里，“草上飞”则带着专司对外联络的“花舌子”和几个“炮头”大摇大摆地走到帐前，门岗只允许“草上飞”和“花舌子”入帐，将几个“炮头”留在了帐外。二人进去后，首先映入眼帘的是立于地当间儿的桌子上摆满了美味佳肴，散发着诱人的香气。已经多日不见荤腥了，一看大鱼大肉，哈喇子都淌出来了，也顾不得客气了，一屁股坐在椅子上连吃带喝起来。待吃得差不多了，才想起还未谈判呢。“草上飞”刚要开口，富明阿早看出其没有诚意，忙道：

“不急，不急，吃饱再说。”

此时，站在帐外的几个“炮头”见帐内一直没有动静，心里有点儿不落体。其中一人刚要进帐看个究竟，却被卫士拦住了，其身边的“炮头”竟然冲天放了一枪，卫士们冲上去，把几个“炮头”全控制住了。帐内的“草上飞”、“花舌子”听到枪响，顿时脸色煞白，前者站起来企图出账，后者也装作肚子疼要上茅房。富明阿冲随从使了个眼色，随从会意，立即上前将“草上飞”、“花舌子”拿下。院外的清军听到枪声，同时出动，三百来名土匪全被缴了械。

“草上飞”这帮土匪解决了，当富里苏率兵围剿“老靠山”所占据的山头时，发现竟空无一人，显然大当家的已带着手下逃跑了。原来“草上飞”前脚儿带300弟兄去了清军大营，“老靠山”后脚儿带着大部分匪徒下了山，连续跑了两天，由于饥渴难耐，来到了张大牙所在的屯子，打算在这儿歇歇脚。张大牙是个大地主，家境优裕，颇为富有，却从未被土匪抢过，为啥呢？他为了自保，逢年过节便给各个绺子的头领送礼，有时还奉上金银首饰，土匪也就不光顾张家了。这回“老靠山”不请自到，张大牙当然得热情接待了，吩咐厨子赶紧备宴，要丰盛些，让弟兄们好好儿吃一顿。

过了一个时辰，大伙儿吃饱喝足、正要上路时，“老靠山”的大烟瘾犯了，鼻涕一把泪一把的，非得抽几口不可。遂让手下继续往东逃，留下几个亲随，陪自己在张家住一晚。也赶巧了，小五子家就住在这个屯子，二番脚给清军送完信便回来了。进了屯子经过张大牙家门前时，看见一个人从屋内走出，去了后院儿的茅厕，好像是大当家的。他不敢停留，也不太相信自己的眼睛，赶紧溜回家。到了晚上，又出了家门，偷偷翻墙跳进张家院内，蹲在窗下用唾沫把窗户纸揉出个小洞，往屋里一瞅，昏黄的油灯下，“老靠山”正躺在炕上一口接一口地抽大烟呢！小五子明白了，原来他们是一丘之貉，真所谓鲶鱼找鲶鱼，嘎牙子找嘎牙子，不往一块儿凑反倒怪了。小五子恨透了张大牙，同样也恨大当家的，因其太霸道，对手下弟兄非打即骂。随即毫不犹豫地连夜往回返，去清军大营报信儿，走至半道儿碰上了前来追剿的富里苏，便将所见告知。

当富里苏率队赶到张大牙家时，“老靠山”已经离开了，于是按照匪徒们留在雪地上的足迹向东追了过去。一路搜寻，功夫没白下，终于在一处废弃的地营子发现了他们。地营子是用垡头砌起的围墙，南北各有能够进出大车的敞门，院内建了三间草房，“老靠山”的坐骑正在嚼着地上的一堆玉米秸。清军立即包围了地营子，并把那匹马悄悄儿牵了出来，然后大声喊道：“‘老靠山’，你们被包围了，快投降吧！”

匪徒们正在屋内围着火炉子争食烤土豆呢，一听到喊声顿时傻眼了，混乱中，盲目地朝外噼噼啪啪放枪。这时，只见三四个匪徒蹿出房门，企图越墙逃命，当即被清军击毙。紧接着一个“炮头”手握砍刀狂喊着往外冲，后脚还未跨出门槛儿呢，一支飞来的箭矢正中脑门儿，仰面倒地而亡。围在后院儿的官兵从北窗扔进屋内一枚土手雷，随之轰的一声巨响，炸飞了火炉子，草房呼啦一下被点燃了，匪徒们吓得哭爹喊娘，连连哀告道：“军爷呀，别打了，别打了，我们投降还不行么！”说着捅起窗户把刀枪扔了出来，争先恐后地跑出了房门，束手就擒，其中包括大当家的“老靠山”。

在富明阿的亲自指挥下，只用了几个月的时间，不仅“双镖”、“老靠山”、“草上飞”几股土匪被剿灭，其他绺子也相继投降，吉林全境的土匪终于肃清了，社会治安秩序大大改观，出现了相对稳定的局面。富明阿觉得可以松口气了，于是又以伤病为由，向朝廷请了大半年的假，打算回家办几件事。一是父亲已经去世四十多年了，到现在仍埋在江东，应重新安葬于江西。平民白姓倒也罢，自己当了将军，朝廷还给老人家封了“振威将军”，起码得修座像样儿的墓碑；二是前妻孙氏也走二十多年了，虽然没在一起生活过，但毕竟是夫妻，总不能让她一个人独守江东；三是过了年，彩云又要临产了，这是女人的关口。生宝子时，自己于京师训练新兵没在家，有情可原。眼瞅生第二个了，当下又没什么大的战事，不能不在床前尽点儿做丈夫的义务。准假后，富明阿便在亲随的陪同下，昼夜兼程返回了故乡。

六月初六这天，富明阿带着家人去了江东白旗屯，将父亲的遗骨装入新打制的棺椁拉到江西。墓地选在城北大营之西的头道沟，紧邻大江，可一眼望见江东故地，并立了一座九眼透龙碑，碑文为：

皇清诰封振威将军袁公讳年之墓

吉林将军男富明阿敬立

大清同治六年六月吉日立

前妻孙氏的墓地自然不能与公爹在一起，为妻子选墓地，也是为自己选归宿。咱不妨学学乾隆爷，墓地以风水好为前提，不与其父雍正帝同葬一陵。恰巧城的西北角有片松树林，左边是浩瀚的黑龙江，右边是肥沃的田野，北边是连绵的小山，山岗儿上长有七棵笔直的青松，寓意万古长青，流芳百世。富明阿认为此处风水好，有山有水背靠大地，遂将前妻葬在了这里。

转年正月初，是彩云的预产期，生孩子的所有用品以及长寿袋、用唐古沐林皮特①缝的马那干②、小衣裤、小被子、小褥子等，自不用男人家操心，老母早已做好了。吃的喝的，比如鸡蛋哪，小米呀，红糖啊，彩云提前预备下了。接生婆那儿也打过招呼了，不管什么时辰去请，随时恭候。总之，万事俱备，只待孩子呱呱落地的那一刻了。

初九这天下晌，彩云出现了阵痛，老太太知道这是要生了，忙吩咐仆人去请接生婆。不大工夫，接生婆急匆匆地小跑着来到袁宅，立马与老太太忙活开了。富明阿知道自己派不上用场，便坐在外屋等着，侍女端上了热茶。当喝到第三杯时，忽听从里屋传出了媳妇的哼叫声，富明阿一下子从椅子上弹了起来，急得搓着双手在原地直打转，心想："这女人生孩子也跟打仗似的，得过生死大关，真不容易。"正寻思呢，只听哇的一声，孩子落草儿了，不由得长舒了一口气。不大工夫，接生婆笑呵呵地出来了，说道："大人，追儿③巴齐哈④，安班乌勒滚，太太又生了个大胖儿子，可喜可贺呀！"

老太太随后也兴冲冲地出了屋，取来用柳条撅成的小弓，以红丝线作弦，中间插一根羽翎，使弦成为弧形，挂在房门的左边。此乃满洲的习俗，称为"悬弧设帨"，意思是告诉大家这是产房，生下的是哈哈济⑤，期望孩子长大能成为一个精于骑射的巴图鲁。

富明阿走进里屋，见媳妇盖着被躺在炕上，虽然已筋疲力尽，但面露喜色，遂关切地问道："怎么样，还好吧？"

彩云深情地看了丈夫一眼，说道："你不看见了么，挺好的，给孩子起个名儿吧！"

富明阿坐在炕沿边，仔细端详着新出生的婴儿，边琢磨边自言自语道："大儿子叫寿山，这个老二么……嗯，有了，就叫永山吧！"

话音未落，老母端着一大碗煮鸡蛋走了进来，笑着赞同道："我看

① 唐古沐林皮特：满语，百兽皮。

② 马那干：满语，即用来包婴儿的小包袱皮。

③ 追儿：满语，孩子。

④ 巴奇哈：满语，降生了。

⑤ 哈哈济：满语，小小子。

行，大孙儿宝子叫寿山，寿比南山；二孙儿叫永山，永远耸立的高山，起得太好了，就这么定了！”说完撂下碗，转身又出去盛小米粥了。

按着满族的习俗，婴儿出生第二天，要请身体好、子女多且在哺乳期的妇女喂第一次奶，称为“开奶”，老太太此前早就找好合适的人并这么做了。还有一个就是“采生”，即第一个进产房的外客必须是品德好、功成名就之人，最好是官员。这样，孩子长大成人后，未来的发展很可能像这个人或超过他。

说来也巧，彩云产后第三天，瑷珲副都统关保来袁宅道喜，老太太心里暗暗高兴，认为这是个好时机。在富明阿与关保唠了一会嗑儿后，老太太走上前道：“关大人，想不想进去看看我二孙子？”

关保笑道：“老婶子，能瞅一眼当然好，方便吗？”

老太太说：“没啥不方便的，大人是瑷珲的父母官，我们请还请不到呢，跟我来吧！”说着头前带路，关保紧随其后。

二人进了里屋，见彩云额头围条白毛巾合衣躺在炕上，旁边吊在房梁上的悠车里睡着新生儿，小脸蛋儿微红，像粉团儿似的。关保先向嫂子问候一番，继而仔细端详着婴孩儿，连声儿夸赞道“嗯，不错，不错，模样儿挺周正，又一个小巴鲁图，真是大喜呀！”说罢礼貌地告辞，退出屋门，准备回府衙。

老太太礼让道：“关大人，别走了，留下来跟世福喝两盅。”

关保说：“老婶子，别着急，这酒是一定要喝的，不过今天衙门里有事，我是抽空儿出来的。等孩子满月了，不仅喜酒要喝，喜面也要吃哟！”富明阿只好与老母将其送出门外。

转眼间一个月过去了，袁家摆了五桌席，除亲戚朋友外，衙门里的人整整坐了两桌。大家欢聚一堂，共喝满月酒，推杯换盏，其乐融融。富明阿的假期也到日子了，当兵的办事一向钉是钉，铆是铆，袁母和彩云昨晚就把行囊打点好了。按照满洲的古俗，孩子出生一年，才能“抓周”。可富明阿马上要走了，孩子周岁时肯定赶不回来，怎么办？老太太决定提前“抓周”，就改在满月这天，与喝满月酒一块儿进行。席间，老太太在外屋南炕上摆满了刀剑、弓箭、笔墨纸砚、算盘、鞭子、锄头等玩具与实物，众人围了过来。彩云把永山放在炕当间儿，只见他的双脚乱蹬蹬，小手左扬一下，右摆一下，碰到了那把小弓箭，大伙儿哈哈大笑道：“嘿，袁家又要出将军啦！”

老太太抱起孙子道：“这话我爱听，不用多呀，每代出一个就给祖上增光喽!”

酒过三巡，关保对富明阿说：“大人又要去吉林了，未待走呢，我就觉得少了主心骨儿，这不，最近江东又出事了。”

富明阿问道：“怎么了?”

关保回道：“《瑷珲条约》签订不久，沙俄视我江东旗屯一带犹如他们的地儿似的，在其北端的布丁屯东北大约30里处建了屯子，又在托里哈达屯南十里设屯一处，起名叫尼兹敏那雅。除此，还在瑷珲城对过儿，就是大人老家白旗屯旁设立站房一处。当时，瑷珲副都统吉拉明阿曾与俄东西伯利亚总督穆拉维约夫交涉过，对方竟蛮不讲理地说什么《瑷珲条约》规定，黑龙江以北划归俄罗斯，我们在此建屯设站与中方无关。为防止俄人在各屯强买粮食，扰及村民，各屯设立了百户总长并十家长，组织了乡团。倘有骚扰，乡团各保各段，无事仍务农。可他们不仅未有所收敛，还变本加厉，今年又在江东旗屯建立了两处俄站。一处是段奇法俄站，在段奇法屯北二里，建站房一所，仓库一所。另一处在卜尔多屯南一里，建站房一所，仓库一所，并分别于两处埋杆子，拉电线。江东居民一怒之下，以有碍房园、田基为由，平毁了80余处，而且事态在进一步扩大。袁大人，请您指教下官，怎么办更好?”

富明阿听罢，愤愤不平，直喘粗气，说道：“就连不平等的中俄《瑷珲条约》还规定黑龙江左岸自结雅河以南至霍尔漠津屯所居之满洲人等可在原地永久居住，由满洲国大臣管理，两国人民友好相处，互不侵犯。沙俄在江东旗屯一带建屯设站，这是明显的侵略行为，必须据理通过交涉解决。俄人在江东埋杆子，拉电线，当地百姓十分愤慨，起而反之，予以平毁，干得好，干得漂亮，长了国人的志气，不要怕，支持他们!”

富明阿如期回到了吉林，衙门里正有一堆事儿等着他处理，其中有韩宪宗盗采沙金一案。提起采金，吉林没有不知道绰号“韩边外”其人的，他的名字叫韩宪宗，出生于山东省文登县韩家庄一户农家。道光初年，由于不堪贫穷，韩宪宗随父渡海投奔迁居于辽宁的韩氏宗亲。此前，清政府已于龙兴之地修建了历史上有名的“柳条边”，禁止内地居民出边采参、淘金等。道光末年，韩宪宗在一场赌博中输了大笔的钱，只好偷偷越过“柳条边”，逃到了夹皮沟。

夹皮沟位于今吉林省的中部偏东南、龙岗山脉北，是长白山麓松花江上游的高寒山区，唐宋时期，这里就流传有沙金之说。道光元年，一个采金人在会全栈、老金厂一带发现了沙金。道光十年，采金人马文良又在夹皮沟铺山盖地方发现了脉金，也称山金。韩宪宗进了夹皮沟，联合数十个采金帮击败了夹皮沟金匪梁才，被大伙儿推选为把头，从此人称“韩边外”，且名声越来越大，夹皮沟采金史进入了辉煌时期。到了同治初年，采金人已达四五万，日采沙金五百余两，收获颇丰。

夹皮沟大量盗采沙金的情况震惊了朝廷，认为不能任其所为，于是派出一位重臣前去查访。查毕，返朝奏报，对于如何处置以大把头“韩边外”为首的夹皮沟盗采沙金之人，朝廷产生了两种不同的意见。有的主剿，盗采沙金动了龙脉，破坏了风水；有的主抚，黄金是朝廷的巨大财源，可解决财政的入不敷出。议论来议论去，最终没个结果，刚好富明阿回到了吉林将军衙门，这道难题便摆在了他面前。经仔细斟酌，觉得主剿不行，吉林地方刚刚稳定，再剿不是又驱众为匪么？主抚也不行，继续盗采，不加以扼制，朝廷肯定不会答应。转念又一想，离家出外采金哪儿那么容易呀，大多都是由于生活所迫、不得已而为之。如果找一块地方，将这些人予以妥善安置，分给土地，他们便可弃金务农了。定下后，疏文上表朝廷，获得恩准。富明阿遂划出木齐河桦树林子地两千余垧，分给以“韩边外”为首的四百多采金者耕种，使他们的生活安定下来，此道难题算是圆满解决了。

第二道难题是有人告御状，说是吉林为满洲发祥之地，驻防八旗官兵因循守旧，不通经术，不求进取，风纪败坏。富明阿思摸道：“上奏所言是事实，然大清国各地都一样，怎么就单单着眼于吉林呢？咱从根儿上解决不了，教化方面还是有文章可做的。”于是奏请并获准在宁古塔、伯都纳、三姓、阿勒楚喀、双城、乌拉总管衙门等地分别增设满族教习一员，教授满文、骑射；在以上各地的白山书院增设汉族教习一员，教授汉文、经史。自此，虽然“士习改变，政事修明”做不到，但是在改变风气、提高人的素质上还是起到了一定作用的。

自道光朝以来，大清国战事不断，不是捻军造反，就是太平军起事。同治元年，汉回之间的民族冲突愈演愈烈，加之官府腐败，百姓受尽欺压，陕西的回民趁太平军和捻军进入当地之机揭竿而起。太平军被消灭后，左宗棠率领湘军开始对陕西、山西一带用兵，首先进攻捻军，将其击败，继而进攻陕西的回军。不久，朝廷调吉林官兵西征入陕，随钦差大臣左宗棠镇压西捻和西北反清之回军。结果左宗棠上书弹劾富明阿，称吉林官兵多流民，军械低劣，马匹瘦弱，战斗力不强。经部议，给以富明阿革职留用的处分，他心想：“打仗，打仗，年年打，月月打，受害的是百姓。苛捐杂税从他们身上出，去前线送死的是他们的子弟，别说庶民深恶痛绝，连我这南征北战的将军也感到十分厌倦。穷兵黩武，国库空虚，军饷不足，军械岂能不低劣，马匹岂能不瘦弱，难道是本人的错吗？”一气之下，鉴于自己身体不好，年龄又大，加之老母病重，遂呈文请求告老还乡。皇帝恩准，可食全俸，免去任内处分。

富明阿回到家，见老母躺在炕上，脸色灰白，瘦得皮包骨，一口接一口地喘，心里很不好受。老太太的病还是富明阿 22 岁那年坐下的，新婚之夜儿子突然接到命令，前往新疆进剿回部起事，随即别妻离娘而去。老母思儿心切，生死未卜，终日提心吊胆，二尺来长的大烟袋从不离口。烟虽然是四季屯的上好烟，可是一锅儿接一锅儿地抽，时间一久便伤了肺，动不动就咳嗽，严重时喘不上气。富明阿第一次回家养伤时，娶了妻，生了子，老太太的心情好多了，病也见轻了。这回富明阿离家返回任上，对已八十多岁的老母来说，肯定是舍不得，多希望儿子能留在自己身边，也好多看上几眼哪！平时尽管有儿媳妇精心照顾，毕竟年龄不饶人，天天在思念中度过，病势越来越沉重，终于起不来炕了。

富明阿终朝每日守护在额莫身边，喂水喂饭，端屎端尿，抚胸捶背，伺候得无微不至。一日头晌，奄奄一息的老娘看上去似乎是回光返照，让儿子将自己扶起来。富明阿上了炕，轻轻抬起其上半身抱在怀里，老太太断断续续地说：“世福啊，娘……不行了，不能护着……你们了，最挂念的是……孙儿。咱家几代……从戎，你一走……就是多年，生死……不知，再苦再难……娘都挺过来了，知道……这是当兵的责任。要记住……为国办差……忠臣好当，奸臣难……难防啊……”话未说完，一口痰没上来，头一歪咽了气。

袁家是瑷珲的大户，富明阿曾当过荆州将军、江宁将军、吉林将军，乃朝廷重臣，其母过世，自然前来吊丧的不少。富明阿又是位讲究实际的人，按其地位而言，高堂过世，应停灵七七四十九天，可他只安排七天。院子东边竖起一根一丈五的高杆，杆上挂着长九尺、两头儿黑、中间红、底部似人手的布幡子。老太太停尸于上屋南炕，炕桌上摆放着倒头鸡等各种供品，还有一盏长明灯。上屋、下屋地上跪满了人，儿辈有世有、世宽、世福，孙辈有金山保、银山保、寿山，重孙辈有庆琪。无论男女一律身穿白孝衫，腰系白孝带，赫赫[1]则裹白包头。院中搭起了高大的灵棚，里面停放着起脊的上尖下宽、如小房般的棺材，一头儿画有云字卷和仙鹤。棺内糊层纸，底部洒了灰炭细面儿，上放制钱七文。停尸三日入殓，先行开光仪式，富明阿为母亲擦试了面目。之后他抬着母亲的头，世有、世宽抬着腿，从窗而出。要封棺了，富明阿望着母亲禁不住泪流满面，手扶棺木从上至下细细地看了一遍。老人为这个家辛劳了一辈子，为自己操碎了心，从此阴阳两重天，再也看不到了……

出殡那天，衙署的官员、瑷珲城有头有脸儿的士绅以及袁家的亲朋好友、左邻右舍全部到场，大儿子世有打着引魂幡走在前面，身后是16人抬的花头棺椁。棺椁后头跟着身穿白孝衫、腰系白孝带、哭哭啼啼的亲人，接着是抬着各种纸扎的牛、马、童男、玉女等“花库”的人，再往后是骑马、坐车、步行的长长送葬队伍。一路上，边走边抛撒着纸钱儿，哀乐低回，泪水伴着哭声，让人心碎。到了头道沟，把棺椁小心翼翼地放入墓穴，与富明阿兄弟三人的父亲赶年合了葬。

老母的过世，让富明阿很伤心，人皆有生老病死，谁也躲不过。家中只有妻子和两个孩子，家务都由彩云操持，不用他伸手，每天时不时地找出一些书看看。富明阿虽然是行伍出身，小时候到了学龄，那可是在第一任黑龙江将军萨布素创办的满汉学堂念书，不说精通经、史、子、集，但也略知一二。不仅字写得好，文笔还不错，曾当过军中的笔帖式。在诸卷书中，尤其喜欢方志，比如《大清一统志》、《盛京通志》、《朔方备乘》、《龙沙纪略》、《宁古塔纪略》、《满洲实录》等。闲来无事时，他总是一本本地细细研读，有一天读着读着，心里划了魂儿：“正史里说清始祖为仙女所生，起源于长白山东北向布库里山下的布尔和里湖。瑷珲这地方也有布库里山和布尔和里湖，打小就常听老人们讲三仙女的传说，和正史里讲得几乎是一模一样啊！”

说来也巧，到了晚上，富明阿躺在炕上仍在琢磨那山那湖，彩云开口商量道：“世福啊，咱们结婚十多年了，孩子都俩了。你也知道，当年我们全家遭难后，我实在不能住在原宅了，便去了远房亲戚家。他们毕竟养活我好几年，一直没有前去黄山屯拜望，打算明儿个走一趟，你能一块儿去吗？”

富明阿回道：“好哇，我陪你去，咱们全家都去！”

---

① 赫赫：满语，女人。

说实在的，他倒不是真的想陪妻子去拜望远房亲戚，而是想看看黄山屯附近的布尔和里湖。

转天用罢早膳，彩云把事先备下的礼品装进囊袋，全家乘车上了路。到了渡口，摆渡过了江，租辆马车，顺着大道向江东南边的黄山屯赶去。《瑷珲条约》签订后，江东旗屯已发展到48个，黄山屯是其中最大的一个。全屯有四条街道，三百多户人家，姓姚的、姓车的、姓姜的较多，也有其他杂姓。距屯西不远是泡子沿屯，因其紧挨着布尔和里湖，故而称泡子沿，又叫石头泡子屯。

到了黄山屯，亲戚多年不见，再次相聚，其激动、欣喜可想而知。第二天头晌，富明阿便急不可待地背着永山，领着寿山出了门，前往石头泡子屯。到那儿一看，嚯！好大的一片泡子呀，碧波荡漾，清清亮亮，透过水面可看到下头的沙底与河卵石，远处有几只小船在张网捕鱼。岸边生长着不少山丁子、臭李子、山里红等果树，正值秋季，红的、黄的果实挂满了枝头。蓝天、白云、湖水、渔船、绿树、红果同在一张画面上，身在其中，怎能不陶醉？真乃少有的人间仙境啊！此刻，富明阿似乎感悟到了什么，难怪是清始祖的发祥之地，大自然最美丽的地方，就是人类最早繁衍生息的地方。回到亲戚家，他的兴致未减，唠起了大泡子，其中的一位长者开了腔儿："大泡子叫布尔和里湖，据说那一带是满洲先人住的地方，也是清始祖的发祥之地呢！"接着又讲了三仙女的传说。

富明阿一家从黄山屯返回没有走原路，而是直接过江到了四季屯，再往北走，便看见三架山了。这是三座相连的山峰，乃小兴安岭伸向黑龙江的余脉，山下是滔滔东去的江水，山上长满了松树、柞树、杨树、柳树等，枝繁叶茂，郁郁葱葱。三座山分别称为一架山，二架山，三架山，统称为三架山，当地人也叫布库里山。

富明阿这趟亲戚没白走，回到家又翻阅了一些书，暗自思摸道："瑷珲向来是满洲先人肃慎、邑娄、勿吉、靺鞨、女真的生息繁衍之地，可是现在居住于此的满人大都是康熙年间，萨布素将军从宁古塔、吉林、盛京带来的，这之前的女真人哪里去了？很可能是南迁了，其中的一支便成为建洲女真老罕王的先人了。"想到这儿，顿时豁然开朗，久存心中的疑团解开了。

富明阿此后对读史籍越发感兴趣了，天天戴着老花镜捧本书看，有时也练练字，权当是修身养性了。

富明阿告老还乡两年了，二儿子永山刚满3岁，由妻子王彩云带着，尚撒不开手。大儿子寿山8岁了，天天得出外跟小伙伴们疯跑一阵子，回到家不是缠着爸爸讲当年领兵打仗的故事，就是讲先祖袁督师为大明所立下的汗马功劳。富明阿也是有意灌输，尤其是先祖的丰功伟绩每每讲得特别细，使袁崇焕在寿山幼小的心灵里扎下了根，是他最为崇拜的一个人。不过有一点想不明白，先祖那么好，有勇有谋，战功赫赫，忠于朝廷，咋被皇帝处死了呢？富明阿只能简单地解释为哪个朝代都有忠臣，也有奸臣。奸臣为了得到他不该得到的，或者是出于忌妒、素有嫌隙而报复，便胡编乱造，诬告忠臣犯了不可饶恕之大罪，先祖就是被奸佞小人陷害致死的。这么一讲，寿山虽然不能完全理解，但心里特别恨奸臣。

哪家的长辈都不会只满足于孩子淘点儿没关系，在外头不闯祸就行，重要的是须为其将来着想，还是得念书学文化。康熙朝时，黑龙江首任将军萨布素于墨尔根两翼各立一学，成为黑龙江最早的官学。过了一段时间，又在瑷珲、墨尔根、卜魁、呼兰四城设立了官学，瑷珲人将官学称之为学堂。瑷珲学堂设在副都统衙门的北面，原先是座破庙，后经修缮变为学堂了。屋子倒是挺宽绰，青砖铺地，摆了十几张长条桌、十几个长条凳，讲台上放一张小桌和一把靠椅。学生是由瑷珲驻防八旗的满洲、锡伯、索伦、达斡尔、汉军各佐挑选出来的子弟，先生称之为教习，有满教习和汉教习，既教满文，也教汉文。先从《三字经》、《百家姓》、《千字文》开始学，三本书并称“三百千”，是清代孩子上学必读的三大启蒙读物。《三字经》短小精悍，朗朗上口，涵盖了天文、地理、历史、道德等领域，还有一些民间传说，正所谓“熟读《三字经》，可知千古事。”《千字文》乃四言长诗，以“天地玄黄，宇宙洪荒”开头，每四字一句，句句押韵，字字不重复，前后贯通，有条不紊地介绍了天文、自然、修身、养性、人伦、道德、地理、历史、农耕、园艺、饮食、起居等方面的知识。俗语讲得好：“学童三五并排坐，天地玄黄喊一年”，此之谓也。《百家姓》乃汉族姓氏总集，载有四百多个姓氏。

"三百千"学完了，才能学"四书"、"五经"。"四书"即儒家的主要经典《大学》、《中庸》、《论语》、《孟子》四种书，"五经"即易、书、诗、礼、春秋五种儒家经书。那时讲课没有黑板、石板，每个学生备块小木板，上涂油脂，撒层灰，用一头儿尖的木杆儿在上面练习写字，写完了擦掉，重新涂油、撒灰。等到字儿写得比较熟练时，再用"水盘"，最后才能用纸。

按官学规定，孩子 12 岁入学，寿山才 8 岁，年龄不到，富明阿跟文部主事好说歹说，总算是把儿子送进了学堂。同寿山一块儿念书的有恒玉，瑷珲城老郭家的，比寿山大两岁；霍振芳，满洲镶红旗，江东霍尼呼尔哈屯的，比寿山大一岁；扎伦布，汉军，瑷珲城老陈家的，几个孩子中他最大，比恒玉还大一岁，个头儿也高；玉庆，达斡尔郭果尔氏，比寿山小一岁；喜昌年纪最小，是寿山叔伯哥哥银山保的孙子，因富明阿老年得子，故而尽管是孙子辈，却只比寿山小两岁。几个孩子都挺聪明，学了不到两年，《三字经》、《百家姓》、《千字文》皆已烂熟于心，倒背如流，第三年开始学"四书"、"五经"。

有一天，先生坐在台前讲解《诗经》的首篇"关雎"："关关雎鸠，在河之洲。窈窕淑女，君子好逑。"此为一首反映婚恋的歌谣，这帮淘小子本来就不感兴趣，加之天热，个个没了精神，课也听不进去了。先生讲着讲着，发觉屋内一点儿动静没有，感到很奇怪，透过老花镜往台下扫去，见有的在伸懒腰，有的打哈欠，有的眯着眼睛昏昏欲睡，有的干脆趴在桌子上睡着了，独有寿山低着头专心致志地看书，心想："这孩子还行，肯学，也挺用功。"随即唤道："寿山！"没有反应，再叫一声，寿山激灵一下站了起来，先生问道："雎鸠是什么？"

寿山回道："老哇子。"

瑷珲人管乌鸦叫老哇子，根据其嘎嘎的叫声，故而称之。

又问："好逑是什么意思？"

答曰："大皮球。"

这一问一答，顿扫满屋子的沉闷之气，逗得学生们捧腹大笑。先生脸一绷下了讲台，走到寿山跟前，一把将其手中的书抢了过来，不瞅便罢，一瞅竟气得直翻白眼。原来寿山看的不是《诗经》，而是《新增精忠演义说本岳王全传》，是向恒玉借的。老郭家几乎全是读书人，家里有满满一屋子书，恒玉也愿意学，不管哪类的，总是偷偷拿出来看，看完再借给寿山。寿山深深被这本书所吸引，特别是"刺精忠岳母训子"、

"岳飞大战朱仙镇"、"岳云锤打金弹子"等章节让他大为感动，觉得岳飞和先祖袁督师是一样的人，岳飞便成为了心中的第二个偶像。先生提问时，寿山正看到秦桧设计害忠良、下了十二道金牌把岳飞召回、以莫须有的罪名将其陷害入狱这一章节，对秦桧恨得牙根儿痒，先生的提问哪顾得细想啊，就得什么说什么了。

先生反身走回讲台，举起手中的书说道："知道么，这本《新增精忠演义说本岳王全传》又叫《说岳全传》，康熙朝就有。岳飞抵抗的是大清王朝的先人——金代女真人，乾隆年间被定为禁书，大清的臣民怎能看反对我们先人的书呢？"

寿山站起身来，反驳道："先生说得不对，大清朝不是金朝，除了满洲之外，还有汉族、蒙古族、回族、达斡尔族、鄂伦春等族，您是汉人，不也是大清的子民吗？岳飞精忠报国，无论是哪朝哪代，都应当学习。"

先生被驳得面红耳赤，哑口无言，只好搪塞道："行了，小孩子不懂，看在你老爹的面子上，暂且饶过，不打手板了。"

放学后，几个小伙伴聚到了一起，恒玉出主意道："咱先不回家，玩一会儿，也没有大皮球，还是老玩儿法，打嘎怎么样？"

寿山接过了话茬儿："打嘎倒是行，但是不能像以前那样了，输赢没啥说道。这回先讲下，三板分高低，赢了当岳飞，输了当秦桧，秦桧得跪地给岳飞磕个头。"

小伙伴们异口同声地说："行，行，就这么定了，谁也不许耍赖！"

寿山问道："谁先来？"

扎伦布应声道："咱俩先来！"

"打嘎"是孩子们比较喜欢的一种游戏，可以两人玩儿，也可多人分成几组玩儿。"嘎"是个削成四方形的小木块儿，每人手里握着带有手柄的小木板，将放在地上的嘎轻轻一磕，弹到木板上，随之抛起，挥动木板用力将嘎击出，看谁打得远，远者为胜。孩子们每次玩儿打嘎，不是寿山第一，就是扎伦布第一，二人不分上下，互不服气。比赛开始了，第一板，寿山打出 30 步远，扎伦布只差一步，喜昌跑过来分别在嘎的着陆点划了记号。第二板，寿山、扎伦布各站在自己的记号处，扎伦布首先挥板，打出 32 步，寿山打出 31 步，距离相等了。第三板决胜局，二人都铆足了劲儿，寿山首先击出，还是 31 步。扎伦布蹲在地上轻轻一磕，随即起身将落在木板上的嘎高高抛起，乘势拉开臂膀挥板用力一击，大家跑过去一看，嚯，扎伦布竟远于寿山两步！扎伦布得意洋洋地站在伙伴们对面，手指寿山挺着胸脯说："秦桧呀，过来吧，给岳爷磕个头！"

寿山从不食言，尽管很不情愿，脸憋得通红，还是走了过去，刚要屈腿跪地，喜昌边往寿山这儿跑边喊："小爷，小爷，我来，我来！"到了跟前，跪在地上给扎伦布磕了个头，孩子们轰的一声散了。

寿山回到家，吃过晚饭，偷偷溜出了院门，一个人就着月亮地儿一板一板地练习打嘎。也不知练了多长时间，胳膊都抬不起来了，直至母亲找来才硬给拉了回去。进了屋，累得顾不上洗脸了，脱掉衣裤钻进被窝儿就睡了。

转天下晌不上课，孩子们又聚到了一起，仍是恒玉第一个开了腔儿："今天咱们不打嘎了，换换样儿，还是骑马吧！"大伙儿鼓掌表示赞同。

满洲人以骑射打天下，驭马是其长项，尽人皆知。可是到了同治末年，大清王朝从太祖努尔哈赤到穆宗载淳，已经统治 250 余年，别说京畿八旗的纨绔子弟只会提笼架鸟、喝茶听戏、养狗斗鸡、玩蝈蝈、斗蛐蛐，就是驻防八旗的子弟也不常骑马射猎了。孩子们所言的"骑马"只是一种游戏，三人为一组，第一人手扶墙，大弯腰。第二、第三人依次弯下身，双手搂着前人的腰，状似现在体操比赛的跳马器械。另一组的三人分别奔跑跃上，如有一人跳不上去，即为输。如果全部跳上去了，做马架的一方在 50 个数内挺不住，也为输。

这帮小伙伴一共六人，三人一组，分为两组，寿山、喜昌、霍振芳为一组，恒玉、玉庆、扎伦布为另一组。寿山这组先当马架，霍振芳扶墙打头，寿山搂着霍振芳为马腰，喜昌搂着寿山为马尾。第一个跳上去的是恒玉，第二个是扎伦布，正好压在寿山腰上。第三个是玉庆，骑在喜昌背上，好在恒玉和玉庆的个头儿都不高。扎伦布本来身量就高，体重也比其他孩子沉，骑在寿山身上还上下颠，寿山咬牙坚持着，并鼓励同伴儿道："喜昌，挺住，挺住！"50 个数儿数完了，马架没塌，寿山这组赢了。

另一组该当马架了，玉庆扶墙打头，恒玉搂着玉庆为马腰，扎伦布搂着恒玉为马尾。霍振芳第一个跳了上去，紧接着是喜昌，也顺利地跃上。轮到寿山跳时，扎伦布突然将屁股翘起，尾椎骨正好把寿山的裆部硌了一下，只听哎哟一声，寿山捂着下身倒在地上。马架散了，恒玉气呼呼地上前踢了扎伦布一脚道："咋这么坏呢，咱这帮儿你最大，一点儿当哥的样儿没有，往后不跟你玩儿了！"

扎伦布自知理亏，未敢回嘴，红着脸弯下腰扶起寿山道："是我不好，本想开个玩笑，未承想……还疼吗？"

寿山摇摇头未吱声儿，回到家后，怕大人看出来，装作没事儿人似的，背地里却直不起身子。

寿山看先生所谓的"闲书"、"野书"上了瘾。这天，恒玉又给他带来一本，书名叫《施公案全传》。施公破案，情节离奇，曲折多变，特别吸引人，然更加吸引寿山的是书中所描述的窦尔敦。窦尔敦杀死作恶多端的知县父子，为躲避官府缉捕，不得不流落四方，后遇到静慈和尚，学得软硬气功和护手双钩技艺。回到家乡举起义旗，招兵买马，劫了运往京城的十万两官银，震惊了朝野。黄三太为擒获窦尔敦，以比武之名邀其前来较量，竟违背"不用暗器之约"打伤了窦尔敦。窦尔敦率部攻下河间府，来到了连环套，在此安营扎寨。清太尉梁九公乘御马到围场行猎，窦尔敦只身下寨，潜入梁营盗走御马。官府抓不到窦尔敦，便拘捕其母，他为救母而自缚投案。母亲责备儿子做了糊涂事，先是绝食，后撞墙而死。窦尔敦悲痛欲绝，挣断了绳索与差人搏斗，腿部负伤被官府捉拿。

寿山对这本书爱不释手，既不敢在家看，又不敢在课堂看，索性提前来到学堂，见早到的小伙伴们正在院子里玩耍，他就躲在一边把书掏了出来。正看得入神呢，不知先生啥时候到了跟前，一把夺过寿山手中的书，一瞅是《施公案全传》，鼻子几乎气歪了。立马把孩子们喊了过来，当众逼问书是从哪儿来的，寿山死活不肯讲。先生厉声喝道："养不教，父之过，教不严，师之惰。上回看在你父面上未予追究，却不长记性，一而再、再而三地看这种野书，此次决不轻饶！"说着举起了戒尺："把手伸过来！"

机灵的喜昌一看不好，赶忙走到先生身边劝道："先生息怒，先生息怒，何必亲自责罚呢，由学生代劳吧！"然后抽出其手中的戒尺，拉过寿山的左手，将戒尺高高举起，轻轻落下。这可倒好，先生越发来气了，抢过戒尺狠狠地朝寿山的掌心连抽了五六下，顿时小手红了，不一会儿就肿得像馒头似的。

寿山挨了打，回家不敢说，但是红肿的左手却躲不过母亲的眼睛。彩云拉过儿子的手一瞅，知道是被先生惩戒了，能不心疼么，边揉边问道："怎么了，缘何被打呀？先生未免狠了点儿吧，疼得厉害吗？"

寿山故作轻松状："不疼了，没事的，男子汉嘛，哪那么娇气！"就是不讲为啥挨戒尺抽。

彩云无奈，只得打发仆人把喜昌找来询问，喜昌不敢不说实话，便讲了事情的来龙去脉。这时，在书房练字的富明阿走了过来，不仅没有责备寿山，还兴致勃勃地讲起了窦尔敦："康熙年间，窦尔敦曾被发配到黑龙江，参加了雅克萨之战，现在住在城西窦家屯的全是他的后人……"寿山听着听着，手也不觉疼了，心里也不感到委屈了，暗暗地打起了小算盘。

没过几天，在寿山的带领下，几个小伙伴去了窦家屯。窦家屯距瑷珲城西不到20里，孩子们连跑带颠的，没用多长时间就到了。窦家屯不大，只有十多户人家，盖的全是泥草房。惟独屯西的祠堂是用青砖砌的，里面供奉着窦家先人的牌位，还有一双铁鞋，一个状如梅花拼成的八瓣青花磁盘。据传讲，铁鞋是窦尔敦穿过的，青花瓷盘是祖上留下的。几个孩子先来到屯西的祠堂，规规矩矩地向窦家先祖磕了三个响头，然后出了祠堂向屯中走去，正巧碰到一位七十多岁的老奶奶，便向其说明来意。当老奶奶得知孩子们对窦尔敦传奇人生十分感兴趣时，非常高兴，于是将他们让进家中，并讲了不少鲜为人知的关于窦尔敦的故事。

据老奶奶讲，窦尔敦的原名儿叫窦二东，明天启五年生于河北献县窦三香疃。其父窦志忠通文精墨，曾随李自成转战山西、湖北等地，时任督军。其母窦氏因二东与官府抗争，被捕入狱，撞墙自尽，其妻齐金凤则死于官府破连环套之时。膝下有二子，长子窦飞虎，次子窦飞豹，后随窦尔敦流放到黑龙江，为窦家屯窦家第一代传人。

窦尔敦自幼投师习武，不怕吃苦，学得一身马上功夫和轻功。由于长期受到家庭成员和师傅的影响，故而形成了耿直、豪爽、不畏强暴的性格，小时候的一些事儿至今在故乡献县传为佳话。有一次，同村的一个穷孩子手拿的糠饼被一个富家孩子抢去喂了狗，还说什么你这糠饼子屈了俺家的狗嘴。这事恰好被割草回来的窦尔敦遇上了，遂气愤地质问那富家小子："你也太霸道了，凭啥抢人家的饽饽喂狗？这不是欺负人么！"富家小子蛮不讲理，仗着自己长窦尔敦几岁，家里又有钱有势，不仅冲其大声嚷嚷，还挥拳打来。不过未等那拳头落下，窦尔敦的拳头已经捶在了对方的前胸上，最后富家小子不得不拿出五个铜钱买了两个烧饼赔给了穷孩子。

每年的四月十八这天，是赶庙会的日子，窦尔敦和哥哥、妹妹一同前往。三人正逛得来劲儿呢，忽见前面围了一大群人，并传出了哭喊声。连忙挤进人群一看，原来是个官宦带领数十家丁抢了一农家姑娘，咋哀求都不放人。窦尔敦见状，气冲头顶，心想："谁家没有父母，谁家没有姊妹？光天化日之下，竟敢强抢民女，是何世道？"随即向兄妹二人使了个眼色，三人不顾一切地冲了上去，但由于对方人多，没能把人救出。事后，窦尔敦余怒未消，于一天夜里三更时分，叫上兄妹，翻墙跳进那官宦内宅，将其杀死，救出了农家姑娘。

康熙二十一年，清廷决定在距连环套不远的大凌河地方建牧场，饲养马匹，供皇家使用。当地官宦乘机强占民田，激起百姓无比愤慨，窦尔敦决心与清廷较量一番。事过月余，他同结义兄弟劫了牧场的十几匹好马，继而又在商家林地方劫了皇杠，并把得到的财物分给了贫苦农民。从此，窦尔敦成了名声在外的"大盗"，康熙帝不但下旨捉拿其归案，而且还两次派兵攻打连环套，然皆以损兵折将而归。不久，官府闻知窦尔敦是个孝子，遂派人将其老母和嫂子抓来，施以酷刑，并贴出布告，限期窦尔敦投案。窦尔敦岂能忍受亲人为自己遭难？宁死不当不孝之子，毅然自缚投案，结果被判死刑。

康熙二十二年，康熙帝在平息了"三藩之乱"和收复台湾之后，决定出兵黑龙江，征剿罗刹。当年下旬，派宁古塔副都统萨布素率兵进驻瑷珲，紧接着任其为黑龙江将军。萨布素对窦尔敦为民除害的事早有耳闻，对其刚直不阿的品行、敦厚的品性和一身好功夫更是敬佩不已，认为抗击沙俄入侵正需要这样的人才。他几经周折，托人予以斡旋，终使刑部免去了窦尔敦死罪，改判流放黑龙江。窦尔敦到了黑龙江后，分派去了江东的布丁屯，在那儿带领瑷珲官兵学习拳脚及杀敌格斗的本领，同时协助水师营伐木造船。有一天，水师营将士活捉了两名俄匪，布丁屯的男女老少纷纷前来观瞧大鼻子、蓝眼睛的俘虏。罗刹鬼不服，大吵大闹、张牙舞爪地耍威风，嘴里叽里咕噜的不知说些什么。窦尔敦越看越来气，一步跳到俄匪面前，让一老汉牵过一头牛，运了运气啪的一掌打去，牛头盖被击碎。围观者鼓掌喝彩，罗刹鬼顿时耷拉脑袋了，不再吱声儿了。

康熙二十四年，萨布素、郎谈率领水陆八旗兵千人，包围了被沙俄盘踞有时的雅克萨。萨布素先礼后兵，决定派出精干之人充当信使，奉劝俄军主动退出城堡。窦尔敦得知此消息后，主动要求承担这一差务，萨布素允准。窦尔敦带着劝降书来到雅克萨，见到俄军头目托尔布津后递上，并与其进行说理斗争。托尔布津不仅拒绝劝降，且出言不逊，致使和平解决雅克萨之围受阻。当年五月二十三日黎明，清军分水陆两路火炮齐发，开始攻城。在猛烈的炮击下，城垣被毁，俄军损失惨重，走投无路，托尔布津于二十六日缴械投降，清军取得了第一次雅克萨战争的胜利。

清军返回瑷珲没几个月，沙俄再度侵占雅克萨，清廷不得不于康熙二十五年下令第二次围攻雅克萨。战斗打响后，托尔布津登楼指挥，执旗打语。到了第五天，为了使俄军失去指挥能力，窦尔敦混入雅克萨城内，径直向旗杆处跑去。到了跟前抡圆战斧，手起斧落，咔嚓一声砍断了旗杆。俄匪大惊，手持刀枪蜂拥而至，将窦尔敦团团围住。窦尔敦临危不惧，发挥武功近战的优势，挥舞斧头接连砍倒十几个罗刹鬼，突出了重围。

雅克萨战争结束后，窦尔敦和两个儿子来到瑷珲东边的火石山附近住了下来，直至他受伤过世，从此这里被称作窦家屯。黑龙江将军萨布素为缅怀这位民族英雄，在屯西建了窦尔敦祠堂，后人称之为窦尔敦庙。

寿山自打和伙伴们从窦家屯回来那天起，继先祖袁督师、岳飞之后，窦尔敦成了他心中的第三个偶像。这帮孩子也不再打嘎、“骑马”了，而是时不时地聚在一起挥刀舞棒，习练拳脚。寿山常常独自一人对着大树击掌、练气功，过了些日子，自己都感到力气长了。这日，孩子们来到城外二道沟屯东的一片桦树林旁，恰好有头老牛在悠闲地吃着草，其主人躺在高岗儿处歇息。寿山正想试试手劲儿呢，便轻轻走了过去，来到老牛身边，像窦尔敦一样猛地挥掌向其脑门儿击去。老牛急了，哞的一声大叫，低下头冲着寿山顶了过来。站在一旁的扎伦布一看不好，赶忙侧身挡在寿山前面，二人连连后退，倒在了地上。老牛仍不罢休，正要向扎伦布顶过去，其主人闻声跑下高岗儿，一把拽住牛角，气得骂了一句“真是胡闹，小兔崽子，还不快滚!”孩子们呼啦一下跑开了。事后，伙伴们交口称赞扎伦布是个小英雄，从此寿山与扎伦布好得如同亲兄弟一般。

霜降的节气到了，老人们常说“寒露不算冷，霜降变了天”，此话不假。北风刮起来了，树上的叶子掉光了，小河和泡子结了冰，像面光滑的镜子，这可是孩子们的好去处，常玩儿的是抽砣螺。砣螺是用木块儿削成的上圆下尖的木嘎，表面涂上各种各样的颜色，用小鞭子一抽便旋转起来，特别好看。寿山他们常在一起比，看谁的砣螺削得光溜，谁的转起来挺得工夫长。寿山的砣螺往往是伙伴们最喜欢的，纷纷央求给自己削一个，寿山从不推辞，削了一个又一个。抽砣螺还有一种玩儿法，即在冰面划出一道线，两人对着抽，看砣螺最后倒向那边而决胜负。孩子们每每玩儿得十分尽兴，天快黑了也不走，直到传来爹娘的呼喊声才罢休。

这日放了学，吃过晌饭，寿山和小伙伴们来到小河边玩儿打滑板。所谓滑板是一块与鞋大小差不多的木板，底部钉上两根粗铁丝，前边再钉上两个钉子，用钉帽啃咬冰面从而滑行。孩子们把滑板绑在脚底下，然后上了冰，刺溜刺溜地滑了起来，一会儿这个在前，一会儿那个在前，谁也不肯落后。扎伦布不仅个儿高，也有劲儿，滑在最前面。滑着滑着，突然停了下来，转了个弯儿向河中心滑去，只听冰面嘎巴嘎巴直响，接着忽隆一声掉进了冰窟窿。寿山大喊："不好！"急忙滑过去，拉住扎伦布的手，脚下一用力，狠劲儿一拽，冰面儿随之塌裂了，也跟着掉进去了。玉庆、霍振芳、恒玉随后滑了过来，用同样的方法施救，结果是一样的，全掉进冰窟窿里了，几个人在水里手拉着手扑腾着。还是喜昌脑瓜儿转得快，不知从哪儿找到一块木板横在冰面上，孩子们一个个手把着木板爬了上来。好在没出啥大事儿，可是浑身上下全湿透了，不一会儿棉袄棉裤便冻硬了，像铠甲一样，冷得直劲儿哆嗦。挨打也好，挨骂也罢，只能跑回家。

寿山到了家，不敢惊动大人，悄悄儿进了自己那屋，不过还是被母亲发现了。彩云见儿子冻得上牙直打下牙，顾不上询问，连忙三下五除二将衣服扒了个精光，抱上炕，扯过一床被子，寿山光着屁股钻进了被窝儿。然后把湿衣服铺在炕头儿，晾上鞋，这才开口问道："宝子，怎么弄的？"

寿山不敢直说，只是敷衍道："噢，泡子边有处泉眼，不小心掉进去了。"

彩云知道问不出所以然来，又让仆人把喜昌找来了，喜昌一五一十地说了。彩云听罢，又生气又后怕，严令寿山以后放学哪儿都不许去，立刻给我回家。寿山也是冻着了，有点儿发热，真就在家老老实实躺了几天。

过了霜降，就是立冬、小雪。老天真是应节气，连着下了几场雪，山川、大地披上了厚厚的银装，憋不住的孩子们又开始琢磨玩儿了，决定来场狗爬犁比赛。狗是旗人的好朋友，家家户户皆养狗，但从不杀狗，不吃狗肉，不戴狗皮帽子。据传讲，老罕王努尔哈赤小时候曾给明总兵李成梁当佣人，一天晚上，努尔哈赤给李成梁洗脚，发现脚上有三个痦子，随口说了一句："总兵，你的脚上也有痦子呀!"

李总兵洋洋得意道："小子，不知道吧，这是成王的象征。"

努尔哈赤说："你没我多，你有三个，我有七个呢!"

李成梁不信，让他脱下布袜子，仔细一瞅，果然左脚三个，右脚四个，当即倒吸了一口凉气，认为此人将来一定得成大气候，是自己的对头，必须除掉。这个心思被李成梁的小老婆知道了，相信他说到做到，便偷偷告诉了努尔哈赤。努尔哈赤听罢，当即骑上大青马、带着大黄狗就跑，李成梁领着明兵在后面紧追，大青马累死了，努尔哈赤也昏倒在一片草地里。明兵找不到人，李成梁当然不会善罢甘休，遂命放火烧荒。大黄狗找到一个水坑跳了进去，全身沾满水再跑回来，在努尔哈赤的周围打滚儿。往返多次，狗累死了，火也烧到努尔哈赤所躺的地方了，因其周围有一圈儿湿漉漉的草，方幸免于难。努尔哈赤长大成人后当了罕王，下令旗人不杀狗，不吃狗肉，不戴狗皮帽子。

寿山养了五条狗，最喜欢其中的两条，一条毛色纯黑，称之为大黑；一条黑白相间，称之为大花头。爬犁也是精心制作的，用弯曲的黑桦做底儿，与前辕连为一体，支起的爬犁架上铺满了平整的红松木板。大黑驾辕，大花头拉套，像马爬犁一样，套包、夹板、小拉、肚带、后鞧样样儿齐全。两条狗的脖子上分别拴了一圈儿铃铛，跑起来丁丁当当直响，清脆悦耳。参加比赛的分为三组：寿山、喜昌为一架爬犁；恒玉、玉庆为一架爬犁；扎伦布与霍振芳为一架爬犁，前行的目的地是萨哈连站。

康熙年间，为抗击沙俄的武装入侵，根据康熙帝的谕旨，黑龙江、吉林两地副都统衙门组织大量人力修筑了吉林至瑷珲的驿路，分为上十站和下十站。从瑷珲这头儿数，第一站为萨哈连站，第二站为额雨尔河站，第三站为库穆尔山站，第四站为喀尔塔尔济河站，第五站为霍洛尔站。这五个站都归瑷珲副都统衙门管理，萨哈连站又称头站，距瑷珲城约 30 里。常言道："胡天八月即飞雪"，瑷珲一带八月雪是站不住的。这天是农历十月初十，满山遍野一片银白，当地冬天的主要交通工具就是爬犁，通往萨哈连站的道已成了溜溜光的雪路。孩子们的三架爬犁交错前行，时而你前，时而他前，谁也不让谁。眼看就要到萨哈连站了，寿山举起鞭子轻轻向大花头抽去，两条狗一用劲儿，所拉的爬犁就蹿到了前头。跑出不远，坐在后头的喜昌连声儿喊道："小爷，小爷，我憋不住尿了！"

寿山只得停了下来，甩出一句："唉，真是懒驴上磨屎尿多。"

喜昌跳下爬犁，走到路边，刚撒完尿，突然手指对过儿喊了起来："小爷，小爷，你快看，那边树旁有两个人，好像睡着了！"

此时，后面的两架爬犁也到了跟前，孩子们赶忙跳下跑到大树那儿。见是一老一小，老人背靠大树坐着，身上披件七窟窿八眼的皮袍子，怀里紧紧搂着个同样身穿破棉袄、手里攥块苞米面饼子的小丫头，二人一动不动，看样子是父女俩。寿山走上前，伸手试了试老者的鼻息，还有气儿，回过头道："是冻僵了，快，拿皮袄来！"

喜昌和玉庆赶紧跑到爬犁那儿抱来两件皮袄，先把二人裹上，然后大伙儿七手八脚地将其分别抬上爬犁，掉过头，挥舞着鞭子吆喝道："驾！驾！"群狗在小主子的驱赶下，卯足劲儿拉着爬犁向瑷珲城内疾驰。

三架爬犁驶进了袁家大院，富明阿夫妇见来了一帮神色匆忙的孩子，爬犁上躺着两个人，十分惊诧，起身迎了出来，未待发问，寿山便急巴巴地说："爹，我们几个去萨哈连站玩儿，快到地儿了，发现他俩坐在道边的树下，已经冻僵了，就赶紧拉了回来。"

富明阿听罢，回身冲屋内喊道："都出来，把人抬进去！"

仆人闻声跑出，将那位老者抬进了西屋，富明阿紧随其后，彩云则抱着小丫头去了东屋。勤快的寿山刚要去厨房端热水，彩云阻止道："宝子，不要热水，去院外撮盆雪来！"寿山应声而出。

长住北地之人皆知，人冻僵了是不能用火烤或热水擦身的，得用雪搓，像缓冻梨一样，将体内的寒气慢慢拔出来，才不至于受冻伤。寿山端着满满一盆雪进了屋，几个孩子头一次遇见冻僵的人，很想看看怎么施救，纷纷围上前来，彩云却轰撵道："宝子，没你们事儿了，该干啥干啥，都出去吧！"孩子们只好乖乖退出。

彩云先将女孩儿的衣裤全部脱下，然后把雪撒在她身上，双手不停地上下搓。开始时，怎么搓怎么是凉的，丁点儿热乎气儿没有。过了一会儿，雪化了，身体由凉变温，心口窝儿热乎了。再继续搓四肢、头和脸，不到半个时辰，小丫头冻得刷白的皮肉渐渐有了血色，终于苏醒过来。西屋同样也是这么个施救法儿，老者醒后，咳嗽了两声，睁开眼一看，见身边有三个男人正忙活着，遂问道：“这是哪儿，我闺女呢？”

富明阿回道：“老弟，你和孩子冻僵了，现在没事儿了。”说罢，让仆人取来一套自己的衣服，抖搂几下给他换上了。

老人非常感动，跪在炕上，冲着富明阿连连叩头道：“老爷，谢谢你们的大恩大德，俺和闺女碰到好人了，这辈子没齿不忘啊！”

这时，彩云背着女孩儿进了西屋，撂到炕上。厨子把刚刚熬好的半盆小米粥、一大碗煮鸡蛋、一盘子白面馒头和几碟咸菜摆到炕桌上，彩云说道：“粥是热的，慢点儿喝，别烫着。只有填饱肚子了，才不会觉得空落，身子也就暖和了。”

爷儿俩谢过，坐在桌边吃了起来，好些日子没有正经吃顿饭了，感到格外香。彩云又吩咐仆人把东厢房收拾一下，抱过两床干净的被褥，将炕烧得热热的，当晚便安排爷儿俩在那儿歇息了。

第二天用罢早膳，富明阿夫妇去了东厢房，见一老一小已恢复正常，闲聊中，老者讲述了自己的家世。原来他名叫王克俭，山东黄县人，岁数不算太大，今年56岁，只是长得有点儿老相。女孩儿没起大号，按照山东人的习惯，生下来就叫妮儿，今年11岁。这些年来，胶东一带连年遭灾，先是旱，后是涝。要是旱起来，一年几乎不下一滴雨，大道的土面子没脚脖子，田地干裂，全是横七竖八的土缝子。要是涝起来，一下雨就是七七四十九天，根本不开晴，低洼之处的水没腰深，庄稼地里能行船。连年遭灾，颗粒无收，饿殍遍野，日子实在过不下去了，儿子王宝财不到20岁便跟着屯邻去闯崴子了。后来海兰泡开展中俄贸易，他又从海参崴辗转去了海兰泡，细情怎样不得而知。山东日子不好过，听说关东一带人少地多，你是淘金哪、挖参哪、伐木哇、种地呀等等，反正干啥都行，饿不死人。王克俭便决定另谋生计，卖掉仅有的二亩地还了债，背上一囊袋煎饼，偕妻带女随同乡踏上了闯关东之路。他们乘船渡海，到了辽宁、吉林，许多人就地住下了。王克俭夫妇为了找到儿子，没有停留，一直向北走。过了吉林，背的煎饼吃光了，不得不沿途乞讨。若是要到的吃食多点儿，妻子能吃几口，少了就不吃，留给妮儿。由于经常挨饿，浑身没劲儿，走路直打晃儿。

一家三口儿到了黑龙江，已经入冬了，天空飘起了雪花。从故乡出来时，还是伏天，原本就没几件衣裳，更别说棉衣了，冻得瑟瑟发抖。

过了卜奎，在拉哈遇到一户好心人家，看到他们冻得可怜，翻出几件旧衣送之，还特意找出一件破棉袄披在妮儿身上。过了墨尔根，一色是山路，只能手拄棍子翻山越岭艰难前行，寒风夹雪吹得睁不开眼睛。刚过大岭，妻子连饿带累，实在走不动了，有气无力地说："孩子他爹，歇……歇一会儿吧！"

三人找了处背风的地儿，王克俭抖搂开曾装过煎饼的空囊袋铺在雪地上，扶着娘儿俩坐了下来。妻子接连喘了几口粗气，伸出双手把穿在妮儿身上的敞怀破棉袄紧了紧，用根麻绳儿系上。又从里怀掏出一个带有体温、不知啥时侯讨来的大饼子递给孩子道："妮儿呀……饿了吧？赶紧……嚼几口。"

妮儿心疼地说："娘，俺不饿，还是娘吃吧！"

王克俭见妻子脸色蜡黄，两眼发直，气息微弱，好像不太好，赶忙劝慰道："孩子他娘，喘喘气，歇一会儿，先别说话了。"

妻子轻轻打了个唉声，瞅着女儿断断续续地说："妮儿，娘……见不到你哥了，听你爹……的话，一定要……找到你哥，回来时……别忘了给娘烧……烧把纸……"忽然头往后一仰，两眼还睁着，望着灰蒙蒙的天空，再也没了气息。

妮儿扑到母亲的身上哭喊道："娘，你吃口饼子吧，咱们一块儿去找哥哥，不能丢下俺和爹不管哪！娘，说话呀……"

王克俭去附近转了转，找到一把上了锈的破锹头，在一棵足有三搂粗的松树旁连刨带掘地挖了个坑，将妻子埋了，并于树干上刻下了记号，然后带着女儿继续朝北走去。过了萨哈连站，经向路人打听，说是离瑷珲城不远了。父女俩想歇一会儿，待稍稍缓过乏，打算一口气走到瑷珲。于是下了道，父亲倚树而坐，把女儿搂在怀里。妮儿拿出母亲临终前留下的大饼子，放在嘴边舔了舔，却一口未舍得吃，连饿带冻，竟昏昏沉沉睡着了。王克俭也迷糊过去了，还做了个梦，梦见黑油油的大地上，儿子在前边牵着牛，自己在后边扶着犁，妻子和女儿在身后点种、覆土，满山遍野开满了色彩鲜艳的花朵……

听罢王克俭的讲述，富明阿思忖片刻，说道："海兰泡比瑷珲城还大，天气这么冷，去那儿人生地不熟的，又不知宝财是不是真的落了脚。不如这样，你们父女俩先住在我家，可以慢慢打听，待有了准信儿，再去找也不迟。我这里有吃有喝，不差你们俩，要是不愿呆着，江东白旗屯有咱的庄园，正缺人手，宅子里也需要个管家。妮儿还小，能干啥就干点儿啥，没事儿时，可跟宝子、永山一块儿玩，有一帮小伙伴呢！”

王克俭想了想，觉得救命恩人不仅心地善良，待人诚恳，说得也在理，遂连连称谢道：“谢谢老爷，谢谢太太！俺真是哪辈子修来的福哟，又碰上好人家了。如果老爷、太太不嫌弃，俺和妮儿可是求之不得呀，当牛做马都愿意，尽管吩咐就是了。”

从此，王氏父女留了下来，王克俭去了江东白旗屯管理庄园，有时也回到瑷珲城帮助袁家置办一些必要的生活用品，成了名副其实的管家，料理得井井有条，富明阿夫妇很是满意。

妮儿比寿山小两岁，比永山大3岁，时常领着永山一起玩儿。彩云称妮儿为妞妞，此乃当地旗人对小女孩儿的昵称，大伙儿也跟着这么叫了，连王克俭都不反对，妞妞之称谓便代替了妮儿。妞妞聪明伶俐，会来事儿，腿脚还勤快。天天围着富明阿夫妇转，老爷、太太不离口，端茶倒水，扫地、收拾屋子，啥活儿都干。每晚临睡前，从不忘烧壶热水，分别为老爷、太太擦擦脸，洗洗脚。早晨起床后，总是站在太太的梳妆台旁，拿篦子，递梳子，帮着梳理头发。有一天，彩云坐在梳妆台前对着镜子梳了半天，头上的发髻还是盘不好，有点儿着急了。站在旁边的妞妞忙道：“太太，俺来吧！”说着接过梳子上下梳了两下，十分麻利地将发髻盘好了。

彩云对着镜子左照照右照照，回过头来问道：“妞妞，你怎么会这个？”

妞妞回道：“是俺娘教的，在家时，娘的头都是俺给梳，不过她的发髻在脑后，太太的发髻在头顶。”

彩云笑道：“妞妞，我梳的是旗头，又叫高粱头，乃满洲女眷的发式。”

时间长了，妞妞成了彩云身边离不开的人，看不着就像缺点什么似的。一日下晌，永山又缠着妞妞道：“妞妞姐，给唱支歌儿吧，我要听，我要听。”

妞妞答应道：“好好好，姐给你唱，唱什么呢？”低头想了想，轻声儿唱了起来：

小白菜呀，
地里黄啊，
两三岁呀，

没有娘啊……

唱着唱着，眼圈儿红了，泪珠儿顺着脸颊滚落下来。彩云走上前，轻轻拍着妞妞的头问道："妞妞，想娘了?"

妞妞擦了擦眼泪，点点头道："嗯，时常想，不过妞妞的命好，太太比娘还亲呢!"

彩云听了这句话，很受触动，到了晚上，躺在炕上翻来覆去睡不着了。怎么寻思怎么觉得妞妞是个难得的好女孩儿，机灵、懂事、有眼力见儿，长相还俊俏，招人喜欢。自己生了两个淘小子，天天就知道出外疯跑，动不动还惹祸，让人生气。都说姑娘是娘的贴身小棉袄，此话一点儿不假，妞妞跟我就挺贴心，何不收其为干女儿呢？想至此，推醒了睡在身边的老伴儿，把心思向其和盘托出。富明阿琢磨琢磨，觉得想法不错，表示道："我看行，谁让你没生闺女了，不过得与妞妞爹商量商量。"

也巧了，转天晌午，一家人刚要用午膳，王克俭从江东白旗屯回来了。富明阿忙吩咐厨子再炒两盘菜，烫上酒，拉着王克俭陪自己喝两盅。饭桌上，彩云把认妞妞为干女儿的打算说了，并提出想征求一下爷儿俩的意见。王克俭边摆手边道："不中，不中，救命之恩还未报呢，哪能再给老爷、太太添麻烦？我们做下人已经很满足了，吃得饱穿得暖，妞妞没那福分哪!"

话音刚落，富明阿拍了板："谁说不中？我看中，就这么定了!"

王克俭遂将妞妞唤了过来，如此这般一说，妞妞可愿意了，当即跪地叩头道："干爹，干娘，女儿给二老磕头了!"

彩云乐得合不拢嘴，坐在桌边的寿山、永山也高兴得跳了起来，一个唤妞妞姐姐，一个唤妞妞妹妹，妞妞也甜甜地叫了声山哥、山弟。

从此以后，彩云再也不让妞妞干那些端茶倒水、收拾屋子等下人干的活儿了，而是当做自己亲生的一样疼爱。富明阿还将 8 岁的永山和 11 岁的妞妞送进了学堂，并给妞妞取了一个好听的名字，叫王清莲，意为像出水芙蓉一样清新、高洁。寿山的队伍也随之壮大了，又多了两个玩伴，一个是弟弟永山，一个是妹妹妞妞。

北方的春天来得迟，立夏到小满，种啥也不晚。过了立夏，学堂放农忙假，霍振芳邀寿山到自己家过假期，寿山痛快地答应了。霍振芳家在江东霍尼呼尔哈屯，紧邻黄河口，即现今的结雅河，历史上称之为精奇里江，乃黑龙江第一大支流。"精奇里"是鄂温克语，黄的意思，当地人称精奇里江为黄河。黑龙江水黑，精奇里江水黄，其交汇处两水黑黄分明。霍尼呼尔哈是江东沿江的一个大屯子，因为是沙坨子地，打粮少，所以一些人陆续搬到别屯去了。其后，霍尼呼尔哈屯分成三个屯子，即前屯、腰屯、后屯。霍振芳家住在后屯，由于建得最早，又叫老屯。老屯南边江中有个岛子，称之为鳇鱼通，专门产鳇鱼。

霍家五口人，老两口儿和俩儿子，大儿子刚娶了媳妇儿。共分得十垧地，主要是种小麦、燕麦和黄豆，再零星种点儿粘谷、苞米。过了清明，小麦、燕麦就种完了，眼下正是抢种黄豆的时候。这天一早，除了留儿媳在家做饭外，其他人都下了地。大儿子霍振杰在前边扶着双马犁起垅，老霍头儿拄着一根棍子紧跟着踩格子，身后是霍振芳和寿山点种，再后头是老太太覆土。点种是庄稼活儿里最轻巧的，本来一个人干就可以，寿山是客人，又是个小少爷，帮着伙伴点种权当是玩儿了。

太阳已经偏西，不歇气地干了一大天，寿山和霍振芳虽然晌午吃了阿沙送来的抗饿的粘豆包，喝了香喷喷的小米粥，还是感到肚子空落落的。老霍头儿见两个孩子有些倦怠，便鼓励道："看来还行啊，俩淘小子干得不赖，咱们把麻袋里剩下的那点儿种子点完就收工！"

又干了一小会儿，老霍头儿让二儿子和寿山去地头儿取种子，他俩乘机偷偷将麻袋里的豆种倒出了一大碗埋在一个土坑里，然后拎着半小桶种子跑回来了，霍振芳说："阿玛，就这点儿了。"

老霍头儿点点头道："嗯，那就种完吧！"

其实呢，两个孩子倒不是有多累，而是一心惦着到黄河口去看看。黑龙江，满族称萨哈连乌拉，蒙古族称卡拉穆连，鄂温克族称卡拉穆尔，俄人根据鄂温克族的称谓称之为阿穆尔。它是世界第七条大河，是中国继长江、黄河的第三条大河，《瑷珲条约》签订后，成为中俄两国的界河。当时，西伯利亚大铁路还没修，黑龙江是俄国通向远东和太平洋的惟一通道，所以俄罗斯人将其称之为占领远东的生命线，这也正是他们武装占领黑龙江的目的。海兰泡地处黑龙江与精奇里江交汇处，是黑龙江上、中游的界点，沙俄在那里建了军港和商港。

收工后，寿山和霍振芳跑到黄河口时，太阳刚刚落山。举目四望，可见精奇里江水面上有些大大小小的船只和军舰，还有上面覆盖着黄色防护罩的炮艇。离军港不远的黄河口上方是海兰泡的商港，一条长长的带有栏杆的栈桥一直通向江岸的白房子码头，码头上挂着花花绿绿的万国旗。码头旁停有中国的帆船和俄国的轮船，岸边站着不少等待返回黑河的背包提篓儿的中国商贩，还有装满货物的俄式马车。此时，正有一艘俄国轮船从码头开出，船的后身一个木制大摇轮不停地拍打着江水。船身如同一座三层楼房，中间伸出个粗大的烟囱，冒着浓浓的黑烟，甲板上站满了高鼻梁、蓝眼睛、黄头发的俄罗斯人。节气虽已立夏，但这里毕竟还是春天，那些男男女女穿得十分单薄，女的大多袒胸露背，人群中不时地传出说笑声、呼喊声、口哨声、阵阵的琴声和欢快的歌声。寿山、霍振芳从未见过这等景况，今儿个头一遭，真是大开眼界了。天已擦黑儿了，二人才恋恋不舍地往家返，路上合计着找机会一定去海兰泡瞧瞧。

不几天，小苗出土了，地头儿那个土坑也冒出了一堆嫩嫩的绿芽儿。老霍头儿一看就明白了，气坏了，嘴唇直哆嗦。可再怎么生气，也不能打骂孩子呀，何况寿山还是客呢，只能吓唬吓唬而已。于是便把他俩唤到跟前，用儿子回家常背的唐诗教训开了："你们不是学过一首诗么，其中有一句'谁知盘中餐，粒粒皆辛苦。'庄稼人一年到头辛勤劳作，汗珠子掉地摔八瓣儿，为了啥呀？不就是为多打点儿粮食嘛！那是咱的命根子，没有粮吃活不下去，一粒都不应糟蹋。你们俩给我记住喽，以后再有这事儿，决不轻饶！"

霍振芳知道错了，站在那儿一声不敢出，只是不住地点头称是。寿山也为自己的行为感到羞愧，尽管当场没认错儿，脸也是一阵红一阵白的。

糟蹋豆种的事儿发生后，寿山感到很丢面子，总想找个机会弥补一下。有一天头晌，他和霍振芳在院子里踢毽子，发现堆在墙根儿的木柈子没多少了，院外的柴草垛也不高了，遂问霍振芳："知道不，屯子附近哪里的柴草多？咱们出去搂点儿。"

霍振芳回道："听说韭菜通有的是干枝子，还有漂流木，每年各家都去那儿捡柴火。这个岛子离屯子不远，上水也就五里来地，用不多长时间就到了。"

于是二人向家里打了声招呼，拎着斧子、拿着镰刀出了院门，来到江岸。靠江边的屯子家家都有小船，霍振芳挑了一只大些的跳上去，寿山随后跟进，小哥儿俩摆着船去了韭菜通。到了地儿上岸一瞅，岛子很大，临江生长着一圈儿密密麻麻的柳树，长年无人砍伐，很多都枯死了。穿过柳树丛，可见大片的开阔地，糖梨、臭李子、山里红等果树迎风招展，野甸子里长有一堆堆嫩绿的野韭菜，无怪人们称其为韭菜通。

正值春夏之交，红红的野百合、黄黄的蒲公英，粉的、白的野芍药等开满大地，甚是好看。寿山和霍振芳高兴极了，先是在大甸子里撒欢儿跑了一阵子，后来发现大杨树上有喜鹊窝，便爬上树掏了十几个喜鹊蛋。待拿着喜鹊蛋把玩碎了，方一怕脑门儿想起来了，柴还没砍呢！赶紧跑到江边的柳树通，又用斧子砍又用镰刀割的，只一会儿就堆起了一垛干枝子，足足有半车。二人一抱一抱地把干枝装上船，霍振芳来时带了一根粗绳子，将柴草紧紧地捆绑在船上。从岛子回家是下水，不用划桨，一人掌舵，一人坐在高高的柴堆上，小船忽忽悠悠地返航了。走出不远，霍振芳突然惊恐地大喊道："寿山，不好了，船漏水了！"

话音刚落，紧接着又刮来一股风，船身左右摇晃几下便没在了水里。他俩尽管会水，毕竟第一次面对这么大的江、这么深的水，吓得小脸都白了。忽然老父的一句话闪过寿山的脑际："忙中出错，遇事不慌，要镇定。"他努力使自己静下心来，仔细想了想，眼前一亮，回过头大声说道："振芳，别怕，船和干枝子不是绑在一起吗？柴草是不会沉的，柴草不沉，船也不能沉！"

结果真像寿山说得那样，柴草拖着小船漂浮在江中，霍振芳以桨为舵，左摆一下，右摆一下，掌握着船行的方向。半个时辰后，小船漂到了霍尼呼尔哈屯，二人一直提溜的心才放了下来。他们合计好了，这次江中遇险对谁都不能讲，更不能告诉家里人，否则下次该不让去了，此事就作为各自心中永远的秘密了。

小船靠了岸，小哥儿俩将柴草卸下船，又把船内的水淘净，刚刚就绪，霍振杰和阿玛、额莫推着小车来了，大伙儿一齐动手拉着柴草回家了。老霍头儿虽然没有口头表扬，但能看得出心里蛮高兴的，晚饭特意让老伴儿烙了荞面盒子犒劳两个孩子。

农忙假还未满，地已经种完了，庄稼人有了一段闲暇时间。江东旗屯的居户向来是亦农、亦猎、亦捕，这一天，寿山和霍振芳随其阿浑去屯南鳇鱼通捕鱼。鳇鱼通是霍尼呼尔哈屯南十余里江中的一个岛子，当地人称岛屿为"通"。岛上同韭菜通一样，长满了臭李子、糖梨、山里红、一把抓等野生果树。岛子北边有一片长有几里的网滩，地上是一色的白沙子，光脚走在上面软软的，一点儿不觉硌得慌。滩下的江水距岸越远越深，最深处达几丈，是鳇鱼聚集的地方。鳇鱼是黑龙江、松花江、乌苏里江出产的最大、最为名贵的淡水鱼，大者过千斤，有淡水鱼王之称。传说乾隆爷东巡吉林时，见渔民在松花江上捕一种鱼，多条小船网叉并用，耗费多时，待鱼乏力方拉网上岸，原来竟是条千斤大鱼。顿时龙颜大悦，即兴赋诗一首，并赐此鱼为鳇鱼。打那以后，鳇鱼成为皇宫大内的贡品，年年以船涉水运之。

捕鳇鱼的网是用猪血浸过的粗线绳儿结成的大眼儿网，长几十丈，高一丈多，网上每隔一庹多远拴有一个软木制成的网漂，网下每隔一庹多远坠有一个铅坠儿。捕鱼时，将参捕者分为两组，一组在水上，一组在岸上。水上那组乘大船，四人划桨，一人掌舵，两人撒网，网达负责指挥。网的另一头儿在岸上，拴有长长的粗绳子，由岸上这组的所有人扛在肩上用力向前拉，称之为“拉绦”。船至江心，边驶边撒网，成一个环形，随后岸上拉绦的与船上撒网的慢慢收拢直到汇合，有没有鱼就看结果了。

小孩子是不能上船的，霍振杰被分到岸上这组，寿山和霍振芳只能帮着阿浑拉绦。寿山头一次看到捕鳇鱼的场面，觉得特别新鲜，兴致勃勃地把绳子搭在肩上跟着拉网。拉着拉着，忽然感到绳子松一下紧一下的，渐渐便拉不动了。正纳闷儿呢，岸上这组有人冲江心大声喊道：“有了，有了！”经验丰富的网达其实早已知道了。

鳇鱼入网是不能硬拉的，因其在水里的力气特别大，若是急了，尾巴能将鱼网穿个大窟窿，甚至挣碎跑掉。只见网达脱下外衣外裤，拿起鱼笼套跳入水中，游到鱼头的前边，摸着鳇鱼的鼻子把笼套套在其头上。鳇鱼的鼻子是最怕摸的，一旦被触碰，立刻老实了。船牵引着鳇鱼慢慢划向岸边，未等靠岸呢，鳇鱼就浅住了。大家七手八脚、连拉带拽地将其弄到岸上，鱼一离开水，再大的本事也派不上用场了。寿山一看，不由得两眼圆睁，惊呼道：“嘿！好大的鱼呀，得两辆马车连到一块儿才能拉走呐！”

渔民一般不吃数百斤重的鳇鱼，再者也吃不完，拉到海兰泡能卖大价钱。鱼房子有个规矩，即无论是买鱼的，还是看热闹的，到了这儿必须留下吃鱼，分文不取。若不愿吃鳇鱼，鱼篓儿里有的是鱼，想品尝哪种炖哪种。网达走到江边，从鱼篓儿里提溜出一条足有二十多斤重的栖里鲥子，学名叫鲟鱼，也是黑龙江、松花江、乌苏里江特有的珍贵鱼种，只不过比鳇鱼小得多。鱼房子炖鱼不像各家各户那种做法，又是酱醋又是姜葱蒜的，花椒大料还得样样儿全。他们就是江水炖江鱼，什么作料都不放，撒上盐面儿就成了，味道可比家里做的鱼鲜美得多。待鱼炖好了，寿山就着糜子和小米搀和着蒸的二米饭，整整吃了一大碗鱼肉，喝了两碗鱼汤，造了个溜饱。

寿山在霍尼呼尔哈屯短短的十来天里过得十分快活，长了很多见识，学到了书本学不到的东西。恋恋不舍地回到瑷珲城后，时常想起在那儿的快乐时光，总也忘不了什么时候夙愿得偿，即找机会去海兰泡看看。机会还真的来了，瑷珲水师营四品官庆琪刚刚调任黑河理民厅任边界官，专门负责对俄交涉、通商事宜。前书讲过，庆琪是寿山叔伯哥哥金山保的儿子，也就是其大爷袁世有的孙子，虽是寿山的侄子，但比寿山大 13 岁。他 16 岁便随同三爷富明阿到江南军营效力，由于作战有功，授六品蓝翎，接着又赴吉林剿匪。庆琪精于骑射，有一手好枪法，每届校场比武皆获胜，深得醇亲王奕譞的嘉许，遂将其调往北京护卫亲军神机营委以重任。因其是独生子，父亲又年迈，后来调回原籍，以候补参领任水师营四品官。寿山马上把这个消息告诉了好友霍振芳，两个孩子乐得直蹦高儿，约好明儿个就去海兰泡。

转天一早，寿山和霍振芳谎称学堂有事，双双离家，搭乘一中国商贩的马车来到黑河。待找着了庆琪，由其送至官渡路渡口时，已是头午过江的最后一趟船了。登船前，寿山给庆琪扔下一句话："如果方便，给家里捎个信儿，说我去海兰泡了。"

他俩跟着这位中国商贩于黄河口看到的那个码头上了岸，展现在眼前的是一条又宽又长的街市，临江的尽头竖立着高大的拱形门，上方修了两个塔尖，大门一侧建有一溜红白相间、奇形怪状的洋房。据商贩讲，拱形门叫太子门，此条街叫太子门街。三人走出不远，便到了一个大院落，院内建了一些板房，也有临时搭起的敞开式帐篷。板房、帐篷里摆了一圈儿货柜，都是中国商贩开的店，无非是卖粮食呀、酒哇、肉啊、青菜等，其中有处板房便是同来的商贩所开。两个孩子对这些不感兴趣，进去瞅了两眼就出来了，与那位商贩告辞后转向另一条街。

这条街名叫布鲁塞尔大街，街中心的南侧有个广场，广场内停放一些带响铃的俄式马车。此时，刚好有辆马车驶到这儿停下了，从车上下来一男一女，男的西装革履，脚上的皮鞋擦得锃亮；女的袒胸露背，穿着长至脚面的花裙子。广场周围建有各式各样的楼房，有二层的，也有三层的，有圆顶的，也有尖顶的，还有的房顶摞着个光闪闪的大圆球。透过一楼宽大的玻璃门窗，可见室内陈列着多种多样的物品，有的商家特意把花花绿绿的生活用品摆在橱窗内。寿山和霍振芳走进名为华昌泰的商行，这是一座二层小楼，乃中国商人开办的。执事叫梁献臣，广东人，精通俄语，是华人商会会长。掌柜为罗鹤华、冯云祥，另有十几个伙计，经营日用百货，商品多是从广东、天津等地进的，也有俄产呢绒之类的快货。据罗掌柜讲，海兰泡的中国商号有150家左右，其中头等票四家，二等票四十来家，余下那些皆为三等票。最大的有三家，除了华昌泰，再就是同永利和永和栈。后两家为山东掖县人所开，也经营日用百货，伙计各有十来人。

二人从华昌泰出来，见东边街角处围了一圈儿人，走到跟前挤进去一瞅，原来是个耍熊的。熊是哺乳动物，头大，尾巴短，四肢短而粗，脚掌大，趾端有带钩的爪，能爬树。两个孩子只见过死的，未见过活的，感到很新奇。霍振芳扯了扯寿山的衣襟儿，小声儿说道："听我阿玛讲，熊又笨又凶，倘若遇上它，不能顶风跑，须顺风跑，为啥呢？风从身后一吹，熊眼前的鬃毛便挡住了视线，它只能一边跑一边扒拉，速度随之慢了下来，也就很难撵得上前边的人了。一到冬天，熊开始蹲仓，呆在大树窟窿里不吃不喝，只舔自己的脚掌。有一回，一个伐木的也不知道哇，放倒了熊蹲仓的大树。熊气坏了，一巴掌将其拍倒了，然后一屁股坐在他身上了。伐木的屏住呼吸一动不动，过了一会儿，熊以为他死了，抬起屁股就走了，那人捡了条命。"

耍熊人手中牵着的是头黑熊，憨态可掬，头带一顶黑线帽，腰系一条花围裙，走起来扭搭扭搭的，活像个山东老太太。只见耍熊人往它嘴里塞了几颗坚果，在有节奏的锣声中，黑熊便呼哧呼哧地爬上了高高挂起的软梯，摘下上面吊着的一个足有一斤重的大馒头。然后再爬下来，跑到对面竖起的高杆旁纵身一跳，将大馒头投入了杆子顶端的竹筐里。寿山拍手叫起好儿来："好，再来一个！"周围的人也都跟着鼓掌。

这时，耍熊人端着盘子走到圆圈儿中间儿，说道："各位老少爷儿们，有钱的帮个钱场，没钱的帮个人场，谢谢了！"

看热闹的男女老少纷纷往盘子里扔铜钱，寿山掏出外衣兜儿里所有的铜钱全部放入盘中，耍熊人点头哈腰地连声儿道谢："谢谢小爷，谢谢小爷！"

铜锣又开敲了，寿山和霍振芳挤出了人群，在路人的指点下，向郊外的小北屯走去。走着走着，他俩被路旁一座奇特的建筑吸引住了，遂驻足观瞧。这是座像粮囤子一样的楼房，楼壁从中间到两侧呈弧形，房顶犹如高高耸立的尖塔，塔尖上竖支十字架。整个建筑外墙一层红，一层黄，一层蓝，格外打眼，楼内传出了悠扬的歌声。此为《瑷珲条约》

签订前，俄罗斯人修建的一座基督教堂，名为圣母报喜堂。沙俄东西伯利亚总督穆拉维约夫在去瑷珲谈判的前一天，与勘察加教区大主教英诺森参加了这座教堂的奠基典礼，仪式十分隆重。穆拉维约夫当场将尚称为结雅镇的海兰泡改称布拉戈维申斯克，意为报喜城，既与教堂重名，又有以夺得黑龙江以北大片土地之功向沙皇政府报喜的意思。

两个孩子正围着圣母报喜堂前前后后地转悠、心里琢磨着它是怎么盖起来的呢，突然眼前一闪，栏杆上的圆柱形灯和整个教堂全亮了，越发觉得奇怪："咦，这灯怎么不用点就亮了？"此时，天渐渐暗了下来，他俩一天没吃东西了，饿得肚子咕咕直叫，于是快步朝小北屯走去。小北屯是华人集聚之地，街面儿有饭店、客栈、茶馆儿等，进去消费可以不用卢布。两人到了这儿，四下一寻摸，进了一家挂着双幌的面铺儿。坐下后，点了两大海碗面条，呼噜呼噜吞下肚，一结账傻了眼，钱都给耍熊的了。霍振芳有点儿着急了，摊开双手道："寿山，咋办哪，我没带钱。"

寿山摆了摆手道："别着急，车到山前必有路，看看能不能变出来。"边说边向内衣兜儿摸去："哎，有了！"随即还真掏出了一块银币，付了饭钱。

出了面铺儿，见前面道东有一宽门大院，便朝那儿走去。推门进了院儿，眼前是一溜木刻楞长筒房，靠西墙停着两辆俄式四轮马车，车上装着一袋袋的粮食。旁边有个马棚，棚内拴着几匹马，正在低头嚼着槽子里的草料，显然是处大车店。已是深秋了，店房的门还开着，二人进了屋，寿山顺手将门带上。

"歇着门！"一个粗重的声音传了过来。

寿山抬头看了看，对面坐着一位男子，竟是那个街边耍熊的，遂问道："你是打山东来的吧？听说话口音跟妞妞一个样。"

耍熊人疑惑不解，反问道："妞妞是谁？"

"是我妹妹。"

"俺说话怎么与她一个样？"

"我妹妹是山东黄县人，把'开着门'也说成'歇着门'。"

耍熊人连忙起身走上前，将寿山和霍振芳拉向炕边，让他们坐下歇着。寿山感到满屋子全是烟味，而且是那种浓重的旱烟味，怪不得让开着门呢！耍熊人向寿山细细地问起了妞妞，并称自己也是黄县人，寿山便将妞妞随着爹娘闯关东来到瑷珲的经过一五一十地说了。谁知对方听着听着竟号啕大哭起来，随即又扑通一声跪在地上咣咣磕着响头道："小爷呀，小爷，谢谢你们全家的大恩大德呀，俺在这儿给恩人叩头了！"

真是无巧不成书，通过交谈得知，原来耍熊人就是妞妞的哥哥王宝财。四年前，他从山东老家出来逃荒，漂洋过海到了海参崴。海参崴原来也是中国的地盘儿，"崴"即指山、水弯曲的地方，因这里生长海参，所以国人称之为海参崴。咸丰四年，以沙俄东西伯利亚总督为首的罗刹武装入侵黑龙江，四年后占领了海参崴。咸丰八年，中俄签订了《瑷珲条约》，将包括海参崴在内的乌苏里江以东规定为两国共管。咸丰十年，中俄签订了《北京条约》，把乌苏里江以东划归俄国。沙俄占领海参崴之后，准备修建一座码头，远东人烟稀少，驻烟台俄国领事便开出优厚的条件在山东招募华工。一时间，想去海参崴的人像赶集似的排起了长队，山东的百姓将此举称为"闯崴子"。闯崴子的华工一般是春去秋归，因冬季那里天气冷，做不了啥。大半年干下来，除了必要的花销外，总可以积攒百元左右。从故乡出来时，腰兜儿空空，一文没有，回到家就有了盖房子、娶媳妇的钱。

闯崴子有两条路可行，一条是水路，一条是旱路。王宝财和几个屯邻走的是水路，从烟台驶往海参崴只有一艘英国客轮，人数是有额定的，使得很多人乘不上客船。王宝财他们搭乘了一艘帆船，在海上足足漂流了两天两宿，才好不容易到了海参崴。王宝财一无技能，二无本钱，总得谋个生计不是？没几日发现俄国人穿皮鞋的多，便备了鞋油、木凳，坐在街边给过往行人擦鞋，一天也挣不了几个铜板。后来结识了一个奇勒尔人，是耍熊的，向其学了四个来月，从此给人家打下手。不出一年，奇勒尔人的老母得了重病，只好把黑熊留给他回了家。过了些日子，王宝财听说中俄两国在海兰泡开展贸易，颇为红火，于是牵着黑熊乘船溯黑龙江来到了海兰泡。这里生意还算不错，天天都有进项，自己省吃俭用，寻思攒点钱回山东家好好儿孝敬孝敬父母。哪承想二老为了寻儿，带着小妹千里迢迢闯关东，苦命的娘已死在半道儿了。王宝财边讲边哭，寿山边劝边跟着掉眼泪，二人一宿未合眼，惟霍振芳一觉睡到大天亮。

再说寿山走后，直至太阳落山也未回家，彩云急得不得了，不知孩子去哪儿了。找到喜昌打听，喜昌说不知道；找到恒玉询问，恒玉也说不晓得。富明阿一个劲儿地安慰道："孩儿他娘，既不用着急，也不用上火，都十几岁的半大小子了，能出啥事儿呀？快坐下稳当稳当。”

彩云此刻已急得如热锅上的蚂蚁，哪儿坐得住哇，最后找到扎伦布，扎伦布告诉她：“今儿个一大早，我看见寿山跟霍振芳一块儿走的，往码头那边去了。”

到了掌灯时分，从黑河回来的人捎信儿道：“庆琪让我转告老爷、太太，说是寿山和另一个孩子去了海兰泡，他给送上船的，不用惦记，明天就回来！”富明阿两口子听罢，这才长出了一口气。

转天一大早，王宝财领着寿山、霍振芳出了门，大车店老板的女儿追了出来，在身后喊道：“宝财哥，你去哪儿？一定要回来呀！”

王宝财没应声儿，三人不敢耽搁，赶上头趟船过了江，上岸又搭车从黑河回到瑷珲。一进袁家大院儿，妞妞便从屋里迎了出来，走到寿山跟前小声儿说道：“山哥，你离家也不知会一声，让爹和娘惦着，二老生气了，小心点儿吧！”说完抬起头瞅了瞅霍振芳，又看了看站在寿山后面的王宝财，一下子怔住了，继而颤声儿叫道：“哥哥！”

王宝财也激动地喊道：“妮儿！”

兄妹二人紧紧地抱在一起，妞妞抽泣道：“哥，娘不在了，她天天想、夜夜盼哪，恨不得立马见到你呀！”

王宝财抹了把眼泪问道：“爹呢？”

“去江东了。”

意外的惊喜，使富明阿两口子对大儿的怒气全消，彩云拉着王宝财的手进了屋，吩咐仆人赶紧沏茶。王宝财扑通一声跪在地上，边叩头边道：“老爷、太太，寿山已经告诉俺了，谢谢你们救了小的全家，此恩永世不忘！”

彩云连忙将其扶起道：“哎，一家人不说两家话，今后就叫大爷、大娘吧，千万别客气！”说着便仔细端详开了，见其个头儿挺高，浓眉大眼，四方脸膛儿，肤色黑红，是个典型的山东大汉，兄妹俩的五官还真挺像，也打心眼儿里喜欢。

天傍黑儿时，王克俭从江东白旗屯回来了，做梦未承想能在袁家见到日夜思念的儿子，高兴、激动自不必说，妻子临终前说的话此刻又萦绕在耳，心里不免酸酸的。他对寿山的聪明伶俐、敢于闯荡赞不绝口，对富明阿夫妇的为人正直、古道热肠由衷敬佩，慨叹世上还是好人多呀！

夜晚，王氏爷儿仨躺在炕上，爹想老伴儿，孩子想娘，吧嗒吧嗒直掉泪。王克俭看着一对儿儿女，心里尤为难过，打了个唉声儿道："咳，你娘这辈子跟我遭了不少罪，为这个家操碎了心，一天好日子没过过，半点儿福没享着，最后竟客死异乡，真是对不起她呀！"

妞妞对哥哥说："你走后，娘吃不下饭，睡不好觉，没事儿就站在海边望，盼着儿早日归来。大约过了一年，一个闯崴子的捎回口信儿，说你去了海兰泡。娘没指望了，又赶上连年遭灾，难以度日，这才下决心闯关东到海兰泡找你。千山万水走了一夏一秋，带的煎饼吃光了，只得沿途乞讨。到了黑龙江，天已经冷了，亏得好心人给了几件旧衣服和一件破棉袄抵挡风寒。攀上大岭时，下起了鹅毛大雪，寒风卷着雪花吹在脸上像刀割一样疼。加之又迷了路，在山岭中转悠了一夜，天亮才下岭。又饿又累，肚腹空空，娘更是一点儿力气没有了，讨得的干粮一口舍不得吃，总是留给俺和爹。快到瑷珲了，娘坐在大树旁歇息时直喘粗气，哆哆嗦嗦地从怀里掏出个大饼子给俺。俺不吃推给娘，娘尽管已饿得前腔儿贴后腔儿了，仍不肯咬一口。临终前，断断续续地嘱咐爹和俺，一定要找到你……"听到这里，王宝财早已泣不成声，后悔莫及，自己连孝敬老娘的机会都没了。

过了两天，王克俭带着儿女准备去给老伴儿烧纸，富明阿说道："我已让棺材铺打了一口棺椁，车从那儿路过时，将其抬上，把妞妞她娘拉回来葬吧！"

王克俭感激地点点头，忙让儿子去仓房拿把锹和镐，放入车内。王氏三口儿正要上路，寿山跑过来说道："大叔，你老在家歇着吧，我和宝财哥、妞妞妹子去。"

站在一旁的富明阿接过了话茬儿："是呀，老弟，你留下吧，三个孩子去就行了，我给站上写封信让他们带着。"

寿山、王宝财、妞妞上了车，老板子赶着马车来到棺材铺，把打好的棺椁从铺内抬出装上车，很快便出了瑷珲城，当天走了 104 里，傍黑儿住进了额雨尔河站，又称二站。第二天，轻松前行 48 里，来到了库穆尔山站，又称三站。三站离小兴安岭山脊大岭不算太远，不到 20 里路，同在一座山峰上。这里盖有十多座茅草房，还有一座木头垛的站房，是康熙年间雅克萨战争前，为便于瑷珲与内地的沟通、及时传递军情而修建的驿站。

老板子将马车赶到站房前，寿山跳下车进去面见千总，递上父亲写的信函。千总打开一看，原来是富明阿将军的亲笔，又是袁少爷亲临，赶紧招呼属下接待，里里外外忙个不停。到了用晚膳的时候，千总特意备了便宴，有鸡蛋炒木耳、胖头鱼炖豆腐、干煸牛肉丝、野鸡炖粉条、红烧兔肉等，还烀了一锅青苞米。王宝财滴酒不沾，吃饱就下桌了，妞妞在旁边陪着寿山。寿山此前没喝过酒，在千总的频频举杯劝让下，不得不将一碗白酒灌下肚。没一会儿脸就红了，话随之也多了，两人你一句我一句地聊了起来。千总是云南贵州人，姓曹，名庆瑞。康熙二十五年，祖上被发遣到黑龙江，在驿站当了站丁，到他这一代已是第五辈了，30岁那年才娶了本地的姑娘，然至今未开怀儿。当妞妞插话讲起去年冬天跟着爹娘闯关东途经这里的情景时，曹庆瑞似乎挺感慨，喝了一口酒放下杯子道："咳，现在说啥都晚了。当年路过此地时，要是找到我，在这儿住上两宿，吃几顿饱饭，再给几件棉衣穿上，你娘或许不至于因冻饿而送命。"

其实呢，千总只不过说说而已，今天若不是有袁将军的亲笔信，他也未必这么热情。转天，在千总及属下的帮助下，妞妞找到了那个棵有标记的大树。刨开坑，王宝财见娘双目微微睁着，心里难受极了，扑到坑边哭喊道："娘啊，娘，你老咋这么狠心哪，未等儿看上一眼就走了，娘想儿子，宝财也想娘呀！俺离家四年，一吊钱未捎，也没写封信报个平安，真是对不住你老哇！这几年俺也是难哪，闯关东就是过鬼门关，但凡日子能过得去，千万别走这条路。咱现在又有新家了，儿子接你来了，跟儿回家吧，娘也该闭眼了……"边哭边说，边揉着娘的眼睛。

过了一会儿，大家将尸首抬起，装进棺材，寿山和王氏兄妹谢过千总，老板子驾车上了路，回返瑷珲。两天后到了家，富明阿与王克俭早已将有关事宜安排妥帖，当天就运灵柩过了江，在白旗屯袁家祖坟旁找了一块空地，依照山东人葬老的习俗，终使老太太入土为安。

王宝财在袁家与父亲和妹妹亲近了几天，这日准备回海兰泡，富明阿说道："宝财，白旗屯那儿一大摊子事儿，这边也需料理，你爹两头跑也忙不开。如果愿意，可以留下，帮帮你爹。"

王宝财回道："大爷，谢谢您的好意，想得如此周到。俺千里迢迢出来闯关东，就是想改变一下现状，不再过苦日子。在海兰泡刚刚站住脚，身边还有几个同乡，回去想想办法，一切会好起来的。"

富明阿见其不肯留下，不好再说什么，随即书就了一封信，让他带上，交给黑河理民厅的边界官庆琪，大意是让其在可能的情况下帮帮王宝财。王宝财告辞后回返海兰泡，到了黑河理民厅，求见边界官并把信函呈上。庆琪阅罢三爷的亲笔，还真帮了忙，过江找到山东掖县人所开的商号为“同永利”的老板，将王宝财安排在那儿当了伙计。

寿山与永山、妞妞每天结伴儿去上学，永山、妞妞始读《三字经》、《百家姓》，寿山已经读“四书”、“五经”了。寿山仍有看课外书的爱好，最近恒玉又拿来一本《三侠五义》，不仅寿山一人看，还在这帮孩子中传着看。书中所述“三侠”即南侠御猫展昭，北侠紫髯伯欧阳春，双侠丁兆兰、丁兆蕙；“五义”即钻天鼠卢方，彻地鼠韩彰，穿山鼠徐庆，翻江鼠蒋平，锦猫鼠白玉堂。讲的是北宋年间，河南陈州旱情严重，包拯奉皇命去那儿放粮赈灾。陈州恶霸庞煜嫉恨在心，仰仗着自己是皇亲国戚，竟派人刺杀包大人。南侠展昭、锦猫鼠白玉堂、老隐士晏子陀等人暗中保护并帮助包大人，使其得以刀铡国舅，除暴安良。之后，包拯又查清了皇宫的一桩多年冤案，即狸猫换太子之事，使仁宗与李娘娘母子终于团聚。孩子们读罢，不仅被生动曲折的故事所吸引，更主要的是被书中人物坚持正义、驱除邪祟之勇气所感动。

一日，寿山和小伙伴们去了城外，折了几根草棍儿插在一个小土堆上，按着书中讲的情节拜起了“把子”。六个孩子中，喜昌不算，因其是寿山的孙辈，除了他正好五个。按年龄算，扎伦布最大，为老大钻天鼠；恒玉次之，为老二彻地鼠；霍振芳老三，为穿山鼠；寿山老四，为翻江鼠；玉庆最小，为老五锦猫鼠。五个孩子跪在地上，双手合十，异口同声发誓道：“不求同生，但求同死。有福同享，有难同当。多行正义，除暴安良。大敌当前，不做孬种。”

五兄弟磕头拜把子的事儿，喜昌告诉了永山，永山又告诉了妞妞。吃完晚饭后，永山和妞妞悄悄去了寿山那屋，拽其衣襟儿一个劲儿地央求道：“哥哥，哥哥，以后出去玩儿，一定得带着我俩，行吗？”

寿山被缠磨得没招儿了，只好答应道“行行行，知道了，再出去玩儿，准保叫上你们。”

漫长的冬季过去了，春天来了，冰雪消融，该开江了。开江也是一道胜景，黑龙江的开江分文开和武开两种：先是下游，后是上游，依次而开，冰排顺顺当当地流下去，谓之文开；下游不开，上游先开，谓之武开，又称倒开江，那场景可是十分壮观。这一天，寿山这帮孩子们来到了江边高处的龙王庙下，此庙是前几年才建的。瑷珲老早就有关于小黑龙的传说，而且既与龙王庙有关，又与黑龙江有关，朱伯西我不妨给大家讲一讲。

在很久很久以前，山东掖县的一个村庄里住着一对儿年轻夫妇，丈夫叫李勤，身强力壮，勤劳肯干，开荒种地，日出而作，日落而归。妻子叫秀兰，模样儿俊俏，善良贤慧，心灵手巧，纺线做衣，操持家务，井井有条。夫妻恩爱，男耕女织，吃穿不愁，小日子过得倒也不错。惟一不如意的是婚后数年，妻子没有开过怀儿，心里很是着急，有时盼子心切，茶饭难进。一天，妻子跟丈夫商量道："都说咱庄上供奉的龙王很灵，我琢磨着不如去龙王那儿求求，或许能求个一男半女，你看呢？"

李勤理解妻子的苦心，点点头道："好吧，那咱就去一趟。"

于是选了个吉日，夫妻俩来到龙王庙，边跪拜边哭诉，请求龙王送子，且长跪不起。二人的诚心感动了东海龙王，遂亲往天庭灵霄宝殿，向玉皇大帝奏明此事，请求为李勤夫妇赐子。玉帝非常体谅民心，便降旨殿前侍卫——东海龙王的三太子小黑龙下界投胎，并令其体察民情，惩恶扬善。

小黑龙领旨后，不敢怠慢，驾起云雾赶往人间，一路边行边寻思："俺出身龙家，又被玉帝看中，侍奉左右，耳提面命，受益匪浅。今到人间，决不辜负玉帝之信任，定为民除害，成就一番大业。"

李勤夫妇正在长跪不起之时，突然庙外狂风大作，霹雳闪电，眼看一场大雨即将来临，只好起身回家。刚走到庙门口儿，一个巨雷在秀兰的头顶炸响，立马昏了过去。李勤见状，吓得手足无措，愣怔片刻，抱起妻子就往家奔。

说来也怪，李勤前脚刚一踏进家门，雷电随之停了，天空晴朗了，秀兰也苏醒了，还有了身孕。二人惊喜之余，感到十分不解，难道龙王爷真的显灵了？

一晃秀兰怀胎十个月了，然并未如期生产，心里这个急呀！一直等到 12 个月了，即怀胎整整一年那天，一个男婴呱呱落地了。小两口儿高兴极了，凑近孩子仔细端详，见其长得额宽口阔，眼睛大而发亮，肤色黝黑，非常可爱。奇怪的是刚生下来就会说话，能跑能跳，特别喜欢水，天天到村前的河里去玩儿。一时间，村中的男女老少议论纷纷，皆言这孩子可能是龙脱生的，又因其长得黑，便叫他"小黑龙"。

小黑龙自知是龙的根性，担心睡着了会现出原形，故而平时只在饿了的时候回家吃奶，吃饱了就跑出去玩儿。有一天，吃奶时睡着了，真的现了原形，正好被下田回来的李勤看到了，不由得"啊"的一声惊叫！慌促之中，顺手抓起一把菜刀砍了过去，小黑龙一下子疼醒了，随即伴着一道闪光从窗户蹿了出去，屋地上留下了半截儿尾巴。从此，人们称没了尾巴的小黑龙为“秃尾巴老李”。

小黑龙被父亲砍掉了尾巴，疼痛难忍，又不敢回家，只好腾云驾雾来到东北的一条大江上方。从云端向下望去，见江边有个山洞，洞前不远处还有泉流和水池，便决定先在此住下养伤。进入山洞一看，像事先为他准备的一样，有石桌、石凳、石床，生活用品一应俱全，很是方便。从此，他每天去泉流中饮水，在水池里洗澡，伤口渐渐愈合了。

小黑龙养好了伤，化作人形去民间访查，发现江两岸土地荒芜，人烟稀少，百姓生活十分困苦，心中很是纳闷儿，见人便打听缘何如此？可所问之人皆支支吾吾不敢说，有的干脆躲开了。后来在江边遇到一位渔翁，老人家不在乎，向他讲了实情。说是这江里有条白龙，是大禹治水时，从南方逃来的恶龙。虽然环境变了，但白龙仍恶习不改，时不时地发大水，还无端地向当地住户索要美女及猪、马、牛、羊等，备齐了投入江中奉送给他。倘若满足不了其要求，就兴风作浪，冲毁房屋，淹没庄稼。致使沿江两岸的居民没有粮食吃，无处栖身，度日艰难，不得不挑着儿女迁往他乡。

小黑龙听后，怒火中烧，决心除掉恶龙，还百姓以平安。于是向老渔翁讲了自己的身世，提出了惩治白龙需做哪些准备，希望大家伸出援手，共铲妖孽，说完化作一缕青烟腾空而去。

老渔翁回到村里，把各家各户召集到一起，讲述了遇见小黑龙的经过。大伙儿听后，立即按小黑龙提出的方案去做，男人备些石头、白灰拉到江边东山崖，女人回家蒸馒头，帮助小黑龙战胜白龙。

次日正午时分，乡亲们来到江边东山崖上等候，没一会儿便见小黑龙和白龙在江中交手了。个个一眼不眨地盯着，看见黑水上来时，就往下扔馒头；看见白水上来时，就往下扔石头、撒白灰。小黑龙在众人的配合下，经过九九八十一天的搏斗，终于使白龙败下阵来，朝西南方向逃去。小黑龙战胜了恶魔，乡亲们高兴极了，东山崖上一片欢腾！小黑龙跃出水面，对大家的支持和帮助表示感谢，并说为了防止白龙再到此作恶，他不走了，就驻守在这条江里。打那以后，江两岸连年风调雨顺，百姓安居乐业，生活美满。

一晃五年过去了，小黑龙无时无刻不在思念二老，遂驾起云雾回山东老家探望。可到家一看，只有父亲独守空房，却不见母亲。经询问得知，自打他被父亲砍伤出走后，母亲到处寻儿，连着急带上火的便得了病，久治不愈，前年过世了。小黑龙悲痛万分，在父亲的引领下，来到母亲的坟头儿大哭一场。从此，他每年都回山东老家给母亲上坟，顺便拜望父亲。这一年，小黑龙又回家了，不见了父亲，母亲的坟也不见了，便向左邻右舍打听。一位老者告诉他："你家的地与本庄的财主'吴老狠'家的地相邻，他看你家坟地风水好，庄稼长势也好，硬说是占了他家的风水，并向你父要这块地。李勤坚决不从，吴财主就带领家丁活活把你父打死了，不仅占了地，还将你母的坟给扒了。"

小黑龙听罢，气冲头顶，发誓非除掉这个恶霸不可！随即化作龙身，来到吴财主家的上空。此刻，"吴老狠"正与妻妾们把酒言欢，突然狂风大作，飞沙走石，天昏地暗，房屋摇晃，并有龙爪伸进门来，知道定是小黑龙回来报复，早已吓得魂不附体，瘫倒在地。不多时，财主家的四合院儿被夷为平地，坏事干尽的"吴老狠"及其家丁、打手统统砸死在里边。

小黑龙出了这口恶气之后，又找到了父母的尸骨，重新为二老修了坟、立了碑，跪拜了三天三夜方起身离去，返回北地。他告诉乡亲们，我已将二老安葬，从此再也不离开这条江了，永远和你们在一起。人们为了感谢他，永记其恩德，便给这条江取名为黑龙江。

话接前书。孩子们来到龙王庙下，这可是看开江的好地方，每年都是应时而动。今年恰好是武开江，上游的冰排排山倒海似的涌了下来，前推后撞，冰块儿相互挤压得像一座座小山，有些被推到岸上，发出咔嚓嚓、轰隆隆的响声，犹如山崩地裂。孩子们看得好过瘾哪，呼喊着，欢笑着，还跳上了岸边的冰排。那冰排看上去有半人多高，可脚一踏上却哗啦一下散开来，不是冰块儿，而是一根根晶莹剔透的冰柱儿。俗话讲："宁踏封江一寸冰，不踩开江三尺峰。"说的就是封江时，看着冰很薄，一寸厚却可禁得住人；开江时，看着冰很厚，千万别上去，一踩冰就碎，随之掉入江中。冰柱儿成了孩子们的玩具，拿在手中当枪、当棍，互相对打着，一节节地断掉，还时不时地放入口中嘎嘣、嘎嘣地嚼着。

孩子们看了开江，意犹未尽，过了几天，妞妞又冲山哥嚷着去采江葱。寿山心想："冬季一点儿绿色不见，每当天气转暖，妈妈就用江葱、鸡蛋和馅儿，或包饺子，或烙盒子，那可是春天里的美食，真好吃！"便点头答应了。这日，学堂放假，寿山吃过早饭便叫上妞妞和永山，拎着小筐儿、带把小刀出了家门，又把几个小伙伴儿招呼出来，一块儿前往上游不远的妮雅通。妮雅通水大时是个岛子，水小时是个半岛，踏着沙滩就可以过去。岛子的岸边生长着一溜儿柳树通，往下是片黑油沙地，再往下是片白沙滩。开江后，杨柳吐芽儿的时候，黑油沙地便长出了一簇簇嫩绿的江葱。孩子们到这儿一看，嚯，满地都是江葱，就蹲在地上用小刀剜了起来，不一会儿，每个人的小筐儿皆盛满了。他们又跑到江边，发现江中有只小船，一位老翁正在下挂网。也就两袋烟的工夫，老翁起了挂网，划着小船靠了岸，见一帮活蹦乱跳的孩子正在岸上疯跑，整个冬天没个人气，这可是请都请不到的小客人，遂大声喊道：“孩子们，都过来，帮爷爷摘鱼，咱炖一锅又鲜又香的开江鱼，管够吃！”

寿山第一个跑过来，另几个紧随其后，到了跟前兴致勃勃地摘取挂在网上的鱼，装进竹篓儿里，再背的背、抬的抬来到了老翁的居处。这个院子不算小，周围夹着板障子，院内盖了三间草房，窗前辟块小园子，因节气尚早，还没有耙垅。孩子们进了屋，七手八脚地帮着老爷爷忙活开了，有的收拾鱼，有的生火，有的淘米。时间不长，鱼炖好了，饭蒸熟了。西屋地当间儿立着一张桌子，两边各摆一个长条凳子，大家围桌而坐。这时，腰系围裙的恒玉和扎伦布把两盆鱼端了上来，又为每人盛了一碗热气腾腾的小米饭，那真是香气扑鼻、馋涎欲滴呀！老翁笑呵呵地说：“吃吧，吃吧，趁热吃味道才鲜美。”

孩子们也不客气，你一筷子、我一勺子地连吃鱼带喝汤，扒拉着小米饭，个个造得满头大汗。妞妞是山东人，不认识江鱼，一边吃一边用筷子指点着问：“爷爷，这是什么鱼？还有那种鱼，叫啥名儿？”

老翁耐心地解释道：“这是雅罗，可谓名鱼，乃黑龙江出产的‘三花五罗’之一。‘三花’即指鲒花、鳊花、鳌花，‘五罗’即指哲罗、法罗、铜罗、沙罗、雅罗。那是鲇鱼，江里产，河里也产。那种是虫虫，又叫重唇，就是双嘴唇。住在水边的人皆知，要吃就吃鲤鱼头、鲇鱼腿、鳊花肚囊、重唇嘴。”说着夹起一块儿重唇嘴放进妞妞的碗里，接着又道：“丫头，这重唇嘴又嫩又鲜，放心吃吧，不会长双嘴唇！”话音刚落，孩子们哈哈笑了起来。

寿山一向好琢磨，他知道“妮雅”满语是大雁的意思，可是这妮雅通为什么叫大雁岛呢？待吃得差不多了，便问起了老爷爷，老翁给孩子们讲了段儿大雁岛的故事。

很早以前，这个岛子上住着一个姓常的满族小伙子，名叫大力，以打鱼为生。初秋的一天，大力打完鱼回家的路上，忽然听到似乎是姑娘的哭声，四下一寻摸，发现草丛里有只伤了腿的大雁。他赶忙撕下一块衣襟儿扯成条儿，把雁腿包扎好，双手捧回家，精心喂养。转年春天，大雁腿伤痊愈，大力将其放回了蓝天。

又一年的初春，江河、大地冰消雪融，大力打算先把破损的鱼网补好，过几天该用了。推门一出屋，见一个姑娘正在院内补网，当即怔住了，问道："你是谁家的，为何帮我补网？"

姑娘莞尔一笑道："怎么，不认识了？前年我伤了腿，是大哥给治好的。小女叫妮雅，是爹妈让来的，准备与你成亲。"

大力惊喜万分，忙道："我只有一条船，一张破网，你不嫌弃就好。"

二人成亲了，大力每天去打鱼，妮雅操持家务，小日子过得火炭红。转瞬间三年过去了，又到了秋天，大雁开始南去。一日傍晚，大力打鱼回来，看见一只黑老鹰在门前旋来转去的，顺手捡起根棒子将老鹰赶跑了。忽然又听媳妇儿在屋里哭，急忙进屋问道："妮雅，怎么了？"

妮雅拉着大力的手呜咽道："夫君，妻本不是人，是东海龙王的三孙女。那年变成大雁出来玩耍，不小心跌伤了腿，幸亏被你所救。我不愿呆在龙宫里，和父母商量妥了，变成姑娘向你求婚。如今爷爷知道了，大发脾气，差二孙子变成老鹰来抓我，逼着立即回去，若是不从就啄死我。"

大力犯难了，问道："有啥办法阻止他带你走？"

妮雅说："将门窗打开，把鱼网挂上，老鹰就进不来了。"

大力照办了，并拿着鱼叉守候在门前，整宿未敢进屋。次日一早，房子上空突然出现了黑云，妮雅惊恐地喊道："夫君，不好了，爷爷来了！"随之狂风怒号，昏天黑地，大树拦腰折断了，房子倒塌了，鱼网飞了，姑娘变成了一只大雁，头顶血淋淋的，死在沙滩上。大力哭得死去活来，守着大雁七天不吃不喝，最后躺倒在大雁身旁。

乡亲们被他俩的忠贞爱情所感动，就地挖了个深坑，将其埋在一起。妮雅的姐妹十分伤心，每年春季一到，就变成大雁成群结队地飞来岛上悼念他们，后人便将此岛取名为妮雅岛。

孩子们听了这个凄惨的爱情故事，心里酸酸的，都不吱声儿了。玉庆为了缓和一下沉闷的气氛，调谑道："寿山哥，你干脆留在这个岛子上吧，像那个小伙子一样天天打鱼。"

扎伦布接茬儿道："妞妞，你就是妮雅，天天给补网、做饭。"

妞妞爽快地答应道："行啊！"说完一琢磨，似乎不太对劲儿，又不好改口，羞得脸红红的。

孩子们的生活每天都是快乐的，可是这些年来，江东旗屯一直不太平。俄人继咸丰九年在江东建了两个屯子、一处俄站之后，又于同治五年先后建了两处俄站，一处是段奇法俄站，在段奇法屯北二里许，设有站房一所，仓库一所，俄官一名，俄兵十名。另一处是卡尔多俄站，在卜尔多屯南一里许，设有站房一所，仓库一所，俄官一名，俄兵十名。同治六年，俄人于补丁屯西南15里处建了乌拉狄米洛夫卡屯，西靠精奇里江，南、北、东三面邻霍尼呼尔哈、补丁、远地等屯。之后，俄官路新奉穆拉维约夫之命，带领十余骑兵擅自犁江东东部界沟。与此同时，又从霍尼呼尔哈屯起，至补丁河西南犁记一道，圈占我霍尼呼尔哈、补丁、远地等屯田地、牧场计20余垧，归属乌拉狄米洛夫卡屯。继而私自在乌拉狄米洛夫卡屯周围钉立木桩九根，犁记六里，不准我补丁屯、霍尼呼尔哈屯居民到此打草放牧。接着俄国商人在俄站段奇法屯搭盖了大小房屋11所，占地南北长一里，宽约五六十步，有俄人八至十名不等。

同治十三年，一帮俄兵闯入临近黑龙江边的段奇法屯，强迫该屯居民为其带路。由于不听指使，竟破口大骂，并以鞭抽、捆绑相威胁。大家无比气愤，与其理论，言语不和，发生厮打，他们居然举起大刀将手无寸铁的乡民砍倒。事后，俄官强词夺理，以聚众闹事、不听劝阻、致俄兵受伤为由，将该屯的库克精额等五人抓走。

俄人为了使海兰泡与伯力之间联系方便，还于同治六年至同治十年，多次在江东界内埋立线杆，强拉电线。对于他们在江东设屯、建站、架设电线之举，当地居民表示强烈反对，并与其进行了坚决斗争。仅就反抗俄人强拉电线而言，同治六年初挖柱眼时，居民便以有碍房园、田基为由，平毁80余处。同治七年，沙俄自托力哈达屯至霍尼呼尔哈屯埋立800余根电柱，江东居民不畏强暴，拔除八根，同治九年、同治十年各拔除四根。

光绪元年，俄人又在江东东部改立线桩，当地居民纷纷向瑷珲副都统禀报。副都统当即派骁骑校过江弹压各屯民众不得滋事，同时会晤沙俄阿穆尔当局军政长官，提出"农丁劳苦经年，竭力耕种，务望传知埋竖之官不可在田里立桩。”俄酋竟以“线桩自来取直，并无特意向地里埋竖”为由予以反驳，拒不相让。九月中旬，沙俄不顾我方一再照会，30余名俄人自下而上于江东埋立电柱。当到二沟子屯时，把13根电柱埋在农田里，该屯乡民当即拔除四根。俄人见我方人多势众，未敢吱声儿，悻悻而去。后来埋至段山屯时，又遭该屯乡民阻拦，俄方以武力相威胁，在二沟子、段山二屯鸣枪震慑，并绑走乡民120人。大家不顾俄官兵的武力恫吓，六十多人逃出后进城禀报，瑷珲副都统仅能以口头抗议、书面照会要求沙俄放弃侵吞江东的行为。阿穆尔当局对此不仅置若罔闻，反而变本加厉，之后又发生了“苏忠阿垦地事件”。

苏忠阿，满洲吴扎哈拉，汉姓吴，满语名叫苏忠阿。光绪年前，祖居江左托力哈达屯，又称对哈达，满语意为对山，是江东旗屯南部建立最早的一个屯子。到光绪初年，已有满、汉、达斡尔500余人，近50户。由于该屯挨近黑龙江，江心淤积渐高，所种之庄稼屡遭水淹，苏忠阿遂于光绪元年迁至距托力哈达屯17里的大泡子屯东，在放牧之处开垦荒地，搭盖窝棚居之，人称此地为吴家窝棚。俄人不断侵吞江左旗地，以苏忠阿垦地远在本屯界外为由，将其200余垧土地圈占。我方多次交涉，俄方片面强调黑龙江以北已划归俄罗斯，拒不归还。瑷珲副都统出于迫不得已，只得将官司打到了京师理藩院，清廷多次向俄外交部照会，终因江东旗屯东部划界的纠纷，直至江东六十四屯被沙俄霸占也未归还。

沙俄对江东一带的侵吞、骚扰、威胁、恫吓，激起了当地民众的极大愤慨，他们自发地组织起来，各屯分设了百户总长并十户长，同时成立了乡团，派人筹集粮米以备战时之需，要求各乡团自保自段，无事各自务农。

有一天，寿山把伙伴们召集到一起，像个小大人似的双手往后一背，挺直腰板儿动员道：“兄弟们，不要忘了我们的誓言，‘多行正义，除暴安良，大敌当前，不做孬种。’眼下，咱的家园遭到沙俄侵略者的破坏，父老乡亲受尽欺侮。大人们都组织起来了，随时迎战，并成立了乡团以自保。我们也不是白吃干饭的，要行动起来，跟侵犯我大清的罗刹鬼干到底！”

站在一旁的恒玉接过了话茬儿：“说得对，大人们叫乡团，我们叫童子团！”

“这名字太好了，就叫童子团！”大家齐声叫好儿并鼓起掌来。

童子团成立了，成员推举寿山为团长，恒玉为军师，扎伦布为团副。具体干些什么呢？孩子们七嘴八舌地议论开了，还是军师恒玉主意多，说道：“俄人不是在江东改立线桩么，咱力气小，拔除不了电柱，干脆割电线。”

团副扎伦布补充道：“对，割了电线，还得想法儿让他们发现不了，干着急……”

寿山认真听完大家的意见，据此进行汇总，然后做了具体安排，并对每一个团员给以了明确分工。第二天下晌，童子团的成员带上家巴什儿齐集江东白旗屯，一同前往二沟子屯。到了戌时，由玉庆、喜昌站岗放哨，寿山、恒玉、扎伦布、霍振芳分别爬上相距颇远的4根线杆，用老虎钳将磁瓶处的电线掐断，再重新绑在磁瓶处，表面看起来完好无损。一切就绪，下了线杆，拍拍身上的土，悄悄返回白旗屯住下。次日吃完早饭，为了检验昨晚的战斗成果如何，寿山派出年龄较小的玉庆、喜昌去了附近的俄人站房。二人进了屋，装作若无其事的样子同俄兵玩耍，见一名俄官抓着电话耳机哇啦哇啦直喊，一个劲儿地摇手柄，可电话就是不通，气得脸红脖子粗，随即派出几个超哈[①]出去巡查。俄兵沿线仔细看了一圈儿，没有发现任何异常，回来报称线路完好，不知是哪里出了问题。两个孩子暗地里偷偷乐，装模作样又玩了一会儿便跑了回来，向团长如此这般一说，个个笑弯了腰。

童子团首战告捷，寿山开始思谋了，下一步该做什么呢？也巧，没过几天，江东段山屯发生了一起交涉事件，团员们又有了用武之地。段山屯位于江东旗屯之东，一条犹如辘轳把的小河将一座小土山断开，分河西、河东、河北、河南四个屯。从该屯往东去并无村落，只是一片荒原，再往东700里可见起伏的山峦。刚开始时，中俄双方村屯相距较远，最少五六十里。一段时间后，沙俄不断向西安插民户，不几年就有二三十个村屯迫近我乡。到同治末年，俄罗斯移民越来越多，而且横行霸道，任意扩大地盘儿，甚至强行侵占江东旗屯牧场和田地。去年，俄人在段山屯沟外牧猎之地擅自埋立木桩，圈占土地。段山屯的住户岂能甘愿忍受俄人侵占、欺侮？遂聚众与之理论，俄人竟出口不逊，乡民一怒之下，将其埋立的木桩全部拔掉。今年春天，沙俄又变换花招儿，阿穆尔当局向瑷珲副都统照会，声称需借买段山屯沟外之地，作为刈草、

① 超哈：满语，兵。

牧马、耕种之用。瑷珲副都统当即复照，援引《瑷珲条约》之规定，严正指出：“查条约即经载明，遇有中国人所住之处、渔猎之地，不准俄国人等侵占。以该处系中国人牧猎之地，自应照约办理，庶期两安。若谓尔国人等借买，殊与条约不符，不敢擅行。”

在佐领桂廉过江投递照会的当日，八九个俄人已急不可待地来到段山屯沟外，强行开犁耕垦。寿山听到这个消息后，立即集合童子团，乘摆渡过了江，一路小跑前往段山屯，到了屯外的大草沟，见俄人赶着三副铁犁正在开垦荒地。此种铁犁当地人称之为“三马了子”，前头两个小铁轮，中间一个犁铧，后头两个大铁轮，意为三匹马能拉着跑。童子团前脚儿刚到，段山屯的民众后脚儿扛着锹、拎着耙向这边跑来，大伙儿迅速将俄人围住，有的拉着马，有的拽着犁。就在即将发生争执的时候，该管地协领急匆匆地赶到了，一面晓谕村民不得滋事，各回各家，一面派人过江向瑷珲副都统禀报。过了戌时，童子团的孩子们拿着扳子、带着钳子来到大草沟，乘着月色将俄人铁犁的犁铧卸了下来，或扔在草棵子里，或沉到泡子里。

第二天，瑷珲副都统派佐领桂廉过江会晤，俄官以当日是礼拜天为由不予接见。第三天，在我方一再要求下，俄官才不得不见。会晤中，桂廉强调道：“俄方应遵约而行，强行开犁耕垦，有失两国和好。”

俄官自知无理，狡辩道：“该处为空旷之地，一直以来，无人耕垦。”

桂廉接着又道：“去年尔方埋桩圈地，我方乡民予以阻挠，各不相让。如果任其发展，容易引起争斗，事态会越来越严重，后果不堪设想，请自酌之。”

俄官思虑再三，只好答应唤回俄人，并保证以后不会发生此类事。谈判过后，桂廉派人告知段山屯乡民：“两国经过协商，已达成共识，俄人不再开垦。他们声称犁铧不见了，谁卸下的，请主动送还。”

犁铧哪儿去了呢？无论问到谁，皆摇头说不知道。当地管事协领估计一准是那帮孩子干的，唤来恒玉，恒玉说不知道；唤来扎伦布，扎伦布也称不知情。最后找来寿山，说明利害：“小团长大人，如不交出犁铧，恐怕惹起纠纷，那不是闹着玩的，赶紧物归原主吧！”

寿山点点头，立即集合童子团，二番脚去了大沟子，扔进草棵子里的犁铧好办，找回来就是了，沉到泡子里的需费点儿事。孩子们都是江边长大的，会凫水，又封了钻天鼠、彻地鼠、穿山鼠、翻江鼠、锦猫鼠，这可是显示能耐的好机会。大伙儿争先恐后地跑到泡子边，脱光衣服跳下水，搂狗刨，扎猛子，浮上来，沉下去，折腾了好半天，根本未见犁铧的影儿。寿山问道："当时谁扔的？仔细想想，扔在泡子的哪个地儿了？"

站在水中的玉庆一边应声儿："是我扔的！"一边四下寻摸，然后往西游十来米远，一个猛子扎下去，没用半分钟便浮出水面，抹了把脸上的水珠儿喊道："找到了，在这儿呢！"

孩子们齐向玉庆那里游去，潜进水里，看是看到了，就是搬不动。扎伦布游到泡子边，找来一根绳子，一头儿拴上犁铧，一头儿大家用力拉，好不容易弄上岸，总算交了差。

不料事过三天，俄人又在段山屯附近垦了一片地，穆昆达多隆阿立即将此情通报给桂廉佐领。次日，桂廉会同多隆阿往见俄官，指责道："垦地之事此前已议定，双方达成了共识，为何仍恣意妄为？"

俄官无言以对，理屈词穷，只好书就文牍两份儿，一份儿交于俄兵拘传私垦之人，一份儿交于多隆阿给开地俄人阅看。在江东父老乡亲的强烈要求下，俄人不得不拆除窝棚，车载犁器，退出段山屯牧地。

孩子们在不知不觉中长大了，到了光绪二年，寿山已是 16 岁的小伙子了。中等偏上的个头儿，瘦削的脸，一条粗黑的辫子垂在脑后，颈部的喉结清晰可见，说话声儿也变了，不再是童声童气了。妞妞 14 岁了，一头浓浓的黑发，前额垂着整齐的刘海儿，长长的睫毛，忽闪着一对儿水灵灵的大眼睛，浑身散发着青春的气息。彩云对干闺女的称呼早就改了，一口一个"青莲"地叫着，妞妞有时会不由得满脸绯红。她不再像从前那样像个跟屁虫似的，动不动就随着寿山这帮野小子到处疯跑了，寿山也不像过去那样出门总是领着妞妞了。曾有那么一天，寿山刚要离家，妞妞知道一准是童子团有什么事了，便破例地嚷嚷道："山哥，你上哪儿？俺也去！"

寿山并未回答，小声儿说了一句："妹子，都成大姑娘了，别老跟着我。"

妞妞撒娇地拉着寿山的手说："跟着，跟着，现在跟着，将来也跟着，一辈子都跟着！"

寿山连忙答应道："好好好，跟着，跟着。"

妞妞是穷人家的孩子，从小跟着娘里里外外、房前屋后地忙乎，什么活儿都干。刚到袁家时也闲不着，无论是洗涮哪，缝补哇，还是做鞋呀，喂鸡鸭鹅狗啊，样样儿拿得起来放得下，后来向邻居的一位从湖南逃难至此的大嫂学了刺绣和裁剪。刺绣时，先在一块白布上画出好看的图案，然后用花绷子绷紧，再以各种颜色的丝线上下穿引，几个晚上便绣成了，其绣品的质量不亚于湘绣。裁剪时，不用尺，不用笔，比照着身子或者是穿过的衣服在布上用手量，做出记号，然后就下剪子，缝成的衣服真挺合身，有腰也有胯。这两年，寿山的衣着打扮基本不用母亲操心，每晚临睡前，妞妞总是把洗好的衣服叠得板板正正的放在寿山枕边。寿山的袍子、褂子大多是妞妞亲手缝制的，布鞋做了一双又一双，连出门穿的靴子也预备了五六双。妞妞爱整洁，炕沿、锅盖都是木制的，擦得明光瓦亮。炕东靠墙摆着炕柜，柜子上摞着被褥、枕头，你家干不干净，一看便知。枕头是长方形的，上绣各式图案作为装饰，谁家赫赫的手巧不巧，这也是一种标志。妞妞给富明阿两口子用的枕头绣了不同的图案，一个是“飞鹤长鸣”，一个是“麻姑献寿”，给寿山的枕头绣的是“出水芙蓉”。

这一切，都逃不过彩云的眼睛，说实在的，她是过来人了，能不懂妞妞的心么？何况还真是打心眼儿里喜欢这孩子，只是碍着其身世拿不准主意罢了。正当彩云犹豫不决的时候，妞妞的哥哥王宝财来信儿了，说是马上要成亲了，娶的是大车店老板的女儿。结婚是大事，家里总得有人到场啊，王克俭与富明阿两口子商量道：“大哥，大嫂，眼下正是农忙季节，我脱不开身，让妞妞和寿山走一趟吧！”

二人一合计，觉得也行，寿山去过海兰泡，带着妞妞一同前往，家里可尽管放心，遂点头同意了。那么，王宝财现在是怎么个境况呢？他从瑷珲返回海兰泡后，在庆琪的帮助下，在山东掖县人开的“同永利”商号当了伙计。有了像样儿的差事干，月月能拿到俸银，于小北屯开大车店的韩老板便答应将女儿翠花许配之。一年后，王宝财总算有了余钱，再加上以前要熊时积攒的，翠花家又给拿点儿，于是租了一套房子，开起了金银首饰店。

近些年来，精奇里江沿岸，即俄人所称的结雅河一带发现了金矿。远东地广人稀，劳力紧缺，山东、河北大批闯关东之人聚集海兰泡，仅结雅河沿岸金矿上就有一万多人。采金是一种又苦又累又危险的活儿，素有吃苦耐劳之称的山东、河北的难民深受俄人欢迎，纷纷在各金矿干起了苦力。当时，俄人采金同样没有机械，全靠手工，一般要经过按碃、上溜槽、摇簸箕等几道程序。所谓“按碃”就是挖金坑，顺着金线掘横洞，一个连着一个。因为洞是圆的，所以一般不会脱裤子，即塌方。掘到两米深时，必遇到冻层，又称老层、老冻，需以火攻。割回山里的刺刺秧点着，用烟熏，这叫沤。过了冻层便是卡拉层，即石层，挖到圆圆腚的卡拉有金子，尖尖腚的没金子。然后是沙层，里面含有沙金的就可以“上溜槽”了，即粗选。溜槽子是一种铁板制成的长形条具，上边开凿出密密麻麻的小孔，顺着山坡儿按一定角度倾斜放置。在铁槽下再置木溜槽，其中放上格子，沙子经过两段溜槽后金末儿沉底，泥沙被水冲走。溜槽分为大溜，小溜，运沙分为车马运，人力运。“摇簸箕”是一种水选法，三五成群下水用簸箕沙里淘金，将金子与沙子分开。

手工采金没有冬天干的，天寒地冻，无水既摇不了簸箕，也上不了溜槽，按碃亦十分困难。下雪了，上冻了，金矿随之歇业了，金工们领到少许碎金作为工钱。精明者在摇簸箕时，把沙金偷偷藏在鞋窠里，一点点儿攒起来。回到海兰泡或黑河后，租住在店房内，开始了漫长的猫冬。此时，他们往往急于出手沙金，换回银元或卢布，一部分捎回老家，一部分作为一冬的生活费用。王宝财未来的丈人老韩头儿看准了商机，便给他出主意，说是可将金工手中的沙金低价购进，做成首饰高价卖出，这其中大有赚头。王宝财按其所言做了，不仅开了店，生意不错，还在小北屯翠花家附近买了房，购置了家具，这不，正准备风风光光地举办一场婚礼呢！

寿山是第二次来到布拉戈维申斯克，即海兰泡，对这里是个啥样儿早已知晓，住户的构成情况也大致有些了解。妞妞可是头一回，看什么都新鲜，甚至觉得眼睛不够使了，尤其对逛商铺有兴趣。寿山领着妞妞这家出，那家进，既去了中国人开的同永利、永和栈商行，也去了华昌泰等商行，接着又去了俄国人开的秋林公司。这是座外墙涂着深绿色油漆、屋顶带有大圆球的三层楼房，一楼卖食品、家具，二楼卖服装、布料，三楼卖金银首饰、珠宝等，店员一律为碧眼金发、身着布拉吉、头上系着发带或别着发卡的俄罗斯小姐。寿山和妞妞从一楼逛到三楼，嚯！难怪是卖首饰的，金灿灿的，直晃眼。他们在一柜台前站住脚，左观右瞧好一会儿，寿山连说带比划地叫店员拿出一枚宝石戒指，一圈儿紫金花纹中间镶嵌着一颗晶莹剔透的心形红宝石，看了看后递给了妞妞。妞妞小心翼翼地拿在手中，翻来覆去地瞅，不由得赞叹道：“匠工的手艺太厉害了，做得如此精致，真漂亮！”

寿山让妞妞戴在手上，看看合适不合适，妞妞忙道：“山哥，这么金贵的东西，俺不能要。”

寿山笑道：“不是声称一辈子都要跟着我吗？这是送给你的礼物，权当念想。不过可要记住，回家不能说是我买的，就说是你哥给买的。”

妞妞红着脸不出声了，寻思一会儿又道：“山哥，不能光给俺买，也得给娘买。”

寿山问道：“给娘买什么呢？”

妞妞回道：“那边有手镯，挺好看的，不妨买一副吧！”

二人来到卖手镯的柜台前，店员拿出两副，一副红的，一副绿的，红颜色是玛瑙的，绿颜色是玉的，全是中国货。妞妞挑来挑去，决定买那副玉手镯，寿山付了钱，领着妞妞下得楼来，出了秋林公司，进入德国人开的孔士洋行。这也是一座三层楼房，一色红砖砌成，楼顶立有尖塔作为装饰。楼内宽敞明亮，楼上楼下全安上了电灯，棚顶吊着花灯，挂着白纱窗帘儿，可与秋林公司相媲美。由于天色已晚，没有时间一一细看了，只能大致浏览一番。当上到三楼时，妞妞扯了扯寿山的衣角儿道：“俺的买了，娘的也买了，爹还没有呢！”

二人合计了一下，走到卖钟表的柜台前，见里面摆满了各种各样的手表、怀表，货架上还有西洋座钟。寿山让店员拿出几块怀表瞧瞧，左挑右选，最后买了一块镀金并带有金链的上等怀表，这才匆匆出了洋行。

寿山领着妞妞来到小北屯一看，可与上次大不一样了，道加宽了，又盖了不少俄式的木刻楞房子。居住在小北屯的都是中国人，且大多是单身汉，只有少部分有家眷，基本上是从山东、河北等地逃荒至此的难民，先是到黑河，后由黑河过境到布拉戈维申斯克。刚开始，他们以卖苦大力为生，随着城市的发展、人口的不断增多，需要大量的蔬菜供应，而俄人不善于种植，这便成了华人的主要谋生手段。所种植的蔬菜品种多种多样，其中有俄人日常必须食用的西红柿、土豆、黄瓜、包心大头菜、洋葱、胡萝卜等，至于韭菜、茄子、辣椒、白菜一类的多半是侨居的国人或华农自食。因布拉戈维申斯克地处严寒地带，早春时节乍暖还寒，所以需在玻璃暖窖中育秧，这样方能保证蔬菜按季上市。除此之外，有的华农在暖窖中培育俄人喜欢的鲜花，能卖个好价钱。也有开设豆腐、粉条等作坊的，做的豆腐又嫩又香，为国人所青睐。还有的大量饲养牛、羊、猪，开设各类肉铺，小北屯成了布拉戈维申斯克副品食供应基地。

由于在小北屯居住的国人大多是单身汉，加之一到冬季，结雅河一带的金矿歇业，采金工全来小北屯住宿，使得王宝财未婚妻家所开的大车店生意越来越红火。寿山和妞妞径直去了大车店，韩家老两口儿此前通过王宝财已大概了解了寿山的家世，知其是将军的少爷，不敢慢待，摆上了丰盛的晚膳。饭桌上，两位老人问起了寿山父母的身子骨儿如何，又唠到了王宝财与翠花认识的经过，丈母娘唠叨开了："宝财不易呀，孤身一人来到海兰泡，住在我家店里，不抽烟，不喝酒，省吃俭用的。每天耍熊只能挣点儿小钱，一文一文地积攒，等着攒多了好捎回山东老家。哪知这孩子命苦，二老等不得了，一家三口儿离家出来找儿子，老娘竟饿死在半道儿了。宝财从瑷珲回来，想起这事就哭，睡梦中都喊娘。我也是山东人，闲着时经常唠起老家的事儿，他便把我当做娘，一来就帮着挑水、喂马、扫院子，什么活儿都干。心眼儿还好，见人受欺负了，爱打抱不平。刚住到我家店房的时候，有一天，一个俄国佬来了，看到我家闺女翠花长得好看，竖起大拇指一口一个欧钦尼合勒肖[①]地夸赞，并动手调戏。正赶这时宝财进屋了，上去就给了他两拳，然后扯着膀子拽了出去，还踢了两脚。不多日，那个俄国佬纠集了一帮人到耍熊的地方滋事，把宝财打得鼻青脸肿，浑身是血。回到店房后，经翠花的精心照料，养了半个多月才好。从此，翠花天天宝财哥长、宝财哥短地挂在嘴上了，二人你惦着我，我惦着你，形影不离了。"

丈母娘的话音刚落，丈人又接了茬儿："宝财从瑷珲回来，经黑河理民厅庆琪大人的推荐，去'同永利'商号当了伙计。这孩子头脑灵活，手脚勤快，没几个月，生意上的事儿全弄明白了。近几年来，结雅河一带发现了金矿，去那儿采金的国人很多。到了冬天，金矿歇业了，他们没活儿干，就回到海兰泡猫冬，有的住在咱家大车店里。金工们手头儿或多或少都有沙金想卖，我觉得这是个好机会，遂叫宝财把积攒的钱拿出来，我又给添补点儿，在市里租了一间房，开起了金店。巧的是我认识一个老乡是山东掖县人，会打各种金银首饰，便将其请来做帮工。在金工手里买的沙金颇为便宜，打成首饰可成了抢手货，有几倍的赚头。不到一年的工夫，宝财发财了，有钱了，岁数也不小了，二十好几了，于是开始张罗办婚事。经四下打听，先在离此不远的地儿，从一个死了丈夫的俄国老太太手中买下一套住宅作新房。收拾停当，又在市

---

① 欧钦尼合勒肖：俄语，非常好。

内阿穆尔饭店定了酒席，准备招待亲朋好友。生意人一向讲求多个朋友多条路，宝财这几年早学乖了，不仅结交了几个当官的，也认识了一些大商号的董事和经理，还有海兰泡华人商会会长，准备乘此机会进一步套套近乎。”

第二天，吃过早饭，王宝财引领着寿山和妞妞去看新房，距离不远，出了小北屯不过一袋烟的工夫就到了。这是一套刷着浅棕色油漆的木刻楞房子，四周围着与房子同样颜色的木栅栏，不大的院落里栽种着马莲等低矮的草本植物。从伸出的木制门斗进去往右一拐，是一条狭窄的过堂，南面是客厅，往里是卧室，北面是餐厅和厨房。推开客厅的门，见地上铺层红漆地板，四壁重新用石灰粉刷过，白白的。窗台上摆着月季、牡丹等盆花儿，满屋飘溢着花香，阳光透过玻璃窗照得室内十分耀眼。紧靠北墙摆着一大两小沙发，外面套着雪白的布罩，沙发前头立一长方形茶几。

妞妞进了屋，站在地当间儿四下瞅，心想：“哥哥没白闯荡，有自己的家了，有钱和没钱就是不一样。”她不敢挪步，更不敢坐，想坐也不知往哪儿坐。寿山才不管那套呢，一屁股坐在沙发上，感到软软的，像陷进一堆棉花包里。此时的妞妞发现东墙上挂着一个一尺见方的镜框儿，里面镶着哥哥和翠花的照片，便走了过去。到跟前一看，嚄，这像照得同真人一样，赞不绝口，不过对二人的着装和化妆却有些不解。嫂子穿着一袭白色的拖地长裙，头上的白纱也耷拉到地面，大喜的日子穿白的真是不吉利。还有哇，挺好看的眼睛周围涂了一层黑影儿，嘴唇本来就有点儿厚，涂上口红显得更厚了。哥哥的衣着像俄国人似的，西装革履还扎着领带，连国人的衣服都不穿了。里里外外观瞧个遍，三人回返大车店，路上寿山发了一通儿感慨：“这俄国变得比中国富，环境相对干净些，人也跟着变，真是人随风土、马随草哇!”妞妞听了，似懂非懂，只要是寿山哥哥说的，点头就是了。

转天，是王宝财娶亲的正日子，婚礼和宴会都在海兰泡最大的阿穆尔饭店举行。饭店离江边不远，是座四层高楼，门前有一广场，广场上停满了俄式马车。饭店正对大门的是间宽敞的大厅，两边是餐厅，二楼为礼堂，三楼、四楼为客房。此刻，礼堂里挤满了人，有蓝眼、高鼻、白皮肤的，也有黑眼、平鼻、黄皮肤的；有身穿长袍马褂儿、脑后拖根长辫子的，也有西装革履、颈别领结、头戴礼帽的；有细腰宽胯着旗袍儿的，也有袒胸露臂穿长裙的。正面墙上贴着大大的红喜字，喜字下头摆张长桌，桌后正中坐着华昌泰商号执事、广东人梁献臣，精通俄语，为华人商会会长。右边坐的是同永利等商号的主事、经理和两位俄罗斯官员，左边坐的是王宝财的丈人、丈母娘，还有寿山和妞妞。老韩头儿身着长袍马褂儿，其老伴儿身穿一套山东裤袄，脑袋上围着棕色包头，侧边插着一朵红花儿。司仪是位头戴瓜皮帽、身着长袍马褂儿的中国男士，高声宣布婚礼开始后，新郎、新娘步入礼堂，随之响起了钢琴伴奏声，而不是喇叭、唢呐的乐声。新娘还是妞妞在照片上所看到的那副打扮，身穿白色婚纱，双唇涂着鲜艳的口红，显得特别打眼。新郎依然是西装革履，头戴礼帽，只是脑后的那根辫子看着有点儿别扭。商会会长梁献臣以证婚人的身份站起说道："尊敬的女士们、先生们，各位来宾，今天是祖籍山东的王氏宝财与同乡韩氏翠花喜结良缘的好日子，大家同喜同贺，谢谢到场。二位新人郎才女貌，是天生的一对儿，乃天作之合。祝愿他们夫妻恩爱，孝敬父母，早生贵子，百年好合！"话音刚落，在场的佳宾报以热烈的掌声。

接下来在司仪的主持下，新人一拜天地，二拜高堂，夫妻对拜，省略了送入洞房。

婚宴设在一楼餐厅，高大而宽敞，屋顶上的吊灯和四周墙上的壁灯将室内照得通亮，尤显富丽堂皇。俄罗斯不像中国的酒席一般放数张大圆桌，而是一张张长条桌，雪白的桌布上摆满了刀子、叉子、大大小小的酒杯和瓷碟。主桌在正中，是一张大些的长条桌，坐在主桌边的有新娘的父母、寿山和妞妞、一对儿新人、商会会长以及大商号的主事、经理，还有两位俄国人，一个是长着一脸横肉的阿穆尔州金矿局局长，一个是蓄着大胡子的海兰泡警察局局长。为什么要请这两个俄官到场呢？前书讲过，结雅河沿岸发现了金矿，俄阿穆尔州即成立了金矿局。其职责一是专司对各金矿的管理，有着生杀予夺之权。作为中国矿工，说让你干就能干，不让你干就得滚蛋。二是加强对黄金买卖的监管。黄金是不能随便买卖的，一经查出，轻者没收、罚款，重者判刑、坐牢。据此，王宝财认为必须把金矿局局长请来，今后有什么事便于通融。

清朝末年，黑河、海兰泡间的边境贸易由定点互市转入自由贸易，两岸人员来去自由。随着中国人在海兰泡的逐渐增多，俄海兰泡当局有了新规定，对在此居住超过一个月以上者起居留票。警察局长经常派手下到中国人的聚居区和各大小商号去查询，或故意找茬儿，或挑三拣四，以借机搜刮勒索。王宝财为减少不必要的麻烦，住得安稳，生意顺当，自然得将警察局长请来。

主宾坐定，王宝财把盏执壶，到各桌给客人一一斟酒，翠花则为各位点烟。婚宴所备的酒除国产的白酒外，还有俄国的伏特加、黑啤酒，饮料是格瓦斯。斟完酒，王宝财给大家作了个揖道："很抱歉，本人从来滴酒不沾，只能以格瓦斯代酒了。希望各位吃得愉快，喝得尽兴，不醉不散。"

桌面儿上的菜品一道又一道全是西餐，寿山一个也叫不上名儿，什么炸鸡腿呀、大肉丸子呀、土豆烧牛肉哇、西红柿汤啊等等。其中有道菜做法颇为简单，把黄瓜、柿子切成块儿，加上煮熟的土豆和各种水果，用白色的甜酱一拌便成了。好不好吃另说着，单看颜色的搭配，会让你欲罢不能，食欲大增。每上一道菜，客人皆一手拿叉，一手执刀，向自己的碟中拨出一点儿。妞妞不知刀子、叉子怎么用，一会儿瞅瞅这个，一会儿瞧瞧那个，可自己手中的刀子、叉子怎么也使不好。坐在旁边的寿山一看着急了，拿过她手中的叉子朝大丸子扎去，放入妞妞的碟中，妞妞不好意思地笑了笑，慢慢地吃了起来。

过了一袋烟的工夫，坐在主桌的王宝财再次站起身来，给各位敬酒。先是证婚人商会会长梁献臣，接着是丈人、丈母娘，然后是大商号的主事、经理。轮到两个俄国人的时候，王宝财特意走了过去，到了跟前深深地鞠了一躬道："感谢光临，荣幸之至，请以后多多关照！"说罢将一大杯格瓦斯一饮而尽。

两个俄国人连呼道："好！好！"随即一仰脖，将一大杯白酒灌进肚。

之后，餐厅的气氛骤然变得热烈起来，你来我往互相敬酒。寿山乘着又上一道菜之机，手端酒杯站起身来，引用白居易《长恨歌》中的"在天愿为比翼鸟，在地愿为连理枝"一句敬了一对儿新人，接着是两位长辈、商会会长、大商号的主事、经理，偏偏到了两个俄国人那里却闪了过去，金矿局局长和警察局局长的脸上明显露出了不满。少顷，大胡子局长也学着中国人的规矩站起身来，依次给各位敬酒。轮到寿山了，将一大杯白酒一口喝了个精光，然后轻蔑地说："先干为敬，小伙子，该你了！"

寿山坐在那儿没动，举起杯不情愿地喝了一小口，一脸横肉的金矿局局长喊道："不不，干杯，干杯！"边说边将自己的空杯在桌子上蹾得直响。

寿山这才站起身来，端起杯欻地一饮而尽，继而给自己和大胡子的杯中倒满了酒，先喝干后，冲其喊道："干吧！"

大胡子不服，端起杯一仰脖儿，咕嘟一声下了肚，接着又给寿山倒了满满一杯道："来呀，干了！"

在哄闹声中，在场所有人的目光都集中过来，那不是在喝酒，而是在打酒仗。王宝财一看不好，担心一旦动起手来把婚宴给搅了，连忙走到大胡子跟前，低三下四地劝道："局长，千万别动气，他还是个孩子，哪有什么酒量啊，根本不是您的个儿。大人有大量，别跟孩子一般见识，饶了他吧！"

寿山三杯酒下了肚，脸也红了，气也粗了，还真上了犟劲儿了，一副满不在乎的样子。妞妞赶紧站起来拉着胳膊想把他拽出去，寿山则一个劲儿的往后挣，举着酒杯冲大胡子喊道："喝，喝呀，我就不信喝不死你！"

好在俄人听不太懂中国话，寿山在大家的劝阻下不再喊了，妞妞扶着他离开了大厅，这场婚宴才不至于不欢而散。二人回到店房，妞妞给脱掉外衣和鞋子，扶其上炕躺下。寿山的确喝多了，醉得一塌糊涂，哇哇地吐开了，妞妞忙不迭地收拾。过了一会儿，寿山安静了，不再折腾了，似乎睡着了，可是嘴里还含糊不清地叨咕着："这帮……老毛子，大胡子，我……才不怕你们呢……"

长话短说，寿山和妞妞回到家，一五一十地将王宝财眼下的境况向双方长辈讲了。富明阿夫妇听了没说什么，王克俭的脑袋却摇得如同拨浪鼓儿，也一声未吭，好像对儿子在海兰泡的所作所为并不认可。寿山把怀表掏出来递给了父亲，富明阿接过，在手中把玩着，笑呵呵地说："表是洋玩意儿，只有皇宫里才有，各式各样的，都是洋人送的。我领兵打仗一辈子，把握时间很重要，可从来没有过表，估算时间只能看日出日落、斗转星移。现在告老还乡了，这个东西同样能派上用场，饮食起居、看书、写字，就连吃药都得看看到没到点，好，好哇！"

坐在一旁的彩云见老伴儿喜欢，忙道："这可是好东西，待会儿我给你那衣服里面缝个小兜儿，用来装表。"

寿山接着将那副玉手镯双手捧给母亲，彩云欣喜地仔细打量着，半天才说了一句话："你去了趟海兰泡，看来未瞧上俄国货，而是把咱的国货买回来了。"怕儿子不高兴，又补充一句："不过这副手镯成色不错，在中国货里也是上品。"

妞妞摘下手上的红宝石戒指给大家看，说是山哥送的，在场的人皆夸很漂亮，没讲别的。

寿山和妞妞自打从海兰泡回来后，关系更加亲密了，话也多了，天天有说有笑的。这一切彩云看在眼里，暗地里犯了寻思："孩子大了，男大当婚，女大当嫁，人人如此。妞妞哪样儿都好，既孝顺，又能干，可门第不相当。自己虽然也是苦出身，但家父毕竟是郎中，嫁给老爷后，身份随之亦提高了。儿子是名人之后、将军之子，无论是身份还是地位，元配怎么也不能娶个下人哪！"思来想去，最后下了决心，只能棒打鸳鸯。一日晚上就寝时，富明阿刚刚躺在炕上，彩云便把自己的心思一股脑儿地说给了丈夫。富明阿听后，问道："那怎么办？"

彩云说："你看看周围有没有合适的，如果有，可给寿山选一个，也好让妞妞断了这念头。"

富明阿想了想道："有倒是有一个，我在任吉林将军时，因剿匪之事常与蒙古部杜尔伯特联系，得闻第十六任札萨克[1]拉西朋斯克的姑姑杜尔塔氏正闺阁待嫁。他知道我有个儿子与其姑姑年龄相仿，好像比寿山大三岁，去年曾托人找我提亲，因一时拿不准，没说同意，也没说不同意。"

彩云说："我看行，大三岁有什么不好？女大三抱金砖嘛！"

数百年来，满蒙联姻，已是相沿成习。清太祖努尔哈赤为联蒙抗明，先后娶了科尔沁宾图郡王孔果尔之女、科尔沁贝勒明安之女，揭开了满蒙联姻的序幕。清太宗的15位后妃中，七位是蒙古族，而且两位皇后均为蒙古族，其中的科尔沁部博尔济吉特氏姐妹二人及姑姑先后嫁与皇太极。孝庄文皇后13岁入宫，历经四帝，躬助三朝，两辅幼主，活跃清廷长达50年。杜尔伯特部与黑龙江为邻，满蒙或汉蒙相互通婚，更是习以为常。富明阿见夫人对杜尔塔氏的年龄没有提出异议，便道："那就别拖了，挑个日子吧，咱们带着宝子去趟杜尔伯特部。"

彩云点了点头，此事就算定下了，转天便告知了儿子。寿山对这桩婚姻打心眼儿里不满意，可他是个孝子，既不能说出口，也不敢违拗，只能听命。那个年代，婚姻大事，媒妁之言，父母包办，天经地义。没有不透风的墙，寿山要去定亲的事儿本不想现在告诉妞妞，但她还是知道了。这几天一直郁郁寡欢，见着寿山没话说，也很少去干爹、干娘的

---

① 札萨克：蒙古语，旗长。

房间。寿山临行前的头天晚上去了妞妞的屋，妞妞二话没说，拉开抽屉拿出红宝石戒指递向寿山道："这个还给你!"

寿山拉着妞妞的手，心里挺不是滋味的，说道："妞妞，你是我妹妹，永远是我亲妹妹。戒指还是留着吧，说不定哪天我走了，算是个念想。"

妞妞不禁泪流满面，哽咽道："山哥，没事儿，去吧，妹不怪你。我知道，咱们门不当、户不对，不是一样的人。"

瑷珲四月天，冰雪消融，江河顿开，杨柳吐绿，寿山与父母乘车沿着通往齐齐哈尔的官道上路了。一道每隔三十多里便有一处驿站，将军一家经过，驿站的上下人等自然是热情接待，一切安排得妥妥帖帖，富明阿夫妇很是满意，惟寿山始终高兴不起来。一周后，他们来到了五大连池，此处乃火山喷发区，14 座火山如炮阵一样拱卫于四周，中间是五个汐水相连、波澜不惊的池子。14 座火山中，有两座是康熙和乾隆年间爆发的，即老黑山和火烧山，达斡尔人称其为硫磺和尔冬吉、锦和尔冬吉。五个池子是由于老黑山和火烧山的喷发，阻断了古老的乌德连河而形成的，这里还流传着《神鹿示水》的故事。相传很早以前，五大连池一带古树参天，蒿草遍地，野兽成群，达斡尔、鄂伦春等族众游猎于林海、草地、山峦、湖泊。一年初春，有位猎人射伤了一只小鹿，小鹿带伤逃窜，猎人穷追不舍。小鹿穿过树林，跨越漫岗儿，来到药泉山下池水边，跳进池中打了个滚儿后跃出，又跑到另一池中喝了几口水，随即像箭一样逃得无影无踪。猎人很是好奇，来到池旁，只见一池泉水清澈无比，并有大量气泡冒出。于是蹲下身掬水喝了两口，一股清凉甘甜之水沁入肺腑，顿觉神清气爽，认为此乃天赐神水。其后，族众奔走相告，消息一阵风般传开了，人们纷纷来此饮水治病。

寿山与父母到五大连池时，正赶上过五月节，药泉湖边石龙台到处是鄂温克、鄂伦春人所搭的圆锥形撮罗子[①]，他们称之为"仙人柱"，与蒙古族搭盖的穹庐十分相似。还有满人、达斡尔人、汉人所搭的以草苫顶的窝棚，一座挨着一座，人流如潮。达斡尔人、蒙古人在湖边垒起了敖包，用以祭祀，鄂温克人、鄂伦春人、满人来到火山堆旁祭山神。当日子夜，人们先是蜂拥于药泉湖旁的南、北两泉争饮子夜水，然后到二龙眼泉洗眼明目，再去翻花泉把矿泉泥糊于头上。民谚曰："南泉子

① 撮罗子：索伦语，帐篷。

睡觉，北泉子尿尿，二龙眼瞎子闹，翻花泉最有效。”意思是说南泉子治疗神经系统疾病，北泉子治疗泌尿系统疾病，二龙眼泉治疗眼疾，翻花泉治疗秃头。

三人在五大连池歇息了几天，喝了神水，也洗了眼，就是没有糊头，接着继续东行，前往黑龙江将军的驻地齐齐哈尔。其时，任黑龙江将军的是文绪，盛京人，刚由黑龙江副都统升任黑龙江将军。不管怎么说，他与富明阿是半个老乡，老乡特意登门拜访，地主之谊是必须尽的。富明阿之所以来到齐齐哈尔，不仅仅是顺路，主要是准备在这里为未来的儿媳妇选购初次见面的礼品。按照蒙古族的风俗，一般小户人家的规矩是婚前要经两个程序，一是求婚，二是下聘礼。求婚需通过媒妁之言，女方同意后，媒人与男方及其长辈带上白酒、哈达、羊肉、奶油等礼品登门正式求婚。下聘礼以九九为贵，以牲畜为主，还有相应数量的金银首饰、绫罗绸缎等。王爷家的姑娘、将军家的儿子则不一定照此办理，何况还是女方自愿，倒说媒。由于路途遥远，求婚与下聘礼只能合二为一，王爷家不缺牛羊，但是金银首饰、绫罗绸缎、哈达是必不可少的。富明阿在齐齐哈尔一一置办齐全，整整装了一车，并托人给杜尔伯特王爷捎去了口信儿。

一家三口儿出了齐齐哈尔只走了两个时辰，便看到了杜尔伯特草原，蓝天白云下，大地披上了绿生生的春装，一眼望不到边。寿山从未见过这样广阔无垠的原野，且被那盛开的红红的花朵所吸引，心情顿时开朗了，跳下车采了一大捧抱回来，然不知是什么花儿，遂问父亲。富明阿见多识广，又很熟悉杜尔伯特大草原，回答道：“这是萨日朗花，说起此花儿，还有一段故事呢！”于是一边欣赏着草原的美景，一边讲起了萨日朗花的传说。

每年春夏之交，在一望无际的杜尔伯特大草原上，总是怒放着红艳艳的萨日朗花。据讲此花儿起先是白色的，为什么变成红色了呢？原来在很早以前，杜尔伯特住着一位白音王爷，只有一个女儿，名儿叫乌云琪琪格，长得像花儿一样美，像玉一样白，心地善良，性格刚烈。王爷决定把心尖儿宝贝嫁给有钱有势的诺颜[①]的儿子，乌云琪琪格誓死不答应，因其早已爱上了从小和自己一起长大的牧马奴隶图力古尔。时隔不久，乌云琪琪格以解难为由，跟图力古尔一块儿逃出了王府，却被王府

① 诺颜：蒙古语，官员。

的黑马队抓了回来。白音王爷气愤至极，下了不赦之令，让打手用火酒把图力古尔活活灌死了。乌云琪琪格承受不了这巨大的打击，天天以泪洗面，一句话也不说，时间不长就疯了。王爷可急坏了，遍请名医为女儿诊治，病势方渐渐有了好转。乌云琪琪格痊愈后，有一天，穿上了鲜艳的衣服，戴上了珍贵的珠宝首饰，挎上腰刀，骑上骏马来到了图力古尔的墓前。见坟头儿开满了洁白的萨日朗花，便采了两朵捧在胸前，随即拔刀自刎，殷红的鲜血滴在萨日朗花上。从此，杜尔伯特草原上的萨日朗花不再是白色的了，而是变成了人人喜爱的红色。

当袁氏一家三口儿来到了杜尔伯特部札萨克驻地纳赫尔湖畔的额勒森西伯时，第十六任札萨克拉西朋斯克与其叔叔希拉布罗贝勒迎出城外，寿山代父献上了三尺多长洁白的哈达，向旗长和王爷行了叩头礼。希拉布罗贝勒走上前，两手扶于左膝向富明阿夫妇致了蒙古礼，富明阿两口子则还以满洲礼。拉西朋斯克和富明阿可谓老朋友相见，显得格外亲热，先向富明阿夫妇介绍了其叔父希拉布罗，然后携手来到王爷府，待安顿妥当便进了大堂，长桌上早已摆满了奶酪、奶皮子、奶干、奶茶、奶酒等各种奶食品。双方就坐，互致问候，一阵寒暄过后切入了正题，希拉布罗向富明阿夫妇介绍道："小妹杜尔塔氏，名叫乌云琪琪格，今年 20 岁，是王府惟一的公主，大家宝贝得如同眼珠子似的。孩子大了，该嫁就得嫁，不能总养在王府里，可是一直找不到合适的人家。袁将军乃名门之后，朝廷肱骨之臣，立有赫赫战功。宝子也是一表人才，将来必定大有作为，小妹不才，实在是高攀了。"

富明阿摆摆手道："哪里，哪里，王爷过奖了。杜尔伯特札萨克崇德元年即被封为辅国公，顺治年间上诏世袭罔替，而今已传十六世，历经二百余年，为满蒙联谊及边疆的巩固做出了突出贡献。满蒙一家，天命年间，就曾有杜尔伯特之女嫁与清室的先例。数百年来，满蒙联姻相沿成习，袁家能得王爷之妹为妻室，真乃荣幸之至。"

拉西朋斯克接过了话茬儿："看来两家都没什么意见，这桩婚事就算定下来，还是把姑姑请过来吧！"

寿山听说杜尔塔氏名叫乌云琪琪格，与父亲讲的萨日朗花故事里的姑娘重名儿，冥冥之中，未见其人便有了好感。这时，乌云琪琪格从内室走出，脚步轻捷，先向富明阿夫妇施了蒙古礼，问了好，然后腼腆地站在一旁。寿山见姑娘个头儿高挑，体态轻盈，蒙古女子独有的白里透红的肤色，一双水灵灵的大眼睛，一头乌黑发亮的长发，一身鲜艳的蒙古袍，显得很有青春朝气，当即被其不凡的气质和美貌所打动，那颗受伤的心也得到了些许慰藉。

晚上的酒席未设全羊宴，因为都是家里人，摆的是小全羊宴。小全羊宴仅次于全羊宴，一般在人数少的情况下，用小全羊宴代替全羊宴，是蒙古族给以贵客的最高礼遇。喝的是特酿马奶酒，味道醇香浓烈，营养丰富，乃招待客人的上品。寿山平时不喝酒，而且知道蒙古族的习俗，若是不想喝酒，你得说不会喝，否则喝起来不醉不罢休。富明阿那可是海量，主宾左一杯右一杯地喝到深夜，直至扎萨克拉希朋斯克与其叔叔希拉布罗王爷跳起了蒙古舞、乌云琪琪格一次次地亮起了甜美的歌喉才算宴毕。

富明阿携妻带子从杜尔伯特部回来后，妞妞对寿山不像以往那么亲热了，虽然还是山哥、山哥地叫着，但不再说一句心里话。白天还同刚到袁家时一样，屋里屋外地忙乎，专拣粗活儿干。到了晚上，常常躲在屋里，抚摸着戴在手上的红宝石戒指偷偷掉眼泪。

这年秋季，寿山过了生日，已年满 17 岁了。清代，男孩子 16 岁即为成丁，视为到成亲的年龄了。加之杜尔伯特那边也捎来口信儿了，说是姑娘都 20 了，不能再拖了。富明阿和彩云开始为寿山张罗婚事，该买的买，该做的做，时间定在八月节后。

经找先生测算，八月十六是个黄道吉日，也是寿山娶亲的日子。这天一大早，袁家门前便挂起了长长的红幡，大门、二门、窗户都贴上了大红喜字，站在院外的喇叭匠也嘀嘀嗒嗒地吹了起来。寿山于半月前去了杜尔伯特，现在接亲的队伍已过了萨哈连站，正在往瑷珲赶。喜车马上就要到了，家中的上下人等都脚不沾地地忙着，又是备宴又是待客的，惟独不见妞妞的身影。原来此刻她正独自一人躲在屋里，听着欢快的喇叭声，想起了与山哥在一起的一桩桩往事，心中隐隐作痛，情不自禁地潸然泪下。这时，忽听干娘喊道："“妞妞！妞妞！”妞妞赶忙应了一声，将手上的戒指撸了下来，连同那颗死了的心吧嗒一声锁进了终日不见阳光的方木匣中。

接亲的队伍回来了，寿山骑着一匹高头大马，胸前十字披红，还戴了一朵大红花。由于是满蒙联姻，婚礼既有满族的风俗，也有蒙族的风俗。新娘在伴娘的陪同下，由新郎扶下彩轿，双双进了大门，通过红毡铺地的庭院，跨过火盆，越过马鞍，来到坐于院中桌后的二老前。在司仪的主持下，一拜天地，二拜高堂，夫妻对拜，送入洞房。新郎牵着新娘的手走进新房，新娘坐于炕上，由娘家带来的梳头妈妈分头，即将姑娘头改成媳妇儿头，从此她就是已婚女人了。

婚宴的菜品采取满蒙结合，富明阿特意请来了两位蒙族厨师帮忙，除了让大家品尝满族固有的七碟八碗外，还有蒙族的全羊席。全羊席独有特点，把羊宰杀煮熟后，分割成 13 块，再拼入大木盘中，用奶品配以装饰，看上去就像一只整羊趴在盘中。喜宴气氛热烈，连吃带唠，尽情喝酒，划拳行令，其乐融融，一直持续到深夜方散。

寿山不再是孩子了，成丁了，结婚了，该当差食饷了，那几个儿时的玩伴儿也先后编入了旗营。清代八旗分京畿八旗和驻防八旗，瑷珲为驻防八旗，分为正白、正黄、正蓝、正红、镶白、镶黄、镶蓝、镶红，每两旗设协领一员统管，满语称“固山达”。每旗下分为满洲二佐、达斡尔一佐，康熙三十一年后增设汉军二佐，每佐设佐领一员，满语称“牛录章京”。八旗兵丁分为领催、前锋、披甲、匠役、养育兵五种，其中的领催，满语称“拨什库”，即佐领下会计、书写之兵。前锋，满语称“噶布先”，乃兵中号勇捷者。披甲，满语称“乌克申”，为一般士兵。匠役，满语称“法克什”，修理枪械者。养育兵，满语称“华沙布勒绰哈”，即从披甲中抽出的屯田士兵。

寿山、喜昌、扎伦布家皆属汉军，故而在正白旗汉军当了马甲。所谓马甲，即指马兵、骑兵，又称骁骑。旗人成丁后，其出路主要是被挑补为马甲，再由马甲选为前锋、护军等。玉庆是达斡尔人，送入镶蓝旗下达斡尔佐当了马甲，恒玉则进了水师营。瑷珲水师营筹建于康熙十三年，由吉林水师分驻瑷珲，康熙二十三年正式成立，曾参加两次雅克萨之战。水师营有战船、江船、渡船、划子船，战船、江船停泊于城南 70 里的拖里峰河套，渡船、划子船停泊于城北沿江一带。恒玉文笔较好，不久便当了拨什库，后又被抽调瑷珲副都统衙门任笔帖式，就是衙门中记录档案、负责书写的文书。霍振芳家隶满洲镶红旗，在旗下当了步甲，后被抽调卡伦山驻防。咸丰四年，为监视沙俄武装航行，清军于黑龙江沿岸陆续增设了十几处卡伦。卡伦又称喀伦、卡路、喀龙，意为更番候望之所，相当于现在的哨所。

时光如白驹过隙，从小生长在将官之家的寿山衣食无忧，而今童年早已渐行渐远。自咸丰八年《瑷珲条约》签订后，黑龙江沿岸基本无战事，相对比较稳定。瑷珲地处沿江平原，土地肥沃，气候适宜，无旱涝之虞，“十里长江”这块宝地又养育了一批生龙活虎的八旗兵。

第四章　赴京袭职　甲午从征

时进光绪六年，即寿山入伍的第三个年头儿，由于俄人一再圈占江东旗地强行开垦，使得瑷珲副都统依克唐阿不得不考虑与俄官交涉，划定江东东部界线事宜。鉴于寿山是本城人，又是将军之后，老家在江东白旗屯，对江东的地理、人文情况颇为熟悉，年少时还曾参加过反抗沙俄抢占旗地的斗争，遂决定派其协助副管西林巴图鲁与俄方商谈划定江东东部界线。二人多次去海兰泡与俄阿穆尔当局军政长官会晤，在我方强烈要求下，经协商，方同意派俄官路新与中方副管西林在江东东部划界。寿山和西林跑遍了江东大大小小几十个村屯，对东部的一山一水、一壕一沟进行了认真、细致的勘察，依照《瑷珲条约》之规定，与俄官路新据理力争，最后双方确定：北从段山屯东北 20 里的石头泡子起，南至瑷珲河分岔处偏东、南北长 13 里作为东部界线，中间设封堆 44 个，东归俄国，西归中国。还特别强调："一经确立，两国人等如有擅动，照约惩办……段山屯界外山场地方亦准该处人等砍柴、刈草，以免争执。"该协定双方签字后，互换了印据，并绘有附图。由于寿山在办理江东东部界线与俄方的具体交涉中有功，经前任黑龙江将军文绪保奏，奉上谕赏戴五品顶带。

到了光绪八年，步入仕途并有了品级的寿山已结婚 5 年，可始终不见媳妇儿的肚子有什么变化，富明阿老两口儿急得团团转。城里的名医请了好几位，苦药汤子也喝了不少，竟毫无收效。老天不负有心人，不知是哪副药起了作用，这年春天，乌云琪琪格的肚子渐渐隆了起来。福兮祸所伏，祸兮福所依。乌云琪琪格有喜了，77 岁高龄的富明阿身子骨儿却一天不如一天，尤其近来感到十分虚弱，已躺倒在炕了。他自知来日不多了，一天头晌，把老伴和儿子唤到病榻前，说道："人生七十古来稀，我已多活了七年，死不足惜。自道光朝以来，大清连受外侮，国力每况愈下。这几年虽然稍稍安定些，但树欲静而风不止，日俄都在觊觎我土，恐有大事发生。袁家乃将门之后，到那个时候，吾儿不可袖手旁观，务要挺身而出，为国效力，决不能辱没袁氏家风。"停了停，又嘱咐老伴儿道："彩云哪，我的前妻孙家三姑娘死在江东，同治六年，坟墓已迁至瑷珲城西北，这些事你都知道。那块墓地是我亲自选定的，待你百年之后，咱们三人同室一墓。”

光绪八年冬腊月，富明阿病故。皇上发来谕旨曰：“前任吉林将军富明阿于道光、咸丰年间，效力戎行，转战河南、江苏、安徽等地，迭著战功。历任佐领、协领、副都统、都统、将军，恪尽职守，后因伤病开缺。此闻溘逝，轸惜殊甚，加恩依照将军例恤，任内一切处分悉于开复，应得恤典该衙门查例具奏。伊子寿山、永山待百日孝满后，由该旗带领引见，以示笃念近臣之意。钦此。”

富明阿生前曾任荆州、江宁、吉林等处将军，为清代正一品高官，丧礼有定制。发讣告，设尸床、帷堂，陈沐具，穿朝服，口含玉珠。三日入殓，为大红棺椁，停柩三个月，每日早午晚似生时三餐祭奠，逢初一、十五祭礼更加讲究。百日之内分大祭、小祭，小祭官宴 10 席，杀羊五只，烧纸钱儿二万八千。百日那天大祭，亲朋好友来得也多，排场也大。遵富明阿的生前遗嘱，丧主寿山、永山将大妈与父亲合了葬，并在大妈的棺头刻上了“皇清诰封淑人袁母孙太淑人之灵柩”字样。前书讲过，富明阿的前妻姓孙，“淑人”是对其夫人的荫封。按着清朝的规定，文、武正从三品官的夫人死后，可荫封为淑人。富明阿从征喀什喀尔授骁骑校，荐参领，为三品。孙氏离世时，富明阿正在从征喀什喀尔，所以寿山、永山将其大妈封赠刻在了棺头。

富明阿茔地依照一品官员定制，方圆 90 步，四周砌有六尺高的砖墙，墓门处竖着高九尺、宽三尺三寸、龟趺高三尺八寸的九眼透龙碑，碑后刻写其生平事迹。进入墓门，小道两旁立有石人、石虎、石羊、石马各二的望柱，常年由四户仆人轮流守护。下葬那天，瑷珲城的大小官员齐集茔地，袁氏家族除乌云琪琪格身怀六甲未到场外，其余一个不落全去了。家人披麻戴孝，亲朋好友及官员皆着素服，旌幡林立，喇叭声阵阵。

寿山、永山守孝期间，朝廷派人前来宣旨：“着富明阿之子寿山承袭骑都尉世职，著赏永山三等侍卫，嗣百日孝满，由该旗带领引见。钦此。”骑都尉乃清代世职之一，最初只授满洲人和入旗籍的汉人，后来汉人与旗人一体授给，其年俸白银 135 两，禄米 67 担半。

满洲八旗官员父母之丧称为“丁忧”，乾隆朝前规定 27 个月，嘉庆朝后规定百日，除奉特旨外，一般需在籍守孝，故而寿山、永山虽然授了世职和赠赏，但暂不能就职。在这百日之内，袁家又经历了一喜一悲：喜的是寿山得子，家里添了男丁，乃老太太的头一个孙子，当然是大好事，只不过处在守孝期间不能大肆操办。寿山由于刚刚袭职，有感于皇恩浩荡，据此给儿子取了个名儿叫庆恩。悲的是寿山得子不到一个月，母亲一病不起，也撒手人寰了。富明阿重病期间，彩云端屎端尿，喂汤喂药，照料于床前。老伴儿的离世，使她在精神上失去了依托，承受不了巨大的打击，加之操劳过度，竟紧随富明阿走了。母亲归天后，寿山、永山按照父亲的遗嘱，将其与父亲、大妈并了骨，富明阿墓成为三人墓。

光绪九年三月，丁忧百日孝满，24 岁的寿山携妻带子并弟弟一同前往京城。袁家隶汉军正白旗，到了京城之后，附于正白旗汉军善佑佐领之下。安顿毕，寿山和永山气未喘匀，便在头等荫生的带领下进了紫禁城。紫禁城红墙绿瓦，画栋雕梁，金碧辉煌，殿宇楼台，高低错落，雄伟壮观，是外人不敢越雷池一步的地儿。哥儿俩去后宫觐见了光绪皇帝和慈禧太后，真龙天子还是个十多岁的孩子，尚未亲政，老佛爷一句“知道了”就将他们打发了。当日奉旨：寿山以员外郎用，永山著赏三等侍卫，在大门行走。员外郎，简称外郎或员外，通称副都。清代除六部外，其他官署如理藩院、太卜寺、内务府等，皆设员外郎。俗话讲，不到京城，不知官小。员外郎在地方比县官大，可是到了京城，却是个微不足道的小官。大门行走的三等侍卫属于下等侍卫，由领侍卫内大臣统领，不得入乾清门，其职责是引导奏事官以及引见官员、稽查人员出入等。

寿山以员外郎用只是个挂职，当年下旬，经管理神机营大臣奏请，将其调入神机营任理事官。神机营是京城的要害部门，乃皇帝的亲军和禁军，成立于咸丰十一年，选满洲、蒙古、汉军八旗前锋、护军、步军、火器营、健锐营之满蒙精锐旗兵为营兵，守卫紫禁城及三海，护送皇帝巡行。神机营内设军火局、枪炮厂、机器局，专门制造枪支、铜冒儿、火箭、铅丸儿、火药等。咸丰十一年，咸丰帝晏驾承德，穆宗载淳即位。恰在此时，身处江南镇压太平军的富明阿身中九矛负重伤，同治帝准其回京城养伤，并任为正红旗都统，旋即改任总理神机营，可见对他十分器重。寿山所任理事官虽然品级不高，不算什么大官，但身居要职，一般八旗子弟是进不去的，这或许与其父为神机营元老有关。寿山倒不在乎官阶高低，只要入伍从戎就行，就能像先祖、父亲一样保家卫国，就能当岳飞、窦尔敦那样的人。到了年底，寿山正式承袭了骑都尉世职。

光绪十年，寿山的一位同乡、长辈姓张名善庆，由江宁将军调任京城正红旗都统。清廷听从醇亲王奕𫍽之意，命善庆统帅神机营马、步队和驻防通州的各军，主持京东防务，赐紫禁城骑马。这可是个大官，握有京城兵权，是寿山的顶头上司。善庆也是汉军，不过与寿山不在一个旗，他隶正红旗。咸丰年间，善庆曾与富明阿同时出征江南镇压太平军，之后又都相继当了将军，寿山称善庆为叔。咸丰三年，善庆以瑷珲旗营前锋从征，随钦差大臣胜保镇压太平军，因功保举为花翎协领，加副都统衔，赐号济特固勒忒依巴图鲁。咸丰十年，从钦差大臣袁甲三征讨捻军，在攻占凤阳府时立下战功，升任记名副都统。其后打败定远捻军，赏头品顶带，咸丰十一年任吉林、黑龙江骑兵统领。同治元年，清军追击捻军到灵壁，善庆捉其首领王洪田，清廷赏三代正一品封典，不久因伤病未愈而请假回旗。同治二年，苗沛林起义，得到了安徽、河南等地民众的普遍响应，清廷命善庆率领吉林、黑龙江千骑前去镇压。同治三年冬，僧格林沁弹劾善庆军技生疏，马匹瘦弱，清廷撤了他的头品顶带及副都统职务，以副总管留任。同治四年，善庆任杭州副都统，清军取得南阳郭滩大捷后，还其头品顶带。同治六年，善庆、刘铭传在赣榆同捻军赖文光、任柱部激战，任柱中弹身亡，赖文光被擒后斩之。捻军叛徒潘贵升冒认杀任柱之功，被善庆揭露，清廷赏其黄马褂儿，以都统简放，并给予骑都尉世职。同治七年，善庆在京南同西捻军激战，结果捻军败走，善庆晋二等轻车都尉世职。同治八年任杭州副都统，同治十二年擢升杭州将军，同年底调任绥远将军。光绪二年，任镶白旗蒙古都统，后改任京师满洲正黄旗都统。光绪四年调任宁夏将军，光绪九年调任江宁将军，光绪十年回京任正红旗汉军都统。

对于寿山和永山而言，京城里有这样的老乡、长辈，又是顶头上司，不能不登门拜访。一日，寿山邀了已经成家的弟弟永山两口儿，加上自己一家三口儿，一块儿去了正红旗汉军都统的府邸。门丁通报后，善庆夫妇迎了出来，哥儿俩及媳妇行了叩头礼，寿山又拉过儿子庆恩道："快叫爷，给爷磕头！"

庆恩很乖巧，奶声奶气地叫了两声爷，跪在地上连磕了三个头。大家高高兴兴地进了屋，一阵寒暄过后，边品香茗边聊了起来，首先唠到了富明阿，善庆打了个唉声道："咳，你们老爹可是一员武将，身经百战，为人刚直不阿，一生做了不少好事，怎么说走就走了呢？"

寿山回道："家父这些年多次负伤，身子骨儿一直不好，最终还是因伤病复发，无力回天。"

善庆接着问起了神机营的情况，寿山一一作了回答，善庆思忖片刻，说道："目前，南方中法之战正打得不可开交，法军狗急跳墙，有可能北上。通州是北京的门户，守卫颇为紧要，眼下缺少人手，你干脆去通州吧！不过职不能升，仍任理事官，你看如何？"

寿山表示道"行，只要当兵，在哪儿都一样。"

正唠得热乎呢，便宴摆上了桌，善庆礼让道："都是自家人，也别分男女老少了，来，一块儿吃吧！"

大家分别就坐，菜品自然很丰盛，其中有道"酸菜氽白肉"，永山高兴地说："哎哟，这可是咱家乡的名菜，到北京后就想这口。可是京城的酸菜吃不出家乡那味儿，瑷珲的酸菜又酸又脆外加有点儿甜，味道鲜美着呢！"

善庆笑了笑，夹了一筷子放进嘴里，边嚼边道："你们光知道吃酸菜，知道它的来历吗？"

在座的你看看我，我瞧瞧你，皆摇了摇头。善庆又喝了一口酒，放下杯子后，兴致勃勃地讲了起来："很久以前，瑷珲四季屯有户姜姓人家，三口人，母子俩和一个童养媳。儿子是主要劳力，在外打零工，常年不回家。童养媳自从进了姜家门，总受婆婆的气，不仅让干重活儿，还不给吃饱。一年秋天，姜家的大白菜丰收了，又脆又甜，吃不饱饭的童养媳干活儿时饿得饥肠辘辘，便拿起一棵白菜偷着吃了起来。正这时，忽见去邻居那儿串门儿的婆婆推开大门进了院子，慌忙之中，随手把那棵白菜扔进了门后盛水的坛子里。大年快到了，老太太的儿子回来了，家里的白菜也吃没了，没有菜下饭怎么成？童养媳冷丁想起了门后坛子里的那棵白菜，捞出一看，并未腐烂，只是被那半坛子水泡软了，有酸味儿了。她洗了洗，切成丝后，放进肉汤里炖上了，又扔里一把粉条。过了两袋烟的工夫，菜炖好了，全家围桌而坐，共同品尝这盆白肉酸菜粉，婆婆边吃边问：'这是什么菜？酸溜溜儿的，又香又鲜，味道不错。'童养媳张嘴刚要告知，担心挨婆婆骂，又把话咽回去了。当天晚上，丈夫悄悄儿向她打探，童养媳这才讲了实情。打那以后，在外打零工的儿子一有空儿便回家看看，一个是孝敬母亲，一个是帮媳妇儿干点活儿，省得挨饿受累。童养媳每到秋末就开始腌酸菜，婆婆还给传扬出去了，家家户户照此行之，不仅酸鲜嫩脆特别好吃，而且留下了融洽婆媳关系、增进夫妻感情的美谈。从此，东北三地的百姓把酸菜与其他菜品放在一起，做出无数道令人垂涎的美味佳肴。”

善庆的话音刚落，寿山笑道：“吃了二十多年酸菜了，竟不知其来历，原来还有一段儿传说呢!”

寿山从善庆家回来，简单准备一下，转天便起程去了通州。通州位于京畿东，是北京的东大门，清入关后，这里就驻有京师八旗。其组织系统也与入关前不同，除骁骑营保持满洲、蒙古、汉军二十四旗编制、仍归都统直接管辖外，还成立了护军、前锋、健锐、火器诸营，由满蒙八旗官兵组成，独立为营，由朝廷所派总理海军事务大臣统领。寿山则是在善庆统领的通州防营中当了理事官，其职责是审理当地旗人与民人之交涉、诉讼案件，负责八旗官兵粮米及军火供应等，用现在的话说就是专司纪检和后勤。

寿山为人坦诚、正直，遇有官兵与民人发生纠纷或需要诉讼时，都能秉公断案，这样的例子不胜枚举。比如寿山所属旗营的旁边有个时人称红旗营子的满洲屯，村民以种菜为主，供给八旗官兵食用。其中有户瓜尔佳氏，三口人，老夫妇俩带个闺女过日子。闺女乳名儿叫小红，当年 16 岁，长得如花似玉。寿山负责后勤供应，手下的一个拨什库专管买菜买粮，经常往返于红旗营子，一来二去就与小红拉扯上了。一天，小红的父母突然找上门，声称自家的闺女不见了，邻居说是跟你们兵营的拨什库跑了。寿山听罢，先是好言安慰老两口儿，然后令属下迅速查找。他们到营房一看，那个拨什库果真没影儿了，日用物品也带走了。寿山得报气坏了，这还了得，拐骗良家妇女，擅自逃离军营，犯了两条死罪！随即带领两名武士赶赴其家乡沧州，将拨什库逮捕归案，以军法给以处治，将小红送还了二老。

寿山还负责军火供应，其枪械大多来自城里神机营，那里有枪炮厂、机器局，专门制造枪支、铜冒儿、火箭、铅丸儿、火药。作为理事官，他对神机营的差务早已了然于心，可谓内行，常因枪炮的质量差、数量不足而与管事的发生争执，甚至脸红脖子粗。寿山在通州防营干了几个月后，又被调回神机营，经总理海军事务大臣举荐，任了一个新差，即代理船务章京，此事仍与善庆有关。

这一年，善庆的职务再次变动，当了总理海军事务的醇亲王之帮办。清朝原有旧式水师，而无近代海军，所发生的两次鸦片战争，外敌皆是从海上打来的，从此编练海军、筹建海防便成为洋务运动中的一项重要内容。光绪元年，由两江总督沈葆祯、直隶总督李鸿章等倡议，经总理衙门批准，调拨粤海关、江海关税银及江浙等地厘金，每年四百万两分别解往北洋、南洋，筹办海军。光绪十年，建立起了北洋水师、南洋水师和福建水师，其中的北洋水师有军舰15艘，南洋水师有17艘，福建水师有11艘，各归节制，互不统辖。清廷以“水师不如人”为辞，开脱马尾海战失败的罪责，宣布以大治水师为主，成立海军衙门，统一海军指挥权，总管海军、海防事务。光绪十一年，清廷以醇亲王奕譞总理海军事务，庆亲王奕劻、大学士李鸿章任会办，善庆和兵部右侍郎曾纪泽任帮办。善庆心想：“寿山既是同乡，又是晚辈，父一辈、子一辈知根知底，在通州干得不错，不提拔他提拔谁呢？待轻车熟路了，也可以当自己的帮手啊！”随即便与总理海军事务大臣斡旋，让其代理船务章京。

船务章京是海军衙门中的要职，负责制造、修理船舰，当年寿山受海军衙门指派去了福建马尾督造船舰。马尾造船厂位于距福州40里的马尾镇，光绪五年初，由醉心于洋务、一心想自造战舰、加强海防的闽浙总督左宗棠创办，当时称为福建船政局。过了半年，朝廷派左宗棠赶赴陕甘镇压民变，由林则徐的女婿沈葆桢接替其处理船政事务。此前，左宗棠还选中了法国军官日意格，双方签订了劳动合同。日意格带着在本国物色的木匠、铁匠、锁匠等一班人飘洋过海，来到陌生的马尾，抡起中国的铁锤始建。一段时间后，具有将近三千人的马尾造船厂崛起在江之畔，占地600亩，设备齐全，规模宏大，在远东地区可谓首屈一指。寿山来时，造船厂正在制造广甲舰，乃铁胁木壳巡洋舰，是福州船政局所造的第28艘舰船，光绪十年开工。舰长60米，宽10米，排水量1200吨。有三缸蒸汽机一座，燃煤锅炉两座，功率1600匹马力，航速14节。舱面有两支钢桅，一支木桅，可使用风帆动力，造价二十多万两白银，为当时最好的船舰。该舰造毕，归属北洋水师，曾参加甲午海战。

转年，寿山又随善庆陪同奕譞、李鸿章前往旅顺口，视察了北洋水师。光绪元年，清政府下令，由沈葆祯、李鸿章分别任南洋大臣和北洋大臣，从速建设南洋水师、北洋水师，并决定每年拨400万两白银，由“二洋”分解使用。南洋大臣沈葆祯认为：“外海水师以先尽北洋创办为宜，若分之，则难免势力薄而成功缓。”清政府考虑到当时的假想敌主要是日本，北洋水师负责守卫京师，遂采纳了沈葆祯的意见，先创设一师，待北洋水师实力雄厚后，以一化三，变为“三洋”水师。当年下旬，李鸿章通过总税务司向英国订购了四艘炮艇，开始了清朝海军向国外购舰的历史。光绪五年，又向英国订购了“扬威”号和“超勇”号两艘舰艇，由于对其质量不满意，经过反复比较，接着向德国造船厂订购了铁甲舰“定远”号和“镇远”号。

光绪七年，北洋水师先后选定在旅顺、威海修建海军基地，考虑到威海卫基地工程浩大、繁杂，李鸿章决定先建旅顺基地。旅顺口内，被老虎尾分为东西两港，北洋舰队主要营建东港。东港东、南、北三面共长 1300 米，西面拦潮大坝长 300 米，西、北各留一门，供军舰进出，整个港池周围均砌石岸。东港内的东北向建有大船坞，即旅顺大坞，坞口以铁船横拦为门，整个船坞均用山东大块方石以水泥砌成。除此之外，港内还建有修船厂九座，南岸建有仓库四座，东岸建有仓库一座，用于储备船械备件。港坞四周设施用铁路连接，沿岸有大型起重机五台，另建有铁轨码头，供军舰上煤运械。为保护基地，在建坞港的同时，沿海一侧依山地势共修筑九座海岸炮台，以旅顺口口门为界，口东五座，口西四座。除老蛎嘴炮台为穹窑式外，其余均为露天炮台，配置火炮 58 门。光绪十一年，李鸿章又分别向英国、德国订购了“经远”号、“致远”号、“靖远”号、“来远”号舰艇，编入北洋水师。

寿山随善庆陪同醇亲王、庆亲王、李鸿章视察时，旅顺海军基地已初具规模，还检阅了四川提督宋庆所部毅军操练，作为在黑龙江边长大的他可真是大开了眼界。特别是此次有幸结识了北洋大臣李鸿章，将士们皆称其李中堂，乃朝廷之高官。本人六十多岁，留一绺儿山羊胡，看似威严，对寿山这些年轻人倒显得挺慈和。其时，李中堂正与署理黑龙江将军恭镗筹办漠河金矿，交谈中得知寿山是黑龙江瑷珲人，顺便问起了漠河的情况，寿山就己所知详尽地作了禀报。据他讲，光绪初年，一位鄂伦春人在漠河河谷为其母挖掘坟墓时，无意中挖得金块儿若干。此事很快被俄罗斯采金人赖特钦得知，立刻派技师在漠河河谷试采，果然收获不小。附近的哥萨克闻讯后，纷纷云集于此，开始了大规模的盗采。消息不胫而走，迅速传遍了黑龙江沿岸及后贝加尔一带，无人不知，无人不晓。布拉戈维申斯克，即海兰泡的金矿矿工在秋末返回城里时，将所有的沙金全部卖掉，然后乘终航之船来到漠河。西伯利亚的一些商贩、工人、休职哥萨克官吏等也纷至沓来，短短几个月，漠河就聚集了七千多人。其中俄国人最多，次之为中国人，还有朝鲜、犹太、德国、法国、波兰人，也有美国的冒险家。这样一来，漠河人口很快便达万人以上，形成了一个由不同国家、不同种族组成的社会集团，在中国领土上建立了一个国中之国，历史上称之为“极吐而加”，即漠河共和国。

人口剧增，物价飞涨，布拉戈维申斯克牛肉一普特四卢布，漠河需十至十五卢布；布市面包一普特三卢布，漠河需十二卢布，白酒每瓶竟达一卢布半。这种地区差价自然带来了商机，海兰泡、尼布楚、赤塔、伊尔库斯克等地一些商贩纷纷来此，与其并至者还有投机家。初始矿地有小店三十多家，后来发展到150家，既有面包房、酒肆、茶楼、百货店，也有旅馆、客栈、浴池、娱乐场、赌场、音乐厅等，实乃荒野中忽然出现了一座小城。市中心有一宽阔的广场，名儿为“鹰野”，此地原先只有一处酒店，是赌徒们聚集的地方。其赌博方式是以一面为鹰、一面为字的硬币作赌具，投下后，猜鹰猜字而决胜负，“鹰野”之名由此而来。广场周围建有商店、药铺、酒馆儿，正面矗立一座11扇窗户的高大建筑——吉吐尔加政厅，大门前竖一高柱，挂着二普特半重的大吊钟，钟柱两侧各置两门铁铸大炮。东面建有一尖锥形纪念碑，左为祈祷堂，右为仓库，地下是火药库。广场南北向是整齐的百万街，街两旁是圆木垒砌或土木结构的欧式、中式建筑，多为矿工宿舍，称之为冬舍。矿地建有慈善机构——医院，矿区订立了行政法、劳动组织法。极吐尔加政厅由长老及区长组成，矿区居民设若干区，每区选举区长两人，居民大会选举长老一人，长老及区长有行政、司法权。司法方面，区长有下级裁判权，区内民事及轻微刑事案件可全权行之；长老有上级裁判权，一般较大事件取决于长老，重大事件如杀人者，委诸居民大会。居民大会仅在非常时期召开，召集时，发射“鹰野”两门大炮为信号，发射一门则为集合区长之信号。

极吐而加政厅订立了严格的法律，杀人罪依“摩西”法则罚之，即杀人偿命；盗窃、男色、醉态而携武器、伪造沙金、无不当理由鸣枪等，抽五百鞭。鞭刑，以钉有尖钉如荆棘之鞭抽之，几乎与死刑相等。以工作器具抵押者杖三百，携妇人入矿者杖四百，夜间骚扰者杖三百，公然演其醉态者杖二百。厅内设有卫队，每天分三组巡逻，维持秩序，夜晚兼做消防队。政厅还设有税收机构，对肉、面包之外的商品征收营业税，一般商品征收价格的一至十倍，饭庄、酒店、游戏场每月征收纯收入的两成。

对劳工也有规定，必须参加劳动组合，每组十至十五人。购买器具及其它劳动用品时，所耗资金由组员分担，采金所得扣除费用按月均分。参加组合者务必征得全体组员认可，意欲休业得先一日雇短工接替并声明原委，短工若不适应差务，取消当日所分之款。组员休业之日，要报告长老除名，因病者除外。组员退组，其股份劳动组合可先收买，若不买，可卖与他人。

寿山介绍完后，接着又讲了亲往漠河查看的情况："俄人对漠河金矿的盗采愈演愈烈，人数越来越多，引起了朝廷的注意。我来京前的那年冬天，身在黑龙江镇边新军，正赶上黑龙江副都统奉旨派佐领穆通额带兵去漠河巡查，便随其一同前往。发现俄人掠金之沟长20余里，宽2里许，有华民400余名，俄人2000余名。前者搭盖木房40余所，后者搭盖铺馆木房200余所，俄人、华民均有军械。针对俄人的盗采，穆通额当即提出抗议，要求他们撤离中国领土，停止盗采。俄人却诡辩并非盗采，我们持有俄罗斯执照，凭什么撤走？我来京后，听说黑龙江将军奉旨派瑷珲、布特哈两城官兵共计6个营，已将俄罗斯盗采之人武装驱赶出去了。"

李鸿章一声不吭地听了足足半个时辰，许多情况还真是第一次闻之，对眼前这个年轻人的博闻强记、对情况的了如指掌很是满意，接着又问道："从瑷珲到漠河有路可走吗？"

寿山回道："康熙二十二年，第一次雅克萨战争之前，朝廷调集索伦、蒙古兵500人，在理藩院侍郎明爱的率领下，开辟了墨尔根到雅克萨的驿路，作为战事专用通讯之路。第一条路线是北京到盛京，再由盛京到茂兴，经墨尔根到雅克萨；第二条路线是吉林乌拉到茂兴，经墨尔根到雅克萨，其中墨尔根至雅克萨为新辟驿路，早已废止。我们去的那年，前一段基本上走的是这条老路，由鄂伦春人做向导，沿着他们平时游猎的羊肠小道一直走到雅克萨。过了雅克萨再无路可走了，只能翻山越岭拉荒到漠河，大约三百多里地。"

李鸿章听罢，点了点头，没再说什么。

光绪十三年，鉴于寿山在神机营当差5年，于防守通州及巡查北洋差务中颇为出力，经管理神机营大臣保奏，同年五月奉上谕："寿山昔以员外郎用，嗣升为郎中。"然无论是员外郎还是郎中，他都没有到职，因朝廷给予的只是一种待遇，郎中比员外郎高一个等级，也算是高官了。

寿山的好景不长，光绪十四年，善庆因病去世了，享年 56 岁，清廷赐治丧银千两，谥勤敏，回葬原籍瑷珲。当年，寿山从神机营调入颐和园工程处，组织匠工修建颐和园档子房，即档案房，不过是一项小工程的负责人。虽说颐和园是老佛爷慈禧的御园，可是对寿山而言，哪能愿意干这种活儿呢？心中十分不快，常常晚去早归，积极性不高。有一天，寿山早早回了家，让媳妇炒了两盘儿菜，坐在桌边独自喝闷酒，心里思摸道："自打带着全家迁居京师，做了京官，刚开始任骑都尉世职，年俸 130 两白银，现在晋升郎中了，俸禄不过 200 两。俗话讲：'马无夜草不肥，人无外财不富。'咱向来鄙视当官的贪污受贿，一点儿外财没有，生活尽管不拮据，也不宽裕。前几年庆恩小，家里还有个佣人，帮着照顾照顾。而今儿子 6 岁了，媳妇做做家务，带带孩子，省得闲得无聊，遂把佣人辞了。这些倒没什么，关键原本是出来当兵的，却困在了颐和园，此差事干到啥时候是个头儿哇？"

乌云琪琪格看出了丈夫心很烦，便拿过一只杯子坐下陪着喝酒，边给夹菜边轻声儿劝慰道："别犯愁，甭管干什么，咱也不图大富大贵，熊瞎子掉井哪儿不避风啊？用不着想太多。"

未承想不仅没使寿山得到些许安慰，反而给惹急了，随口甩出一句："真是站着说话不腰疼，我是那样的人么，你不也嚷嚷着闷在家里心绪烦乱么？"

此话一出，却捅了乌云琪琪格的心窝子，不由得眼圈儿红了，说道："来北京五六年了，人人皆言京城好，景色优美，可我和孩子还不知道是个什么样呢！"

话音未落，寿山就蔫了，心想："是呀，一个蒙古姑娘，原先在家骑惯了马，驰骋在一望无际的大草原上，要多痛快有多痛快。从打跟了我，生了庆恩，又来到了京城，哪儿都没领着去，天天憋在家里，不是做饭就是带孩子，真是有点儿亏待她了。"想至此，便换了一种语气道："行了，行了，哪天咱带儿子去颐和园玩玩儿，那里可美了。"

乌云琪琪格犯了难："颐和园是皇家的御园，外人不得踩踏，能让我们进去吗？"

寿山说："没事儿，守门的侍卫我认识，通融一下就行了。你有所不知，颐和园原是清朝帝王的行宫和花园，其前身为清漪园。乾隆即位之时，早已于北京的西郊香山、玉泉山上分别建起了静宜园、静明园，除此还有附近的畅春园、圆明园。这四座园林各自独立，相互之间缺乏有机的联系，中间的瓮山泊是一片空旷地带。乾隆十五年，乾隆帝为孝敬其母孝圣皇后，动用400多万两白银修建了清漪园，以此把两边的园林连为一体，形成了北京西郊长达40多里的皇家园林，共有三山五园。清漪园是处山水结合、以水为主的自然山水园，北部的万寿山呈一峰独耸之势，在山上修造了大量的景观、景点，南部的昆明湖成为山前开阔的观赏游览区。咸丰十年，英法联军攻进北京，在纵火焚烧圆明园时，清漪园也遭到了破坏，佛香阁、排云殿、石舫、洋楼被焚毁，长廊烧得只剩11间半，智慧海等建筑内的珍宝、佛像被劫掠一空。光绪十二年，慈禧动用海军军费重建清漪园，到修缮档子房时已基本建成，改名儿颐和园，取“颐养冲和”之意，为慈禧撤帘归政后的颐养之地，值得一看。”

过了几天，寿山拎着两瓶酒和一盒点心，携妻带儿前往颐和园。到了那儿，为了避嫌，三人绕路来到西宫门，守门的侍卫早已等候在此。寿山冲其点了点头，递上手里的东西道：“兄弟，一点小意思，请收下。”

“您见外了，都是自家人，客气什么?”侍卫一边说着一边接了过去。

一家三口儿进了西宫门，乌云琪琪格拉着儿子径直朝昆明湖奔去，哇！好大的一片湖啊，可比家乡的达来湖大多了。见到这清澈的湖水，乌云琪琪格犹如见到了久违的蒙古大草原，顿时心情也舒畅了，兴致也上来了，东瞧瞧西望望，看什么都觉得新鲜，眼睛似乎不够使了。前面便是清晏舫，寓意“海清河晏”，就是一条大石头船。乾隆帝修清漪园时，改台为船，更名为石舫。石头船用大理石堆砌而成，上头建有两层船楼，船底为花砖铺地，窗户为彩色玻璃，顶部为砖雕装饰。下雨时，落在船顶的雨水通过四角的空心柱子由船身的四个龙口排入湖中，设计十分巧妙。

一家人边走边看，寿山成了义务导游员，不时地指指点点。庆恩第一个跑上了西堤，堤上桃柳成行，十七孔桥横卧湖上。寿山指着湖面上的小岛说：“你们看，那三个小岛鼎足而峙，象征着东海三神山——蓬莱、方丈、瀛洲。西堤以及堤上的六座桥是摹仿杭州西湖的苏堤和苏堤六桥而成，使得昆明湖越发神似西湖，美丽而静谧。”

三人下了堤，来到了十七孔桥，此乃颐和园中最大的石桥，两边栏杆上雕有大小不等、形态各异的石狮五百多只。庆恩对这些石狮产生了浓厚的兴趣，仔细地端详着，看了这只看那只。桥头卧着一头大铜牛，称为“金牛”，寿山指着铜牛介绍道：“乾隆皇帝初建清漪园时，把自己比作天上的玉皇大帝，要将御园修成天上人间。佛香阁象征着天宫的凌霄殿，昆明湖好比天河，铜牛和西边的耕织图意为天上有织女，地上有牛郎，隔河遥遥相望。”

乌云琪琪格对汉文化接触得很少，遂问道：“牛郎、织女指的何许人也？”

寿山便给她讲了牛郎织女的故事，乌云琪琪格听罢，打趣道：“噢，明白了，你是那位牛郎，妞妞就是织女了。”

寿山忙道：“别胡说，我们是兄妹！”

站在一旁的小庆恩看看妈妈，又瞅瞅爸爸，不解地问道：“妞妞是谁？”

乌云琪琪格赶紧掩饰道：“她是你姑姑，闲下来时，常抱着你玩儿。”

“我怎么不知道？”

“你那时候小，不记事，当然不知道了。”

过了铜牛往北走，是东宫门两侧的仁寿殿、玉澜堂、大戏院、乐寿堂，乃老佛爷的歇息、理朝、观戏之处。殿堂颇为壮观，雕梁画栋，绿色或金黄色的琉璃瓦顶鲜艳闪光，在阳光下直晃眼。本想驻足观瞧，但不敢久留，只是匆匆扫了一圈儿便去了长廊。长廊在万寿山南边，面向昆明湖，全长七百多米，房屋二百多间，乃大清国最长的游廊。每根枋梁皆有彩绘，图画上万幅，内容包括山水风景呀，花鸟鱼虫啊，人物典故等，其中的人物画均取材于中国古典名著。乌云琪琪格大多看不懂，一幅幅地瞅了半天，忽然高兴地边指点着边嚷嚷道：“哎，这幅我见过，是‘苏武牧羊’！”

穿过长廊是排云殿，原是乾隆皇帝为母亲六十寿辰而建的大报恩延寿寺，这次重建时，方改为此名，乃慈禧皇太后在园内居住和过生日时接受朝拜的地方。

走出排云殿，庆恩仍未觉得累，吵着要去登山。万寿山上原先有座佛香阁，英法联军入京时，将其焚毁。慈禧笃信佛教，修缮颐和园时，她提出花巨资重建佛香阁，现在刚刚动工。三人来到万寿山下，正要登山，只见从山上呼呼啦啦下来一群人，一个太监跑了过来，冲他们大声喝斥道：“还不滚开，不要命了，老佛爷到了！”

寿山慌忙拉着媳妇、拽着儿子躲到了附近的土堆后面，乌云琪琪格捂着庆恩的嘴，叮嘱他千万别出声儿。三人大气不敢喘，直至慈禧乘坐的八人抬花杆孔雀顶轿在扈从们的前呼后拥下过去了，乌云琪琪格才长出了一口气，领着儿子从土堆后走了出来。原来慈禧一直挂记着这项工程，此次是亲自上山检视的，偏偏让寿山一家碰上了，幸亏太监喊了一嗓子，否则必闯下杀身之祸。这一巧遇不要紧，吓得三人游兴全无，山也不登了，反身从原路返回。进了家门，感到又累又饿，乌云琪琪格做了简单可口的饭菜，吃完便早早歇息了。

转日一整天，乌云琪琪格都处于游园后的亢奋之中，到了备晚膳时，炒了一盘花生米，炝拌土豆丝，还有手把羊肉，特意买了一瓶好酒，等着丈夫回来。寿山一进屋，见夫人蛮高兴的，昨天受到的惊吓、不愉快也随之抛至脑后，与老婆、孩子一起围坐桌旁，边吃边聊。乌云琪琪格夹了块儿羊肉放入丈夫的碗中道："正想问你呢，昨儿个游了一天颐和园，所有的景点都看完了吗？"

寿山回道："我的傻媳妇儿，咱最多只看了一半儿，另一半儿还未去呢！万寿山上除了正在建的佛香阁外，还有智慧海，后山有后湖，湖两岸有苏州街，山的东面有谐趣园，不过有些地方想看也不让进。"

"偌大的园子，景观、点景多的是，楼阁亭台也不少，建造起来得花多少钱哪？"

"多少钱？说出来吓你一跳，只这次重修就用掉了五六百万两白银。"

"唉呀，那么多，哪儿来的钱呀？"

"哪儿来的钱？朝廷是没有，老佛爷挪用了北洋海军军费。据我所知，北洋海军军费本来就欠缺，前些日子陪醇亲王亦谖和北洋大臣李鸿章前去视察时，发现船舰上的弹药不足，练兵舍不得发炮。你想想，炮若不响，目标再不准，怎么能打胜仗？"

说实在的，此话还真让寿山言中了，甲午海战中，北洋舰队有的炮确实打不响，有的炮弹里面居然是沙子。寿山喝了一口酒，放下杯子继续讲道："北洋海军军费里包含黑龙江漠河金矿的钱，咱们来京那年，我不是陪同佐领穆通额去漠河查看俄人盗采黄金的情况吗？第二年，黑龙江将军就派兵将盗采之人驱赶出去了。接着李鸿章与黑龙江将军恭镗便着手筹备漠河金矿，李鸿章选调了一个江苏无锡人、时任吉林候补知府的李金镛为会办，大家皆称其为李知府。此人够厉害，亲自带队由墨尔根入山，穿密林，过急流，战猛兽，历尽千辛万苦，步行一个来月到达漠河，开辟一条黄金之路。他们在那里盖房，打草，查勘矿脉，试挖矿苗，仅仅两年竟得沙金四万两。李知府从不把俄人放在眼里，漠河金矿开办之后，时不时地发现一些俄人在盗采。有一回，矿勇驱赶一盗采俄人，对方居然大吼大叫，开枪恫吓。矿勇没招儿了，遂用绳子将其绑缚于知府门下，对方仍破口大骂。李知府一怒之下，令矿勇立即推出去砍了头，并把衣服剥下，抛尸荒野。没过几天，俄官过界查问，李知府答曰：'是有这么回事，本是中国领土，你方却允许国人一而再、再而三地越界盗采，毫无道理。矿勇阻拦，不仅不听，还开枪恫吓，无奈之下，只能不管。后来发现山野里有两件被撕烂的衣服，旁边有一堆碎骨头，估计此人是被老虎给吃了。现在这两件破衣服还在，我们一直保存着，你拿回去吧！'俄官无话可说，悻悻而归，从此人们称李金镛为'一只虎'……"

乌云琪琪格插嘴道："你讲了半天，还未涉及到钱呢！"

寿山拉回了话题："漠河金矿采得沙金，按照朝廷批准的《漠河矿务开办章程》之规定，利息分二十成计算，以六成提充军饷，四成作为矿局花红，其余归商股均分。这六成军饷就是海军军费，结果被老佛爷挪用了，故而人们把最初产金的那条沟，即老沟称之为'胭脂沟'，意为这条沟产的金子供老佛爷买化妆品了。"

乌云琪琪格又问："咱来北京也就几年，这些事你咋知道的？"

寿山回道："漠河金矿是北洋大臣李鸿章洋务运动中办得较好的一个企业，在上海、北京、天津、吉林等地都设有分局，负责支付息银及运金销售。北京的分局皆为黑龙江人，我没事儿常过去，大家凑到一块儿闲聊，有时也喝上两盅儿，所知道的这些就是听他们说的。"

乌云琪琪格啧啧两声道："花了那么多钱，费了那么大力，修了那么大的园子，只给一个老太太享用，真是不值，怪可惜了的。"

寿山忙把两个手指放在嘴边道："小点声儿，这话只能偷偷在家里讲，到外边一句都不能说，犯忌呀！"

寿山在颐和园负责修建完档子房，接着又干了几项差务，全是无关紧要的小活儿，回到家照样借酒消愁。闷酒喝常了便成习惯了，酒量随之逐渐增大，这或许与遗传有关，父亲富明阿就爱喝，也能喝。

一日，天刚擦黑儿，寿山一家围坐桌前正要用晚膳，突然弟弟推开了房门，进屋就喊："嚯，来得早不如来得巧，嫂子，我要吃酸菜！"

乌云琪琪格连忙起身道；“永山，先陪你哥喝两盅儿，我这就去做。”

寿山摆摆手道：“行了，行了，手把羊肉是你的拿手好菜，做酸菜尚欠火候儿，再者腆着个大肚子也不方便，还是我来吧！”说罢一头钻进了厨房。

寿山是个有心计的人，十来岁时，常常去灶间看厨子备膳，慢慢便知道其中的几样儿菜品是怎么烹饪而成的。到了北京，顶门过日子，特别是辞了佣人之后，一有工夫就炒几个下酒菜。那年去拜望长辈善庆，听了酸菜来历的传说，回家后去市场买了两筐白菜和一口小缸，腌了一缸酸菜，自此年年成了惯例。还好，未出正月，缸里有几棵酸菜。寿山捞出一棵，洗净后切成丝，再同煮熟的细粉一起炒，一盘渍菜粉便做得了，还炝拌了一盘土豆丝。

哥儿俩已好久没见了，寿山把两盘菜放在桌子上，刚一坐定，永山端起酒杯喝了一口便发开牢骚了：“哥，你知道我这三等侍卫是干什么的吗？说白了，就是看大门的，要么传话、送信，要么稽查往来行人，长此下去有什么意思？连太监的气都得受！”

寿山忙问：“怎么回事？”

永山气哼哼地说：“前天头晌，我正站在宫外大门旁，来了个浑身没二两沉的赃官，随从大包小裹地跟着，说是求见李总管。我一看就知道不是什么好饼，肯定是溜须拍马来送礼的，迟迟未给回话。之后李莲英知道了，把我叫去狠狠地训斥了一顿，还将此事添油加醋地捅到领侍卫内大臣那儿去了，我不干行了吧？他李总管倒好，飞扬跋扈，欺软怕硬，看人下菜碟，贪污受贿不计其数。谁不知道哇，北京从内城到外城，有十几处宅院是李莲英的，家里应有尽有，皇宫有什么他有什么，皇宫没有的他也有。本是太监，还娶了媳妇，声称什么‘对食’，真是可笑至极！”

寿山听罢，也很气愤，可又能说啥？只能好言劝慰，让弟弟消消火儿，朝廷上下无人敢得罪李大总管，先咽下这口气吧，小不忍则乱大谋。永山还真是不想干了，又道：“哥，这三等侍卫就是低三下四侍候人的活儿，不适合我。听说依克唐阿当了黑龙江将军，绥化一带土匪猖獗，咱与其在这儿混，不如回家跟着张叔叔剿匪呢！”

寿山思忖片刻，点点头道：“好，如果可能的话，你先回黑龙江，我随后也找机会回去。”

提起依克唐阿，永山、寿山为什么称其为叔呢？朱伯西在这里插讲几句。依克唐阿，字尧山，吉林伊通马家屯人，隶属满洲镶红旗，扎拉里氏，汉姓张，于吉林驻防。初以马甲从征江南，接着移师讨捻，屡立战功，由马甲升至佐领。同治初年，随富明阿剿匪，土匪攻陷伊通，依克唐阿以少击多，斩其首领。继而攻破被其占据的昌图，克刘家店，恢复长春厅，官职由佐领擢升为协领，赐号法什尚阿巴图鲁。在搜捕残匪的过程中，俘获其头目，遂晋为副都统。光绪元年，调任黑龙江副都统，正是富明阿由吉林回籍养老之时。依克唐阿是其老部下，现在又是瑷珲的父母官，自然成了袁家的常客，与富明阿以兄弟相称，寿山、永山理应称依克唐阿为叔。寿山当兵、娶媳妇，依克唐阿都赶上了，也少不了这位叔的参与。依克唐阿待这两个孩子特别好，闲暇时，常领着他们到旗营传授盘马、射箭，永山之所以精于骑射，与依克唐阿的教诲有很大关系。前书讲过，光绪五年，由于沙俄不断侵蚀江东旗屯东部耕田，瑷珲副都统衙门决定与俄官交涉，划定江东旗屯东部界线。当年初春，依克唐阿出于培养、锻炼寿山之目的，派其协助副管西林巴图鲁带其去江东旗屯勘查东部界线。二人从北部的精奇里江起，一直到南部的黄山屯止，行程 150 余华里，对所到之处进行了实地踏查并画出了草图。转年，依克唐阿派遣二人与俄官路新第一次划定了江东旗屯东部界线，圆满地完成了此差务。

再说永山得罪了大太监李莲英，虽然被告到领侍卫内大臣那里，但是并没有影响其后的升迁。永山从小就好学，满、汉皆通，经史子集无所不知，天文地理无所不晓，连饱读经书的老先生都难不倒他。幸运的是这位领侍卫内大臣独具慧眼，及时调永山到神机营文案当差，看来朝廷内也不全是昏官。因其一上任便收效显著，第二年，经管理神机营事务大臣保奏，加赏四品衔。永山干的是文差，也已轻车熟路，然志向却不在这里，而是要像先祖袁督师和父亲那样精忠报国，干点儿实实在在的事。光绪十六年，他申请回原籍获准，遂带着家眷返回。黑龙江将军依克唐阿委任其为马队五起营官，先后驻防呼兰、绥化一带，负责剿捕马贼。

永山离开京师的头一年，乌云琪琪格生了第二胎，是个丫头。寿山待女儿如掌上明珠，整日闺女、闺女地叫着，逗她玩，脸上也有了些许喜色。寿山来到京城好几年了，仍然保留着爱读书的好习惯，反正颐和园里也没啥大事。一日，他去了坐落于成贤街与孔庙、雍和宫相邻之地的国子监彝伦堂，此乃大清国的最高学府。进了集贤门，再穿过太学门和琉璃牌坊，便到了辟雍。辟雍为国子监的中心建筑，是一座方型、重檐、尖顶殿宇，四周围有长廊，以精致的小桥越过池水与院落相通。左右两侧建有30多间房舍，称为“六堂”，乃监生、贡生们的教室。其北面是彝伦堂，早年为皇帝讲学之所，后来改为国子监内的藏书处，里面的图书可谓浩如烟海，汗牛充栋。寿山在这里一坐就是三个时辰，放下这本拿起那本，饭也顾不上吃了，眼睛都看花了。当他疲惫地走出彝伦堂、来到辟雍殿西的水池边时，发现一年轻人正在一棵罗锅槐树下专心致志地看书，手里还拿着一块干粮，不时地放在嘴边啃一口。于是悄悄儿走了过去，到了近前才看清他读的是《朔方备乘》，乃何秋涛所作，是研究东北史地学的专著，也是中国第一部论述中俄关系的代表作。寿山思摸道：“估计这是位刻苦读书的穷秀才，而且与我有相同的爱好，喜欢研究中俄关系，太好了!”想至此，遂主动搭话，对方也颇为热情，有问有答。两人从书谈起，越聊越投机，又唠了唠各自的身世。

这位年轻后生名叫程德全，字纯如，号雪楼，四川云阳人，廪贡生出身。父亲程大观是位秀才，为人老实厚道，以教书为生。程德全随父读书，由于家贫，稍长即协助父亲教读，长年在外。程氏原为四世同堂的大族，光绪元年，川东闹饥荒，无法共求生存，只得析产分居，各自谋生。当时，程德全正在夔州应郡试，回到刚搬进去的家，除了瓦盆、竹筷、存粮数升，一无所有。母亲多病，弟弟、妹妹年幼，他便让能干的媳妇操持家务，自己继续出外教书。母亲过世时，弟弟和妹妹已长大成人，减轻了些许负担。光绪五年，程德全把家事托付给夫人，到京师入国子监学习。此刻，当他得知寿山是黑龙江人，便问起了咸丰八年《瑷珲条约》签订后黑龙江的情况，寿山尽其所知细讲之。打这以后，程德全成了寿山家的常客，二人无话不谈。

一天晚上，程德全又来了，寿山忙让媳妇沏了一壶茶，两人边品香茗边随意聊了起来。寿山说道：“世人皆知，康熙爷是位具有雄才大略的皇帝，收复了台湾，平定了三藩之乱，接连打了两次雅克萨之战，最终将沙俄赶出了黑龙江，签订了《尼布楚条约》，划定了中俄两国东部的边界。可是我至今未弄明白，康熙爷究竟是出于什么考虑，怎能让黑龙江将军衙门一而再、再而三地南迁、从江东旧瑷珲迁到江西新瑷珲、又迁到墨尔根、再迁至齐齐哈尔呢?”

程德全想了想道：“问得好，这就涉及到一个实边、固边的问题。

黑龙江流域大多是少数民族居住的地方，太祖、太宗统一黑龙江后，采取了羁縻之策，只是让达斡尔、鄂温克、鄂伦春等族的头目每年到京城朝贡，表示是朕的臣民，所居之处是我大清王朝的疆土。又因东北是满洲的发祥之地，朝廷特意设了柳条边，禁止关外人等进入，怕动了龙脉，坏了龙兴之地的风水。固边要实边，实边须有人，没人一切无从谈起。有了人，才有抵御外侮的有生力量；有了人，才能有粮有饷有军队，黑龙江将军衙门一再内迁肯定是失策。”

两人越唠话越多，一直聊到深夜，因第二天寿山需去颐和园，程德全得回国子监，方不得不散。程德全是寿山在京十余年间的惟一知己，于国子监就读时，他看到东北时局的危机，便潜心研究东北问题，这里的山川地理、人文历史、风土民情可以说是了然于心，寿山对其才华十分赏识。程德全在国子监学习时仍然很贫困，常常忍受饥寒，甚至饿得无力出门。光绪十七年，经寿山推荐，程德全到奉天做了盛京将军的幕僚，不仅生计有保证，也改变了他人生的轨迹。

寿山在颐和园不情愿地又干了几个春秋，转眼间，已进入光绪二十年。这甲午年乃慈禧太后 60 大寿之年，五月中旬，寿山被任命在颐和园代理差官，并恩准加赏三品顶带，为慈禧太后庆寿做准备。在常人看来，给老佛爷筹办寿辰，又赏了三品顶带，受到了重用，干的是一件美差。可寿山对此不以为然，只因他与弟弟一样，志向不在这里，每日依旧郁郁寡欢。

光绪二十年十月初十这天，是慈禧的 60 岁生日，60 为花甲，庆贺一下乃人之常情，亦符合中国的传统。可此大寿庆典正值国力衰微、内忧外患之时，在国难当头的关键时刻，理应收敛私欲，同仇敌忾，奋起抗虏。而她却为一己之欢，置国家与民族的利益于不顾，庆生竟成为清政府压倒一切的要务。当有人建议暂缓颐和园工程、停建点景、将所需资金移作军费的时候，慈禧太后大为恼火，气呼呼地嚷嚷道：“今日令吾不欢者，吾亦令彼终身不欢！”

按照清朝的定规，在光绪大婚之后，垂帘听政的慈禧得撤帘归政。她虽然照此做了，但是归政不归权，清政府的一切大事必须请示太后才能决策。这回慈禧的大寿即将来临，不知光绪帝是出于对母亲的孝顺，还是对其余威的畏惧，或者是二者兼而有之，早于两年前，即光绪十八年便颁下谕旨：“甲午年，欣逢慈禧太后花甲昌期，寿宇宏开，朕当率天下臣民同欢共祝。所有应备仪式，须由专司大臣敬谨办理，以昭慎重。著派礼亲王世铎、庆亲王奕劻、大学士额勒和布、张之万、福锟、户部尚书熙敬、翁同和、礼部尚书崑冈、李鸿藻、兵部尚书许庚身、工部尚书松溎、孙家鼐等总办万寿庆典，各王公大臣会同户部、礼部、工部、内务府依照旧典，详议隆议，随时请旨遵行。”

慈禧到了知天命之年时，无论行事还是做派，总愿刻意模仿高宗乾隆皇帝。乾隆晚年修建了宁寿宫，以备将皇位传给第十五子颙琰、自己当太上皇之后，作为养老的居所。慈禧也于55岁时，即光绪十五年宣布撤帘归政，交给已经大婚亲政的光绪皇帝，然后搬入宁寿宫居住。乾隆爷做寿时，必去圆明园庆贺，并于沿途大造声势，讲究排场。慈禧也计划去颐和园风光一把，具体是到了60岁生日那天，早上先在皇宫接受王公大臣的朝贺，随后大摆銮驾，浩浩荡荡出皇宫西华门，走北长街，再折向西安门大街，经西四路口往北沿西四北大街而行，由新街口出西直门，直奔颐和园，在那儿听大戏，开大宴。为此，慈禧太后命军机大臣、礼亲王世铎担任庆典总办，按照当年乾隆爷的气派，除将皇宫、颐和园精心布置外，还要在西华门至颐和园的几十里大道旁点缀景观，搭建经坛、戏台、彩殿、牌楼，邀请僧道念经，组织戏班唱戏，号召黎民夹道欢迎，供老佛爷途中观览，这便是所谓的庆寿“点景”工程。

为显示庆典的隆重与奢华，慈禧还吩咐设计《万寿点景画稿》，要求务必照此行之。作为庆典总办的礼亲王世铎自然不敢怠慢，听命而动，人力、物力很快齐备，庆典的筹办大张旗鼓地开始了：油饰庆典场所，添置庆典服装，令江西烧制带有“万寿无疆”字样和各种吉祥图案的餐饮具，强调全国各地奉献的圣寿礼品以九为基数，九九为最多，寿礼要囊括人间稀世珍宝等。

万没承想真就乐极生悲呀，正在这个节骨眼儿上，即六月二十三日，日本于朝鲜牙山附近的丰岛击沉清军运兵商船，七月一日，中日正式宣战。听到此消息，慈禧太后好个气呀，我这是招谁惹谁了？想当年四十寿庆的时候，却赶上亲生儿子同治皇帝病危，没有心思去搞什么庆典；五十寿庆的时候，本想热闹一下，偏偏又跟法国人开仗；现在六十寿庆了，仍未让吾安生，连小日本都欺负到头上来了。吾为大清辛辛苦苦操持了数十年，就算没有功劳，还有苦劳吧？如今皇帝亲政了，作为太后早该好好儿享享清福了，即使是平常人家的老太太，六十大寿也要热热闹闹地庆贺一番哪，可我怎么每次大寿都碰到这样或那样的倒霉事儿呢？她越寻思越愤愤不平，生气归生气，庆典还得照样进行，又不得不对大臣们的呼吁有所表示，那便是对做寿的规模进行了压缩，庆典由颐和园改为在宫中举行，计划中的一切点景全部停办。

寿山身为差官，理所当然得筹备老佛爷的庆生，不过他没有等到慈禧大寿的那一天就离京了。若说起来，寿山在京 11 年，前三年正赶上中法战争。中国与越南山川相连，唇齿相依，自古以来关系十分密切。英法联军对华发动第二次鸦片战争期间，法国开始派兵武力侵占越南，取得了对越南的保护权，刘永福率领的黑旗军进行了顽强抵抗。法国随后将战火扩大到中国东南沿海，在马尾海战中，福建水师全军覆没。法军进犯台湾，清军在督办台湾事务大臣刘铭传的统率下，毫不示弱，以眼还眼，以牙还牙。法舰骚扰浙江镇海，镇海之战，法舰遭到扼守招宝山炮台的清军奋勇还击，法军统帅孤拔的座舰被击中，致其身受重伤，死于澎湖岛。法军侵占镇南关，清军老将冯子材在隘口抢筑了一条横跨东西两岭高七尺、长三里、底宽丈余的长墙，墙外深掘堑壕，可谓较完整的防御阵地。法军越墙进犯，冯子材率士卒冲出墙外，与敌方展开猛烈搏斗，最终取得了镇南关大捷，使得清军在中法战争中转败为胜。然腐朽的清政府却与法国签订了丧权辱国的不平等条约，法国不胜而胜，中国不败而败。

中法战争的战况随时随地传到北京，寿山身在神机营，作为军人有心报国，只因战事发生在南方，参战的是滇军、粤军，不在一个编制，故而未能成行。中日甲午战争爆发，寿山感到机会来了，遂请管理神机营大臣代奏，愿以自身之武能前往黑龙江将军依克唐阿军前效力，并顺利获准。他一点儿未耽搁，让乌云琪琪格赶紧收拾收拾，带着一儿一女先期返回瑷珲，转天便把娘儿仨送上了马车。

寿山主动要求参战，依克唐阿得知后，十分高兴。这孩子是自己看着长大的，曾在手下当兵，对其家世、为人知根知底，对其才能、武功了如指掌。黑龙江马队骁勇善战，在清军中小有名气，其父富明阿曾随黑龙江马队参加平定新疆张格尔叛乱，立下战功，儿子也错不了。他不仅同意寿山参战，还决定让其在瑷珲招募新兵，以解决现有兵员的不足。

寿山临行前，去了位于北京东花市斜街的袁督师祠墓，是袁崇焕的后人继富明阿之后的第二位拜谒者。寿山在先祖的墓前长跪不起，宁远大捷、保卫京师、平台奏对、含冤磔死等情境在脑子里显现，一幕幕地从眼前闪过。他决心向先祖学习，大敌当前，临危不惧，永往直前。冥冥中又有一种预感，主昏政暗，蒙冤受辱，慷慨就义，这似乎也是自己将要走的路。

光绪二十年八月，寿山只身轻骑简从，由驿路东行前往奉天，转而来到黑龙江将军衙门之驻地齐齐哈尔。当时，黑龙江将军依克唐阿已率官兵开赴辽东，临走时给寿山留下一纸信函，令其于瑷珲招兵，聚成两个营，然后带兵赶往辽东与他会合。

清代兵制规定，除八旗绿营外，还有防军。防军独自成营，兵员来自招募，多寡不定，分布各郡县，为调拨征戍之急用，事后散归原处。同治四年，兵部、户部诸臣合议，始定练兵之制，各地相继成立练军，兵员在额设八旗绿营中挑选。练军屯扎于通都要镇，作用与防军同，其长官为统领，又称协统。

寿山到了瑷珲顾不上回家，径直前往副都统衙门，面见时任瑷珲副都统的文全，说明将军责其招兵之事。将军有令，文全必遵命行之，立即唤来关防笔帖式，让其协助寿山办理。特别巧的是这位笔帖式正是寿山儿时的玩伴恒玉，自打入了军旅，便在瑷珲副都统衙门当差。光绪五年，曾出征奉天，随同火器营参领庆琪驻扎于买卖街、法库门、八棵树等地。因打仗出力，受奖五品军功，凯旋归来仍回户司，不久升为关防笔帖式，专理文案。两人已分别十多年，见了面自然格外亲热，共同回忆起了童年的一件件往事，快活而激动。当唠到于城外插柳作香、拜为兄弟时，当年立下的誓言异口同声地脱口而出："多行正义，除暴安良。大敌当前，不做孬种。"

恒玉接着问起了永山的情况，寿山介绍道："我们哥儿俩进京后，在头等荫生的带领下，于紫禁城后宫觐见了光绪皇帝与老佛爷，当日奉旨：我以员外郎用，弟弟著赏三等侍卫，在大门行走。永山在三等侍卫职上干得很不顺心，后经领侍卫内大臣奏请，将其调往神机营文案当差。他于文差职上尽心尽力，收效显著，故而被加赏四品衔。然志向并不在此，光绪十六年请求回黑龙江，在将军麾下于绥化一带剿匪。中日甲午海战爆发时，黑龙江镇边军出征奉天，时任马队统领的永山在前线请战，誓灭狂寇，得允后，已随黑龙江将军开赴辽东战场。"

恒玉听罢，很是羡慕，又聊起了儿时的其他玩伴。当谈及霍振芳时，恒玉说道："他当了步甲后，先是在卡伦山驻防，后调到梁家屯卡伦。为啥在那儿设卡伦呢？《瑷珲条约》签订后，咸丰九年，黑龙江将军奕山与沙俄东西伯利亚总督穆拉维约夫又签订了《黑龙江通商条规》。该条规虽未经两国批准为正式立约，但最初的两岸边境贸易所涉之事，基本上是照此办理的。条规规定‘通商后两国卖货俱不征税’，此条后来被咸丰十年的《北京条约》、同治元年的《中俄陆路通商章程》等一系列条约所肯定，形成了‘边界区百里不纳税’的定制。但是俄商置条约、规定于不顾，有的由黑河入境，经墨尔根、博尔多、布特哈直达齐齐哈尔，任意往来。为了防止俄人越过边境区非法经商，瑷珲副都统于距黑河百里的梁家屯设立了卡伦，例行检查俄商，振芳受命到此任卡官。”

寿山想起了当年放农忙假住在霍家，播种时将豆种埋在土坑里的事儿，说道：“振芳哥的父母为人不错，勤劳能干，不知眼下身子骨儿怎么样？”

恒玉回道：“老两口儿身板儿蛮硬朗，天天仍里里外外地忙乎，闲不着。只是你走后不久，他家出了件大事。振芳的嫂子你肯定记得，中等个儿，瓜子脸，长得挺精神。霍尼呼尔哈屯的后屯紧靠黄河口，北边有处渡口，来往海兰泡路过这里的人很多。基于此，霍家开了个杂货铺，卖各种日用品，生意还算不错。那年春天，正是播种的时候，全家下了地，留下嫂子一人看家，连带照顾铺子。家人走后不到半个时辰，一个老毛子醉鬼闯进门来，见嫂子年轻漂亮，便竖起大拇指喊着欧钦尼哈勒肖，欧钦尼哈勒肖，并一步步向前逼近，将其用力拖上炕施以强暴，刚好被来铺子买东西的小男孩儿撞见了，吓得惊叫起来！老毛子抽身跑了，屯里人赶到时，黄瓜菜都凉了。满洲女子失身可是大忌，嫂子感到没脸见人，绝望之下，披头散发地跑到江边一头扎进水里，岸上只留下一双绣花鞋，至今未见尸首。大哥振杰遭此打击，难过至极，后来离家去城里当了防兵。”

寿山听完气坏了，牙关咬得咯咯响，低声骂了一句：“这罗刹鬼太没人性了，简直就是畜生，千刀万剐都不解恨！”

恒玉拍拍其肩膀转移话题道：“寿山哪，放心吧，既然是专程来此招募兵员并准备开赴前线，衙门派让我协助之，肯定会全力以赴的。不过不能白帮忙，有个条件，得答应我与你同行。”

寿山通过交谈已知恒玉家的现状，其母身子骨儿欠佳，需要人照顾。媳妇刚生了孩子，尚未出满月，不具备离家的条件。于是劝其留下，去前方打仗以后有的是机会，再者文全副都统也未必放你走。恒玉急了，说道："老弟呀，别忘了咱小时候发的誓言：'大敌当前，不做孬种'，你是成心让大哥当孬种还是咋的？我可告诉你，甭管答不答应，这回非去不可，副都统那儿我去说！"

寿山一看没辙了，只好点点头，恒玉扑哧一声又乐了。

转天，寿山的叔伯大哥金山保领着孙子瑞昌找上门来，说道："寿山哪，这孩子听说小爷回乡招兵买马，出征辽东，抗击倭寇，非嚷嚷跟着去。怕你嫌他太小不允，这不把我给摽来了，你就带瑞昌走吧！"

寿山解释道："大哥，不是不愿带，他爸爸庆琪当年就是跟着我父亲出征江北大营的。这次若再带走了瑞昌，觉得于心不忍，打仗可不是闹着玩的。"

金山保说："庆琪跟着他三爷南征北战，立了功，当了官，锻炼得蛮不错。瑞昌在家只知贪玩儿，应该让他出去摔打摔打，将来好有点儿出息。"

寿山见大哥态度坚决，瑞昌也是一脸的企盼之情，便不再说什么了。袁世有、金山保父子两代人同是领着孙子，要求跟着富明阿、寿山父子两代人出征打仗之举，一时间成了瑷珲城街谈巷议的佳话。在他们的带动下，当地的后生纷纷响应，踊跃报名，且边招边练，不过十天便成为两营劲旅。

正当寿山、恒玉带领兵卒做出发的准备之时，玉庆风风火火地跑来了，见到寿山也不管什么官不官的，上去就将其抱住了，连连道："山哥呀，山哥，我可想死你了！"

寿山眯起眼睛上下打量着玉庆，见其还是那么白白净净、斯斯文文的样子，一点儿没变，遂问道："小老弟，我以为见不到你了呢，什么时候回来的？"

玉庆回道："刚刚到家，要不哪能现在才跑来看你呀！"

原来玉庆先是在旗营达斡尔佐当兵，一年后，又去观音山做了矿勇。漠河金矿的矿区沿黑龙江上下达三千里之遥，光绪十五年，在瑷珲下游千里之外的观音山发现了矿苗，经过试采，产量颇丰，随即便成为漠河金矿中的主要矿区。因其背靠一座盘旋而上的高山，山顶修了座观音庙，故而称观音山金矿。观音山产金的消息一经传出，匪徒们闻风而动，经常骚扰金矿，为此瑷珲副都统派出一哨官兵前去护矿，玉庆在那里任哨长。玉庆接着又道；"山哥，我已一年多没回家了，这次要不是押送沙金，还是回不来。一到家，老娘就急不可待地告诉我，你们俩即将带兵出征，开赴辽东，我当即表示也跟着去。”

恒玉忙问：“你娘同意了？”

玉庆回道：“我娘说了，只要跟着你寿山哥，不管去哪儿都放心，不过得赶早把媳妇儿给我定下来。”

对于玉庆的婚事，寿山略知一二。原来当寿山这帮淘小子长到十四五岁的时候，也常带着妞妞一起玩儿，玉庆便暗恋上了这个山东妹。不过他知道妞妞喜欢的是寿山，所以从未表示过，一直深深埋在心里。寿山娶了媳妇儿后，玉庆曾向妞妞流露过，妞妞的态度不明朗，没说行，也没说不行。其实呢，这些寿山早就看出来了，他将妞妞当成自己的亲妹妹，还真的希望妞妞能嫁给玉庆。寿山问道：“玉庆，这次回来，没打算去看看妞妞？”

玉庆不好意思地摸摸后脑勺儿道：“噢，当然得去看她，只是还未来得及。听我娘讲，头些日子嫂子带着孩子先回来了，家里又有热乎气儿了。山哥是不知道啊，你和嫂子在京师这些年，老宅只剩下王氏父女二人，空落落的，早已没有了昔日的欢乐。不过妞妞仍很惦念山哥，只要见着咱哥儿几个，总是打听个没完。”

寿山说：“好吧，我知道你的心思，会劝她嫁给小老弟的。”

寿山要带兵出征，正可大显身手，家人却恋恋不舍。乌云琪琪格原本话不多，这些天却一反常态，晚上一躺在炕上便冲丈夫唠叨个没完，什么一个人在外要照顾好自己呀，随着天气冷暖增减衣服哇；什么在沙场打起仗来要机灵点儿，枪炮可没长眼哪；什么该吃就吃，该睡就睡，千万别熬夜呀，时间长了会生病的……这日下晌，寿山提前回到家，乌云琪琪格又开始磨叨，寿山听得有点儿不耐烦了，摆摆手道：“知道了，知道了，别啰嗦了。”转而一想，夫人也是为自己好，作为丈夫，临行前总得交代交代，于是又道：“我走了，没人照顾你，不妨领着两个孩子到你哥哥杜尔伯特王爷那儿去。两军对阵是要死人的，我若是回不来，你怎么办？还是按兄长之意做吧！”

乌云琪琪格连忙捂住夫君的嘴道：“少说那些不吉利的话，我相信阿布卡恩都力会保佑你，先祖、高堂会眷注你，不会有事的。”乌云琪琪格信奉喇嘛教，接着告诉寿山：“一定要记住，一旦遇到危险时，你就叨咕嗡、嘛、呢、叭、咪、吽六字箴言，一切灾难皆会过去的。你走后，我哪儿都不去，就在家守着，儿子也该上学了，等你平平安安地回来。”

妞妞这些天也是紧忙活，手套儿缝了一副又一副，鞋子做了一双又一双，还有棉背心儿、夹袄夹裤等，统统用包袱皮儿包好。受嫂子信仰喇嘛教的影响，特意去首饰店买了一个带有观世音像的玉坠儿，装入用红布缝的小口袋里，再放进包袱内。用罢晚膳，妞妞抱着包儿去了哥嫂那屋，见只有寿山在，便放下包袱道：“山哥，衣裳、鞋子、手套儿，坎肩儿等都包在里面，用时别忘了取，还有个玉坠儿平时就带在身上。”

寿山说：“妹子，辛苦了，一连忙了不少天。有件事儿早想跟你商量商量，可一直未得空儿，再不说就没机会了。你也老大不小了，总不能臭在家里吧？得赶紧嫁人了。玉庆从小跟咱一起长大，为人不错，知根知底。这些年来，他心里只有你，喜欢你，惦着你，到现在都未成家。要是愿意，哥走后，让你嫂子给做媒如何？”

未承想此话一出，妞妞来了气，硬邦邦地甩出一句：“俺谁也不嫁，陪着爹过，当一辈子老姑娘！”说完扭头就走，到了门口儿又回过身叮嘱道：“山哥，别忘了包里的那个玉坠儿。”

庆恩这些天总是恋着父亲，动不动就去校场看其带兵操练，回来便央求也给自己做一支枪。寿山被儿子缠磨得没招儿了，就从仓房里翻出一块干木方子，刀、锯齐上，削了支长枪。庆恩拿在手里左观右瞧，喜欢得不得了，咧开嘴乐了。今儿个不知从哪儿招来一帮半大小子，他扛着木头枪打头、身后的伙伴全扛着棍子来到校场，也学着大人的样子，耀武扬威地走在队列的后尾儿。寿山老远就发现这些孩子了，边笑边对身边的恒玉说：“看见了吧，不用愁后继无人，这不又是一帮当兵的料嘛！”

临行前的头天晚上，乌云琪琪格和妞妞特意包了饺子，说什么出门的饺子回家的面，吉利！王克俭也从江东白旗屯赶了回来，大家围桌而坐，妞妞分别为老爹和哥嫂斟满了酒，为自己和庆恩倒了一杯水。一家人共同举杯，老王头儿冲寿山祝福道：“旗开得胜！”

乌云琪琪格接茬儿道：“佛祖保佑！”

妞妞则言：“平安归来！”

庆恩嗓门儿最亮：“打败小日本！”

大伙儿一饮而尽。饭桌上，寿山问起了宝财哥的情况，老王头儿说：“去年夏天回来一次，给他娘上坟，还带着我那小孙子。孩子六岁了，挺招人喜欢的，一口滴里嘟噜的毛子话。宝财生意还行，就是税大，去年海兰泡当局又把打金银首饰列入了特产税，加倍征收。警察局和税捐局的人身穿老虎皮，不干人事儿，经常找茬儿勒索，时不时地得给他们进贡，否则甭想消停。”

寿山打了个唉声道：“咳，这年头儿，过得去就行。”

膳罢，寿山夫妇去了永山家，一进门，兄弟媳妇便抱怨道：“大哥、大嫂，别怪我挑他，永山行前也不知回家看看，直接由省城随将军去前线了，给他做的鞋和棉衣都没带，只能辛苦大哥捎去了。我这几天不知怎么了，老是眼皮跳，心神不宁的，总有一种不祥的预感，不会出啥事儿吧？”

乌云琪琪格安慰道：“弟妹，别胡思乱想，能出啥事儿？他好着呢！”

寿山说道：“军令如山倒，永山可能走得急，来不及回家。放心吧，我到了那儿，会照顾好弟弟的。”

兄弟媳妇这才长出了一口气，躬身道：“我替永山谢谢大哥了，让你费心了！”

一家人又闲聊了一会儿，到了戌时，寿山夫妇便起身告辞了。转天一早，出征的时辰到了，秋风萧瑟，战马嘶鸣，全城男女老少齐聚副都统衙门前。其中有恒玉的老娘以及头上包着白毛巾、没出满月的儿媳妇，还有玉庆的父母，二老互相搀扶着站在人群里。寿山一声令下，送别的锣鼓敲响了，在嗒嗒的马蹄声中，队伍渐行渐远，慢慢消逝在官道的尽头。两个新兵营所走的路线是过了齐齐哈尔到吉林，再奔奉天，出了奉天直插辽东。“风萧萧兮易水寒，壮士一去兮不复还”，此乃司马迁《史记·刺客列传》里的两句千古绝唱。看着这些生龙活虎的小伙子离家而去，将挥刀驰骋在沙场上，谁又能知道他们中有几个能回来呢？

那么，寿山所率的两个新兵营进入辽东前的中日战况如何？听我朱伯西简单介绍一下。自从明治维新之后，日本迅速走上了对外扩张的军国主义之路，制定了旨在掠夺朝鲜和中国的“大陆政策”，并且加紧扩充军备。光绪二十年，即甲午年一月，朝鲜南部爆发了东学党起义，喊出了“除暴安良”、“逐灭夷倭”的口号，屡次击败政府军的进攻。在此种情况下，朝鲜政府欲发函请求清政府派兵，帮助镇压这场大规模的农民武装起义。当时，清政府负责朝鲜事务的直隶总督兼北洋大臣李鸿章是有思想准备的，打算在接到朝鲜的请求函件后，立即出兵。四月三十日，朝鲜政府正式行文，请求清政府派兵援助。为了维护朝鲜的封建统治，李鸿章遂于五月一日，命令直隶总督叶志超、太原总兵聂士成率领1500名将士赴朝助剿。潜伏在中国的日本间谍嗅觉十分灵敏，很快得知了这一消息，立马飞报日本政府。翌日，日本参谋部决定建立大本营，并请天皇批准向朝鲜派出混成旅团。日本外务相陆奥宗光命令日本驻朝鲜公使大岛圭介带领400名陆战队官兵，乘“八重山”号军舰启程赴朝，随后由一户少佐指挥的日军向朝鲜移动。

中国和日本陆续向朝鲜派出的官兵到达后，东学党起义被镇压，朝鲜局势渐趋稳定。朝鲜政府致函清政府，请求撤兵，以解除日军赖在朝鲜不走的理由。李鸿章得报后，致电身在朝鲜的叶志超，准备撤兵回国。与此同时，清政府还向日本政府建议双方撤军，却遭到对方的严词拒绝。

为了制造驻兵朝鲜的借口和蓄意扩大事态，日本内阁通过了由伊藤博文亲自拟定的朝鲜内政改革案，无理干涉其内政。此后，日本一面单独改革朝鲜内政，一面继续向朝鲜派兵，到了五月底，进驻之日军已达上万人。大岛圭介公使面谒朝鲜国王时，大谈改革朝鲜内政之必要，并秉承陆奥宗光的密令照会朝方，要求明确清政府与朝鲜的关系，乘机挑起中日之间的冲突。

六月十日，日本向清政府提出声明，即今后如在朝鲜发生不测，应由清政府负责。陆奥宗光曾训令大岛圭介：“促成中日冲突实乃当前之急务，为达此目的，可以采取任何手段。”为了排除列强干涉的可能，日本还进行了一系列的外交活动，试图促使英国、俄国采取支持日本的做法。

六月十五日，日本参谋部召开大本营御前会议，做出了立即发动战争的重大决定，命令驻在朝鲜的日军酌情寻机进犯驻在朝鲜的清军。与此同时，还秘密策划以重兵包围朝鲜王宫，劫持其国王。二十一日清晨，日军包围并进入朝鲜王宫，将宫中文物及购存的洋枪、洋炮全部掠走，劫持了国王李熙，挟制大院君李罡应出来执政，迫使朝鲜不得不做出请日军驱逐驻在牙山清军的决定。

在日军进攻驻于牙山的清军之前，又蓄意制造了丰岛海战，且不宣而战，正式挑起了中日之争端。实际上，为了缓解朝鲜的紧张局势，清政府只能增兵朝鲜。总兵卫汝贵率盛军6000人进入平壤，提督马玉昆统领毅军2000人进入义州，左宝贵率所部八个营准备开赴平壤。为增兵牙山，李鸿章雇用英国小商轮“爱仁”号、“飞鲸”号载清军一个营前往，由北洋舰队的“济远”号、“广乙”号、“扬威”号三舰护航。又租赁英国商船“高升”号，将清军两个营载往朝鲜，由北洋舰队的运输舰“操江”号运送军械物资。“爱仁”号、“飞鲸”号抵达牙山后，“济远”、“广乙”两艘护卫舰从牙山返航，行至牙山口外的丰岛海面时，遭遇日本军舰。日舰向“济远”、“广乙”发起进攻，日“吉野”号首先开炮，“浪速”号、“秋津洲”号随后跟进，北洋舰队被迫还击，双方战舰全被对方击伤。“广乙”号中弹起火，失去了战斗力，管带林国祥令南驶后搁浅，遂自行炸毁。“济远”号乃铁甲快舰，吨位大，攻击力强。然管带方伯谦贪生怕死，听到日舰开炮就下令逃跑，“吉野”号紧追不舍，方伯谦竟挂起白旗投降。士兵们看到桅杆上的白旗，气得直跺脚，一句话也说不出来。水手王国成、李仕茂等掉转炮口，对准“吉野”号连发四炮，致其伤痕累累，不敢再追。士兵们异常振奋，高喊道：“发炮，发炮，打沉‘吉野’!”

方伯谦却大声命令道：“不许胡来，赶快驶回天津!”

当兵的只能服从，尽管有把握击沉“吉野”，一个个极不情愿地把装好的炮弹退下膛来。由于方伯谦的临阵脱逃，使得迎面而来的“高升”号和“操江”号失去了保护，日军乘机劫持了“操江”号，并强迫“高升”号投降。“高升”号的英国船长对中国士兵说：“‘高升’是商船，不是军舰的对手，还是投降吧!”

中国士兵齐声道：“不是对手亦要抵抗，宁愿战死在这里，也不做俘虏!”

日军对着没有抵抗能力的“高升”号连发鱼雷和大炮，中国士兵用步枪英勇还击，直到“高升”号被击沉，1200 名士兵除三人遇救外，没有一个投降的，全部壮烈牺牲。

清廷得到丰岛海战的奏报，本不想对日宣战，希望英国出面干涉。日本政府马上向英国政府表示击沉商船“高升”号是误会，并答应赔偿损失，英方便不予干涉。日军乘清廷势弱无援，继而进犯牙山东北的成欢，聂士成率领 3000 官兵进行了顽强抵抗。在击毙日军大队长桥本昌世少佐及数十名士卒后，见弹药不足，方奋力杀出重围，退往平壤，成欢陷落。清政府不得已于七月一日对日宣战，这一年是农历甲午年，故而称中日战争为甲午战争。

甲午战起，清政府在已入朝的大同镇总兵卫汝贵统领的盛军、盛京副都统丰绅阿统领的盛京军、提督马玉昆统领的毅军、高州镇总兵左宝贵统领的奉军之后，又增派了四川提督宋庆率领的亲兵营、提督刘盛休率领的铭军、将军依克唐阿率领的黑龙江镇边军，以其为后援，相继入朝。可战事突变，未等增援部队到达朝鲜，鸭绿江口大东沟又发生了中日黄海海战。八月十八日，清海军提督丁汝昌率领北洋舰队运兵到鸭绿江口的大东沟，正准备返航时，忽然得报："西南方向海面升起浓烟，可能有舰队开来!"

丁汝昌立即走向舰桥，举起望远镜一看，远处果然有一片黑烟，烟下现出12艘军舰。再定睛细瞧，隐约可见军舰桅杆上挂着旗帜，竟是美国星条旗。快要接近中国船队了，那12艘军舰又降下了美国国旗，换上了日本国旗，并排出鱼贯纵列、头尾相连的阵势。丁汝昌乘敌舰尚未接近的短暂时间，急忙与各舰管带商议如何应战，"济远"号管带方伯谦主张避敌逃跑，"致远"号管带邓世昌则坚决反对，说道："大敌当前，你不打他，他就打你，逃跑是没有出路的。两军对垒，宁肯战而死，不愿逃而生!"

丁汝昌支持邓世昌的意见，决定把舰队分成两路，用吨位最大、铁甲最厚、火力最猛的"定远"号和"镇远"号铁甲舰作为前锋，迎击敌舰。实际上，北洋舰队能投入战斗的只有10艘军舰，且舰艇旧，速度慢。由于海军经费被慈禧挪用，只为修建颐和园，没有更多的钱买弹药。加之官吏的腐败和黑心的外国商人的取巧图便，有的炮弹和大炮不对口径，一部分弹药根本不能用。尽管如此，广大爱国将士并不气馁，决心与倭寇拼个你死我活。敌舰越来越近，大约六千米时，"定远"舰管带刘步蟾即令开炮遥击，各舰也都发出第一排炮弹，终因距离太远均未射中目标。日四舰在距清军三千米时，同时发炮，集中攻击距主力舰较远的右翼"超勇"号、"扬威"号。两舰被击中起火，"超勇"很快沉没，"扬威"驶出阵外搁浅。"定远"号随即施放大炮，船身猛烈摇晃，站在飞桥上的丁汝昌被抛坠舱面负伤，刘步蟾立马顶上。刘管带指挥若定，水手们英勇顽强，与其他舰艇猛击敌舰"赤诚"、"比睿"，迫使其退出了战列。

到了下晌，日舰采取首尾夹攻的战术，对北洋舰队构成了极大威胁。"致远"号管带邓世昌率舰迎击日本舰队，鏖战中弹药将尽，船体多处受伤。这时，日舰"吉野"号迎面驶来，他意识到为国捐躯的时刻到了，果断地下了撞沉吉野的命令。舰艇上立马响起了激愤的呼喊声："撞沉吉野！撞沉吉野!""致远"号随之劈波斩浪向"吉野"号猛冲过去。“吉野”号上的日军发现“致远”像一条火龙似地冲了过来，个个吓得大惊失色，哇哇乱叫，一边调转舰艇躲避，一边施放鱼雷。结果“致远”舰不幸被鱼雷击中，很快便沉没了，邓世昌等二百余名将士除20人得救外，其余全部壮烈牺牲。

“济远”、“广甲”两舰见此竟夺路而逃，“济远”慌不择路，将搁浅的“扬威”撞沉。“广甲”号偏离航线，在大连湾的三山岛外搁浅，次日被日舰击沉。当日舰围攻“经远”号时，将士们在管带林永升的指挥下孤军奋战，发炮攻敌。炮战中，二百余名将士除16人遇救，其余皆为国捐躯，其中包括管带林永升。“定远”、“镇远”、“靖远”、“来远”4舰在极端不利的情况下沉着应战，先后击中敌舰“西京丸”、“松岛”、“吉野”等，致其死伤无数，不得不向南退去。海战进行了五个多小时，双方互有损失，日舰稍占优势，李鸿章旋即下令北洋舰队退守威海卫。

话接前书。寿山率领在瑷珲招募的新兵一路风餐露宿，马不停蹄，经长途跋涉终于来到了辽东。此时，黑龙江将军依克唐阿属下的镇边军、宋庆属下的亲兵营、刘盛休属下的铭军正在九连城集结，寿山赶到赛马集行营叩拜依将军。依克唐阿见其所带两营新兵个个精神抖擞，十分满意，遂令暂且歇息。寿山、永山这哥儿俩自打北京分手后，已好几年未碰面了，战场重逢自然分外高兴，永山问起了家里的情况：“怎么样，嫂子和侄子、侄女都好吗？”

寿山回道：“挺好的，你嫂子带两个孩子先返瑷珲的，我随后也回了家，为的是招募新兵。”

永山又问起了自己的老婆、孩子，寿山嗔怪道：“还问呢，你临走时，怎么不抽空儿回家看看？或许因为忙，不回家也罢，咋连个信儿都不捎？”

永山解释道：“哥，你有所不知，我那时正在奉天支援剿匪。依将军率领官兵出征路过奉天，我便带队加入了赴辽东的大军，哪有时间回家呀？再者说了，出外当兵打仗的人都一样，今天这儿明天那儿的，让谁给家捎信儿呀？”

寿山拿出了弟妹托付自己带的衣裳和鞋子交给永山，并嘱咐道：“抽工夫给媳妇儿写封信，报个平安也好，省得天天惦着。”

一个时辰后，依克唐阿将寿山带来的新兵与永山手下的马甲编成马、步两队，永山为马队统领，寿山为步队统领。

九连城濒临鸭绿江，与朝鲜新义州隔水相望。此前，叶志超、聂士成、左宝贵、卫汝贵统帅的各路大军从牙山、成欢等地退守平壤，安营扎寨。朝鲜百姓闻知清军已至，欢欣鼓舞，对其抗击日寇抱有很大希望，纷纷提壶携浆前来慰劳将士。然渐渐风闻北洋各部从平壤一路败退回来的种种劣迹，纪律败坏，见贼即溃，遇物即掳，乱得不可收拾，尤以卫汝贵统带的盛军为甚，致朝民大失所望。叶志超不敢直言，只得谎报军情，言称成欢之战杀敌相当，受到了李鸿章的嘉奖，令其统帅驻扎平壤的清军。叶志超庸碌无能，诸将不服，环城筑垒，以为安然无事。日军派出小股部队侦察，被手下击退，从而更增加了已经滋生的自满情绪，不仅不积极防御，每天还饮酒作乐。盛军夜晚巡逻，与毅军相遇，互疑为敌，继而轰击，死伤甚多。日军分路进攻平壤，马玉昆守大同江东岸，浴血奋战，卫汝贵派兵增援，日军方退。左宝贵率所部八个营扼守元武门，日军以大队人马围攻，叶志超令其弃地北走，左宝贵不从。日军猛扑左宝贵阵地，左宝贵誓死拒敌，登城指挥，连中炮弹，坠城身亡。元武门失守，日军蜂拥而入，叶志超打起白旗乞求投降。日军不允，叶志超率诸将弃城逃跑，军需器械、公文密电尽行丢弃。日军枪炮齐鸣，清军尸横遍野，2000 余人毙命，数百人被俘。叶志超率残兵败将一口气跑到朝鲜的安州，此处山高路险，是阻击日军的理想之地。聂士成劝其留驻安州，叶志超不听，继续北逃，直至过鸭绿江与后续增援部队会合而止。

清军各路部队齐聚九连城，清廷将指挥无力、谎报军情、贪生怕死、坐失战机的叶志超革职，由四川提督宋庆统率各军。卫汝贵久治盛军，以贪污行贿、溜须拍马升至提督，入朝参战时，年已六旬。其夫人来信告诫道："君出身行伍，为当统帅费了不少劲儿，是多么的不容易。现在咱家有的是钱，吃香的喝辣的，你应多多保重身体才是。况且年事已高，无论做什么都得留个心眼儿，打起仗来千万不要往前冲……"后来，这封信不知怎么被日方得到，并当做反面教材引入了教科书。卫汝贵入朝后，也确实遵妇诫而行，为此清廷将其逮捕问罪。

宋庆忠勇敢战，然调度无方，并非将才。清军 70 个营，散漫无纪，坐守江北一月有余，毫无御敌之准备。日军占据了朝鲜全境，在做了详细的调查和充分准备之后，开始入侵我国东北。他们兵分两路，一路从朝鲜义州攻击清军鸭绿江防线，另一路由海路在辽东东岸花园口登陆，进攻旅顺、大连。其时，集结在鸭绿江沿岸的清军有宋庆的亲兵营、聂士成的淮军、依克唐阿的镇边军、刘盛休的铭军、吕本元的芦榆防军、丰升阿的盛京军以及倭恒额的齐字练军，计80个营。这些军队分别由帮办北洋军务、四川提督宋庆和黑龙江将军依克唐阿统率，以九连城为中心，向左右沿鸭绿江布防。

九连城位于丹东东北25里，因有九座古城相连，所以从明代始即称“九连城”。它东有叆河、鸭绿江，后面有镇东山，形势险峻，乃历代辽东东南边境军事之要地。日军大兵压境，清军临时抱佛脚，匆匆进行布防。整个防线分左右两翼，右翼防线由宋庆指挥，负责虎山、九连城、安东、大东沟、大孤山一带；左翼防线由依克唐阿指挥，其防守地区包括安平河口、东阴、苏甸及长甸河口。日军权衡利弊，选择安平河口为突破口，守卫此处的是黑龙江齐字练军倭恒额所部。在日军的强大攻势下，倭恒额抵敌不住，阵地丢失。值此紧急关头，依克唐阿下了命令，由永山率所部马队组织反攻。永山身先士卒，率队直冲向前，左劈右砍，打退了日军，收复了阵地，初战告捷。

第二天，日军声东击西，表面上做出欲渡鸭绿江进攻九连城的假相，暗地里却偷袭九连城上下游两处，乘夜造浮桥，清军竟毫无察觉。到了清晨，数千日军在炮火的掩护下渡河进攻北岸，刘盛休的铭军抵敌不过溃退，其他各路也大多败北，依克唐阿弃防走东北奔宽甸，独有聂士成所部尚保虎山。日军四面围攻，聂士成不支，遂退而向西，待宋庆来援，虎山已失。宋庆率军弃九连城北趋凤凰城，强渡叆河时，慌乱之中淹死兵丁无数。日军分队东击，丰升阿、聂桂林军丢弃安东奔岫岩，鸭绿江沿岸皆为日军占据。宋庆认为凤凰城不可守，立即退据大高岭以守辽阳，日军顺利占领了凤凰城。此时，旅顺告急，朝廷令宋庆回援旅顺，大高岭之防线遂属聂士成。

日军攻破鸭绿江防线，分兵占领了九连城、大孤山、凤凰城等辽东重镇，并以凤凰城为据点向西进犯，企图打通从凤凰城经摩天岭进犯奉天的通道。宋庆去后，驻奉天东路扼制日军西犯的清军有两支：一支是由提督聂士成指挥的淮军，驻扎连山关一带，依仗摩天岭之险要，从正面阻击日军；另一支是由依克唐阿率领的黑龙江镇边军，驻守叆阳边门，西至赛马集、草河城一线，同聂士成部相呼应，成犄角之势。

摩天岭在辽阳和奉天东南，是长白山的一条支脉，山势险峻，中间只有一条贯通南北的大道。连山关是其山脚下的一个小村落，住户不多，地形易攻难守。凤凰城日军分路进攻摩天岭和赛马集，首先攻占了连山关，聂士成率领所部在摩天岭张旗帜、鸣鼓角为疑兵，使敌人未敢轻进。日军进攻赛马集被依克唐阿所部击退，继而赛马集、摩天岭两路清军同时出击，对草河岭一带日军施以夹攻。

连山关东南有个叫草河口的地方，乃往来于凤凰城至摩天岭的必经之路，也是联结辽阳东路清军防线东西两翼的咽喉。日军攻下连山关后，一则害怕清军从赛马集西进占据草河口，截断自己的归路，二则企图切断依克唐阿、聂士成两军的联络，于是冒着被清军包围的危险，放弃连山关，前往草河口布阵。然而日军的企图并未得逞，按照与依克唐阿合攻草河口之约，聂士成亲率先头部队数百骑，乘霏霏雨雪先夺回了连山关，又集中了马步军三个营携三门大炮东进，直逼草河口。此时，东路的依克唐阿也带领镇边军十个营、约 5000 人做好了战斗准备，从东、南、北三面向日军发起猛烈进攻，战斗在草河口东面的草河岭上打响。依克唐阿所部中队富保、德恒两营先行与其接仗，贼来甚猛，清军几不能支。适值寿山率两个营赶到，由南路山脊抢绕而上，又急命属下由北路山梁绕过贼背，贼分股挣拒。而永山则带领马队往来驰冲，三路策应，鏖战两个多时辰，敌势渐弱。阵地上，枪炮齐鸣，弹如雨下，响彻数十里之外。

草河岭一带山路崎岖，地势险要，将士们毫无所惧，奋勇当先。统帅依克唐阿登上山顶，居高临下，亲自指挥；步队统领寿山及营官等绕山越涧，披荆斩棘，坚忍力战；马队统领永山令骑兵们下马步行，持枪执剑，分道突进。这时，日军占据了草河岭之南山，寿山同其弟永山在炮火的掩护下，率队向山脊的日军发起猛攻，亲卒皆尽，仰攻不已。待攻上山头，敌我双方展开了白刃战，你来我往搅成一团，喊杀声不断，枪剑碰击声清晰可闻。寿山正与一日官拼得难解难分，突然其亲随从后面偷袭，欲砍杀之。身边的玉庆手疾眼快，一个大步蹿过去，以锃亮亮的长刀架开那亲随的刺刀。紧接着手起刀落，亲随毙命，寿山幸免于难，并结果了与之对打的日官。

草河岭之战从午时一直持续到黄昏，历时约六个钟点，日军四面受挫。由于寿山、永山等爱国将士的英勇奋战，击毙敌步兵大尉斋藤正起，击伤炮兵大尉池田刚平、炮兵中尉关谷豁，致日军死伤四十多人。

不久，清军又大胜于四棵树，聂士成部乘势夺回连山关。此后，清军利用气候的严寒，依仗有利地形，在固守阵地的同时，四下游击，出没于草河口等地，相机袭取凤凰城。日军被阻于摩天岭、赛马集一线，天天疲于奔命，最后不得不退回凤凰城。此乃甲午战争中，清军所打的惟一一次成功阻击战，寿山、永山功不可没。

日军见进攻辽阳东路受阻，马上改变用兵方向，把重点转向南路，于十一月十七日占领辽阳门户海城。在西路日军进攻海城时，东路日军为了牵制依克唐阿和聂士成所部，使其不能西援，于是再出凤凰城，北犯连山关和摩天岭。与此同时，依、聂两军也想乘胜反攻，夺回凤凰城。

十二月上旬，依克唐阿与聂士成在通远堡集合20个营的兵力，拟以两路分进合击。一路由依克唐阿、夏清云率领，从通远堡南进，直攻凤凰城北面；另一路由寿山、永山率领，向东北迂回，从叆阳边门绕道袭击凤凰城东北。大部队出发时，永山曾慷慨流涕，请求独当一面，表示不取凤凰城，誓不复还。当依克唐阿率领的西路军行至金家河时，与北犯的日军碰了头，遂立即命令部队抢占山头，日军也登山迎击。双方鏖战一个多时辰，日军从两侧包抄，清军不能得手。三次抢占山头，日军被击毙四五百，清军营官德恒、哨官巴彦济尔嘎阵亡，兵勇死伤也不少。迨至傍黑儿，清军疲顿不堪，不得不停止攻击。

十二月十二日，寿山、永山率军绕过叆阳边门，到达草河北岸的长岭子、一面山一带。接着又越过一面山，逼近凤凰城北的草河北岸及叆河左岸，在顾家堡子、夏家堡子、赵家堡子宿营。兄弟二人经过商议，决定由恒玉带着瑞昌率领一部分清兵绕到凤凰城城东，准备第二天东西两路一齐攻城。由于清军连日苦战，加之又是急行军，早已人困马乏，在布下岗哨后，寿山即令部队抓紧时间歇息。不料凤凰城日军已侦察得知清军来袭，采取了先发制人之策，乘黑夜潜渡草河，于十三日凌晨偷袭清军营地。他们首先包围了顾家堡子的宿营地，据上风纵火，焚烧民房。清兵从睡梦中惊醒，不知虚实，仓促应战。当时天尚未明，四顾昏暗，双方混战，各有死伤。及明，日军分三路增兵猛扑，战斗愈加激烈。直至申时，清军不支，寿山考虑到继续打下去损失太大，便指挥部队向北撤至长岭子，翌日再撤至葱岭。

凤凰城东濒鸦绿江，与朝鲜隔水相望，坐落于凤凰山北面山脚下，故而得名。凤凰山山势险峻，峰峦挺拔，怪石嶙峋，易守难攻，历来是兵家的必争之地。恒玉率队抵达凤凰城城东，却不见寿山攻城，于是破东市，孤军而入。日军在偷袭寿山所部后，做贼心虚，为防清军以牙还牙，在城的周围布下了人马。恒玉率队入了城，不见日军动静，知道中了空城计，遂折头而返。这时，日军果然从四面包围上来，两军相对，不是鱼死，就是网破。这小日本打交手仗有个穷规矩，怕伤了自己人，个个退出了枪中的子弹，亮起了刺刀。要比白刃战，清军还真不示弱，刷刷地抽出了背后的大刀。他们边拼边撤，杀了一拨儿又一拨儿，不少兵丁也倒在了日军的刺刀下，到了城门处已所剩无几。瑞昌回头一看，吊桥高挂，再无退路。索性一个箭步跳上城门楼，举起大刀左右一挥，结果了两个看桥日兵的性命。随即放下吊桥，身子一跃，纵上桥头。此刻，退入桥头的只剩下负了伤的恒玉和两个亲兵，其中一个亲兵冲瑞昌喊道："快，你带哨官赶紧走，我俩在前边顶着！"

瑞昌来不及多想，赶紧上前搀着恒玉跑出了城门，可是两位亲兵却永远留在了城里，再也没有回来。二人归队后，禀报了此情，寿山听罢，为失去那么多弟兄痛心不已。清军由于连日苦战，饮食不济，已是饥疲不堪。当寿山、永山率所部退到葱岭时，又遭日军伏击，如不尽快脱离险境，有被敌人全歼的可能。寿山身先士卒，率队突围，左劈右砍，杀出一条血路。永山迅速督队策应，挥刀断后，力战群寇，掩护大部队退却。奋战中，永山先是左臂受伤，继而右额被刺，血流如注，仍手持枪械击毙悍贼数名。突然前胸中了一弹，当即倒地晕厥，过了片刻又大呼而起，亲随欲扶其退出战场，永山坚决不肯，口中喃喃地嘱咐道："记住，要好好儿扶持寿山，勇敢杀敌……"

寿山突出重围，未看到永山跟上，反身又杀入敌阵，见其已倒地，不省人事。连忙蹲下身，抱起遍体鳞伤的弟弟，在众兵卒的掩护下冲出。途中，眼见怀里的永山因伤势沉重，流血过多，命断气绝。兄弟俩从小一起长大，父母去世后，又一同进京袭职，弟弟文官不当，毅然回籍从军。沙场与兄长重逢，比肩战斗，未承想竟先于哥哥而去，临了还嘱咐亲随力辅寿山，勇敢杀敌，此爱、此恨、此仇怎能让人承受得了？寿山难过至极，痛不欲生，将其暂时掩埋在辽东战场。待战后再置棺木，扶柩回乡，葬于父母身旁。

永山逝去后，黑龙江将军依克唐阿得知此信儿，也是老泪纵横，无比痛惜。想到这个孩子是自己看着长大的，聪明、好学，打心眼儿里喜欢，曾亲手教其骑马射箭。与兄长赴京后，放着文官不当，非回奔黑龙江随军剿匪。甲午战起，自请上前线，担任马队统领，表现出色，堪称辽东战场的抗倭英雄。然年纪轻轻竟亡命于日寇的刀枪之下，虽是英勇牺牲，但我作为统帅也有不可推卸的责任，太失职了，有愧于大哥富明阿将军。他决定战后将上疏朝廷，如实奏报永山奋勇杀敌、壮烈殉国的经过，为其请功，以激励广大将士保家卫国。

辽东东路争夺战持续了两个多月，寿山在草河城、草间岭、关道口、崔家房、龙湾、法家岭、四棵树等大小战役中，牢记弟弟的遗言，怀着为其报仇雪恨、誓死杀敌的决心，忍受巨大的悲痛，登山越涧，披荆力战，头冠、戎服多次洞穿。这个期间，依克唐阿和聂士成各部进行了积极有效的防御，致使此路日军未能西越雷池一步，而且企图从东路进逼辽阳、奉天、在奉天度过年关的战略计划也破产了，不得不把攻势转为守势。

安东日军进攻海城，海城陷。海城乃辽沈之门户、海疆之咽喉，此城不复，全辽必失，故而清廷下定了规复海城的决心。此时，依克唐阿因反攻凤凰城受挫，为保余军实力下令退兵而受到了革职、留用查看的处分。日军攻陷海城，辽西危急，清廷令依克唐阿协助吉林将军长顺固守辽阳。两人相商，以攻为守，并召集诸将歃血为盟，相约以死抗敌，收复海城。

第一次反攻海城，依克唐阿与长顺议定，分东西两路进攻日军阵地欢喜山。战斗自清晨打到午后，东路的长顺军不抵而退，西路的依克唐阿仍全神贯注地指挥战斗。清军在距欢喜山 2000 米处布设四门大炮，镇边军统领荣和亲督炮队向西猛轰，击毙日军五六百人，敌阵遂乱。海城眼见被攻克，忽然城上箭如雨下，荣和左腿被射中，军势稍却。荣和见此，裹创再战，率队毙敌二三百。依克唐阿担心荣和所部久战不支，便派札克丹布、博多罗等营驰往更替，与敌方战至天黑，官兵伤亡近百，不得不撤退。

依克唐阿与长顺反攻海城不克，皇上见难以规复，遂下了喻旨，令宋庆“迅拔坚城”。宋庆率所部继依军之后，又举兵三次连攻海城，皆未能如愿。

清军第五次反攻海城，以攻为首的日军向依克唐阿所部的大富屯、沙河沿阵地进击，德英阿、寿山等率队应战，从拂晓打到天亮，一直坚持战斗，枪炮轰鸣，声震四野。敌方发连环炮，清军损失甚重，只好收队回营。此一战，日军伤亡九十余人，清军伤亡近百人。

日军守海城仅 6000 人，宋庆所部四万人，最多时曾达六万，九倍于敌，其中不乏依克唐阿、寿山、荣和那样的英勇顽强之将。然而五次反攻，历时一个半月，付出了伤亡十多倍于敌的惨重代价，最终还是以失败告终。

光绪二十一年一月中旬，辽西告警，日军第五师团西犯，占领了古洞峪，并摆出攻打辽阳的架势。十六日，依克唐阿派寿山率两个营前往腾家堡、鞍山站、刘家台、汤岗子一带，与日军接仗。日军占据了甘泉堡，寿山凭栏眺望，对方人多势众，敌我悬殊，遂令官兵下马徐行，悄悄包围之。日军发现后，猛扑上前，寿山指挥官兵奋力迎击，伤贼寇数名。敌溃退，寿山正在收队，不料埋伏在沟旁的日军突发排枪，致其左肋中弹。遂裹创再战，敌渐退，方率队缓归。

寿山伤愈后随军，于一日带领七骑前往侦察敌情时，仓促间与鬼子相遇，相持于鞍山附近的汤岗子。酣战中，他忽中飞弹，自右腹入，左臀出，仍挺身向前，战愈猛。直至敌人退却，再也坚持不住了，晕厥倒地，人事不省。战马恋主人，守在旁边咴儿咴儿直叫，前蹄紧刨草地。昏迷的寿山听到了战马的嘶鸣声，渐渐苏醒过来，睁眼一看，见周围横尸数具，自己的身下一大滩血，感到疼痛难忍。他没有因此而气馁，只有一个心思："我不能死，弟弟的仇尚未报，正躺在沙场上，等着我带着回家。"于是刺啦一声撕下战袍一角，左绕右缠裹住了伤处，然后冲坐骑点了点头。战马似懂人语，立即匍匐在地，寿山侧滚到马背上，紧紧搂其脖子。征马蹬开四蹄，犹如大海里的一只战船，又快又稳地跑了起来。寿山跨马 30 里回营，衣裤淋漓，血厚盈指。江淮诸宿将、作壁上观者见之，皆舌挢不能下，赞佩不已。

永山战死，寿山负重伤，他们的精忠报国之举并不能挽救清廷因政治腐败、软弱无能而导致的败局。为解海城之围，日军使出了"围魏救赵"的调虎离山之计，派兵佯攻鞍山和辽阳。辽阳守将徐庆璋慌作一团，一面向海城诸将求援，一面向朝廷告急。清廷果然中计，急调长顺和依克唐阿从海城前线北撤，同抵辽阳，使得牛庄、营口和田庄台先后被日军占领。另一路日军则从海上在花园口登陆，直犯金州，南攻辽东半岛。待占领金州后，又兵分三路急行，进犯大连。大连虽有炮台，且配备了最新式的大炮，储存了许多弹药，但守将赵怀益贪生怕死，临阵脱逃，使日军不战而胜，120 门大炮及炮弹、军用物资全部落入敌手。

大连失守后，日军趁热打铁，开始进攻旅顺。旅顺尽管驻军 30 个营，有炮台 30 座，大炮近 150 门，环海布满水雷，然作为实际统帅的龚照瑜鄙陋无知，金州失守前曾一度逃往天津。临时统领姜桂题也是个庸才，随波逐流，无所作为。因此，日军进攻旅顺时，只有徐邦道率领官兵抗战。在强大的攻势下，徐邦道寡不敌众，被迫突围北撤。日军侵入旅顺，所经之地，实施了惨绝人寰的大屠杀。

到了一月底，日军从海上、陆上分两路进攻威海卫。陆上，清军屡战屡败，威海后防诸要塞尽落敌人之手。海上，当时北洋舰队尚有铁甲舰两艘，巡洋舰五艘，炮艇六艘，鱼雷艇十二艘，战斗力相当可观。李鸿章却下令严禁出击，死守威海卫港，故而造成了被动挨打的局面。日本联合舰队先后发动了多次进攻，占领了南北炮台，致北洋舰队陷入其陆海军的夹击之中。“定远”号中了日军施放的鱼雷搁浅，“来远”号也中雷，“威远”号中雷沉没，日本舰队发起了总攻，其旗舰“松岛”号受重创。清军12艘鱼雷艇擅自逃逸，有的被击沉，有的被俘。日舰再次发起进攻，“靖远”号中炮搁浅，其余舰艇也都弹药将尽，英美总教习挑动士兵手持武器逼迫海军提督丁汝昌投降。丁汝昌见大势已去，下令炸沉搁浅的“靖远”后，自杀身亡。“定远”管带刘步蟾紧步其后尘，派人将“定远”舰炸沉，随即也自杀了。“广丙”、“镇光”舰管带向日本联合舰队递投降书，将“镇远”、“济远”、“平远”、“广丙”四舰和八艘炮艇以及刘公岛上的军用物资全部交给了日本侵略者，至此北洋舰队全军覆没。

辽东半岛形势危急的消息传到清廷，犹如晴天霹雳，文武大臣万分惊慌。本来为了求和，清政府曾派张荫恒、邵友濂与日本代表陆奥宗光在广岛举行会谈，结果遭到拒绝。对方提出会谈可以，要求李鸿章作为清政府的全权代表，清廷只好答应。二月二十四日，李鸿章从天津赶赴日本马关，二十八日与日本全权代表伊藤博文、陆奥宗光在春帆楼开始会谈。当日，李鸿章返回寓所时，遇刺受伤，谈判被迫中止。他在日养伤期间，日本政府又相继派兵侵占了澎湖列岛，之后同意暂时停战，恢复谈判。从三月七日至二十一日经半个月的会谈，最后李鸿章遵旨，于二十三日与日本签订了中日《马关条约》。其正约共11款，主要内容是确认朝鲜独立，割让辽东半岛、台湾全岛、澎湖列岛，赔偿日本军费两亿两白银等。

《马关条约》的签订，终结了中日甲午之战，中华民族再次遭受了割地赔款的耻辱和无尽的灾难。

中日甲午战争结束了，清政府割地赔款，无数八旗将士倒在日军的枪口下，其中已故将军富明阿的两个儿子一死一伤。寿山在亲随的护送下回到家乡养伤，乌云琪琪格和妞妞见状，心疼得直掉泪，走时好好儿的一个人，怎么就伤成这样？还算幸运，命保住了。妞妞知道，山哥的枪伤若想尽快好起来，体力得到恢复，除了服药外，必须增加营养。于是忙开了，每天一早起来便钻进厨房，调着样儿做可口的饭菜。还学会了煲汤，今儿个是乌鸡汤，明儿个是飞龙汤，后儿个是哈什蚂汤，味道鲜美，寿山很喜欢喝。乌云琪琪格则去药房买了些补品，每天不是以炆火煎药，就是熬人参水呀，研磨鹿茸粉哪，让夫君服下。寿山在夫人和妞妞妹子的精心照料下，伤势见轻，只是因失血过多，常常感到头晕。

永山的灵柩运回瑷珲，是大红的旗人棺椁，上面写着“四品衔统领三等侍卫永山之柩”。出殡那天，父老乡亲倾城而动，走在前面的是永山的大儿子、11岁的庆顺，手中举着引魂幡。棺椁的后头是唢呐、锣鼓组成的响器队，一改往常送葬悲怆凄凉的曲调，而是吹起了“苏武牧羊”。紧跟响器队的是袁氏家族成员，永山辈分以下者，一律披麻戴孝。接下来是镇边新军，个个荷枪实弹，庄严肃穆。走在第一排的是永山儿时的玩伴、现在的军旅之人，有扎伦布、霍振芳、玉庆、喜昌等，带着伤的寿山和恒玉在族人的搀扶下也加入了这支队伍。再后面是自发的送葬人群，排出足有一里地长，他们既为家乡子弟壮烈殉国而骄傲，也为过早离开大家而痛惜。到了地儿开始下葬了，永山那些儿时的玩伴同时举起枪，向天空连发排枪，高喊道：“袁永山，一路走好，我们为你壮行了！”枪声、呼喊声划破了瑷珲上空，震动了广阔无垠的原野，久久回荡在这片北国大地上……

此前，黑龙江将军依克唐阿曾展纸修折一封上疏朝廷，不仅禀报了黑龙江镇边军在这场战争中的利弊得失以及所历大小战斗的经过，也专门介绍了永山在战场上的表现和效命疆场的果敢行为，奏曰：“马队统领、四品衔三等侍卫袁氏永山，自调到镇边军差遣委用，迭充营官统领执行军务。所带部队纪律严明，每到一地，兵民相安，在剿匪中颇著战功。奴才此次出征辽南，该侍卫踊跃请行，誓灭狂寇。辽南大小十余战，阵阵军锋，怒马当先，摧坚破锐。山路崎岖，马队不能行，便下马步战，奋不顾身。黑龙江马队以勇敢善战闻名辽南，就连狂妄的日寇也惧之三分。因其临敌辄深入，为士卒先，勇谋兼备，部下亦敢打敢拼，故贼有'深畏马队'之语。奴才与总兵聂士成分兵进剿凤凰城，永山慷慨流涕，请求独当一面，坚称不取凤凰城，誓不复还。奴才当即好言安慰，不要性急，有的是仗打，并令其胞兄员外郎、步队统领寿山与之同行，再次嘱咐他们要相机进取。奴才带队行至草河口时，仍放心不下，又命统领札克丹布、德英阿率步队三个营前往援应。此时，寿山、永山已带领官兵转战而前，深入敌侧，直薄凤凰城，与日军相持数日。十一月十九日卯时，贼偷袭宿营地，从三面猛扑。为保护部队冲出重围，永山挥刀力战，先是左臂受伤，继而右额被刺，仍坚持战斗，手执枪械击毙日寇数名。他坚持督队前进，胸部又中一枪，当即晕厥倒地。过了片刻又大呼而起，亲兵扶其退出战场，却坚决不肯，口中还喃喃叮嘱亲兵要力辅寿山勇敢杀敌，而后逝去。”除此之外，还为永山请功：“袁氏永山现年27岁，系前吉林将军富明阿之次子，幼年学文，心识忠义，胸有甲兵。黑水钟灵，生前只授虎贲之职，逝后应给予更高的褒奖。核其牺牲情节，实与以死勤事者祀典例相符。甲午之战，各路统兵之将除左宝贵外，未闻有人殉难。永山之死，较之左宝贵尤为悲壮、惨烈，战绩也不在其下。仰恳天恩，对其从优议恤，加恩追赠予谥，并列入昭忠祠祀典，附入其父富明阿专祠，由地方官春秋致祭，以彰忠烈，安慰英魂。其战功事迹，相应请旨宣付史馆，续于富明阿列传之后。是否有当，伏乞皇上圣鉴，训示施行。”

依克唐阿的奏折获准，永山照一二品大员战死例，给葬银900两，赏骑都尉世职。清廷还拟在奉天西关三贤祠畔处，修建一座专祠，以表左宝贵、袁永山双忠事迹。至于是否附入其父富明阿黑龙江专祠，按清朝规定，官员死后，在立功省份建立专祠乃定例，在原籍建立专祠则需单独奏请，而此时富明阿在瑷珲的专祠正在议建之中。

富明阿将军生前受到朝廷的重用、将士的拥戴，身后受到东北三省官绅、百姓的追念。光绪八年病逝后，应吉林官绅的请求，在本地为其建立了专祠。光绪十八年，瑷珲官绅联名请求在黑龙江城为富明阿捐资建立专祠，协领色凌阿等呈书曰：“已故原任吉林将军富明阿，于道光初年出征喀什噶尔等处，曾著战功。嗣于咸丰二年，出师江南、河南、山东、直隶、安徽等省，当经克服蒙城，歼灭苗逆，克复江宁，剿灭巨寇。屡盟朝廷恩施酌庸之典，简放江宁将军兼属漕运总督，而南邦是式。嗣任吉林将军办理军务，而东土肃清。迨该将军归期病故，其丰功盛列之所在，复蒙盛慈优加恤典，予谥威勤。后经吉林官绅等禀，由将军希元据情奏恳，恩准在吉林省城建立专祠，照例致祭等因在案……该将军虽属殁世多年，而其学心之所注，美德之所流，直与当年战绩同昭美备，诚有令人不忍湮没之处。是以呈请先于本省地方自行捐款，建立专祠，春秋由地方官致祭。”

富明阿祠堂于光绪二十五年建成，与其墓地相邻，之后永山附于父亲富明阿祠。

甲午战后，清廷以依克唐阿所率黑龙江镇边军于反侵略战斗中表现甚佳，在诸军之上，且训练了一支强兵，培养了一批良将，故授予其镶黄旗汉军都统。当年秋，又调任盛京将军，由署理吉林将军恩泽任黑龙江将军。当时，东北边防形势十分紧张，恩泽听说寿山回籍养伤，经过一段时间的将养，眼下已基本痊愈，又可以带兵打仗了，很是高兴，心想：“寿山乃将门之后，在甲午战争中表现突出，受过血与火的洗礼，积累了抗击外侮的丰富经验，是个不可多得的人才。这下好了，寿山该大显身手了，我也有臂膀了！”思来想去，决定任其为黑龙江镇边军步队左路统领。

黑龙江镇边军有马队五起，步队九个营，炮队一个营。马队五起设一统领，步队九个营分为中、左、右三路，每路设一统领，左路驻防瑷珲。寿山得令后立即报到，未承想上任的当天就给他来了个下马威，咋的呢？下晌，江东旗屯来人禀称：“统领大人，俄官带领手下闯入江东各旗屯，声称调查居民户口、房屋、产业、六畜数目，他们凭啥呀?”

寿山听罢，为保护主权不受侵犯，遂派一哨官兵过江保护旗屯。不料俄官竟倒打一耙，借口黑龙江左岸已归俄罗斯，反诬中方越界有违章则，还命手下将我官兵团团围住，勒令交出了 30 杆枪。寿山得知后，义愤填膺，啪地一拍桌子道：“岂有此理，这帮罗刹鬼，简直欺人太甚！”随即操起枪械，欲亲自前往追索。

兵马司各员见状，恐怕事态扩大，引起边隙，纷纷上前劝阻，方将其拦住。翌日，经瑷珲副都统向沙俄阿穆尔当局照会，并提出强烈抗议，俄方才不得不送还枪支。事后，寿山反思道：“看来我考虑不周，办得有些鲁莽，为什么听到禀报后，不派人过江或者亲自前往，调查了解清楚了再商议办法、妥善处理？尽管俄人无理，然擅动武力，也属超越职权。自己虽是瑷珲人，但毕竟离开这么多年了，有些情况还不是很清楚。”于是决定深入下去，到各个边卡、驿站巡察一番，以做到心中有数。

黑龙江将军所属的卡伦早在康熙年间雅克萨战争之后就已设立，大体上可分为两类：一类为传递情报的台站；另一类设置在山川要隘，每年开江时派官兵去那儿驻防，到秋末或初冬撤回，乃防止流民潜入、旗民住户偷牲、砍木、盗采人参及走私貂皮的移设卡伦。咸丰四年，以穆拉维约夫为首的入侵者非法武装航行于黑龙江，为监视其行动，清军在黑龙江沿岸陆续添设卡伦 13 处，其中包括大黑河屯、阿敦吉林、四家子、卡伦山和江东的布拉木口子、格尔沁等。咸丰八年，中俄《瑷珲条约》签订后，黑龙江左岸的伊玛毕喇昂阿、精奇里江、乌鲁苏穆丹、纽勒们河、松花江口等五处卡伦被沙俄侵占。基于此，清军不得不在江东旗屯和黑龙江右岸增设卡伦，有大黑河卡伦、托哩哈达卡伦、霍尼呼尔哈卡伦、布丁屯卡伦、霍尔莫勒津卡伦、黑河口卡伦，黑河上游有札克达霍洛卡、奇拉卡、呼玛尔卡。到了光绪朝，为防止俄人越界垦荒、割草、伐木、采金，又相应地在中俄边境黑龙江沿岸增设了一些卡伦。据光绪十二年统计，自黑河上游的札克达卡至墨里勒克卡，共计 24 卡，其中瑷珲坐守九卡，边境线长 1180 里；墨尔根城坐守五卡，边境线长 385 里；布特哈城坐守五卡，边境线长 356 里；齐齐哈尔城坐守五卡，边境线长 800 里。是年，因为瑷珲坐守的察哈彦与鄂西门之间、墨尔根坐守的巴勒嘎与漠河之间距离较远，所以又增设了安罗、乌苏里等四卡，在瑷珲下游增设了库尔滨、逊河口、车陆三处卡伦。光绪十四年，由于松花江口距瑷珲 1700 余里，常有俄人越界打草，故而于瑷珲下游又设置了卡伦 16 处，至此，黑龙江沿岸拢共有卡伦 47 处。

霍振芳的妻子王氏闻听寿山要去黑龙江上游的边卡巡察，便捎来口信儿，告诉寿山走时到嫂子这儿一趟，有些东西想给你三哥带去。王氏本是寿山的表姐，原先住在江东，母亲早就因病过世了，父亲带着惟一的女儿生活。精奇里江沿岸发现沙金后，其父前去淘金，不幸矿坑塌陷被埋，至今不见尸首。双亲离去了，女儿孤苦一人无依无靠，寿山的母亲很不放心，便将其接到了家中。王彩云是看着霍振芳与自己的儿子一起长大的，知根知底，认为小伙子忠厚老实，家教不错，便自做主张将王家姑娘许给了霍振芳。霍振芳比寿山大一岁，二人又是打小的拜把子兄弟，哥儿五个中，霍振芳排行老三，寿山排行老四，寿山总是称其为三哥。三哥的媳妇儿，寿山自然得称嫂子，不过有时仍叫表姐，反正辈分不差。

霍振芳在札克达霍洛卡当卡官，忙得很，长年不能回家。寿山到了霍家一看，表姐让捎的东西可真不少，有软皮被、栖克密、皮大哈，还有黄瓜片儿、豆角丝儿等干菜，装在一个大囊袋里。前三样儿全是狍子皮做的，是鄂伦春人必穿必盖的，哪样都不能少。软皮被是用狍子皮缝成的筒形被，鄂伦春人冬季外出狩猎时，到了晚间便钻进这被子里，不管天多冷，一点儿冻不着。栖克密是狍爪子皮制成的矮腰靴子，皮大哈即里外有毛的狍皮大衣，穿起来又轻便又暖和。但有一点不足，容易掉毛，俗话讲："狍皮不掉毛，神仙捞不着。"

寿山拎着大囊袋从霍家出来，翻身上马，向黑龙江上游驰去。所到的第一站就是札克达霍洛卡，地处漠河金矿与瑷珲之间，距瑷珲有四百多里，住有卡官一人，卡兵十人。刚一进卡，霍振芳便高兴地迎了出来，边走边打招呼道："四弟，好久不见，终于把你盼来了！"忽然又觉得不对，连忙改口道："噢，袁统领来了，一路辛苦了！"说着接过寿山手中的囊袋。

寿山给了他一拳道："三哥，兄弟就是兄弟，什么统领不统领的，难道非得让我叫你霍卡官不成？"

霍振芳扑哧一笑，拉着寿山进了屋，吩咐厨子赶紧备膳，又特意从里间拿出一瓶从漠河金矿捎来的60度老白干。二人围桌而坐，一卡兵沏上了热茶，寿山端起杯子喝了一口道："三哥，袋子里的东西是嫂子让带来的，既有穿的、盖的，也有吃的，看来我表姐蛮关心你呢！"

振芳嘿嘿笑道："那是呀，谁让她是我媳妇儿呢，就得知疼知热的。"

兄弟俩拉起了家常，互相打听一下这几年的生活状况，眼下老人的身板儿如何。正唠着呢，饭菜做好了，卡兵一样儿一样儿地端上桌。振芳为寿山斟满酒，也给自己倒了一杯，又夹了一块儿肉放入他的碗中道："先尝尝这个，品品是什么肉。"

寿山夹起肉放进嘴里嚼了嚼道："哎，好香啊，是鹿肉！"

"没错，嘴挺刁哇，知道鹿的名字怎么来的吗？"

寿山摇了摇头，霍振芳端起杯子喝了一口酒道："当地的鄂伦春人给我讲过关于鹿得名的故事，说是本族有个百发百中的射猎能手，名叫喜特勒很。忽一日，各种野兽将猎手的家包围了，声称要跟他算不予授名的账。喜特勒很一时不知所措，旁边的妻子灵机一动，出主意道：‘夫君，南山终年趴着一只巨大的动物，头上长着长长的茸角，几乎顶到天了，不妨请它帮帮忙！’说罢匆匆写了一封信让丈夫带上，又如此这般交代了一番。喜特勒很依照妻子之意，前往南山，走到那只动物跟前，鞠了一躬道：‘请问，我有要事想到天上见玉帝，能顺着你的茸角攀上去吗？’动物说：‘可以，不过有个条件，如果授名没我的份儿，绝对不允许。’喜特勒很当即答应了它的条件，并顺其茸角攀上了天宫，见到了玉帝，将妻子写的那封信交之。玉帝展开字纸阅罢，顺手拿起一张写满野兽的名单，让猎手带回去。喜特勒很到家之后，马上举行了盛大的野兽命名大会，所有的野兽全到场了，都得授了自己的名字。那只巨大的动物因使喜特勒很上天有路，所以取名为‘鹿’，且名列第一。”

寿山听罢，觉得挺有意思，振芳继而指着一盘菜问道：“四弟，你知道那是什么肉么？”

寿山估摸三哥还有故事，便故意摇了摇头，振芳果真来劲儿了，兴致勃勃地讲开了：“那是熊肉，鄂伦春人又猎熊，又崇拜熊。据传很早以前，一头母熊把一猎人叼走了，关进山洞里，并强迫他与自己同居，后来母熊生了头幼熊。有一天，母熊领着幼熊出外觅食，猎人乘机跑出了山洞，来到江边，恰好有只木排顺流而下，便跳了上去，任其漂向下游。母熊回来不见猎人，急忙顺着脚印追到江边，又沿江往下游撵出老远后，果然发现猎人坐在江中木排上。母熊发出一种哀求的声音，摆动着前肢招呼他，可猎人根本不理睬。母熊气急败坏，一怒之下，将幼熊撕成两半儿，一半儿扔给猎人，一半儿留给自己。就这样，母熊所生而又被撕成两半儿的幼熊分居两地，随母者为熊，随父者为鄂伦春人。鄂伦春人把熊当成本族的祖先，称谓上将熊叫做‘阿玛哈’，即舅父，或者叫‘雅亚’、‘太贴’，即祖父、祖母，不能直呼其名。他们最早对熊是禁猎的，后来此规矩废除了，不过当猎到熊时，务必举行一种特殊的仪式。什么仪式呢？就是熊被打死后，把头割下来，用草包裹好安放在木架上。猎人们得给死熊献烟、叩头，默默祷告不是有意要你的命，是错杀，请多多保佑我们。祷告完毕，熊头仍放在原处，将熊肉驮回。进了屯子，猎人们要不断发出嘎嘎声儿，意为告知大家猎到熊了。待熊肉煮熟了，吃的时候，也要发出嘎嘎声儿。肉吃完了，需把骨头放在柳条编成的席子上，由村民们护送，抬到野外的树林内风葬，送葬之人还要装作悲伤、哭泣的样子……”

寿山听到这儿，忍不住笑了起来，夹了块儿熊肉放进振芳的碗里道：“吃吧，吃吧，可得发出嘎嘎的叫声哟！你这故事还真不少呢，说点儿正经的吧，这里生活苦不苦，军心怎么样？”

振芳汇报道：“说实在的，驻卡官兵生活环境确实很艰苦，冬季气候奇寒，顶风冒雪地办差，吐口唾沫立马冻成冰碴儿。夏季烈日炎炎，晒得浑身冒油，蚊虻叮咬，小蠓虫儿糊得人睁不开眼。终年蔬菜短缺，常以咸萝卜条佐餐，有的得了雀盲眼。加之身处边境，音信断绝，思亲想家，大伙儿常常夜不能寐，这样军心能稳么？动不动就因病因事而缺额。尤其是近几年漠河开设了金矿，由于交通不便，需租用俄船运粮运货，俄人则以过境打草为条件。事实上，他们除了打草外，还明目张胆地伐木、渔猎，甚至盗采沙金。金矿已发给俄人越界打草票据，可假冒矿局之名、私自印票者比比皆是，真假难辨。卡兵有心阻拦，又恐滋生事端，不敢过问。等于卡伦废弛或形同虚设，虽有若无，我这个卡官也是干着急没办法。”

寿山将振芳所言一一记在心里，离开扎克达霍洛卡，又前往其他卡伦巡察。回到家后，起草了一份整顿边卡的意见，并与瑷珲副都统景祺协商，制定了《杜绝俄人越界及地方旗民入山伐木条规》，共五条。

第一条：边界宜严，杜绝俄人擅自越界。责令各卡官兵不准缺额，全行住卡。开通山路，以便信息灵通。收回金矿发票权，俄人需越界打草，由总卡发给加盖印章的票据，卡兵见票放行。

第二条：征收税款，作为卡兵津贴。近年俄人轮船、火磨所需燃料之木材甚多，一块长宽皆为七尺五寸的木栟子，俄人称为二沙绳，坐山卖两卢布，卖于俄岸七至八卢布不等，每卢布征收正税两戈比，所得之税款用以增加卡兵津贴。

第三条：征收木税，派专人经理。俄人不准越界私采木材，所需木材应向当地把头订购，写明数目若干，合钱若干，出给票据，收取正税，不准刁难。当地旗民伐得木材，无论是进城销售，还是卖与俄人，均应照章纳税。

第四条：征收木税宜用三联单，以防舞弊。三联单要编列号码，加盖统领印章，一张留作存根，一张发给纳税本人，一张卡官留存，三个月内核查。

第五条：伐木场所须指派把头。俄人所需木材向把头定购，把头要造册登记，填写姓名、籍贯及伐木、售卖地点。

规章制订后，即令各卡一律严格执行，照章办事。从此，卡伦状况大有好转，寿山紧接着又开始巡察各驿站。

康熙二十二年，黑龙江将军设立之后，为了方便黑龙江与内地的联系，为雅克萨战争做好充分准备，朝廷下令于吉林至瑷珲全长 1711 里的驿道上置驿站 25 处，雍正五年又增加一处，共计 26 处。这 26 处驿站中，属黑龙江将军管辖的有 20 处，分为上十站和下十站，分别由南北两路站官经管。瑷珲至拉哈为上十站，归北路站官经管。北路站官驻墨尔根，初为六品，后改为八品。每站设笔帖式一名，人称千总，站丁呼之为千爷，乃站上日常事务的总管。设站丁 30 名，皆编入军籍，划拨官田，耕垦自给。驿站的主要差务是传递谕令、奏报。文牍到站后，由千总分派给站丁，站丁骑马送到下一站，各站照此办理，按驿递送。遇有紧急文书时，无论到哪一站，皆换马不换人。偶接火急文报或皇帝谕令时，须星夜疾行，人马都不换，连续奔驰数百里，俗称“八百里滚蛋”。

寿山这次第一个到的是库穆尔山站，也叫三站，即是多年前，为给妞妞和宝财娘收尸而去的那处驿站。千总还是那个曹庆瑞，不过较比当年可是苍老许多，两鬓和胡须全白了，一身破旧的官服上缀有好几块补丁。

驿站的主要通讯工具是马匹，寿山在千总的陪同下，首先去了马棚。马棚在后院，用木杆子支起来的，四下露天，既不挡风，又不遮雨。槽头上拴着的几匹马已是老弱不堪，没了精气神儿，看样子连啃嚼草料的力气都没有。马棚外仅有一堆草料，旁边的苞米秸倒是好大一垛，好像是草料不足，以此顶命的。离开马棚又去了仓库，打开锁头一瞅，里面空荡荡的，只有几袋燕麦种子和锄头、镰刀之类的农具。

出了站房，寿山提出去站丁家看看，于是来到了距站房最近的一户门前。院子是用木杆子围起来的，稀稀拉拉的，既不能挡鸡鸭，也不能挡猪狗。节气已过小满，院内辟出的园子还是黑糊糊的，啥都没种，惟有几只小鸡在那里刨食。苫房草铺得倒是挺厚，可仔细一瞧，正如人们所言：“披头散发流眼泪，弯腰驼背拄拐棍。”即是说站上的人不讲究修缮房舍，苫房草一直拖拉到地，如同披头散发的老女人；赶上下雨天，雨水顺着苫房草滴答而落，又像老女人在抹眼泪；房梁塌陷，高低不平，犹如弯腰驼背的老朽；房屋欲倒，用木方子支起，又好似老朽拄拐棍儿。推开房门，见左侧是灶台，上面坐着一黑铁锅，锅盖敞开着，里面放着吃剩的窝窝头和咸菜。进屋一瞅，南北炕，炕上铺着苇席，早已破烂不堪，炕梢儿放着几个行李卷儿。

回到站房，晚膳已备好，远没有上次来时那么丰盛，只有四样儿菜：白菜炒木耳，炒土豆丝，炒鸡蛋，炝拌柳蒿芽，鸡蛋还是千总从自家拿来的。大家围桌而坐，曹庆瑞搓着双手抱歉地说："真是对不起，正是青黄不接的时候，实在拿不出可孝敬统领的饭菜，只能将就了。"接着便诉开苦了："统领，您有所不知，光绪朝以来，驿站举步维艰。站上设千总、领催，另有站丁27人，每名站丁年领饷银20两，除自备车马供车差外，又要按年摊交官草、官料、烧柴，甚至连猪鸡狗食都得摊交。驿站本有供传递文牍使用的马，后因没有经费，草料不足，多已倒毙，传递文书只能靠站丁自己备马。可站丁领到手的饷银根本不够养马，一年所交不下百余吊，既要负担各种摊派，也要负责传递情报，还要养家糊口，日子十分难过，不光库穆尔山站这样，站站皆如此呀！"

寿山听了千总的这番苦衷，深表同情，问道："山里有的是木头，站丁也有空闲时间，房子那么破旧，为啥不修缮一下呢？"

曹庆瑞回道："统领，这里的站丁最初基本上是吴三桂部下发遣之人，大多来自云南，我原籍也是小云南，就是贵州。虽说那里地无三尺平，天无三日晴，但气候温暖，哪像这边呀，死冷寒天的。来了以后，站丁个个不适应，安不下心过日子，总想着有一天能回老家去。由于没有常住的打算，房子能对付就对付了，过一天算一天，再破也不修。"

寿山又问："现在怎么样，仍不安心么？"

曹庆瑞答曰："生活困难，要啥没啥，谁能安心哪？尽管不惦着回老家了，可总想挪挪地方，改善一下眼下的境况。"

寿山不再问了，当晚住在了驿站，转天一早往回返。到家后，大动脑筋思摸了半晌，针对驿站的现状拟就了四点意见：一是停止丁差。各站另置官马，每站100匹，用20匹递送文书，另80匹拴车40辆，雇用马夫、车夫20名以备应差。车辆除免费运送军火、粮饷，其余一律收费，官、商若在站上用膳，也要按价收费。官、商从省城至墨尔根及瑷珲等地，由省局填发执照，写明所需车辆、膳食档次、数量，由各站收清车价，备车传送。二是停发原有马干，用以养马。"马干"即指养马所需费用，各驿站所养之马多已倒毙，原有养马费用停发，将这笔钱积累下来用以买马，也可先行垫付，逐年用养马费用偿还。三是各站现有马匹费用照发，如有结余，可作办公经费。四是各站应按公司管理。驿站改为公司，笔帖式、领催需懂得账目，会管理。各站地处不一，人数不等，收入和支出额也不尽相同。要核定驿站收支费用，定下指标，年终考核，分别给以赏罚。

应当说寿山的这四点意见是个颇为大胆的设想，带有改革的性质，就现今而言也不算落后。后来上报到黑龙江将军恩泽那里，由于筹款等方面存在困难，故没有施行。好在光绪十三年以后，瑷珲设立了电报局，由吉林至瑷珲架设了有线电报，来往军情不完全依赖驿站传递。

光绪二十四年八月，寿山接上谕："河南开封知府员缺紧要，著该抚于通省知府内拣员缺，著寿山补授。"就在这个时候，黑龙江副都统景祺因病暂时离职，八月二十三日又奉上谕："黑龙江副都统员缺，著补授河南开封知府寿山调用。"转年二月再奉上谕："黑龙江边防事务甚为紧要，著副都统寿山帮办边防军务。"

黑龙江副都统又称瑷珲副都统，辖境上至额尔古纳河口，下到松花江口，上下三千里之遥。其时，黑龙江无行政建置，以军代政，副都统可谓地方要员，掌管一个地区的军政大权。寿山当了副都统，还帮办黑龙江边防军务，朝廷显然将其作为后备力量了，没准儿以后是将军的料呢！职务升了，担子重了，压力也大了，他感到需要一个好帮手，于是给在奉天盛京将军手下当幕僚的程德全写了一纸书函，邀其到瑷珲帮一把。

寿山自上任后，不是去巡查边防军务，就是坐在书房里冥思苦索，抄抄写写，勾勾画画，经常是深夜了灯还亮着。由于连日不得闲，没黑没白地忙，感到身体有些吃不消了，受伤后失血过多引起头晕的毛病始终困扰着他。有一天，丑时已过，乌云琪琪格轻轻推开门，见丈夫坐在桌边一动不动，双手拄着下巴颏儿不知在想些什么，便走到跟前心疼地说："天都快亮了，本来就头晕，还不歇着，又不是铁打的，不要命了？躺在炕上琢磨不是也能歇会儿么！"

寿山站起拉过一把椅子让夫人坐下，说道："媳妇呀，咱们一起生活有年，你对我的家世是清楚的。袁氏家族世代忠臣，先祖为保大明只身出关，率师战宁远，守锦州，卫京师，结果却含冤磔死。父亲22岁入军旅，转战新疆、河南、山东、安徽、江苏等地，身经百战，遍体鳞伤，官至江宁、荆州、吉林等处将军，六旬告老还乡。弟弟永山甲午从征，慷慨流涕，自请独当一面，头、臂受伤仍不肯退出战场，最后弹中前胸，晕厥倒地，临终还嘱咐士兵勇敢杀敌。道光朝以来，大清王朝无有宁日，屡遭外敌侵略，被迫一次次签订丧权辱国的条约，割地赔款。当今，日本、沙俄欲争夺东北，无时无刻不在觊觎这块宝地。瑷珲与俄罗斯相邻，是北国的门户，又是要冲之地。我深受皇恩，为世袭骑都尉、三品步军统领，现在又当了副都统，帮办边防军务，国难当头，岂能坐视不管？该是报效大清的时候了。”

乌云琪琪格听了这番话，只是点点头，没说什么。她似乎有一种不祥的预感，既为夫君的雄心壮志而感动，也为其前途未卜而担忧，人们皆言官场如战场……

寿山这两天觉得原本没有彻底愈合的伤口有刺痛感，周围有些红肿，实在挺不住了，就躺在炕上歇一会儿。一日头午，妞妞端着温水来到寿山的屋子，为其清洗伤口，消毒敷药。寿山红着脸说：“妹子，以后这些事让你嫂子做吧！”

妞妞像未听见似的，轻轻拉下裤子露出伤处，用软毛巾小心翼翼地擦洗伤口，然后消毒、敷药，边敷边道：“山哥，有啥不好意思的？俺是你妹子，伺候当哥的应该应份。何况你是为国负伤，能给功臣清创换药，也是俺的福分呢！”

当天后晌，忽有卫兵来报：“大人，盛京将军幕僚程德全先生求见！”

乌云琪琪格赶忙搀扶着丈夫迎出门外，两位老朋友见面分外高兴，相互问安，乌云琪琪格笑着说；“德全，总算来了，你大哥天天掐着指头盼着呢！”

随后跟出的庆恩已是大孩子了，走到程德全跟前施礼问候道：“叔叔好，一路辛苦了！”

程德全拍着庆恩的脑瓜儿说：“哎哟，几年不见长这么高了，快成大小伙子了！”

寿山吩咐卫兵道：“赶紧告诉厨房备膳，把好酒拿出来，越快越好！”

进屋闲聊了一会儿，饭菜备妥了，寿山请程德全小酌，让夫人作陪。三人坐定，寿山端起酒杯道：“兄弟，真不愧为好友、知己，知道大哥遇到了难题，一封信人就到了，够快的。来吧，咱哥儿俩先喝一杯，一是为你接风洗尘，二是为了表示感谢！”说罢，二人的杯中酒先后下了肚。

乌云琪琪格紧接着举起酒杯道："大兄弟，你大哥自打升任瑷珲副都统，天天忙得脚打后脑勺儿，回到家也不歇着，闷在屋里不知想些啥，半宿半夜都不睡，还把伤病累犯了。你一来我可放心了，多个人多个帮手，省得他自己瞎琢磨，就为这，嫂子敬你一杯！"说完一仰脖儿，杯子见了底，程德全随之。

寿山又道："兄弟，这几天我一直在思摸，瑷珲与沙俄相邻，上下三千里。除瑷珲城和江东旗屯外，其余全是旷野，处处是道儿，别说俄军一个班一个排偷偷潜入国境，就是一个团一个师明晃晃地开过来，咱也不一定能发现。这些年瑷珲虽然有了一定的发展，但是与咸丰年间相比也强不了多少，一旦沙俄打过来，还会重蹈覆辙的。"

程德全点点头道："大哥，不是老弟有意恭惟，谁都知道你是干事儿的人。不在其位，不谋其政，当了父母官，心里就得想着社稷、百姓，大家、小家全得顾。瑷珲地处边塞，如何治理会更有收效，不知大哥有什么想法没有？"

寿山回道："知我者，老弟也，想法肯定有，天天净琢磨这事儿了。一是要整顿编制，增强武备；二是像我们在京城时说的，固边得实边，实边得有人；三是干什么事都离不开资金作支撑，光指靠朝廷解决不是办法，还得自己办实业。"

"能不能说具体点儿？"

"比如军事上，我们现在只有三个营的兵力，各个卡伦、哨所你分点儿、他拨点儿，也剩不下多少，这么少的兵力打起仗来是不堪一击的。我参加了甲午战争，不是咱的士卒不勇敢，除了当官的腐败无能、指挥不得力外，主要是武器不如人，加之将士缺乏训练。至于实边需要人，我看需破破朝廷的规矩，采取招垦放荒之策。不妨自己办实业，瑷珲有山有水、产金出煤，可以开金矿、煤矿……"

两位老朋友你一言我一语，边吃边喝边议，一直到二半夜仍未下桌。这哪里是喝酒哇，哪里是接风洗尘哪，分明就是个商讨会。第二天，程德全走了，或是到实地了解调查去了，或是找人访查去了，总之不见影儿了。过了半个月，他又回来了，交给寿山一份拟就的草稿。寿山如获至宝，关在书房里反复研读，时不时地提起笔删删改改、添添补补，终于就当前急需办的几件事形成了《为整顿边城急务折》，折中提出了五条建议，并作了详细的论述。

第一条：修筑城垣、炮台、江堤。瑷珲城孤悬绝域，与强敌接壤，敌人几年前曾在江东旗屯调查户口，可看出欲有吞并之意。眼下，黑龙江航运已被沙俄独霸，轮船恣意往来，如果没有坚城、炮台固守，怎么做到能攻能守？瑷珲城紧靠大江，堤岸已被江水冲毁十多丈，筑城垣必须先修堤。城堤并修，耗资巨大，一时难以筹措，可以分年集资，先行垫款开工。修建瑷珲城一事，当年经依克唐阿将军向朝廷奏请，已交部议准。不料正在测绘、预算、筹款之时，中日甲午战争爆发，依将军率师东征，此事随之搁浅。现在若重申前议，勘测新址，重建城垣，不如在旧址上扩建，既不失凭江之险，又避免安土重建之耗费。那么，所需资金怎么解决？瑷珲与沙俄通商，商贩从外地运来粮食，大多转售俄岸，致使我岸粮价居高不下，军民深受其害，国家也未受益。如果严订税章，对出口粮食每石抽厘若干，无非是暗增粮价，商贩并不吃亏。如照此办理，三年内，定能收到集腋成裘之效。倘若仍然不足，还可对江上运送的木排、来往运货的车辆适当抽捐，待工程告竣即可停收。

第二条：设立保甲，编练乡团。瑷珲流民日益增多，盗案层出不穷，四乡人命危在旦夕，专以两营练军巡逻缉查，实有鞭长莫及之忧。不妨将各屯编成保甲，推举公正之人为甲长，按户抽丁组成乡团，由官员发给土枪、土炮。甲长在农闲时节组织演练，平时每日早晚稽查来往行人，农民既不失本业，又能维护治安。最好再与练军联合，使坏人无所立足，定能收到地面清肃之功。边防若有急事，由乡团协助练军，无疑壮大了力量。甲长给予荣誉职衔，每年发给一定的薪俸，乡中质朴之人得此优容，必将实心办事。每至春秋，衙门可派人校阅，分别赏罚，以示奖惩，要比拨兵驻防强出十倍。甲长薪俸和春秋赏费每年约需三千金，此笔费用或由各屯摊派，或由本城牛马税中支出，无须另筹正款。若能按此办理，各屯皆系情愿，官府所费无几。可劝令各屯建立公仓，修造土围，互相连成一气，成犄角之势，再仿效古代坚壁清野之法，实乃安边御侮之良策。

第三条：加强黑河边界厅，明确职责，增加事权。边城黑河，在中俄通商之始设有理事厅，负责通商事宜及对俄交涉。当时人稀事少，厅官一差，由八旗内之防御、骁骑校、云骑尉及荫生等官内拣派，三个月轮换一次。办事之人本系末僚，位卑言轻，既不知其差务的重要，也不懂洋务，遇事不能权其轻重，常被俄官耻笑甚至藐视，故而外交之事时不时遭俄人刁难。黑龙江将军文绪到任后，理事厅一职改派佐领充任，并发给关防，一年一轮换，从此厅署局面稍有改观。近些年，两岸人民往来频繁，交涉事务层出不穷。现沙俄已设三品大员，名谓“布理司衙门”，专门办理外交事务，每与我边界官会晤，不免有轻视之意。俄方将边界官称为“廓米萨尔”，事权益重，两岸边界官地位更加悬殊。我方若不变通办理，惟恐与事无补，且有伤国体。本人在此特请将边界厅改为常设机构，六年一任，于本城佐领内拣派精明干练、熟悉俄情之员担当。厅署经费从牛税项目开支，制定规章制度，以有所遵循。小事由协领自行裁断，大事直报将军、副都统，不需兵司核转。厅署各笔帖式及书差之员也须谙练时务，熟悉夷情，个性沉静，通权达变，品行端正，在副都统衙门五司忠勤可靠者中拣选，五年一换。

第四条：制定《俄人越界渔猎、伐木、打草章程》。中俄《瑷珲条约》签订后，为监视沙俄武装航行，清政府于黑龙江沿岸陆续设置了卡伦24处，分别由黑龙江将军属下各副都统派兵驻守，其中瑷珲副都统负责驻守卡伦9处。自光绪十三年漠河金矿开办以来，因陆路遥远且交通困难，上下往来运粮、运货，经与俄阿穆尔当局协商，对方同意借用俄站，通过水路运输。俄岸以此为由，以缺乏马草为借口，由漠河金矿出具票据，准许俄人过境打草。然俄人不仅过境打草，还越界渔猎、伐木、垦荒等，从事其它经营活动。这样一来，我岸卡伦如同虚设，偶有卡官查验，施以小恩小惠便可放行。如果继续下去，各卡伦皆照此办理，相沿成习，对沿江边防将大有关碍。倘若沙俄以打草为名，大股窜入，滋生事端，则必酿大祸。基于此，提出一个权宜之计，即由地方衙门发给卡官三连票据，过境者每人一张，收取一定费用，有票放行，无票即为偷渡。这么做，不仅可限制其人数，还可暗抽厘税。

第五条：招垦放荒，安插流民。朝廷视东北为龙兴之地，一向禁止流民进入。近些年来，漠河开办了金矿，中俄于黑龙江沿岸通商，俄岸精奇里江一带又发现金矿，流民日众一日。既无关隘阻其不来，来者也不能挥之而去，到后更无安顿之所。加之俄人频频以轮船载来，良莠难分，又无专业，全靠佣工。无业游民东奔西跑，生活无依无靠，很容易导致聚众为匪，即或有官兵驱逐，焉能赶尽杀绝？若不早日安插，势必后患无穷。有些人不愿招垦放荒，不是为一己之利，就是固执封禁之成见，若按其执意去做，恐怕江省有危如累卵之忧，东北三省也难保安全。乘此机会应将西山空地勘丈，依次分给满、蒙、汉、水师营、官屯之人，准其租给佃户耕种。再令各佐分清界线，选择适中之地建立村屯，三五里一村，三四十家为一屯。在建造房屋的同时，一并圈起土围子，随之编成保甲，起练乡团。待有收获之后，再建立公仓，从而收到足食、足兵之效。如果全省荒地皆能如此办理，旗人不但坐收其利，而且数年之后，粮饷可做到自给自足。遇有紧急情况，屯屯联络，遍地皆兵，敌人尽管有坚甲利炮，谅其也不敢深入全民皆兵之中。

寿山将《为整顿边城急务折》呈送黑龙江将军恩泽时，还附函一封，其中写道："下官才疏学浅，承蒙将军栽培，彻夜冥思苦索，惭愧没有点滴可报。只有振奋精神，勉励将士同心戮力，使所辖部队早成劲旅，才符合将军整军备战之意图。下官经过认真考察，分析当前形势、地方利弊，提出五条建议，希望将军采纳……瑷珲外接俄国强邻，内多莽莽山林，为黑龙江的门户，也是东三省之咽喉。眼下，库中缺饷，城内兵单，仓无储备之粮，市无囤积之粟，黑龙江之险又被俄人所据，边界无任何工事可依赖。旗人不善耕种，民生凋敝，丰收不保。若不从长计议，自力更生，一旦遇有战事，无论是攻还是守，均无把握……"

恩泽阅后，认为该文切中瑷珲时弊，所述建议有的放矢，切实可行，于是转奏朝廷。此间，正是甲午战后列强瓜分中国之时，也是戊戌变法之年。光绪二十一年三月，李鸿章在日本签订了《马关条约》，把日本政府提出的割让辽东半岛写了进去，使其妄图实现蓄谋已久的霸占辽东半岛之阴谋即将得逞。早已觊觎中国东北的沙俄对日本的行为强烈不满，遂于《马关条约》签字的当天，建议德、法两国与之联合行动，共同阻止日本占领辽东半岛。在三国的干涉下，军事空虚、后援断绝的日本不得不让步，与清政府签订了《交收辽南条约》，放弃了强占辽东半岛，清政府需增加赔款三千万两白银。沙俄在辽东半岛的所作所为，迷惑了以慈禧太后为首的清政府，以为联络俄国，即可牵制其他列强。光绪二十二年四月，沙皇尼古拉二世举行加冕典礼，清廷按照其意愿，派李鸿章为钦差大臣，赶赴俄罗斯参加典礼。李鸿章在沙皇政府的威逼利诱下，与其财政大臣维特、外交大臣罗巴诺夫签订了《中俄御敌互相援助条约》，即《中俄密约》。允许俄国经黑龙江、吉林两地修造一条铁路，由赤塔直达海参崴，称为东清铁路，又叫中东铁路。

沙俄的率先行动，引发列强群起，纷纷到中国抢占港湾、租借地盘、划分势力范围。德国以两名传教士在山东曹州府巨野县被杀为借口，派军武装占领胶州湾，胁迫清政府签订了《胶澳租借条约》。沙俄立马抓住此时机，打着帮助中国收回胶州湾的旗号，派遣舰队驶入旅顺口，在软硬兼施的外交压力下，中俄签订了《旅大租地条约》。其后，又签订了《续订旅大租地条约》，将辽东半岛大部及其附近水面租给俄国。法国也跃跃欲试，乘机与清政府签订了《广州湾租借条约》，将广州湾及其附近水面租给法国。时隔不久，英国以法国租借广州湾为由，迫使清政府与其签订了《中英展拓香港界址专条》，将九龙半岛及附近水面租给英国。除此之外，还以防止沙俄势力南下为幌子，强租了威海卫及附近水面。

光绪二十年爆发了中日甲午战争，中国惨败，转年三月，李鸿章在日本签订了中日《马关条约》。四月，康有为、梁启超等于北京发动应试举人1300余名联名上书光绪皇帝，要求变法，是为《公车上书》。一个月后，康有为又连续拟就几封《上皇帝书》，陈述了务要雪耻和富国强兵之策。在此民族危亡之时，其上书引起了官场极大的震动，得到了光绪皇帝的支持。由于康有为等人的积极活动，改革空气日趋浓郁，光绪二十四年四月二十三日，光绪皇帝颁布命令，宣布变法。紧接着一份又一份的变法诏书陆续下达，因这一年是农历戊戌年，故而称此次变法为“戊戌变法”。

寿山《为整顿边城急务折》的五条建议转奏朝廷，光绪皇帝阅后，认为正合变法之意，遂于紫禁城内的文华殿多次召见之。年轻的皇帝见到年轻的副都统，心中甚为喜欢，并问起了东北边防事宜。寿山自小生长在黑龙江边，又在镇边军中当兵多年，由马甲升至佐领、统领，现为副都统，对边情了如指掌，自然是对答如流。光绪帝听罢，非常高兴，随即又问道：“寿山，你身为副都统，将何以安边保民？”

寿山便将《为整顿边城急务折》做了详细的阐述，并强调此乃立自强之基、图战守之长策。光绪帝边听边频频点头，并说了一句：“嗯，很好，正合朕意。”

最后一次召见时，光绪帝问其还有什么困难没？寿山实话实说，直入主题：“皇上，其他都好办，奴才和将军会不遗余力妥善处理。只是扩充新军、购置军械、修建城垣皆需银两，而眼下经费不足，难以从速。”

光绪帝思忖片刻，答应筹建镇边新军16个营的要求，所用经费由户部列支。寿山回到黑龙江后，便急不可待地面见将军，把皇上召见之情况一一做了汇报。恩泽听了十分高兴，认为自己这个帮办的能力非同一般，所书建议竟得到了天子的支持，将来会大有作为的。于是遵照旨意，按五条建议与寿山一同逐项落实，一丝不苟。

黑龙江全境东西长，南北短，北以瑷珲城及墨尔根所属嫩江源为要，西则以呼伦贝尔及雅克萨岭为要。前书讲过，黑龙江镇边军原有马队五起，步队九个营，炮队一个营，共计 15 个营。马队五起归一位统领统率，步队九个营分为中、左、右三路，分别由三位统领统率。黑龙江镇边军左路驻瑷珲，后路驻嫩江源，前路驻呼伦贝尔、雅克萨岭，余则驻省城。镇边新军 16 个营需薪饷 52 万，户部仅拨 50 万，由于银两不足，只招募了 15 个营二哨[①]。在筹建、招募新军时，寿山特别强调兵丁须从各城夕旦中挑选。为啥呢？因为满洲旗下的未成年者，其优势是善于骑射，年青力壮，无所牵挂，敢拼敢杀。寿山还要求驻扎于黑龙江上下游之左右两路各以一个营招募鄂伦春人，其以游猎为生，枪法极精，强劲悍勇。考虑到鄂伦春人逐水草而居，习惯于山里生活，不一定愿意当兵，可让库玛尔、毕拉尔两路鄂伦春协领协助各营作动员，如果旗丁、鄂伦春兵员不足，再以其他各族青年补充。新军分中、前、左、右、后五路，各设统领一人，每路有马队一个营、步队两个营。统领自带步队一营为中营，马队一个营为左营，步队二营为右营。

寿山与恩泽根据黑龙江的边防形势，经仔细商议，对镇边军的布防进行了大的调整。瑷珲副都统所辖全境上起额尔古纳河口，下至松花江口，3000 余里的地段只有左路步队三个营驻防。而由松花江口溯流而上，沿岸达数百里，却无官兵驻守。松花江口是黑龙江通往松花江的必经之地，俄轮可由此直达黑龙江腹地，为军事要冲。故二人决定新建镇边军 15 个营二哨全部驻扎于瑷珲沿江一带，瑷珲原有三营调往通肯、呼兰、绥化，呼兰、绥化防军派至松花江沿岸，与驻防松花江口的新军连成一气。五路 16 个营镇边新军的中路驻防瑷珲，即黑龙江城，前路驻防松花江口及都鲁河、汤旺河，左路驻防瑷珲下游的逊别拉、观音山，右路驻防黑龙江上游的法别拉、漠河，后路驻防瑷珲城西山一带及分防黑河。

光绪二十四年，中东铁路以哈尔滨为中心，分东、西、南三线，由六处同时相向施工。这样一来，中俄两国民工成千上万如潮涌，为维护正在兴建的铁路沿线社会治安，寿山和恩泽再次上折奏请招募马、步六个营。此奏获得恩准，二人立即着手筹办，翌年三月基本组建完毕。新

① 哨：清末的军事建置，相当于连。

建马、步六个营分为前、后两路，每路中、左、右各一个营，设统领一人，自带步队为中营，以马队为左营，步队为右营。所需军饷经奏请，从漠河金矿所上缴之军饷中提取，不足部分由奉省收存昭信股票内拨给。前路马、步三个营驻扎呼伦贝尔、大岭等处，后路马、步三个营驻扎齐齐哈尔至墨尔根城之间的塔哈、宁年、拉哈、博尔多、喀木尼喀、依拉哈等五地，至此，黑龙江有镇边军共计 36 个营。

只组建了军队不行，要想克敌制胜，还需强有力的武器配备。寿山参加过中日甲午战争，清军之所以惨败，其中很重要的原因便是武器不如人，枪不精，炮不利。要想整顿边城，务必整军备武，购置新式装备。恩泽曾到属下部队阅操，见其练兵如同儿戏，兵丁所执之枪射程既不远，子弹又不准。所用抬枪三人共使一杆，一人抬前，一人拨机，一人执刀后护，一律以火绳燃放，这样的武器怎能置敌于死地？思来想去，决定先斩后奏，派寿山和程德全赴上海购置军械。

二人得令，带领随员由边城瑷珲出发，乘俄轮顺流而下，需行数千里之途。遥望俄岸，村屯市镇，星罗棋布；回看我岸，沉寂荒凉，除卡伦、金厂外，人迹罕至。如此巨大的反差，使寿山想起了曾跟程德全说过的那句老话："固边首先要实边，实边得有人，没有人，一切皆无从谈起。"寿山一行扮作商人来到了伯力，这里最早为达斡尔部落世居地，水草丰茂，以盛产大马哈鱼、鳇鱼而闻名。清中后期，关内难民纷纷而来，由一些山东人建成了小渔港，俗称"伯力屯子"，官方称"伯力"。伯力屯扼黑龙江、松花江两江江口，地理位置十分优越，向南可由陆路至日本海，向东可由水路抵鄂霍茨克海，控制了此地，便控制了远东。咸丰八年，以沙俄东西伯利亚总督穆拉维约夫为首的殖民主义者武装入侵黑龙江，于乌苏里江右岸图勒密山等地盖房、修道、建教堂、广为移民、砌炮台、架设要塞炮，并以十七世纪沙俄侵略黑龙江的头目哈巴罗夫的名字命名为"哈巴罗夫卡"。咸丰十年，沙皇俄国强迫清政府签订了不平等的《中俄北京条约》，伯力城及乌苏里江以东至海的广大地区被其割占。光绪十九年，"哈巴罗夫卡"改名为"哈巴罗夫斯克"，伯力成为沙俄远东重镇。

寿山和程德全带领随员住进了一位华侨开的旅店，经与老板交谈得知，此人乃满洲富察氏，老家在拉哈苏苏，就是现在的同江。当年，伯力开埠需要大量的劳工，他乘船顺流而下来到了这里。刚开始沿江为俄人修造军事工程，之后又建教堂，待有了一些积蓄，便开了这处中国旅店。随着到伯力做买卖的国人越来越多，生意还不错，天天客满。有了钱，娶了位俄国姑娘做老婆，转年生了个女儿。富老板善于交际，结识了不少伯力有头有脸儿的人，待人很热情，也很擅谈，表示道："咱们是老乡，拉哈苏苏在瑷珲副都统辖境东南与吉林交界的地方，这没错吧？你们来到了伯力，有需兄弟帮忙的可尽管讲，不用客气。"

寿山说："倒没什么大事，只是想到江边溜达溜达，观观风景。"

富老板笑道："好哇，明儿个头晌带你们去，我还认识几个当兵的呢！"

第二天，用罢早膳，富老板带领寿山一行去了江边。到那儿一看，沿江约十多里长，筑有明碉暗堡，水兵、步兵进进出出，显然是军事禁区。他们走到一处要塞，一俄兵冲富老板喊了一声："得拉斯维结！比诺？"

寿山问道："他说什么？"

富老板回道："他打招呼问候你好，有酒没有？这个当兵的我认识，时常让我从中国为其捎酒。"说着迎了过去，二人叽里咕噜的不知讲些什么。

寿山边走边看，将明碉暗堡一一记下，心想："瑷珲城垣若能如此建设，那该多好，可比现在安全多了。"

寿山一行离开伯力后，乘火车来到了海参崴，俄称符拉迪沃斯托克，意为"征服东方"，既是俄罗斯滨海边疆区首府，又是其远东地区最大的城市。"海参崴"意为此地下洼，盛产海参。它位于俄、中、朝三国交界之处，三面临海，拥有优美的天然港湾，是俄罗斯在太平洋沿岸最重要的港口，也是俄罗斯太平洋舰队司令部所在地，还是俄西伯利亚大铁路的终点。此地原为中国领土，从唐代就归中国管辖，元代称为永明城，到了清代被划为吉林将军的领地。咸丰八年，清政府与俄国签订了不平等的《瑷珲条约》，将包括海参崴在内的乌苏里江以东地区划为中俄共管。咸丰十年，清政府签订了《中俄北京条约》，割让了乌苏里江以东包括海参崴、库页岛在内的约四十万平方公里的领土归沙俄。光绪初年，沙俄在此大规模修筑海港及防御工事，山东等地的大量国人到这儿做劳工，称为"闯崴子"。光绪十七年，西伯利亚铁路开通至此，并开始有了海运路线往返日本神户、长崎及中国上海等地。

寿山一行到了海参崴，哪儿也没去，专程去了海边。远远望去，军港烟气腾腾，沿岸码头高高耸立，逶迤若长城，大大小小的船舰往来穿梭。寿山曾陪同李鸿章视察过旅顺军港，相比之下，海参崴军港可比旅顺军港大多了。他们逗留一天后，由海参崴乘渡轮前往上海，路过日本长崎时上了岸。长崎是日本长崎县政府所在地，位于长崎半岛西端，三面环山，一面向海。原本是个小渔村，十三世纪时，被长崎氏占领，从此称为“长崎”。明朝末年，葡萄牙人首航到此，后逐渐发展成贸易港。十七世纪中叶起，日本实行闭关锁国政策，长达200年之久。其间，长崎成为惟一的对外开放港口，与中国及荷兰等国有贸易往来。长崎临近碧绿的海洋，地貌、地物独特，自然风光美不胜收，早在明治维新时就有了避暑胜地之称谓，广为欧洲人士所熟知。长崎港开放后，日本引进欧洲文化，发展贸易，经济得以繁荣。因长崎为港口地区，所以工业发达，其中以造船业为最。在长崎的短暂停留，连观带瞧，寿山感触颇深。明治维新之后，短短的30年，日本就取得了如此巨大的进步。战争是实力的较量，难怪甲午战争中国惨败，当今尽管也在维新变法，然阻力重重，不知其结果将怎样？

寿山一行来到上海，它位于我国大陆海岸线中部的长江口，拥有国内最大的外贸港口。鸦片战争后，上海开埠，别国的船只从外洋直溯而上。道光二十一年，英国殖民者首先在上海划定英租界，继之美国、法国也相继划定了租界。开埠后的上海迅速成为亚洲最繁华的国际化大都市，被称为“十里洋场”、“东方巴黎”、“东方魔都”、“冒险家的乐园”、“远东第一金融中心”等，各色人种纷至沓来。寿山打听到了曾为清廷洽商购买军舰及设备的奥地利上海信义洋行，光绪二十年，湖广总督张之洞曾委托这个洋行向德国订购了大量军械。上海真乃十里洋场啊，他们坐着黄包车不知穿过多少条街、走了多少路才找到信义洋行，幸好买办毕弟兰在家。进了宽大的待客厅，寒暄几句后，寿山说明了来意，提出定购过山快炮、新式快枪及炮弹、子弹的打算。对方听罢，思忖片刻报了价，约合八万两白银。这可不是一个小数目，寿山一时拿不准主意，表示回去商量商量，过两天再来。

一行人回到旅馆，程德全显得有点儿着急，说道：“副都统，黑龙江有多少家底你知道，这八万两白银恐怕一时半会儿凑不齐呀！”

寿山不言不语，只是背着手低着头来回踱步，围着房间打转转。一袋烟的工夫过去了，忽然迸出一句话：“买，就是砸锅卖铁也要买！”

第三天下晌，寿山等人又去了信义洋行，这次可没上回那么幸运，家人说是毕买办去了大世界。他们立即驱车来到大世界，下了车一瞧，金碧辉煌的门脸儿，鲜红的“大世界”招牌，在闪闪的霓虹灯下流泻，异彩纷呈，阵阵靡靡之音从房内传出，隐隐入耳。身穿制服的服务生、泊车员以及数个着各色紧身旗袍、高挑个、凹凸身段儿惹人打眼的迎宾小姐带着职业化的笑容，将一拨拨的来客迎进大门。客人中，有西装革履、油头粉面、臂挎花枝招展女伴的公子哥儿，也有身穿正装、目无旁骛的名流大亨，还有着长衫马褂儿的老学究等，更多的则是洋行、银行、工矿企业的高级职员们。

寿山和程德全登上了门前的台阶，一位迎宾小姐微笑着走了过来，伸出右手恭请道：“二位先生，里面请！”

程德全说：“小姐，我们是来找人的。”

迎宾小姐问道：“先生，您找的客人在大厅呢，还是在包房？”

原来大世界里为来客提供了十几个消遣之处，有戏曲、电影、书场、杂耍台、中西餐馆、哈哈镜室等，毕弟兰究竟在哪儿，程德全怎会知道？迎宾小姐见其回答不上来，紧接着又问：“先生，您找的这位是做什么的？”

程德全回道：“他是信义洋行的买办。”

“是不是毕公子？”

“没错，名叫毕弟兰。”

“毕公子是中午来的，这个时候大厅有群芳汇唱，估计能在那里。”

“小姐，麻烦给通报一下，说是黑龙江的寿山面见。”

迎宾小姐将寿山和程德全引进了休息厅，待二人于小桌旁坐定，说道：“请先生稍等！”然后转身离去。一位侍者来到桌前，程德全点了两杯丹麦啤酒，寿山端起杯喝了一口，觉得甜不甜、酸不酸、苦不苦的，重又放在桌子上。

二人足足等了两袋烟的工夫，毕弟兰才在一个浓妆艳抹的年轻女子陪同下走了进来，满脸带笑地说：“我一猜就是你们，对不起，让二位跑到这里见面，想吃点什么？”

寿山接过了话茬儿：“毕先生，不用客气，我们还有事，不便久留，请问明天能不能签订合同？”

毕买办连忙点头道：“好哇，可以，可以！”

转天，寿山、程德全再次来到信义洋行，分别与毕第兰、陈世兰签订两份合同，订购克虏伯十四倍口径陆路转运过山快炮六门，开花子母弹配无烟火药随带引信 2400 颗，共计二十万五千一百八十马克，先付订金三分之一，炮厂装船起运再交三分之一，货到营口后全部付清。另购智利快枪千支，无烟火药子弹百万颗，操练木制子弹四万颗，枪及子弹系最新之式，所需白银七十五万七百零五两。合同签订毕，先交订金三分之一，其余三分之二货到营口后付清。

那么，何为克虏伯过山炮和智利快枪呢？所谓的克虏伯过山炮是德国克虏伯家族的独有产品，铸造的大炮曾使俾斯麦于十九世纪中叶先后战胜了奥地利和法国，一向对法国看法不是很好的李鸿章亲眼目睹了普鲁士大军用克虏伯火炮打败法国鬼子后，据此对德国亲睐有加。从那以后，中国陆军始学德国，军火采购的中心随之逐渐移向了德国，甚至海军所用的舰船也改向德国订购。名声在外的克虏伯过山炮重四十多吨，有效射程近两万米，炮弹 3000 米内能穿透 70 公分的钢板，每分钟可发射一至两发炮弹。智利快枪即毛瑟枪，是德国著名枪械设计专家彼得保尔毛瑟于 1866 年制造的，1871 年被德军正式采用。其口径 11 毫米，枪长 1.2 米，重量 9 斤，射程 300 到 1600 米。

寿山自上海回来后，又遇到了新问题，黑龙江镇边军所需军火原由吉林机器制造局代造，每年从军费中拨款三万两白银。光绪二十二年，吉林将军来函称："吉林机器制造局制造军火所需原料年年涨价，我们虽然尽量降低员工开支，节约成本，但是黑龙江所拨三万两白银仍显不足，尚缺三千八百两。"后经黑龙江将军与吉林将军协商，同意将黑龙江所需军火减一成。当年，吉林将军再次来函称："物价日益昂贵，黑龙江军火制造每年需经费四万一千五百两白银，尚缺一万一千五百两，是否能将军火再减一成，或补足四万一千五百两？"恩泽与寿山合计来合计去，觉得此前因经费不足，军火已减了一成。今若再减，以三万两白银实得军火三分之二，还不知这物价涨不涨？黑龙江镇边军多为新添之师，须加强训练，眼下军火供应已显不足，继续减怎能行？况且枪械乃军中必备，不但平时训练时用，而且要有所储积，以便战时急需。近年来，中东铁路正在加紧施工，地方繁乱多事，将来铁路告竣，难保不起衅端。况且黑龙江地处边疆，局势瞬息万变，到了战时因军火不足而乞求邻省，怕是临时抱佛脚。于是二人决定仿照奉天、吉林两省，设立机器制造局，自制军火。

真正实施此项计划，说起来容易做起来难，购买机器、修建厂房所需经费约十万两白银，开支如此巨大，钱打哪儿出？只能从镇边军的每年军火费六万两中逐年扣除，在机器局未建成前，仍由吉林代制军火。

厂址选在黑龙江城，即瑷珲，计划二三年内完成，任命姚福升总理黑龙江机器制造局事务，启用公章，争取光绪二十六年四月开工。遗憾的是当年初秋便发生了“庚子俄难”，在建的机器制造局同瑷珲城一并毁于战火，此乃后话。

在部队建置和军火供应有了头绪之后，恩泽下了命令，于镇边军中开展大练兵活动。黑龙江镇边军计 36 个营，其中 21 个营为刚刚组建，组建后又忙于构筑营房等事务，兵丁们只不过对行伍队列略知一二。目前，时局紧迫，门户洞开。有兵不练与无兵同，练之不精与不练同，不练兵无以保边卫国，不练兵亦不能自保其身，这是恩泽和寿山对开展练兵活动的共同认识。经商议，采取了两项措施，第一项是“搀沙子”。就是将原有的 15 个营中的精干官兵抽调出来，分至新组建的 21 个营中，以老带新，以老帮新。第二项是开展基本功训练。寿山为此冥思苦索，对兵丁提出了五条要求，第一条是常带沙囊。每人缝布袋一个，袋内盛沙一斤，绑于腿后，不准须臾解去。带常有时，逐渐加沙，日久自见功效。将来若遇调遣，沙袋一解，便可行走如飞。第二条是挖壕。平时操练，各带短锹，择地挖掘，以片刻挖成者为上等。壕深一尺，土高一尺，可藏身，可躲避子弹。挖壕必须选择有利地形，方能可进可退，左右照应。各营还要多造土车，既可备挖壕之用，也可战时作为掩体及攻城之用。第三条是越壕。战壕挖至三四尺时，始练跳越，随着战壕的逐日加宽，不觉跳越有多难。隔壕每距十步树黄、红、蓝、白、黑五色小旗，十人一起跨越，先得黄旗者为头等，依次为二、三、四、五等，分别赏罚。与此同时，马队练习跳越堑壕，骑手驱马疾驰，不让马知战壕所在。待人马发觉，不能收缰，自然一跃而过。第四条是习艺。军旅之内自古崇尚勇力，征战之始，敌我双方相距颇远，凭借枪炮互相射杀，然最终免不了短兵相接，这时武技就用上了。平时操练，每营设教师一名，授以拳脚及使用刀矛之法，待两军搏杀时，可以勇力取胜之。第五条是常做枪架。兵丁操练，往往发给子弹练习打靶，打靶之功不如做枪架之功收效更大。打靶时，常因贪念中靶，致身手不能做主，越打越心急。常做架枪之姿，将站枪、跪枪、卧枪、瞄高、瞄底各式一一练熟，久之心平气和，身手相应，随心所欲。

以上五条是对兵丁的要求，对于将领，寿山同样提出了严厉要求：“如今是子弹世界，万不可小觑，更不可逞匹夫之勇。各将领应对通省要隘暗中留心，何处可建营，何处可埋伏，何处可诱敌，何处可屏蔽，将来前后进退、左右接应以及各城镇往来之要路并各山川可通之暗道皆需一一熟记，到了战时，心中有数才会有把握取胜。如何凭借地形地势保护自身，打好硬仗，应一一教给兵丁。数十步之内，也有高低起伏，布阵之时，必高处避枪，低处藏身。挖壕筑垒，必于高处建垒，低处开堑。铁路所经之地尤为重要，如大岭有山可扼，富拉尔基有嫩江可扼，哈尔滨有松花江可扼，其余各处哪里平坦，哪里险要，在行军剿匪时都要加意观察。为将之道，当庄重有谋，要熟读兵书，深通韬略，逐一研究智取巧胜之法。时下，兵书汗牛充栋，不能一一尽读，《孙子兵法》言简意赅，不可不读。新军建成已满半年，所有阵式、技能都要习练，平时与战时相同，不能以部队刚刚组建为借口而允许队列不整、技能不精。今秋将军将亲自校阅，以操练之优劣进行考核，并以此确定赏罚升降。”

光绪二十五年八月，黑龙江将军恩泽拟就了黑龙江镇边军练兵情况一函，向清廷兵部作了禀报，其中对战术、战法的叙述较为详细：“黑龙江镇边军一向习练英操，奴才到任后，改为习练德操。先是演练行军互字阵、人字阵、阴阳包抄阵、三叠连环阵，接着是行军阵，其式如一字散队、两翼散队、分排散队、远近撒星。因山川之高下，形势之险夷，随时变化，不拘一格。所以当遇平原旷野、四无依靠之地时，步队除演练卧枪、跪枪外，还需掘小沟隐身，即洋操中所说的跪沟。炮队也是这样，先挖一个小土包，即洋操中所说的行炮炮沟、坐炮炮沟。马队则演练马上分合聚散、层叠包抄、冲锋进剿、超沟渡桥，还有马下腾跃、马上隐伏、击刺等各项技能。平时，营内小操，马、步队每日习练擎枪站、转、走瞄准两次，详讲弧线、径线之道理，风雨阴晴枪的尺码应起应落之标准。炮队则按三角之法演算测量瞄准之法，其余时间出营练眼力，估算目标远近高低。炮队每月打靶三次，马、步队每十天打靶两次，德国造毛瑟枪距靶一里八分，法国造开斯枪距靶一里一分八厘。马上打枪，马道距靶五弓。格鲁森 22 密里口径 30 倍身长后镗快炮距靶 4 千密达，合中国六里九分九厘。八升的克鲁卜后镗钢炮，又名四磅炮，距靶 5 千密达，合中国八里七分五厘。”

恩泽还在函中讲了练兵与练心的道理：“用兵之事非一道，练兵之事亦非一道。其阵技、精熟只是个次要方面，练兵须先练其心，更要练其胆。人人皆知生死有定命，一经战场，非死无以求生，兵丁若先想到的是死里逃生，焉能不败？奴才招募新兵，必须挑选诚实朴素之流，向来不敢以游手好闲之辈充数。统领、营、哨各官皆令其讲究忠孝，先以诚实、正直相劝戒，继而晓之以利害，激之以羞耻，惟有知忠孝、不怕死之人方可重用。”

当大练兵收到了一定的成效后，恩泽将军令寿山在瑷珲城南的校军场上举行了一次阅操，参加者是恒玉、玉庆统领的两路官兵，共六个营。这天，校军场上龙旗、营旗招展，战鼓咚咚，号角齐鸣。寿山与两路统领恒玉、玉庆坐在阅操台前，一行行马队、一排排步队在嗒嗒的马蹄声和响亮的口号声中通过了阅操台，雄姿英发，气势威武。接下来是马队比赛，科目为跨越障碍和马上射击。先进行跨越障碍，一匹匹战骥纵向排开，在骑手的驾驭下跨越了一条条沟堑、一道道板墙，只有极个别跌倒的，骑手滚落马下。然后进行马上射击，枪靶距马道五弓，一溜儿摆了十个。骑手飞马奔驰，边跑边射，有的枪枪中靶，有的中靶十之七八，有的只中四五靶。

步队比赛科目为卧射、跪射、短兵器拼杀和擒拿格斗，后两项每营选出十人，六个营共 60 人，分为 30 组，每人十枪，以中靶环数多少而决胜负。寿山特意把儿子庆恩与恒玉之子郭三强分为一组，庆恩卧射、跪射 20 枪中 185 环，三强同样发了 20 枪，报靶员报了个 184 环。寿山站在阅操台上看得清清楚楚，三强枪枪中靶，不在庆恩之下，随即喊道：“报靶不准，有偏有向，胜者是三强！”

短兵器拼杀，双方穿有护身服，刀枪皆为木枪、木刀，然一比高下时却视为真刀真枪。在阵阵的助战声中，只见勇士们挥舞起刀枪两两对击，你进我退，你攻我挡，个个身手不凡，裁判以时间为准，中刀枪少者为胜。擒拿格斗一色赤手空拳，十八般武艺全可用，以打倒对方为赢。参赛者在此起彼伏的助威声中上来一对儿又一对儿，各自施展所学技能，直到 30 对儿比完为止。

校军场上阅操完毕，人马又开赴城北的水师营，可见江岸战船、桨船齐集。其时，中国海军虽然已有机械船舰，但是尚未拨到边城瑷珲。所说的战船不过是单桅或双桅的木壳帆船，木壳外包层铁皮，船上置炮，兵丁们持快枪。什么是桨船呢？即带有两副双桨的大划子船，船上兵丁也使用快枪。水师营营官扎伦布迎上前，陪同寿山上了花船，就是指挥船。阅操开始了，岸上战鼓咚咚，一艘艘战船、桨船在指挥船前驶过。接着是战船比武，江中心漂浮着假想目标，战船迎风而来，隆隆的炮声响起，水面溅起了一束束水柱，一个个假想敌被击中蹿起了大火。桨船的比赛大有讲究，既要比速度，又要比枪法。每组桨船划着双桨顺流而下，江中心漂浮着红、黄、蓝、黑四种颜色各十张靶子，按照规定，每组射击各自颜色的靶子，船过枪响，以击中多者为胜。

寿山阅罢水、陆两军的比武，非常高兴，确认大练兵是对的，措施可行，立见实效。激动之下，站在花船上讲了一番鼓励之言，随后按成绩的优劣给以了奖罚。

光绪二十四年，恩泽、寿山为了提高官兵的军事素质，在省城齐齐哈尔始建武备学堂一所，于光绪二十五年八月初一开堂试办。该学堂有房舍50间，学生60名，全部是八旗子弟，年龄在16岁以上、20岁以下。由测绘黑龙江舆图的北洋武备学堂生任教习，教授的课程均照北洋章程办理，以忠孝各经为根本，讲求各种西学武备。所需经费每年约万两白银，先从通肯、巴拜荒地地租内提用，待荒地大量开垦后，地租增多，即提五万垧地租三万三千吊作为学堂长年经费及购备外洋新式器械。对学堂教习、肄业各生，三年后根据其成绩，比照天津武备学堂之成例给以奖励。

部队练兵有了起色，寿山心情大好，又想到了实行军民联防。因曾尝到设边卡、驿站的甜头儿，决定前往村屯密集的江左旗屯了解情况，第一站便是自己的老家江东白旗屯。乡亲们听说寿山回来了，纷纷奔走相告，齐聚于袁氏农庄。正赶上夏秋之交，寿山让家人烀了一大锅青苞米，蒸了一大锅土豆、窝瓜，凉拌了一大盆黄瓜、白菜、香菜，抬来一大桶老白干。苞米、土豆、窝瓜、黄瓜等是他小时候常吃的，也是多年最想尝的那一口，全摆到桌子上后，便和乡亲们边吃边喝边聊。唠到起练乡团的打算时，有个壮汉说："当年俄人越界开垦，任意平毁农田，埋立线桩。村民们曾自发地组织起来，成立了乡团，专与罗刹鬼斗。"

寿山点点头道："是有这么回事，我们这些孩子也学大人的样子成立了童子军，我还是团长呢!"

一位老者接茬儿道："老夫记得很清楚，那时每十家编为一牌，设牌首一人；每五牌合为一甲，设甲长一人。每十家制作长凳一条，上插灯、牌各一面，写上这些家的姓名、人数。再插木棍一根、木梆一个。十家循环轮转，轮到哪户，哪户出一人通宵击梆巡夜，遇有紧急情况鸣锣报警。各户听到锣声，立即拿起锹镐、钉耙齐集出事地点，与罗刹鬼理论，争个上下高低。"

寿山连连道："是呀，是呀，那时都能这么做，而今更应如此。各家能否抽丁一名，重新组成乡团，忙时务农，闲时由防营官兵组织操练，由官家发给武器。一旦遇有急情，召之即来，来之能战，岂不有备无患？"

乡亲们异口同声道："好，好哇，家家都能抽出丁来，组成乡团轻而易举！"

寿山自白旗屯始，十多天来，几乎走遍了江东各旗屯。通过调查才感到身为江东旗人，过去对于养育自己的这块土地只知其一，不知其二，毕竟已离开多年了。那么，江东旗屯到底有多少屯子、面积多大、人口多少呢？朱伯西我现将多年来江东旗屯数额的变化情况简要介绍一下。

关于江东六十四屯地区的屯数：咸丰八年，黑龙江将军奕山与俄签订《瑷珲条约》之前给朝廷的奏折中称："黑龙江左岸，向有旗户分驻30余屯。"光绪九年，俄国总参谋部为掌握中国人在此地区居住之情况，以便给沙皇政府提供驱赶的依据，于报告中称："在63个满人村屯中，有37个具有村庄性质，其余的村屯都是集中在一起的，或者是分散的二至四所房子的小营子。"光绪十六年，黑龙江副都统绰哈布派人对该地进行调查，其结果为"现住满洲旗屯实有61个"。不同的屯数反映了江东旗屯由少到多发展的总趋势，然若按俄人光绪九年报呈的63屯，已超过光绪十六年黑龙江副都统调查所得的61屯数，可能是划定屯子的标准不同所致。俄人将那些单独的房子，比如窝棚之类的都算作屯数，而我国未必将此类列为屯数。如果将这些全算在内，到光绪二十五年，实际屯数已超过64个。

关于江东旗屯的地域面积：由于东部与俄界多变不定，我国始终没有一个准确数字，说法不一。光绪六年，黑龙江副都统文绪派员会同俄官路新，由段山屯石头泡子起，中国挖立封堆、大坑，俄国建立木桩，分清界线，讲明以后两国永不侵占。光绪九年，沙俄未经照会我国，擅自从补丁屯后起，向石头泡西占去十余里，至大泡子、托力哈达屯西止，划犁记两道，计占去垦地240余垧，荒地尤多，并满洲人种地窝棚一所。光绪十三年，朝廷派办理黑龙江漠河金矿道员，即最不惧俄人的号称"一只虎"的李金镛会同黑龙江副都统成庆赴江左划分旗屯原住界址，从补丁屯后至老瓜林屯挖界沟一道，计174里。据此，有的文献记载："江东六十四屯，面积南北150里许，东西80里许。"还有的曰：

“南北140里，东西50至70里。”光绪十六年，黑龙江副都统绰哈布奉黑龙江将军之命勘验江左旗屯基址后，向黑龙江将军报呈：“江左旗屯所置基址自补丁屯起，南到霍勒莫尔津对岸止，共计长190余里。自江岸起，东至壕界，宽三十里或五六十里不等。”光绪九年，俄国总参谋部在“江东旗屯调查报告”中称：“中国居民占据着黑龙江左岸66俄里长的地带，其居民点和土地伸入内地20来俄里，共占总面积为一万四千平方俄里。”

关于江东旗屯居民户数与人口：同治九年，一个叫布塞的俄人对江东旗屯的人口作了统计，具体数目是：满洲人3286名，汉人5400名，达斡尔人1960名，共计10646名。光绪九年，俄国总参谋部经查，江东旗屯有1266户，居民13923人。至光绪二十五年，因在海兰泡和结雅河金矿做工的满洲人大批迁住这里，故而居民数量大增，达到35000人之多。

寿山从江东六十四屯回来后，连口热茶都没顾上喝，便与恩泽一起就编保设甲、起练乡团一事合计开了。首先明确了这项要务的初衷，即以清查户口为基始，以联络声势为作用，以安民而不扰民为归宿。然后制定了章程，自省城至各地相继办起，每十家编为一牌，设牌首一人；每五牌合为一甲，设甲长一人；每二甲合为一团，设正、副团总两人；每五团合为一路，设正、副路总两人。各城设保甲局总管其事，户口调查要详细登记户主姓名、住址、人口、职业，造册送保甲局存档。各户发给门牌，所登记内容每月查验一次，如有变化随时更改。每十家制作长凳一条，上插灯、牌各一面，写上这些家的姓名、人数及某街、某屯、第几牌字样，再插木棍一根、木梆一个。十家循环轮转，轮到哪户，哪户出一人通宵击梆巡夜，遇有情况随时报警。各户轮夜值更之人，也是各户出操参加训练之人，每人自制蓝地儿红边儿坎肩儿一件，与镇边军黑色有所区别。每牌制作小尖角旗一面；每甲制作大尖角旗一面，铜锣一面；每团制作大尖角旗两面，铜锣一面；每路制作大方旗一面，大铜锣一面。城乡集镇每月二十五或三十日，由路总、团总以下诸人集体训练一次，刀枪自备。乡村分散，恐误农时，可数月一练，也可农闲时再练。各地防营要随时照看，对于村落零散之地须出营巡视，不得间断。防营与团练要相为表里，以团练弥补防营之空隙，以防营助团练之气势，督导团练之所成，达到及时呼应、沟通，互为所用之目的。待到编保设甲、起练乡团有了收效和成绩，使人们感到官府所倡导之举确实对自己及地方有利，官督民办，建立公仓，藏粮于民，出陈易新，备足百姓一年所用之口粮，从而做到备战备荒。

恩泽、寿山把编保设甲、起练乡团的情况呈文向朝廷奏报，不仅受到了表扬，皇上还下了谕旨："此举不单单在黑龙江施行，其他各省也要照办。"

寿山去了一趟上海，回来后，"固边要实边，实边要有人"一直是他心中的一个牵挂。在编保设甲、起练乡团的同时，于黑龙江城成立了黑龙江荒务招垦总局瑷珲分局，任命佐领桂升为总理，以五品顶带知县用，增补县丞朱权为会办，瑷珲招垦分局制定了《瑷珲逊别拉一带荒地化兵为农并拟招垦章程》。"逊别拉"为满语，"逊"汉译为"长流"，"别拉"汉译为"河"，即长流河，土著人称逊别拉河，简称逊河。它发源于小兴安岭北坡，流入黑龙江，是其右岸的一条支流，全长500多里。此条长长的河流滋润了这片肥美的土地，沿河形成了宽阔的冲击平原，到处是榛柴岗和五花草塘，很适宜耕垦。而且四季分明，雨量充沛，黑油油的沙土地插根筷子都能发芽。

招垦方案分为民垦、官垦两种。所谓民垦，即愿来此地落户垦荒者，每人分给一定数量的荒地，视其力量大小而定，能力大的多分，能力小的少分。因是初次放荒，为招引更多的流民，领荒者一律免交押租，每垧只收公用钱300文，用于垦局开支。

所谓官垦，瑷珲沿江上下数千里与沙俄相对，近年俄人已于沿岸设站开垦，收效很大，气候也似乎因人口的增加、土地的开发而变得暖和起来。我岸应仿效俄人发出布告，广为宣传，招引各处商民集股创立开垦公司。这样一来，不仅可收地利，也可与俄人通商，兼收其他利益。

那么，如何吸引垦户呢？可先去吉林人烟稠密的地方招雇。中日甲午战争时，为避战乱，辽宁很多农户逃到了吉林宽城、农安、双城、伯都纳等地，在那里租种他人的土地，大多没有自己的田产。这些垦户来到瑷珲，一二年内将会获利，人们广为传布，流民会蜂拥而至，完全可以做到不招自来。

招募的农工必须是熟悉庄稼活儿、朴实可靠者，年龄当在十七八岁至五十四五上下。工价比外地要高，薪金以一年为准，按月发放。另外再挑选出数名好把势作为工头儿，薪金高于一般农工，让其春夏秋三季带领农工耕种，冬季上山砍柴或者修路。要奖勤罚懒，对于吃苦耐劳者酌加赏钱，对于懒惰无能者随时清除。垦局备购风寒暑湿丸散等药品，农工偶染头痛脑热，可随时医治，不收分文。因病将养一个月照发工钱，超过一个月即行截止，待病愈再发。农工中兄弟多、力量大的，垦局可将熟地作价，允其领种，到期交不足租钱则收回租地。局内无论是农工，还是身担差务之人，皆可领地耕种。

创建公司，设局招垦，务要先造房屋，购置各种农具以及牛马、车辆、油盐米面、锅碗瓢盆。要精打细算，瑷珲物价昂贵，拟派人先赴新城、农安一带买些粮食，由水路运至墨尔根。再在墨尔根等地招募农工，购买马匹、车辆及其它物品，然后将各物由陆路运至瑷珲。需备足马棚，多买母马，以利繁殖。搭建仓库，设保管员，员司人等各任其事，不得滥用，每月薪水不准超支。

春耕所需种子也要事先筹划，新开荒地不宜种植谷麦，只适合种植荞麦和玉米。这些作物的种子需在新城一带买，还要到俄岸购置洋犁，在开荒中试用。

对于垦局，方案中也做了安排，启用印章，以昭慎重而资信守。局中牛马、银钱皆系巨款，关系重大，需购置洋枪20杆，以防盗贼。开办时期购物甚多，要取商家发票，一一核对，记于流水账中。初垦所种之粮难用佳种，秋收定然利薄，各种农具又得新制，势必亏本，须格外慎重。垦局的点滴收入要归公，经手之人不得私贪分文，一经发现，照数赔偿，立即开除。

瑷珲招垦分局制定的招垦方案既有的放矢，又思虑周到，个别条款也很超前。遗憾的是刚刚实施，当年八月发生了“庚子俄难”，逊河招垦放荒便成泡影。之后，招垦放荒成为黑龙江省的既定政策，对于发展黑龙江经济、巩固边疆起到了积极作用，寿山带领下的逊河招垦放荒不能不说是一次有意义的探索。

光绪二十五年春，寿山尽管身陷诸多繁忙的事务中，还是抽工夫与恒玉参加了一年一度的楚勒罕盟会。这是由蒙古、达斡尔、鄂温克、鄂伦春、索伦等族在省城齐齐哈尔西北40里的因沁屯举行的贡貂盟会，既是贡貂的盛会，又是各民族大规模的集市贸易，时间定于每年的“草青”之时，约在农历五月初。届时，蒙古各部以及各族民众皆来迎会，省城齐齐哈尔的商贾将店铺迁往设市，瑷珲、墨尔根的屠户、酒贩也从数百里之外赶来。各部落入住屯之北，商贾、官卒入住屯之南，蒙古人支起了穹庐，达斡尔人架起了窝棚，索伦人立起了撮罗子，即帐篷。屯的东北为买卖街，街两旁搭起了长长的席棚，各种日用品列于柜台之中。屯外设牲口市场，牛马羊群散放，点缀着碧绿的原野。因沁屯突然热闹起来，可谓皮货山积，牛马蔽野，穹庐遍地，男女杂沓。

交纳貂皮是楚勒罕第一要事，清政府规定："达斡尔、鄂温克、鄂伦春无论官兵、散户，身足五尺者岁纳貂皮一张，质量若不合格，需出银自购合乎要求的貂皮交纳之。"贡貂时，将军、副都统坐于堂上，协领与布特哈总管分东西席地而坐，摆貂皮于中，经仔细察验而决定留否。质量合格的，在皮背上盖上印章，封贮，以备进贡。不合格的谓之"玛克塔哈色克"，意为"掷还之貂"。入选之貂分为四等，即一等、二等、好、三等，按等付钱。未入选之貂则割去皮张的一只爪，不加盖印章，允许上市出售。这样的貂皮要系上绫子作为标识，红色为达斡尔、鄂温克之貂皮，绿色为摩凌阿鄂伦春之貂皮，黄色为雅发罕鄂伦春及毕拉尔鄂伦春之貂皮。

寿山现在的职衔是副都统，当然坐于堂上。恒玉甲午战后伤未痊愈，眼下被安排在鄂伦春协领任上，这次与寿山同往楚勒罕盟会，按规定只能在堂下席地而坐。达斡尔、鄂温克以及库玛尔、多布库尔、阿力、托河四路鄂伦春依次贡貂完毕，独毕拉尔鄂伦春迟迟未到。多次传唤之后，一位毕拉尔路鄂伦春人携貂而上，所带之貂不过百张，经察验，多为玛克塔哈色克。毕拉尔鄂伦春属瑷珲副都统管辖，寿山、恒玉见状，感到脸上很是无光。

鄂伦春人起先居住在外兴安岭以南、乌苏里江以北、西起石勒喀河、东到库页岛这样一个广阔地界，顺治年间，由于不甘忍受沙俄侵略者的残杀和抢掠，除一部分仍在原地活动外，另一部分逐渐由黑龙江北岸迁到南岸，在大、小兴安岭一带沿黑龙江、呼玛尔河、宽河、法别拉河、逊河、沾河、库尔宾河、乌云河、多布库尔河、甘河、托河、阿里河、奎勒河、诺敏河、绰尔河而居，过着游猎不定的生活，与定居在黑龙江中上游从事农牧业的达斡尔族为邻。黑龙江将军设置后，为减少官员为移其家属所需费用，于康熙三十年着令包括鄂伦春在内的当地土著民族披甲从军，编为蒙古、达斡尔、索伦、鄂伦春、毕拉尔、鄂勒特等八旗，归布特哈总管管辖。被编入布特哈八旗的鄂伦春人称为"摩凌阿鄂伦春"，意为马上鄂伦春；散处山野以纳貂为务的称为"雅发罕鄂伦春"，意为无马步行鄂伦春。摩凌阿鄂伦春享受八旗官兵待遇，平时缴纳貂皮，领取薪饷，战时出征。雅发罕鄂伦春归属布特哈总管属下的五位官员分治，此官员号曰"谙达"，每五年征貂去一次鄂伦春地方。鄂伦春人事先带着貂皮赶到指定地点，等待如数交纳，同时购买生活必需品。

同治十年，黑龙江将军特普钦经奏请，将兴安岭内外之鄂伦春收编为库玛尔、多布库尔、阿力、托河、毕拉尔等五路，仍归布特哈总管管辖。光绪八年，清廷为了进一步控制鄂伦春以加强边防，撤销了布特哈总管衙门，在五路鄂伦春的中心地区太平湾建造兴安城，设副都统总管衙门，专门管理五路鄂伦春。然而鄂伦春人除届期操练之外，往往于深山伏而不出，加之太平湾城署地势低洼，工费万金，不到一年便坍塌不可居。光绪十九年，清廷不得不撤销兴安城总管衙门，将五路鄂伦春分属黑龙江（瑷珲）、墨尔根、布特哈、呼伦贝尔等四城副都统衙门管辖。具体为黑龙江城副都统管辖库玛尔路八佐，布特哈城副都统管辖毕拉尔路四佐，墨尔根城副都统管辖阿里、多布库尔路二佐，呼伦贝尔副都统管辖托河路二佐。由于毕拉尔路的鄂伦春不愿意归布特哈管辖，经齐齐哈尔副都统增祺的奏请，改由黑龙江副都统管辖。

楚勒罕盟会一般要举行20天左右，贡貂之后，还要进行集市贸易，寿山和恒玉不等盟会结束便准备打道回府。恰在此时，瑷珲来人报称："毕拉尔路鄂伦春丢弃官府为他们搭建的住房，又逃进了深山。"二人听后，决定由鄂伦春向导带路，前往逊河一带收拢毕拉尔路鄂伦春。

毕拉尔路鄂伦春原先在黑龙江以北精奇里江支流毕拉尔河一带游猎，故而称之为毕拉尔人，顺治年间迁至江南黑龙江支流逊河一带。鄂伦春人只有地域观念，没有国家观念，常为俄人拉拢逃往俄境。光绪二十二年，瑷珲副都统任黑龙江城正白旗世管佐领福亮为毕拉尔路鄂伦春协领，令其进山收拢毕拉尔路鄂伦春。福亮带领笔帖式乔赫、披甲连布等入山寻觅，往返4000余里，收拢了鄂伦春官兵256人，带回瑷珲副都统衙门，由副都统亲自发放了俸饷，并安置到逊河一带搭铺野宿。当年，瑷珲副都统在车陆地方为毕拉尔路建立了协领公署，之后官府又为毕拉尔路鄂伦春盖了住房，购买了耕牛、农具，让其耕垦，弃猎务农。

寿山和恒玉在鄂伦春向导的引领下，骑马挎枪、跋山涉水走了近三天，才在逊河的支流沾河附近找到了毕拉尔路鄂伦春。清清的沾河水哗啦啦流淌，河边的杨柳已经披上新绿，鄂伦春人沿岸用桦树皮支起了长长一溜儿撮罗子。撮罗子外，有的妇女坐在板凳上穿针引线为家人赶做夏装，有的则忙着晾晒贮存一冬的各种兽皮，孩子们在房前屋后嬉戏。

此时，正是野兽发情交配期，也是鄂伦春人猎闲季节，头人土旺带着哈哈们正在河边挡梁子。“挡梁子”是一种捕鱼方法，春秋两季在河中筑起堤坝，坝口放上柳条筐，鱼游过来即掉进筐里。不一会儿，土旺闻讯赶了回来，黑红的脸膛儿沁出一层汗珠儿，见副都统和协领站在门外，扑通一声跪在地上连呼大人并磕了三个响头，然后引领二位进了撮罗子。寿山、恒玉四下一瞅，正面和左侧是“马路”，即睡人的床。中间用三角木架吊着一口铁锅，顶棚有个圆洞，能见到天，显然是烧火做饭的烟道。土旺吩咐家人赶紧备膳，膳食不过是些腌制的兽肉和晾晒的各样干菜，再有就是苞米面饼子。撮罗子内空地窄小，转不开身，三人索性端着吃食出屋，走到河边的草地上，席地而坐。寿山知道鄂伦春人喜欢喝酒，来时特意带了一桶老白干，让恒玉从马背上卸了下来。鄂伦春人性情豪爽，讲义气，嗜酒如命。土旺一看有老白干，咧开大嘴乐了：“好哇，好哇，正缺这口儿呢！”于是拎起桶倒了满满三大碗，然后端着酒碗说道：“二位大人大老远地来到山里，一路辛苦了！没有什么好吃的可款待，心里十分不忍，小的先干为敬。”言罢一仰脖儿，咕嘟咕嘟一口气将碗中酒灌进肚，寿山、恒玉也端起酒碗喝下。

三人边吃边喝边唠，寿山问道：“土旺，你们好好儿的房子不住，为啥又回到山里？”

土旺回答：“大人，您有所不知，我们习惯于在深山老林中游猎，整天呆在屋里觉得闷得慌，透不过气来。再说春种秋收那些庄稼活儿，鄂伦春人世世代代从未干过，也不会。”

恒玉接过了话茬儿：“官家给你们盖的房子多好哇，住在里面宽宽敞敞、亮亮堂堂的，比撮罗子可强多了。”

土旺点点头道：“那是，那是。”

寿山说：“不会种地只是暂时的，可以让汉人教你们，慢慢就学会了，一点儿不难。况且逊河一带同样有深山，农忙时下田耕种，冬闲时上山打猎，啥也不耽误，不是两全其美么？”

土旺此刻三碗酒下肚有些醉意，舌头也不好使了，结结巴巴地说：“二……二位兄弟……”忽又觉得不对，连忙改口道：“噢……不不，大人，大人……”

寿山插话道：“土旺，就叫兄弟吧，如果你认我为兄弟，咱再喝两碗。”说着倒满酒，二人端起碗一饮而尽，算是拜哥儿们了，恒玉随之。

吃饱喝足，土旺抹了抹嘴，真诚地说；“兄弟，放心吧，以后我准定听你的。”

寿山和恒玉这趟果然没白来，毕拉尔路鄂伦春下山了，定居了。第二年庚子俄难，为躲避战乱，他们又回到了深山。

光绪二十五年，对于瑷珲副都统衙门而言真是多事之秋，发生了些意想不到的事。这年夏季，沙俄驱逐我岸寄居于海兰泡的侨民2000余人，他们基本都是在当地做小本生意，尤以住在小北屯的居多。此情很快通禀给瑷珲副都统衙门，寿山心想："此事非同小可，2000侨民不是个小数目，必须据理力争，两岸该如何交涉，得慎之又慎。"于是唤来随从，整装跨马，赶赴黑河。到那儿以后，见城外江边密林处依树搭盖了数十座草棚，侨民们拖儿带女蜗居在里面，有的甚至露宿江边。究竟是怎么回事呢？寿山深入到侨民之中，恰巧遇到了王宝财的老丈人和丈母娘，前者像看见亲人一样跟寿山诉开苦了："袁大人，在海兰泡居住的中国侨民快上万了，除了给俄国人当佣工的，就是做买卖的。买卖人中，虽然也有生意好的，二、三、四等票的商家约150个，但大多还是小本生意。像我们家这样做小买卖的仅小北屯就有一千多人，已成为海兰泡的副食供应基地了，中俄两国百姓的关系处得还算不错，他们离不开我们，我们也离不开他们。近些年俄人的日子好过了，海兰泡当局总是找茬儿，一看见中国人就横挑鼻子竖挑眼，这么做不对，那么做不行。前年，俄人要在小北屯盖房子，把屯子的东面划出一块地方，让中国人搬到那儿去。我们没办法，相继都走了，在新地方盖起了房子。未承想住了不到一年，又强令大伙儿拆迁，搬到更远的地方去。俄岸侨民多数做的是小本生意，房子盖毕已是力尽财空，怎能再次挪地儿重新安家？无奈之下，不得不过江回到黑河。恳请大人与俄官协商，最好能让我们回到原居之处，实在不行，只能靠大人把这些国人安置在黑河了。"

寿山听罢，目睹眼前侨民的悲苦惨状，心里很是难受。夏天还好办，怎么都能将就，到了冬季死冷寒天的，如何熬得过？这么多人无家可归，居无定所，时间一久，必然给边境带来不安定因素。于是安慰了老夫妇俩一番，起身告辞前往边界厅，让其派员过江与俄岸交涉。前去之人很快回信儿了，说是无论我们怎么讲，俄官竟无动于衷，置之不理！寿山又气又急，只得另想办法。

当时的黑河虽是两岸贸易的口岸，但仍是个屯子，名为大黑河屯，南边不到三里处还有个小黑河屯。大黑河屯沿江有几条街道，百八十户人家，官府只设一边界厅。商户不过几家杂货铺和几家骡马店，另有几家从瑷珲迁来的瑷珲商户分号，与对岸的海兰泡根本没法比。寿山考虑到黑河未来的发展，认为应尽快对侨民予以安置，遂倡议在大、小黑河屯之间招商设市，既可发展边疆经济，又可稳定边境局势，一举两得，此乃关系到发展地方经济之久远大计。黑河电报事宜候选通判是位懂经济的人，寿山将其召入府内，经反复切磋后，提出了较为详细的实施办法："招商设市需广为发动，不能全部依赖这些贫苦侨民，他们只是起个先行带头作用。要统筹大局，以长远为计，可在大、小黑河屯之间划定一片新区，规划出街衢，用以聚集商贾。如果此地已经垦种，秉公作价，按亩付银买作官地。划出商户用地，无论旗人、民人皆可交钱领地，造屋生财。房基之价必会远远超出地价，所收之银除归还地价外，剩余部分可用来建造公所，整修街道、桥梁。在规划之地的适中之处建一商会公所，设商务委员，所有招商及新区一切事宜统由其办理。遇有大事，须禀请将军、副都统会同地方官一起解决，做到官商一体。至于新区的章程，可仿照通商口岸制定，结合实际推陈出新更佳。目前经济萧条，招商有一定困难，可设立商会以招徕各商贾。对于商旅要制定保护措施，使其心里托底，安于经营。"

寿山将以上意见书就后，呈报给了黑龙江将军恩泽，并就一些具体人事安排谈了自己的想法。提出黑河电报事宜总办能力强，办差尽心竭力，可统筹大局，任其为招商设市总办颇为合适，边界官萨炳阿为会办。此议得到了恩泽的认可，寿山遂饬令该总办会同边界厅先进行勘测，并将认领地基商贾多少一一查清。

世事难料，招商设市正在紧锣密鼓地进行着，其间又出现了变故。我岸侨民返回黑河，特别是小北屯的华侨一走，给俄岸的市民生活带来很多不便，因为海兰泡失去了副食供应基地。随之而来的是不仅蔬菜价格上涨了，各种肉类价格也提高了，市民们纷纷上街游行、闹事，海兰泡当局很是无奈，不得不允准我岸华侨回住原居地重操旧业。侨民返回海兰泡，招商设市失去了重要的主体，此项举措遂告终止。

寿山一向认为固边也好，实边也罢，发展经济、创办实业最为重要，而且他在这方面做了几件实事。比如为兴利源，于瑷珲筹办了阿林别拉沟煤矿和宽河金矿。光绪二十二年，黑龙江试办矿务委员李席珍在瑷珲的西山发现了煤矿，煤质好，储量大，可开采多年。转年，永和公、鼎盛昌两家商号的经理联名向瑷珲副都统衙门递函，请求开办该矿。瑷珲副都统景祺阅后，呈报黑龙江将军恩泽，恩泽将此事交与试办矿务委员李席珍承办。李席珍经对两家商号实力的调查了解，同意鼎盛昌经理李文展、永和公经理张景春承领，拟招股三万两，股金未到之前，先由官府垫付。接着又会同两家商号去矿址考察一番，就开矿所需资金，包括建房、购置车马等项进行了仔细核算，共计制钱一万七千吊，并参照吉林煤矿制定了开办章程。吉林煤矿系民有之山，除向山主缴租外，还由官府按售煤之价每吊抽税二成。阿林别拉沟煤矿属官山，按售煤之价加倍抽税，每吊四成。售煤时，须使用三连票张，以防偷漏税款。为防止以多报少，官府要选派公正廉洁之人到矿稽查，如有偷漏，按偷漏煤价半成罚款。所罚之款六成作为赏金，四成上交矿务局，作为办公经费。煤矿初办，民间所用不多，需广开销路。中东铁路正在修建，铁路一通，势必大量用煤，矿局要考虑购置轮船将煤销往俄岸。打开销路，厂矿必然兴旺，工人会越来越多，应设矿勇以维护治安。

李席珍将筹办情况呈报给了恩泽，恩泽遂上疏朝廷，在奏折中就煤矿设立稽查人员和矿勇之事曰："查补用知府世袭骑都尉寿山，本地旗人，现充镇边军左路统领，驻扎瑷珲。拟即委其兼督查煤矿差使，借其所带勇队就近弹压，也是节省一道。"朝廷很快批准了恩泽的奏章，允准阿林别拉沟煤矿官督商办，照章抽厘。

鼎盛昌经理李文展和永和公经理张景春在集股筹办中，为了开矿后能在俄岸顺利打开销路，又与俄商、俄籍华人纪凤台和卢宾诺夫签订合股开采合同。光绪二十四年，时任瑷珲副都统的寿山闻听此信儿后，立马上报了黑龙江将军恩泽。恩泽为挽回利权，当即派员查办，严饬退毁合同。由于纪凤台、卢宾诺夫托故他去，不见踪影，最终合同没有退毁。光绪二十五年，恩泽责令试办矿务委员李席珍代表清政府参与改订华俄商人合同，且所改订之合同当年曾两次上奏朝廷，请示总理衙门及管理矿务大臣妥议。但是第二年黑龙江两岸发生了震惊中外的"海兰泡惨案"、"江东六十四屯惨案"及火烧瑷珲事件，沙俄入侵中国东北，致使此矿在清时未能正式开采。

光绪二十四年，李席珍在采获阿林别拉沟煤矿之后，又采获宽河金矿一处。宽河金矿位于达音河流域的达义河金矿以北之宽河流域，又名宽沟金矿。达义河金矿是漠河金矿的一处分矿，距瑷珲西北 200 里处，故而又叫瑷珲西山东沟金厂，年产金二三百两。李席珍经请示黑龙江将军，恩泽考虑到宽河金矿与漠河金矿之分矿达义河金矿为邻，提议交由漠河金矿承办，然并未得到落实。当时，漠河金矿的创始人李金镛已病故，其职务由候补知县、漠河金矿提调袁大化接替。袁大化不负众望，尽心竭力，把金矿打理得有条不紊。光绪二十一年，在驱逐了嘉荫河畔沙俄盗采金匪后，又创办了观音山金厂。但是袁大化并未因此受到清廷嘉奖，相反却因他人诬告而被革职，所犯罪为未将余利多济饷需、因护矿丁勇砍伤哨官而袁下令剁其双手、其弟袁大杰携金逃走等。袁大化被革职后，由湖南候补知府周冕接替其职务。宽河金矿发现之时，正是漠河金矿处在新老交替一片混乱之时，也就无力再接新矿。

如何办金矿？李席珍几天来一直在琢磨，这日来到瑷珲副都统衙门面见寿山。寿山与李席珍因筹办阿林别拉沟煤矿曾多次打交道，认为此人不仅能办事，也能办成事，他们已是老朋友了。李席珍一来，寿山便将其请到家里，二人边品茶边聊了起来。寿山笑着说："你这位试办矿务委员真能干，天天像游神似的，不仅发现了阿林别拉沟煤矿，还发现了宽河金矿，可给咱瑷珲出大力了。"

李席珍摆摆手道："过奖了，过奖了，作为矿务委员必须得深入矿区，提起这事儿话就长了。前年我在瑷珲北边的乌克萨河一带遇到了一位'老金疙瘩'，此乃采金人的行话，就是老采金工，他给我讲了一段儿金夫石的故事。"

寿山来了兴致："噢，快讲来听听！"

李席珍讲道："光绪初年，山东连年遭灾，不是旱就是涝，颗粒无收，饿殍遍野。一个叫李世发的小伙子为求活命，告别了二老和新婚妻子，跋山涉水闯关东来到了瑷珲的达义河金厂落脚。住的是地窨子，炕上炕下爬满了臭虫；穿的是五冬六夏一身破棉袄、破棉裤，浑身长满了虱子；吃的是搀了橡子面的大饼子、冻白菜、山野菜。尽管如此，小伙子还是很满足，总算是有吃的，有穿的，有住的。最不能让他忍受的是冬天里那漫漫长夜，工棚外北风呼啸，大炕上冻得睡不着，思亲想家，翻来覆去，彻夜难眠。实在憋闷得难受了就爬起来，与金工们一起出外站在寒风中，冲着故乡方向放开喉咙喊几声。李世发有的是劲儿，按碃、淘沙、上流、摇簸子等，样样儿干得来。一年到头累死累活，总算见到点儿金子，这就是返回故土的希望，这就是一家人活命的依靠。他把沙金一点点儿积攒起来，偷偷藏在一个不易被发现的地儿，看得比自己的生命都重要。每当下工钻进地窨子，多想托人把这点儿沙金捎回山东老家，或者带在身上回家与亲人团聚呀，但这只是个梦想。且不说厂方在矿区派矿勇日夜看守，设立了层层关卡，带金出矿区难于上青天，就是周围的土匪也虎视眈眈。他曾眼见一个金工躲过层层关卡，最后竟落到了土匪手里，沙金被抢走，人被拴在马尾巴上活活拖死。还有一个金工将沙金吞进肚，企图蒙混过关，可吞金会要命的，未等过关就毙倒路上了。把头在矿区建了赌场、妓院，开了商店，目的是让金工们把一年所得的血汗钱在那里消耗掉。李世发一不赌，二不嫖，从不进商店买东西，勒紧裤腰带，只等待着那回家的日子。一天，把头突然对金工们的住处进行大搜查，李世发未能幸免，所藏的沙金被搜了出来。他疯了一样扑向金子，结果被把头打得死去活来，浑身是血。李世发连气带伤，一下子病倒在炕了，除了一口气，一无所有了，连回家的希望都破灭了。屋漏偏遇连阴雨，就在小伙子生命垂危之时，他的妻子领着从未谋面的儿子一路讨饭从山东家寻到达义河金厂，妻子跪在炕前哭诉道：'世发，我对不住你，没照顾好二老，生生饿死了。这是咱儿子，我们娘儿俩实在过不下去了，才来找你……'李世发用热切、渴望、无奈的眼神瞅了瞅妻儿，一言不发，猛地扭过头去，两行热泪夺眶而出。迟疑片刻，挥挥手，从牙缝儿里迸出一句话：'我不认识你们，走吧！'闯关东好几年，一文钱没给家里捎去，现在自身难保，真是无脸见妻儿老小啊！妻子、儿子走了，李世发的心碎了，再也忍不住了，趴在炕上嚎啕大哭，我的亲人哪，还能见到你们吗？老天饿不死瞎家雀，李世发在炕上躺了一个月，居然挺了过来。他拖着疲惫的身子照样按碃、淘沙、上流、摇簸子，只不过多了个心眼儿，时不时地将沙金粒儿夹在脚趾缝儿中或裹在包脚布里，下工时偷偷带回地窨子，再次珍藏起来。又一个春秋过去了，年关已到，矿区挂起了红灯笼。除夕晚上，金工们围着一张大木桌包起了一年只能吃一次的红糖馅儿饺子，为讨吉利，大伙儿称之为'金疙瘩'。李世发出外解手时，发现几个矿勇正蹲在一边偷偷喝酒，认为这是个逃跑的极好机会，千载难逢！立即回屋悄悄儿把秘藏的那点儿沙金装进衣兜儿里，乘大家不备反身出屋，在夜色的掩护下逃出了矿区。刺骨的寒风、没膝的大雪全不顾，向南，向南，一直向南跑去。跑着跑着，一条大峡谷突然横在面前，顿时浑身一点儿力气都没有了，遂靠在一块巨大的石头旁打算歇一会儿。眨眼间便冻得瑟瑟发抖，肚腹空空，饿得前腔儿贴后腔儿，不知不觉中身子也麻木了。他费力地伸出胳膊搂着那块巨石，犹如抱着一个大火盆，不由得笑了，心想：'等暖和过来，一气儿翻越这座大沟，前面就到家了……'金工们把饺子包好了，煮熟了，热腾腾地端上桌，却不见了李世发。大伙儿估计一准是跑了，赶忙出门顺着雪地上的足迹一直追过去，终于在大峡谷边上的巨石旁发现了他，依然搂着巨石，嘴咧着，像是在笑，眼睛大睁着，盯向南方。李世发死了，人们把他倚着的那似人的巨石称为‘金夫石’，把竖有金夫石的地方叫做‘石人岗’。”

寿山听罢，心里酸酸的，凉凉的，轻声儿问道：“真有这么回事儿吗？”

李席珍说：“后来我去了趟石人岗，发现那里的确立着一块似人的巨石，当地人称其‘石头人’。”

寿山点了点头，打了个唉声，又问道：“那位‘老金疙瘩’还讲什么了，说没说如何辨识有金子的地儿？”

李席珍说：“我知道‘老金疙瘩’是位采金高手儿，肯定能帮咱找到金矿，所以才三顾茅庐将其请出。我们俩带着几个人沿着宽河进了山，他边走边不厌其烦地告诉我，找金子要看山、看沟、看水、看石头。”

寿山忙道：“噢？还有这么多说道，请细细讲来。”

李席珍接着道：“山有三种形状，一是馒头山，二是砬子山，三是盘子山。馒头山是指山包包上边发圆，像个馒头似的扣在顶部，这样的山形大多有金子。砬子山基本都是立陡立崖或奇形怪状的，一般没有金子，就是有也很少。盘子山也叫迫子山，犹如牛粪盘子一样的漫岗，金子极少，缘何呢？因为山形为缓坡，水存不住，金子同样站不住。山和沟往往连在一起，有山便有沟，不会独立存在。看沟要先观其走向，南北走向，没金；东西走向，有金；东南或西北、西南或东北走向，没金，有也少。为什么会是这样呢？据传讲，金子是精灵，它的存在与阳光有关。太阳从东边升起，打西边落下，金子从东往西走，跟着太阳转。看完沟的方位，还要看沟的形状，形状即指沟门和后堵的山势。沟门是说一进沟时观察沟的大小、松紧，有无两峰迎头。若是有，这叫‘关门山’，又叫‘抱得紧’，说明此地有金子。若是无，就是沟松，没有金子，有也少，因为未抱住。后堵是指沟的最里边那座山岗的情况，直至分水岭的地方。后堵如果陡，发直，有金子；如果是盘子或漫岗，没有金子，存不住。”

寿山插言道：“哎哟，还真挺复杂的，那么怎样看水、看石头呢？”

李席珍继续说道：“看水主要是看江河沟汊的水流是呛水，还是顺水。呛水是指按拉沟人定的方位逆流而行，这样的地儿有金子；顺水是指按拉沟人定的方位顺流而下，这样的地儿没有金子，有也很少。看石头是看水中的石头，石头分公母，就像人分男女一样。公是指石头尖尖腚，上下一般粗，或三楞的，这样的河道没金子，有也很少。母是指大屁股、一头胖的石头，这样的河道有金子。‘老金疙瘩’曾领着我们到了一个山环水绕、较为平坦之处，将手中的棍子往地里一插道：‘看见了吧？就是这地方！’他让我立了一根三丈多高的木杆子，称此为好汉桩，上头挂一块红布，说是避邪，保证采金人平平安安，不出事故。又让建了座小庙，叫山神庙，里面供一白胡子老头儿画像，说是采金人的始祖。晚上睡觉前得抖落抖落包袱皮和包脚布，然后挂在帐篷外，表示不走了，告诉山神爷，听到山狗子叫，我们才来你这儿打小宿。接着就在那里按碃，即挖坑，顺着金线掘横洞，一个连着一个。洞是圆的，不能塌方，塌方叫‘脱裤子’。挖到两米深便遇到冻层了，称老层、老冻，要以火攻。割下山里的刺刺秧点着，用烟熏，又叫沤。过了冻层，是卡拉，即石层，然后是沙层。你猜结果怎么样？劲儿没白使，还真在那里挖出沙金了。”

通过这次交谈，寿山的心里有底了，决定由李席珍总办宽河金矿。李席珍接任后，查到了光绪二十二年御史王鹏运上疏朝廷的《请开矿务折》，折中提到：“凡有矿之地，一律准民商集股，呈请开采，地方官吏认真保护，不得阻扰。俟矿利既丰，然后按十分取一酌收税课，一切赢绌，概不与闻。”根据折中所言之意，找到了瑷珲鼎盛昌商人潘立、永和公商人张志清，说明来意，询问其愿否承领宽河金矿。二人思忖再三，表示愿意行之，李席珍当即定下由两商集股开办，还拟订了抽税章程。该章程经黑龙江将军恩泽上奏朝廷并获准，考虑到宽河金矿系李席珍采获，本人在黑龙江办差多年，熟悉商情，又任其为宽河等处矿务税课局总理，发给关防一枚。宽河金矿筹建毕，走上了正轨，开采进行得十分顺利。后因光绪二十六年发生了“庚子俄难”而停办，光绪末年继续开采，是为瑷珲地域的主要金矿。

光绪二十五年腊月，黑龙江将军恩泽病危，令笔帖式代其呈文上疏，建议由寿山暂时掌管将军印，三天后故去。寿山闻知噩耗，极其悲痛，泪流满面地念叨着：“门窗尚未修好，房梁突然折摧，看来老天爷是不让我们成功啊！”

同年十二月二十五日，寿山奉上谕：“著寿山署理黑龙江将军。”接替瑷珲副都统职务的是凤翔，杨姓，又名锡风，字集廷，道光二十年十月初六生于吉林永吉。祖籍云南贵州府，先祖于康熙年间迁至山东登州莱阳，后又迁到吉林永吉。凤翔少年时聪颖好学，尊敬师长，孝顺父母，性情沉稳，忠厚老实。长大成人后从戎，初任笔帖式，奉旨出征，屡立战功，擢任蓝翎骁骑校。光绪初年，任吉林鸟枪营镶红旗佐领，其后于五常堡、吉林乌拉任协领、参领。光绪二十年，中日甲午战争爆发，清廷命吉林将军长顺到奉天督办各军抗日，凤翔随军负责粮秣供给，因给食不乏受到嘉奖。继而在吉林总理边军练队，奉特旨赐头品顶带，以副都统记名并赏花翎。光绪二十三年奉上谕，署理珲春副都统，转年补授阿拉楚喀副都统，光绪二十五年调任瑷珲副都统。

光绪二十六年正月十九，寿山正式署理黑龙江将军。光绪二十四年八月初五，由于侍郎候补袁世凯对维新派的出卖，将谭嗣同密访之事泄于大学士、直隶总督兼北洋大臣、于军机大臣上行走的荣禄。慈禧太后自颐和园还宫，从荣禄口中得知此情后，盛怒之下，废了光绪皇帝载湉，囚禁于南海瀛台，随即赤膊上阵，再次临朝训政，下令缉拿在逃的康有为、梁启超。当年八月十三日，谭嗣同、杨深秀、林旭、杨锐、刘光第、康广仁被害于北京菜市口，史称“戊戌六君子”，一切新政被取消，短命的“百日维新”就此告终。

戊戌变法彻底失败，使大清王朝失去了复兴的机会，真正到了风雨飘摇、日薄西山、气息奄奄的时候了。京师如此，黑龙江更是朝不保夕，强邻压境，山雨欲来风满楼。黑龙江与沙皇俄国三面为邻，他们在我国东北修筑的东清铁路已于光绪二十三年全面开工，黑龙江境内的呼兰、海拉尔、札兰屯等地俄人繁聚，交涉事件层出不穷。瑷珲与沙俄隔江相对，江东六十四屯在俄境内，被其视为眼中钉、肉中刺，非欲拔出而后快。近年来，俄人常在江东六十四屯制造事端，抢占地块，安插俄屯，调查户口，强拉电线，闹得边境居民人心惶惶。沙俄政府公开宣称：“黑龙江以北已归属大俄罗斯帝国，你们满洲人若不服管理，可迁居江右嘛!”其吞并之意昭然若揭。

话接前书，寿山携妻带子并挚友程德全乘车来到省城齐齐哈尔，住进了黑龙江将军府。这是一处三进大院套儿，坐落于北关，前面是衙门，后头是将军府邸，乃第一任黑龙江将军萨布素于康熙三十四年建造的。乾隆年间，乾隆帝弘历西巡，将军府作为备用行宫，进行了修缮和扩建，形成了三层院落、四栋青砖瓦房、典雅宽敞、功能齐全的建筑群。寿山将家人很快安顿就绪，儿子庆恩在齐齐哈尔副都统萨保手下当了营官，乳名叫“闺女”的女儿刚八岁，还未进学堂，每天在母亲的教诲下，看书、画画儿、下棋、弹琴。闺女聪明伶俐，琴棋书画样样儿都喜欢，寿山两口子很是高兴，宝贝得不知怎样才好。

程德全被任命为黑龙江银元局总办。黑龙江地处北方边陲，历来缺银少铜，流通的货币由他省代铸或从关内输入，主要用于薪俸和军饷，以缓解钱币紧缺。最早为黑龙江代铸银元的是湖北银元局，所铸之银元是鄂省造光绪元宝，运回发放后，色优平足，商贾称便，但为数不多，江省地面辽阔，实属不敷周转。鉴于此，黑龙江将军恩泽于光绪二十四年正月二十二日上疏《为本省利用银元请将各省协饷解鄂代铸事奏折》，除继续请求代铸外，还奏明：“奴才现拟购置机器设备自行铸造，以期推广。”光绪二十四年二月五日奉朱批准奏，恩泽当即派员赴上海，从德国洋行订购了铸造银元的全套机器设备。与此同时，在省城选好厂址，建厂需要的砖石木料等也已备齐，还准备从湖北银元局借调工匠帮助生产。所购置的机器于年底从德国船运至营口，再陆路北上运抵省城，自行铸造钱币似乎即将成功。正当黑龙江银元局紧锣密鼓地筹建时，情况突变，光绪二十五年四月二十四日恩泽接到上谕：“惟各省设局太多，分量、成色难免参差，不便民用，且徒糜经费。湖北、广东两省铸造银元设局在先，各省如有需要银元之处，均著归并两省代为铸造，毋庸另筹设局，以节制糜费。”皇命已下，银元局的筹建不得不停止。邻省吉林银元局本来也应同时裁撤，由于吉林将军向朝廷力争，强调吉林银元的铸造行用已经产生很好效果，不能裁撤，终被允许继续铸造。

光绪二十五年八月六日，清廷批复黑龙江省所需银元尽可就近由吉林代铸，毋庸另行设局。这之后，吉林多次为黑龙江代铸银币，所铸之银币是吉林省造光绪元宝，而非想象的黑龙江省造光绪元宝。事已至此，眼见黑龙江银元局的筹建半途而废，恩泽将军岂能轻易放弃？遂于光绪二十五年十二月十四日上疏《黑龙江将军恩泽等为请准自铸银元等事奏折》，重点陈述了吉林代铸银元有六不便，强调所言乃实际情况，只有本省自行设局，六不便将化为至便。恩泽年底病故，寿山接任后，经详细了解、考察，拟就了《为复奏江省宜自铸银元事折》。全文1500余字，阐述了黑龙江省自铸银元的必要性和紧迫性，引荐了品端志卓的程德全为黑龙江银元局总办。总算不错，此折获准，历经两任将军的不懈努力，黑龙江自铸银元终于有了结果。寿山一向重视实业，也清楚程德全肩负的担子有多重，可一时又离不开他，还得让其兼办将军文案。

光绪二十六年，农历庚子年，中国爆发了义和团运动，首先在山东兴起。义和团原名义和拳，分别源自大刀会、八卦教、梅花拳等民间教派和结社，多数是从习拳练武、强身保家的基础上发展起来的。光绪二十四年，山东巡抚张汝梅在当地义和拳势力不断扩大的情况下，奏请朝廷将拳民列诸乡团之内。次年夏，继任山东巡抚毓贤上疏，将义和拳改称义和团。

义和团的成员繁杂，大多是贫苦农民、水陆运输工人、手工业者、小商贩等；其基层组织以坛为单位，称为“坛场”、“坛口”、“拳场”；各坛的首领被称为“师父”、“师兄”，发展成员称为“铺坛”。义和团具有较浓厚的迷信色彩，各坛没有统一、固定的信仰，所信奉的神灵大都是《封神榜》、《三国演义》、《西游记》、《三侠五义》等小说或戏曲中的人物，比如孙悟空、猪八戒、赵云、关羽、黄天霸、窦尔敦等，成为“附体”的神灵。宣扬凡是加入义和团的人，皆可以神灵附体，刀枪不入。义和团没有统一的组织，各坛以揭帖的形式彼此呼应，互相支持。

由于帝国主义的侵略，大量的资本输入，修铁路，开矿山，致使农民的耕田、房屋遭到破坏，大批的运输工人、手工业者失业。加之帝国主义教会势力的侵略活动十分猖獗，在进行文化侵略和间谍活动的同时，还肆无忌惮地干涉中国内政，控制和操纵官府，使之护教抑民。一些外国传教士也收罗一批为非作歹、乡里不齿之徒，横行霸道，欺凌百姓。为此，拳民自发地组织起来，成立了反对帝国主义侵略的团体——义和团，斗争的矛头直指其在华的侵略势力。义和团成员对外来事物的愤怒，首先发泄在铁路、电线、教堂、洋建筑这些舶来品上，然后便是洋人和一切与洋字沾边儿的东西。他们把外国人统称为大毛子，一律杀无赦。将中国人教徒称为二毛子，其他通洋学、懂洋语及用洋货者被称为三毛子，以至十毛子不等，轻则被殴辱抢劫，重则被斩。

义和团很快进入了直隶、京津地区，在这一带形成了新的斗争中心，短短几个月漫延至全国，连边远的黑龙江也动起来了。齐齐哈尔义和团共分两部分，一部分是成年人神坛，由一位姓方的为领导；一部分是少年神坛，由一位姓张的为领导。参加义和团的民众在统一的时间集合，共同练习拳棒，很有气势，斗志昂扬，自称刀枪不入。集体行动时，走在队伍前面的是一群纯朴的姑娘，白天个个手拿一条红手帕，晚间提着一盏红灯笼，声称红灯一照，敌人全部毙命。最近又传来消息说，正在为俄罗斯铺设中东铁路的工人在义和团的影响下，意欲扒铁路，抢银行，与俄人为难。这年春天，齐齐哈尔两位义和团法师来到瑷珲，在瑷珲副都统官邸西大院设立了坛口，号召群众入坛练拳，还吸收了大批十七八岁的后生参加了义和团，不少年轻姑娘也参加了红灯照。义和团为把声势造大，在很多地方贴出了打毛子的揭帖儿，甚至贴到了俄岸的海兰泡。

义和团在反对帝国主义侵略的斗争中，由于对腐朽的清政府的模糊认识，提出了“扶清灭洋”的口号。这倒挺合慈禧太后心意的，因其只是想利用民众的呼声使洋人有所畏惧，不再动辄相欺，不过对义和团的神术将信将疑。于是派大学士刚毅和军机大臣赵舒翘去义和团集中的涿州一带巡察，一方面看看混乱到什么程度，另一方面设法弄清所谓神术的真假。大学士刚毅乃满洲镶黄旗人，戊戌变法时，因力主废除光绪帝而得到慈禧的宠信。军机大臣赵舒翘科第起家，是个文人，明知降神附体乃邪术，但刚毅在旁也不好说什么。二人出去走了一圈儿回到皇宫后，慈禧询问义和团的神术如何？赵舒翘只是东一句西一句地胡诌，刚毅则曰：“义民可靠，神术甚神，可以报仇雪耻。”

翌日，慈禧下了谕令，由顽固派领导人端郡王载漪接管总理各国事务衙门，外交部终于被保守派所掌控。当时，守卫直隶的是武卫军，其右军已跟着袁世凯调往山东，左军马玉昆部驻山海关，前军聂士成部驻天津，卫戍北京的后军和中军归荣禄管控。荣禄为人油滑，慈禧有点儿信不过，为防不测，特调甘军董福祥部进城，驻扎永定门。董福祥何许人也？原先是太平天国的将领，后来投降了朝廷。此时，甘军中不少官兵也加入了义和团，董福祥暗中与义和团的首领李来中结拜了兄弟，实际上甘军就是一支支持义和团的部队。

在慈禧的怂恿下，大批身穿红衣红裤的义和团成员自通州涌入北京城，端郡王载漪在总理衙门设起了神坛，声称用神兵对付洋鬼子，朝内的保守派也随声附和。同治皇帝的老师徐桐说："此乃天意呀，异种自此绝矣！"数千名被怀疑为教民的男女老少在庄亲王府前的广场遭砍头，义和团大师兄下令焚毁前门大栅栏的一家老德记西药房，大火连烧了三天，繁华的前门一带变成了废墟，正阳门楼亦受殃及，北京的工商业陷于瘫痪。

寿山将军身处抵挡沙俄入侵的最前线，又要面对摩拳擦掌、誓把沙俄侵略者赶出中国的义和团，对其究竟应采取什么态度？这个不可避免的问题摆在了面前。一天，他将齐齐哈尔副都统萨保和程德全唤到府邸，就如何看待义和团运动聊了起来。萨保首先开口道："听说义和团在北京、天津闹腾得挺欢，见洋人就杀，见教堂就烧，可给咱国人出气了。义和团神灵附体，刀枪不入，连端郡王都摆起了祭坛，老佛爷最信任的甘军首领董福祥与义和团的首领还是拜把子兄弟呢……"

未等萨保讲完，程德全打断道："要我看哪，所谓的义和团神灵附体、刀枪不入值得怀疑，不分青红皂白地见洋人就杀，见教堂就烧，早晚得出大乱子。"

萨保赶忙解释道："义和团的成员良莠不齐，谁都可以参加，免不了有真有伪。"

寿山接过了话茬儿："拳民无论掌何本领，得视其是否正派，正派的必能为国出力，否则伪具邪术有损无益。即或真者，恐亦徒托空言，不尽人意，无实效。"

三人分别提出了自己的想法，经一番比较，最后统一了认识，得出了"三不"的意见：一是不相信，即对义和团宣传的那套邪术不相信；二是不支持，即不支持义和团的胡作非为，对有害于社会的行为要加以限制；三是不镇压，义合团成员组织起来习拳练武打毛子，是一支可以借助的力量，能够补充抗击沙俄的清军兵员不足，故而不能以武力镇压。

义和团运动的迅猛发展，使得驻京的各国使节大为恐慌，纷纷要求清政府采取措施镇压之，同时派出三百多人的使馆卫队自天津进入北京东交民巷。此后，英、法、美、意、俄、德、奥等国军舰陆续开到大沽口，声称派兵进驻是为了保护使馆。八国联军在大沽口外的聚集以及一系列入侵行动，使驻京的列强使节越发有恃无恐，气焰更加嚣张。同年五月十五日，日本使馆书记生杉山彬前往车站迎接援军，在先农坛处被杀。侵略者随即以此为借口，在东交民巷使馆附近修筑工事，分兵驻守。五月二十一日，大沽炮台失守，八国联军向天津、北京进犯。五月二十四日，德国公使克林德外出时，开枪射杀练武的拳民，被国人击毙。

面对风起云涌的义和团运动和八国联军进逼津、京的入侵行动，清廷在战与和的问题上必须做出选择。五月二十日午夜，于府中歇息的北洋大臣荣禄忽听家奴来报，说是门外有人求见，遂令请进来客。此人乃时任江苏粮道罗嘉杰的儿子，奉父命带来一封绝密函件交之，言称各国公使已决定合力扶植光绪帝，赶走慈禧。荣禄一听，如五雷轰顶，彷徨终夜，绕屋而行，坐立不安。天刚放亮儿，来不及核实所闻真假，急匆匆地入宫晋见老佛爷，将密件奉上。慈禧阅罢，悲愤交加，泪水横流，脸都气青了。为啥呢？戊戌变法失败后，慈禧太后曾多次与荣禄策划废载湉，另立端王载漪之子溥儁为大阿哥，但屡遭列强的阻挠，对此甚为不满。而今提起归政，恰恰捅了她的心窝子，当即怒不可遏，如同一只受伤的母老虎，无论何人劝谏都不听，即或亲信荣禄也无能为力。五月二十四日，慈禧于銮仪殿召开御前会议，表明了向八国联军宣战的意向。荣禄含泪跪奏道："大清与多国开战，非由我启衅，乃各国自取。然围攻使馆决不可行，如按端王主张，则宗庙社稷委实危险……"

话未说完，便被慈禧喝住："你要是除了这些无聊的话外，再无别的好主意，立即退下，不必在此多言！"

尚书启秀见状，忙从内怀取出所拟宣战诏书，呈上御览。慈禧阅罢，点点头道："嗯，很好，我的意思就是这样。"

稍事休息，慈禧又于勤政殿召开了御前会议，王公大臣全部到齐，光绪面色苍白，入座时战栗不已。当慈禧声泪俱下地宣毕诏书时，端王以下亲贵20余人竟相拥哭成一团，激动异常，个个立誓效忠太后，不惜一切与洋人死拼。端王载漪开口道："围攻东交民巷、戮使臣为上策；废旧约、令洋人就我为中策；弃战求和为下策。"

这时，长期驻外的新派官员许景澄站起身反对道："我大清与外国结约数十年，民教相仇之事年年发生，每次都是以赔偿结束。攻杀使臣，中外皆无成案，必引来大祸。"

朝中新派以光绪为首，包括吏部左侍郎许景澄、兵部尚书徐用仪等，认为慈禧获得的情报不足信，义和团更不可靠。他们通达时务，对内主剿，对外主和。旧派以端王载漪、协办大学士刚毅为中坚，对内主和、对外主剿，主张先把在京的公使杀光，再将使馆夷为平地。启秀说："使臣不除，必为后患！"

新派表示反对，许景澄道："春秋之义，不杀行人，围攻使馆，实悖公法。"

徐用仪紧接着说道："蔑视公使就是蔑视其国，杀尽使臣必遭各国之兵联合起来予以报复。在京之洋兵有限，继来之洋兵无穷，以一国敌多国，不是胜负的问题，而是存亡的问题。"

旧派代表刚毅则辩解道："使馆破，夷人无种矣，天下自当太平。"

最后还是慈禧拍了板："既然战亦亡，不战亦亡，不如一战！"

这次的御前会议，实际上变成了战前总动员，旧派官员刚毅、载勋、载濂、载漪、载澜奉命统帅义和团。二十五日，慈禧太后以光绪帝的名义发出诏书，向英、美、法、德、意、日、俄、西、比、荷、奥等11国同时宣战，乃世界史中仅有的一国向多国宣战。为表抗战决心，将主和的新派许景澄等五位大臣杀掉，旧派官员得意地声称此等二毛子多杀几个好！义和团也发出了对"一龙二虎"的截杀令，"一龙"即指光绪皇帝，"二虎"即指改革派的李鸿章、奕劻。

八国联军攻占了大沽炮台之后，沙皇尼古拉二世向西伯利亚和黑龙江一带的沙俄文武官员发出命令："即日起兵，兼及乡团，预备戎装，前往中国东三省及北直隶等处剿匪。"阿穆尔驻军司令格里布斯基中将在获悉大沽炮台被占并接到沙皇命令后，遂在海兰泡贴出了布告，宣布进入战争状态，征召预备役官兵入伍。海兰泡当局召开市议会特别会议，决定把市内一些建筑物改为野战医院，将非军病员从部队医院转移到梅毒医院、伤寒医院。与此同时，海兰泡军事当局将一万五千支奶壶枪发给市民或消防队员，为了保证战时通信联络，还派哥萨克骑兵沿黑龙江巡查线路。海兰泡航运局将四艘轮船装上铁甲，安上大炮，改为军舰。沙皇尼古拉二世亲自上阵，自任侵华俄军总司令，任命陆军大臣库罗巴特金为参谋长。从欧洲和阿穆尔军区先后调集十七万军队，分兵六路准备入侵中国东北，其中四路向黑龙江、乌苏里江沿岸集结。尼宁堪波夫率领的北路俄军是一支主力部队，其入侵路线是从海兰泡出发，向南攻瑷珲、墨尔根和省城齐齐哈尔。

大敌当前，如何应对？到任不久的黑龙江将军寿山给朝廷上了一份《兵事日迫，急宜拟定办法》之奏折，折中曰：“据瑷珲防营禀报，海兰泡有天津义和团骚乱之说，不知是否？经电询北洋大臣裕禄，得知多国船舰已集结大沽口，欲驶往京津。看罢不胜忧虑，正欲细问时，不巧电报中断。其后关于京津情况传说不一，微臣恳请皇太后、皇上将真实情况告知。”除此还提出了主战的意见：“我愈退，人愈进；我愈畏，人欲欺，再有此等之事将何以应对？乃不得不战。义和团人数之多，可见人心之忿，洋人之横。可见敌志之骄，以我之忿，当彼之骄，这是不可失掉的机会。夷人远涉重洋，我不与其争于海上，而在陆路截击，以静代动，必定取胜。京师为天下所系，乞望皇太后、皇上示以镇静，万勿动摇，以固根本而安定人心。”接着又汇报了黑龙江的情况：“自修建中东铁路以来，俄人借运料运物之便，常常夹带军械。大沽、天津事起，风声鹤唳，俄人已有急拨重兵保护铁路之说，大有入侵之迹象。”

正在寿山为黑龙江形势焦虑不安的时候，忽一日亲兵来报：“有人求见将军，自称老友，姓王名焕。”

王焕是寿山在京师那咱认识的，曾打过多次交道，其时为朝廷工部郎中。当得知寿山当了黑龙江将军，于是乘北京义和团四下招兵买马之机跑到了黑龙江，一进屋便开门见山地说：“恕老兄之言，现在京城大乱，朝廷以一国同时向 11 国开战，这不开玩笑么？必然得倾覆。贤弟不必再为之舍死作战了，大清王朝倒了，李鸿章肯定当皇上，你投靠李中堂，到时侯就可做开国元勋了。”

寿山听了，十分气愤，觉得受到了莫大侮辱。本人一向忠于朝廷，最恨的就是投机取巧、惟利是图之市侩，可王焕偏偏就是此等货色，真乃知人知面不知心！随即喊来亲兵，命令将其拿下，推出门外斩首。其随从跪地求情，念其为将军故交，又是初犯，暂且饶他一命。寿山思忖片刻，不置可否，拂袖而去。王焕出了齐齐哈尔，劝降心不死，途中又给寿山写来一封信，连讽刺带挖苦道：“公乃堂堂一品大员，军中权要，议和与否，当应公定。吾今幸免脱险，谢了，公祸终不可测……”

寿山誓死抗俄的决心已定，岂容大清败类如此恣意妄为、蛊惑人心、消弱士气？盛怒之下愤然道：“清室倾覆与否，我固不敢知，然杀一王焕，则少一不法迷臣！”遂立即派兵飞马直追，将王焕绑回，处以死刑。

面对北京、天津、黑龙江的形势，寿山在省城齐齐哈尔召开了各城副都统联席会议，主要是想听听各城的战备进展情况以及副都统们对战与和所持的态度。寿山首先讲了这次会议的宗旨，分析了敌我双方的利与弊，然后各城副都统分别就备战物资、枪械的购置、马匹调用等一一作了汇报。至于究竟是战还是和，因大家不知将军怎么想的，所以只字未提。齐齐哈尔副都统萨保见在座的各位有意不涉及敏感话题，于是谈了自己的看法：“众所周知，当今，沙俄已成为世界强国。我大清自道光朝以来，屡战屡败，每每以割地赔款而告终。中日甲午战争更是元气大伤，以现有之力向沙俄开战，难操胜券。这种情况下，奏请朝廷议和，方不失明智之举。”

寿山万没想到萨保也会如此说，可谓与王焕如出一辙，不免有些着急，腾地站起身慷慨陈词道：“沙俄觊觎我国东北不是一天两日，眼下众兵压境，保护为假，吞并为真，战于不战不在于我们。敌人已逼近门户，与其战亦亡，和亦亡，不如决一死战，或许有一线希望。国家有难，匹夫有责，养兵千日，用兵一时，文不爱财，武不怕死，该是我们舍身报国的时候了!”言罢让程德全取出早已拟就的命令，宣道：“鉴于黑龙江各城副都统向无军事重责，一旦战起，恐仍拘旧章，仿照奉天成例。故命黑龙江副都统凤翔为北路翼长，呼伦贝尔副都统依兴阿为西路翼长，通肯副都统庆琪为东路翼长，墨尔根副都统多招土工，多挑蒙队并招鄂伦春人等任防嫩江、诺敏江源，后补知府程德全为行营营务处总理往来联络。本将军居中调度，哪路吃紧，则亲赴哪路变通办理。”

不几日，寿山接到盛京将军来电转达上谕：“中外开战，断无再行议和之势，务将‘和’字除于胸。”寿山阅后，把电文交给萨保，萨保无话可说。

六月八日，寿山听取了各路探子禀报：“江省北接俄境之黑河，有俄军马队 2000 人，步队 5000 人，大车 200 辆用来载运粮械。他们以保护中东铁路为由，向我方约期 13 日渡江登岸，进入黑龙江境。”

寿山不加思索，当即电告俄使：“凡在中国境内之铁路已令各路官兵严加保护，俄军若入境行之，恐民间心起猜疑，致开兵衅。”

俄使复电曰：“中俄两国和睦年久，从无决裂之心，中方既能代护中东铁路，俄方决不派兵入境。”

继之又接呼兰报称：“据侦查，发现两千俄官兵渡江，半夜下船，开赴哈尔滨。呼伦贝尔火了沟地方聚集俄人两千余，声称前来保护中东铁路，显然居心叵测。”

针对以上情况，寿山从省城分拨马队一支，携枪带炮开往富拉尔基及呼兰一带驻扎。又分拨步队两支，一支驻火了沟，一支驻大岭。

风声日紧，人心惶惶，省内义和团也愈加活跃。铺设中东铁路的十余万民工因俄方长期不付工钱，在义和团运动的影响下开始罢工，扬言拆铁路，抢银行，专与俄人作对。俄之技师、监工闻之大惧，毁掉洋房、拆卸机器设施意欲逃跑，富拉尔基、哈尔滨俄之数万妇孺日夜哭泣，乞求回国。为稳定俄民之心，防止沙俄以此为借口出兵东北，寿山派统领吉祥约见富拉尔基俄之监工盖尔晓夫进城面谈。不料盖尔晓夫打城里回去后，竟枪毙了索要工钱的中国工人数十名，随后连夜乘火车逃回国内。此时，有人提出对居住在中国境内的俄人施以镇压，以平民愤。寿山态度鲜明地反对道："强邻压境，大局尚不可知，屠杀无辜，于事无补。应保铁路，护难民，维护中俄两国人民的友谊，千万不要因小不忍而酿大祸。"说罢责成西路统领保全自富拉尔基起，西至呼伦贝尔，北达粗鲁海图国界，俄民愿回国的，安全护送，不伤一人。接着又会商吉林将军长顺，二人决定电令有关人员，松花江南北凡由水路要求回国之俄民一律放行。各处俄人所留房屋、粮食、器物等查明封存，银行存款派兵运出，记录在案，并将这一切照会海兰泡、伯力俄督抚。

六月十日一早，寿山发现富拉尔基铁路俄监工于头天夜晚将所住房屋自行焚毁，潜逃而去，决裂之意毕露。继而又接到驻俄钦差来电："俄官方称中国土匪扰民，不得已而发兵，代为扫荡匪徒。"此乃等于正式宣战，即令各路营队做好准备，严阵以待。

瑷珲与沙俄接壤，俄军入侵，首当其冲。在此紧要关头，寿山风尘仆仆地亲赴前线视察。瑷珲有镇边军 12 个营、制兵两个营、来自嫩江的援军两个营，共计 16 个营的兵力，寿山在上海定购的智利快枪已运到，官兵们使用的一色是毛瑟枪。由德国购置的过山快炮尚未到货，现有四磅钢炮，还有以前使用的神威将军炮和无敌将军炮，城北的炮台也在修建中。看到这些，寿山认为比想象得要好，那颗悬着的心稍稍落下点儿。瑷珲副都统、北路翼长凤翔召集了营官以上的会议，与会者寿山大多都认识，有几位还是儿时的玩伴。凤翔首先请将军训话，寿山说道："据驻俄钦差电称，俄官方说中国土匪扰民，不得已而发兵，代为扫荡匪徒。这明摆着就是宣战，没必要讨论战与和的问题了，不是我们要打人家，是人家逼上门来打我们，必战无疑。虽然敌我力量相差悬殊，但兵不在多而在勇，还在于有没有誓死保家卫国的决心。在座的有我儿时的玩伴，恐怕没忘小哥儿几个曾经立下的誓言：‘大敌当前，不做孬种’，现在该是兑现誓言的时候了！”

讲到这里，恒玉、霍振芳、玉庆、喜昌等带头振臂高呼道：“大敌当前，不做孬种！”全场文武官员随之。

凤翔站起身来，对军力做了战略部署，说道：“镇边新军分后、左、中、右四路，后路由恒玉统领任指挥，左路由富汝臣统领任指挥，中路由王良臣统领任指挥，右路由崇玉统领任指挥，每路三个营，各带四磅钢炮两尊。霍振芳统领指挥抬枪、洋枪队两个营制兵，从嫩江拨来的援军两个营由童必胜统领指挥，全军沿江设防，分段驻扎。北从大黑河屯五道豁洛卡、南至富拉尔基屯一带挖掘一百五十里防御工事，把无敌将军炮、神威炮拨于各地守要隘，就近听从各军指挥。”与会者听罢，群情激奋，同仇敌忾，纷纷表示务将侵略者赶出国门，给以坚决、有力的回击！

六月十二日，沙俄阿穆尔总督格罗戴柯夫照会黑龙江将军寿山：“海兰泡有俄兵数千，欲取道瑷珲、卜奎、哈尔滨，以保护中东铁路。”

寿山当即严词驳回：“江省铁路当由本国自行保护，贵国若非欲发兵前来，本将军惟以军火从事。”

六月十五日，寿山电令瑷珲副都统、北路翼长凤翔：“如俄兵过境，即迎头痛击，勿令下驶。”

六月十六日，海兰泡俄军向我方施威、挑衅，江边鼓乐齐鸣，六艘炮船、十一艘驳船满载官兵、军火耀武扬威地向瑷珲方向驶去，岸上的哥萨克马队荷枪实弹跟着疾驰而过，炮兵连发数炮，轰隆隆的炮声压倒了江岸的欢呼、狂叫声。六月十七日头晌，俄船队路经瑷珲防区，凤翔电请寿山后，遂令部队进入阵地。六月十八日晨，俄船“米哈依尔”号满载枪枝弹药、拖着五条空驳船由下上行，巳时驶至瑷珲北四道沟恒玉统领防段。清军管带陈连和奉命执旗勒令其靠岸检查，“米哈依尔”号不予理睬，继续前行。陈连和令炮兵向船头方向施放两空炮，迫使俄船靠岸，船长克里采夫上尉只好带一名勤务兵上岸接受检查。午时左右，护送俄军船队的一艘官船“色楞格”号打下游返回海兰泡，当驶至四道沟附近时，米哈依尔号向其发出了呼救信号。“色楞格”号迅速向“米哈依尔”号靠拢，然后抛锚、靠岸。海兰泡界务官上校科利什米特带五名官兵上岸，窥视清军阵地，质问中方人员，随即登上“米哈依尔”号，令其启锚开轮。中国水手一气之下，砍断了驳船上的缆绳，科利什米特自恃船坚炮利，开口辱骂中国官兵，并吩咐船员首先向清军开枪射击，清军被迫自卫还击。“米哈依尔”号、“色楞格”号边打边逃，刚跑到五道沟，站在“米哈伊尔”号驾驶室旁正在用望远镜四下瞭望的科利什米特被一颗枪弹击中，弹穿胸部，受了重伤。满身是血的他不得不急令两船在卡伦山对岸俄一号哨所停下，命该哨所少尉韦尔托普拉霍夫代自己指挥轮船，摘下“米哈依尔”号四条驳船，并派人到海兰泡报告情况。两船在这里停留半个钟点后，仓皇向海兰泡逃去，酉时方到达。四道沟一战中，俄船受伤的另有“色楞格”号上的两名哥萨克，一名水手长以及“米哈依尔”号上的水手长。与“米哈依尔”号、“色楞格”号几乎同时到达海兰泡的还有两个人，即在四道沟上岸接受检查的“米哈依尔”号船长克里采夫和一名勤务兵，他们是被清军从旱路由瑷珲押往黑河送过江的。

如同所有的侵略者都要绞尽脑汁寻找入侵的借口一样，沙俄也不例外，“米哈依尔号事件”成为其进攻黑河、瑷珲的口实。转天午后，黑河屯附近的江面上，百余俄兵驾小船多艘佯装游泳戏水，逐渐向岸边靠近，妄图乘我不备登陆偷袭。尽管罗刹诡计多端，还是被我驻防官兵识破，崇玉统领从望远镜中观察到俄船上藏有枪枝弹药，当即指挥清军开枪痛击。罗刹鬼多半被击毙，沉于江中，其余狼狈而逃。沙俄的无耻行径败露后，立即撕下伪装，大打出手，军舰往来于江中向我岸开炮，陆上连环枪向我岸齐发。清军沉着应战，双方激战了三小时，至天黑俄军炮火才停。他们偷袭不成，反诬我方无端炮击海兰泡，为进一步侵略找到了更大的借口。

沙俄乘八国联军在京津一带对义和团施以血腥屠杀之时，开始武装入侵我国东北，此乃既定方针。而欲出兵必须首先解决后顾之忧，得把住在黑龙江北岸的中国人赶尽杀绝，于是制造了震惊中外的“海兰泡惨案”和“江东六十四屯惨案”。

黑河屯内有片终年不枯、周围长满榆树的湖泊，名为榆树泡，满语称海兰泡。咸丰八年，《瑷珲条约》签订前，沙俄东西伯利亚总督穆拉维约夫在参加英诺森大教堂奠基典礼时，为当时的结雅镇取名为布拉戈维申斯克。黑河人不知其名，便沿用了屯内那片湖泊之名，称其为海兰泡。该城是俄阿穆尔州首府，乃政治、经济、文化中心，光绪二十六年约有三万八千人，房屋三千七百栋，其中包括六七千中国人。长期以来，他们在这里或经商，或做工，或采金。做买卖的以山东黄县、掖县人居多，海兰泡有中国大小商号一百五十多家，做工的大都是在俄人富户家做仆役。精奇里江沿岸发现大量金矿后，几乎所有的金厂皆挤满了中国人，仅结雅区的金厂就有一万五千人左右，他们往返于海兰泡，在这里出售沙金。

正当沙俄政府部署入侵我国东北之时，住在海兰泡的中国居民已经闻到了战争的火药味，有的向老板索要欠下的工钱，有的取出银行存款。然阿穆尔当局十分狡诈，一面抓紧做好战争准备，一面制造种种假相。光绪二十六年六月初三，《阿穆尔边区报》报道："布拉戈维申斯克的中国居民首先感到愉快的是，在经历着困难历史的当口儿，恰巧身处于俄国领土之内，应保障他们能够一如既往、平静、安逸的生活下去。"阿穆尔地区军事头目还假惺惺地声称："在大俄罗斯帝国的领土上，对于热爱和平的各国居民均不加害。"制造假相的背后，沙俄政府却磨刀霍霍，下令修理枪枝，发给国民，以防范盗匪和骚动。还到处煽风点火，造谣生事，挑起俄人对中国人的仇恨。在其蛊惑下，海兰泡的一些俄人开始抢劫中国商铺，殴打中国居民。

六月十五日，阿穆尔当局突然宣布封锁黑龙江渡口，扣留全部中国船只，不准任何人过江。在此之前，阿穆尔军区司令格里布斯基中将曾狂妄地下令道："无例外地逮捕所有中国人！"转天傍晚，海兰泡当局出动大批军警，闯进中国人的住宅、商店，不管男女老少统统抓走，把所有的商店洗劫一空。海兰泡之北是片丘陵地带，许多中国侨民从城内逃出，躲藏于山岗和树林中。海兰泡当局连这些人也不放过，派出骑兵进行搜捕，大约有一千五百人在附近的山中、洼地、树林里被搜了出来。暴徒们手持斧头、刺刀和皮鞭，强行向城内驱赶，不少青壮年被刺死、砍死，俄人中有替中国居民说话的则被视为叛徒，予以治罪。

前书讲过，妞妞的哥哥王宝财一家也住在海兰泡，他们的命运怎样呢？这一天，王宝财同往常一样，来到了自己的店铺。他在老丈人的帮助下，于街北角开起了金银首饰店，生意蛮不错，赚了一些钱。结婚后，小两口儿日子过得挺和美，翠花还生了个大胖小子，由他姥姥、姥爷带着。近一段时间，海兰泡驻军的频繁调动引起了中国侨民的不安，有些人关闭了店铺，打点行装，过江回了国。王宝财舍不得辛辛苦苦置下的家业，不相信战争能来临，即使打起来了，俄国军队也不会屠杀中国居民。因为几十年来，两国人民一直友好相处，中国人在这里已经扎下根，安了家，做工或经商，成了海兰泡的市民，俄人一天也离不开他们。可王宝财没想到的事情真就发生了，当日天刚擦黑儿，他便吩咐伙计关上店门，然后拿过算盘坐在桌边结算一天的盈利。待一切就绪，刚要起身回家，突然店门被一群持枪的警察踹开，冲进屋把店里的金银首饰、存储的金料、卢布等洗劫一空，又不由分说地扯着王宝财和伙计的膀子出了门。

此时，满大街都是被抓的中国人，包括王宝财和伙计在内一股脑儿地赶进了警察署。警察署里的人越来越多，根本容纳不下，又被押送到精奇里江边的莫尔金木材加工厂院内。不甘受迫害的中国居民，特别是年轻后生奋起反抗，赤手空拳地跟这帮荷枪实弹的暴徒展开了搏斗，企图逃脱犹如兽栏的临时集中营，有的当场被打死，有的被打伤。王宝财也加入了斗争的行列，巧的是正在指挥镇压反抗的警察局大胡子局长把他认出来了，该人便是在王宝财婚礼上与寿山喝酒吵起来的那位，也是王宝财多次行贿乞求保护的那位。大胡子一看到他，似有不解地问道："你怎么也在这儿？"

王宝财气愤地回道："还用问么，被你们抓来的！"

大胡子没吭声儿，回过头手指着王宝财冲看门的警察喊了一句："把他放出去！"

王宝财却说："我不走，这里还有好多朋友呢，要放就一起放。"

大胡子眼睛一立睖道："别不识抬举，还一起放？绝对不行！"

这时，看门的警察已按局长之命把大门打开了，大伙儿见有机可乘，呼拉一下拥向院门，裹挟着王宝财逃出了院子，枪声随之犹如爆豆般响起，许多人倒在了血泊里。王宝财乘着夜色一口气跑到精奇里江边，四下一寻摸，发现有块长长的木板，便拖到水里抱着游过了江，来到了江东六十四屯。

那么，王宝财的媳妇翠花和孩子是怎么个境况呢？十五日早晨，王宝财离家去金店后，翠花开始拾掇碗筷，二老则逗着外孙玩儿。这时，一个住店的小伙子慌慌张张推门进了屋，喊道："不好了，警察正在抓捕中国人，赶快逃吧！"

翠花慌了神儿，连忙把放在炕柜里的细软翻出来藏入内怀，然后一手拉着儿子，一手拽着父母欲要往外跑。二位老人没有估计到情况会那么糟，老韩头急切地说："我和你娘都七十多岁的人了，警察不能把我们怎么样，你领着孩子赶紧躲躲吧！"说罢将女儿和外孙推出了门。

翠花拉扯着儿子跟随人群深一脚浅一脚地逃向小北屯东面的一片密

林处，到了那儿，大家都躲进了林内。翠花的儿子人小鬼大，很是机灵，偏不进林子，而是拽着妈妈跑到密林西边一块大平场，地上堆着两个草垛，这是他平时与小伙伴们捉迷藏的好地方，娘儿俩钻了进去。警察很快追过来了，发现林内有人影儿晃动，遂分散开将密林包围了，藏在里面的人全被抓获，翠花和儿子躲过了一劫。

第二天，娘儿俩偷偷溜回家，推门一看，屋里被翻得乱七八糟的，却不见了二老。翠花当即没了主意，不知父母去哪儿了，心里还惦记着丈夫，忙又领着儿子去了自家开的金店。不料一进门，迎头碰上了长着一脸横肉的金矿局局长，正和警察在店内四处搜查呢！他认识翠花，王宝财结婚时，曾在一桌喝过酒。金矿局长走到翠花跟前，上下打量一番后，皮笑肉不笑道："噢，王太太来了，还活着，命挺大呀！"说罢便开始动手动脚，东掐一下，西摸一把，甚至强行搂抱。

无助的翠花用尽全力挣脱了金矿局长的纠缠，拉着儿子就跑，可一个女人拽着个孩子哪能逃脱掉警察的魔掌啊，娘儿俩是最后一批被送进警察署的。六月十七日晌午，正值盛夏，烈日当头，天气酷热。大约3500名中国居民在80余沙俄新兵及20名哥萨克志愿兵的武装押送下，被驱赶到上海兰泡，即黑河五道豁洛对岸。从精奇里江边到上海兰泡长有十几华里，途中，沙俄匪徒举枪挥刀连骂带喊地威逼着这些居民快走，很多体弱之人早已筋疲力尽，尽管扔掉了行李、衣服，还是赶不上那一长串儿队伍。特别是一些老人、妇女和儿童，有的倒在路边，有的掉了队，灭绝人性的匪徒们竟挥起斧子将其活活砍死。据讲事过10个月之后，在这条洒满中国居民鲜血的路上，依然可以看到各色各样的衣袍散落在道边，还有中国人梳的长辫子、带着肉和脑髓的头颅，完整的、不完整的尸体。

人群终于被驱赶到上海兰泡北面的黑龙江边，水流湍急，狂风呼啸，不见一只渡船。沙俄匪徒强令众人泅水渡江，三里宽的江面漩涡儿一个连着一个，先跳进水中的很快沉没了，后面的见状不敢下水。匪徒们气急败坏，先是抡起皮鞭抽，继而开枪射击，半个小时后，岸上的尸体已经堆积如山。这还不够，沙俄指挥官又命令哥萨克志愿兵以军刀猛刺，新兵用斧子砍杀。个别新兵显得有些胆怯，畏缩不前，哥萨克兵遂圆瞪双目威胁说，要把他们当做叛徒斩首示众。正在这时，哥萨克骑兵团的一哨人马冲了过来，举枪便向江中、岸上的人群射击，岸上几乎没有活下来的中国人。残暴的沙俄匪徒刀枪齐下，三千多无辜的中国居民惨死在屠刀之下，泅过江的不过百人。

过了数小时，第二批中国居民八十多人由十几名沙俄匪徒押送，前往上海兰泡。临出发前，负责押送的头目曾询问长官，到了指定地点时，该如何处置这些中国人？长官笑道：“不用我说，到时候你就知道怎么办了。”

翠花拉着儿子的手夹在人群中，惟恐孩子走不动，落在后头遭到不幸，一会儿将其抱起，一会儿背在后背上，拼命往前赶。到了上海兰泡，沙俄指挥官讲述了几小时前做过的事情，命令哥萨克志愿兵重复一遍。哥萨克匪徒以皮鞭、刀枪驱赶中国人下水，其中不少是妇女和儿童，大多不会水，一个个很快便溺亡了。翠花在水中始终拽着儿子，一会儿浮上来，一会儿沉下去，极力挣扎着，眼瞅就要不行了。岸上一哥萨克见状，啪地开了一枪，翠花的手松开了，沉没了，水面上漂起了一团血花，孩子吓得大哭道：“妈妈，妈妈，你在哪儿?”站在哥萨克身旁的新兵实在看不下去了，动了恻隐之心，跳下水把翠花的儿子拉了上来。据说后来这孩子被送进了传染病院，做了活体实验标本，两批中国居民全部被射杀、淹毙。

沙俄匪徒在连续实施屠杀之后，意犹未尽，六月十九日和二十一日，又分别把第三批和第四批中国居民赶到黑龙江边，一批是一百七十余人，一批是六十多人。他们重复着前几天的屠杀办法，第三批的一百七十余人中，最多不过 20 人侥幸泅过黑龙江，活了下来。第四批首先泅过黑龙江的居民一上岸，便把岸上的一条小船和一些木板推入江中，救出了挣扎在水里的同胞，使大多数人得以生还。对于十九日和二十一日的大屠杀，民国九年《瑷珲县志》有这样的记载：“遥望彼岸，俄驱无数华侨圈围江边，喧声震野。细瞥俄兵，各持刀斧，东砍西劈，断尸粉骨，音震酸鼻，伤重者毙岸，伤轻者死江，未受伤者投水溺亡。骸骨漂滥，蔽满江洋，一些随浪力拥过者赤身露体，昏迷不能作语。”沙俄匪徒就是这样血洗海兰泡、向手无寸铁的中国居民施暴的，使得将近 5000 名无辜百姓倒在他们的屠刀之下，惨也，悲也！

江东六十四屯自古以来就是中国的领土，连不平等的中俄《瑷珲条约》也规定，该地区归中国管辖，中国人永远居住。但是沙俄政府却无视《瑷珲条约》的规定，除非法越界开垦、蚕食土地外，还在江东六十四屯界内建立俄屯、俄站，明目张胆地进行公开占领。沙俄在制造了“海兰泡惨案”之后，紧接着又制造了“江东六十四屯惨案”，驱赶、屠杀此地居民是沙俄实施的一场有组织、有计划的罪恶行动。

六月十六日，在瑷珲北四道沟江面发生清军拦击俄轮“米哈依尔”号的当天，沙俄即从海兰泡派出东西伯利亚第二边防营的两个连和一个哥萨克连，并拨给他们东西伯利亚第二炮兵旅的六门大炮，乘“泥曼”号、“国民”号轮船渡过精奇里江，前往沙俄设在江东六十四屯界内的今卡伦山对岸的一号哨所，保护“米哈依尔”号被迫留在那里的四条驳船。与此同时，阿穆尔军事当局还向沙俄于咸丰九年设立在江东六十四屯界内、瑷珲城对岸的二号哨所派去半个哥萨克骑兵连。第二天早晨，阿穆尔驻军司令格里布斯基向沙俄在江东六十四屯界内强行设立的俄屯、俄站之垦地俄人发出命令，要求他们成立“农民义勇队”，并于当日未时左右乘马车前去检查、部署。命令一下，设在江东六十四屯界内的俄第一段警察所长、退役军官米先科来到俄屯坦博夫卡村，召集俄人开了个会，说是坦博夫卡村需要抽出百名能够使用武器的非常后备军组成农民义勇队，帮助俄军护卫河岸，免遭中国人的侵犯。他在会上建议愿意参加者站出来，惟有一名称之为列舍托夫的老者唤上三个儿子应声而出，还有一个叫比留科夫的随之，此外再无人站出。于是按警察所长的要求，将各家各户的人一一登记造册，共招募了125人。然后将他们派往吉利钦，在那里领取乡公署发的奶壶式枪支，每人60发子弹。阿穆尔军事当局通过这种方式组织起来的农民义勇队共5000余人，枪支4800支，分别由四段警察所长统领，总指挥是军区司令图兹卢科夫。其中，驻在瑷珲城对面的义勇兵510人，驻于俄二号站的150人。

六月十七日，驻在一号哨所的俄军在两艘轮船“根齐穆尔”号和“色楞格”号护送下，向瑷珲方向进发，结果遭到驻防清军的炮击，不得不返回海兰泡。

中俄之战已成不争的事实，江东六十四屯居民惊恐万状，不得不背井离乡、扶老携幼地向瑷珲城逃去。由于黑龙江的阻隔，缺少船只，无法过江，只能露宿江边。瑷珲城对岸搭了座摆渡房，水师营分别备了两只桨船和摆渡船，平时负责两岸需要过江行人的往返。难民们蜂拥而来，船少人多，难以承载。每当船一靠岸，犹如奔命投生，争夺不已，吵嚷喊叫之声直达右岸。

当时，驻守瑷珲城防段的统领是寿山将军儿时的伙伴霍振芳，带领抬枪队、洋枪队共两个营制兵沿江布防。霍振芳家住江东六十四屯的霍尼呼尔哈屯，前些年，罗刹鬼强奸了他年轻的嫂子，嫂子无法忍受自身遭到的巨大屈辱，遂含恨投江自尽了。哥哥为报此仇，去镇边新军当了兵，家里只剩下老父老母了。而今眼见江东的父老乡亲纷纷向瑷珲城逃难，振芳的心里既焦灼，又难受，多想能在人群里看到自己的二老高堂啊！可是运了一船又一船，始终未见其踪影，岂不知二位老人家已惨死在俄匪的暴行之下。霍尼呼尔哈屯紧临精奇里江，俄军渡过江后，第一个受害的就是此屯。霍振芳的父亲由于儿媳死于非命，儿子愤怒之下离家当了兵，好好儿的一家人一夜间就散了，一时着急上火，突患重疾，瘫痪在炕。老母亲既要侍奉老伴儿，还要支撑残破的家，生活十分艰难。霍尼呼尔哈屯常有罗刹鬼路过，六月十七这天，俄军闯入屯中，老太太还以为跟平时一样，心想："罗刹鬼又来了，爱抢什么就抢什么吧，反正家里也没啥可拿的了。"这时，三个哥萨克兵当的一脚把门踹开进了屋，见炕上躺着一病老头儿，东墙角儿放个酒坛子，拎起来晃了晃，里面还有半坛子酒，高兴得竖起大拇指笑道："欧钦尼哈勒肖，这可是好东西!"

老太太一看着急了，拿什么都行，惟半坛子酒不能拿，这是用来给老伴儿泡草药治病的，抢了它等于要了老头子的命啊！随即赶忙上前去夺，罗刹鬼一把将其推倒在地，出了门放火点燃了房子，抱着酒坛子扬长而去，可怜的二位老人家惨死在大火之中。

隔江逃难的人越来越多，这边呼亲唤友的人也是越聚越多，霍振芳心急如焚，却无计可施。水师营有位医官，名叫王志义，见此情景，便向霍统领建议道："沿江尚有商船往返，何不调集过来，用以摆渡百姓?"

站在一旁负责摆渡的水师营哨官插言道："统领，此事关系重大，须请示副都统批准才是。"

王志义来气了，手一摆道："这都什么时候了，百姓有难，理应相帮，难道眼瞅着江左岸的国人遭受匪徒的践踏不成!"

一语提醒了霍振芳，于是忙派属下数人令商船将货物卸到岸上，所有船只全部调用。由于动作快，短时间内调集了 20 余只商船，同水师营战船共 37 艘一起昼夜摆渡，飞棹如梭，才陆续将大批逃难之人摆过江。正当最后一船离开大江东岸时，沙俄马队数十骑驰来，向渡船连发排枪。舵手见势不妙，立刻顺流而下，迅速离开江左岸，方使船上同胞幸免于难。从此以后，瑷珲城对岸由俄兵把守，大炮连日不断，向瑷珲城方向轰击。

再讲王宝财从设在莫尔金木材加工厂院内的临时集中营乘夜逃往江东六十四屯的第三天早晨，即六月十七日，俄匪在制造“海兰泡惨案”的同时，大批军队越过精奇里江，向江东六十四屯进犯，并凿沉了布丁屯的船只，防止中国人渡江。暴徒们见人就杀，见屯就烧，把抓到的居民强行关在一间大屋中，然后放火活活烧死。不仅焚毁了江东六十四屯，还采用血洗海兰泡的手段，将没有来得及逃出的屯民驱赶到江边，用枪和刺刀威逼其往水里走。甚至把男人们梳的长辫子绑在一起，五六个一串儿，八九个一堆地往江里推，谁不下水挥刀就砍，见到浮出水面的举枪就射，中国人民的鲜血再次染红了黑龙江。

王宝财逃到江东六十四屯时，见到的是屯屯冒烟，户户着火，枪声、惨叫声不绝于耳。此刻，他也顾不得孩子、老婆了，白天偷偷躲在江边的柳树通里，夜晚在一片片庄稼地里穿行，饿了割下被大火烧死的家猪肉一块块儿撕着吃，一心只盼着逃到瑷珲城找到老爹和妹妹。三天后，终于来到了瑷珲城对岸，可是摆渡房已被烧成灰烬，江上一只渡船也没有。正在犹豫、彷徨之时，突然身后传来一阵枪声，回头一看，一队俄兵正押解着上百国人向江边走来，有的已倒在血泊中。自知身处匪徒们的射程之内，在劫难逃，与其被他们逮住折磨死，不如投江自尽干净利落。于是向着对岸的瑷珲跪下，泪流满面地高喊道：“爹，妞妞，保重啊，相见只有来世了！”随即一头扎进了滚滚的黑龙江。

江东六十四屯遭到沙俄匪徒的血洗，三万五千多中国居民死了七千左右，其状惨不忍睹。一个俄官在此次大屠杀的十几天后，看到了黑龙江水面上的景况，曾不无得意地说：“一具中国溺尸在黑龙江宽阔的水面上浮游，好像在追逐着轮船。很难估计这一天究竟碰上了多少尸体，只知道仅在一个小沙嘴上，就数出 150 来具。”有位亲身经历这一事件的老者回忆道：“六月二十四日那天下雨打雷，江里的死尸都漂上来了，像冰排似的流了四五天，水面上浮泛着一层油，江水都不能喝了。”至于损失的财产更难以计算，俄匪除焚毁所有的房屋外，又将收割机、捆草机、打谷机、犁杖等掳去。还抢走了许多牲畜，仅向沙俄军事当局缴纳的耕牛就达一千二百多头，马五百余匹。对中国人种下的庄稼、菜园，他们没有毁掉，而是将其作为战利品给以了“保护”。为防止家猪糟害庄稼，沙俄当局组织了围猎，杀死家猪可以得到报酬，为此发了准猎券。据统计，在“江东六十四屯惨案”中，被俄匪焚掠之资财共约五六十万卢布。

沙俄强盗们在几天之内连续制造了“海兰泡惨案”和“江东六十四屯惨案”，爱国清兵面对中国的土地被践踏，同胞被蹂躏、杀戮，个个义愤填膺，纷纷要求渡江与俄军作战。经寿山将军批准，六月二十二日夜，三百名官兵在统领霍振芳和王仲良的率领下，从瑷珲城与卡伦山中间地段泅水渡过黑龙江，进入江东六十四屯，逼近了俄非法所设的一号哨所。该哨所位于卜尔多屯南一里许，是《瑷珲条约》签订后的第二年，即咸丰九年，为沟通南北联系而设的，建有站房一所，仓库一所。卜尔多屯也是江东六十四屯的一个老屯，卜尔多为满语，汉译为“游走的狍子”，霍振芳指挥官兵在站房东边的树丛内隐蔽下来。此时，驻扎在一号哨所的有俄边防营两个连，一个哥萨克连，还有四百名农民义勇兵于一号哨所附近洼地野营。六月二十三日黎明，农民义勇队第四排共百人在米先科警察所长和一名哥萨克军官引领下，带着辎重沿黑龙江下行，前往瑷珲对岸的二号哨所。义勇兵刚刚走出约五十米远，霍振芳一声令下，清军抬枪、洋枪齐发，农民义勇队仓皇还击，边打边撤。一号哨所里正在睡梦中的俄军以及宿于附近洼地的另三百多义勇兵被枪声惊醒，都未来得及穿上衣服，拿起刀枪慌忙迎战。乍起先，俄军企图负隅顽抗，当边防营连长巴索夫中尉腿部受伤后，全连开始后撤，哥萨克连推着两门炮随之。清军连续不停地射击，枪声如爆豆般噼啪作响，此起彼伏。俄军的一门大炮在小桥下方陷住了，清军欲夺之，为保住这门炮，不少俄兵丧命。双方相持一个多时辰后，俄军向结雅河方向败退，到了江边得一渡船，犹如捞到一棵救命稻草，纷纷跳下水抓住船舷逃命。清军穷追不舍，当撵至结雅河边时，遭遇了阿穆尔哥萨克骑兵团团长佩琴金所带领的增援部队，终因寡不敌众，不得不退回卜尔多。他们在屯中做了短暂的休整，放火焚毁了一号哨所，方返回瑷珲。这一仗清军阵亡十人，伤十人，俄军死伤无数。

当天夜里，一支由索洛夫少尉、东西伯利亚第四步兵团中尉多洛夫和东西伯利亚二炮后旅少尉尤尔科夫斯基指挥的170人的志愿队准备渡过黑龙江，对大黑河屯以北的中国哨所进行突袭。为了麻痹清军，他们打着清军的旗帜，穿着清军的衣裳，扮成漠河金矿护矿兵的样子从五道豁洛上游乘船而下。统领崇玉发现后，真以为是漠河护矿兵遇乱跑回，故而才未开炮。待到登岸后，方知是俄军，但为时已晚。在这场战斗中，清军约四十多人丧生，其余撤往黑河。俄军在追击时，路经中国人居住的一所房子，少尉尤尔科夫斯基被房中射出的子弹击穿胸膛，当即毙命。士兵加里宁被当地的百姓活捉，愤怒之下，砍断其头，将头颅挂在黑河屯街边的一根旗杆上。

北地黑龙江这边已与罗刹鬼接仗，北京、天津那边又是怎样呢？大沽口失陷后，天津义和团与清军不断袭击老龙头火车站及紫竹林租界内的侵略军。六月初九，他们从三个方向对租界内的近万名侵略军发起进攻，提督马玉昆率武卫左军会同义和团自北面击之，于东机器局附近重创侵略军，并一度占领了火车站；淮军罗荣光部、练军何永盛部会同义和团从西面击之；武卫前军聂士成部进占跑马场、八里台、小营门炮台后，从南面进击。六月十三日凌晨，八国联军 6000 人向驻守八里台的聂士成部反扑，另 500 日军则从其背后紧逼，武卫前军陷入了联军的重重包围之中。聂士成沉着冷静，指挥若定，激战了一个多时辰，在弹药匮乏的情况下，率军突围至八里台郊外。此时，聂士成的双腿均已负伤，营官宋占标见状，劝其退下。他坚不肯退，仍横刀立马于桥头督战，并冲左右道："此吾致命之所矣，逾此一步，非大丈夫也！"

进攻的联军苦战多时，未能得逞，索性枪打出头鸟，集中炮火轰向指挥官聂士成及其战马。眨眼间坐骑倒下了，遂换乘另一匹；又倒下了，再换；一连换乘了四匹战马，两腿先后被打断，身上多处受重伤。这时，一发炮弹在其身边炸响，弹片穿过头部，聂士成壮烈殉国。

天津的清军、义和团与八国联军激战时，北京的义和团随同董福祥率领的甘军向城中急行，围攻西什库教堂和东交民巷使馆区。西什库教堂俗称北堂，乃在华天主教的总堂，主教为法国人樊国梁。从五月二十日起，端王载漪下辖的一万多名义和团成员就开始攻击西什库教堂，却久攻不下。守卫教堂的洋人噼噼啪啪一阵排枪过后，眼见义和团应声儿倒下 30 多人，受伤者滚的滚、爬的爬，皆奔命去了，"刀枪不入"成了真正的神话。

围攻使馆区的兵力不少，除了董福祥所率的甘军及荣禄属下的京都卫戍部队武卫中军，还有三万义和团拳民。董福祥以为五日内即可将使馆区夷为平地，万没想到 55 天之后，使馆区仍安然无恙。甘军的武器落后，功效不佳，能伤及使馆区的只有土炮和地雷。武卫中军的装备先进，有德国克卢伯制造的落地开花大炮，立竿见影。董福祥猛攻使馆数十日不下，便去找荣禄借大炮，等了半个时辰方出见，开口便道："你要大炮只有一个法子，可奏明老佛爷把本人的头取去，我一天不死，大炮一天也不能给。"

董福祥无奈之下，又去见老佛爷，却挨了一顿臭骂，还被赶了出来。三万多人围攻使馆区，踩也能把它踩平，可为什么久攻不下呢？我们还是听听慈禧太后是怎么说的："我本来执意不同洋人撕破脸的，中间一段时间，因洋人欺负太甚了，所以不免有些动气，虽未加以拦阻，但始终没让其尽兴的胡闹。火气一过，我也就回转头来，处处留有余地。倘若任由他们随心所欲，想怎么做就怎么做，难道一个使馆还有攻不下来的道理?"无怪清军一面围攻使馆，慈禧一面派人给使馆送去蔬菜、西瓜、大米、白面，这位老佛爷竟将有关国家存亡的大事当成了儿戏！

天津八里台一战后，7000名侵略军自租界分两路进攻天津城，裕禄、宋庆及马玉昆等部两万清军分别撤往杨村、北仓，天津城陷，联军进攻方向直指北京。七月十九日，八国联军兵临北京城下，城内的守军中，荣禄的武卫军、载漪的神机营、虎神营、董福祥的甘军先后溃逃。二十日，北京失陷，慈禧太后挟光绪帝以及皇族、王公大臣等从西华门仓皇出逃，史称"西狩"。

北京失陷，慈禧、光绪出逃，黑龙江瑷珲那边沙俄大兵压境。七月初四黄昏，布拉戈维申斯克驻军司令格里布斯基中将在驻军司令官邸对着黑河的阳台上召集了军事会议，出席会议的有被任命为攻取黑河屯作战部队司令的关东省部队副司令苏博季奇、哈巴罗夫斯克军事工程师长官亚历山德罗夫少将、布拉戈维申斯克部队总参谋部参谋长莫伊洛夫大尉及总参谋部诸军官，此外还有炮兵司令谢瓦斯季亚诺夫上校、部队工程师舍费尔上校、阿穆尔哥萨克团团长佩琴金上校等。格里布斯基宣布了作战命令："本司令所统辖的部队务于本月二十日夜渡江，前往阿穆尔河右岸，把清军从所占据的阵地上撵走，占领黑河屯和瑷珲城。"

参加此次总攻的沙俄部队有：由苏博季奇少将、总参谋部大尉扎波利斯基统率的，上校弗里曼·什韦林、中校波利亚科夫指挥的共15个连、16门炮、一个哥萨克骑兵连，上校佩琴金、总参谋部中校拉德任斯基统率的阿穆尔哥萨克团三个骑兵连，还有少将亚历山德罗夫、总参谋部中校布德贝格统率的后备队二十多个连、掩护部队十多个连。用于渡江的运输工具有额尔古纳号轮船、加里福尼亚号驳船、52只小船，参战的战船有"米哈依尔"号、"国民"号、"色楞格"号、"北方"号、"松花江"号。

镇守黑河屯的清军是瑷珲副都统、北路冀长凤翔属下的镇边新军和右路统领崇玉率领的三个营，可以说敌我双方兵力相差十分悬殊。《瑷珲条约》签订后，由于中俄边境贸易的开放，黑河屯已发展到百余户人家，除了有百多间房子，还有一座庙宇、一处衙门、几十家店铺和一个电报局。衙门是瑷珲副都统属下的专司两岸边境贸易来往过境的理民厅，相当于现在的公安局。电报局是光绪十三年设立的有线电报局，乃齐齐哈尔总局的分局，其线路经齐齐哈尔达吉林、沈阳、北京，并与对岸海兰泡相通。清军从五道豁洛到小黑河沿江挖掘了战壕，兵力主要集中在精奇里江口对岸的小黑河一带，五道豁洛处除设有少数步兵驻守外，还设有由步兵和骑兵组成的巡逻队。

俄军在向黑河屯发起总攻前，为打有准备之仗，对我岸进行了一次探查。七月初六午夜一时许，60 名哥萨克志愿兵和三位军官在总参谋部大尉扎波利斯基的带领下，从上海兰泡泅渡黑龙江。上了岸，休息一小时后，顺着山沟往黑河方向走，为的是寻找一条大部队可以行进的道路。天刚蒙蒙亮，隐约可见百米外有几座房子，房前横着三道沟壑。他们小心翼翼地刚刚靠近第一道沟壑，房子里便传出了枪声，扎波利斯基忙令手下摆开阵势，向几幢房子冲击。哥萨克兵边进攻边越过了第一道沟壑，房子内适时地发出了两颗炮弹，迫使其不得不减慢前行的速度。当离目标不到 50 米时，房内又发出了两颗炮弹，同时加强了步枪火力。不到 30 米时，房子里的清军从门窗伸出枪械向外猛烈开火，名叫列祖诺夫的中尉和三个士兵、两匹马被打死。哥萨克兵开始强攻，很快占据了房子四周的围墙，并以此作依托向清军还击。此时，清军准备放火烧房子并将钢炮运走，哥萨克们挥刀扑向房内，有的清兵被砍死，有的被射伤，其余的搀着伤员突围撤往黑河屯。哥萨克们缴获了两门钢炮，继续沿着沟边前行，当知道这条路炮队可以通过后，转而向黑龙江边去了，那里早有数只小船等候。他们刚到江边，就见 800 米开外奔来一支清军马队和步兵队，扎波利斯基忙指挥手下把缴获的钢炮和阵亡的中尉装上船，然后大批哥萨克也分别登上船，数只小船迅速离岸了。这时，清军的马队、步队方赶到，朝江中的小船连发三阵排枪，无奈距离太远了，射程不够，只能望洋兴叹了。

沙俄对黑河屯的进攻是从两方面入手的，一个是水路，多艘轮船齐出结雅河，进入黑龙江，炮轰黑河屯；一个是陆路，大批官兵自上海兰泡渡江，向黑河屯守军包抄。之所以选择在上海兰泡渡江，是因为通过侦察得知，清军布防主要是在五道豁洛以下至结雅河口以及卡伦山到瑷珲。上海兰泡没有多少兵力，而且此处是个山谷，有片空地可以集结军队。

水路首先渡江的有两支，一支是由阿穆尔哥萨克团的两个连、涅尔琴斯克团的一个连组成的、上校佩琴金任指挥的队伍，另一支是由来自第二东西伯利亚边防营的百名志愿兵组成的、总参谋部大尉扎波利斯基任指挥的队伍，其次渡江的是由第二东西伯利亚边防营的四个连、赤塔步兵团的三个连、中校波利亚科夫属下的预备营五个连、阿穆尔哥萨克团的一个连、东西伯利亚炮兵旅的两个炮兵连和外贝加尔炮兵营的第一炮兵连组成的、苏博季奇少将任指挥的队伍。扎波利斯基大尉的志愿兵队伍于午夜一时集结完毕，分乘小船过了江，上岸后绕到距渡口一俄里的高地上。佩琴金的队伍渡江时，由于受逆风所阻，丑时才登陆。“额尔古纳”号轮船运送的是第二东西伯利亚边防营的两个连、东西伯利亚炮兵旅第二炮兵连的一个排，寅时四点左右抵达右岸。登陆时，被一支人数不多的清军发现了，随即开了火，进行了阻击。

天刚破晓，“松花江”号俄轮便驶出了结雅河口，掩护其后驶出的“米哈依尔”号、“国民”号、“色楞格”号。四艘轮船刚刚进入黑龙江，便遭到了清军猛烈炮火的袭击，排枪、排炮的火光闪电似的掠过江岸，住在布拉戈维申斯克城里的人都躲到了烟囱后或房檐下。与此同时，俄岸的大炮向黑河屯开了火，各轮船也随之回击，黑河上空升起了一缕缕灰黑色的烟柱，黑河屯惟一的比较大的建筑电报局被击中起火。

结雅河口附近的这场交战，吸引了清军的主力，无形中使得上海兰泡的俄军渡江十分顺利。当清军知道是怎么回事后，一部分兵力急忙抽身，沿着战壕奔向五道豁洛。到了辰时，清军 500 步兵会同为数不多的骑兵形成一个纵队，携带两门大炮也向五道豁洛方向运动，前去迎击上海兰泡渡江的俄军。此时，留守在上海兰泡的俄军总后备队的炮兵全部进入阵地，已经登岸的俄军编成战斗队形，准备以排炮猛轰清军纵队。卯时刚过，战斗打响了，清军 150 名步兵和百余骑兵包围了俄军的纵队右翼，俄第四哥萨克连被派去反击。一个时辰后，俄第四、第五哥萨克连在向前推进时，遭遇了由七十多鄂伦春人组成的后备队伍的袭击。

俄军发起了总攻，清军开始后撤，起先是边打边撤，到了午时便全面地向瑷珲方向退去。到了未时，俄军占领了五道豁洛处高地，由于天气炎热，不得不就地歇息。在此之前，他们已向黑河派出了骑兵侦察班，以获得更多有关清军部署的详细情形。.

当俄军从五道豁洛登陆时，结雅河口的俄轮一会儿上驶，一会儿下行，并不断向我岸炮击，企图吸引参战清军的注意力，以掩护上海兰泡方向的俄军渡江。辰时八点半左右，“北方”号俄轮从黑河屯的战壕前向上方驶去，清军的炮击开始转弱，主力也已转移。巳时，俄轮“工作者”号出结雅河口向上方行驶，只有结雅河口附近小黑河屯的战壕里有清军向其射击，往上则听不到枪声，显然清军放弃了黑河屯。午时十二点，“工作者”号驶抵黑河屯，哥萨克骑兵侦察班也从北边疾驰而来，到了近前，将战马藏在沟里，然后分散奔向各幢房子。黑河屯早已空空如也，所有的中国人全部撤走了，哥萨克兵一无所获，气急败坏地点燃了房子，黑河屯成了一片火海。

停留在五道豁洛的俄军于未时，继巡逻散兵之后开始向大、小黑河屯进犯，前头是佩琴金率领的骑兵队，中间是第二东西伯利亚旅第二炮兵连，右翼是斯特列坚斯克团的三个连，左翼是第二东西伯利亚边防营，后面是特种后备队。正在行进中，黑河屯方向传来了断断续续的枪声，以为先头部队遇到了清军的抵抗。后来侦知那不是什么枪声，而是燃烧着的房子发出的噼啪声，还有战壕里的弹药遇火引起的爆炸声。俄军大部队到了黑河屯，举目四望，除了残垣断壁，就是烧焦的禽畜、毁坏的农具，黑河屯已经不复存在了。

俄军占领黑河之后，紧接着又把战争的矛头指向了瑷珲，并做了周密的安排与部署。经会商决定，由佩琴金上校、总参谋部拉德任斯基中校率领阿穆尔哥萨克团三个骑兵连进攻瑷珲右侧，截断其通往齐齐哈尔的去路。由苏博季奇少将、总参谋部扎波利斯基大尉率领第二东西伯利亚边防营、赤塔后备营七个步兵连、尼布楚哥萨克团一个骑兵连、科隆塔耶夫斯基中尉属下义勇队中的一个队作为主攻作战部队，第一、第二炮兵旅携 14 门炮，沿着前往瑷珲的必经之路攻击清军前沿阵地并占领瑷珲。由福顿豪威尔上校统率第十东西伯利亚边防营、布拉戈维申斯克后备营、尼布楚哥萨克团共四个半步兵连、一个骑兵连、携一门野战炮、两门臼炮、乘“色楞格”号轮船向瑷珲东面由水上进攻，渡过江与佩琴金上校的骑兵队取得联系，截断从瑷珲到齐齐哈尔的退路。除此之外，还把亚力山德罗夫少将、总参谋部布德贝格中校统率的后备部队、辎重队作为后续与给养队，并将救护站设在夺取后的卡伦山屯。

黑河屯失守后，清军被迫后撤，退至黑河屯以东 18 华里的四嘉子屯。屯南有条小河蜿蜒穿过，名为石金河，河的北岸有片茂密的树林。

清军把大炮藏在密林内，官兵们可就近隐蔽，准备在这里阻击进攻瑷珲的俄军。

俄军在大、小黑河屯布下了小股留守部队，七月初八清晨，大部队沿着黑瑷官道向瑷珲进发。四嘉子屯到卡伦山间的驿道距黑龙江较远，遂派出阿穆尔骑兵营的半个哥萨克骑兵连和十四团的侦察兵前去侦察地形，然刚刚接近四嘉子屯，即遭到了清军稀稀拉拉的炮击。由于四嘉子屯没有清军驻守，俄军很快占领了该屯，在这里重编了进攻队形，将炮兵留在原地，继之凭借建筑物作掩护，向屯南的金石河方向移动。当他们来到小河边准备蹚过去时，发现河底泥泞难行，一时又找不到过河的浅滩。正在犹豫的当口儿，隐蔽在密林内的清军射出了排枪，俄军不得不一边还击，一边深一脚浅一脚地蹚过小河，冲向密林，双方展开了激烈的白刃战。俄军第十四团的三个连也从西北方向分三路向树林包抄，清军寡不敌众，退往卡伦山。

卡伦山是黑河通往瑷珲的惟一高山，山上长满了四季常青的松树，黑瑷官道从此经过。清军在这里挖掘了战壕，修筑了工事，架设了大炮，布下了三道防线。第一阵地长约三华里，当进犯的俄军骑兵进入射程之内时，清军包围了俄军的两翼，集中火力对准其左翼开枪、发炮。猛烈的炮火迫使俄军停止前进，急忙拨马掉头，从原路向后撤退。受到胜利鼓舞的清军一跃而起，在号炮声中发起了冲锋，却遭到了俄东西伯利亚炮兵旅的炮火轰击。清军炮兵的火力也不弱，步兵在炮兵的掩护下，乘俄军后备队的调动之机，井井有条地后撤。第二阵地也有三里长，丘陵起伏，只有十几座泥草房，房子东侧有片小树林，清军射手们隐藏在林中，中间是片开阔地。俄军炮兵向这一阵地开火，炮击半小时后，步兵发起冲锋，后续部队也赶了上来，清军随即从小树林里撤出。俄军的骑兵向清军的左翼两门炮和步兵掩体急速逼近，中尉沃尔科夫跑在最前面，奔向一个正欲从炮弹箱里取出炮弹的清兵。这个炮手见此毫不畏惧，回身抓起一个手雷拉出引信扔进炮弹箱内，只听轰的一声巨响，炮弹箱爆炸了，把沃尔科夫及身后的俄兵掀起老高，待摔下来早就没气儿了，英勇的炮手为保卫大清、反击沙俄的武装入侵献出了年轻的生命。

在第三阵地，俄军东西伯利亚步兵团和赤塔团的一个连平端枪刺嗷嗷喊着冲向阵地，清骑兵做了短暂的抵抗后，撤向卡伦山。俄军炮兵接连越过步兵散兵线赶到卡伦山高地，刚从战车上抬下炮，就发现山坡上的小树林内有兵马晃动，以为是哥萨克骑兵，没有在意。突然一阵弹雨从高处倾泻而来，俄炮兵连忙向小树林发炮，步兵开枪射击，清骑兵不得不退走。

俄军留下后备队驻守卡伦山高地，大部队沿着黑瑷官道追击清军，在路经卡伦山屯时，将这一里多长的屯子付诸一炬。佩琴金指挥的俄军马队追击撤退的清军，遭到了对方有力的反击，清军随即留下少部分人掩护，大队兵马撤向瑷珲。经过一整天的战斗，俄军已疲惫不堪，只好在卡伦山以南的黑龙江畔宿营。

光绪二十六年时，瑷珲是我国黑龙江沿岸最大的城镇，居民四万，商贾三千，黑龙江将军属下的瑷珲副都统衙门设在这里。全城分为内城和外城，内城是副都统衙门及官邸，外城是商业区及居民住宅。瑷珲的军事设施是：在现头道沟北松林附近设有“北营”，现城关屯设有“南营”，现瑷珲粮库以北江边设有船库并水师营，瑷珲下游一驾山处也设有船库，通往二道泉屯南树林附近设有校军场。南、北两营为清军驻防之地，船库为水师营停船之地，校军场为兵丁操练比武之地。黑河屯失守后，面对沙俄强盗的武装入侵，瑷珲各族人民和广大官兵群情激愤，携手并肩，积极行动，准备痛歼来犯之敌。清军以瑷珲城北头道沟为前沿阵地，城内、城外加固了工事，备足了弹药、粮秣。义和团到处张贴号召打击侵略者的揭帖儿，于墙上涂抹壁画，男青年们踊跃报名参加义和团，亲人惨遭俄匪杀害的江东父老也纷纷加入了战斗行列，瑷珲的广大爱国军民组成了一支反侵略的队伍。

七月初九未时两点，俄军分三路向瑷珲进犯，一路由佩琴金率领哥萨克骑兵进攻瑷珲左翼，一路由苏博季奇、亚历山德罗夫率领主力部队沿通往瑷珲大道攻伐，一路由福顿豪威尔率领从瑷珲下游水上攻城，登陆后与佩琴金会合。前两路在清军的阻击下，没有按期到达指定地点，尤其主攻部队遇到了顽强抵抗。清军在卡伦山至瑷珲之间挖掘了诸多战壕，修筑了工事，俄军需要一个一个地攻打。俄军主力部队推进到瑷珲城北的头道沟屯，西侧松林内是清军驻防的北营，在这里修筑了工事，架设了大炮。俄军派出一支由志愿兵和哥萨克兵组成的侦察分队前去探查，越过几条又深又陡的沟，偷偷摸向北营。清军发现后，密集的火力将其打得抬不起头来，还向出现在西南高岗儿处的俄军发了几炮。这时，俄军的主力部队赶了上来，在侦察分队的掩护下，迅速改变了作战队形，一部分向右，一部分向左，猛攻清军阵地。守卫在战壕、工事里的官兵们以更加猛烈的子弹予以回击，俄军急忙调过来两个炮兵连，凭借炮火的掩护冲向阵地，清军不得不后退。在这场恶仗中，三四百清官兵血染沙场，幸存者宁愿以死相拼，也不肯投降。

自头道沟撤下的清军从瑷珲城西绕道儿城南进入通往二道泉屯的南树林，迅速分散于附近的房屋和壕沟，一些兵丁以林内的坟头儿为掩体，做好了战斗准备。佩琴金率领的哥萨克骑兵由于不熟悉地形，走了冤枉路，故而没有按指定时间抵达这里。当追击的俄军赶到时，发现附近的壕沟、房屋以及林内的有利地形皆被清军占据。一支清军步队打南边急行军来此增援，俄军误以为是由水上进攻的福顿豪威尔所部，当确认为清军时已经晚了。顷刻间枪声大作，从壕沟、林子里的坟头儿后射出密集的子弹，俄骑兵又陷进了清军阵地前的泥沼里，处境十分危险。就在这个节骨眼儿上，俄军西伯利亚边防营的两个连、斯特列坚斯克营的一个连急忙来支援，伦南坎普夫率领的增援部队也赶到了。俄军为了减轻负担，扔掉了大衣和背包，在伦南坎普夫的指挥下，端着枪刺哇啦哇啦怪叫着冲向清军阵地。在强大的攻势下，清军跃出战壕，向城西撤去。

那么，从俄二号哨所渡江准备水上攻城的福顿豪威尔上校指挥之部队怎样了呢？他们遭到了扎伦布率领之水师营官兵的有力阻击。扎伦布是寿山将军儿时的拜把子兄弟，长大成丁后，先是在正白旗汉军当马甲，庚子年前调到水师营任四品营官。他长得高高大大，身量魁梧，为人豪爽，讲义气，小时候曾跟寿山打过架，也救过寿山。水师营有大战船十艘，二号战船二十艘，江船十艘，划子船十只，摆渡船若干只。战船和江船均在瑷珲城南 70 里的拖里峰，即今下马厂处停泊；划子船泊于城北沿江一带；摆渡船则负责瑷珲东西两岸百姓渡江；战船除每年一次训练外，再就是行驶于黑龙江、松花江上，由吉林向瑷珲运送粮食和军需。所说的战船只不过是大一些的木帆船，上面备有土炮，对于沙俄的军舰、炮艇、机器轮船而言，根本不具什么战斗力。面对俄军的进攻，扎伦布把战船全部集中于瑷珲江边，又将当年寿山将军从上海购置的过山快炮置于岸上。

七月初九申时，“色楞格”号俄轮满载着福顿豪威尔上校统率的东西伯利亚边防营、布拉戈维申斯克后备营、涅尔琴斯克哥萨克团的四个连、一个骑兵连合并携三门大炮向瑷珲驶来，行至瑷珲江面，扎伦布一声令下，战船上的土炮、置于岸上的快炮齐发。由于土炮的射程不够，炮手对过山快炮的掌控技能尚欠熟练，炮弹均没有击中目标。俄轮遂以枪炮反击，清军同样以枪炮力阻，致其迟迟不能靠岸。此时，驻守在头道沟的清军已败退，俄军左翼冲向江岸的水师营，官兵们腹背受敌，顾前顾不了后，俄轮乘机靠岸，对水师营予以夹击。经过一场激烈的枪战，清官兵寡不敌众，纷纷毙倒于枪弹下。扎伦布见大势已去，一个箭步跳上岸，急速跑到营房，取出水师营大印紧紧抱在怀中，暗暗下了决心："人在大印在，大印在，水师营在！"继而一手拿着大印、一手拎着砍刀冲出门去，正好与一追过来的罗刹鬼撞个满怀，他双目圆瞪，举起大刀怒吼着向其脑袋砍去。就在此时，只听啪啪两声枪响，击中了扎伦布的后心，那举起的大刀噹啷啷掉在地上，人也应声儿倒在血泊之中，水师营的大印仍紧握在手中……

俄军打水上登陆，对清军形成了三面包抄之势，北从大庙岗、南从大佛寺，东从水上直逼之。清军兵单战久，难以支撑，遂撤向瑷珲西南茶棚庵、大桥子地方。清军退走，难民逃生，拥堵一路，若蚁纷翻，而且又有一支四五百人的俄骑兵队直扑大桥而来。恰在这个节骨眼儿上，清军的一尊六磅快炮退到桥西高岗儿处，凤翔翼长命令炮师单世俊向敌方连发数炮，迫使俄军退至南树林，未敢再露面，清军、难民得以脱险，大部分退离瑷珲。

黑河屯失守后，瑷珲的男女老少纷纷向齐齐哈尔方向逃去，有钱的乘车骑马，贫穷的背包提篓，历史上将这次逃难称之为光绪二十六年"跑反"。此时，妞妞与老父仍然留居瑷珲，住在寿山家迁往齐齐哈尔后留下的院套儿里。妞妞见左邻右舍纷纷逃离，不免有些发慌，并多次劝老父随乡亲们逃往齐齐哈尔，去找寿山哥。王克俭说："我已是快八十岁的人了，你娘五十多岁就倒在了逃荒路上，你哥他们到现在生死不知。袁氏一家待俺们不薄，没有其出手相帮，就没有咱今天。寿山只留下这点儿家产，知恩图报，无论如何也得给守住。你还年轻，尚未嫁人，赶紧逃难去吧，待太平了，爹会去找你的。"

为了能让女儿路上不至于感到孤单、害怕，王克俭还特意找了一准备逃难的富户，恳请人家带妞妞一起走，并打点好了行囊，装在车上。妞妞却说啥不肯走，边抹眼泪边道："现在这里只有咱父女俩相依为命了，俺不能扔下老爹不管，死活都要在一起！"

俄军攻入了瑷珲城，炮声隆隆，枪声不断，城北已是一片火海。从头道沟子撤下来的镇边军佐领玉庆属下已全部阵亡，只剩下他孤身一人，心中惦记着家中的老父老母。战前，玉庆曾安排妥车马，催促二老逃往省城。可是父母执意不肯，说道："我们都是土埋半截儿的人了，你要是有个好歹，我俩活着还有什么意思?"玉庆无奈，只得作罢。

玉庆回家，途经寿山的原居处，知道王氏父女俩仍住于此，便推门进去了。未承想那一老一少竟稳坐屋内，看样子根本没有离家的打算，立马着急了，便道："罗刹鬼已攻进来了，必到各家各户烧杀抢掠，谁也跑不了，你们爷儿俩在这儿等死呀!"

妞妞不由分说，起身将玉庆推出门，边推边说："玉庆哥，不用管我们，赶紧回家看看大叔、大婶去!"

妞妞自知在劫难逃，内心却异常平静，面不改色，气不长出。王克俭让她赶紧藏进地窖里，妞妞抬头定睛看了看老爹，啥也没说，转身回到自己的房间，关上门。先是换上平时喜穿的红缎衣，又拉开抽屉取出自打寿山结婚那日即摘下的红宝石戒指戴在手上，然后对着镜子照了照，早已是泪流满面，通往萨哈连站的狗爬犁、库穆尔站为母收尸、海兰泡商店购买宝石戒指、甲午出征时送出的玉坠儿……桩桩、件件在眼前闪过。这时，忽听邻舍的院门被敲得山响，伴随着嘀里嘟噜的谩骂声，方猛然惊醒，心中默念着："山哥，妞妞走了，来世再见吧，你可要给俺报仇哇!"于是从被单上撕下一条白布，悬梁自尽了，一缕香魂在急促的敲门声和阵阵的炮声中随风飘去了。

王克俭见女儿半天没动静，推开房门一看，不禁大惊失色，老泪纵横，边哭边把白布条剪断将其抱下，平放于炕头儿，盖上妞妞的白底红花被，挥泪而出。

五六个荷枪实弹的俄匪闯进了袁家大院，见一个老头儿蹲在屋门外，两手不停地比划着，意为自己宁肯舍命，也要护住这座宅院。杀红了眼的强盗们才不管那套呢，放火点燃了房草，随之蹿起红红的火舌，瞬间火光冲天，噼啪作响。王克俭见状，立马站起身来，一把扯过那个放火的罗刹鬼扑向了火海，待另几个俄匪回过神儿来，竟吓得目瞪口呆!

再说被妞妞推出门外的玉庆急匆匆地朝自家奔去，没跑多远即被俄兵发现，几声枪响过后，玉庆受伤倒地。他想起了小时侯与伙伴们插棍为香、结拜兄弟立下的誓言："大难当头，不做孬种!"忽地一跃而起，面对仇敌毫无惧色，高喊道："寿山哥，妞妞，我不是孬种!"边喊边从腰间抽出板斧冲向匪群，左劈右砍，骂不绝口，直至筋疲力尽，倒在了侵略者的刺刀之下。

玉庆的父母怎样了呢？老两口儿得知俄军已打入城里，见门就进，又砸又抢，任意胡为，非常气愤，于是将门窗紧闭，端坐炕上。当俄匪一进院儿，屋里便传出了老汉的怒吼之声，谴责强盗们的侵略行径，暴虐无道，滥杀无辜，猪狗不如！话音刚落，只见从窗户冒出了浓烟，紧接着呼啦一下燃起了熊熊大火，两位老人家从容自焚了，与辛苦一辈子创下的家业同葬火海，什么也未给罗刹鬼留下。

沙俄匪徒在瑷珲城内不断遭到中国军民的袭击，他们把每所房子都当成打击顽敌的堡垒，与其展开了殊死的巷战。霍振芳统领的抬枪队、洋枪队，是清军中颇有战斗力的两个营，其任务是与扎伦布指挥的水师营共同防御从水上进犯的福顿豪威尔的边防营。扎伦布与水师营的官兵牺牲后，霍振芳孤军作战，以少对多，打得十分艰苦，最后不得不撤入位于城东南角的寺庙内，那一人高的围墙、坚实的铁门成了阻击进攻的现成工事。俄军将庙宇包围了，大呼小叫地命清军投降，然回答他们的却是仇恨的子弹。匪徒们无计可施，气急败坏，便放火焚烧。霍振芳率兵冲了出来，双方展开了肉搏战，你剁我砍，你刺我捅，刀光闪闪，上下翻飞，罗刹鬼死伤无数，霍振芳及其属下直至拼到最后一口气，勇武而悲壮！

侵略军以三个营的兵力攻取城西南的一座火药库时，守库的中国军民携起手来，共同对敌，顽强抵抗，宁死不屈，最后忍痛把火药库炸毁，与冲上来的敌人同归于尽。

俄军来到了瑷珲副都统衙门院前，一位不愿撤离的哨兵横刀立马，独自固守大门，怒视着凶残的强盗，不许其靠近半步，直至饮弹身亡……

瑷珲军民面对强敌所表现出来的英勇无畏撼天动地，连记录这一历史事实的《攻克瑷珲》一书的俄作者都叹服不已，他在书中写道：“和气的中国人那里发生的事情，不得不令人感到惊讶，其中许多官兵表现为真正的英雄。如果他们的长官不是这样贪赃枉法和颟顸无能，把发给军队的给养、粮饷全部中饱私囊，而让兵勇们自费穿衣、吃饭，那么俄国人攻克瑷珲所付出的代价远非这么小，可能不是攻克瑷珲，而是布拉戈维申斯克被毁灭。”

俄军攻克瑷珲后，放火焚烧了这座有二百余年历史的古城，浓烟滚滚，火光冲天，映红了整个城区。座座房子里响起了此起彼伏的爆炸声，随之迸发出一簇簇熊熊的火焰，连同木头烧焦的烟柱蹿向深蓝色的高空，致数千座房屋成为废墟，只剩下了魁星楼。强盗们不仅焚毁了瑷珲城，连郊外的村屯也不放过，随走随烧，路经的所有建筑物皆被付之一炬，烧到最后甚至火柴都用光了。个个兴奋异常，手舞足蹈，当天便在布拉戈维申斯克举行了庆祝游行。又从瑷珲运走了缴获的清军大炮、弹药，还有义和团首领写有“大拳民”、“扶清灭洋”的旗帜，同时也带走了在瑷珲掠抢的中国妇女和儿童。过了三天，阿穆尔州驻军司令格里布斯基由瑷珲返回布拉戈维申斯克，受到了沙俄当局的热烈欢迎，并为这位侵华“英雄”举行了盛大的阅兵式，市长赠送其面包和盐。

庆祝过后，俄军司令格罗杰科夫下达了命令：“谢尔维阿诺夫属下的队伍、斯特列坚斯克团的几个营以及第一旅第四炮兵连开赴哈尔滨，增援那里的俄军；第二旅第二炮兵连和第十四团赶到哈巴罗夫斯克，以便前往旅顺口。”与此同时，重新编组了向齐齐哈尔方向进犯的兵力，他们是阿穆尔团的两个哥萨克骑兵连，涅尔琴斯克团的两个半哥萨克骑兵连，携带两门大炮的外贝加尔炮兵营第二炮兵连。

命令下达了，兵力编组完毕了，于是开始溯松花江而上，如愿占领了松花江畔的三姓，在那里同样大肆烧杀掳掠。紧接着又从西路进犯黑龙江，所遣之军为由原哥萨克步兵旅长奥尔洛夫少将指挥的海拉尔分遣队，此名称则表示分遣队将攻打海拉尔，共5000人，成员大多是外贝加尔哥萨克。

呼伦贝尔城即今海拉尔市，位于海拉尔河支流伊敏河左岸、中东铁路以南，乃呼伦贝尔副都统之驻地。西、北各距阿普该图和粗鲁海图300里，是抗击沙俄入侵黑龙江西部的陆路门户，寿山将军任命依兴阿为统帅西路清军的翼长。沙俄在阿普该图和粗鲁海图两地移民屯垦，筑垒陈兵，作为将来入侵的跳板。为了防止罗刹越境，呼伦贝尔副都统奉命“多招土夫，多挑蒙队”，以重兵北扼粗鲁海图，与驻甘河的清军骑兵相犄角，复以偏师驻扎于海拉尔河两岸，西扼阿普该图。粗图海图、阿普该图两地中间山险甚多，亦令驻兵一支，遥壮南北两地声势，以期首尾呼应，声气互通。

七月十二日，奥尔洛夫将军旗授予上乌丁斯克第三骑兵团，随后率领外贝加尔步兵旅第四营和第六营跨越了国境。他们沿着海拉尔河急速前行，在札赉诺尔火车站等到了后赶上来的捷尔斯克哥萨克第六骑兵中队，在下面的赫尔洪德火车站未遇清军，到了完工火车站遭到了由蒙古兵参加的清军袭击。清军在海拉尔河畔的大平地摆开了战场，骑兵在前，步兵在后，以整齐的队形向哥萨克营地发起了进攻，呐喊之声震动大地，哥萨克的帐篷被打出一个个窟窿，俄军开始还击。清军继续前攻，以沙丘为阵地，迅速挖掘掩体，双方交相射击，持续了两个多时辰。

正在此时，俄军的后续部队赶到，使其兵力增加到有步兵两千、骑兵一千、大炮六门。奥尔洛夫重新做了战略部署，俄军将大炮推向沙丘，运至高地。清军也进行了调整，将大炮移到距俄阵地五里之遥的地方，步兵则前进到距俄军八百至一千二百步之间。俄军大炮开始轰击，一支骑兵前冲，另一支骑兵迂回。奥尔洛夫少将摘下帽子，手划十字，命令全军出动。阵地上顿时炮火连天，双方展开了激战，敌众我寡，清军开始后撤，有的隐入树林里，有的蹲在掩体内，等待俄匪走近再开枪。不一会儿，俄匪到了近前，清军的子弹呼啸着飞来，不少罗刹鬼被打中。奥尔洛夫正在追击时，忽听身旁的副官喊了一声："长官，有人向你开枪！"他急忙一闪身躲过去了，那位清兵来不及发第二枪，就吃了副官的子弹。

后撤的清军打开了殊死战，一个哥萨克用军刀把隐在树后射击的清兵砍倒，另一个清兵举枪把这个哥萨克打死；一个哥萨克把扶着掩体边缘投掷手雷的清兵击毙，另一个清兵发箭射穿这个哥萨克的胸膛。清军统领保全身先士卒，尽管多处受伤，仍高举战旗冲在最前面。官兵们在其带动下，向俄军发起了冲锋，一颗无情的子弹击中了保全，不少清兵也倒下了。这场战斗清军虽然失败了，但是让人们看到了那守卫国门的昂扬士气，展现出了誓死抗击侵略的大无畏精神。

俄军的先头部队进犯海拉尔时，海拉尔几乎是座空城，百姓全跑光了。先头部队没费吹灰之力占据了海拉尔，正在洋洋自得之时，却遭到了清军的偷袭。守城的俄匪慌忙退至附近的小山头，待大部队赶到，清军已撤走，四个哥萨克却不见了踪影。大部队落下脚后，奥尔洛夫少将带着几位军官骑马出城巡察，路经一座破房子时，坐骑突然显得烦躁不安起来，从房后飞出一群乌鸦在头顶盘旋，发出嘎嘎的叫声。他们赶忙绕到房后，在一个席棚子里，发现了哥萨克尸体四具。

海拉尔被俄军占领了，依兴阿意识到事态的严重性，遂派出一支部队由大岭赶来，竟与俄军的骑兵先遣队在海拉尔以东的牙克石遭遇了。俄军以两个营在前面并列作战，一个营在后面支援，一个营攻打清军左翼。双方激战数小时后，互有伤亡，原本晴朗的天空这会儿阴沉沉的，一阵轰隆隆的雷声滚过，滂沱大雨夹杂着冰雹倾盆而下，百步之外昏黑一片。奥尔洛夫乘机指挥后备营袭击清军右翼，过了两袋烟的工夫，清军一名军官、十几个兵勇阵亡，部队败退。

牙克石一战，俄军占领了大兴安岭以西的中国领土，清军退守大岭。大岭又名雅克岭，蒙古语称雅克达巴干，“雅克”意为“大”，“达巴干”意为“岭”，即今大兴安岭车站所在地。雅克岭位于大兴安岭南段，高百多丈，中东铁路从这里盘旋而上，乃呼伦贝尔通往省城齐齐哈尔的惟一孔道。清军一到大岭，便抓紧赶挖防御工事，并在东口火了沟等处派兵巡逻。俄军先遣队随后抵达距大岭不远的伊列克得火车站，试图靠近清军阵地，结果遭到了猛烈炮火的袭击，不得不退回伊列克得，留下前哨暗中侦察。

俄军大部队赶到后，奥尔洛夫对该如何行动可费了不少脑筋，思来想去，决定派出一支分队绕到清军阵地的后面，截断其通往齐齐哈尔的退路，主力则在其阵地前扎营。部署毕，他亲自骑马前往各个哨点，看看附近有几条山路哇，部队应从哪儿通过呀，大炮置于何处更具有杀伤力呀，阵地设在哪个位置对作战更有利等等。待观察得差不多了，跳下马来，趴在草丛里向清军阵地窥视。清军占据的高地被树林所遮掩，可见中间有片狭长的山洼，散落着十几座木屋，东一座西一座的很不规整，战前作为仓库或供铁路工人居住，现在已经空了。靠山谷的左侧，每隔不远堆放一些枕木，很显然，清军枪手可将其作为掩体。从草丛里爬起来后，拍了拍身上的土，又到了另一个观察点。在这里竟惊喜地发现前方有个多树的山头，清军把几门大炮藏于此，战壕旁边也架有大炮，其火力场比原先抵达的高点还要好，我的炮兵完全可以把大炮置于此，以掩护步兵进攻。正琢磨呢，他的行踪被清军发现了，连忙后退，对方的枪炮就响了，这恰恰让奥尔洛夫吃了颗定心丸，完成了颇为准确的火力侦察。他来不及上马，急忙隐蔽，溜回营地，对如何进攻做了新的部署。命令一个营绕过清军的左翼，从后面进攻；两个营由自己亲自指挥，攻打清军的右翼；炮兵中队前往曾侦察过的高地，阵地设在那儿；另一个营紧跟炮兵中队，其他几个营作为后备队。

战斗开始了，各个营很快就位了，炮兵中队也到了高地。惟奥尔洛夫所率的两个营没有到达指定地点即被清军发现，炮弹、子弹呼啸而来，弹片碰到岩壁的碎裂声儿、树干折断的咔咔声儿响彻山谷。士兵有的被打死，有的被击伤，五六匹战马倒毙。这时，后备队在高地炮火的掩护下冲向清军阵地，另一个营迂回到后面进攻，清军的炮阵被俄炮兵击中，不少兵丁倒在战壕里。清军没有想到罗刹的进攻会来自四面八方，且火力甚猛，无法打反击战。败退时，又遭到俄军后续部队的截击，腹背受敌，只好隐入附近的树林和沼泽，大岭失守。奥尔洛夫欣喜若狂，因为此役的获胜至关重要，为长驱直入进犯省城齐齐哈尔创造了条件。

西北两路战事已开，寿山约吉林将军长顺会攻哈尔滨，长顺却以部队调集未齐为由迟迟不动。寿山又连续三次电令东路翼长、通肯副都统庆琪约吉林将军长顺会攻哈尔滨，庆琪颇不赞成，复电回拒道："目前，拳匪妖孽，万难信用。俄国势力久与为邻，莫不熟知，不但我一省难敌其一国，而且我大清也恐难以为敌。"

前书讲过，庆琪是富明阿的大哥袁世有之孙、金山宝之子，即寿山的侄子。虽然辈分小，但年龄比寿山大13岁，其阅历、经历也不在其之下。同治年间，庆琪曾随同寿山之父富明阿于京城南苑神机营训练新兵，因收效显著，所以受到了醇亲王的褒奖。其后，又从富明阿出征江北大营，屡立战功，朝廷赏花翎顶带。光绪五年，由于亲老丁单回籍养奉，调往奉天委为札兰，先驻买卖街，后驻法库门、八棵树等处。过了一段时间，经黑龙江将军文绪以候补副参领借补瑷珲水师营四品官，委为黑河厅边界官，办理外交事务，数年中外称善。依克唐阿任黑龙江将军时，庆琪升为协领，派往漠河统领边防军。光绪二十年升任三姓副都统，光绪二十五年转任通肯副都统，借助绥化厅办理垦荒事务，统领马、步、炮队11个营。

庆琪的复电捅了寿山的肺管子，本想发作，但碍于其为黑龙江军事要员，反思自中俄开战以来，北、西两路连连失利，庆琪所言不无道理。特别是阵前换将乃兵家大忌，很可能适得其反，遂忍下了这口气。然开弓没有回头箭，军令已下，哈尔滨还是要会攻的。此城位在中东铁路大干线及其南支线的接合点，担负着中东铁路全盘设施所需物资之分配。俄人集中居留地居住着铁路雇员、工人和眷属数千人，沙俄派驻这里的军队共2000人，步兵驻于船坞，骑兵中队则分驻于哈尔滨及以南的双城。

说实在的，寿山对庆琪放心不下，于是不仅从省城派管带乌勒昆布带钢炮四尊赶赴呼兰，还直接电令庆琪属下各营齐集那里，准备会攻哈尔滨。庆琪带着亲随到呼兰巡查，尽管嘴上没有说不对，心里却不以为然。寿山几次电催庆琪，让他赶紧行动，呼兰的官商、百姓也都急于攻打哈尔滨。庆琪禀性刚烈，心地坦白，性情直爽，独于此时显得格外沉稳。岂料人言啧啧，群起交哄，实在不得已方带队出城，在呼兰河南于金店严阵以待。未承想又接寿山来电，令其过江，与俄议和。庆琪遂派统领鄂英前往哈尔滨，不料其半路竟溜之大吉，拟亲自过江与俄议和。大战之前，翼长离阵，属下各统领坚决不允。正在筹商之时，接省城电曰："北路黑河方向已与俄开仗，卡伦山一仗清军获大胜，寿山将军仍令速速发兵，会攻哈尔滨俄军。"庆琪却认为松花江南为吉林属地，北为黑龙江省，过江一步即为越界。现在吉林按兵不动，我们越界而战，败为可耻，胜也不光彩。可是看到属下聚集于营务处，群情激奋，纷纷请战，很是无奈，这才决定出兵。

清军在总攻的前一天，派出以统领定禄带队的前路，渡过松花江，从西南方向对哈尔滨车站施以夹攻，其他各营于马家船口待命。定禄率前路由双口渡江，登陆后马不停蹄地往前赶，当晚宿于距哈尔滨 40 里的四方台。次日天下小雨，道路泥泞，加之出发又晚，连夜行军，到达目的地已是第三天早晨了。集于马家船口的大部队迟迟不见定禄发出进攻信号，十分焦急，庆琪翼长说："情况不明，不能再等了，只好由我们先行发炮了。"

北路清军进攻的目标是背江子，即石当站，又名船坞，位于松花江北岸，隔江与道里相对，距哈尔滨车站十里。它地处水陆要冲，既是俄军拦截清军渡江南下进攻哈尔滨的滩头阵地，又是撤退时必经的松花江航路要地。俄军在背江子的沿江一带挖掘了五道可供立射的战壕，几艘汽船、军用艇在松花江中往返巡逻，正在修建的松花江铁路大桥工地前的江面上停泊着一艘专供撤退用的渡船。

七月初一头晌，细雨蒙蒙，北路清军在离背江子二里的路基上架起了四门大炮，齐向俄军阵地猛轰。罗刹鬼惊慌失措，抱头鼠窜，东躲西藏，顾头顾不了腚。身在香坊的护路军司令格尔恩格罗斯得知这一消息，立即派出一个哥萨克骑兵连前去增援，随后在亲兵的护卫下，搭乘火车赶到道里督战。此刻的北路清军杀声四起，手持刀抢英勇出击，争先恐后地冲锋在前，密集的子弹雨点儿般飞向俄军阵地，那艘停泊在大桥工地前江面上的渡船面临着随时被炮弹击沉的危险。战壕里的罗刹鬼神情沮丧，士气低落，格尔恩格罗斯见事不妙，急忙命令撤退。北路清军乘胜追击，击毙俄兵数人，缴获枪支数杆，就地扎营。过了一个时辰，南岸炮火连天，声震北岸，庆琪以为是定禄所部发起的攻击。

事实又是怎样呢？定禄统率的前路官兵由西、南两面向哈尔滨逼近，刚刚占据了火车站的停车场，就遭到了三个哥萨克骑兵连的强力反击。自知难与为匹，为减少伤亡，便朝阿什河方向退去，个别落在大队后头的被哥萨克骑兵砍倒在地。而隐藏于停车场附近和壕沟的清兵则进行了抵抗，却犹如鸡蛋碰石头，除了被打死、打伤的，其余的全给赶进了附近一村庄的几间破房子内，然后放火烧房。清军官兵岂能坐以待毙？纷纷从窗户跳出冲向村外，大部分未能逃脱哥萨克的军刀和子弹，小部分跑到源聚烧锅院内，以木桶作掩护，向追上来的敌人射击，一哥萨克中尉应声儿倒地。俄匪很快冲了进来，一阵对射之后，双方展开了你死我活的白刃战。板斧、大刀寒光闪闪，短剑、长矛挥来舞去，人尸马骸遍地狼藉，血腥味儿四外弥散，令人作呕。由于众寡悬殊，清兵虽竭尽全力拼杀，但无一生还。

庆琪接到定禄兵败的消息，遂命各营就地严守，枕戈待旦。当晚，俄船一艘接一艘地起锚离岸，运送士兵从下游赶来。马家船口位于松花江与呼兰河之间，为防俄军包抄，庆琪下令连夜冒雨拔队，天明前退至呼兰。俄轮随后追至呼兰街口南岸，停泊于包家店附近，以猛烈的炮火向城内轰击，居民仓皇躲避。庆琪骑在马上督阵指挥，坐骑突然中弹，一个趔趄向前扑倒，弹片从他两腿之间穿过，毫发无损。第二天，庆琪派管带许文升前往俄营议和，经反复协商，俄方提出清军继续北退，即可停战。清军无奈，退守绥化，俄军占领了呼兰城。

清军东路会攻哈尔滨失败，北路黑河、瑷珲陷落，主力撤至小兴安岭北坡的北二龙屯。北二龙屯又称嘎屯，东北距瑷珲 80 里，西南离二站，即额雨尔河站 20 里，与南二龙屯遥相呼应。北二龙屯坐落于半山腰，东面是条深堑，百姓称之为陡沟子，西面是片沼泽，黑河通往齐齐哈尔的官道从这里经过。齐齐哈尔义和团首领张拳师所率的几百拳员和黑龙江将军寿山增派的两营义胜军日夜兼程，千里跋涉，来到了北二龙，与退出瑷珲的义和团、清军汇合，在匡安岭摆开了阻击俄军的战场。匡安岭又名团山、疙疸山，是二龙山的支脉，位于北二龙东北三里处，高 120 米，山势险峻，乃控扼瑷珲通向齐齐哈尔大道上的制高点。

清军退出瑷珲的当天夜里，阿穆尔驻军司令格里布斯基宣读了委任状，任命前阿赫特尔团团长、外贝加尔队司令官伦南坎普夫将军为追击败退清军的马队队长。伦南坎普夫率领的这支队伍由十四团第一炮兵旅第四炮兵连以及阿穆尔骑兵营哥萨克骑兵一连组成，临出发时，他狂傲地下了进军令："大俄罗斯帝国的勇士们，务要火速追赶敌人，不给留下喘息之机，速战速决，让攻克瑷珲和占领墨尔根的胜利消息同时传到布拉戈维申斯克！"

七月十二日，哥萨克马队赶到了北二龙的匡安岭，伦南坎普夫组织属下强攻。张拳师指挥义和团先阻击，后反攻，狂奔前冲，短兵相接，你进我挡数次，在山坡上展开了一场激烈的拉锯战。义和团冲锋陷阵的大无畏精神鼓舞了清军的士气，激励了斗志，一部分固守在沼泽对面的阵地上，一部分凭借有利地形，隐蔽于林密沟深之处袭击俄军。伦南坎普夫挥舞着军刀命令哥萨克骑兵向清军阵地进击，未承想战马竟陷入了沼泽之中，大炮也陷进了泥坑，哥萨克骑兵顿时成了对方瞄准射击的固定靶子。俄匪既失地利，又失火器，处境维艰。清军乘机高喊着扑下山坡儿，四面合击，哥萨克马队左突右冲，力不能敌，导致败北。打扫战场时统计，清军击毙俄官两名、士兵15名，打伤数十，缴获战马十匹。一位在此仗中身负重伤、躺在野战医院里的哥萨克军官临死前，对沙俄发动的野蛮入侵深恶痛绝，他说："战争啊，战争，实在是可怕而又愚蠢，一向踌躇满志的我现在只能躺在床上了。从医生的表情中知道情况很坏，送来的乔治圣像也不再给以多大安慰了，甚至感觉到那可怜的妻子在离自己很远的地方正流着眼泪祷告。对于年轻而即将逝去的生命，我并不怜惜，遗憾的是它的结束跟所想象的大不一样……"

俄军北二龙首战失利，伦南坎普夫气急败坏，第三天卷土重来，命令炮兵马拉人推将大炮架于清军阵地前方的一处高地上，骑兵分左右两路包抄。这时，清军只有后路统领恒玉和嫩江调来的统领童必胜所率领的从瑷珲退出之部分兵马，其余的已撤向大岭。此前，这些清兵已与俄军血战五六天了，武器弹药又多落入敌手，面对数倍于自己的凶悍入侵者，他们毫不气馁，决心痛歼之。哥萨克骑兵在炮火的掩护下，分两路向清军阵地驰来，越靠越近。恒玉打马冲锋在前，官兵们紧随其后，枪击剑刺刀砍，拼尽全力，然两个回合下来死伤过半。恒玉所骑战骥身中数弹，奄奄一息，亲随又牵来一匹让其换乘，恒玉摆摆手道："不必了，这匹红鬃马随我南征北战多年，曾立下战功，成了不可多得的好伙伴。在这最后关头，应让它看看人在阵地在，此地就是我杀敌的战场。"部下见状，纷纷表示愿与统领同生死，共存亡！恒玉无奈，只好换乘，带领官兵退出阵地。

北二龙阻击战后，义和团和瑷珲清军经库穆尔站开赴小兴安岭隘口——大岭。大岭为小兴安岭南北水系分水岭，岭上山高林密，地势险要，既是省城齐齐哈尔的北方屏障，也是瑷珲通向齐齐哈尔的必经之地，还是军事上的必争要地。他们一到这里就抓紧修筑工事，挑掘战壕，不到三天便于八里桥至大岭之间设下了八华里纵深的袋形阵地并排兵布阵，准备凭借有利地形和营垒堑壕给敌人以有力打击，扼守要隘。

瑷珲陷落，清军撤退，让寿山感到了局势的严峻。大岭乃北路清军阻扼俄军的最后一道要隘，过了大岭即是一马平川，北路战事的成败在此一举。寿山不顾众将的阻拦，带着亲随、拉着给养马不停蹄地赶往大岭，路过墨尔根时，又令500人组成的鄂伦春马队跟从。到了大岭，见凤翔翼长两眼通红，精神委顿，疲惫不堪，原来竟三天三夜未曾合眼，也顾不上细问了，二人立即去巡察阵地。大岭是小兴安岭的主峰，黑齐官道从这里通过，路两侧是断开的山峦，凤翔已指挥官兵在两座山峦之间挖掘了战壕。其南端出口有座桥，人称八里桥，桥的左侧山头上风处安设了几门大炮，整个阵地呈口袋形，寿山颇为满意。为了保险起见，建议凤翔把鄂伦春马队布防在八里桥两侧，一旦俄军经过大岭，马队便可发挥骑射之长，做灵活机动的决杀。寿山打算在大岭停留两日，省城却派来了信使，说是西路吃紧，请其立即返回。

七月十六日头午，伦南坎普夫率领的俄军马队、步兵、炮兵由三站向大岭奔来，他吸取了北二龙首战失利的教训，将部队分成大小两股，小股作为先头部队，大股作为参战的主力。先头部队刚进入埋伏圈，西面山头的章必胜义胜军误以为时机已到，连发数炮，将其炸得人仰马翻。伦南坎普夫知有埋伏，遂命大部队停止前进，整顿队形。半个时辰后，俄骑兵跳下马，与步兵一起在炮火的掩护下冲向西面山头，义胜军抵敌不过，使其占领了山头。东面的清军见势不妙，急忙越过官道，冲上西面山头，敌我双方交手了。凤翔翼长站在岭上督战，见西面的义胜军怯阵欲退，遂骑马飞驰而至，高声喝令兵丁不许后退，并挥起军刀砍了指挥无力的统领童必胜两刀背，由于用力过猛而失控落马。此时，俄军小股部队已冲破防线，向八里桥方向奔去。凤翔一跃而起，一骗腿儿上了坐骑，调后路统领恒玉前去增援，不料越涧时马失前蹄，又将他重重摔下。亲随忙将其扶起，凤翔重上战马，与恒玉率队赶往八里桥。埋伏在八里桥小河对岸的是负责扎紧口袋的500鄂伦春马队，见俄军奔来企图渡河，遂发一阵排枪，十数个罗刹鬼应声儿倒在河沟里和小桥上。就在此关键时刻，凤翔翼长、恒玉统领率队赶到，正遇这股俄军败退，敌我双方在八里桥的桥头儿展开了一场激战。凤翔跃马冲在最前面，俄匪见来势凶猛，密集的子弹齐向指挥官射去，结果先是凤翔中弹，继而坐骑中弹，战马两条前腿高高腾起，受伤的凤翔再次滚落马下。恒玉见状大惊，急令亲随将翼长抬回，赶紧救治。此刻，躺在营帐内的凤翔已处于半昏迷状态，然心里仍惦念着战场上的官兵们，费力地睁开双眼，吩咐亲随速返阵地传其命："令恒玉统领代翼长……继续……指挥战斗……"话未说完，呕血数升而逝。

这场恶仗从辰时始，至酉时止，前后持续了十个小时，不分胜负。战斗打得十分激烈，双方损失惨重，俄军横尸遍野，败退30余里；清军翼长血染杀场，官兵伤亡无数。凤翔战死的消息传到省城，震动了全军上下，无不万分悲切。寿山更是痛哭不已，既为久经沙场、屡立战功的好友离世而哭，也为倒在阵地上的兄弟、将士们而哭，还为成千上万惨遭侵略者屠戮的父老乡亲而哭，他的哭似乎预示了战局的危急。

七月二十日，黑龙江将军寿山宣布了任命令："瑷珲后路统领恒玉补凤翔遗缺，为北路全军翼长；管带喜昌接替恒玉之职，为后路统领。"此令一下，恒玉、喜昌这对儿儿时的伙伴便站在了一条战壕里，成了瑷珲军民抗击沙俄入侵最后一战的指挥。此时，清军官兵战死的战死，负伤的负伤，所剩不到2000人，弹药也不是很充足，恢复元气已经不可能了。根据这种情况，恒玉命令各路统领整饬阵容，鼓舞士气，充分利用大岭的险要地形迎击进犯之敌。重新部署了兵力，分别据守于官道两侧的山头，把所剩的几门钢炮架设在阵地上。

七月二十二日黎明时分，俄军再次向大岭发起了攻击，多门大炮猛轰清军阵地，步兵、骑兵在炮火的掩护下，分几路抢占山头。清军将士坚守阵地，凭借居高临下的地利以枪炮还击，双方对峙了一个时辰，不分胜负。正在这时，一小股俄军偷偷绕到岭后，袭击清军右侧，使其两面受敌。激战中，统领崇玉、义胜军左营管带瑞昌阵亡，后路左营管带连和负伤，官兵死伤数十。由于清军的火力明显不足，给俄军以可乘之机，遂迅速向山上运动，终于登上了山头，朝清军阵地扫射。恒玉、喜昌见兵丁们纷纷倒在枪口下，眼睛都红了，双双举起大刀冲向敌群。拼杀中，喜昌被三个俄匪包围了，其中一人手持长枪正欲刺向他，恒玉眼疾手快，忽地蹿过去横刀将枪刺架开，左臂却中了另一俄匪一马刀。刚刚脱险的喜昌见好友为救自己受了伤，怒不可遏，圆睁双目，手起刀落，只听咔嚓一声，将其劈成两半儿。不幸的是喜昌被身后的罗刹鬼捅了一刺刀，恒玉不顾伤痛连忙将其护住，两个儿时的伙伴鲜血流在了一起，实现了他们“大难当头，不做孬种”的誓言。身边的众兵丁拼死抵抗，救出了恒玉翼长和喜昌统领，撤离了阵地。

大岭再次失守，清军败退至四站东十八里湾屯时，长驱直入的俄军赶来，用大炮予以轰击。各路零散清兵已失去指挥，墨尔根、布特哈两城官民望风而逃，清军无所依靠，又分别从两城奔向博尔多站。

回过头来再说身在省城齐齐哈尔的寿山。他对大岭一直放心不下，此地若失，北部便没有了屏障，无险可扼，省城亦不能保。思来想去，打算把将军印暂交副都统萨保保管，自己亲赴前线督战。萨保认为不妥，劝道：“将军大人，请听我说一句，此意万不可行。北路虽紧要，但东西两路也不能不顾，而省城更是至关重要，倘有闪失，后果不堪设想。”

寿山听罢，觉得萨保所言不无道理，二人仔细商量一番，决定改由行营营务处总理程德全持令前往大岭督战。程德全七月二十一日出城，转天便得知了大岭失守的信儿，仍飞马前行，在讷河与北路清军相遇。查点兵员，不过千名，枪支弹药短少，大炮一尊没有，无奈只得据博尔多河南岸为营，掘壕固守。

消息传到省城，寿山心里很清楚，从目前的情况看，难以抵御沙俄侵略军的进犯。属下五司八旗各员也恳求不可再战，若继续下去，必将使更多的生灵遭涂炭，重蹈瑷珲鸡犬不留的覆辙。正值此时，北洋大臣、直隶总督李鸿章电告寿山，停战议和。寿山立即饬令程德全，待俄军到后与其谈判议和，设法阻止渡河。

俄军大部队于二十八日抵达博尔多河北岸，程德全单骑前往，与俄官会商停战。俄官声称未接到上级命令，无权与其谈判，并向部队下了渡河的命令。程德全一看着急了，再三拦阻，俄官才同意滞兵三天，彼此再议。三十日傍晚，程德全二赴敌营商谈停战，初始苦苦哀求，接着连哭带吼，继而拔刀自刎欲以身殉，俄官急掣其手腕道：“何至于此?”随即应允不攻城池，不伤人命，不掠财产，缓行赴省，驻扎城北候信儿。程德全立即赶回齐齐哈尔，准备撤出军队及军火粮饷，和平让城。

大局已定，北路翼长恒玉吊着一只伤臂飞马驰向省城，四五百里的路程一气儿赶到。进了将军衙门，见寿山正心事重重地在院内来回踱步，遂走到跟前跪在地上，口未开泪先流，带着哭腔儿说道："山弟，二哥辜负了你的信任和重托，辜负了父老乡亲的期望，大岭失守全怪我，罪该万死！"

寿山的眼圈儿红了，弯下身将其搀起，安慰道："恒玉哥，不必揽责，错不在你，罪该万死的是我，回家安心养伤吧，该歇歇了。"

八月初三，寿山得报俄军已渡过博尔多河，决意亲自前去谈判。随从和属员扑通通跪了一地，痛哭失声，极力挽留。无奈之下，寿山回到后堂，一头倒在了躺椅上，疲倦地闭上双目。冥冥之中，只见妞妞手托红绫向自己走来，身后跟着扎伦布、霍振芳、玉庆等人，口中喊道："大敌当前，誓死不做孬种！"睁开眼睛一看，儿时的伙伴们不见了，似乎听到一声霹雷在头顶炸响，心想："天要下雨了，师败兵溃，我寿山对不起悲壮离去的众兄弟和父老乡亲哪，也对不住俄军逼近家园时以死明志的妞妞，还有何脸活在世上？绝不能让俄匪看笑话！"想至此，拉开抽屉，取出早已备好的毒药吞下。生命垂危之际，唤来程德全，自称辜负皇恩，不能战，不能守，也不想面见俄人。嘱托其忍辱负重再去与俄交涉，勿攻城池，勿伤生灵。言罢一挥手，强令程德全退下。

程德全出得后堂，先是唤来萨保，暗中吩咐赶紧让府内郎中救治将军，然后打马出城，前往俄军驻扎地。在与俄官议和的过程中，未承想却遭到为俄官当翻译的姜谋诬陷，说他毫无诚意，和谈是个圈套，目的是诱使俄军进入省城，聚而歼之，俄官对程德全产生了怀疑。八月初四，俄军自塔哈开赴齐齐哈尔，从外围的城东绕向城南。程德全闻讯，急匆匆地赶往城南，与俄军迎个对面，质问俄官为何食言？对方不理不睬，只称安下营后再议。俄军行至五里墩，发现清军南营战旗飘扬，一支队伍正从营盘往外走，俄官立即下令开炮，程德全以身挡住炮口。炮兵将其拖走后连发数炮，见清军没有回应，方停止炮击，好在伤人不多，遂到城西船套安营。从这天起，程德全坚持留在俄营中，作为人质以消释前嫌。与此同时，俄方欲强立程德全为黑龙江将军，作为受其操纵的傀儡。程德全则以违背大清官制予以拒绝，并投江自尽以明志，后被俄军救起，使其阴谋诡计未能得逞。

各位听者，我们暂且按下齐齐哈尔不表，再讲讲京城的情况。光绪二十六年七月中旬，北路清军与俄军在瑷珲、大岭苦战之日，正是八国联军从天津向北京进犯之时。二十日黎明，北京城破，八国联军自广聚、朝阳、东便三门而入。守卫北京的禁军溃败，围攻使馆的董福祥所率甘军一番掳掠之后散去。城内火光四起，居民万分惶恐，纷纷扶老携幼出了家门往城外逃，哭喊声、唤儿唤女声不绝于耳，景象十分凄惨。二十一日，慈禧太后身穿蓝布衣、梳着汉人头边哭边从宫中走出，光绪皇帝和皇后同样身着布服跟随，身后还有载漪、载勋、载澜、刚毅等王公大臣和后妃、宫女等，他们急匆匆地走到西华门外上了骡车西逃。出宫前，宫中一片混乱，慈禧派太监崔玉贵将光绪之珍妃推入乐善堂后面的井中。珍妃乃光绪之瑾妃的亲妹妹，光绪十五年与姊同封为嫔，光绪二十年晋为妃。她聪明好学，幼通经史，左右手可同时写字，喜欢绘画，对国之正事颇有见解，故而深得载湉的赏识和宠爱。后来慈禧曾责其“习尚奢华，屡有乞请”，与瑾妃同降为贵人，光绪二十一年仍册封为妃，溺死时刚刚 25 岁。

慈禧、光绪一行出了西直门，行至距城西 70 里之贯市时，已是人疲马乏，一天水米未进。民女送来麦豆粗食，慈禧、光绪狼吞虎咽，须臾而尽。夜间宿于回民教堂，村妇急于拆洗被褥，来不及晾干就送过来给太后、皇上用。第二天傍晚行至居庸关，此地荒凉而偏僻，毫无供给，总管太监李莲英只讨来一壶茶水供太后、皇上饮用。歇息时合衣而卧，躺在硬邦邦的土炕上，被褥均无。次日行至岔道，延庆州知州秦奎良奉上吃食，僧多粥少，不能每人一份儿，知州惶然不知所措，慈禧太后竟能好言安慰。行至怀来，知县吴永事先未得通报，顾不上更衣，神色慌张地出得县衙便服跪接，引来城内百姓围观。用晚膳时，杯盘满桌，菜品丰富，连燕窝、鱼翅都端上来了，至此三日，一行人才吃到了美味佳肴。在怀来，军机大臣王文韶、刑部尚书赵舒翘从京城赶来护驾，慈禧太后惊恐的心稍稍安定，便命庆王奕劻回京与八国联军议和。庆王明知此事极难，老佛爷有令又不能不办，只好硬着头皮去了。

慈禧一行继续西逃，行至名为愁卫的军台，台官已跑，官署被焚，剩下小屋两间，既潮湿，又散发着霉气。慈禧无奈，与光绪各住一间，其余人员露坐院中。行至太原，巡抚毓贤于城外跪接，慈禧说：“你口口声声称义和团可靠，可借助其力反洋，遗憾的是结果证明你错了。五天前，北京已被八国联军攻破，洋人要报仇，寻你甚急。本太后也要革你的职，不过用不着伤感，掩人耳目而已。”

数日后，慈禧为讨好八国联军，发出罪己之诏，将毓贤及其他主战之大臣尽行革职。在最后一次召见前太原巡抚时，不无讥讽地说：“毓贤，知道么，眼下集市上棺木也涨价了。”

慈禧遂以毓贤在山西杀戮洋人，须处死以谢罪，因其在山西名声较好，所以示意其自尽。此时，在百日维新中为慈禧发动政变的得力人物，即军机大臣、直隶总督、北洋大臣荣禄由北京赶至太原面见太后，慈禧问道："总督大人，以后该怎么办？"

荣禄回道："老佛爷，只有一条路，那就是回京，下令杀掉端王及其他曾帮助过义和团的王公大臣。"

慈祥就地召集随行人员开军机会议，有的大臣主张回京，有的主张迁都西安或湖北当阳。正在争论不休之时，忽闻八国联军欲派一师前往太原，以报山西杀教士之仇。慈禧无奈，于慌乱之中，同光绪及王公大臣、后妃、宫女逃往西安。到了那儿，又过上了骄奢淫逸的生活，餐桌上鸡鸭鱼肉、山珍海味不断，多达百种。她喜欢喝牛奶，为其专门养奶牛六头，月耗资二百金。戏台天天不闲着，看了一出又一出，边听边跟着哼哼。处境尽管大有改观，心里却时时惦记着京城，不知议和的结果如何。李鸿章在北京与八国联军议和过程中，各国代表皆提出要求，务必惩办义和团首领及帮助义和团主战的王公大臣。此信儿传到西安，慈禧与身边的大臣们商议，一致认为若不答应这个条件，议和肯定无望。无奈之下，不得不以光绪帝的名义下了上谕，将一切罪责全部推给义和团和主战的王公大臣，对所涉及之人是这样处置的：已革职的庄亲王载勋以纵容拳匪、围攻使馆等罪名令其自尽；已革职的端郡王载漪、辅国公载澜以轻信拳匪、妄言主战发配新疆，永远监禁；已革职的山西巡抚毓贤不但在山东任内妄信拳匪邪术，至京尤为张扬，使诸大臣受其煽惑。而且在山西巡抚任内戕害教士、教民，实属昏庸凶残，即行正法；吏部尚书刚毅袒庇拳匪，酿成巨祸，本应置之重典，然现已病故，追夺原官，即行革职；革职留任的甘肃提督董福祥统兵入京纪律不严，围攻各国使馆系由其指使，本应重惩。念其甘肃回汉百姓悦服，格外从宽，即行革职；左都御史英年与载勋擅出违约告示，加恩革职，定为斩监候；刑部尚书赵舒翘加恩定为斩监候；大学士徐桐、四川总督李秉衡虽已离世，仍革其职，撤销恤典。

清廷的惩治办法出台后，各国列强仍然不满，认为对载漪、载澜的处罚太轻。而慈禧是什么态度呢？只要不追究自己，用不着管他人，于是又下了手谕："载漪、载澜监禁候决；刚毅已死，开棺戮尸；军机大臣启秀于京中立决。"在此之前，身在西安的慈禧太后并没有忘掉黑龙江的寿山，屡发圣旨责其擅开边衅。吉林将军长顺也趁火浇油，以寿山约其会攻哈尔滨为口实，告其“不能知己知彼，一味鲁莽图攻”，盛京将军增祺也诬其“督战无力”。

那么，在省城齐齐哈尔的寿山现在怎样了呢？他服毒后，萨保从程德全口中得知此信儿，急忙唤来府内郎中灌以解药。经全力救治，至半夜方醒转，一睁眼便想到了战事，心里思摸道：“本省自有五个营，然军心涣散，士气低落，实与无营同。奉天新到三个营计千余人，亦无济于事，所接济的枪炮尚远在数百里之外，可谓战亦难；省城平原旷野，四面受敌，即使勉强抵御，也不能持久，至全城百姓徒遭战火涂炭，于大局无补，可谓守亦难；嫩江以西被俄军全部占领，北面长驱直入直逼城下，东面呼兰已不能守，南面各地一马平川，无险可据，可谓退亦难。瑷珲是我的故乡，江东六十四屯遭此大劫，自己作为一省之将军，事前既不善交涉，事起又不能固守，丧师失地，百姓罹难，就算天子不加诛、民众不谴责，又有何脸面对江东父老？”思来想去，感到走投无路，遂下定决心，杀身成仁。想好后，开始着手处理身后事，令有关人员核对库存，归拢文牍，将圣旨、王命、旗牌派亲随送到副都统萨保处保管。

诸事安排停当，寿山又想到了家人，目前在身边的只有妻子和八岁的女儿，于是让亲随搀扶着回了家。一进屋，见到乌云琪琪格心如刀绞，觉得对不起这个陪伴自己过了半生、体贴入微、贤淑豁达、同甘共苦的夫人，不禁泪流满面。接着，又弯下身抱起闺女，左亲右亲亲不够，孩子抬起那双白嫩的小手为父亲拭去脸上的泪水。放下女儿，寿山向妻子道出了自己的打算，全家人同归于尽，并让其带闺女先行一步。乌云琪琪格先是想到了上吊，后又想到了投水，但不知对亲生骨肉该采用什么办法。寿山知道她下不了手，见女儿穿了套新衣裳，便道：“闺女呀，这身儿衣裳真好看，走，爸爸领你到院子的鱼缸照照去。”

闺女说：“爸爸，屋里不是有镜子么，干吗非得去外头照？”

寿山苦笑道：“傻丫头，不懂了吧？镜子太小，照不了全身。鱼缸多大呀，想怎么照，就怎么照。”

闺女乐颠颠地跟着父亲出了屋，院内摆放着两个大鱼缸，里面盛满了水，鱼儿悠闲自在地来回游着。寿山把女儿抱起来说：“丫头，照吧，看看好不好看？”

闺女边照边道：“爸爸，鱼缸照得挺真亮呢，妈妈做的衣裳就是好看！”

话音未落，寿山一咬牙把闺女大头朝下扔进鱼缸里，正巧被出外买米回来的老家人撞见了，急忙三步并作两步地跑到鱼缸跟前把孩子提溜出来。寿山转身进了屋，取下挂在墙上的宝剑，想先送女儿走，再送夫人走，这样儿子和媳妇就不用自己动手了，他们会去赴死的。乌云琪琪格一看丈夫又要冲闺女去了，再也忍不住了，一把将宝剑拽住了，寿山无奈地松开手道："夫人哪，你不成全我呀！"

乌云琪琪格生气地说："沙俄入侵，师败兵溃，孩子有什么罪？"

这时，亲随来报："将军，瑷珲逃难之人到了衙门，求见大人。"

寿山听罢，立即出了屋，同亲随前往将军府，乌云琪琪格赶紧把女儿抱回房。

八月初四，一个风高月黑的夜里，寿山伏案疾书，写下两纸遗函，一纸遗折，遗函分别留给行营营务处总理程德全和齐齐哈尔副都统萨保，遗折留给皇上、皇太后。在给萨保的遗函中，请其暂接将军之职，掌管印信，带领全省旗兵、官民共渡难关。在给程德全的遗函中，嘱其协助萨保收拾残局，并为自己蒙罪申冤，言道："弟一生知己，今于死生之际，仅有兄长一人，乃真朋友、真丈夫，弟之瞎眼借兄一人可以睁开。千万不可生与弟同死之念，使弟冤沉海底，无人剖白。"在写给皇上、皇太后的遗折中，叙述了中俄战事及瑷珲、呼伦贝尔等地失守经过，针对朝廷及同僚们对其"擅开边衅"、"督战不力"等责难进行了申辩："江省之战，实由沙俄先发难端，非在防文武贪功召衅。战事之失利，主要因江省兵械两绌，亦非在防文武办差不力。"除此，还对黑龙江边防建设提出了建议："江省之事，非开荒无从下手；开荒之举，非招民无从下手。沿边有民，就地有饷，防务不期固而自固，枪械军火亦不饶而自饶，何至处处窘手，一蹶不振。"

书就遗折，天色微明，屋外不时传来俄军攻城的炮声。寿山穿好衣服，摆设香案，朝着京城方向匍匐在地，叩头谢罪，然后吞下黄金，卧入早已备好的棺木内。吞金不能速死，为减少痛苦，遂令儿子庆恩添枪。庆恩放声长号，涕泪俱下，无论如何也不能遂其所愿，因为躺在棺木中的是生他、养他、教育他、从小就百般疼爱他的父亲哪！可是见其折腾得百般难受，实在看不下去了，只好扑通一声给寿山将军的警卫于忠祥跪下了，请其为父亲添枪。于忠祥为难了，面对多年朝夕相处、爱兵如子的将军怎能下得了手哇？又不能不从命。无奈之下，泪眼模糊地举起那无比沉重的枪啪的一声搂了扳机，由于双手颤抖，竟没有击中要害。寿山忍着巨痛连呼警卫再次补枪，警卫紧咬牙关又是一枪，寿山咽下了最后一口气，终年 41 岁。

寿山去了，带着那满腔报国的炽情、富边裕民的愿望去了，也带着那不能拒敌于国门之外的遗恨与愧疚，对奸佞当道、朝廷腐败的愤懑悲壮地去了。

第二天清晨，副都统萨保正欲出城面见俄官，俄官早带领兵马入城了。此时，清军各路均已溃散，瑷珲、呼伦贝尔、墨尔根、布特哈及台站 20 余处难民纷纷麇集省城，一个个衣不遮体，瘦骨嶙峋，啼饥号寒，乞哀告怜。乘此混乱之机，乌云琪琪格遵照寿山“不与俄人见面”的遗嘱，同儿子庆恩一起将其棺木拉出城外，送往住在杜尔伯特的内兄、第十七任札萨克希拉布罗贝子处，葬于小林科西北二公里纳哈尔湖畔的沙丘中。

寿山慷慨殉节了，老朽昏庸的慈禧仍责其擅开边衅，死后二十多天还下懿旨曰：“寿山著开缺，听候查办。”寿山与先祖袁崇焕的命运一样，对朝廷忠心耿耿，肝胆涂地，却未得好报，落下个莫须有的罪名。

省城齐齐哈尔被占领，其他几路俄军相继攻克吉林、奉天，东北全境沦陷。

后　记

《寿山将军家传》讲唱的是明崇祯年代之重要人物袁崇焕及其后裔、清末将军富明阿、寿山等袁氏家族七代人的故事，单纯、真实、生动、详尽，时间跨度大，历经近 250 年。它巧妙有序地把大败后金罕王努尔哈赤的抗金名将袁崇焕和时任清朝将军的六世孙富明阿、七世孙寿山以共具忠勇精神汇聚在一起，世祖抗清，世孙保清，自然而富有戏剧性。这样一部涵盖着浩瀚历史画卷、充满着爱国英雄气概、不乏令人敬畏、令人激愤、慑人心魄战争场面描写的巴图鲁乌勒本，如同一幕幕混合着各种元素的悲壮惨烈之活剧展现在人们面前，必将在满族传统说部中占有一定的位置，并会受到满族、汉族以及其他各族民众的欢迎。

乌勒本乃满语，即传、传记之意，大多由家中受尊敬的长辈或讲唱之佳者以生动、活泼的口头语言绘声绘色地讲给族人及左邻右舍听，其载体是口耳，故而易于被接受、被感染。经过推敲、润色、整理后出版的说部则是把“口耳”这个载体转换成文字载体，保持口头文学的原创性，释放浸透着郁郁文采的香泽，更有可读性。为了阅览的需要，故事情节宜跌宕，主线旁出宜清晰，人物活动宜集中，选择文字宜流畅。从这一理念出发，笔者在具体操作过程中，慎重处理了以下几个问题：

一、事涉重大历史事件，在注重讲述者谋篇立意的同时，认真查阅资料，尽可能地了解和把握史实，以便决定取舍。

关于富明阿的身世，《明史列传一百四十七袁崇焕》载袁崇焕无子：“三年八月，遂磔崇焕于市，兄弟妻子流三千里，籍其家。崇焕无子，家亦无余赀，天下冤之。”而《清史稿》认定袁崇焕有子袁文弼，八旗籍，五传至富明阿。《清史稿》列传二百零四载：“富明阿，字治安，袁氏，汉军正白旗人，明兵部尚书崇焕之裔孙。崇焕死，家流寓汝宁，有子文弼，从军有功，编入宁古塔汉军，五传至富明阿。”

袁崇焕是广东东莞人，《东莞县志》亦称他有子：“袁督师无子，相传下狱定罪后，其妾生一子，匿都城民间。大兵入关，为某满洲人寻得，隶籍于旗。”另有不同地方的地方志、时人的笔记以及富明阿的碑文、拓片等亦记有此说，也曾有人怀疑其真实性。

乾隆四十一年，乾隆帝批阅《明史》时，发现明末誓死卫国之忠臣袁崇焕是被奸佞小人诬陷而遭磔刑的，实乃千古奇冤，于是下诏查访其后裔并拟给以安抚。不久，时任广东巡抚尚安回奏曰："遵旨访查，袁崇焕无嗣，系伊嫡堂弟文炳之子入继为嗣。现有五世孙袁炳，粗晓字义，人尚明白，应照熊廷弼裔孙之例，以佐杂等官补选。"

民国时期成书的《袁督师后裔考》载："袁督师宁古塔一脉后人的传承顺序为：袁文弼——袁尔汉——袁贵——袁常在——袁赶年。袁赶年有三子：袁世友、袁世宽、袁世福。"袁世福即富明阿。

依据以上文献资料，不管是嫡出还是庶出，可以判断袁崇焕是有后裔的，富明阿乃其六世孙。本说部延续了有子之说，并把富明阿之前的五世孙一一列出，记叙了他们一生的行动轨迹，补充、丰富了与袁氏家族有关的一些内容。除此之外，还演义了袁崇焕手下大将祖大寿保护其子孙的经过，增加了传奇色彩，古事古人相互映衬，平添了古朴的韵味，整理时未予更动。

二、镇压农民起义的诸多场景是否全部保留。

先祖袁崇焕为保大明王朝，只身出关，率军苦战宁远，坚守锦州，保卫京师，打败了努尔哈赤，亦是忠勇，亦是爱国。

中日甲午战争爆发时，其谋勇兼优的七世孙寿山居官北京，面对强敌压境，毫不畏惧地陈请赴前线效力。获允后单骑就道，驰抵奉天，率部与倭寇对阵，绕山越涧，披荆力战，取得了令人鼓舞的重大胜利。在一次与日军数百马步接仗时，冲锋在前，忽中飞弹，依旧屹立不为动，战愈猛，敌即退。遂跨马 30 里回营，衣袴淋漓，血厚盈指。那足智多谋的天赋、奋勇杀敌的英姿、坚忍不拔的意志活龙活现，呼之欲出，昭然感人。光绪二十六年发生了"庚子俄难"，寿山身为黑龙江将军，以一省之兵力抗击沙俄一国之兵力，终因寡不敌众，失瑷珲，陷黑河，省城不保。故此深责自己"丧师失地，百姓罹难"，且信守"军覆则死"的诺言，自卧棺内，命卫士枪击，慷慨殉节，实践了"常思奋不顾身，而殉国家之急"的座右铭，亦是忠勇，亦是爱国。袁崇焕及其七世孙寿山这样的忠心耿耿之臣，这样为国捐躯的民族英雄，其报国之情、威猛之魂应当映现在湛蓝的天空中，融化在黑黑的土地上，书写在悠悠的史卷里，铭刻在代代后人的心坎儿上，因为这不仅是袁氏家族的荣耀，也是中华民族的荣耀。

富明阿一生身经百战，遍体鳞伤，曾身中九矛、12 创，养伤未愈又应召出征，历任江宁、荆州、吉林等处将军之职。然他是以扑灭明末为反抗压迫、剥削揭竿而起的农民运动之燎原烈火起家，其忠，乃效忠于大清皇帝；其勇，乃对起事民众的镇压。考虑到既然是史实，就该如实展现，况且其中没有涉及民族之间的对立和仇恨，不会引发民族纠纷。加之讲述者多次使用“起义军”、“农民起义”等称谓，其观点、立场显而易见，无需作任何删节，听众和读者自会正确解读。

笔者以为在审视、整理、编辑史料性极强的传记体传统说部时，首先需尊重、信服它的基本史实，再运用马克思主义唯物史观对历史人物做出准确的判断和评价，特别是对那些起过进步作用的英雄们，应当用发展的观点、实事求是的观点进行历史的观照。我们不能苛求英雄人物脱离历史的局限，脱离时代的制约，成为超越时空、无可指摘的万世圣贤。所以在本书中，既称颂了足智多谋、叱咤风云的袁崇焕，又讴歌了壮怀激烈、慷慨赴死的寿山，也礼赞了不惧艰辛、四处征剿的富明阿，他们是那个时代、那个历史背景、那个独特环境当之无愧的雄杰。

鉴古而知今，鉴古而励今。推崇、嘉许、缅想历史英雄人物，即是希图借用其立下的不朽功勋作为激励后人的正能量，弘扬时代正气，促进当今社会主义精神文明的建设。

三、离开故事的主线介绍某地、阐述某事件是否删繁就简。

本说部用较长的篇幅介绍了瑷珲、俄站、卡伦的设置、人员的配备等情况，阐述了沙俄制造“海兰泡惨案”、“江东六十四屯惨案”的来龙去脉，“义和团运动”和八国联军入侵的叙述偏多。细细品之，这些内容虽与主线无关，是以主干的枝杈出现的，但可以帮助我们知悉中俄边境的地理环境、风土人情，扩大视野，了解重大历史事件的真相。“义和团运动”和八国联军入侵作为“庚子俄难”的大背景而存在，而铺垫，更显其深刻的历史渊源及寿山为首的清军官兵抗俄的艰巨性，有助于整体框架的展开，应保留原貌，力求全书的统一性、完整性，不伤故事之精要。

四、在注意民间文学的口头性、保持讲述者讲唱风格的前提下，对地点前后不统一、征战情景交代不清、文字拖沓、重复、不连贯、不准确以及所使用的现代汉语新词汇、用词不当之处给以了适当的调整、补充、更换、修改，做到不失口述史的原汁原味。

于　敏

2012 年 11 月

祁学俊，男，满族，1943 年生，黑龙江省爱辉县人。曾任爱辉县第三中学语文教师，中共爱辉县委办公室秘书、副主任、主任，中共黑河地委办公室副主任，黑河地委宣传部常务副部长，黑河社科联主席，退休前为黑河市人大常委会秘书长。主纂《爱辉县志》，获黑龙江省社会科学三等奖；著有《黑河史话》、《瑷珲》、《黑河、布拉戈维申斯克的边境贸易》，后者获黑龙江省社会科学优秀成果奖；编辑《黑河历史老照片》一书；撰写的 13 篇论文，分别在省内外有关刊物上发表，其中《清时期瑷珲区城土地开发》获黑龙江省社会科学优秀成果奖。

祁学俊小传

于敏小传

于敏，1943 年生，吉林省德惠县人，大学本科。历任演员、播音员、吉林省艺术研究院编辑、副编审、编审，系中国戏剧家协会吉林分会会员。

自二十世纪八十年代以来，始终致力于文化艺术研究、戏剧理论研究和编纂、撰写文艺史志。主要学术成果有：在省、市、国家级报刊及全国性理论研讨会上发表论文、调查报告五十余篇，主编《文化管理研究》、《当代艺术信息》、《少男少女互赠箴言祝词》，任《新剧种论》、《吉林省志·文化艺术志·艺术》、《文化艺术资料汇编》（第十集）副主编，为《吉林省志·文化艺术志·社会文化》（获中国地方志评比二等奖）、《吉林省志·文化艺术志·艺术》、《吉林省志·科学技术志·科技》、《吉林省志·建置沿革志》撰稿计 117 万字，是《中国戏剧年鉴》、《中国共产党百科要览》、《中国农业全书》、《中国改革全书》、《吉林采珍》、《苦难与斗争十四年》等著述的撰稿人之一。

2002 年至今，投身于满族传统说部的记录、整理工作，已出版十部，即《萨大人传》、《东海沉冤录》、《萨布素外传》、《绿罗秀演义》、《木兰围场传奇》、《伊通州传奇》、《松水凤楼传》、《寿山将军家传》、《依将军传》、《金太祖传》，近五百万字，期间为满族传统说部申报国家级非物质文化遗产名录的记录片撰文兼解说。

图书在版编目(CIP)数据

寿山将军家传 / 谷长春主编.
长春:吉林人民出版社,2016.7
(满族口头遗产传统说部丛书)
ISBN 978-7-206-12610-9

Ⅰ.①寿…
Ⅱ.①谷…
Ⅲ.①满族—民间故事—中国
Ⅳ.①I277.3
中国版本图书馆CIP数据核字(2016)第168709号

寿山将军家传

主　　编:谷长春
责任编辑:林　毅　关　静　　　封面设计:张　娜
制　　作:吉林人民出版社图文设计印务中心
吉林人民出版社出版 发行(长春市人民大街7548号　邮政编码:130022)
印　刷:天津画中画印刷有限公司
开　本:787mm×1092mm　　1/16
印　张:20.5　　字　数:290千字
标准书号:ISBN 978-7-206-12610-9
版　次:2016年8月第1版　　印　次:2021年1月第2次印刷
印　数:1-1 500册　　定　价:40.00元